Unterwegs in die Welt von morgen

Unterwegs in die Welt von morgen

Utopische Geschichten
und Science-fiction-Romane

Verlag Das Beste
Stuttgart · Zürich · Wien

142

Printed in Germany
ISBN 3 87070 529 9

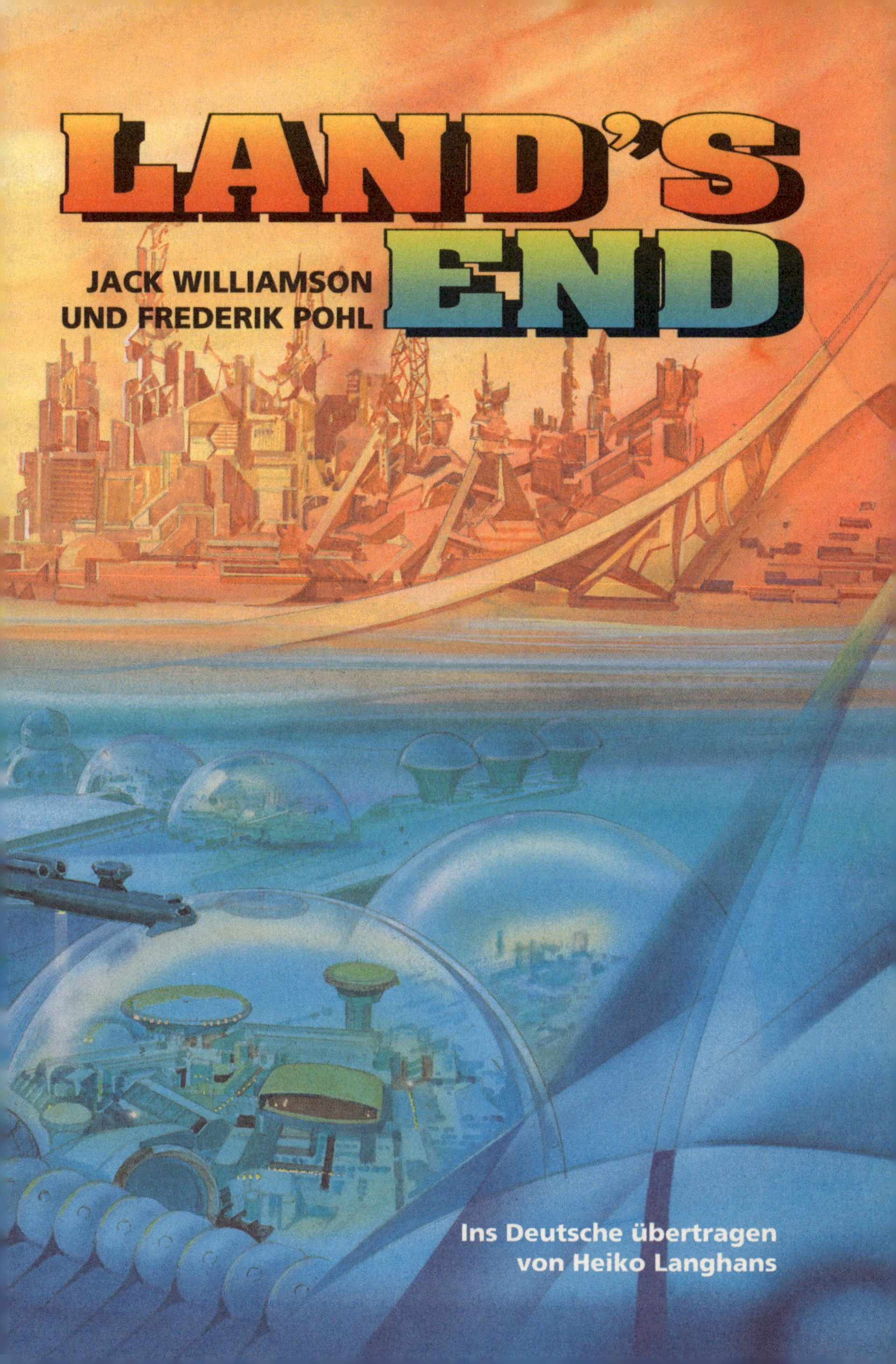
LAND'S END
JACK WILLIAMSON
UND FREDERIK POHL
Ins Deutsche übertragen
von Heiko Langhans

Im Geist des Ewigen lebt alles auf ewig: Mollusken und Menschen, ein Kapitän, der zur See fährt, und ein Kind. Mit all ihren Freuden und Schrecken und ihrer Liebe leben viele für immer im Geist des Ewigen.

Im Geist des Ewigen leben die Erinnerungen an den Zusammenprall von Welten und den schrecklichen Tod von Sternen. Planeten erkalten. Rassen sterben aus. Die große Blase des Universums schwillt endlos weiter an. Winzige Teilchen des Seins tanzen umeinander, werden geboren, sterben – all dies im Bruchteil einer Sekunde –, aber sie leben weiter im Geist des Ewigen.

Im Geist des Ewigen gibt es einen Platz für alles, was jemals war, für das Aufragen hoher Gebirgsketten und das langsame Abtragen ihrer Wurzeln . . ., für Meere, die sich ausdehnen und zurückziehen.

Im Geist des Ewigen gibt es sogar Platz für Liebe, für eine Liebe, die alles dazu einlädt, einzutreten und auf ewig zu leben . . . im Geist des Ewigen.

Das letzte Jahr

Kapitel 1

Als ihr Riesenkrake den Botschafter von PanMack zu fressen versuchte, hatte Graciela Navarro noch nie etwas vom Ewigen gehört.

Graciela führte ein recht schönes Leben. Sie leitete eine Schule in Atlantica-City, wo Kraken ausgebildet wurden. Sie liebte einen Mann namens Ron Tregarth und lebte in Atlantica-City, der schönsten und freiesten der Achtzehn Unterwasserstädte, und sie war davon überzeugt, daß das Leben unter dem Meer angenehmer war als auf der überfüllten, unterdrückten Erde.

Daß ihr bester Schüler, der Krake Nessus, den fetten Botschafter Dr. Simon McKen Quagger in den großen Krakenpool zerrte, hätte zu keinem schlimmeren Zeitpunkt passieren können. Ihre erste Klasse gezähmter Kraken hatte heute Prüfungstag, und alle wichtigen Leute waren anwesend. Die sechs Kraken hatten vorgeführt, wie sie die Ernte- und Pflüg- und Pflanzmaschinen bedienten, und die Bürgermeisterin Mary Maude selbst hielt eine Festrede. Neben der Bürgermeisterin stand der alte, erhabene Eustace McKen, der Atlantica regelmäßig bei seiner Reise durch die Achtzehn Städte besuchte. Über hundert Bürger von Atlantica-City drängten sich auf den schmalen Stegen um den riesigen Pool. Selbst Botschafter Quagger, der massige, fette Mann mit den boshaften kleinen Augen, hatte Leutseligkeit vorgetäuscht, als er die häßliche, schimmernde kupferfarbene Büste von sich selbst als Andenken an seinen Staatsbesuch überreichte . . ., und dann passierte so etwas!

Es war undenkbar, daß Nessus der Schuldige sein sollte. Nessus war der größte Krake von Gracielas Schützlingen. Außerdem war er der klügste und für gewöhnlich auch der verläßlichste. Graciela war fassungslos, als Nessus ohne Vorwarnung das torpedoförmige Pflüggerät, das er durch den Pool schleppte, fallen ließ und auf den Botschafter zuschnellte.

Bis jetzt war alles so gut gelaufen! Die sechs Kraken sausten auf ihre Befehle hin und her durch den Pool. Durch die ihnen implantierten Vocoder nannten sie ihre Namen und begrüßten die Bürgermeisterin. Ron Tregarth strahlte Graciela voller Stolz an. Die Angelegenheit hätte völlig reibungslos ablaufen können, wenn Nessus nur nicht versucht hätte, ihren erlauchten Ehrengast aufzufressen, den Botschafter von PanMack.

Die Bürgermeisterin hielt gerade ihre Verabschiedungsrede, wobei sie am Fütterbrett über dem Krakenbecken innerhalb der Schulungskuppel stand. Die Zuschauer saßen auf Bänken an den Rändern des Beckens. Die sechs Kraken wanden sich ruhelos im Wasser. Nessus hielt sich am Rand auf. Botschafter Quagger saß in der ersten Reihe, streichelte geistesabwesend seine rötliche Büste, beugte sich vor und starrte stirnrunzelnd in den Pool.

Einen Augenblick später ertönte ein lautes Klatschen.

Botschafter Quagger lag im Pool und sank in die Tentakel von Nessus. Eine halbe Sekunde später hatten sich alle acht langen und zwei kurzen Arme des Kraken um den Botschafter von PanMack gewickelt. Der Botschafter schrie vor Furcht, als er von den Krakenarmen zu dem riesigen klaffenden Maul gezogen wurde.

Nach einer weiteren halben Sekunde durchstieß Graciela Navarro die Wasserfläche mit einem sauberen Kopfsprung. „Nessus!" rief sie. „Nessus, nein! Nessus, nicht Menschen schaden!"

Scheinbar widerwillig streckte der Krake seine Tentakel. Der Botschafter kam mit einem ängstlichen, wütenden Aufschrei an die Wasseroberfläche. Ein Dutzend Hände halfen ihm aus dem Pool – gerade ausreichend in Anbetracht seiner Masse.

Der Zwischenfall war noch einmal glimpflich abgelaufen.

In diesem fünfundzwanzigsten Jahr seit der Gründung der ersten der Achtzehn Städte gab es keinen besseren Platz auf Erden als in einer Unterwasserstadt. Mochten die Landratten oben auf der Erde ihre kleinlichen Vernichtungskriege ausfechten und den Boden und die Atmosphäre zerstören! Der Meeresgrund war rein und sauber, und die Städte dort hatten das, was keine Landratte besaß. Sie hatten Freiheit.

Graciela Navarro leuchtete es keineswegs ein, daß dieser Botschafter Dr. Quagger mehr Respekt verdiente als der niedrigste Filterschrubber in Atlantica-City. Als sie zu einer Besprechung mit der Bürgermeisterin aufgefordert wurde – in ihrem eigenen Büro! –, beeilte sie sich auch nicht besonders. Sie hatte an andere Dinge zu denken, vor allem an ihre Schule. Sie mußte ihre Kraken beruhigen, die nach dem Zwischenfall aufgeregt im Wasser herumtobten. Sobald sich Quagger in Sicherheit befand und der Rest des Publikums sich zu zerstreuen begann, war Graciela wieder im Wasser. Sie schwamm zwischen den Kraken umher, nannte sie bei ihren Namen und strich ihnen sanft über die winzigen Saugnäpfe an ihren Tentakeln.

Als die Tiere einen ruhigeren Eindruck machten, führte sie Nessus und einen mittelgroßen Kraken namens Holly in die Druckkammer. Sie ging nicht mit hinein – nicht ohne Druckanzug! –, aber während die Kammer verschlossen wurde, sah sie ihnen durch die Kristallwand zu, als die Schleusen den Druck der Tiefsee hineinließen. Die Kraken rührten sich leicht, als sie die Veränderung bemerkten. Für sie war es weder schmerzhaft noch lästig; ihr Auftrieb wurde anstatt durch die gasgefüllten Schwimmblasen anderer Lebensformen im Meer auf chemischem Wege bewerkstelligt. Sobald die Kammer normalen Tiefseedruck anzeigte, öffneten sich die Tore. Nessus und Holly entfernten sich langsam und schwebten dann mit sanften Tentakelbewegungen auf der Stelle, während die Pumpen den Druck in der Kammer linderten, um die restlichen vier einzulassen.

Als alle draußen waren, schwamm Graciela Navarro an den Rand des Beckens, wo Ron Tregarth auf sie wartete. Neben ihm standen die beiden Frauen, die während seines U-Boot-Kommandos seine ersten Offiziere gewesen waren, Vera Doorn, die ihn auf seiner letzten Reise zum Festland begleitet hatte, und Jill Danner, die auf der nächsten seine Stellvertreterin sein würde. Bei beiden handelte es sich um außergewöhnlich gutaussehende junge Frauen, und manchmal fragte sich Graciela, was Ron Tregarth in ihr sah und weshalb er sie allen anderen vorzog.

Tregarth streckte ihr die Arme entgegen. Sie griff hinauf, umfaßte seine Handgelenke, und mit einer leichten, fließenden Bewegung hob er sie aus dem Wasser. „Die Bürgermeisterin wartet, Liebling", sagte er grinsend.

„Du hast nichts zu befürchten", warf Jill Danner ein, „schließlich hast du dem fetten Tölpel das Leben gerettet. Sollen wir mitkommen und es bestätigen?"

„Dagegen hätte die Bürgermeisterin sicher etwas", meinte Graciela.

„Hier", sagte Tregarth, „ich habe dir deinen Mantel mitgebracht, damit du ihr nicht als Wasserratte gegenübertreten mußt."

Tregarth war einen halben Meter größer als seine Verlobte, er war wikingerblond, während sie dunkelhäutig war, obgleich sie alle ihrer neunzehn Lebensjahre kilometerweit vom Sonnenlicht verbracht hatte. Er half ihr in den Mantel und blieb neben ihr stehen, während sie in ihre Halbstiefel stieg. Sie bemerkte, daß er an den Wänden der Kristallkuppel vorbeiblickte, wo sich die winzigen Lichter der Unterwasserbusse verloren, die einige Gäste zur fernen Hauptkuppel von Atlantica-City brachten.

„Du wärst jetzt vermutlich lieber auf deinem Schiff, nicht wahr?" sagte sie.

„Nicht, solange du hier bist, Graciela", erwiderte er rasch. „Aber es stimmt schon. Städte engen mich ein, Liebling. Da könnte ich genausogut oben bei den Landratten leben."

Sie nickte ernst und seufzte. Das war das größte Problem, dem sich Graciela gegenübersah – zumindest glaubte sie das, bevor sie vom Sicara-Kometen und dem Ewigen erfuhr.

Graciela hatte ihre Arbeit in der Schulungskuppel bei den Kraken. Ron Tregarths Arbeit bestand darin, ein großes Langstrecken-U-Boot zu befehligen, das alle Erdmeere befuhr, was Monate dauern konnte.

Würden sie jemals zusammenfinden? Hatte eine Heirat überhaupt Sinn, wenn sie nicht zusammensein konnten? Falls sie heirateten, wer von ihnen würde dem anderen nachgeben? Konnte Graciela ihre Kraken zurücklassen und sie für das Zigeunerleben als die Frau eines U-Boot-Kapitäns eintauschen? War es für Ron möglich, eine Tätigkeit in Atlantica-City oder in der Nähe der Schule aufzunehmen?

Falls es darauf eine befriedigende Antwort gab, hatte Graciela sie noch nicht gefunden.

„Graciela", sagte Vera Doorn vorsichtig, „ich glaube, die Bürgermeisterin erwartet dich sofort . . ."

„Ja", erwiderte Graciela Navarro. „Ich lasse sie besser nicht warten." Sie küßte Tregarth flüchtig und winkte den dreien zum Abschied zu, bevor sie sich den Aufzügen zu ihrem Büro zuwandte. Sie dachte nicht an die Bürgermeisterin. Sie dachte an die große Entscheidung, die sie und Ron Tregarth irgendwann würden treffen müssen.

DIE BÜRGERMEISTERIN funkelte Graciela Navarro wütend an. „Sie haben sich Zeit gelassen", beschwerte sie sich gereizt.

Der Sessel an Gracielas Schreibtisch wurde zur Gänze von Botschafter Dr. Simon McKen Quagger eingenommen. Hinter ihm stand ein schlanker, blonder junger Mann, den Graciela im Gefolge des Botschafters bemerkt hatte. Jetzt lief er durchs

Zimmer und schoß mit einer Handgelenkkamera Bilder von Graciela und seinem Chef.

„Tut mir leid. Ich mußte die Kraken rauslassen", sagte Graciela.

„Der Botschafter und ich haben auf Sie gewartet, damit Sie sich für die Gefährdung entschuldigen, die Sie ihm zuteil werden ließen. Ist Ihnen klar, daß Ihr Krake ihn hätte auffressen können?"

„Nein. Das ist unmöglich", protestierte Graciela. „Falls Nessus Mister Quagger hätte auffressen wollen, dann hätte er es ganz sicher auch getan. Haben Sie eine Vorstellung davon, wie stark er ist?"

„Es sah aber ganz danach aus!"

Um der Diplomatie willen schlug Graciela einen sanfteren Ton an. „Wenn Nessus es wirklich darauf angelegt hätte, dann, Herr Botschafter, würden sich jetzt auf Ihrem gesamten Körper Saugnapfmale von der Größe einer Untertasse befinden. Aber ich entschuldige mich aufrichtig", fügte sie noch rasch hinzu.

Die Entschuldigung fiel ihr nicht leicht. Graciela konnte Leute aus PanMack nicht leiden – oder von irgendeinem anderen Ort auf der ausgedörrten Erde. Sie waren so gewalttätig! Die Landratten stritten ständig untereinander – die PanMack-Reiche der Land-McKens gegen die Afroasiaten, die europäischen Staaten gegen die beiden anderen. Selbst die McKens persönlich beglichen gelegentlich ihre Differenzen mit einem inszenierten Aufruhr oder einem Grenzzwischenfall zwischen den vier großen Ländern des PanMack-Reiches. Dabei war es bisher geblieben. Wenigstens hatten die McKens nunmehr seit Jahrzehnten den Ausbruch eines Atomkrieges verhindert.

Graciela dachte mit Schaudern daran, daß ein großer Krieg oben auf der Erde auch gewaltigen Ärger für die Achtzehn Städte bedeuten würde. Das eine oder andere Reich der Landratten würde sicherlich die Gelegenheit beim Schopf ergreifen, eine oder zwei Unterwasserstädte ihrem eigenen Imperium einzuverleiben.

Der Botschafter starrte sie an. Dann glättete sich seine Miene zu einem falschen Lächeln. „Meine liebe junge Dame, Sie brauchen sich keine Sorgen zu machen. So was kommt schon mal vor! Und ganz sicher begreife ich Ihre Anhänglichkeit an dieses, äh, dieses Tier. Ich habe selbst ein liebes Haustier namens Angie, das mir sehr am Herzen liegt; ich kann Ihre Loyalität zu Ihrem – äh – Ihrem Fisch verstehen."

Während seiner Ansprache achtete er sorgfältig darauf, der Kamera des Assistenten sein vorteilhaftestes Profil zu präsentieren. Graciela bemerkte, daß der Blonde hinter ihm außer der Kamera am anderen Gelenk ein Tonbandgerät trug; die Großmut des Botschafters wurde für die Nachwelt erhalten. „Ich sollte Ihnen", sagte der Botschafter, „meinen *Amanuensis* vorstellen, Mr. Newton Bluestone. Er ist mir bei der Niederschrift meiner Memoiren behilflich; wenn sie fertig sind, werde ich Ihnen eine Ausgabe zukommen lassen. Ich bin sicher, daß Sie sie interessant finden werden. Doch leider", fügte er seufzend hinzu, „muß ich gestehen, daß ich von diesem, äh, diesem Erlebnis ein wenig angegriffen bin. Mit Ihrer Erlaubnis werde ich mich in meine Unterkunft zurückziehen. Kommen Sie, Newt!" Der Mann schaltete Aufzeichner und Kamera aus und eilte herbei, um Botschafter Quagger aus dem Sessel zu helfen. Schnaufend und lächelnd winkte der fette Mann der Bürgermeisterin zu und walzte zur Tür.

An der Tür drehte er sich um und hob einen fetten Finger, mit dem er der Bürgermeisterin schelmisch drohte. „Seien Sie bitte nicht allzu streng mit der jungen Dame, wenn ich gegangen bin, Madame Bürgermeisterin! Ich bin sicher, daß sie es nicht böse gemeint hat. Und ich habe das deutliche Gefühl, daß ich nach einer gut durchschlafenen Nacht wieder ganz auf dem Damm sein werde."

„Schlafen Sie gut, Herr Botschafter", sagte die Bürgermeisterin. „Und vielen Dank für Ihr großzügiges Geschenk! Auf Wiedersehen, Sir!"

Und Graciela Navarro spürte die Blicke der Bürgermeisterin auf sich. „Auf Wiedersehen", sagte sie und fügte ein nachdrückliches „Sir!" hinzu.

ALS SICH die Tür hinter dem Botschafter schloß, stand die Bürgermeisterin auf und lief unruhig durch den Raum, während sie Graciela anstarrte. „Was soll ich bloß mit Ihnen machen?" fragte sie anklagend. „Können Sie nicht anständig mit dem Botschafter reden?"

„Ich habe anständig mit ihm geredet, Bürgermeisterin. Warum nennen Sie ihn ‚Sir'? Er ist doch bloß ein unangenehmer fetter Kerl, der uns alle wie Untergebene behandelt!"

Die Bürgermeisterin ließ sich auf das Sofa neben dem Schreibtisch sinken. „Er ist ein unangenehmer fetter Kerl, der hier ist, um einen Handelsvertrag auszuhandeln, Graciela. Und von seinem Standpunkt aus stehen wir tatsächlich unter ihm. Seine Mutter war eine McKen!"

„Sie sind ebenfalls eine McKen", erwiderte Graciela.

Die Bürgermeisterin schüttelte den Kopf. „Ich habe einen McKen geheiratet. Das war ein Fehler von beiden Seiten, und niemand empfindet dies stärker als Quagger. Was er von uns hält, hat damit nichts zu tun. Wir brauchen diesen Handel, um zu überleben. Haben Sie eine Vorstellung davon, wie schwer die Stahlerzeugung unter Wasser ist?"

Graciela hob die Schultern. „Die Veredlung ist teurer, ja . . ."

„Sie ist furchtbar teuer, und wir brauchen das Geld für andere Dinge. Daher müssen wir Nahrung und Pharmazeutika an die La . . ., ich meine, an die Oberflächenbewohner exportieren, außerdem noch Erze aus unseren Thermalquellen. Dadurch können wir unseren Stahl und einige von ihren Erzeugnissen kaufen, und damit ist uns allen geholfen. Wir brauchen sie nicht zu mögen, Graciela! Ganz sicher brauchen wir nicht ihre Politik oder ihr dummes Klassensystem zu akzeptieren. Aber wir brauchen den Handelsaustausch. Darum will ich, daß Sie sich mit dem Botschafter anfreunden."

„Anfreunden? Mit *ihm?*"

„Sie werden Botschafter Quagger auf einen Ausflug über den Meeresboden begleiten", sagte die Bürgermeisterin mit fester Stimme. „Seien Sie nett zu ihm. Bringen Sie ihn dazu, Sie zu mögen. Bringen Sie ihn sogar dazu, Ihre Krakenfreunde zu mögen. Bringen Sie ihn zu der Überzeugung, daß wir, das Volk der Achtzehn Städte, vertrauenswürdig und anständig sind und wissen, daß eine Hand die andere wäscht. Zeigen Sie ihm unsere Farmen, unsere Kraftwerke, die Thermalquellen – zeigen Sie ihm besonders, wie die Kraken für uns arbeiten. Und vergessen Sie nicht, ihm auf dem Rückweg unser Museum zu zeigen."

„Das Museum?" Graciela verzog das Gesicht. „Glauben Sie,

daß eine Landratte sich für unsere Unterwasserarchäologie interessiert?" Sie holte tief Luft. „Bürgermeisterin McKen, ich habe im Augenblick mehr als genug Arbeit. Die Prüfung der Kraken war nur der Anfang. Ich habe vierzehn weitere Kraken auszubilden, ich muß ihnen Stimmenimplantate einsetzen und sie bei der Anwendung der Kommunikatoren ausbilden. Diese Schule ist für die Zukunft von Atlantica-City wichtig, und die ganze Sache hängt von mir ab!"

„Falsch", sagte die Bürgermeisterin höflich. „Die Schule hängt vom Budget von Atlantica-City ab. Das Budget hängt von unserer Handelsbilanz mit PanMack und den anderen großen Geschäftspartnern ab. Zum Beispiel von Botschafter Quagger. Und der Inhalt des Budgets, Graciela, hängt davon ab, was ich als Bürgermeisterin beantrage!"

„Aber die Schule ist wichtig für unsere Zukunft! Die Kraken können uns viel mehr einbringen, wenn wir unsere Farmen und Minen ausbauen . . ."

„Zukunftsmusik, Graciela. Ich muß in der Gegenwart leben."

„Und in der Vergangenheit!" fauchte Graciela.

„Ah, ich verstehe!" Die Bürgermeisterin nickte. „Sie reden von den kleinen Beträgen, die wir für die archäologischen Vermessungen des Meeresbodens aufbringen. Das jedoch ist zum Guten der Stadt, Graciela. Im Museum befinden sich einige der wunderbaren Dinge, die wir bereits entdeckt haben, Schiffswracks aus den spanischen Schatzflotten, Atom-U-Boote aus dem zwanzigsten Jahrhundert, versunkene Linienschiffe – sogar eine karthagische Trireme! Die Zukunft des Museums wird nicht in Frage gestellt, Graciela. Ihre Schule hingegen doch."

Graciela holte tief Luft. „In Ordnung, ich nehme an, daß irgendeiner zum Botschafter nett sein muß, aber warum ich? Eustace McKen wäre besser geeignet. Schließlich ist er der Großonkel des Botschafters, oder nicht?"

Die Bürgermeisterin schüttelte entschlossen den Kopf. „Zum ersten haben die schlechten McKens nicht viel für Eustace übrig. Das wissen Sie! Und außerdem befindet er sich bereits auf dem Weg nach PanNegra-City. Es liegt also an Ihnen, sich mit dem Mann wieder auszusöhnen . . ." Sie zögerte und sah Graciela ernst an. „Es geht nicht nur um Ihre Kraken, Graciela. Da ist noch etwas."

Graciela wußte, daß Bürgermeisterin Mary Maude McKen, so streitsüchtig und mürrisch sie manchmal auch erscheinen mochte, stets einen Grund für das hatte, was sie tat. Die Frau war klein und mollig, ihr Haar und ihre Haut waren so blaß, daß sie fast wie ein Albino aussah, aber in ihr steckten ein mutiges Herz und ein scharfer Verstand.

Die Bürgermeisterin öffnete ihre Schultertasche und zog einen Funkausdruck hervor. „Sehen Sie, meine Liebe", sagte sie, „er hat bereits einen diplomatischen Protest eingereicht." Sie warf den Ausdruck zu Graciela herüber. „Er sagt, daß seine diplomatische Immunität durch ungesetzliche und verbrecherische Durchsuchungen und Entwendungen verletzt worden sei."

„Das würde doch niemand tun!" schrie Graciela erschrokken auf, aber die Bürgermeisterin schüttelte nur den Kopf und deutete auf den Ausdruck.

Graciela beugte sich vor und las stirnrunzelnd. Der Stil glich irgendwie einem Lexikoneintrag.

> Das *PanMack-Konsortium:* Nach dem Tod ihres Vaters teilten die Brüder Angus und Eustace McKen ihr Vermögen untereinander auf. Danach verschleuderte Eustace McKen auf törichte Weise seine Mittel in dem sinnlosen Unterfangen, die sogenannten „Achtzehn Städte" zu gründen, einem schlecht durchdachten Programm zur Besiedelung des Meeresbodens, das sich als von keinerlei praktischem Nutzen für die menschliche Rasse erwiesen hat. Auf der anderen Seite widmete sein Bruder Angus McKen seine immensen Talente und Kräfte dem Wohlergehen der Landbewohner der Erde. Die Kinder von Angus McKen, drei Söhne und eine Tochter, erbten sein brillantes Organisationstalent, und ihre Nachfahren haben ihre weisen Verfahren weitergeführt. Das PanMack-Konsortium ist Angus McKens dauerhaftes Vermächtnis an die Völker der gesamten Westlichen Hemisphäre. Unter PanMack ist ihr Leben frei von der Furcht vor Gewalttätigkeiten, denn sie werden beschützt durch die nimmermüde Wachsamkeit der PanMackschen Friedensstreitkräfte.

Hier brach der Text ab. Graciela sah verwundert auf. „Was ist das? Abgesehen von PanMack-Propaganda, meine ich?"

„Laut Botschafter Quagger handelt es sich hierbei um Geheimmaterial", erwiderte die Bürgermeisterin, „das auf ungesetzlichem Wege mittels illegaler elektronischer Abhörvorrichtungen durch unser Kommunikationsnetz aus seiner persönlichen Datenbank entwendet wurde."

„Das ist doch verrückt!"

Die Bürgermeisterin hob die Schultern. „Da ist das Dokument", warf sie ein. „Es ist echt. Natürlich ist es unvollständig. Offenbar hat ein automatischer Alarm die Übertragung abgebrochen, als der Ausdruck bei den militärischen Einzelheiten angelangt war. Nachdem Quagger das herausgefunden hat, hat er mich heute morgen über das Interkom angebrüllt. Ich habe daraufhin die Sendeaufzeichnungen durchgesehen."

„Aber wer hat das getan? Und warum? Wer würde sich denn für diesen Mist in die persönliche Datenbank des Botschafters einschleusen?"

„Ärgerlich ist die Tatsache, daß es nicht zum erstenmal vorgekommen ist. Sandor Tisza hat sich schon seit Wochen bei mir darüber beschwert, daß über sein Kommunikationsnetz nicht genehmigte Übertragungen vorgenommen werden. Ich hatte es nicht ernst genommen. Aber der Botschafter nimmt es ernst, und Sie verstehen sicher, daß es nicht in meiner Absicht liegt, ihm weiteren Grund zu Klagen zu geben. Daher will ich, daß Sie ihn besänftigen, Graciela."

„Ihn besänftigen?"

„Stellen Sie ihn zufrieden. Nehmen Sie den Tölpel mit nach draußen, damit er sieht, was wir hier treiben, und lassen Sie ihn nicht ersaufen! Zumindest nicht bei diesem Mal. Falls er jemals als gewöhnlicher Tourist wiederkommen sollte, wäre das freilich eine ganz andere Sache; ich würde Ihnen persönlich beim Leeren seiner Lufttanks behilflich sein!"

Kapitel 2

Am nächsten Morgen ließ Botschafter Simon McKen Quagger sie warten. Alle standen um das Meeresschlittendock herum, nicht nur Graciela Navarro, sondern auch Ron Tregarth und Sandor Tisza, der gekommen war, um sich von ihnen zu verabschieden, und sogar der schlanke junge Mann, der Quaggers *Amanuensis* war.

Was auch immer das sein mag, dachte Tregarth, während er

den Mann betrachtete. Tatsächlich schien dieser Newt Bluestone gar kein so übler Kerl zu sein – jedenfalls für eine Landratte. Er versprühte weder die falsche Freundlichkeit noch die Aufgeblasenheit seines Chefs. Von der gebräunten Haut einmal abgesehen, hätte er sogar wie jeder anständige Bürger der Achtzehn Städte aussehen können, wenn er nicht eine sonderbare militärische Uniform getragen hätte.

Uniformen wurden gewöhnlich aus einem geschmeidigen Karbonfaserstoff hergestellt, der gegen Feindeswaffen eine nahezu panzernde Wirkung besaß. Dazu gab es noch einen Helm, der sich um Kinn und Hals schmiegte. Aber das, was Newt-Bluestone trug, sprach einer echten Uniform hohn! Der Stoff war Seide. Die Handschuhe waren aus weichem Leder.

Man mußte es dem Mann immerhin anrechnen, daß es ihm peinlich zu sein schien, so angezogen zu sein. „Werden Sie mitkommen?" wandte sich Graciela höflich an ihn. Bluestone schüttelte den Kopf. „Nein, ich werde hierbleiben und die Fotodokumentation des Besuches des Botschafters vervollständigen müssen. Aber ich wünschte, daß ich mitkommen könnte! Das Meer hat mich immer fasziniert, und das ist meine erste Gelegenheit, es zu sehen."

Der Mann hat das Zeug zu einem anständigen menschlichen Wesen, dachte Tregarth. „Es sehen?" wiederholte er spöttisch. „Mann, Sie sehen nicht ein Millionstel des Meeres! Haben Sie überhaupt eine Vorstellung, wie groß das Meer ist?"

„Nun, natürlich muß es groß sein . . ."

„Es ist *riesig*", berichtigte ihn Tregarth. „Um Ihnen eine Vorstellung zu vermitteln: Wenn Sie die Landfläche der Kontinente addieren, macht die Gesamtsumme etwas über hundertdreißig Millionen Quadratkilometer aus. Allein der Pazifische Ozean ist größer! Und selbst er umfaßt nur zwei Fünftel der Fläche, die das Meer bedeckt."

„Das ist eine Menge", gab Bluestone höflich zu, „aber . . ."

„Aber das ist nur der Anfang. Das Meer hat drei Dimensionen! Auf dem Land besetzt das Leben nur eine dünne Haut auf der Oberfläche. Verstehen Sie, was ich damit sage? Im Meer haben wir *Platz*. In allen Achtzehn Städten zusammen leben nur einige hunderttausend Menschen. Deswegen sind wir auch frei, und Sie sind . . ."

„Es ist genug, Ron", unterbrach ihn Graciela. „Du bist nicht ganz fair. Die Hälfte des Meeres weist eine Tiefe von mehr als drei Kilometern auf, und so weit können wir noch nicht hinunter."

„Aber das wird sich schnell ändern! Wir bereiten uns gerade darauf vor! Vera Doorn wird ein Forschungs-U-Boot hinunterfahren, um die Tiefe zu erforschen, sobald es ausgerüstet ist!"

„Darum beneide ich Sie", sagte Bluestone nachdenklich. „Auf dem Land ist es – nun – anders. Wir sind so viele, wissen Sie. Und so viel Streit und . . ." Plötzlich sah er auf. „Da kommt übrigens der Botschafter." Er schaltete seine Kamera ein. „Würde es Ihnen etwas ausmachen, Miß Navarro? Sie beide zusammen, Sie und der Botschafter, für ein paar Bilder? Und dann sollte ich mich besser auf den Weg machen, um meine Dokumentation fertigzustellen!"

BOTSCHAFTER QUAGGER war der einzige Sohn der einzigen Tochter von Angus, dem schlechten McKen. Natürlich schlug er nach seinem Großvater. Er hatte eine kleine, hochgerichtete Nase und einen Schmollmund, der sehr nett ausgesehen haben mochte, als er noch ein kleines Kind gewesen war.

Aber das war vor langer Zeit gewesen. Jetzt war Quagger nur noch fett. Als die Helfer von der Krakenschule den größten verfügbaren Taucheranzug heranbrachten, beschwerte er sich, daß er um Arme und Beine spannte. Kurz angebunden entließ er Newt Bluestone, sobald der *Amanuensis* genug Bilder aufgenommen hatte, und wandte sich dann mit einem öligen Lächeln Graciela zu. „Er hat bei der Fotodokumentation über meinen Besuch hier viel zu tun", seufzte er. „Ich bin schon häufig gebeten worden, meine Lebensgeschichte der Welt zu offenbaren. Und dies soll ein recht interessantes Kapitel ergeben – mein Besuch bei dem Meeresvolk am Grunde der See." Dann drehte er sich um und funkelte Tregarth böse an. „Aber was macht dieser Mann hier? Sie haben mir nicht gesagt, daß Liebespaare hierbei Arm in Arm mitspazieren!"

Graciela stellte erschrocken fest, wieviel der Botschafter über ihr Privatleben wußte, aber dennoch sagte sie mit fester Stimme: „Kapitän Tregarth ist ein qualifizierter Pilot, Botschafter. Bei der Begleitung einer so berühmten Persönlichkeit wie

Ihnen gehört es zum Standardverfahren, mit zwei Piloten hinauszufahren."

„Aha." Er klang ein wenig besänftigt. Dann quiekte er auf, als ihn etwas kniff, und wandte sich mit stechendem Blick an Graciela. „Sie haben mir weh getan", sagte er anklagend.

„Das tut mir leid", entgegnete sie und versuchte ihm die Meeresstiefel über seine massigen Füße zu ziehen.

„Müssen wir diesen ganzen Blödsinn machen?" fragte er schmollend. „Ich bin schon oft in Seen und Flüssen getaucht, aber so etwas habe ich noch nie machen müssen!"

„Vielleicht wissen Sie nicht, welchen Druck der Anzug auszuhalten hat", erklärte Graciela. „Wir befinden uns schließlich zweitausendzweihundert Meter unter der Meeresoberfläche. Das bedeutet, daß etwa vierzig Tonnen Wasser auf Sie herabdrücken. Ihr Anzug verhindert, daß Sie zermalmt werden, und falls er leck werden würde . . ." Sie hielt inne; Tregarth hörte interessiert zu. Wollte sie Quagger wirklich sagen, was passieren würde, wenn zweitausendzweihundert Meter Wasser auf seinen Anzug drückten und diesen schlaffen Körper zu einem dünnen Schmierfilm zusammenpreßten? Sie sagte es nicht. „Es wäre augenblicklich tödlich", schloß sie.

„Nun gut", seufzte Quagger. „Lassen Sie die Diener dieses Ding versiegeln."

Tregarth mußte ein weiteres Lächeln unterdrücken, als er den Ausdruck auf den Gesichtern der „Diener" sah. Rasch glitt er in seinen eigenen Anzug und nickte Sandor Tisza zu, der als Schleusenwächter fungierte.

„Bereit zum Eintritt!" rief Tisza.

Der Botschafter sah rasch auf. In Quaggers Augen stand ein Ausdruck, den Tregarth nicht so recht zu deuten wußte. Kannte er Sandor Tisza? Und wenn ja, woher? Aber dann betraten die drei die Schleuse, die zu den Tiefen außerhalb der Kuppel führte.

VOR DER Kuppel der Krakenschule versuchte Graciela Navarro, Botschafter Quagger auf ihrem Seeschlitten unterzubringen. Der Botschafter murmelte etwas, als er sich umblickte. Die Dunkelheit schien ihm nicht zu behagen.

Die größere Kuppel von Atlantica-City schimmerte in schwachem Grüngelb in der Ferne, und zwei Unterseebusse, deren rote und grüne Navigationslichter an ihren Seiten blinkten, fuhren heran. Über der fernen Stadtkuppel vermochten sie kaum die drei schmalen Säulen aus blaugrünem Licht auszumachen, die vom Kommunikationszentrum auf der Spitze der Kuppel so weit aufstiegen, wie das Auge folgen konnte. „Unser Kommunikationssystem", erklärte Graciela stolz. „Unter Wasser können wir keinen Funk verwenden, also benutzen wir Laserstrahlen im blaugrünen Bereich. Wir werden einem davon folgen."

Sonst gab es nirgends Licht. Über ihnen brannte vielleicht die Sonne herunter, aber kein Bürger der Achtzehn Städte sah sie jemals. Das Meer verschluckt das Licht. In zehn Meter Tiefe gibt es kein Rot mehr. Gelb ist bei zweihundert Metern immer noch schwach zu erkennen, und die blaugrünen Wellenlängen der Sonne reichen beinahe einen Kilometer in die Tiefe; aber Atlantica-City und ihre Satellitenkuppeln befanden sich mehr als zweimal so tief unter der Oberfläche.

Botschafter Quagger ächzte, als Graciela ihn an dem Schlitten festschnallte, und fand schließlich den Schalter seines Helmlautsprechers. In nervösem Tonfall fragte er: „Warum gibt es keine Fische hier? Ich dachte, daß einige davon leuchten sollten!"

Tregarth zuckte unter dem Ansturm auf seine Trommelfelle zusammen. „Bitte, Herr Botschafter! Schalten Sie Ihre Lautstärke herunter!" flehte Graciela. Die Außenlautsprecher der Helme ermöglichten im Wasser eine Verständigung über einen halben Kilometer hinweg; auf kurze Entfernung und mit voller Kraft waren sie ohrenbetäubend.

Quagger fummelte an der Lautstärkeneinstellung herum. Dann wiederholte er seine Frage. „Warum gibt es hier keine Fische?"

Ron Tregarth lachte leise. „Früher gab es welche, Herr Botschafter", sagte er, „aber sie kommen nicht mehr in die Nähe. Gracielas Kraken fressen sie."

„Aber sie fressen nur Fische", versicherte Graciela schnell. „Keine Menschen. Für uns besteht überhaupt keine Gefahr. Für den Fall der Fälle – Ron, zeig ihm bitte deinen Luftbogen! – ist Kapitän Tregarth bewaffnet, obgleich er die Waffe bisher noch nie hat einsetzen müssen. Oder, Ron?"

„Es gibt immer ein erstes Mal", stellte Tregarth fröhlich fest. Obwohl Graciela sein Gesicht nicht sehen konnte, vermochte sie doch seine Belustigung aus seiner Stimme herauszuhören.

„Schlüpfen Sie unter die Plane – genau so", bat Graciela, als sie dem fetten Mann in den Schlitten half, und drückte mit aller Kraft zu. „Jetzt werde ich die Gurte festschnallen und das Interkom einstöpseln . . ."

Der Schlitten war ein sehr einfaches Fahrzeug; es handelte sich im wesentlichen um eine einfache hohle Röhre, die einen Turbinenantrieb enthielt. Die durchsichtige Plane darum schützte die Insassen vor dem vorbeiströmenden Wasser.

Graciela stöpselte die Interkomkabel ein und verkündete: „Das ist besser; wir können nun ohne die Außenlautsprecher miteinander reden. Und jetzt machen wir uns auf den Weg zu unseren Farmen, unseren Energiequellen und einigen anderen interessanten Orten, aber zuerst haben wir noch etwa sechs Kilometer zurückzulegen."

„Sechs Kilometer!" rief Quagger entrüstet. „Warum so weit weg? Waren Ihre Leute zu dumm, um ihre Städte in der Nähe der Kraftanlagen zu errichten?"

Graciela verschluckte die ersten Worte, die ihr in den Sinn kamen, und drehte den Kopf, um Tregarth einen warnenden Blick zuzuwerfen. „Das ist keine Dummheit, Herr Botschafter, sondern eine Vorsichtsmaßnahme", entgegnete sie gepreßt. „In der Nähe der hydrothermalen Schächte gibt es tektonische Aktivitäten – daher kommt unser heißes Wasser, verstehen Sie? Es gibt ein Risiko kleinerer Erdbeben, und das möchte man selbst in der Nähe einer Nexokuppel nicht erleben!"

„Nexo?" wiederholte der Botschafter zweifelnd.

„Das glasähnliche Material, aus dem unsere Kuppeln bestehen. Sonst gibt es nichts, was stark genug wäre, das Wasser bei diesem Druck abzuhalten. Nicht einmal Stahl."

Er seufzte. „Machen Sie schon weiter!" befahl er.

„Ja, ja", ahmte Tregarth ihn nach, als er sich neben Graciela festschnallte. „Wir dürfen die kostbare Zeit wichtiger Leute nicht verschwenden, Graciela, also mach schon!"

Graciela seufzte. Vielleicht war es doch keine besonders gute Idee gewesen, den U-Boot-Kapitän mitzunehmen – obwohl der Gedanke, mit dieser Landratte alleine zu sein, ihr den Magen umdrehte. Sie drückte den Geschwindigkeitshebel nach vorne. Der Schlitten erzitterte und setzte sich dann langsam in Bewegung.

„Was Sie auf dem Weg sehen werden, Herr Botschafter", begann sie ihre Erläuterung, „ist im wesentlichen unberührter Meeresboden. Er sieht tot aus, aber tatsächlich befinden sich zahllose Organismen in ihm, die von organischer Materie leben, die von den lichtdurchsetzten Schichten zweitausendzweihundert Meter über uns herabtreiben . . ."

Tregarth entspannte sich, als er der vertrauten Lektion zuhörte. In den Achtzehn Städten lernte jedes Kind sie in den ersten Schuljahren. Die Nahrung der Wesen, die auf dem Meeresgrunde lebten, waren die Abfälle der Organismen über ihnen. Fische sind schlampige Esser. Blut, andere Flüssigkeiten, Teile der Beute – das alles treibt im Meer und wird von Mikroorganismen aufgenommen oder von bestimmten Geschöpfen eingefangen. Einige Organismen sterben eines natürlichen Todes, aber für gewöhnlich werden sogar sie irgendwann auf ihrem langsamen Weg zum Grund gefressen; die kleinsten davon sind vielleicht Jahre unterwegs.

„Ah ja", dröhnte Botschafter Quagger, „aber wenn das so ist, warum sehen wir dann keine Knochen unter uns? Schließlich werden die Knochen eines Wals von nichts gefressen, oder?"

„Eine sehr gute Frage", schmeichelte Graciela dem Mann. „Aber wir befinden uns unterhalb der Schwelle, die die Kohlenstoffkompensationsstufe genannt wird, verstehen Sie? Das bedeutet, daß bei diesen Druckverhältnissen sich sogar die Knochen auflösen und nichts mehr von ihnen übrigbleibt . . ."

Tregarth gähnte, während er sich wünschte, daß er den Gesichtsausdruck von Botschafter Quagger sehen könnte. Er empfand ein beinahe nachsichtiges Gefühl für diesen unangenehmen Mann von der Erde. Immerhin war dieser Quagger ein Blutsverwandter jenes wunderbaren Eustace McKen, der die Achtzehn Städte überhaupt erst möglich gemacht hatte.

Also entspannte sich Ron Tregarth. Das an der durchsichtigen Plane entlangrauschende Wasser war beruhigend; er war bei der Frau, die er liebte; er stand kurz vor Beginn einer langen Reise in seinem U-Boot – nun, so dachte er erfreut, er hatte wirklich ein wunderbares Leben! Und das hatten auch alle anderen in diesen unbeschwerten Tagen in den Achtzehn Städten unter dem Meer . . ., und keiner dachte auch nur im Traum daran, daß es sich je ändern könnte, da sie noch nichts vom Sicara-Kometen und dem Ewigen erfahren hatten.

ALS SIE sich der westlichen Erhebung des großen Atlantischen Mittelkamms näherten, fühlte sich Tregarth bereits etwas weniger wohl. Über der schwarzen und ungastlichen Tiefe dahinzugleiten bereitete ihm Unbehagen. Er hatte genausoviel Zeit seines Lebens zweitausend Meter unter dem Meer verbracht wie jeder andere durchschnittliche Einwohner der Achtzehn Städte auch, aber Tregarth war Schiffskapitän. In der Tiefe der Meere befand sich stets die starke Wandung eines Unterseeboots zwischen ihm und dem zermalmenden Druck der blinden Finsternis. Tregarth vermochte sehr gut mit dem Wissen um diesen Druck und jenem Prickeln umzugehen, das fast jeden Menschen durchrieselte, der sich gestattete, über die zweitausend Meter Ozean zwischen sich und der Luft nachzudenken. Wenn man das nicht konnte, dann wurde man einfach kein U-Boot-Kommandant.

Aber das hier war etwas ganz anderes! Der kleine Meeresschlitten schob sich zwischen zackige, kilometerhohe Unterwassergipfel! U-Boote blieben nicht in der Nähe des Meeresbodens, wenn es sich vermeiden ließ. Wer konnte denn wissen, wann irgendein unvermutetes Meereskliff plötzlich in den Sonar sprang und einem die Platten aufriß? Unbehaglich starrte er in die schwarzen Tiefen und dann wieder auf die riesigen Umrisse, die auf dem Sonarschirm vorbeiglitten.

Der Botschafter hatte sich während der letzten vier Kilometer beinahe unaufhörlich beschwert. Als er einen Blick auf die großen Gipfel erhaschte, die vor ihnen auf dem Sonarschirm zu sehen waren, brüllte er los: „Halt! Versuchen Sie uns umzubringen? Wir werden in diese Dinger hineinrasen!“

„Wir sind auf einer ziemlich sicheren Route“, versicherte Graciela ihm fröhlich. „Nicht wahr, Ron? Sag ihm, daß wir einfach nur dem Laserstrahl folgen müssen . . .“

Tregarth brachte ein bestätigendes Krächzen heraus, als er auf den Schirm starrte. Vor ihm ragten Gipfel in die Höhe, wie es die Rocky Mountains vor den alten Planwagenpionieren getan haben mußten, furchteinflößend, riesig. Aber diese Gipfel waren weitaus tödlicher.

Graciela warf ihm einen verwirrten Blick zu. „Dort ist der Paß, den wir durchfahren. Nur noch einen Augenblick Geduld . . ." Mit schlafwandlerischer Sicherheit führte sie den Schlitten durch die Klippen.

Tregarth brauchte den Sonar nicht mehr: Im bloßen Licht der Scheinwerfer konnte er die riesigen Zacken sehen, durch die sie sich schlängelten. Der Meeresschlitten wand und drehte sich . . .

Und dann gingen sie wieder in die Tiefe. Auf dem Sonar zeigte sich die Bergkette, die sie gerade passiert hatten, hinter ihnen. Schwach vor ihnen war die östliche Erhebung erkennbar, genauso riesig und bedrohlich. Sie befanden sich im großen Zentraltal des Atlantischen Mittelkamms.

Graciela schaltete den Antrieb aus. Sie hingen in ihren auftriebsneutralen Anzügen und schwebten über dem Nichts. Sie schaltete die Schlittenlampen ab. Abgesehen von dem blaugrünen Strahl seitlich von ihnen, entstammte die einzige Beleuchtung dem schwachen Glühen der Instrumente.

Sie waren lebendig begraben in einem leeren Universum der Schwärze. Tregarth konnte nicht sehen, was Graciela tat, aber er spürte, wie der Meeresschlitten erzitterte, als die Ventile Seewasser in die Flutkammern einließen und dadurch den Auftrieb verringerten. Er spürte, wie das kleine Fahrzeug sank und sie mit sich nahm . . .

Dann sagte Graciela: „Schauen Sie! Dort können Sie allmählich die Farmen unter uns erkennen!"

Aus dem Dunkel unter ihnen traten allmählich schwache rötlichgelbe Lichter hervor. Graciela beschleunigte gerade so viel, daß sie den Kurs halten konnte. Die Lichter wurden zu riesigen freischwebenden Kugeln aus strahlender Energie mit der Leuchtkraft der Sonne, und darunter lag das Farmland, das Atlantica-City am Leben erhielt.

Die Unterwasserfarmen befanden sich in den breiten Hochtälern zwischen den Erhebungen des Atlantischen Mittelkamms, hoch genug, um nicht in die tödlichen Druckverhältnisse der großen Tiefen zu geraten. Der Untergrund bestand aus mit lebenspendenden Chemikalien angereichertem Schlamm. Er war in der Schüssel dieses Tales gefangen und wartete nur auf Licht, um durch das Wunder der Photosynthese etwas wachsen zu lassen.

Dieses Licht hatten die Menschen der Achtzehn Städte zum Meeresboden gebracht. Durch elektrische Energie, die von Thermalquellen erzeugt wurde, verteilten sie „Sonnenlicht". Zwölf Stunden Licht, zwölf Stunden Dunkelheit; selbst der Meeresgrund hatte jetzt seinen Tagesrhythmus.

Im Augenblick herrschte gerade die Tageshälfte des Zyklus. Unterwasserpflanzen gedeihen anders als Landorganismen. Bei Licht und anständiger Bebauung produzierten diese Unterwasserfarmen mehr Erträge pro Hektar als jedes beliebige Weizenfeld in Kansas.

„Also", sagte Botschafter Quagger. „Was sind diese Metalldinger da? Sie sehen gefährlich aus."

Er starrte auf die schweren Maschinen, die die Farmarbeiter verwendeten – und die bald die Kraken bedienen würden –, um Kraftwerkteile zu reparieren und um die Farmen selbst zu versorgen. Sie sehen beinahe wie Panzer aus, dachte Graciela, beeilte sich jedoch, Quagger zu beruhigen. „Nein, das sind nur Werkzeuge", begann sie, aber der Botschafter hörte ihr nicht zu.

„Und was ist das Ding auf Rädern?" wollte er wissen und deutete mit einem fetten Arm auf den Radschlauch, der sein Material auf den Feldern ablud.

„Oh, das ist Dünger, Botschafter Quagger. Das sind die Abfälle von Atlantica-City, wissen Sie? Wir ergänzen die Mineralien, die wir dem Boden entziehen."

„Mit *Kloake?*" schrie er schreckerfüllt auf. „Um Himmels willen! Ich habe immer gewußt, daß Schwimmhäutler schmutzig sind! Aber das ist furchtbar; ich glaube nicht, daß ich hier einen Bissen zu mir nehmen kann!"

„Aber Botschafter Quagger", Graciela versuchte angestrengt, einen höflichen Ton beizubehalten, „daran ist nichts Ungesundes. Alles Material wird vor Verlassen der Kuppel bestrahlt. Kein einziger Krankheitserreger bleibt am Leben."

„Das ist ekelhaft", sagte Quagger streng. „Gibt es noch viel, was ich mir ansehen muß?"

Tregarth schluckte die Bemerkung hinunter, die er gerne ausgesprochen hätte. Dieser Tölpel war nicht nur beleidigend, er war auch noch gelangweilt! Er brachte weder die Klugheit noch das Verständnis auf, um zu begreifen, welch einen Triumph diese Unterwasserfarmen darstellten!

Inzwischen brachte sie Graciela zu dem Gebiet, in dem die Thermalquellen an die Oberfläche brachen. „Da kommt unsere Energie her", sagte sie und deutete auf die Nexoblase, die einen halben Hektar des Meeresbodens bedeckte. „In dieser Kuppel fangen wir das heiße Wasser aus den Thermalquellen auf und verwenden es zur Elektrizitätserzeugung. Die Energie speichern wir in den Oxymetallhydridzellen, die alle unsere Aggregate betreiben; außerdem sind die Quellen sehr mineralhaltig, und . . ."

„Und diese Mineralien kaufen wir von Ihnen", ergänzte der Botschafter, „weil Sie natürlich nicht über die Technologie verfügen, die Erze selbst zu veredeln. Aber sagen Sie mir eins: Wenn Sie die von den Quellen erzeugte Elektrizität für alle Lebensbereiche verwenden, warum wollen Sie dann Uranibrennstoff von uns haben? Stellen Sie insgeheim Bomben her?"

„Bomben?" keuchte Graciela. „O nein, Botschafter Quagger! Es ist nur so, daß einige unserer U-Boote immer noch nuklear angetrieben werden. Wir würden ganz sicher keine Bomben bauen."

„Das hoffe ich auch nicht." Der Botschafter warf ihr einen bösen Blick zu. „Das wäre ausgesprochen unklug."

Graciela nickte und versuchte ihren Vortrag fortzusetzen. „Die Erze aus diesen Quellen sind besonders reich an . . ."

„Ach, ersparen Sie mir das!" brummte Quagger gereizt. „Die Bürgermeisterin hat mich bereits mit ausführlichen Studien über die Quellen und alles andere versorgt. Junge Frau, gibt es denn nichts Sehenswertes? Bisher haben Sie mir nichts gezeigt, das ich nicht schon kannte!"

Eine Pause trat ein, bevor Graciela antwortete. Sie sagte nur: „Also gut, Herr Botschafter, machen wir uns auf den Weg zu den Kraken."

Sie schob den Geschwindigkeitshebel nach vorne und führte den Schlitten von der Quellenkuppel fort.

Auf dem Sonarschirm sah Tregarth wieder die Unterwassergipfel aufragen. Dann entdeckte er etwas anderes und rief: „Graciela! Was ist das?“

Das Mädchen blickte ihn verwirrt an und neigte dann ihren Helm, um einen Blick auf den Schirm zu werfen. „Ja, da ist ein helles Abbild“, sagte sie. „Oh, warte mal – das ist nur ein Verstärker für das Lasernetz, siehst du?“

„Kann nicht sein!“ beharrte Tregarth. „Gerade eben war da noch etwas anderes – ein kleines Arbeitsunterseeboot, glaube ich.“

„Ach, ich weiß nicht“, sagte Graciela zweifelnd. „Das sind meine Farmen, Ron. Zur Zeit sollte sich keine Arbeitsmannschaft hier aufhalten.“

„Etwas habe ich aber gesehen!“ Was immer es auch gewesen sein mochte, er konnte es nicht mehr auf dem Sonarschirm entdecken.

Die Gipfel ragten noch höher vor ihnen auf. Graciela schien sie kaum zur Kenntnis zu nehmen, als sie ihre Ansprache für den Botschafter wiederaufnahm. „Um den Meeresboden zu bestellen, muß er abgeerntet werden, und natürlich müssen die heranwachsenden Pflanzen beschützt werden – sonst würden die hier lebenden Organismen sie ebenso rasch fressen, wie sie heranwachsen. Die Kraken fressen die Lebewesen, die für uns Schädlinge sind. Aber weil wir jetzt einigen von ihnen Kommunikation beigebracht haben, können sie auch andere Aufgaben übernehmen. Bisher wurden die Anpflanz- und Erntearbeiten von Menschen erledigt, die den Meeresboden mit Traktoren und Dreschmaschinen befahren haben. Aber bald werden die Kraken das für uns tun! Und bald – aber da sind wir, Herr Botschafter. Einen Augenblick noch . . .“ Sie schaltete auf die Außenlautsprecher um und rief: „Nessus! Graciela hier! Du komm, ja!“

Sie hatte den Antrieb abgeschaltet. Sie hingen über den schwebenden Lichtern dieser Farm, deren reife Pflanzen weit unter ihnen zu erkennen waren.

„Ich sehe keine Kraken“, brummte der Botschafter, als er nach unten spähte.

„Sie sind noch nicht da“, erklärte Graciela, wobei sie wieder die Anzugsprecher verwendete. „Hinter der Erhebung dort fällt der Boden steil ab; dort gibt es Tiefen, die wir noch nicht aufsuchen können, aber die Kraken leben dort. Einen Moment . . ., ich rufe jetzt einen der Farmarbeiter herbei." Und als sie wieder die Außenlautsprecher einschaltete, dröhnte ihre Stimme durch das Meer: „Nessus! Du komm, ja!"

„Farmarbeiter", schnaubte Quagger. „Sie meinen wohl Monster! Und warum lügen Sie mich an?"

„Lügen?" wiederholte Graciela fragend. Ihre Stimme klang nicht zornig oder beleidigt, lediglich verwundert.

Aber Tregarth war wütend; wie konnte dieser Kerl es wagen, die Frau, die er liebte, eine Lügnerin zu nennen?

„Sie sagen, daß Sie ihn herbeirufen", fuhr Quagger inzwischen mit einem hämischen Lachen fort. „Sie halten mich für so unwissend, daß Sie glauben, mir alles mögliche auftischen zu können, aber zufällig weiß ich, daß Kraken taub sind. Man hat mich sehr wohl davon in Kenntnis gesetzt, daß sie überhaupt nichts hören können!"

„Oh!" Graciela versuchte ein Kichern zu unterdrücken. „Das stimmt in der Tat, Herr Botschafter. Sie sind wirklich taub. Sie haben nicht nur keine Ohren, in ihren Gehirnen gibt es noch nicht einmal ein akustisches Nervenzentrum. Ein Krake kann nichts hören – und gerade das ist für sie ein evolutionärer Vorteil gewesen."

„Welch ein Mist!" brummte der Botschafter verächtlich. „Für welch einen Narren halten Sie mich eigentlich? Wie kann Taubheit ein evolutionärer Vorteil sein?"

„Wegen der Wale", erklärte Graciela kurz angebunden. „Die Kraken haben einen großen natürlichen Feind, die Zahnwale. Kraken sind ihre bevorzugte Beute, aber die Kraken haben die natürliche Verteidigung der Taubheit. Sehen Sie, die Zahnwale fangen ihre meisten Beutetiere dadurch, daß sie laute Schallwellen ausstoßen. Kraken sind schwieriger zu fassen, weil sie taub sind. Der Schall lähmt die Kraken nicht, wie es bei Fischen geschieht."

„Aha", knurrte der Botschafter. „Wenn Sie zugeben, daß Kraken nichts hören können, warum erwarten Sie dann von mir, Ihnen zu glauben, daß Sie eine der Bestien herbeirufen?"

Graciela konnte ihr Lachen nicht unterdrücken. „Tut mir leid, Herr Botschafter", entschuldigte sie sich, „aber ich dachte, daß Sie über die Implantate Bescheid wüßten. Alle unsere

Krakenschüler haben ein Schallumwandlungsimplantat. Das ist diese Metallerhebung an ihren Zwischenhäuten. Die Implantate wandeln Schall in elektrische Nervenimpulse um, die direkt in das Gehirn der Kraken eingespeist werden. Die Tiere nehmen sie als komplexe Reizmuster auf, und durch die Ausbildung lernen sie, diese zu interpretieren. Wie Sie gehört haben, können sie sogar antworten."

Der Botschafter gab ein zorniges Schnauben von sich. Allerdings hatte er – wie Tregarth eine halbe Sekunde vor ihm – auch bemerkt, daß sich unter ihnen etwas tat.

Auf dem Sonarschirm tauchte ein Bild auf. Es wurde heller und vergrößerte sich rasch. Es bewegte sich so schnell, daß Tregarth instinktiv nach dem Harpunenbogen griff, der an seiner Seite hing. Er spannte ihn nicht. Er hätte auch nicht die Zeit dazu gehabt. Ein sechs Meter langer schieferblauer Koloß tauchte aus dem Abgrund auf und gesellte sich zu ihnen. An der Stelle, wo die Tentakel in den großen Kopf mündeten, betrachtete ein starrendes Auge, das größer als Tregarths Helm war, die drei Menschen auf ihrem Meeresschlitten.

Einer der kurzen Tentakel rollte sich zurück, um Schaltungen an einem in der Zwischenhaut eingelassenen Metallgegenstand vorzunehmen. Aus dem Gerät sprach sie eine unmenschliche Stimme an.

„Nessus hier, Graciela", verkündete ihr Lieblingsschüler. „Quallenmann hier, warum?"

Der Botschafter gab ein wütendes Prusten von sich, das in Tregarths Gelächter unterging. Quallenmann! Der Name paßte nun wirklich!

Bevor Quagger vor Wut losbrüllen konnte, sagte Graciela hastig: „Nessus! Mann Freund, ja! Du bist auch Freund, ja!"

Das große starre Auge betrachtete sie, und die Tentakel wanden sich langsam hin und her, während der Krake auf gleicher Höhe mit ihnen blieb. Tregarth fiel auf, daß sich Nessus hier im offenen Meer anders benahm. Hier war sein Territorium, und menschliche Lebewesen, selbst die Bewohner aus Atlantica-City, waren nur Eindringlinge. Dann strichen die Tentakel über den Kommunikator, und die Stimme verkündete: „Quallenmann Freund nicht! Stinkt schlecht heiß, ja!" Und mit einer leichten Bewegung der verkümmerten Flossen wirbelte der

Krake davon. Er blieb am Rande des Sichtfeldes, schwebte auf der Stelle, während die großen Tentakel umherschwangen.

„Graciela", bat Tregarth, „laß ihn nicht gehen! Frag ihn, ob er etwas über das U-Boot weiß."

Graciela sah ihn verwirrt an. „Welches U-Boot? Ach, du meinst das, das du dort hinten zu sehen glaubtest? Aber ich habe dir doch schon gesagt, mein Lieber, da konnte gar kein U-Boot sein . . ."

„Frag ihn!" befahl Tregarth schroff.

„Na gut." Sie verstellte ihren Richtlautsprecher und rief dem Kraken zu: „Nessus! Ich stelle Frage, ja! Du siehst Menschstahlfisch heute, ja?"

„Nessus sieht Menschstahlfisch nicht", erwiderte der Krake, dessen hohle Stimme wie aus dem Grab hallte.

„Frag ihn, ob er sicher ist", sagte Tregarth. „Und bitte ihn, etwas näher zu kommen . . ."

In diesem Augenblick fand der Botschafter seine Stimme wieder. Er schlug auf die Außenlautsprecherregler, und seine wütenden Worte donnerten durch das Meer. „Wagen Sie es ja nicht!" brüllte er. „Lassen Sie ihn nicht näher kommen! Was sollte das überhaupt, diese gefährliche Kreatur herbeizurufen?"

„Ich wollte Ihnen nur den Kraken im freien Meer zeigen", sagte Graciela wie zur Entschuldigung. „Ich verspreche Ihnen, daß keinerlei Gefahr besteht – obwohl ich dachte . . ."

„Sie haben überhaupt nicht gedacht! Dieses Monster hat mich schon einmal angegriffen. Ich warne Sie, sollte mir irgend etwas zustoßen, wird meine Regierung ganz sicher Vergeltung üben!" Der Krake kam interessiert näher und lauschte den unbekannten Worten. Quagger zuckte zusammen. „Bringen Sie mich sofort zur Kuppel zurück!" befahl er. „Ich werde darüber einen Bericht verfassen. Ich verspreche Ihnen, diese Beleidigung des PanMack-Konsortiums werden Sie bereuen!"

Kapitel 3

NESSUS begleitete sie, während sie im Meeresschlitten dahinfuhren, auf dem ganzen Weg nach Atlantica-City. Botschafter Quagger verharrte in sturem Schweigen, ganz gleich, was ihm von Graciela an höflicher Unterhaltung angeboten wurde. Ein wahrer Erbe der schlechten McKen-Linie, dachte Tregarth, jener Leute, die die Regierungen der gesamten westlichen Halbkugel tyrannisiert hatten.

Als sie die gelbgrünen Lichter der Kuppel sahen, bat Tregarth: „Graciela, laß uns am Dock vorbeifahren. Ich würde gerne einen Blick auf mein Schiff werfen – falls es dem Botschafter nichts ausmacht."

„Dieser Ausflug ist nicht zu Ihrer Belustigung gedacht, Kapitän Tregarth!" entgegnete Quagger trotzig. „Ich wünsche so rasch wie möglich wieder ins Trockene zu gelangen."

„Aber es ist kein Umweg", erklärte Graciela und veränderte den Annäherungswinkel geringfügig. „Sehen Sie, wir sind schon fast da."

Und tatsächlich konnten sie das Gefüge aus Röhren und Säulen sehen, das die große Nexokuppel umgab. In dem Gewirr kauerte ein halbes Dutzend Unterseeboote, kleine Fähren und riesige Ozeantransporter, die über Schleusenverbindungen mit der Kuppel verbunden waren. Das nächstgelegene Fahrzeug war das größte: ein schlankes, dunkles Schiff, das über hundert Meter lang war. Die Lichter waren eingeschaltet, was bedeutete, daß sich eine Mannschaft an Bord befand und daß die Nuklearmaschinen zu Überprüfungen angelassen worden waren.

„Das ist mein Schiff!" verkündete Tregarth stolz. „Die *Atlantica Queen.* Sie wird gerade beladen, und in vierundzwanzig Stunden fahre ich mit ihr in den Hafen von Baltimore ein. Wollen Sie nach Hause mitgenommen werden, Herr Botschafter?"

„Ganz sicher nicht", stellte der fette Mann empört fest. „Wenn ich zurückkehre, wird es mit meiner eigenen Luftjacht geschehen, der *Quagger eins.* Und ich werde nicht nach Baltimore gehen – das gehört zum Imperium meines Vetters General Marcus McKen. Ich werde ohne Zwischenlandung in meine eigene Hauptstadt fliegen."

Der Blick des Botschafters fiel plötzlich auf ein kleines Fahrzeug, das im hellen Schimmer einer Nexopanzerung erglänzte. In dessen Nähe bewegten sich Gestalten in auftriebsneutralen Anzügen, die jede Naht im Rumpf gewissenhaft überprüften.

Der Botschafter holte Luft. „Verrat! Schande!" schrie er. „Sie haben ein gepanzertes Fahrzeug! Das ist eine illegale Angriffswaffe! Sie haben Ihr vertragliches Wort gebrochen, daß keine der Achtzehn Städte jemals eine Kriegsflotte unterhalten wird!"

„O nein, Herr Botschafter, das ist keine militärische Panzerung", besänftigte ihn Tregarth. „In den Achtzehn Städten haben wir keine Kriegsschiffe – wofür sollten wir sie verwenden?"

„Ich kann es doch mit eigenen Augen sehen!" schrie Quagger. „Als nächstes werden Sie es für verräterische Angriffe auf unsere friedlichen PanMack-Schiffe verwenden!"

Friedliche Schiffe! Jedermann wußte, daß die PanMack-Flotte mit Raketenwerfern und Laserkanonen ausgerüstet war! Tregarth öffnete den Mund, um eine heftige Antwort zu geben, doch Graciela kam ihm zuvor. „Die *Thetis* ist ein Forschungsschiff, Herr Botschafter", sagte sie gelassen. „Sie wird tiefer tauchen als alle unsere gewöhnlichen Schiffe – Rons Erster Offizier Vera Doorn wird es befehligen. Um die Tiefen erforschen zu können, wird die zusätzliche Panzerung benötigt. Jedes andere Schiff würde sofort zermalmt werden."

„Wirklich?" höhnte der Botschafter. „Nehmen wir einmal an, daß es stimmt, was Sie da sagen: Können Sie denn garantieren, daß keines Ihrer unzufriedenen Elemente es kapern und für militärische Zwecke einsetzen könnte?"

„Wir haben keine unzufriedenen Elemente", erwiderte Graciela.

„Aber ihr seid hier unten schrecklich nachlässig. Wo sind die Sicherheitskräfte? Schließlich wurde Ihnen bereits von einigen unbekannten Personen ein Arbeits-U-Boot gestohlen!"

„Oh, das dürfen Sie nicht glauben. Es stimmt zwar, daß eines der Arbeits-U-Boote vermißt wird, aber dabei handelte es sich vermutlich um einen technischen Fehler – die Halterungen müssen sich gelöst haben, und es muß abgetrieben sein. Das war vor Wochen . . ."

„Woher haben Sie das erfahren?" fragte Tregarth grob.

„Oh, man hört so dieses und jenes", sagte Quagger ausweichend. „Und Sie hatten ein starkes Interesse an dem U-Boot, das Sie draußen in den Tiefen zu sehen glaubten, nicht wahr?"

„Ich dachte allerdings, daß es sich um das vermißte Boot handeln könnte", gab Tregarth zu.

Plötzlich entdeckte der Botschafter Nessus, der immer noch in der Nähe war. „Ihr Fisch da – was macht er denn jetzt schon wieder?"

Als Graciela und Tregarth sich umdrehten, sahen sie, daß Nessus auf die *Thetis* zugeglitten war und sich recht eigenartig benahm. Die langen Tentakel zuckten unkontrolliert, als er gefährlich nahe an die Arbeiter herankam, die mit Meßinstrumenten über die Hülle des Forschungsschiffes fuhren. Nessus hatte den Blick auf den stumpfen Treibstoffzylinder gerichtet, der in die Schleuse des Maschinenraumes eingelassen wurde.

„Nein, Nessus!" schrie Graciela. „Nicht anfassen! Gefahr hier, ja! Geh fort, ja!"

Der Krake wand sich krampfhaft, dann drehte er sich langsam um und glitt davon.

Graciela holte tief Luft. „Das Schiff wird aufgetankt", erklärte sie. „Dabei handelt es sich um hochkonzentrierten Nukleartreibstoff, und aus irgendeinem Grund reagieren die Kraken in letzter Zeit sehr empfindlich auf die Gegenwart von Radionukliden. Sie scheinen ihre Reflexe durcheinanderzubringen. Es tut mir wirklich leid, falls es Sie erschreckt haben sollte, Herr Botschafter . . ."

Aber Quagger war sehr schlechter Laune. „So wie es Ihnen leid getan hat, als mich die Bestie am Becken angegriffen hatte! Ich habe genug, junge Frau! Ich will auf der Stelle in die Kuppel zurück!"

Als sie über die Frachtdocks hineingegangen waren, nutzte Tregarth den Augenblick, um einen kurzen Besuch bei der *Atlantica Queen* zu machen; er versprach Graciela, sich im Unterwassermuseum wieder zu ihnen zu gesellen.

Als er im Museum eintraf, hörte er in aller Ruhe Gracielas Kommentar zu den Ausstellungsstücken zu. Der Botschafter dagegen war sichtlich gelangweilt. Er sah immer wieder auf seine Uhr, als Graciela auf einen im Ozean geborgenen Schatz nach dem anderen hinwies.

„Aber Herr Botschafter", protestierte Graciela, „sehen Sie sich nur einmal diese Darstellung an!" Graciela zeigte auf eine holographische Aufnahme eines nur ungenau wahrnehmbaren

Objekts. Was immer es war, es funkelte in abgrundtiefer Finsternis. „Von einem Robot-U-Boot aufgenommen. Es ist vielleicht ein Jahrhundert alt oder älter – vielleicht ein Stück eines auseinandergebrochenen Marineunterseeboots aus einem der großen Weltkriege!"

Der Botschafter starrte mürrisch darauf. „Ich frage mich, ob die atomaren Sprengköpfe immer noch funktionieren", sagte er. „Aber Sie wissen gar nicht, ob es sich um ein Kriegsboot handelt, nicht wahr? Sie rätseln bloß herum."

„Wir werden nicht mehr lange rätseln", behauptete Graciela. „Dies gehört zu den Dingen, die Vera Doorn untersuchen soll, wenn sie mit der *Thetis* tiefer hinuntergeht, als es irgendeinem unserer U-Boote jemals gelungen ist . . ."

Ron Tregarth hörte jetzt nicht mehr zu. Ihn beschäftigte nur noch eine Frage, nachdem ihm Jill Danner auf seinem kurzen Besuch bei der *Atlantica Queen* etwas mitgeteilt hatte. Was hatten die PanMacks diesmal vor?

Graciela fuhr mit ihren Erklärungen fort. „Es gibt Dinge im Meer, die niemals richtig untersucht worden sind, besonders nicht unterhalb der Dreikilometergrenze. Unsere Wissenschaftler sagen . . ."

„Wissenschaftler!" höhnte Quagger und verzog das Gesicht zu einer Grimasse des Abscheus. „Kein Wunder, daß Sie so zurückgeblieben sind! Sie verschwenden Ihre Ressourcen auf die Befriedigung eitler Neugier." Er starrte Graciela böse an. „Wir verwenden unsere Wissenschaftler sinnvoll! Keine Wissenschaft um der Wissenschaft willen. Wir wollen Ergebnisse. Besseren Treibstoff! Neue Maschinen! Stärkere Waffen! Dafür ist Wissenschaft gut, nicht um Zeit und Geld zu verschwenden, um in Dingen herumzustochern, die keinem vernünftigen Menschen wichtig sind."

Tregarth sah seine Chance. Er trat vor und räusperte sich. „Ist Raumfahrt wichtig?" fragte er höflich.

Die Wirkung dieser Frage auf Botschafter Quagger war erschütternd. Sein feister kleiner Unterkiefer klappte herunter, die kleinen Augen traten hervor. „Wovon . . ., wovon, zum Teufel, reden Sie eigentlich?"

„Ich habe nur Gerüchte gehört", sagte Tregarth leichthin. „Meine Freunde auf der *Atlantica Queen* erzählten mir von

Funkberichten von einem unserer Schiffe. Sie sagen, daß Ihre Leute wieder eine Raumerkundungsrakete starten, nur schikken Sie das Schiff diesmal zu einem Kometen."

Graciela starrte ihn mit großen Augen an. „Eine Weltraumsonde, Ron? Nach all den Jahren? Und zu einem Kometen? Aber nein, die Landratten würden doch nicht . . ."

Quagger unterbrach sie, als er sich wütend an Tregarth wandte. „Das sind Geheiminformationen, junger Mann! Für das bloße Erwähnen des Kometen Sicara könnten Sie verhaftet werden. Das ist eine klare Verletzung der Sicherheitsbestimmungen . . ." Er brach ab, als er sich daran erinnerte, daß er sich an einem Ort aufhielt, wo die Sicherheitsbestimmungen der PanMack Corporation keinerlei Wirkung besaßen. Sofort änderte er seine Taktik und bemühte sich, gute Laune zu zeigen. „Nun, jedenfalls", sagte er salbungsvoll, „sind wir natürlich nicht bestrebt, sämtliche wissenschaftliche Forschung einzustellen. Wir bestehen einfach nur darauf, daß sie sinnvoll ist."

„Dieser Komet Sicara", drängte Tregarth weiter. „Gibt es einen Grund, warum ein Flug zu ihm sinnvoll sein könnte?"

Der Botschafter hatte seine Fassung zurückerlangt. „Ach, Sie wissen ja, wie das ist. Man kann sich nicht alle technischen Details merken. Aber es gibt einen Grund, warum das Unternehmen die Kosten wert ist. Ich weiß allerdings nicht mehr, was es war." Er warf einen Blick auf seine Uhr. „Mein Gott, es ist Zeit für mich. Eine kleine Büste von mir wird Ihnen als Dank für Ihre Gastfreundschaft überreicht werden."

Ron Tregarth folgte dem Botschafter nicht, als der davonwatschelte. Er war tief in Gedanken versunken. Zum erstenmal hatte er den Namen des Kometen Sicara gehört. Und weder er noch sonst jemand hatte je von dem Ewigen gehört . . ., obgleich sie es beinahe gesehen hatten.

Kapitel 4

GRACIELA NAVARROS Dienst als Fremdenführerin für den Botschafter endete, als der Mann bei einer Ansprache an die führenden Bürger von Atlantica-City seinen letzten offiziellen

Auftritt hatte. Wundersamerweise beschwerte sich Quagger über gar nichts, sondern bedankte sich sogar bei Graciela. „Da ich früh am Morgen aufbrechen muß", erklärte er schließlich, „möchte ich Ihnen allen als kleines Pfand meiner Wertschätzung etwas überreichen – eine Büste, die von einem unserer begabtesten Bildhauer geschaffen wurde. Newt!" Der Botschafter schnippte mit den Fingern, und Newt Bluestone trat mit dem schimmernden Metallgegenstand vor.

Tregarth wußte nicht, ob er lachen oder weinen sollte. Diese Unverschämtheit! Als ob irgend jemand tagein, tagaus das schmollende Gesicht dieses Fettwansts ansehen wollte! Die Büste war eine exakte Kopie derjenigen, die er der Krakenschule vermacht hatte, und in gleicher Weise bestand Quagger darauf, sie dort aufzustellen, wo er gerade stand. „Nicht auf einem sogenannten Ehrenplatz in Ihrem Museum", sagte er mit öligem Lächeln, „sondern hier, an der Basis Ihrer Kuppel als Symbol, wie lebenswichtig es für uns alle ist, daß unsere Beziehungen in Freundschaft und Zusammenarbeit auf ewig fortbestehen sollten! Bilder, Newt!" Er winkte die Bürgermeisterin und Graciela herbei. „Wir dürfen unsere Verantwortung der Nachwelt gegenüber nicht vergessen! Paß auf, daß du gute Bilder von mir mit den beiden hübschen Damen machst . . ."

Eine Stunde später waren Graciela und Ron wieder in der Krakenschule, und Graciela schwamm im Pool herum und versuchte, die Erinnerung an Quagger loszuwerden, der ihr vertraulich den Arm um die Hüfte gelegt hatte. Nur zwei Kraken waren bei ihr, Holly, das junge Weibchen, und ein jüngeres Männchen, das noch keinen Namen erhalten hatte.

Tregarth wartete geduldig. Zwar brannte er darauf, wieder an Bord seines Schiffes zu gehen, doch wollte er die letzten wenigen Stunden mit der Frau verbringen, die er liebte. Tregarth staunte darüber, wie wichtig Graciela Navarro in so kurzer Zeit für ihn geworden war. Es war weniger als sechs Monate her, seit sie zum erstenmal über persönliche Dinge gesprochen hatten. Sie hatten seither bei weitem keine sechs Monate miteinander verbracht, denn vier Monate war er auf Reisen gewesen.

Graciela sprach laut mit den Kraken. Gehorsam begannen

sie mit dem schweren Landwirtschaftsgerät zu üben. Sie zog sich vor Tregarth in die Höhe und schüttelte Wasser aus ihrem Haar. „Ron, ich habe nachgedacht –"

„Ich auch", unterbrach er sie. „Laß uns heiraten. Heute noch!"

„Ach, Ron, wenn wir das doch nur könnten!" erwiderte sie zärtlich, aber bestimmt. „Aber du hast dein Leben, und ich habe meines . . . Nein, ich meine, ich habe über Botschafter Quagger nachgedacht. Er hat etwas vor, da bin ich ganz sicher. Es gibt einen anderen Grund, warum er hierhergekommen ist."

„Quagger ist ein abscheulicher Kerl. Ich traue ihm nicht über den Weg. Aber was könnte er vorhaben?"

„Ich weiß es nicht. Was ist mit dieser Weltraumrakete? Damit stimmt doch was nicht. Ich weiß, daß es kein reiner Forschungsflug ist, ganz gleich, was er dazu sagt. Und woher wußte er von dem fehlenden Arbeits-U-Boot?"

„Das ist nicht unbedingt ein Geheimnis. Jedenfalls habe ich meine mögliche Entdeckung Sandor Tisza mitgeteilt, er wird es in das Kommunikationsnetz eingeben, und alle werden die Augen offenhalten."

„Nun, ich bin jedenfalls froh, daß er wieder weg ist – o verdammt, Holly!" Graciela sah, wie das Krakenweibchen einen Meerespflug aus den Tentakeln des kleineren Männchens zu nehmen versuchte. „Bin gleich wieder da!"

Und sie schwamm davon und rief ihren Schützlingen Befehle zu.

Tregarth sah ihr sehnsüchtig hinterher. Sie ging mit den Kraken so wunderbar um. Sie gehorchten ihr, und sie antworteten ihr sogar! Das war das wirkliche Wunder. Zum erstenmal seit Anbeginn der Zeit hatte die menschliche Rasse eine andere Spezies, mit der sie reden konnte! Die Menschen hatten es vergeblich mit Hunden, Affen und Delphinen versucht. Aber erst mit den Kraken konnte es einen echten Dialog geben!

Die Sprache war aus der Taubstummensprache und aus Symbolen entstanden – die natürliche Kommunikation von einem Kraken zum anderen geschah offenbar fast ausschließlich durch Farbwechsel auf der Haut. Aber sie hatten es gelernt, sich mit Symbolen und Farbkarten zu verständigen.

Tregarth beobachtete nun, wie Graciela zwischen ihren beiden Kraken herumflitzte, den Pflug aus Hollys Tentakeln zerrte und dabei Befehle schrie. Er wußte, daß jeder der beiden sie augenblicklich in Stücke reißen konnte. Diese riesigen unmenschlichen Körper waren so stark! Und sie schienen beinahe unverletzbar zu sein. Jedesmal, wenn ein Krake durch die Schleuse in die Schulkuppel kam, erlitt er einen Druckverlust von zweitausend Meter Tiefe auf Meereshöhe. Warum explodierten ihre Körper dabei nicht? Ein Mensch würde bei einem derart drastischen Übergang sofort sterben, ebenso wie jedes andere Meerestier, Fisch oder Qualle oder Schalentier . . .

Er drehte sich um und sah Jill Danner, seinen neuen Ersten Offizier, mit einem Stapel Frachtlisten auf sich zukommen. „Gibt's was Neues von der PanMack-Weltraumsonde?" fragte er sie.

Sie schüttelte den Kopf. „Die Bürgermeisterin hat die Überwacher auf der Oberflächenplattform ersucht, alle Nachrichtenlogs der letzten zwei Tage durchzusehen. Vielleicht entdecken wir dort etwas. Bisher habe ich nur den ersten Bericht von einem PanNegra-Boot vor Port Canaveral, den die Leute von der *Atlantica Princess* weitergegeben hatten. Sie wußten, daß eine Weltraumrakete für den Start vorbereitet und daß über einen Kometen gesprochen wurde."

„Also haben die Landratten es geheimzuhalten versucht", sagte Tregarth nachdenklich.

„Das nehme ich an", sagte Jill. „Kapitän? Vielleicht haben sie das mit dem Kometen falsch verstanden. Ist es nicht möglich, daß es eine ganz normale Versorgungsrakete für eines der O'Neill-Habitate war?"

„Auf keinen Fall", erwiderte Tregarth entschieden.

Von den ursprünglichen Habitaten waren nur vier gestartet worden, von denen wiederum nur eins, Habitat Walhalla, völlig fertiggestellt und bemannt worden war. Wenige der frühen Weltraumsiedler hatten es gelernt, sich mit all den Begrenzungen und Unbequemlichkeiten in den Raumstationen anzufreunden, die sie Blechdosen nannten; die meisten hatten den Mut verloren und waren wieder zur Erde zurückgekehrt. Sogar in Walhalla waren nur wenige Hundert zurückgeblieben, obwohl es Platz für Zehntausende gegeben hätte.

„Wenn es ein ganz normaler Start gewesen wäre", sagte Tregarth, „dann wäre Quagger nicht so durcheinander gewesen."

„Ich glaube, wir sind alle ein wenig durcheinander", seufzte Jill. „Was war das mit dem Kraken, der vor der *Atlantica Queen* durchdrehte?"

„Ach, nichts Ernstes. Ihr hattet gerade eine Treibstoffkapsel verladen, und ich nehme an, er spürte die Radioaktivität."

Er sah stirnrunzelnd über das Becken, in dem Graciela die beiden Kraken davon überzeugt hatte, die Pflüg- und Erntewerkzeuge fortzulegen. Sie nahmen eine Reihe von Sensorinstrumenten an sich – Schallverstärker, die an die Stimulatoren in ihren Zwischenhäuten angeschlossen wurden, und Teleskope, die entsprechend der Augenstruktur eines Kraken gebaut und mit optischen Filtern für Maximalsicht in den trüben Tiefen ausgerüstet waren.

Graciela schwamm herbei. Sie begrüßte Jill Danner und gab Tregarth einen feuchten Kuß. „Ich brauche noch ein paar Minuten", sagte sie entschuldigend. „Irgend etwas hat sie erschreckt, und ich will sie erst beruhigen, bevor ich gehe."

„Ron wird noch eifersüchtig auf sie werden!" Jill Danner lachte und wurde dann ernst, als sie Tregarths Gesichtsausdruck bemerkte.

Die zwei Kraken waren Graciela wie zwei Welpen zur anderen Seite des Beckens gefolgt. Jetzt verhielten sie sich wirklich sonderbar. Der junge Namenlose hatte sein sonisches System fallen lassen und zuckte krampfhaft wie ein Mensch, der vor Wut zittert. Der andere, Holly, war direkt zum Rand des Pools unter die häßliche Büste Simon McKen Quaggers geschossen, und die langen Tentakel krochen aus dem Wasser auf das grinsende Ebenbild des Botschafters zu.

„Holly, nein!" schrie Graciela. „Bleib im Pool, ja! Faß Metallding nicht, nicht!" Sie schwamm zu den Kraken und scheuchte sie zum anderen Ende des Beckens, dann kam sie zu Tregarth und Jill Danner zurück. „Irgendwas stimmt nicht", erklärte sie. „Ich habe niemals gesehen, daß sie sich so verhalten, außer in der Nähe von Strahlung wie an der Treibstoffkapsel gestern . . ." Sie drehte sich plötzlich um und starrte auf die Büste von Simon McKen Quagger. „O Ron!" schrie sie auf.

„Was ist denn?" fragte Jill Danner ängstlich.

Tregarth sagte grimmig: „Es ist Strahlung, Jilly."

„Strahlung? Meinst du die häßliche kleine Büste? Glaubst du denn . . .?"

Aber Tregarth war schon aufgestanden. „Was ich glaube, ist unwichtig", sagte er. „Wir werden es herausfinden."

Neunzig Minuten später trafen sie sich mit der Bürgermeisterin an der Schleuse der Kuppel von Atlantica-City. Die Bürgermeisterin kochte vor Wut. Noch bevor Tregarth und die anderen ihre Helme abgelegt hatten, schrie sie schon los: „Hier hat er es also auch getan! Sobald ich Ihre Nachricht erhalten hatte, habe ich die andere Büste überprüfen lassen. Das gleiche Ergebnis! Da ist ganz sicher eine Atombombe drin. Eine Atombombe!"

Frank Yaro, der Oberingenieur von Atlantica-City, nahm Tregarth die häßliche Kupferbüste ab. „Ich bringe sie in die Werkstatt, und dann haben wir sie genau wie die andere in fünf Minuten entschärft. Aber es ist ganz sicher eine Atombombe. Wenn sie gezündet worden wäre, hätte sie die Kuppel weggeblasen."

Jill Danner erschauerte. „Das wird allmählich ekelhaft. Ich gehe besser zum Schiff, Kapitän – wir sollen in zwei Stunden auslaufen!"

„Mach das", bemerkte Tregarth, als er Frank Yaro den todbringenden Gegenstand behutsam wegtragen sah. „Wenigstens wird Quagger es nicht hochgehen lassen, solange er sich noch in der Kuppel befindet."

Die Bürgermeisterin nickte. „Er wartet in meinem Vorzimmer. Hatte auch noch den Nerv, sich zu beschweren, daß er mitten in der Nacht aus dem Schlaf gerissen worden sei! Aber er hat gar nicht geschlafen; er schickte über das Kommunikationszentrum verschlüsselte Nachrichten an sein Flugzeug, das ihn abholen wird." Sie ging Graciela und Tregarth zum Aufzug voran und sagte über die Schulter: „Ach ja, und ich habe eine Antwort von der *Princess* bekommen."

Sie reichte Tregarth ein dünnes blaues Blatt Papier, das er

rasch überflog. Die *Atlantica Princess,* ein Schwesterschiff seiner *Atlantica Queen,* war zwei Tage zuvor aus Port Canaveral ausgelaufen.

„Bisher weiß man lediglich, daß eine Rakete gestartet wurde, um einen Kometen namens Sicara abzufangen", erklärte Tregarth. „Es gibt allerdings ein Gerücht, daß die Rakete mit Atomwaffen bestückt sei. Einer von der Mannschaft erinnert sich, etwas von einem Tunguska-Fall gehört zu haben, was immer das auch sein mag."

Der Aufzug hielt auf der obersten Kuppelebene, und die Bürgermeisterin führte sie durch ihren privaten Zugang in ihr Büro. „Aha", sagte sie nüchtern, „also hat Frank mir die Daten aus dem Terminal geholt. Sie stehen schon auf dem Schirm."

Auf dem Bildschirm des Datenterminals befanden sich drei Einträge. Der erste trug die Überschrift „Tunguska-Fall" und war recht kurz. Er besagte lediglich, daß im Jahr 1908 ein großer Meteorit auf die Erde gestürzt und in der Nähe von Tunguska in Sibirien aufgeschlagen war. Der Eintrag endete mit „Siehe *Einschläge außerirdischen Ursprung*".

Die Daten hierzu waren weit umfangreicher. Auf dem Ausdruck waren Tausende von Kratern verzeichnet – einige waren auf der Erdoberfläche immer noch sichtbar, die meisten waren durch Regen und Wind ausgelöscht worden, so daß der einzige Hinweis auf ihre Existenz bestimmte, auffällige Mineralien waren. Als Querverweis wurde ein Eintrag mit der Bezeichnung *K-T-Auslöschung* angeführt.

K-T-Auslöschung bezog sich auf die Übergangszeit von der Kreidezeit zum Tertiär, in der drei Viertel aller großen Tiere auf der Erde ausstarben. Und diese Auslöschung stand im Zusammenhang mit einer kleinen, dünnen Ablagerung von Iridium, die sich überall auf der Welt zeigte. Dieses Iridium schien aus dem Weltraum gekommen zu sein, aller Wahrscheinlichkeit von einem Objekt, wie es in Tunguska eingeschlagen war, nur viel größer.

Tregarth schaute Graciela an. „Komet Sicara", keuchte er.

„Genau", sagte die Bürgermeisterin ernst. „Wissen Sie, was ich glaube? Ich glaube, Quagger und einige seiner Landratten haben vor Angst wegen dieses Kometen Sicara beinahe den Verstand verloren. Ich glaube, er hat diese Bomben gelegt, um uns zu zwingen, sie aufzunehmen, falls sich die Gefahr als real erweisen sollte."

„Dieser Mistkerl!" brummte Tregarth.

„Ich hole ihn jetzt rein", sagte die Bürgermeisterin. „Aber seien Sie bitte vorsichtig – denken Sie daran, daß er trotz allem diplomatische Immunität genießt."

BOTSCHAFTER SIMON MCKEN QUAGGER kam mit einem überfreundlichen Lächeln herein. „Meine liebe Bürgermeisterin!" rief er und stürzte vor, um ihre Hand zu ergreifen. Mit der anderen drohte er ihr schelmisch. „Es war gar nicht nett von Ihnen, mich von Wachen hierherbringen zu lassen! Denken Sie daran, ich bin ein Botschafter." Er wandte sich zu den anderen und rief: „Ah, da ist ja die süße junge Graciela! Und, äh, Kapitän, äh – heute habe ich gute Nachrichten für Sie! Der Bedrohung durch den Kometen Sicara wurde dank des Mutes und des Geschicks der PanMack-Friedensstaffel ein Ende gesetzt!"

„Wovon reden Sie eigentlich?" fragte Tregarth.

„Vom Kometen Sicara", bemerkte Quagger freundlich. „Das Ding war ein Ungeheuer! Es hätte außerordentliche Zerstörungen ausgelöst, falls man ihm gestattet hätte, auf der Erde aufzuschlagen. Glücklicherweise war uns das Problem schon seit einigen Wochen bewußt gewesen, und . . ."

„Moment mal", unterbrach ihn Tregarth. „Wenn sich die ganze Erde in Gefahr befand, warum haben Sie es dann nicht bekanntgegeben?"

„Nun, wegen der Gefahr einer Panik. Aber unsere tapferen Raumfahrer haben den Kometen erreicht und ihn vollständig zerstört!"

„Mit Atomwaffen", fügte Tregarth hinzu.

Auf Quaggers Gesicht erlosch das Lächeln. „Ich sehe, daß Ihnen nicht viel entgeht", sagte er zu Tregarth. „Jemand ist sehr unachtsam mit Geheimangelegenheiten gewesen, und ich werde es ganz sicher überprüfen lassen, wenn ich zurückkehre. Jedenfalls ist das schreckliche Ding jetzt weg, und es gibt keinen weiteren Grund für mich, hier unten in dieser . . ., in Ihrer schönen Stadt zu verweilen. Falls Sie keine weiteren Fragen haben, dann . . ."

Die Bürgermeisterin hob eine Hand. Sie war wieder ganz die

hohe Beamtin, die die gestrengen Pflichten ihres Amtes ausübte. „Ich habe allerdings eine Frage."

„Ach, wirklich? Nun, vielleicht kann Ihnen mein Amanuensis weiterhelfen. Ich bin recht müde nach diesem doch außerordentlich . . ."

Sie schüttelte den Kopf. „Nicht Ihr Amanuensis, Botschafter Quagger. Dies werden Sie selbst beantworten müssen. Sagen Sie mir, warum Sie in meiner Stadt Bomben gelegt haben."

Schweigend blieb Quagger stehen und starrte sie an. „Bomben, Madame?"

„Atombomben", sagte Tregarth. „Die in Ihren häßlichen Büsten verborgen waren. Vielleicht interessiert es Sie zu erfahren, daß sie jetzt entschärft sind."

„Ich verstehe", sagte Quagger nachdenklich und nickte. „Ich denke, daß es wirklich keinen Grund für mich gibt, mit meiner Abreise noch bis zum Morgen zu warten . . ."

„Atombomben sind die Waffen von Terroristen", erklärte die Bürgermeisterin bestimmt.

„Natürlich leugne ich offiziell alle Ihre Anschuldigungen." Der Botschafter verzog das fette kleine Gesicht zu einem herablassenden Grinsen. „Aber vielleicht sollte ich jetzt doch offiziell zur Sprache bringen, daß Sie entflohenen Verbrechern Zuflucht gewähren."

Die Bürgermeisterin starrte ihn entrüstet an. „Welchen Verbrechern?"

„Dem berüchtigten Terroristen Sandor Tisza!" rief Quagger triumphierend. „Er wird wegen vielerlei Schandtaten von den Regierungen des Vereinigten Europas gesucht sowie wegen Ausschreitungen gegen meine eigenen Kollegen im PanMack-Konsortium. Leugnen Sie nicht, daß Sie ihn hier verbergen! Ich habe ihn mit meinen eigenen Augen gesehen!"

„Wir haben kein Geheimnis aus Dr. Tiszas Anwesenheit gemacht", entgegnete die Bürgermeisterin scharf. „Er ist kein Terrorist, sondern ein Flüchtling."

„Er ist ein Verbrecher!" kreischte Quagger. „Er hat in Budapest friedliche Bürger angegriffen!"

„Er ist dort aus dem Gefängnis entflohen, ja. Dabei hat ihn die Geheimpolizei wieder einzufangen versucht, und es gab einen Kampf. Er hat niemanden getötet, Botschafter Quagger! In jedem Fall ist das eine Angelegenheit der Europäer und nicht Ihre."

„Ganz und gar nicht! Als er das PanMack-Konsortium verlassen hat, hat er sich des Betruges schuldig gemacht!"

„Nein." Die Bürgermeisterin schüttelte den Kopf. „Auf der Flucht ist er Ihren Grenzwachen entwischt, aber das ist in Atlantica-City kein Verbrechen. Ihr Ersuchen um Auslieferung haben wir bereits zurückgewiesen. Jetzt aber möchte ich endlich wissen, welche Entschuldigung Sie dafür haben, in meiner Stadt Bomben zu legen."

Quagger starrte sie einen Augenblick lang wütend an. Dann zuckte er die Achseln. „Ich habe Ihnen doch schon gesagt, daß ich nichts über irgendwelche Bomben weiß, Madame! Natürlich kann ich nicht sicher sein, daß sich keine Explosivstoffe in den Büsten meiner selbst befanden, die ich Ihnen überreicht habe. Schließlich habe ich die Dinger ja nicht selbst gegossen! In den unteren Klassen finden sich stets Unzufriedene. Vielleicht hegt irgendein verräterischer Fabrikarbeiter einen Groll gegen Atlantica-City . . ."

„Das ist eine Lüge!" entgegnete Tregarth scharf.

Quagger warf ihm einen forschenden Blick zu. „Lassen Sie mich Ihnen eine erfundene Geschichte erzählen. Stellen wir uns einmal vor, daß zu einer gewissen Zeit die souveränen Staatsoberhäupter einer gewissen Macht Grund zu der Annahme hatten, daß sie von einer großen Naturkatastrophe bedroht waren. Sie hatten eine Verpflichtung, ihre Länder zu retten, würden Sie nicht auch meinen? Und diese Leute hätten es vielleicht als notwendig erachtet, sicherzustellen, daß bestimmte, äh, andere Gebiete, die sich nicht in der gleichen Gefahr befanden, ihre natürliche humanitäre Verantwortung annehmen sollten, den Bedrohten Zuflucht zu gewähren. Wenn es nun Bomben gäbe oder, sagen wir, einen Weg, Gerechtigkeit durchzusetzen, würden Sie dann sagen, daß dazu kein Grund bestünde? Natürlich würde niemand erwarten, diese Waffen gebrauchen zu müssen, um bloße Gerechtigkeit zu erlangen! Man würde erwarten, daß jene, die Hilfe anzubieten hätten, dies fraglos auch tun würden . . ., aber man würde gut daran tun, nur für den Fall der Fälle solche Waffen bereitzuhalten –"

Bürgermeisterin McKen hatte die Nase voll. „Das reicht, Quagger", erklärte sie. „Sie werden formell aus Atlantica-City ausgewiesen. Sie haben sofort mit all Ihren Besitztümern abzureisen."

„Aber natürlich, Madame." Botschafter Quagger lächelte. „Ich war ohnehin dabei zu gehen."

Das Ewige hatte ausgeruht.

Eine zweifache Notwendigkeit hatte es hierhergebracht: die vorhergesehenen Gefahren, daß sich das Leben des Planeten in den Schatten der Auslöschung hineinentwickelte, und seine eigenen dringenden Zwangslagen. Es selbst war wahrlich unvergänglich, da seine Muster der Erinnerung und des Verstandes in Zellen gespeichert waren, die der Zeit und dem Wandel gegenüber immun waren, aber sein großes interstellares Fahrzeug bestand aus bloßem Metall, die alte Hülle war von weiten Reisen vernarbt und abgeschabt, der Antrieb und die Navigationsausrüstung waren abgenutzt und irreparabel beschädigt, selbst der Nottreibstoff war verbraucht.

Während es wartete, daß sich Geist entwickelte, daß benötigte Hilfe eintraf, war es auf den Boden einer ozeanischen Tiefe gesunken, die sich von allen zufälligen Gefahren des Landes weit abgelegen befand. Die eisige See deckte sich wie ein Tuch darüber, ein Schutz vor den Gefahren des freien Weltraums und den Wellen und Gezeiten des oberen Meeres, eine Zuflucht vor Sonnen und Stürmen.

Kein Licht konnte es erreichen. Berührt wurde es nur von dem langsamen Teilchenregen kosmischen Staubes und dem vom Wind herangetragenen Sand aus den Ödlanden, die sich aus dem Meer erhoben, und den mikroskopischen Abfällen sterbenden Lebens, die aus den Gewässern über ihm heruntertrieben. Dieser sich ansammelnde Schlamm verdickte sich, bedeckte es und ließ die Narben heilen.

Dort wartete es, ruhte sich aus, während sich flüchtige Generationen auf dem trocknenden Land entwickelten. Es wartete, doch war es niemals ungeduldig, denn diese Ruhepause war der allerflüchtigste Augenblick in seinem ewigen Dasein.

Als es das Regen erwachenden Geistes in den dunklen Gewässern über sich und die neue Gefahr spürte, die sich durch noch dunkleren Weltraum näherte, war es bereit. Das Warten hatte ein Ende.

Kapitel 5

DIE BÜRGERMEISTERIN begleitete Botschafter Simon McKen Quagger persönlich zu der Unterwasserfähre, die ihn von Atlantica-City fortbringen würde. Sie waren nicht allein. Vor der durchsichtigen Nexokuppel im Dock schwebte die Fähre neben Tregarths *Atlantica Queen* sowie neben Vera Doorns *Thetis* und einigen kleineren Fahrzeugen. Die Hälfte der U-Boot-Mannschaften stand beieinander. Sie wußten, was sich ereignet hatte. Die Nachricht hatte sich wie ein Lauffeuer verbreitet. Tregarth hielt Graciela Navarro an der Hand und nickte Vera Doorn ernst zu. In weniger als einer Stunde würde er ablegen.

„Leben Sie wohl, Herr Botschafter", sagte die Bürgermeisterin förmlich. Sie streckte ihm sogar die Hand zum Abschied entgegen.

Quagger schüttelte der Bürgermeisterin nicht die Hand, sondern blaffte nur seinen Sekretär an: „Schaffen Sie schon diese Taschen an Bord, Newt! Oh, ich kann es kaum erwarten, wieder die freie Luft des Landes zu atmen!"

Newt Bluestone stolperte mit dem letzten Gepäck des Botschafters an Tregarth vorbei und drehte sich um, um der kleinen Gruppe aus Atlantica-City einen sonderbar entschuldigenden Blick zuzuwerfen. Er hätte ein einigermaßen anständiger Mensch sein können, dachte Tregarth, wenn er zufällig in einer einigermaßen anständigen Welt gelebt hätte.

Als sich die Schleuse hinter ihnen schloß, fauchte Tregarth: „Gut, daß wir ihn los sind!"

Die Bürgermeisterin sah ihn nachdenklich an. „Er ist böse", räumte sie ein. „Die schlechten McKens sind alle gleich – sogar . . ." Die Bürgermeisterin hielt inne. Sie sprach selten über den McKen, den sie geheiratet hatte und dessen Namen sie immer noch trug.

Vor der Kuppel verließ Quaggers Fähre ihr Dock und stieg steil zur Plattform an der Oberfläche auf, wo sein Flugzeug wartete.

Die Bürgermeisterin seufzte und legte die Hand auf Tregarths Arm. „Jetzt ist es vorbei, Ron", sagte sie. „Wir können uns wieder um unsere Angelegenheiten kümmern. Und meine erste Angelegenheit wird darin bestehen, den anderen Bürgermeistern der Achtzehn Städte einen vollständigen Bericht über diese Sache zu geben! Ich frage mich, wie viele von ihnen in dieser Woche von hochrangigen Landratten besucht worden sind!"

SCHLIESSLICH war die *Atlantica Queen* bereit zum Auslaufen. Als Graciela durch die breite Nexoscheibe nach draußen spähte, sah sie den Kraken Nessus davor schweben. Mit seinem großen Auge betrachtete er sie ohne Emotionen. Sie grüßte ihn, aber der Krake reagierte nicht, und einen Augenblick später verschwand er.

Graciela seufzte. „Ich wünschte, ich wüßte, was mit den Tieren los ist", murmelte sie. „Es liegt nicht nur an der Radioaktivität."

Tregarth drehte sie herum und gab ihr einen Kuß, den sie erwiderte. Dann sah er ihr in die Augen. „Es gibt etwas, das ich ganz sicher weiß, Graciela. Ich will dich heiraten. Sag ja!"

„Ach, Ron", seufzte sie.

„Gib mir eine Antwort, Graciela!"

„Du weißt, daß ich dich liebe. Ich glaube nur nicht, daß es vernünftig wäre . . ." Das Elend in seinem Blick ließ sie verstummen. „Ron Tregarth", sagte sie förmlich, „Sie haben gewonnen. Ich nehme Ihren Antrag an. Ich glaube, jetzt können wir die Zukunft planen." Sie schloß ihre Augen. „Wenn nicht alles innerhalb der nächsten fünf Wochen zum Teufel geht, werden wir Bürgermeisterin McKen dazu bringen, uns hier in Atlantica-City zu trauen!"

„Dem Himmel sei Dank", stöhnte Tregarth. „Und es wurde auch Zeit!" Und für die nächsten zwanzig Minuten, bis Jill Danner in der Schleuse auftauchte, um zu verkünden, daß die gesamte Checkliste vollständig überprüft sei, waren sie so glücklich, wie zwei Menschen es nur sein können. Fünf Wochen sind eine Ewigkeit, dachte Ron Tregarth, aber die Wahrscheinlichkeit ist sehr groß, daß die Welt in fünf Wochen immer noch dieselbe sein wird. Darauf würde er wetten . . .

Kapitel 6

SIMON MCKEN QUAGGER war schon früh ein Problemkind gewesen. Als er im Alter von sechs Jahren in das Sprechzimmer eines Psychiaters gezerrt wurde, überschüttete er den Mann mit Schimpfworten und trat ihn gegen das Schienbein. Als er während der Beratung allein gelassen wurde, pinkelte er dem Doktor auf die Couch.

Dem bekannten Arzt war sehr wohl bewußt, daß Gloria Quagger das älteste Kind des alten Angus McKen war. Er wußte von ihrer Heirat mit einem mittellosen Dichter, wußte von dem Wutanfall ihres Vaters, der sie enterbt hatte, und von der bitteren Familienfehde, als der alte Mann starb.

„Der kleine Simon ist kein schlechter Junge", versicherte der Arzt ihr. „Ich sehe, daß er Ihren starken Willen hat. Vielleicht hat ihn sein Vater verwöhnt. Vielleicht ist er zu oft daran erinnert worden, daß er zu einem der reichsten und mächtigsten Männer der Welt heranwachsen wird – natürlich neben seinen Vettern. Vielleicht werden einige Wochen Therapie von Nutzen sein."

„Was schlagen Sie sonst noch vor?"

„Versuchen Sie die Wutanfälle zu ignorieren. Schimpfen Sie nicht, wenn er ins Bett macht. Und versuchen Sie, kein Aufhebens aus seinem wechselhaften Verhalten zu machen. Lassen Sie ihn nur erwachsen werden."

Die privaten Aufzeichnungen des Arztes waren weit offener. Nach einer unruhig verlaufenen Sitzung versandte er eine Rechnung über zerschlagene Lampen und beschmutzte Teppiche und setzte Gloria Quagger klugerweise davon in Kenntnis, daß der kleine Simon keine weitere Therapie benötigte.

Als jetzt die *Quagger eins* den Botschafter von Atlantica-City zu seiner Festung in Mount Quagger brachte, war seine Stimmung ziemlich schlecht. Der Pilot hatte zehn Minuten lang Turbulenzen durchflogen – das würde er büßen! Und seine Mission war auch nicht gerade ein Erfolg gewesen. Diese schmutzigen kleinen Schwimmhäutler hatten die Bomben doch gar nicht entdecken sollen. Quagger war ziemlich sicher, daß seine Kollegen – oder, um die Wahrheit zu sagen, seine Vorgesetzten – in der Führungsspitze des PanMack-Konsortiums nicht erfreut sein würden.

Was für Simon Quagger ein ständiges Ärgernis darstellte, war die Tatsache, daß es keine *Quagger zwei* oder *Quagger drei* gab. Tatsächlich besaß er außer einer Handvoll einmotoriger Sportmaschinen, die in der Landwirtschaft eingesetzt wurden, überhaupt keine Flugzeuge. Dieser Umstand bewies eindeutig, daß man Simon McKen Quagger nicht mit dem Respekt behandelte, der ihm von Geburts wegen zustand.

Quagger starrte untröstlich auf die herrlichen Gipfel der Rocky Mountains, die das Herz seines Landes darstellten. Er verabscheute sie. Woraus bestand denn sein Herrschaftsgebiet? Ein paar Millionen Hektar Land, ein Dutzend Städte, von denen keine in einer Zone mit anständigem Klima lag; einige zehn Millionen Bürger, die ihm Steuern zahlten und seine Arbeit taten! Ich habe von allen McKens im PanMack-Konsortium das kleinste und ärmste Reich, dachte er unzufrieden und starrte düster auf die hellen Lichter der Landebahn, die seinem Flugzeug entgegenstrebten.

Die Räder setzten sanft auf. Der große Jet rollte zu der Stelle, wo Quaggers Liftbus bereits wartete. Bevor sie ausstiegen, kam Newt Bluestone aus den Mannschaftsunterkünften herausgeschossen und postierte sich an der Tür des Flugzeugs. Er eilte hinaus und hastete die mobile Treppe neben dem Aufzug herunter, bevor sie noch richtig in Position gebracht war. Die drei Stewardessen an Bord der *Quagger eins* legten ihr schönstes Lächeln auf, als sie Quagger zur offenen Tür hinüberhalfen, wo der Aufzug wartete. Der Pilot hatte sich ebenfalls eingefunden. „Lord Quagger“, entschuldigte er sich, „es tut mir leid, daß wir vorhin so durchgerüttelt wurden. Die Abwinde in den Bergen sind recht scharf . . .“

Quagger blickte den Mann wütend an. Einen Augenblick lang stand die Stellung des Piloten, wenn nicht sogar seine Freiheit auf dem Spiel. Aber der Blitz schlug nicht ein.

Quagger wandte sich mürrisch ab. „Bringt diesen Aufzug runter!“ blaffte er die Mädchen an der Steuerung an. „Seid vorsichtig! Laßt mich nicht durchsacken! Wo ist meine liebe Angie? Warum ist sie nicht hier? Wenn ihr etwas zugestoßen ist . . .“

Die Rettung für Pilot, Stewardessen und Aufzugpersonal erschien in den riesigen Metalltüren von Quaggerheim. Zischend und kreischend kam eine Kreatur aus dem Tunnel herausgesprungen. Auf den ersten Blick sah sie wie ein winziger Affe aus. Sie war nicht größer als eine Katze und warf sich an Quagger. Als sie auf seine Schulter kletterte, verzog er das fette kleine Gesicht zu einem Lächeln. „Ach, da ist ja mein gutes Mädchen! Hallo, Angie!"

Es war kein Affe, den es irgendwo auf der Welt gab. Der Schädel wies lange rostrote Locken auf; der ganze Körper war mit gleichfarbigem kurzem Pelz bedeckt. Das Gesicht erschien beinahe menschlich, und das Wesen konnte sogar sprechen. „Quaggie, Quaggie", schnatterte es liebevoll und wickelte sich Quaggers Haare um die winzigen Finger. „Du bist so lange fort gewesen! Angie hat dich so vermißt!"

Quaggers Lakaien wagten sich zu entspannen. „Wie niedlich", flüsterte der Pilot laut genug, daß er von allen Umstehenden verstanden werden konnte.

Lord Quagger war sicher nach Hause zurückgekehrt.

QUAGGERHEIM war in den Fuß eines Berges gegraben worden. Es gab kilometerlange Gänge und Hunderte von Zimmern, Sälen und Arbeitsräumen. Es hatte eine eigene Wasserversorgung und sog Luft aus zehn mehrfach abgesicherten Schächten, von denen sich einige über zwanzig Kilometer zu den Gipfeln anderer Berge erstreckten. Sämtliche Ventilationsschächte enthielten Mikroporenfilter. Das waren Sicherheitsvorkehrungen. Jede McKen-Familie traf sie. Bei den angespannten Beziehungen zwischen PanMack und dem Rest der Welt – nicht zu vergessen die unzähligen Machtintrigen zwischen den McKens von PanMack selbst – konnte man nie wissen, wann die Außenluft radioaktiv oder mit biologischen Kampfstoffen verseucht wurde.

Im Herzen des Berges befand sich Quaggers Audienzzimmer. Zehn Minuten nach der Landung von *Quagger eins* hatte sich Lord Quagger dort niedergelassen. Grunzend lag er auf einem weichen Tisch, während zwei erfahrene Masseusen seinen Körper durchkneteten. Das Dach des Raumes war eine flache Kuppel, auf der dreidimensionale Projektionen von

Sommerwolken träge über einen blauen Himmel zogen. An den Wänden waren Bildschirme aufgereiht, die mit Kameras über dem ganzen Gebiet von Quaggers Reich verbunden waren; sie zeigten Fabriken, Minen, Farmen – all jene Unternehmen, die Quagger reich gemacht hatten. Nein, dachte Simon Quagger, eigentlich nicht reich! Wenigstens nicht nach den Maßstäben der McKens des PanMack-Konsortiums. Von den vier McKen-Reichen war seines das kleinste. Vetter Marcus gehörte die reiche Atlantikküste mit ihren großen Städten und ihren ertragreichen Fabriken. Vetter Isaac besaß die gesamte Pazifikküste und jenes Gebiet, das einmal Kanada gewesen war, während Vetter Daniel fast ganz Lateinamerika beherrschte.

Dennoch gab es ausgleichende Umstände. Rechts und links von Quagger trugen vier schöne Frauen in knapper Kleidung silberne Tabletts mit gekühltem Wein, geeisten Früchten und Konfekt heran. Zweifelnd starrte Quagger auf die Tabletts und wartete, daß ihm jemand das beste Stück in den Mund stecken würde. Geistesabwesend tätschelte er die ihm nächste Dienerin.

Gewöhnlich durften die Frauen Quagger nicht selbst füttern. Das war Angies Vorrecht. Das kleine Geschöpf überwachte eifersüchtig die Tabletts, wählte den richtigen Bissen aus und steckte ihn in Quaggers Mund.

Lord Quagger seufzte in dem Behagen, wieder dort zu sein, wohin er gehörte. Wenn Angie bei ihm war, fühlte er sich geliebt. Angie liebte ihn sehr und würde es immer tun; sie war genetisch gezüchtet worden, um zu lieben, und schon bei ihrer Geburt hatte man sie auf Quagger eingestimmt.

Schließlich war Quaggerheim eine sichere Bastion, in der ihm nichts passieren konnte. Dennoch war es Simon Quagger nicht ganz wohl. Die Sache mit dem Kometen Sicara! Wie hatte das passieren können? Es war eine Bedrohung gewesen. Er hätte verletzt werden können.

Es war alles gut und schön, daß die Wissenschaftlertypen endlich ein Schiff in den Weltraum geschickt und den Kometen zu harmlosem Staub gesprengt hatten – na, jedenfalls behaupteten sie, daß der Staub harmlos sein würde. Wenn sie sich irren, wird es ihnen schlecht ergehen, dachte er finster.

Sie wären nicht die ersten, die seinen Zorn zu spüren bekämen. Quagger hatte schon ein Dutzend Wissenschaftler in die Arbeitslager geschickt, weil ihm die Warnungen nicht gefallen hatten, die sie ihm immer wieder zu vermitteln versucht hatten.

Werden denn meine Mühen nie ein Ende nehmen? fragte er sich. Also muß ich mich wohl wieder der Aufgabe widmen, mein Gebiet zu regieren.

Er stieß die Hände der Masseusen beiseite, wälzte sich auf die Beine und bestieg seinen Thron, ein grunzender, pfeifender Wal von einem Mann in kurzen Hosen. Angie hastete hinter ihm her, hockte sich auf die Rückenlehne des Throns und starrte böse auf das Dutzend schöner Frauen, das Quaggers Hofstaat war und seine Befehle erwartete. Als ein paar Diener den Tisch hastig wegschafften und sich zurückzogen, brummte Quagger: „Laßt die Audienzen beginnen!"

DIE ERSTE Person, die zur Audienz erschien, war Newt Bluestone. „Sie haben nach mir geschickt, Lord Quagger?" fragte der junge Mann unruhig, wobei er sich fragte, was sich in den wenigen Minuten, seit sie zusammen auf der *Quagger eins* gewesen waren, ergeben haben mochte.

„Natürlich habe ich nach Ihnen geschickt", wiederholte Quagger unwirsch. „Es ist schon lange her, daß Sie mich über Ihren Fortschritt bei dem Abfassen meiner Lebensgeschichte informiert haben."

„Aber wir waren in Atlantica-City, Sir. Ich mußte Bilder, Notizen machen . . ."

„Das heißt nicht, daß Sie Ihre allerersten Aufgaben vernachlässigen dürfen!"

„Nun, der Textteil ist bis zur Heirat Ihrer erlauchten Eltern vollendet."

„Ah", sagte Quagger entzückt. „Sind die Bilder, die Sie in Atlantica-City gemacht haben, schon verzeichnet worden?"

„Natürlich, Lord Quagger, das habe ich im Flugzeug getan. Wollen Sie sie jetzt sehen?"

„Nicht alle", sagte Quagger streng. „Aber die Bilder von diesem Mädchen, die können Sie heraussuchen und sie mir bringen. Rasch!"

Sein Kanzler näherte sich dem Thron, als Bluestone hinausging. Der Kanzler war ein Mann in mittleren Jahren und natürlich ein Verwandter – unglücklicherweise für den Kanzler nur auf der väterlichen Seite von Quagger und nicht aus der Blutlinie der McKens. Dennoch war er in Quaggerheim ein mächtiger Mann. „Lord Quagger, die Angelegenheiten des Reiches befinden sich mit einer Ausnahme in guter Ordnung", erklärte er würdevoll. „Ich bedaure allerdings, Sie davon in Kenntnis setzen zu müssen, daß die Kohleproduktion für dieses Quartal zwei Prozent unterhalb der Quote liegt."

Quagger wurde zornig. „Aber wir brauchen diese Kohle! Narren! Schwachköpfe! Ich gehe für einige Tage fort, und alles fällt auseinander!"

„Wir vermissen Ihre weise Führerschaft", sagte der Kanzler demütig. „Doch das, was geschah, war schwer vorauszusehen. In einer Mine brach ein Feuer aus. Sie mußte geschlossen werden."

„Tatsächlich? Wie viele Leute haben Sie verhaftet?"

Der Kanzler befeuchtete seine Lippen. „Sechzehn, Lord Quagger."

„Nur sechzehn?" Quagger sah seinen Kanzler wütend an. „Vielleicht sollte ich sofort eine weitere Verhaftung anordnen!"

Der Kanzler verharrte auf seinem Platz, obgleich sein Gesicht weiß wurde. Er wußte besser als andere, wie es in den Arbeitslagern zuging. „Sir", sagte er bittend, „die Hauptschuldigen sind bei dem Unfall ums Leben gekommen – mehr als vierzig. Wenn wir jetzt weitere Arbeiter verhaften, wird das Personal knapp werden."

„Nun gut", fauchte Quagger. Da flüsterte Angie ihm etwas ins Ohr, und er beruhigte sich. „Sehr gut, meine Liebe", sagte er. Er wandte sich dem Kanzler zu. „Ich habe beschlossen, Ihre Unfähigkeit dieses Mal zu übersehen. Allerdings müssen Sie diese Differenz im nächsten Quartal ausgleichen. Verstehen Sie?"

„Vollkommen, Lord Quagger." Der Kanzler seufzte. „Wünschen Sie jetzt die Berichte vom Hauptmann Ihrer Garde zu hören?"

„Jetzt? Nachdem Sie mich so aufgeregt haben?" brüllte Quagger. „Ganz sicher nicht!" Wütend entließ er sie. „Raus!

Ihr alle – nein, du natürlich nicht, Angie." Er streichelte das kleine Geschöpf.

Als das Audienzzimmer leer war, stellte sich Simon McKen Quagger der unangenehmen Aufgabe, die er so lange aufgeschoben hatte. Er griff nach dem Tastenpult auf seinem Thronarm, um über die abgeschirmten Leitungen Marcus McKen anzurufen. Er erschauerte, als er den Code eingab. Er würde keine Freude daran haben, aber es war besser, wenn man es hinter sich brachte.

SEIN Vetter General Marcus McKen ließ ihn volle drei Minuten warten, bevor er auf dem Bildschirm erschien. Als Marcus' stumpfes, dunkelhäutiges Gesicht endlich auftauchte, huschte Angie ängstlich außer Sichtweite. Quagger brachte ein Lächeln zustande. „Nun, Marcus", sagte er leichthin, „ich hoffe, daß du nicht so wütend bist, wie deine Nachricht es erscheinen ließ."

Marcus McKen starrte ihn böse an. Er steckte in voller Ausgehuniform. „Ich habe dich angerufen, Simon, weil du den Auftrag in Atlantica-City verpatzt hast! Erstens hast du ohne meine Erlaubnis zwei Bomben gelegt, zweitens hast du zugelassen, daß sie entdeckt wurden. Du bist eine Schande für die Familie, Simon!"

„Aber Marcus! Du hast mir doch die Bomben gegeben!"

„Und ich habe dir strikte Anweisungen erteilt, sie in Reserve zu halten, sollte es sich als notwendig erweisen, die Schwimmhäutler davon zu überzeugen, daß wir es ernst meinen."

„Meines Erachtens war es notwendig", schmollte Quagger. „Verstehst du nicht? In der Hauptkuppel hatte ich nur eine gelegt. Die andere befand sich in der Krakenschule. Falls wir sie hätten verwenden müssen, hätte sie nur eine kleine, abgelegene Anlage zerstört. Die andere hätte niemals eingesetzt zu werden brauchen. Die Stadt selbst hätte von uns intakt übernommen werden können. Ich habe diesen gesamten Plan sehr sorgfältig durchdacht, Vetter Marcus, und . . ."

„Du bist nicht dazu fähig, etwas sorgfältig zu durchdenken! Oder ein Geheimnis zu bewahren – zum Beispiel hast du nicht verhindern können, daß etwas über den Kometen Sicara nach außen drang. Jetzt wissen die Achtzehn Städte darüber Bescheid. Was hast du ihnen gesagt?"

„Nichts, Vetter Marcus, sie wußten bereits Bescheid. Ich gebe dir mein Wort darauf! Sie haben eine Funksendung aufgefangen und sahen einen Start vom Meer aus. Das ist alles! Und ich habe mich nicht danach gedrängt, als Botschafter dorthin zu reisen."

„Das ist gut", zischte General Marcus McKen. „Du bist kein Botschafter mehr. Ich werde alle zukünftigen Fragen betreffend der Achtzehn Städte selbst in die Hand nehmen. Vielleicht brauchen wir sie noch. Jetzt will ich sehen, ob du wenigstens deine eigenen Angelegenheiten besser handhabst, als es bei dieser Mission der Fall gewesen ist – und paß auf deine Kohleproduktionsquoten auf!"

Sein Bild flackerte und verschwand. Das automatische Suchlaufprogramm nahm sofort das Szenenkaleidoskop aus Quaggers Reich wieder auf. Düster starrte er es an, als Angie vorsichtig an seinen Thron herankroch.

Quagger tätschelte sie geistesabwesend und dachte über die Unterhaltung nach. Wie konnte Marcus McKen es wagen, so mit ihm zu reden! Auch er war ein McKen – obwohl ihn die Familie nie als solchen behandelt hatte. War es denn seine Schuld, daß sein McKen-Elternteil weiblich gewesen war? Nur der offene Sexismus der McKen-Familie war an seinem zweitklassigen Status schuld . . .

„Lieber Quaggie, schau mal, wer da kommt!" zischte Angie in sein Ohr und zeigte zur Tür. Er sah auf.

„Lord Quagger?" Es war Newt Bluestone, der bescheiden darauf wartete, daß ihm der Zutritt zum Audienzzimmer gewährt wurde. Quagger winkte ihn ungeduldig mit seinem fetten Arm heran.

„Haben Sie sie?"

„Selbstverständlich, Lord Quagger." Bluestone steckte die Disketten in das Lesegerät vor dem Thron und berührte den Schalter. Sofort stand Graciela Navarro in Lebensgröße im Raum. Nachdenklich betrachtete Quagger das Bild. „Lassen Sie alle sehen!" befahl er.

Bluestone gehorchte, und in rascher Folge erschienen zwanzig Aufnahmen von Graciela Navarro.

„Ich benötige einige neue Dienerinnen, Bluestone", erklärte Quagger schließlich. „Ich wünsche, daß Sie diese Bilder mit den Kandidatinnen auf den Personallisten vergleichen. Finden Sie die fünf, die der Schwimmhäutlerin am ähnlichsten sehen. Bringen Sie sie hierher, und ich werde mich persönlich mit ihnen unterhalten, um zu sehen, welche am besten geeignet sind. Machen Sie das sofort! Und sagen Sie dem Kammerherrn Bescheid, daß ich jetzt zu baden wünsche. Er soll Greta hereinschicken, Emily – ach, ich weiß nicht, noch zwei oder drei weitere." Und dann lächelte er. „Komm, Angie, Badezeit!"

„Wunderbar, wunderbar", gurrte das Geschöpf, denn die Badezeit war immer eine Zeit des Vergnügens.

Doch als sich Quagger dieses Mal in seinem Bad rekelte, während ein paar Dienerinnen ihn einseiften, hing er düsteren Gedanken nach. So vieles ereignete sich, um seine wohlverdiente Glückseligkeit zu zerstören. Der Rüffel von Marcus McKen. Die ständige Gefahr durch die Europäer. Die nebelhafte Bedrohung durch das, was vom Kometen Sicara verblieben war.

Und jetzt gab es noch etwas, um das er sich Sorgen machen mußte. Sämtliche Personen, die in Quaggerheim lebten und arbeiteten, waren wiederholt auf ihre Treue überprüft worden. War es möglich, daß es unter ihnen jemanden gab, der seinen Gehorsam einem Außenseiter weihte? Quagger konnte es kaum glauben. Aber woher hatte Marcus McKen so rasch erfahren, daß die Kohleproduktion zurückgegangen war?

Kapitel 7

An dem Tag, an dem die winzigen Trümmerstücke, die von dem Kometen Sicara übriggeblieben waren, auf die Atmosphäre der Erde trafen, fuhr Ron Tregarth in düsterer Stimmung auf dem Weg nach Baltimore durch die schlammige Chesapeake-Bucht. Daß Tregarth so mürrisch war, lag an den vielen Untiefen, die es hier gab, und an dem offenen Himmel über ihm. Wie jeder anständige Bewohner der Achtzehn Städte fühlte sich Ron Tregarth jedesmal nackt, wenn er nichts als Luft über sich hatte.

Er stand vor dem ausfahrbaren Steuerstand auf dem Wetterdeck der *Atlantica Queen* und blinzelte in die helle Sonne. „Sachte, Jilly", murmelte er seiner Stellvertreterin zu, als sie geschickt einem Trawler auswich.

„Aye, Käpten", sagte Jill Danner höflich. Sie nahm ihm seine unnötigen Anordnungen nicht übel. Sie wußte, daß der Kapitän nur nervös war.

Als die Landratten in der Hafenkontrolle sie angewiesen hatten, sich dem Hafen auf diese riskante Art zu nähern, hatten sie beide geschimpft. Sie wußten, daß man sie lediglich von den Wachtürmen an Land unter Beobachtung halten wollte.

Knapp einen Kilometer vor der Anlegestelle schoß ein kleines PanMack-Patrouillenboot am Bug der *Atlantica Queen* vorbei. „Anhalten!" Die Stimme des Kapitäns hallte schrill durch den Lautsprecher, sein Gesicht war unter einem großen Helm verborgen. „Sie müssen vor Anker bleiben, bis der Hafenmeister Sie freigibt!"

„Anker!" stöhnte Tregarth. Die Unterseeboote der Achtzehn Städte hatten für solche Gerätschaften wenig Verwendung. Er nickte Jill Danner zu, die die Motoren abschaltete und den behelfsmäßigen Anker ausfuhr, der kaum ausreichen würde, die *Atlantica Queen* selbst bei leichtem Seegang festzuhalten.

„So ein Mist!" Ron Tregarth warf einen erbosten Blick auf die Türme der Stadt. Hinter ihnen ging gerade die Sonne unter, die durch die schmutzige Luft einen rötlichen Schimmer angenommen hatte.

Jill Danner nickte. Sie erwiderte nichts, sondern betrachtete die Fahrzeuge, mehr als ein Dutzend, die um sie herum vor Anker lagen. Wenigstens war die *Atlantica Queen* nicht das einzige Schiff, das seine Fahrt unterbrechen mußte. Ein großer grauer Kreuzer der Friedensflotte lag ebenfalls da; die Maschinen waren abgeschaltet, und die Mannschaft lungerte an Deck herum.

Jill blickte auf die Raketenwerfer und die Geschütztürme und schüttelte den Kopf. „Dem Himmel sei Dank, daß sie von der Sorte keine U-Boote haben."

Tregarth nickte. „Immerhin haben sie Robot-U-Boote – nicht besonders große, aber was hält sie davon ab, eines davon mit A-Bomben vollzustopfen und es in eine Kuppel krachen zu lassen? Selbst Nexo hält einem atomaren Sprengkopf nicht stand."

„Die Robot-U-Boote haben sie schon jahrelang nicht mehr eingesetzt."

„Fühlen Sie sich nicht zu sicher, Jilly. Wenn die PanMacks angreifen wollten, hätten sie die dafür nötige Ausrüstung."

„Ich hoffe, daß Sie sich irren", sagte Jilly.

„Ich auch." Tregarth schlug gereizt nach einem Insekt. Das lästige Krabbelzeug, der heiße Sonnenschein, die Abenddämmerung! Und der Gestank der Luft, die vom Land herübergeweht wurde und so völlig anders war als die stets gefilterte Luft von Atlantica-City. Wie konnten die Landratten überhaupt so leben?

Dann vergaß er seine Gereiztheit. Staunend sah er in die Höhe. Wie ein stummer Blitz schoß weit über ihnen im Osten ein heller Lichtstreifen über den Himmel. Einen Augenblick war er fast so hell wie die untergehende Sonne. Dann war er verschwunden.

„Was war das?" rief Jill erstaunt aus.

„Ein Meteor. Wahrscheinlich ein Stück von dem Kometen!"

„Aber so hell? Und schau mal, da ist noch einer!"

Ein weniger heller Feuerstreifen entstand an der gleichen Stelle am östlichen Horizont. Schweigend starrten die beiden in die Höhe und warteten auf weitere Meteoriten. Eine Zeitlang geschah gar nichts, und Tregarth, der zu dem nächstgelegenen Erzfrachter hinübersah, bemerkte, daß einige Mannschaftsmitglieder an Deck standen und ebenfalls schweigend zusahen.

„Da ist noch einer!" rief Jill Danner.

„Wenn wir sie sogar bei Tageslicht sehen können", sagte Tregarth nachdenklich, „dann müssen sie ziemlich groß sein."

„Sie sind hübsch", sagte Jill Danner.

Tregarth hob argwöhnisch die Schultern. „Jedenfalls sind sie interessant." Er griff nach dem Interkomhörer und rief in der Kombüse an. „Wir essen oben auf Deck", gab er durch.

Es war der erste Anblick, den Ron Tregarth vom Kometen Sicara erhalten hatte; vom Ewigen wußte er noch immer nichts.

Kapitel 8

In den letzten Stunden des letzten Tages des letzten Jahres sah Graciela Navarro keine Meteoriten auf Atlantica-City herniederfallen. Sie befand sich in einer Konferenz mit der

Bürgermeisterin und einigen Sektionschefs. Von den Meteoriten wußten sie allerdings. Die Wachmannschaften ihrer Plattform auf See hatten ungewöhnliche Himmelsphänomene gemeldet, aber bei der Konferenz ging es um etwas völlig anderes. Der alte Sandor Tisza hatte einen Stapel blauer Folien bei sich, Ausdrucke des Kommunikationssystems. Die geheimnisvollen Datenübertragungen hatten mit Botschafter Quaggers hastiger Abreise nicht aufgehört. Der Ausdruck, den Graciela in der Hand hielt, war besonders eigenartig; es war einfach nur ein technischer Bericht über die Fauna und die Biochemie der Hydrothermalschächte:

> Die Sauerstoffaufnahme erfolgt hauptsächlich über Peripherorganismen, z. B. durch die Warmwasserschachtmuschel *Calyptogena,* während Schwefelverbrauch hauptsächlich in Kerntieren wie etwa der Miesmuschel *Bathymodiolus thermophilus* verzeichnet wird. Röhrenwurmanwohner, z. B. *Riftia,* und Raubtiere, z. B. der Seestern *Bathybiaster* und verschiedene Krebse und Krabben, dienen als Zwischenträger. Kleinere Raubtiere (Krustentiere, Arthropoden und Fische) nehmen das meiste ihrer Gesamtnahrung (zwischen 40 und 65 Prozent) über die Schachttiere auf.
>
> Die Proteinerzeugung ist hoch, für den menschlichen Verbrauch jedoch wegen Sulfidspuren, die einen ungenießbaren Geschmack hervorbringen, nicht geeignet. Bei *Calyptogena* verhält es sich jedoch anders. Andere Städte haben *Calyptogena*-Fleisch für den Export an Landmärkte gesammelt und verarbeitet, und Atlantica-City könnte ein entsprechendes Programm für die nahe Zukunft in Erwägung ziehen . . .

Der Bericht ging noch weiter, aber Graciela hatte das Interesse verloren. „So etwas hat doch überhaupt keinen Sinn!" rief sie. „Das weiß doch jeder – wenn man es wissen will! Worum geht es bei den anderen Sachen?"

„Die Formel für Nexo. Die produktivsten Anbaustreifen unserer Unterwasserfarmen. Die Biochemie des menschlichen Körpers. Und mindestens ein Dutzend Berichte über Ihre Kraken . . ."

Graciela nickte. „Ja, die habe ich gesehen."

„Außerdem gab es eine vollständig Studie über Vera Doorns Schiff – warum würde das jemand haben wollen? Eine weitere Studie, diesmal über die Arbeits-U-Boote . . ."

„Wie über das eine, das vermißt wird", warf Frank Yaro grimmig ein.

Die Bürgermeisterin seufzte. „Ich weiß, daß Sie das für eine Verschwörung halten, Frank. Aber wer? Zu welchem Zweck?"

„Wenigstens können wir sicher sein, daß es nicht die Pan-Macks sind", mischte sich Sandor Tisza ein, „denn sie sind alle fort."

„Sie hätten Agenten zurücklassen können", erklärte Yaro. „Vielleicht haben sie sogar irgendwie unser Kommunikationssystem mit Wanzen versehen . . ."

„Nein", sagte Tisza freundlich, „das ist unmöglich. Ich habe Ector Farzoli veranlaßt, alle Laserkanäle zu überprüfen; er hat nichts gefunden."

Die Bürgermeisterin seufzte. „Abhöraktionen, vermißte Arbeits-U-Boote – ich frage mich auch, warum Kapitänin Doorn sich in den letzten sechsunddreißig Stunden nicht gemeldet hat."

EINE Stunde später, als Graciela auf ihrem Meeresschlitten saß, während fünf von ihren Kraken ihr schweigend folgten, spürte sie immer noch den Kälteschauer, den diese Bemerkung in ihr ausgelöst hatte. Sie näherten sich einer Meeresfarm, die wie Atlantica-City auf einem Ausläufer jener Berge lag, die als ozeanischer Mittelkamm bekannt waren.

Der ozeanische Mittelkamm war der tektonisch aktivste Teil der Erdkruste. Dort zwängte sich das heiße, zähe Magma unter dem Felsmantel unablässig durch Risse und Spalten, um neue Felsen zu erschaffen und neue Erze und neue Kraftquellen für die Elektrizitätsgeneratoren der Achtzehn Städte. Das heiße Wasser aus den unterirdischen Thermalquellen hielt sie am Leben. Denn der Meeresboden stieß endlose Mengen an Megakalorien in den Quellen aus. Das Gewicht des Ozeans drückte etwas von dem Bodenwasser durch die Poren in die Kruste. Mit Mineralien angereichert und erhitzt, wurde das Wasser aus dem Felsen herausgepreßt; und die Wärmemotoren, die durch die Temperaturdifferenzen der Thermalquellen angetrieben wurden, spendeten den Städten unendliche Energie, von der die Landratten nur träumen konnten.

Aber Thermalquellen hielten nicht ewig. Einige Jahre oder

Jahrzehnte lang flossen sie beständig. Dann erstarben sie und entstanden an einem anderen, vielleicht weit entfernten Ort wieder neu. Also waren die Menschen der Achtzehn Städte ständig auf der Jagd nach neuen Thermalquellenfeldern.

Als daher der Krake Nessus Graciela mit einem langen Tentakel zu sich heranzog und mit den hohlen Tönen seiner implantierten Sprechbox dröhnte: „Hab neues Heißhochwasser, ja. Graciela, komm, ja", mußte Graciela Navarro ihm einfach folgen.

In Begleitung ihrer fünf Kraken war Graciela zu einer großen Farmterrasse am Westhang des Kamms gekommen, und natürlich wußte sie nicht, daß sich das letzte Jahr dem Ende zuneigte. Für Graciela Navarro war jeder Tag der Beginn von etwas Neuem, das Hoffnung verhieß; mit Dingen, die zu Ende gehen, hatte sie keine Erfahrungen.

Unter ihr führten die Kraken geduldig Aufträge aus. Es war Saatzeit, und in Zweiergruppen geleiteten sie die auftriebsneutralen Pflanzungsmaschinen über die langen, gepflügten Reihen des fruchtbaren Schlamms. Über den vier Arbeitern schwamm Nessus in langsamen Kreisen herum, während seine Tentakel Befehlsfiguren formten. Graciela brauchte nur zuzusehen. Die Kraken vollbrachten ihre Aufgaben fehlerlos. Sie waren für die Tiefen die perfekten Farmarbeiter, geduldig und stark wie die Arbeitselefanten des alten Siam. Nein, viel besser noch! Im Gegensatz zu den Elefanten konnten die Kraken mit Hilfe ihrer Stimmensynthetisierer mit Menschen sprechen.

Und sobald sie begriffen, was die Menschen wollten, taten sie es auch! Warum nur? Graciela wußte es nicht. In den frühen Ausbildungsphasen belohnten Krakenlehrer sie mit Nahrung – doch Graciela wußte, daß die Kraken eher höflich als begierig waren, wenn sie ihr die Fischstücke aus der Hand nahmen. Tatsächlich schienen sie Spaß daran zu haben, ihr Fressen selbst zu fangen. Sie nahm an, daß es für die Kraken ein Spiel war, menschlichen Befehlen zu folgen. Die beste Belohnung stellte schlichte Belobigung dar. Also schaltete Graciela ihre Außenlautsprecher ein und rief ihnen zu: „Ihr macht gut, ja! Fertig jetzt, ja!"

Nessus' Krächzen drang zu ihr herauf: „Verstehen, ja!" Und

als die letzte Reihe fertig war, zerrten die vier Kraken die massigen, wenngleich nahezu gewichtslosen Saatmaschinen zu ihrem Lagerplatz.

Graciela sah glücklich auf sie hinab. Wunderbare Geschöpfe! Sie taten so viel – und sie war sicher, daß sie noch viel mehr tun konnten, während sie mehr und mehr über die Bedürfnisse und das Begehren der Menschen lernten. Zum Beispiel konnten die Kraken die großen Tiefen südlich und westlich von Atlantica-City aufsuchen, zu denen Vera Doorns *Thetis* zu einer Forschungsfahrt aufgebrochen war – Graciela spürte bei dem Gedanken einen scharfen Stich, unterdrückte ihn jedoch rasch; natürlich war mit Doorns Schiff alles in Ordnung! Man könnte doch, überlegte sie sich, die Kraken mit Kameras und Aufnahmegeräten ausstatten und sie der *Thetis* hinterherschicken, sogar an Orte, wohin die *Thetis* nicht vordringen konnte.

Die tiefgelegenen Gebiete des Meeres waren immer noch nahezu unerforscht. Vor den Achtzehn Städten hatte es nur gelegentliche Untersuchungen durch Robot-U-Boote oder gefährliche Ausflüge in einem bemannten Forschungsfahrzeug gegeben. Die geheimnisvollsten Gegenden der Tiefen waren für Menschen immer noch zu gefährlich . . . Und doch, wer wußte schon, was sie dort finden würden?

Sie winkte Nessus heran. „Nessus gut, ja! Nessus kennt fetten Tiefenstahlfisch *Thetis,* ja?"

Das große Auge starrte sie an. „Nessus weiß, ja", dröhnte er.

„Du siehst *Thetis,* ja?" wollte sie wissen.

Schweigen. Dann sagte der Krake: „Kraken jetzt fertig Farmarbeit, ja!" Er hatte ihre Frage völlig ignoriert.

Graciela biß sich auf die Unterlippe. Unter ihr hatten die anderen Kraken ihre Werkzeuge zusammengesammelt und schleppten sie zu den im Meeresboden eingelassenen Lagersilos. Als sie zu ihr heraufkamen, sprach sie jeden einzelnen mit Namen an: „Triton gut, ja! Holly gut, ja! Wassermann gut, ja! Neptun gut, ja! Alle gut, ja!"

Sie starrten schweigend zu ihr hinauf, und neben ihr erschreckte Nessus sie, als er dicht neben ihrem Helm losdröhnte: „Jetzt gehen finden neues Heißhochwasser, ja."

„In Ordnung", sagte sie. „Gehe, ja. Nessus gehe zuerst, ja!"

Der Krake griff mit den großen Tentakeln nach ihr, wobei er

nicht nur Graciela, sondern auch ihren kleinen Meeresschlitten umfaßte. Es lag etwas Beruhigendes in dieser Geste, obwohl die Navigation des Schlittens sie stets darüber in Kenntnis setzen würde, wohin sie fuhren. Graciela streichelte einen Tentakel von Nessus mit ihrer gepanzerten Hand . . . und wünschte sich, daß es Ron Tregarth wäre, den sie berührte.

Zuerst dachte Graciela, daß die Fahrt reine Zeitverschwendung wäre. Sie waren in einem Unterwassergarten „gelandet". Es gab Blumen, Bäume und sogar Springbrunnen . . ., obwohl nichts davon den Oberflächenversionen entsprach. Bei den „Blumen" handelte es sich um Seeanemonen. Die „Bäume" waren gekrümmte weiße Röhrenwürmer und die „Springbrunnen" Strahlen aus weißem und schwarzem Rauch, die aus unsichtbaren Rissen im Meeresboden hervorschossen.

Es war eine typische Thermalquelle. Tiefseehänge sind nur schwach belebt, aber wo die heißen Quellen Wärme und Nährstoffe bringen, können ein oder zwei Hektar so üppig wie jede beliebige Stelle am Großen Barriereriff werden. Das mineralreiche Wasser sorgte für organische Schwefelverbindungen, von denen die Muscheln, die Krebse und die Hydroiden und alle anderen Wesen lebten, die sich in diesem tiefen Außenposten der Schöpfung zusammendrängten.

Nach einem unter Wasser verbrachten Leben war Graciela Navarro immer noch von der Schönheit eines solchen Ortes verzaubert. Sie sah aus den Augenwinkeln einen winzigen rötlichen Fisch kopfüber in einem der kühleren Strudel hängen; er wartete darauf, daß Nahrungsteilchen in sein wartendes Maul schossen.

Graciela seufzte. An diesem Unterwassergarten stimmte etwas nicht: Er war nicht neu. Von solchen Stellen gab es Hunderte entlang dem Mittelkamm; doch nur eine knappe Handvoll davon war tatsächlich von Nutzen. Die anderen waren wie dieser Garten zu klein, um ausgebeutet zu werden. Sie neigte sich zum Sonaroskop hinunter und nickte leicht; ja, er war vor langer Zeit erfaßt und als unbrauchbar eingestuft worden.

Sie zögerte und überlegte sich einen Weg, dieses Nessus zu vermitteln, der ruhelos neben ihr schwamm und auf eine Antwort wartete. Seine zwei langen Tentakel berührten die

Rückseite ihres Helmes. Sie sagte: „Heißhochwasser alt, ja. Kennen dieses Heißhochwasser, ja."

Die langen Tentakel krümmten sich gereizt. „Heißhochwasser alt, ja. Heißhochwasser neu, ja. Kennen dieses Heißhochwasser, nein!"

Graciela runzelte die Stirn. Was versuchte der Krake ihr zu sagen? Er nannte die Quellen sowohl alt als auch neu? Aber das widersprach sich doch . . .

Dann spähte sie die Hänge hinab an den großen schwarzen Basaltklumpen vorbei, und da sah sie es. „Oh!" rief sie. „Das ist ein großer Garten!"

Hinter dem alten Garten hatte sich ein neuer, viel größerer gebildet – nein, noch war es kein Garten, sagte sie sich, die Organismen hatten noch keine Zeit gehabt, das Gebiet zu besiedeln. Aber das würden sie noch! Es war eines der reichsten Felder, das Graciela jemals gesehen hatte!

Die Thermalquellen traten in zweierlei Arten auf: warme Schächte, aus denen langsam fünfzehn Grad warmes Wasser herausquoll, und heiße, die mit einer Geschwindigkeit von mehreren Metern pro Sekunde 350 Grad heißen Dampf ausspien. Obwohl Graciela im hellsten Licht ihres Meeresschlittens nur wenige hundert Meter weit sehen konnte, erkannte sie doch, daß es tatsächlich Hunderte der wertvollen hohen Strahlen gab, die Atlanticas Turbinen drehen würden – Energie, die ausreichen würde, um die gegenwärtige Versorgung der Stadt zu verdoppeln!

„Laß Graciela los, ja!" befahl sie.

Das große Tier entrollte gehorsam den Tentakel, mit dem es sie umfangen hielt. Sie schnallte sich vom Meeresschlitten los und tauchte auf den Boden zu. Die beiden Tiefenmesser in ihrem Helm bestätigten, daß sie sich auf einer sicheren Arbeitsebene bewegte: also konnte das Feld ausgebeutet werden! Sie durchschwamm das Feld, wobei sie sorgfältig das heiße Flirren aufsteigenden Heißwassers vermied, und stellte fest, daß es über einen Kilometer maß: also gab es tatsächlich eine ganze Menge Quellen! Sie konnte sogar den Temperaturunterschied spüren. Ihr wurde fast unangenehm warm!

Eine rasche Überprüfung ihres Sauerstoffanzeigers sagte ihr, daß sie der Kuppel nicht mehr allzu lange fernbleiben sollte.

„Helft Graciela, ja!" befahl sie den Kraken, als sie versuchte, eine Sonarboje vom Seeschlitten abzuschnallen.

Der kleinste, Neptun, schubste sie sanft beiseite und entfernte die Lanze mühelos aus den Klammern. Dann trug er nach Gracielas Anweisungen die Stange zum Boden und hielt sie fest. Graciela feuerte sie ab. Sie vergewisserte sich, daß die pfeilförmige Spitze tief im Boden steckte. Dann löste sie das Kabel und beobachtete, wie die Boje aufstieg, bis sich die Leine straffte. Sie zog heftig am Kabel, um sicherzugehen, daß es festsaß, und lauschte mit ihren Helmmikrofonen auf das Piepen der Sonarboje.

Natürlich achteten die Kraken nicht auf das Geräusch. Alle vier schwebten vor ihr und sahen ihr ernsthaft zu . . .

Vier? Schnell zählte sie sie noch einmal durch. Es stimmte. Es waren nur vier Kraken da.

Nessus war wieder verschwunden.

So ein Ärger, dachte sie und war für einen Moment erzürnt. Sie hatte ihm nicht erlaubt, daß er sich entfernte! Und für gewöhnlich hätte er das auch nicht getan, aber in letzter Zeit verhielt er sich schon recht merkwürdig.

Trotzdem war es Nessus gewesen, der sie zu diesem großen neuen Schatz geführt hatte. Sie schüttelte den Kopf, seufzte, schnallte sich wieder auf dem Meeresschlitten fest und machte sich auf den Rückweg nach Atlantica-City.

ALS SIE in Funkreichweite kam, hatte sie ihren Ärger über Nessus vergessen und freute sich über die guten Nachrichten, die sie für die Menschen von Atlantica-City hatte. Bei äußerster Senderreichweite begann sie Funksprüche auszusenden. Sie war nicht überrascht, als zuerst keine Antwort erfolgte.

Wenige Minuten später überprüfte Graciela stirnrunzelnd ihre Sonarkarte. Ja, sie befand sich in Reichweite. Sie mußten sie doch hören, warum antworteten sie also nicht?

Sie drückte wieder auf die Tasten. „Wacht auf, Leute! Hier spricht Graciela Navarro, Ankunftszeit in zehn Minuten. Ich habe ein großes neues Thermalfeld entdeckt. Bestätigen!"

Und immer noch antwortete niemand.

War es möglich, daß mit ihrem Sendegerät etwas nicht stimmte? Aber die Instrumentenanzeigen wiesen auf keinen

Fehler hin. Oder konnte etwas Furchtbares mit der Kuppel geschehen sein? Das Nachrichtenzentrum von Atlantica-City war Tag und Nacht besetzt! Sie spähte durch die Finsternis voraus. Noch waren keine Lichter zu sehen. Der schwache blaugrüne Schimmer des Lasernetzes war nur wenige Dutzend Meter entfernt; sie konnte sich natürlich dort einspeisen. Aber zunächst wiederholte sie ihre Nachricht über das Sonargerät . . .

Und als ihr dann nebelhafte schwache Lichter anzeigten, daß zumindest die Kuppel überlebt hatte, kam eine Antwort. „Ich höre dich, Graciela . . ."

Ein eisiger Schauer überlief Graciela. War das Frank Yaros Stimme gewesen? So angestrengt, fast verängstigt?

„Frank!" rief sie. „Stimmt etwas nicht?"

Keine Antwort. Sie konnte lediglich ein schwaches Stimmengemurmel vernehmen, was höchst ungewöhnlich war.

„Bitte, Frank", flehte sie, „sag mir, was los ist. Ist es die Kuppel? Ist es . . ., hast du etwas von Ron Tregarth gehört?"

Das Gemurmel im Hintergrund war weiter zu hören, aber ihr antwortete niemand. Nur ein sonderbares Wort glaubte sie wahrzunehmen. Dann kam Frank Yaros Stimme wieder: „Wir haben hier sehr viel zu tun, Graciela. Komm rein, aber mach bitte diesen Kanal frei!"

„Frank, ist etwas mit Rons Schiff?"

„Nichts dergleichen, nein. Ende und aus!"

Graciela fuhr in den Hafen ein. Das Schließen der Schleuse hinter ihr, das langsame Druckabsenken, damit sie die Kuppel betreten konnte – es dauerte ewig. Graciela hatte Angst. Sie fürchtete sich vor dem, was sie hören mochte. Am meisten jedoch war sie verwirrt.

Dieses sonderbare Wort!

Sie war beinahe sicher, es richtig verstanden zu haben. Ja, sie erinnerte sich – aber was in aller Welt war ein „Ozonsommer"?

Kapitel 9

VOR MORGENGRAUEN hatte das schreckliche Feuerwerksschauspiel über dem Hafen von Baltimore nachgelassen und schließlich aufgehört. Ron Tregarth schwang sich gereizt wieder einmal auf das enge Wetterdeck. Er hatte während der Nacht nie länger als zwanzig Minuten durchgeschlafen. Er nahm die Nachtgläser von Jill Danner entgegen und starrte zu den anderen Schiffen hinüber. Nichts hatte sich verändert, keinem Schiff war Fahrt gestattet worden.

Die Show war vorbei; das Schauspiel hatte sich nach Westen verlagert und war schließlich wie die Sonne zuvor untergegangen. Aber solange das Spektakel gedauert hatte, war es unglaublich gewesen. Zu Zehntausenden waren die Meteore heruntergeregnet. Mehr als jemand zählen konnte; hundert waren zur gleichen Zeit niedergegangen. Sie strahlten von einem zentralen Punkt aus, der sich mit dem Einbruch der Nacht von Osten nach Westen bewegte, und wiesen eine ungeheure Leuchtkraft auf. Einige Dutzend Male war der Hafen wie bei Tageslicht erleuchtet gewesen. Überall starrten gebannte Gesichter fragend in den Himmel. Und niemand fand eine Erklärung.

Falls an Land jemand wußte, was dort vor sich ging, hatte die Mannschaft der *Atlantica Queen* keine Möglichkeit, es herauszufinden. Funkverständigung wurde sofort von Statik ausgelöscht. Während der Nacht hatte Tregarth mehrmals versucht, andere Fahrzeuge über Blitzlicht anzurufen, aber er hatte nie eine Antwort erhalten.

Tregarth setzte das Glas ab. „Versuchen Sie es noch mal über Funk, Jill!“ befahl er.

Seine Stellvertreterin sah ihn aus blutunterlaufenen Augen an und schüttelte den Kopf. „Habe es vor fünf Minuten erst probiert, Kapitän. Immer noch nichts. Ich verstehe nicht, wieso. Die Meteore haben doch jetzt aufgehört.“

Tregarth seufzte schwer. „Vielleicht nicht überall. Wahrscheinlich kommen sie immer noch, aber hinter dem westlichen Horizont, so daß wir sie nicht sehen können.“ Er rieb sich die Augen. „Was ich ebenfalls nicht sehe, ist Baltimore.“

Jill Danner blinzelte ihn an. „Kapitän?“

Er zeigte auf die Küste. „Vierzehn Kilometer vor uns, hinter dem Hafenviertel – da ist die Stadt. Sehen Sie Lichter? Ich nicht.“

Jill Danner bewegte die Lippen und versuchte das mögliche Geschehen zu begreifen. „Energieausfall? Aber wie können Meteore Kraftwerke treffen?“

„Das brauchen sie gar nicht. Da gibt es etwas namens ‚EMP' – elektromagnetischer Puls. Ein heftiger Ausstoß von Radioenergie, der technische Geräte zerstört." Er hielt inne und blickte hinter sich gen Osten. Die ersten Strahlen der aufgehenden Sonne erhellten den Himmel über der Sandbank, die zwischen ihnen und dem Atlantik lag. Wehmütig starrte er einen Augenblick lang in diese Richtung. Dann traf er eine Entscheidung. „Wir fahren ein", verkündete er. „Wecken Sie die Leute im Maschinenraum auf."

Jill Danner warf ihm einen fragenden Blick zu, aber sie hatte schon den Maschinenraum am Apparat. Natürlich war es nicht nötig, jemanden zu wecken, unten hatte auch keiner geschlafen.

Tregarth beantwortete ihre unausgesprochene Frage. „Wir können hier nicht bleiben", sagte er. „Sehen Sie sich die Schiffe an! Sie navigieren über automatische Funkleitstellen. Nicht eines davon weiß, was es ohne Satellitennavigation und Küstenbojen tun soll; wenn sie herumzustolpern anfangen, möchte ich ihnen nicht im Weg stehen."

„Ja, Sir!" Jill Danner gab die Steuerung an den Kapitän weiter.

Unter seiner Anleitung schlichen sie sehr langsam innerhalb der Kanalmarkierungen voran. Als sie hinter Fort McHenry beidrehten, lag vor ihnen die Bucht. Die wenigen Schiffe dort lagen fest auf Reede. „Halbe Kraft voraus!" befahl Tregarth.

Auf diese Entfernung war nicht viel zu erkennen. Die hohen alten Gebäude der Stadt Baltimore waren immer noch dunkel; nur die Spitzen der höchsten Bauten erhaschten einen rosigen Schimmer, als sie das Sonnenlicht einfingen. Auf keiner Straße, hinter keinem Fenster brannte ein Licht. Entlang der Küste bewegten sich einige Wagen mit leuchtenden Scheinwerfern, und die Kanalbojen hatten ihre eigene unabhängige Energieversorgung. Alles andere war finster.

Jill Danner warf einen verstohlenen Blick auf ihren Kapitän. Sollen wir das wirklich tun? fragte sie sich im stillen.

Als sie näher an den Anleger herankamen, kniff sie die Augen zusammen und deutete geradeaus. „Da ist unser Liegeplatz, Kapitän", murmelte sie.

Tregarth nickte. „Laufen Sie ihn an, Jilly!" ordnete er an.

„Stellen Sie eine Wache auf Deck. Hier scheint keiner zu sein, der eine Leine festmacht."

„Ja, Sir." Einen Augenblick später standen alle sechs von der Steuerbordmannschaft dicht gedrängt neben den Offizieren und bereiteten sich auf das Anlegen vor.

„Da kommt etwas ziemlich schnell heran, Sir", sagte Jill plötzlich. Aber Tregarth sah bereits in die Richtung, und bevor sie den Satz zu Ende bringen konnte, heulte eine Sirene auf. Ein Hafenkutter steuerte direkt auf sie zu.

„Verdammter Idiot!" fluchte Tregarth.

Ein ohrenbetäubendes Krachen war zu hören. Dreißig Meter vor der Backbordseite ihres Bugs stieg eine Fontäne auf.

„Sie feuern auf uns!" schrie Jill.

Der Schuß war zwar über den Bug gegangen, aber auf Deck konnten alle den häßlichen Lauf des Geschoßwerfers sehen, der sich am Bug des Kutters auf sie richtete.

„Alle Maschinen stopp!" brummte Tregarth. Einen Augenblick später: „Maschinen volle Kraft zurück! Hart Steuerbord! Wenden – er kommt uns zu nahe!"

Tatsächlich sah es so aus, als ob der Kutter sie rammen wollte. Das wäre ein selbstmörderisches Unterfangen gewesen, denn das Wasserfahrzeug wäre an der Nexowand der *Atlantica Queen* wie ein Pappbecher zerknüllt worden. Tregarth verhinderte es. Er ließ die Maschinen volle Kraft rückwärts laufen und drehte vor dem Patrouillenfahrzeug ab.

Und dann erzitterte das Schiff, und schwarzer Schlamm stob entlang der *Atlantica Queen* in die Höhe. Um dem Kutter auszuweichen, hatten sie den Kanal verlassen. Das Unterseeboot saß auf Grund.

Der Hafenkutter ließ die Maschinen in einem wüsten Manöver zurücklaufen, das einigen Fahrzeugen bestimmt die Schrauben abgerissen hätte. Keine zehn Meter entfernt kam er zum Halten. Der Geschoßwerfer schwenkte herum und richtete sich auf sie. Auf seiner Brücke hob eine Gestalt eine Flüstertüte an die Lippen. „Ihr da auf dem Unterseeboot! Ihr steht alle wegen Verletzung der militärischen Sperrstundengesetze unter Arrest! Kommt alle mit erhobenen Händen an Deck!"

Eine Stunde später befand sich die gesamte Mannschaft der *Atlantica Queen* in einem Militärgefängnis. Ihre Sachen waren ihnen abgenommen worden, und sie bekamen nichts zu essen, keine Schlafstellen – und keine Erklärungen. Das einzige, woran es ihnen nicht fehlte, war Gesellschaft. Die geräumige Zelle war offensichtlich nicht als Gefängnis gedacht gewesen – es schien eine Art unterirdisches Lagerhaus gewesen zu sein, wo jetzt alle die interniert wurden, die gegen die Sperrstunde verstoßen hatten. In diesem nackten, dunklen Loch hielten sich mindestens zweihundert Menschen auf. Die meisten davon waren genauso wütend wie die Mannschaft der *Atlantica Queen*.

Soweit Tregarth feststellen konnte, waren nur wenige Landratten aus dem PanMack-Reich dabei. Sicher waren die meisten von ihnen Landbewohner, Geschäftsleute oder Touristen.

Bei einigen handelte es sich auch um Menschen aus den Achtzehn Städten. Als Ron Tregarth wütend gegen die Tür ihres Gefängnisses hämmerte, um die Aufmerksamkeit einer Wache auf sich zu lenken, kam ein schlaksiger, schwarzer junger Mann zu ihm herangeschlendert. „Ich bin M'Bora Sam", sagte er. „Aus PanNegra-Stadt. Sind Sie vom Atlantica-City-U-Boot?"

Als Tregarth nickte, grinste M'Bora schief. „Sie hätten in Atlantica-City bleiben sollen, mein Freund. In der nächsten Zeit wird hier nicht gerade ein gesundes Klima herrschen. Willkommen im Ozonsommer!"

Ich lebe im Geiste des Ewigen, und ich erinnere mich.

Ich erinnere mich an ein anderes Leben. Ich erinnere mich an eine Kindheit in den Höhen des großen Weltbaumes, in denen ich von Ast zu Ast hüpfte, während meine Mütter ängstlich in den Ästen darunter warteten, um mich aufzufangen, falls ich stürzen sollte, und ich erinnere mich an die Götter, die kamen, um uns zu lehren. Wir hatten so vieles zu lernen! Nicht einmal die ältesten unter meinen Vätern wußten von solchen Dingen wie „Planeten" und „Sternen" noch jenseits der höchsten Zweige in der hohen Krone des Baumes". Solche Dinge sahen wir nie. Wir konnten nicht wissen, daß ein unvorstellbar weit entfernter „Stern" – der im Vergleich mit anderen „Sternen" jedoch sehr nahe war – bald explodieren und dann unsere Welt mit schrecklichem unsichtbarem Licht und ungeheurer Hitze überschütten würde.

Zuerst glaubten wir es nicht. Dann begann der Weltbaum selbst zu sterben, als die schreckliche Strahlung seine höchsten Zweige auszubleichen begann.

Wir starben mit ihm.

Auf jener sternenverwüsteten Welt so weit entfernt starb ich. Wir alle starben.

Seit meinem Tod sind mehr als achthunderttausend Jahre verstrichen . . ., aber im Gedächtnis des Ewigen lebe ich immer noch fort.

Das erste Jahr

Kapitel 10

In den ersten Stunden des ersten Jahres des neuen Zeitalters der Menschheit war Graciela Navarro vollkommen ausgehungert, weil es zwölf Stunden her war, daß sie Zeit für einen Imbiß gehabt hatte. Graciela Navarro war für den Notdienst mit ihrem kleinen Schul-U-Boot eingezogen worden und fuhr die kleine Fähre in Spiralbahnen zur Oberflächenplattform von Atlantica-City hinauf.

Etwas – Graciela wußte nicht genau, was – hatte die Plattform geblendet. Sämtliche empfindliche Elektronik war beschädigt; sie hatte weder Funk noch Radar, und ein Atlantiksturm überschüttete die Plattform mit heftigen Regenfällen. Sandor Tisza, der Kommunikationschef von Atlantica-City, war bei ihr, außerdem hatte sie mehrere Kisten Ersatzteile an Bord.

Als Graciela Navarro das Fährboot in seinen schmalen Anleger zwischen die Auftriebsbeine steuerte, auf denen die Plattform schwamm, begann das kleine Fahrzeug in dem mittelatlantischen Seegang heftig zu schaukeln. Beinahe zum erstenmal in ihrem Leben fragte sich Graciela, ob sie seekrank werden würde. Bei dieser Plattform handelte es sich nicht um die Kuppel, wo man leicht anlegen konnte. Hier mußten sie sich durch eine Schleuse zwängen, sich an den Seilen einer zerbrechlich aussehenden Brücke festhalten und sich ihren Weg in das Innere der Plattform bahnen.

Graciela war froh hineinzukommen, aber überall war es so laut! Während sie auf den Wellen ritt und sich unter den böigen Winden drehte, knarrte und ächzte die Plattform. Eine Kommunikationstechnikerin überprüfte mit angespanntem Gesicht fieberhaft die elektronischen Teile aus den Kisten. „Alles in Ordnung", murmelte sie. Dann sah sie auf und erübrigte ein Lächeln für ihren Vorgesetzten. „Willkommen an Bord, Tisza! Kommen Sie, lassen Sie uns das Zeug dorthin schaffen, wo es von Nutzen sein kann!"

Sie hievte sich eine Kiste auf die Schultern und ging zu einem kleinen Aufzug. Über fünfzig Meter fuhren sie in die Höhe zum Kommandodeck der Plattform, und dort begrüßte sie Sven Borg, der Chefmeteorologe. „Sandor! Bin ich froh, Sie zu sehen! Wir haben keine funktionstüchtigen Kommunikationseinrichtungen mehr, keine Wetterstationsberichte, keine Satellitenbilder – und das Wetter ist schlecht! Die verdammten Meteore nicht zu vergessen!"

Graciela spähte in den schwarzen Himmel hinauf. „Welche Meteore?" fragte sie und hob dabei die Stimme, um nicht vom Wind übertönt zu werden.

„Sie sind hinter den Wolken", sagte Borg. „Da! Sehen Sie sich das an!" Und noch während er sprach, erstreckte sich im Süden eine weiße Feuerlinie, die zur Erde raste. Lautlos schlug der Meteor ein. „Wenigstens zweihundert Kilometer entfernt", sagte Borg düster. Dann schaute er Graciela an. „Sie sind ja völlig erschöpft!" rief er. „Warum gehen Sie nicht nach unten? Holen Sie sich etwas zu essen – hier oben gibt es nichts für Sie zu tun."

Graciela begriff, daß sie schon lange nicht mehr auf der Plattform gewesen war – nicht mehr, seit sie ein kleines Mädchen gewesen war und ihr Vater sie und zwei Schulkameraden mitgenommen hatte, um ihnen zu zeigen, welch eine sonderbare Sache die Meeresoberfläche war. Damals hatte sie sich geängstigt, und sie ängstigte sich auch jetzt. Hier oben gab es Stürme! Es gab Meteore, vielleicht gab es sogar Feinde.

Sie fragte sich, wie es wohl sein würde, ganze Wochen an der Oberfläche zu verbringen. Es war sicher fast so schlimm, wie eine Landratte zu sein. Dennoch war die Plattform notwendig. Das Wasser war für Funkwellen nahezu undurchlässig. Die Plattform war auch der Ort, an dem Besucher über den Luftweg landen konnten, um dann die U-Boot-Fähren zur Kuppel von Atlantica-City zwei Kilometer unter ihnen zu nehmen. Natürlich bestiegen Menschen aus den Achtzehn Städten niemals ein Flugzeug – warum sollten sie auch, wenn ihre Unterwasserflotten sie überallhin brachten?

Im Speisesaal reichte ihr ein Junge mit besorgtem Gesicht etwas zu essen: einen großen Becher mit Kaffee, Meeressojapfannkuchen und Thunfischschnitten; sie schlang sie allesamt hinunter und saß dann erschöpft über ihrem dritten Becher Kaffee.

Sie war zu müde zum Denken. Als die vollen Ausmaße des Meteorschauers den Menschen von Atlantica-City klar zu werden begannen, war sie gerade von ihrer Expedition mit den Kraken zurückgekehrt. Die Verständigung mit PanNegra-City war mitten in einer Nachricht abgebrochen, und sie hatten die Stadt noch nicht wieder erreichen können. Die Bürgermeisterin hatte sofort eine Notfallüberprüfung von Atlantica-City angeordnet; alle Außenwerkzeuge wurden gesichert, alle U-Boote an Ankerplätze gebracht, die so weit entfernt lagen, daß eine plötzliche Strömung sie nicht miteinander oder mit der Nexokuppel kollidieren lassen konnte. Die Stimmung hatte sich nahe am Rande der Panik bewegt. Und dann war Graciela aus der Krakenschule abberufen worden, um das Schul-U-Boot mit dringend benötigten Versorgungsgütern an die Oberfläche zu bringen . . .

Wie konnte so etwas nur geschehen? fragte sie sich.

Sie sah auf, als sie bemerkte, daß jemand neben ihr stand. „Darf ich mich zu Ihnen setzen?" fragte Sven Borg. Er war ein großer Mann mit blondem Haar, dessen Gesicht von der Sonne gerötet war. Als er sich über sie neigte, lächelte er. „Als Sie hereinkamen, war ich wohl etwas grob zu Ihnen – das tut mir leid! Aber es ging hauptsächlich um die Ersatzteile! Sie funktionieren einwandfrei – soweit wir sie verwenden können. Jedenfalls arbeitet ein Radar wieder."

„Ich habe keinen roten Teppich erwartet." Graciela erwiderte sein Lächeln.

„Wie sieht es unten bei Ihnen aus?"

„Der Stadt geht es gut", meinte Graciela.

„Uns auch – jedenfalls solange wir nicht kentern", sagte Borg.

„Kentern? Wie könnte die Plattform denn kentern?"

Borg lachte voll Bitterkeit. „Dieser Sturm ist nichts gegen die Tsunamiwellen. Falls wir eine richtig große abbekommen – oh, das wissen Sie natürlich nicht." Er schüttelte den Kopf. „Eine Welle aus dem Osten – im offenen Meer nicht besonders groß; Tsunamis sehen nach gar nichts aus, bis sie auf eine Küste treffen. Wir wissen nicht genau, was sie verursacht hat, aber Sandor glaubt, daß es ein großer Brocken vom Kometen war, der irgendwo weit weg eingeschlagen ist – wahrscheinlich schon vor Stunden." Er nahm einen Schluck Kaffee. „Von PanNegra haben wir kein Wort gehört . . ."

Graciela erschauerte. „Glauben Sie, daß die Stadt . . . in Schwierigkeiten steckt?"

„Das könnte an ihren Kom-Systemen liegen. Jedenfalls zieht die Wellenfront vorbei, also bekommen wir etwas besseres Wetter – das hoffe ich wenigstens." Er grinste gezwungen. „Ich nehme an, daß wir uns noch den einen oder anderen Sturm dieser Art wünschen werden, wenn wir diesen Ozonsommer bekommen."

Schon wieder dieser Ausdruck! dachte Graciela.

Borg schüttelte den Kopf. „Fragen Sie mich nicht, was das bedeutet. Nicht einmal Sandor weiß etwas Genaues. Wir haben diesen Ausdruck Ozonsommer in einigen Sendungen der Landratten aufgeschnappt, bevor alles zum Teufel ging. Sandor glaubt, daß es etwas mit der Ozonschicht zu tun haben könnte."

Graciela war ratlos. „Könnte die Ozonschicht beschädigt worden sein?"

Borg sagte ernst: „Die Ozonschicht ist das einzige, was das ultraviolette Licht der Sonne von uns abhält, Graciela. Tödliche Strahlung, die Pflanzen und jedes ungeschützte Lebewesen verletzen würde. Natürlich würde Atlantica-City nicht betroffen sein – wir sind in zwei Kilometer Tiefe! Aber die Oberflächenbewohner . . ." Er führte den Satz nicht zu Ende. „Es ist nur eine Annahme! Das wird nicht passieren – hoffe ich."

Geistesabwesend strich er über seine rote Wange, und Graciela sog scharf die Luft ein. „Ihr Gesicht!"

Er lächelte schief. „Das war gestern", sagte er. „Ein kleiner Sonnenbrand; da habe ich mir gar nichts dabei gedacht. Es war noch Tag, als die ersten Meteore einschlugen. Trotzdem – es könnte immer noch ein Zufall sein, wissen Sie . . ."

Er unterbrach sich, als die Lautsprecher im Saal losplärrten: „Achtung! Achtung! Notfallstationen! Alle Mann sofort auf ihre Plätze! Unidentifizierte Flugobjekte nähern sich!"

AUGENBLICKLICH rannten Graciela und Borg die dröhnenden Metalltreppen hinauf und kamen atemlos an der Aussichtsplattform an. Auf dem Wetterdeck stand Sandor Tisza; durch ein großes Fernglas spähte er in den dunklen Himmel. Der Regen hatte aufgehört, und die Wolken rissen auf. Im Westen allerdings war das Feuerwerk noch nicht zu Ende; helle Streifen schossen über einen schmalen Abschnitt des Horizonts.

Sofort reichte er das Glas an Borg weiter. „Flugzeuge, Sven", sagte er knapp. „Ziemlich hoch – mindestens zwanzigtausend Meter. Dem Radar nach sind es drei."

Wie Borg suchte auch Graciela den Himmel ab. Es war so verwirrend! All diese Lichter am Himmel – das waren Sterne, wie Graciela wußte, obwohl sie vorher selten welche gesehen hatte. Dann erkannte sie die winzigen Flammenschweife. Nicht heller als die Sterne, aber sie sah, wie sie sich bewegten.

„Was machen die Flugzeuge?" fragte sie.

Der bärtige Ungar biß sich auf die Lippen. „Bisher nichts", sagte er widerstrebend. „Aber sie müssen einen wichtigen Grund haben, sich hier aufzuhalten . . ."

Borg setzte das Glas ab. „Für die Achtzehn Städte kann es jedenfalls nichts Gutes bedeuten. Haben sie schon Kontakt aufgenommen?"

„Nein, Sven", sagte Tisza beunruhigt. „Natürlich ist ihr Funk wahrscheinlich durchgeschmort wie alle anderen auch. Unser Erkundungsflugzeug ist vor ein paar Minuten gestartet, um Sichtkontakt herzustellen. Aber diese Flugzeuge hätten die ganze Zeit auch Laser verwenden können, falls sie irgend etwas zu melden gehabt hätten . . ."

„Falls sie gewollt hätten, daß wir sie hören", entgegnete Borg. „Sie kreisen dort einfach nur." Er reichte das Glas an Graciela weiter und sog tief die frische Seeluft ein. „Jedenfalls glaube ich, daß die Meteore langsam verschwinden, oder, Sandor?"

Der Ungar schüttelte düster den Kopf. „Der Schauer kann noch eine Weile dauern."

„Ich weiß überhaupt nichts über Kometen", sagte Graciela zu Tisza.

„Sie sind Weltraummüll, Graciela. Materie, die übriggeblieben ist, als sich die Planeten bildeten. Ab und zu kommt ein Komet der Sonne nah genug, daß Gas verdampft und einen Schweif bildet. Früher verbanden die Menschen allerhand Aberglauben mit Meteoren und Kometen. Sie glaubten, daß sich beim Auftauchen eines großen Kometen eine große Katastrophe ereignen würde. Vielleicht hatten sie damit recht."

„Kommen Sie, Sandor", tadelte Borg. „Er meint das nicht so, Graciela."

„Sven, sehen Sie sich Ihr Gesicht an! Haben Sie schon jemals einen solchen Sonnenbrand gehabt? Und den haben Sie bekommen, als Sie sich nur ein paar Stunden in der Sonne aufgehalten haben, ganz am Anfang des Schauers!"

Graciela kniff die Augen zusammen, um das kleine Erkundungsflugzeug der Plattform auszumachen, das aufstieg, um die Fremden abzufangen. Sie starrte nach Westen, wo immer noch die schmalen Streifen der Meteore aufblitzten. Eigenartigerweise schienen sie alle auf sie zuzukommen. Sandor erklärte, daß alle Meteorschauer von einem gemeinsamen Punkt auszustrahlen schienen, der sich weit hinter dem Horizont befand; aber sogar er erschrak, als ein riesiges Objekt hell genug aufflammte, um alle anderen zu überstrahlen, bis es plötzlich erstarb. „Der hat vermutlich die Oberfläche erwischt", murmelte Tisza. „Allerdings glaube ich nicht, daß er groß genug war, um allzuviel Schaden anzurichten. Ich glaube, das einzige, um das wir uns jetzt Sorgen machen müssen, sind diese – was ist das?"

Über ihnen erblühte eine rasche kleine Flamme, die weder ein Meteor noch der Strahl eines Jets war. Es war eine Explosion.

„Ein Flugzeug ist hochgegangen!" schrie Graciela.

„Aber das ist unmöglich", sagte Tisza leise, als er zu dem kleinen hellen Pilz hinaufstarrte, der am Himmel über ihnen aufging. „Flugzeuge explodieren nicht ohne Grund."

Sven Borg verschwand hastig in der Kommandobrücke und kam einen Moment später wieder hervor. „Unser Erkundungsflugzeug ist mit einem von den anderen zusammengestoßen. Fallschirme kommen herunter. Graciela! Wir nehmen Ihr U-Boot – wir müssen die Überlebenden bergen!"

„Ich hab sie, Graciela!" brüllte Borg vom Oberdeck des U-Boots herab. „Kursänderung – neunzig Grad nach Steuerbord, und geben Sie Gas!" Und dann: „Nein! Langsamer – ich werde sonst runtergespült!"

Zehn Minuten lang krochen sie nur so dahin. Dann schaltete Graciela auf Borgs Anweisung die Maschinen ab, und sie trieben nur noch im Wasser. An der Außenwand hörte sie plötzlich Geräusche, dann Borgs Stimme.

„Ich habe zwei", keuchte er. „Unsere Jungs!" Die Luke öffnete sich, und zwei Männer torkelten herein, dann wurde die Luke wieder zugeschlagen. Borg blieb an Deck. „Jetzt Kurs vierzig Grad Backbord!" rief er. Seine Stimme war heiser vor Anstrengung. „Etwa zwei Kilometer – da ist noch ein Fallschirm . . ."

Die Überlebenden waren kältestarr und halb bewußtlos. Der größere der beiden war der Pilot, Larry d'Amaro. Er hatte eine große Schramme auf der linken Seite seines Gesichts, und er blutete aus der Nase. „Danke!" brachte er immerhin heraus. „Wir dachten, wir würden ertrinken, bis Sven reingesprungen ist und uns herausgezogen hat."

„Aber was ist denn passiert?" wollte Graciela wissen. Sie stand in gekrümmter Haltung über ihrem Steuerstand.

„Der Schweinehund hat uns gerammt", sagte der Pilot verbittert. „Wir haben versucht, ihn mit den Scheinwerfern anzublinken – er hat nicht geantwortet."

„Die Kollision geschah nicht absichtlich", widersprach der andere. „Er versuchte nur, uns zu vertreiben, und ist uns zu nahe gekommen."

Graciela folgte Borgs gebrüllten Kurskorrekturen und führte das schlingernde U-Boot langsam an den letzten Überlebenden heran.

Als sie jedoch die Maschinen abschaltete, schrie Larry d'Amaro auf: „Was ist das?"

Graciela hörte es auch – es war eine Folge von dumpfen, entfernt klingenden Geräuschen. Stammten sie von weiteren Kometenteilen, die in der Nähe im Meer eingeschlagen waren? Dann hörte sie Sven Borgs erschöpfte Stimme vom Deck: „Kann einer von euch nach oben kommen und mir helfen?" Ein schwaches Platschen war zu vernehmen; offenbar war er wieder ins Wasser gesprungen.

Larry d'Amaro kroch bereits durch die Luke und schlug sie hinter sich wieder zu. Nach einer unendlich langen Zeit des Wartens öffnete sich die Luke wieder. Eine Ladung grünes Meerwasser schoß herein, dann wurde ein Mann hereingehievt.

Er war bewußtlos – ein Fremder, dessen Haut so hell war, daß sie fast schon weiß wirkte. Etwas an ihm kam Graciela bekannt vor. Aber das ist unmöglich, dachte sie, weil er ein Feind ist, denn er trug die grün-goldene Fluguniform der sogenannten „Friedensstaffel" der Landratten.

Danny Lu, der zweite Überlebende des Erkundungsflugzeuges, beugte sich über ihn. Er zog ihm den großen schweren Helm herunter und warf einen Blick auf das von Müdigkeit gezeichnete junge Gesicht, dessen Augen geschlossen waren. „Er lebt", stellte Lu fest. „Allerdings hat er eine Menge Wasser geschluckt." Er rollte den Fremden über eine Bank und begann ihm rhythmisch auf den Rücken zu pressen. Der Mann brauchte nicht lange, um einen Schwall blutigen Wassers von sich zu geben.

Dann öffnete sich die Luke ein weiteres Mal.

Schweigend kletterte Larry d'Amaro herunter, um Sven Borg zu helfen.

„Schließt die Luke!" befahl Graciela. „Ich fahre unter Wasser zur Plattform zurück, da bekomme ich mehr Tempo."

„Wir brauchen uns nicht zu beeilen", sagte Borg langsam. „Die PanMacks haben die Plattform versenkt."

EINEN Augenblick lang war Graciela überzeugt, daß sie träumte. Die Plattform versenkt! Warum sollte jemand so etwas tun?

„Es ist wahr", bestätigte Larry d'Amaro mit zitternder Stimme. „Ich habe sie gesehen – zwei Maschinen mit Deltaflügeln –, sie sind im Sturzflug auf die Plattform heruntergegangen und haben sie mit Geschossen eingedeckt. Es kann keine Überlebenden gegeben haben!"

„Natürlich haben wir Vergeltung geübt!" krächzte eine rauhe Stimme. „Sie haben uns ohne Provokation angegriffen! Sie haben meine Maschine gerammt, also war es eine klare Kriegshandlung!" Der Pilot der Maschine der Friedensstaffel stand auf unsicheren Beinen und hielt sich mit einer Hand am Schott fest, während die andere Hand auf seinem Gürtelhalfter lag.

„Das ist eine Lüge!" schrie d'Amaro. „Wir haben nur versucht herauszufinden, was Sie wollten. Sie versuchten uns zu verjagen und sind dabei zu nahe gekommen."

Der Pilot schüttelte den Kopf. „Ist nicht wahr", murmelte er und wischte sich benommen über das Gesicht. „Das war ein beabsichtigtes Selbstmordkommando Ihrerseits . . ., eine einwandfreie Kriegshandlung . . . Aber das ist jetzt auch unwichtig! Ich bin Commander Dennis McKen von der PanMack-Friedensstaffel, und ich habe dieses Fahrzeug nach den Kriegsregeln übernommen. Sie werden auf der Stelle auf den nächsten Hafen des Kontinents Nordamerika Kurs nehmen . . ."

„Aber das ist unmöglich!" rief Graciela. „Wir haben nicht soviel Treibstoff . . ., wir haben keine Karten . . ."

„Trotzdem!" McKen zog seine Waffe aus dem Halfter. „Sie werden tun, was ich Ihnen befohlen habe. Gehen Sie auf der Stelle auf Kurs! Genau nach Osten, zweihundertsiebzig Grad. Volle Geschwindigkeit. Ich erwarte . . ." Dennis McKen sprach den Satz nicht zu Ende, sondern kippte plötzlich mit einem erstaunten Gesichtsausdruck nach vorne.

Hinter ihm legte Danny Lu die Eisenstange beiseite, mit der er dem Mann auf den Hinterkopf geschlagen hatte, und nahm die Pistole an sich. „Es kam mir so vor, als ob wir uns auf diese Weise eine Menge Streitereien ersparen würden."

„Gut gemacht, Danny! Behalte ihn im Auge!" befahl Borg. „Hier oben gibt es nichts mehr, das uns noch festhält, Graciela. Wir fahren zur Kuppel zurück."

Sie zögerte. „Aber wie war noch sein Name?"

„Er sagte, daß er McKen heißt!" schnaubte Danny Lu.

„Aber er sagte Dennis McKen, und ist das nicht . . .?"

„Mein Gott, Sie haben recht", flüsterte Danny Lu und starrte auf den bewußtlosen Mann. „Ich glaube, ich habe gerade den einzigen Sohn der Bürgermeisterin bewußtlos geschlagen."

Kapitel 11

NEWTON BLUESTONE hatte niemals für Simon Quagger arbeiten wollen. Die Aufgabe, dessen Image aufzupolieren, war schlichtweg unmöglich! Als seine Agentin bei ihm anrief, um ihm diesen Job anzubieten, hatte er gelacht – bis sie ihm ein Gehalt nannte, das ihm den Atem verschlug.

Zuerst war die Sache auch gar nicht so schlecht gewesen, bis er allmählich erfuhr, was Quagger mit seiner Macht anstellte. Doch dann hatte er Judy Roscoe getroffen.

Falls Quaggerheim eine Falle war, dann hatten sie einander als Köder gedient. Als sie zu Anfang noch hätten gehen können, wollte keiner den anderen verlassen, und jetzt war es zu spät. PanMack-Beamte bestritten stets die Existenz jedweder Art von schwarzen Listen, aber Schlimmes widerfuhr jenen Unglücklichen, die einen McKen beleidigten.

Bluestone stand bei Sonnenuntergang des zweiten Tages des ersten Jahres vor den großen Toren von Quaggerheim und warf einen besorgten Blick auf den Himmel. „Da ist einer!" rief Judy Roscoe und deutete auf einen schwachen Lichtstreifen am Himmel. „Und da ist noch einer. Aber es sind nicht so viele wie letzte Nacht."

„Nein", stimmte ihr Bluestone zu. „Nicht wie in der letzten Nacht." Nichts war jemals so gewesen wie jene schreckliche Nacht des Feuers, das vom Himmel herabregnete.

„Ich glaube, es ist vorbei", sagte Judy Roscoe. „Und ich habe Hunger. Sonderbar – vorher habe ich an Essen noch nicht einmal gedacht! Laß uns wieder hineingehen."

Im Aufzug, der sie zu ihren Unterkünften im alten Berg brachte, sprachen sie nicht viel. Sie waren nicht nur körperlich erschöpft. Judy Roscoe war Astrophysikerin und Nuklearexpertin und diente Lord Quagger als wissenschaftliche Beraterin. Aber selbst eine Frau mit zwei Doktortiteln konnte nur wenig über die Sache sagen, von der die Welt heimgesucht worden war, wenn es keine Daten gab, aus denen sie etwas ableiten konnte.

Im Lift fiel Bluestone auf, daß Judy Roscoe ihn merkwürdig ansah. Als sie in der behaglichen Personallounge ankamen, die an die Unterkünfte grenzte, ging sie sofort auf einen Spiegel zu und überprüfte ihr Gesicht. „Du hast einen leichten Sonnenbrand", verkündete sie, „und ich auch."

Bluestone tastete sich über das Gesicht. Ja – es schmerzte ein wenig. „Seltsam", sagte er. „So lange waren wir doch gar nicht draußen, oder?"

„Vielleicht lange genug", sagte sie grimmig. „Newt? Hast du zugehört, als ich dir von der Ozonschicht erzählt habe?"

„Daß die Ozonschicht beschädigt ist?"

Sie nickte ernst. „Im Augenblick stelle ich nur Vermutungen an! Aber heute war ganz sicher weit mehr Ultraviolettstrahlung im Sonnenlicht als üblich. Ich befürchte, daß es etwas mit dem Kometen Sicara zu tun haben könnte."

Bluestone starrte sie an. „Was hat ein Komet mit einem Sonnenbrand zu tun?"

„Ich wünschte, ich könnte das genauer sagen", sagte sie. „Warte mal . . ." Sie ging zum Telefon. „Lord Quagger? Ich verstehe. Die Exekutivsitzung dauert noch an." Sie schnitt eine Grimasse. „Dann sagen Sie mir bitte Bescheid, sobald er zu sprechen ist, und schicken Sie in der Zwischenzeit ein Essen in die Lounge. Für zwei Personen." Sie legte auf und wandte sich wieder Newt Bluestone zu. „Wenigstens funktioniert die Internverständigung", seufzte sie. „Alles andere ist durchgeschmort, und ich fürchte, der Komet ist die Ursache. Ein Komet ist eine gefrorene Gasmasse. Als die McKens den Kometen gesprengt haben, prasselten die Trümmer herunter. Ich glaube, Newt, daß das Ozon sich mit den Gasen vom Kometen verbunden hat und daß wir keine Ozonschicht mehr haben."

„Nun", sagte Bluestone ruhig, „das ist zwar interessant, aber ich verstehe nicht . . ."

„Ohne Ozonschicht ist die Ultraviolettstrahlung der Sonne tödlich." Sie schüttelte den Kopf. „Ich kann nicht genau vorhersagen, wie schlimm es werden wird, aber es steht eine Menge zu befürchten."

Bluestone schluckte. „Wie – wie lange . . .?"

„Ich weiß es nicht! Ich weiß nicht, wieviel Ozon verbraucht wurde. Ob sich die Schutzschicht auf natürlichem Wege wiederherstellt? Das ist noch niemals zuvor geschehen. Dauert es Wochen? Monate? Ich weiß es nicht. Und dann diese andere Sache . . ."

„Welche andere Sache?" Bluestone bebte vor Anspannung.

„Ich bin mir nicht sicher. Aber wenn sich der ganze Kohlenstoff mit dem Ozon verbindet – wird es dann einen Anstieg an Kohlendioxid geben? Das müßte ich erst einmal durchrechnen. Wenn das Kohlendioxid ansteigt, könnte sich die Atmosphäre insgesamt erwärmen. Das kann vielleicht lange dauern, und was es für das Erdklima bedeutet, ist schwer vorherzusagen."

„Ich glaube nicht, daß mir wärmere Winter in Colorado etwas ausmachen würden", meinte Bluestone, der versuchte, sich die Zukunft vorzustellen.

„Wie wäre es dann mit wärmeren Wintern an den Polen? Bei denen vielleicht die Eiskappen abschmelzen? Wie wäre es mit weiteren heftigen Stürmen, Newt? Die Atmosphäre ist wie ein Wärmemotor, weißt du. Führe mehr Hitze zu, und du bekommst in kurzen Intervallen wiederkehrende Orkane . . ."

Sie hielt inne. Zwei Kellner rollten einen für zwei Personen gedeckten Tisch herein. Sie zogen Decken vom Geschirr, stellten umständlich die Platten auf und verschwanden wieder. Das Essen bestand aus Roastbeef mit dampfenden Brokkoli und Kartoffeln.

„Ich glaube, ich habe keinen Appetit mehr", erklärte Bluestone.

„Iß!" befahl Judy. „Sonst wirst du es über kurz oder lang bedauern."

„Und das heißt?"

„Die ultraviolette Strahlung wird die Vegetation abtöten. Nimm dir an Essen, was auch immer du jetzt bekommen kannst, denn vielleicht kommt bald eine Zeit, in der es keins mehr gibt."

Eine Stunde später wälzte sich Newt Bluestone unruhig in seinem Bett herum und sehnte sich nach Schlaf. Als Sekretär von Lord Quagger teilte sich Bluestone mit Judy Roscoe und einem halben Dutzend anderen höhergestellten Lakaien die luxuriöse Exekutivetage, die über einen Speisesaal und eine Sauna verfügte.

Bluestone schlug auf sein Kissen ein. Rechte Hand von Lord Quagger! Dem Herrn von Quaggerheim mit seinem Lieblingstier Angie! Eine solche Laufbahn hatte er niemals geplant!

Schließlich wurde Bluestone klar, daß er keinen Schlaf finden würde. Also stieg er aus dem Bett, warf sich einen Morgenmantel über und schlurfte ziellos durch die Gemeinschaftsräume.

Judy Roscoe war schon vor ihm in die Lounge gegangen. Sie beugte sich über den Tischbildschirm und gab Befehle in die großen Rechenanlagen von Quaggerheim ein. „Was machst du da?" fragte er und kam zum Tisch, auf dem eine Kaffeekanne stand.

Sie lehnte sich zurück. „Computersimulationen", sagte sie. „Ich hatte gehofft, daß meine ersten Einschätzungen über das, was auf uns zukommt, falsch sein könnten – aber die Simulationen laufen ziemlich genau auf das gleiche hinaus. Du siehst furchtbar aus, Newt."

Er setzte sich und nippte an dem heißen Kaffee. „Ich habe an Angie gedacht", sagte er.

„Dann ist mir alles klar. Diese Kreatur würde ich gerne auf einem Nekropsietisch haben!"

Bluestone sah sie neugierig an. „Das ist doch ein Ausdruck aus dem Veterinärwesen, oder? Heißt das, daß du sie für ein Tier hältst?"

Judy Roscoe lachte kurz auf. „Ich glaube, die Bezeichnung ‚Tier' ist noch zu gut für sie. Aber ich weiß nicht genau, was sie ist. Quagger hat es mir nie verraten."

„Was könnte sie sonst sein?"

Judy zuckte die Achseln. „Es gibt zwei Theorien. Die eine lautet, daß sie eine Art Schneemensch ist – Quagger soll sie von einem nepalesischen Mönch gekauft haben, der sie irgendwo in der Nähe von Katmandu eingefangen und ihr das Sprechen beigebracht hat. Die andere Geschichte ist komplizierter. Sie besagt, daß sich Quagger in seiner Jugend in einen Caddy verliebt hat."

„In einen *was?*"

„Einen Caddy", wiederholte Judy. „Wie beim Golfspiel. Das

war vor langer Zeit, als er jung und noch nicht zu fett war, um Golf zu spielen. Er hatte also diesen jungen weiblichen Caddy. Das Dumme war nur, daß sie einen Freund hatte, dem nicht gefiel, daß sie mit dem reichen McKen herumschmuste, und deshalb versuchte der Freund, sie beide umzubringen. Der Kerl muß ein elender Schütze gewesen sein, denn er verfehlte Quagger. Das Mädchen verfehlte er nicht. Quagger war derart schmerzerfüllt, daß er Stücke von ihrem Körper zu einer Firma brachte, die sich mit Gentechnik befaßte, und sie bat, ihm eine Kopie zu klonen. Und das versuchte man auch. Aber es klappte nicht ganz, und so wurde uns Angie beschert."

„Willst du damit sagen, daß Klonen unmöglich ist?"

„Aber ganz und gar nicht! Ich glaube, die Geschichte geht von einer falschen Prämisse aus. Quagger könnte sich nie wirklich verlieben."

Er nickte. „Die McKens lieben niemanden, ausgenommen natürlich sich selbst. Gloria McKen versuchte diese Regel zu durchbrechen, und sieh dir an, was aus ihr geworden ist!"

„Ach ja? Wer war Gloria?"

„Quaggers Mutter." Bluestones Stimme wurde tonlos, als er ihre Geschichte berichtete. „Ich glaube, daß sie ganz anständig angefangen hat. Als sie kaum achtzehn war, löste sie eine Verlobung, die der alte Angus für sie arrangiert hatte, und verließ die Familie, um mit ihrem Liebsten zusammenzuleben. Das war Alvin Quagger. Ein kluger junger Dichter, der gerade dabei war, sich mit Theaterstücken einen Namen zu machen. Sie wurde von ihm schwanger, und das brachte den alten Angus in Rage."

„Das Moralempfinden der McKens!" Judy grinste.

„Sie heiratete ihn", fuhr Bluestone fort. „In der Woche, bevor der Junge geboren wurde, führte Alvin sein erstes Stück auf. Natürlich hatte sie das alles bezahlt, aber der alte Mann schob dem rasch einen Riegel vor. Er enterbte sie. Die Premiere hatte begeisterte Kritiken bekommen, aber das Theater gehörte Leuten, die mit PanMack verbunden waren. Der Alte ließ die Truppe auf die Straße werfen."

„Die McKens in voller Aktion!" In Judys Stimme schwang Sarkasmus mit.

„Die Absetzung des Stücks war erst der Anfang. Der alte

Angus erhob falsche Anschuldigungen. Zerstörte die Laufbahn des armen Jungen. Trieb ihn in den finanziellen Ruin und schließlich in den Selbstmord. Das alles brachte die wahre McKen in Gloria zum Vorschein."

„Falls sie je anders gewesen ist."

„Sie hätte eine Chance haben können, wenn . . ." Er nippte an seinem Kaffee und schüttelte den Kopf. „Sie verklagte die Halbbrüder auf die Herrschaft über ganz PanMack, als der alte Mann starb. Hielt das gesamte Vermögen für Jahre eingefroren. Und Quagger – der Lord Quagger, den wir kennen – schlägt durchaus nicht aus der Art."

Aus Gewohnheit warf Judy einen Blick über die Schulter. „Aber ich sehe nicht ganz, worauf du hinauswillst."

„Falls sie jemals wirklich verliebt gewesen ist, hat das alles die Liebe in Gloria abgetötet. Sie widmete den Rest ihres Lebens dem Haß. Haßte Angus. Haßte die Brüder. Haßte PanMack. Ich könnte mir vorstellen, daß sie schließlich ihren Sohn um des McKens willen haßte, den sie in ihm gesehen hatte. Er muß es gespürt haben."

Das Telefon unterbrach sie. Der Kammerherr befahl Bluestones sofortige Anwesenheit. „In den Audienzraum! Lassen Sie Lord Quagger nicht warten – Was? Judy Roscoe? Ganz sicher nicht! Lord Quagger hat von Wissenschaftlern genug."

Als Bluestone durch den Flur ging, hörte er eine Stimme. „Kommen Sie rein, kommen Sie schon!" schrie Quagger. „Und schließen Sie die Tür!"

Newt Bluestone blieb zögernd stehen. Lord Simon McKen Quagger hielt sich nicht in seinem Audienzraum auf; er befand sich in der großen Marmorhalle, die seinen Swimmingpool, seine tropischen Bäume und seinen Garten mit Orchideen beherbergte. Er saß auf einem thronähnlichen Sessel am Ende des riesigen Beckens, hielt ein Weinglas in der Hand und schaute nicht in Newt Bluestones Richtung. Sein beunruhigter Blick war auf drei junge Frauen gerichtet, die alle dunkelhäutig und makellos schön am Rand des Beckens standen. Und irgendwie kamen sie Bluestone bekannt vor.

„Welche ist es, Newt?" brüllte Quagger. „Welche sieht der niedlichen kleinen Schwimmhäutlerfrau am ähnlichsten?"

Endlich fiel es Bluestone ein. Natürlich! Die Frauen, die

Quagger aus allen Ecken seines Reiches hatte herbeischaffen lassen, weil sie eine Ähnlichkeit mit Graciela Navarro aufwiesen!

„Lord Quagger", erwiderte Bluestone zögernd, „ich komme gerade von Dr. Roscoe, und sie berichtete mir etwas über die sogenannte ‚Ozonschicht' . . ."

„Nein", schrie Quagger gereizt, „jetzt will ich nichts hören von diesem wissenschaftlichen Gerede. Welche von diesen hübschen jungen Damen soll ich erwählen, Newt? Die anderen habe ich schon fortgeschickt – aber bei diesen drei Schönheiten kann ich mich einfach nicht entscheiden."

Newt Bluestone versuchte es noch einmal. „Die Lage ist recht ernst, Lord Quagger. Als Wissenschaftlerin ist Dr. Roscoe der Ansicht, daß . . ."

Hinter Quaggers Sessel gab das kleine Ungeheuer Angie ein warnendes Zischen von sich. Quagger machte ein böses Gesicht. „Sehen Sie nicht, daß Sie Angie aufregen?" beschwerte er sich. „Sie will nichts über Wissenschaftler hören. Ich auch nicht! Ich werde Dr. Roscoe zur Rechenschaft ziehen, weil sie uns nicht rechtzeitig vor diesem bedauerlichen Zwischenfall gewarnt hat!"

„Aber sie sagt . . ."

„Ich weiß, was sie sagt!" brüllte Quagger. „Die gleiche alte Geschichte. Beschwert sich, weil ich ihr völlig zu Recht nicht gestattet habe, dringend benötigte Staatsbudgets für Forschungen zu verschwenden." Quagger beruhigte sich ein wenig. „Nun zur anstehenden Frage. Welche, Newt? Die dort rechts in der Uniform der Friedensflotte? Die in der Mitte? Sie hat einen Abschluß in Sprachwissenschaften. Und die andere ist Künstlerin, wie man mir sagt." Er wandte sich erwartungsvoll an Bluestone. „Nun? Welche soll ich auswählen?"

Bluestone spürte, wie sein Magen sich zusammenzog. Daß man seine Zeit auf so etwas verschwenden konnte, wenn um einen die Welt auseinanderbrach! Im sicheren Quaggerheim zu leben war gewiß ein erstrebenswerter Vorteil – aber war es das wert, wenn der Preis darin bestand, den Neigungen dieses tyrannischen Wahnsinnigen nachzugeben?

„Alle drei sehen ihr sehr ähnlich, Lord Quagger", erwiderte er diplomatisch. „Ganz gewiß sind alle drei sehr schön."

Quagger starrte ihn einen Augenblick lang ausdruckslos an. Dann verzog sich sein Gesicht zu einem Lächeln. „Mein lieber Junge!" rief er aus. „Wunderbar, wie Sie den Finger auf den wunden Punkt eines Problems zu legen verstehen! Natürlich haben Sie recht. Ich werde alle drei behalten! Ja, Newt, sorgen Sie dafür, daß man ihnen Räumlichkeiten in Quaggerheim zuweist. Ich bin Ihnen wirklich sehr dankbar, Newt, aber jetzt . . ." Die rosigen Lippen teilten sich in einem Gähnen, das er zartfühlend mit einer großen fetten Hand verbarg. „. . . jetzt fürchte ich, daß ich mir wirklich etwas Schlaf gönnen muß. Gute Nacht, Newt."

KURZ darauf wurde Lord Quagger von Quaggerheim unsanft aus dem Schlaf gerissen. „General Marcus McKen, Lord Quagger", meldete der Kanzler mit ernstem Blick. „Er wird Sie persönlich in fünfundzwanzig Minuten anrufen."

Quagger setzte sich in seinem Bett auf. „Mich anrufen?" fragte er. „Aber ich dachte, daß alle Nachrichtenverbindungen nicht funktionieren."

„Jawohl, Lord Quagger. Sie haben es geschafft, einige Verbindungen wiederherzustellen."

Quagger stöhnte. „Dringende Staatsangelegenheiten. Ich kann meine eigene Bequemlichkeit da nicht voranstellen. Legen Sie den Anruf in mein Audienzzimmer; ich werde ihn dort erwarten."

Fünfundzwanzig Minuten verstrichen, ohne daß der General anrief. Wie konnte der Mann es wagen, einen echten McKen so hochnäsig zu behandeln! Quagger schäumte. Seinem Vetter Marcus geschähe es ganz recht, wenn er einfach zu Bett ginge und sämtliche Anrufe bis zu einer anständigen Zeit am nächsten Tag verweigern würde . . .

Aber das wagte er nicht. Er ließ den Blick durch das Zimmer schweifen. Die Bildschirmreihen waren alle grau und leblos: Die Kameras, die ihn über alles in seinem Reich auf dem laufenden hielten, waren durch dieses sonderbare Ereignis beschädigt.

Träge erhob sich Quagger und trat auf den tiefen Teppich. Der Teppich im Audienzraum war handgewebt. Hundert geschickte Teppichweber hatten zwei Jahre ihres Lebens hingegeben, um Quaggers Reich in winzigen Woll- und Seidenbüscheln darzustellen, die in allen Regenbogenfarben prangten und sorgfältig arrangiert worden waren, um Flüsse, Städte, Berge, Seen darzustellen. Es handelte sich fraglos um ein Kunstwerk.

Quagger haßte es. Mürrisch starrte er darauf und fragte sich, ob es an der Zeit war, zu verlangen, daß der Teppich auf der Stelle herausgerissen wurde, damit ihm die ständige Demütigung erspart blieb zu sehen, wie winzig und ärmlich die Ländereien doch waren, die er kontrollierte.

Quagger stapfte zum Rand des Teppichs, an dem die goldenen Farben von Quaggers Reich von dem unbefleckten Blau abgelöst wurden, das General Marcus McKens weit wohlhabenderes Herrschaftsgebiet darstellte. Angie kam plötzlich hereingesprungen. Mit blindem Blick starrte er sie an. „Rechtmäßig sollte dies mir gehören!" murmelte er.

Angie zupfte ihn zärtlich an den Wangen. „Nein, nein, lieber Quaggie, rege dich nicht auf!"

„Ich rege mich nicht auf!" brüllte er. „Aber ich habe ein wenig nachgedacht, meine liebste Angie. Weißt du, die verräterischen Wissenschaftler haben etwas Schreckliches mit der Erde geschehen lassen. Ich habe die Berichte gelesen! Ich bin noch nicht bereit, sie mit jemandem außer dir zu besprechen, aber ich weiß, was geschehen ist! Ungeschützte Personen sind unter schrecklichen Qualen an der Sonneneinstrahlung gestorben. Ein paar Trümmer von diesem widerlichen Kometen waren groß genug, um die Atmosphäre zu durchstoßen und echten Schaden anzurichten. Zwar landeten die meisten davon irgendwo im Wasser, aber die Seismographen zeigten an, daß mindestens eines in der Nähe einer Stadt von Marcus eingeschlagen ist – ich glaube, Pittsburgh. Der Himmel weiß, welchen Schaden es dort angerichtet hat."

„Laß sie sofort erschießen!" schrillte Angie erzürnt.

„Erschießen? Wen? Ach, du meinst die Wissenschaftler. Vielleicht werde ich das tun, meine Liebe. Aber ich habe etwas noch Wichtigeres vor. Weißt du . . ." Er hielt inne, als ein sanfter Glockenschlag ertönte. Quagger schluckte nervös. „Das ist wahrscheinlich Vetter Marcus. Verstecke dich, Angie! Er darf dich nicht sehen! Er hat solche Vorurteile gegen dich, meine

Liebe, und zu dieser nachtschlafenden Zeit will ich mich nicht mit ihm streiten!"

Sobald die kleine Kreatur außer Sichtweite gehuscht war, setzte Quagger eine gelassene Miene auf, aktivierte seinen Bildschirm und sagte herzlich: „Mein lieber Marcus! Ich bin ja so erfreut festzustellen, daß du diese Heimsuchung bei guter Gesundheit überstanden hast!"

Die Unterhaltung verlief noch schlimmer, als Quagger befürchtet hatte. Zunächst höhnte General Marcus McKen: „Wo ist diese schmutzige kleine Bestie, die du mit in dein Bett nimmst? Versteckst sie wohl, damit ich sie nicht sehe und dich daran erinnere, wie dumm du eigentlich bist?"

„Sie – äh – ruht sich gerade aus, Vetter Marcus." Quagger hoffte, daß Marcus McKen den langen rotbraunen Schwanz nicht entdecken würde, der unter seinem Thron hervorschaute. „Ist mit deinen Leuten alles in Ordnung?"

„In Ordnung?" schnaubte der General. „Sei kein Narr, Simon. Im Augenblick ist nichts in Ordnung. Wir haben schreckliche Verluste erlitten. Neffe Dennis' Flugzeug ist getroffen worden. Ein wahrer McKen, Simon! Er gilt als verschollen – über Atlantica-City!"

„Aber", sagte Quagger hilflos, „das verstehe ich nicht. Du sagtest mir, daß es keine Kämpfe geben würde. Ich dachte, daß laut Plan die Plattform einfach nur in Besitz genommen werden und dann die Stadt zur Aufgabe gezwungen werden sollte . . ."

„Diese Barbaren", fauchte Marcus, „sie haben sein Flugzeug gerammt! Natürlich hat der Rest der Schwadron die Plattform vernichtet."

„Und wie willst du dann die Wassermenschen zur Aufgabe zwingen können?"

Marcus blickte seinen Vetter mit einem angewiderten Ausdruck an. „Versuche bloß nicht, über solche Dinge nachzudenken! Dazu bist du nicht in der Lage."

„Sehr wohl, Vetter Marcus", sagte Quagger demütig. „Aber ich möchte dich wissen lassen, daß ich tiefes Beileid für den Verlust unseres geliebten Verwandten empfinde."

„Oh, sei kein Heuchler! Jetzt hör zu, Simon! Ich will, daß du Maßnahmen ergreifst. Mit sofortiger Wirkung wünsche ich, daß du jeden Bissen Nahrung konfiszierst, den du in die Finger bekommen kannst. Ebenso Treibstoff und sämtliche elektronische Ausrüstung, die du finden kannst. Hol es dir! Lagere es ein! Stelle um die Lagerhäuser bewaffnete Posten auf, und sage ihnen, daß sie nötigenfalls von der Schußwaffe Gebrauch machen sollen. Hast du das verstanden?"

„Ja, Vetter Marcus. Ich werde mit der Vorbereitung der Operation gleich morgen früh beginnen . . ."

„Nicht erst morgen! Sofort, noch heute nacht. Bevor jemand begreift, daß das Zeug unbezahlbar ist. Ich befinde mich gerade im All. Wenn ich aber zurückkehre, muß ich sicher sein, daß du die Sachen für mich bereithältst. Für die *Familie!*"

Der Bildschirm erlosch.

Lord Simon McKen Quagger erhob sich und spazierte grinsend im Raum umher. Angie streckte den Kopf unter dem Thron hervor und sah ihn ängstlich an. „Was ist denn, lieber Quaggie? Reg dich doch nicht so auf! So schlimm ist es doch nicht!"

„Schlimm?" rief Quagger. „Da ist nichts schlimm! Alles ist gut, denn ich weiß jetzt, was Marcus tun wird! Mein lieber Vetter wird sicher nicht in einer Welt leben wollen, die so verwüstet wie diese hier ist. Ich glaube, er hat vor, sie zu verlassen!"

„Sie verlassen?" japste das pelzige kleine Ding. „Ich verstehe nicht, lieber Quaggie."

„Er würde sie um eines Platzes in den Achtzehn Städten willen verlassen, falls er das könnte – deswegen hatte er auch seinen dummen Neffen dort hinausgeschickt, damit der abgeschossen würde. Nein, Vetter Marcus wird zu einer von diesen schrecklichen Blechdosen reisen, die ihm im Weltraum gehören – sehr wahrscheinlich Habitat Walhalla."

„Laß ihn doch!" schnatterte Angie boshaft. „Ich hasse ihn!"

„Und mit gutem Grund, meine Liebe! Falls Vetter Marcus närrisch genug ist, im Weltraum herumzustolzieren, gibt es keinen Grund, warum ich nicht die Länder übernehmen sollte, die er zurückläßt!"

Angie sah ihren Meister voller Verehrung an. „Oh, wunderbar, schlauer Quagger!" flüsterte sie, als Quagger sich über den Kommunikator beugte und nach seinen Generälen schrie.

ALS NEWTON BLUESTONE verschlafen und besorgt den Audienzraum erreichte, waren Lord Quaggers vier oberste Militärbefehlshaber und ein volles Dutzend ihrer Adjutanten bereits anwesend. Quagger warf ihm einen finsteren Blick zu, als er durch die Tür kam. „Sie sind spät dran, Newt!" brüllte er. „Wie wollen Sie mein Leben anständig für die Nachwelt aufzeichnen, wenn Sie die wichtigsten Abschnitte verschlafen?" Er machte eine drohende Pause und wandte sich dann der Stadt San Antonio auf der großen Teppichkarte zu. „Hier will ich zwei Divisionen haben, die bereit sind, gegen Houston und die Küste von Louisiana loszuschlagen. Drei weitere in Wichita, die durch Missouri und Illinois zu den Großen Seen marschieren. Luftstreitkräfte in Alarmbereitschaft. Wir werden den gesamten Westteil von Vetter Marcus' Reich annektieren und dann – was ist mit Ihnen los, Danforth?" Er blickte auf seinen ältesten General.

„Sir, die Truppen des Gegners sind zweimal so stark wie die unseren, und sie befinden sich in Verteidigungsstellungen. Sie dort anzugreifen wäre Selbstmord . . ."

„Sie werden den Angriff nicht vermuten."

„Aber Sir, sobald wir an ihren Grenzen Aufstellung beziehen . . ."

Quagger lächelte triumphierend. „Sie werden davon ausgehen, daß unsere Truppen lediglich einmarschieren, um in aufrührerischen Gemeinden, die sich wegen der Verwüstung durch die Kometenschauer in Panik befinden, das Kriegsrecht auszurufen."

„Aufruhr?" Danforth machte ein verblüfftes Gesicht. „In dieser Gegend gibt es keinen Aufruhr, Lord Quagger."

„Natürlich wird es Aufruhr geben", sagte Quagger mit sanfter Stimme. „Darin besteht Ihre Aufgabe. Zuerst werden Sie Agenten in diese Städte entsenden, um den Aufruhr anzufachen. Ich will Menschen auf den Straßen sehen, die Schaufenster einschlagen und plündern, bewaffnete Banden, die die Städte durchstreifen. Ich will, daß es mindestens einhundert Tote in der Zivilbevölkerung gibt – Vergewaltigungen, Raubüberfälle, Feuersbrünste. Die öffentliche Ordnung soll zusammenbrechen, und Vetter Marcus wird mich höchstens fragen, warum ich die Truppen nicht schon früher dorthin geschickt habe. Wenn seine Wachsamkeit dann nachläßt, werden wir zuschlagen!"

Danforths Augen verengten sich zu Schlitzen. „Es stimmt, Lord Quagger, die gegnerische Streitmacht ist überall verstreut. Marcus würde Zeit brauchen, um sie zusammenzuziehen."

„Also werden wir ihm keine Zeit gönnen!" krähte Quagger. „Sie werden einen Zeitplan aufstellen, Danforth! Ich will jeden Schritt genau verzeichnet haben, und ich will jede Planstufe vorher überprüfen. Beeilen Sie sich! Und seien Sie gründlich, denn wenn die Operation beginnt, werde ich Sie dafür verantwortlich machen! Jede Einheit, die ihre Aufgabe nicht erfüllt, wird dezimiert werden – jeder zehnte Mann wird erschossen werden; und der erste, der stirbt, wird der Kommandant sein! Haben Sie mich verstanden?"

Das Gesicht des Generals war wie versteinert. „Jawohl, Sir."

„Dann an die Arbeit! Ich will einen Schlachtplan morgen früh auf meinem Schreibtisch sehen, die ersten Aufstände achtundvierzig Stunden später, vierundzwanzig Stunden danach die Truppen an Ort und Stelle. Dann warten Sie auf meine Befehle!"

Als Quagger die Generäle entlassen hatte, wandte er sich Newt Bluestone zu. „Sie sind solche Kinder", seufzte er. „Haben Sie das alles notiert, Newt? Welch ein Höhepunkt wird das sein: Ich, Simon McKen Quagger, bewahre die Interessen der Familie, als die anderen McKens zu schwanken beginnen! Und stellen Sie sicher, daß Sie in wohlgesetzten Worten davon berichten, denn . . ." Schelmisch drohte er Newt Bluestone mit dem Finger. „Das ist schließlich *Ihre* erste Aufgabe, nicht wahr?"

Kapitel 12

ALS DIE PanMack-Wachen in den Gefängnisraum stürmten, schlief Ron Tregarth. „Aufstehen!" brüllten sie, stießen die schlafenden Gefangenen mit Schockstäben und traten mit den Stahlkappen ihrer Stiefel zu. „Aufstehen, Beeilung! Ihr habt lange genug gefaulenzt!"

Tregarth erhob sich mühsam und blinzelte in das grelle Licht aus der Halle. „Was ist los, Kapitän?" flüsterte Jill Danner benommen hinter ihm.

„Stehen Sie besser auf", sagte Tregarth zu seinem Ersten Offizier hinunter. In der großen Gemeinschaftszelle hatte es seit Tagen kein Licht mehr gegeben – vielleicht auch seit Wochen; er hatte sein Zeitgefühl schon lange verloren. Denn die ersten paar Tage hatte er noch Mahlzeiten zählen können, weil es die ersten paar Tage tatsächlich Mahlzeiten gegeben hatte. Dann bekamen sie nur noch eine dünne, undefinierbare Suppe, und die Lichter gingen aus, weil die Wachen sagten, daß es keinen Sinn hätte, wertvolle Energie für Verbrecher zu verschwenden.

Ein Wächter mit dem Helm der Friedensflotte schwang seinen Stock in Jill Danners Richtung und verfehlte sie nur knapp, da Tregarth sie rasch wegzog. „Raus!" brüllte der PanMack. „Zeit, daß ihr Schufte euch an die Arbeit macht!"

„Welche Arbeit?" wollte Tregarth wissen, aber die einzige Antwort darauf waren ein böser Blick und ein wütendes „Du stinkst!". Tregarth widersprach ihm nicht. In dem Raum waren einundvierzig Gefangene untergebracht gewesen, und Tregarth konnte sich nicht daran erinnern, wann es zuletzt Wasser zum Waschen gegeben hatte.

Tregarth half seinem Ersten Offizier auf und gesellte sich zu den anderen Gefangenen, als diese langsam aus der Zelle traten. Er sah sich um und versuchte sich zu erinnern, wie der Ort ausgesehen hatte, als er angekommen war. Es war kein wirkliches Gefängnis, sondern ein unterirdisches Lagerhaus, das von den Landratten-McKens in einer jener verrückten Perioden errichtet worden war, die immer eintraten, kurz bevor sie Atomraketen aufeinander feuerten, um irgendeine Grenzfrage zu regeln.

Tregarth erinnerte sich ganz deutlich daran, daß die Vorratsräume gefüllt gewesen waren, als man sie hier heruntergebracht hatte. Die Nahrungsmittel waren verschwunden. Auf ihrem Weg zur Oberfläche trotteten sie an Lazaretten vorbei. Er hörte Stöhnen, und im Vorbeigehen erkannte er lange Reihen von Feldbetten, auf denen Menschen lagen. Konnte es sich dabei um Verwundete handeln? Verwundet wodurch? Hatte es nach seiner Inhaftierung einen Krieg gegeben? Welche Parteien hatten den Krieg geführt? Waren die Unterwasserstädte darin verwickelt worden – und Graciela . . .?

Als sie die Oberfläche erreichten, vergaß er seine Sorgen. Er und die anderen Gefangenen standen schreckerstarrt da, als sie in das grelle Sonnenlicht der Außenwelt blinzelten.

Das Gelände um das Gefängnis hatte früher einmal wie ein Park ausgesehen. Jetzt waren die Bäume abgestorben. Das Gras und die Blumen waren verdorrt.

„Was ist geschehen?“ flüsterte Jill Danner.

„Dann ist es wirklich wahr“, krächzte hinter ihr M'Bora Sam, der schwarze U-Boot-Fahrer aus PanNegra-City. „Im Ozonsommer ist alles verbrannt!“

Ein schlanker, mürrischer junger Mann mit dem Rangabzeichen eines Offiziers marschierte auf sie zu. Rasch nahmen die Wachen Haltung an. Der Offizier streifte sie mit einem bösen Blick und stieg dann auf einen Tisch, um auf die Gefangenen herunterzusehen.

„Ich bin Leutnant Marutiak“, erklärte er. „Hiermit befindet ihr euch alle offiziell im Dienst der Friedensstreitmacht unter dem Befehl von General Marcus McKen. Ihr habt lange genug gefaulenzt, während die unschuldigen Bürger, die euch für eure Verbrechen ins Gefängnis gesteckt haben, jeden Tag ihr Leben riskierten, um euch satt zu machen! Jetzt seid ihr an der Reihe. Ihr werdet das ernten, was von den Früchten noch übrig ist, bevor diese Ozonhölle sie vernichtet. Arbeitet hart! Versucht euch wieder zu rehabilitieren! Zahlt eure Schuld dem PanMack-Konsortium gegenüber zurück – denn wenn ihr nicht arbeitet, bekommt ihr auch nichts zu essen.“

Als sie wegtreten durften, fuhr ein Krankenwagen zur Verladeplattform. Ein Mann in einem weißen Anzug und weißen Handschuhen, der einen breitkrempigen Hut trug, sprang aus dem Wagen. Er blickte zu den Gefangenen herüber, dann winkte er den Fahrer zurück, bis sich die Hecktüren des Krankenwagens unter dem schützenden Dach der Rampe außerhalb des gnadenlosen Sonnenscheins befanden.

Aus dem Gebäude tauchten erschöpfte Sanitäter auf und begannen Patienten aus dem Krankenwagen auszuladen. Ein Arzt, der nicht nur den breitkrempigen Hut, sondern auch eine schwere dunkle Brille trug, hielt jeden an und überprüfte ihn einen Augenblick lang, bevor er die Bahrenträger weiterwinkte. Einige aus dem Krankenwagen stöhnten wie die Patienten unten im Gebäude, andere wanden sich stumm vor Schmerzen. Als der Arzt einen Mann sah, der sich überhaupt nicht bewegte, schüttelte er den Kopf. „Der ist tot", sagte er. „Verwahren Sie die Bandagen."

Und als ein Sanitäter die Bahre in der Nähe von Tregarth absetzte und schwerfällig und müde den Mull abwickelte, der den Patienten verhüllte, sah Tregarth erschrocken, daß das Gesicht des Toten krebsrot war. Er war an Sonneneinstrahlung gestorben.

„Jetzt weißt du, was sie mit Ozonsommer meinen", flüsterte M'Bora Sam verbittert. „Ich hätte nicht geglaubt, daß es so schlimm sein würde!"

„Ruhe da!" brüllte der PanMack-Kommandant. „Wachen! Schaffen Sie die ersten zehn Gefangenen in den Krankenwagen; es wird Zeit, daß sie zu arbeiten anfangen!"

Weil Tregarth dem Wagen am nächsten stand, war er einer der ersten, die eingeladen wurden. M'Bora Sam folgte ihm. Tregarth drängte gegen die hereinkommenden Gefangenen. „Jilly!" rief er. „Kommen Sie! Wir müssen zusammenbleiben!"

Aber Jill Danner war zu weit zurück; die Wache schlug mit dem Stock nach ihr, und sie blieb stehen. „Ist schon in Ordnung, Kapitän", rief sie, „ich komme mit der nächsten Fuhre!"

Die Türen schlugen zu, und der Wagen setzte sich ruckartig in Bewegung. In der stickigen Hitze konnte Tregarth kaum atmen, aber er spürte M'Bora Sams Hand auf seiner Schulter. „Sie schafft das schon, Tregarth", sagte der U-Boot-Fahrer.

„Das hoffe ich", murmelte Tregarth. Aber er glaubte es selbst nicht, und er behielt recht, denn er sah Jill Danner nie wieder.

Die Gefangenen wühlten in den verdorrten Feldern nach Kartoffeln, Karotten und Rüben. Die Arbeit war schrecklich schwer, und die Sonne strahlte todbringend auf sie herab. In der Mittagshitze zwangen nicht einmal die brutalen Aufseher die Mannschaften zur Arbeit. Die Gefangenen durften dann zwei Stunden schlafen. Wurde ihnen allerdings am Tag arbeitsfreie Zeit zugestanden, mußten sie nachts weiterarbeiten, während die

Wachen mit Taschenlampen um sie herumstanden. Wer es wagte, eine jener Früchte zu essen, die sie so mühsam auflasen, wurde bestraft.

Sie hatten eine harte Arbeitsnacht hinter sich gebracht und wankten unter das Dach des Schuppens, wo ihr Schlafplatz war. Jetzt, am Morgen, erstrahlte der Himmel in leuchtenden Farben. Tregarth hatte noch nie solche Sonnenaufgänge gesehen. Selbst durch die schweren Gläser seiner Sonnenbrille kam es ihm vor, als stünde der Himmel in Flammen. „Ist das immer so?" flüsterte er dem Gefangenen neben ihm zu.

„Halt den Mund!" zischte der Mann leise und warf einen raschen Blick auf den Wachposten. Als der Mann mit dem Schockstab sich abwandte, erwiderte der Gefangene: „Das liegt am Rauch, im Westen toben unglaubliche Brände."

Er war nicht leise genug gewesen. „Keine Gespräche, ihr beiden!" brüllte der PanMack-Posten und stürzte mit seinem Schockstab auf sie zu. Tregarth versuchte auszuweichen, aber die Waffe erwischte ihn im Nacken, und der Schlag streckte ihn nieder. Der Schmerz war unbeschreiblich. Er stürzte auf den glutheißen Asphalt und war überzeugt, daß der Posten ihn töten würde . . .

Doch kein weiterer Hieb folgte. Er hörte verwirrtes Gebrüll, und als er wieder den Kopf heben konnte, sah er, wie der U-Boot-Fahrer M'Bora Sam von vier Wachen niedergerungen wurde. „Essen klauen, was?" schrie einer der Posten und bearbeitete den Schwarzen mit dem Schockstab.

Ein anderer fügte mit rauher Stimme hinzu: „Laß ihn schreien! Ich habe etwas zu essen für ihn!"

Als der PanNegraner den Mund zu einem Schmerzensschrei öffnete, stieß ihm der Wachposten brutal den Stab in den Mund und drückte den Ladungsknopf. Der Laut, den M'Bora ausstieß, war kein Schrei. Die Verdammten der Hölle erzeugen vielleicht solche Geräusche, aber Tregarth hatte noch nie einen derartigen Laut von einem menschlichen Wesen gehört. Selbst der PanMack-Wächter wich erschrocken zurück. „Geschieht ihm recht! Das passiert mit Dieben", stellte er beinahe schuldbewußt fest.

„Du da!" herrschte ein weiterer Wächter Tregarth an. „Heb ihn auf! Er wird im Lager sterben müssen."

Tregarth gehorchte dem Befehl. Noch Stunden später fand er keinen Schlaf, sondern verbrachte die Zeit damit, Wasser in M'Boras Mund zu träufeln. Schließlich schlief er doch neben dem bewußtlosen Mann ein, und wie jede Nacht träumte er von Graciela Navarro.

EINES Tages kam der Regen. Wochenlang fiel er vom Himmel – heißer, öliger Regen, der die zerlumpten Kleidungsstücke der Gefangenen durchnäßte und die Felder in Schlamm verwandelte. Die wenigen Knollen und Wurzeln, die noch übrig waren, begannen in der feuchten Hitze zu verfaulen oder wurden einfach weggespült.

Natürlich konnte das PanMack-Konsortium die Verschwendung von Ressourcen nicht dulden. Also gab man den Wachen Anweisungen. Die Arbeiten würden Tag und Nacht andauern, bis der letzte Rest der Erde in den Lagerräumen verstaut war. Die Wachen aßen in ihren Wohnwagen Dosengerichte und Gefriermahlzeiten; die verfaulten Wurzeln waren für die Gefangenen.

Als Tregarth auf dem Feld um etwas Wasser für M'Bora bat, lachten die Wachen nur. „Wasser? Da ist doch reichlich Wasser!" brüllten sie und wiesen grinsend auf einen schlammigen Bach.

Tregarth wollte schon aufbegehren, doch M'Bora legte ihm die Hand auf die Schulter. „Es ist sinnlos", flüsterte er. Sein Gesicht verzog sich vor Schmerzen. „Komm, laß uns gehen."

Auf den abgeernteten Feldern stand M'Bora im strömenden Regen und hielt sich die Hände wie eine Schüssel vor den Mund, bis sein Durst gestillt war. Dann schloß er sich schweigend den anderen an.

Die Erträge waren spärlicher als je zuvor. Als sie müde durch den Schlamm nach den letzten Knollen tasteten, waren ihre Säcke nahezu leer. Auf der Straße unter ihnen parkte ein PanMack-Kommandofahrzeug, dessen großer Dachscheinwerfer sich drehte, um alles in Licht zu tauchen. Aus dem Wagen hörte Tregarth Musik! Zweifellos von einem Kassettenrecorder; aber dennoch erstaunte es Tregarth, daß auf dieser verwüsteten Erde die Menschen immer noch Musik spielten. M'Bora hustete röchelnd. Ein Wachposten steckte den Kopf hervor und sagte etwas zu seinem Kameraden im Wagen. Dann kamen sie fluchend in ihren schwarzen Regenmänteln und Helmen heraus und ließen die Strahlen ihrer Taschenlampen über das Feld wandern. Argwöhnisch näherten sie sich Tregarth und M'Bora. „Was macht ihr beiden denn hier?" wollte einer wissen. „Klaut ihr Nahrung?"

Tregarth antwortete nicht. Neben ihm flüsterte M'Bora etwas.

„Das ist doch der schwarze Seemann, den wir schon mal beim Stehlen erwischt haben", sagte der eine Posten zum anderen. „Sieht so aus, als ob er noch eine Abreibung haben will!"

Der andere Posten schnappte sich M'Boras Sack und spähte hinein. „Er ist ein Dieb, todsicher. Schau dir diesen Sack an! Nur verfaultes Gemüse! Sie haben sich die ganze Nacht mit den guten Sachen den Bauch vollgeschlagen!"

Beide Wächter rückten näher an M'Bora heran und leuchteten ihm mit den Taschenlampen ins Gesicht. Er rührte sich nicht, bis einer der Männer fluchend seinen Schockstab hob.

Da schlug M'Bora mit dem Sack nach ihm. Er traf den Wächter im Gesicht. Der PanMack-Wächter stolperte, rutschte aus und fiel in den Schlamm; und dann handelte auch Tregarth, ohne darüber nachzudenken. Schließlich konnte er M'Bora Sam nicht seinem Schicksal überlassen. Er warf sich auf den zweiten Wächter, umklammerte die Brust des Mannes mit beiden Armen, griff nach oben, um die Hände hinter dem Kopf des Wächters zu verschränken, und drückte zu . . .

Mit einem unangenehmen Geräusch sackte der Kopf des PanMacks nach vorne.

Tregarth wartete nicht ab, um festzustellen, ob der Mann tot war, sondern stürzte sich in den erbitterten Kampf zwischen M'Bora und dem anderen Wächter. Eine Minute später war der andere Posten mit seinem eigenen Schockstab bewußtlos geschlagen worden. M'Bora und Tregarth näherten sich vorsichtig dem Kommandofahrzeug.

Schweigend betrachteten sie es einen Augenblick lang. Kugelsichere Reifen, Vierradantrieb, sogar eine Klimaanlage. Auf dem flachen Geschützturm auf dem Dach war ein leichtes Maschinengewehr montiert, und bei dem Motor handelte es sich um einen Omnibenz, der von Benzin bis zu Holzspänen alles verbrennen konnte.

Tregarth sah M'Bora Sam an. „Worauf warten wir noch?" fragte er.

Zum erstenmal seit Wochen lachte M'Bora Sam laut. „Nach dir, mein Freund", flüsterte er und wies auf den Fahrersitz.

Kapitel 13

IN DEN ersten Monaten des ersten Jahres der neuen Menschheitsgeschichte hatte Graciela Navarros Krakenschule ihre Tätigkeiten eingestellt. Für sie gab es nichts mehr zu tun, das große Krakenbecken war geleert worden, um Platz für Schlafstellen und Kojen für die fünfzehnhundert Flüchtlinge aus Pan-Negra-City zu schaffen. Ein Trümmerstück des Kometen Sicara war in der Nähe im Meer eingeschlagen und hatte die Nexokuppel der Stadt aufgebrochen. Achtzehntausend Menschen hatten dabei den Tod gefunden.

Wie alle anderen in Atlantica-City arbeitete Graciela achtzehn Stunden am Tag. Wenn ihre Schicht aufgerufen wurde, stand sie auf, nahm ein karges Mahl zu sich und bahnte sich ihren Weg zu ihrem Arbeits-U-Boot. Dann ging es über den Meeresgrund zu der Baustelle der neuen Trabantenkuppel, die Atlantica-City eilig errichtete, um die Flüchtlinge unterzubringen.

Die Fundamente waren bereits aus dem Schlamm der Tiefen gehoben worden, die alte Nexoanlage war wieder in Gang gesetzt worden und stieß bereits ihre dicke, farblose Schmiere aus, die sich zu der glasklaren Struktur der neuen Wohnanlage verhärten würde.

Eine Nexokuppel zu errichten war durchaus mit dem Aufpusten einer Seifenblase zu vergleichen. Während sich Graciela in ihrem U-Boot näherte, konnte sie bereits die flüssige Nexoblase langsam anschwellen sehen, als die Hydraulikmannschaften Wasser hineinpumpten. Große Reifen aus schimmerndem Metall wurden herangeführt und berührten sie; das Nexo verband sich durch Oberflächenspannung mit ihnen, so wie der Ring eines Seifenblasenspielzeugs einen Seifenfilm aus Spülwasser herauszog.

Das war Gracielas Aufgabe. Sie schloß sich den anderen Schleppern an, als sie die Ringe vorsichtig auseinanderzerrten und die Blase dadurch streckten. Die Teile der neuen Kuppel genau an Ort und Stelle zu halten, während sie zu ihrer vollen Größe anschwoll, war eine schwierige Arbeit, die jedoch nicht lange dauerte. Sobald die Fundamente eingebaut und die Mischungen vorbereitet worden waren, brauchte man für das tatsächliche Aufblasen der Kuppel weniger als eine Woche. Ein starker Hochspannungsstoß ließ das Nexo zu einem einzigen riesigen Kristall erstarren; dann wurden die U-Boot-Mannschaften, die sie an Ort und Stelle hielten, nicht mehr benötigt.

Wenig später waren die Pumpfahrzeuge an der Reihe, ihre riesigen Nexofilmschläuche zur Oberfläche zu führen und Luft anzusaugen; sodann mußten die Pumpen das Wasser aus der neuen Kuppel herausdrücken. Danach konnten die Bauarbeiter die Fußböden, die Wände und schließlich alle notwendigen Einrichtungen installieren. Als das Nexo fest verankert war, hatte Graciela ihre Aufgabe erfüllt. Zur Belohnung durfte sie zwölf lange Stunden schlafen.

Aber sie hatte keine Freude daran. Beinahe stündlich erwachte sie und tastete nach dem Menschen, der neben ihr hätte schlafen sollen: Ron Tregarth. Und jedesmal fand sie nur die kleine schlanke PanNegra-Frau, die ihr als Zimmergefährtin zugeteilt worden war.

Ron Tregarth war nicht da. Allmählich kam sie zu der Überzeugung, daß sie Ron Tregarth nie mehr wiedersehen würde. Irgendwann in den letzten Monaten war das für ihre Hochzeit festgesetzte Datum verstrichen; und es war ihr noch nicht einmal bewußt geworden.

Am nächsten Morgen bestand Gracielas erste Pflicht darin, sich bei der Bürgermeisterin für eine neue Aufgabe zu melden. Seit dem Tag des Kometen Sicara hatte Graciela die Bürgermeisterin nicht zu Gesicht bekommen. Wie alle anderen war auch sie schrecklich beschäftigt gewesen. Aber im Gegensatz zu allen anderen hatte die Bürgermeisterin ein persönliches Problem zu bewältigen, dem sie sich nicht in der Öffentlichkeit stellen wollte. Das Problem hieß Dennis McKen.

Der gefangene Offizier der Friedensstaffel war nicht nur ein Neffe von General Marcus McKen, dem mächtigsten Oberherrn von PanMack, er war auch der Sohn des verstorbenen jüngeren Bruders des Generals . . . und der Sohn der Bürgermeisterin. Seit seiner Gefangennahme war Dennis McKen ein mustergültiger Häftling gewesen. Er verbarg keinesfalls seine Verachtung für Schwimmhäutler. Verächtlich schwor er, daß er bei der erstbesten Gelegenheit ins Reich seines Onkels zurückkehren würde; Flucht sei die Pflicht eines jeden in Gefangenschaft geratenen Offiziers! Aber er arbeitete ebenso hart wie alle anderen, wenn es darum ging, Betten und Nahrung für die Flüchtlinge aufzutreiben. Er hegte auch keine Rachegefühle gegen die Leute, die ihn gefangengenommen hatten – am wenigsten gegen Graciela Navarro. „Sie vergeuden hier Ihre Zeit", sagte er ein paar Tage nach seiner Gefangennahme zu ihr. „Wenn ich fliehe, sollten Sie mit mir kommen."

„Ich lebe hier", antwortete sie. „Dies ist meine Heimat, und ich liebe sie."

„Sie lieben sie", wiederholte er verächtlich. „Merken Sie nicht, wie dumm das klingt? Atlantica-City ist kein Land! Es ist ein Aquarium am Meeresgrund, nur daß die Fische draußen schwimmen."

Graciela schüttelte den Kopf. „Man hat Ihnen eine Gehirnwäsche verpaßt", sagte sie. „Ihr ganzes Leben lang hat man Ihnen wie allen anderen Landratten beigebracht, die Achtzehn Städte zu hassen."

„Die Schwimmhäutler sind Haß nicht wert – nur Verachtung. Alle Achtzehn Städte zusammen bedeuten nicht so viel wie eine einzige Kleinstadt im Reich meines Onkels. Aber ich bin nicht mehr lange hier. Die Zeit kommt, daß ich fliehen kann. Wissen Sie – Sie sollten mit mir kommen. Sie könnten in PanMack eine hohe Stellung einnehmen!"

„Aber in PanMack scheinen alle an der Sonneneinstrahlung oder an Hunger zu sterben", erinnerte sie ihn.

Er zuckte die Achseln und grinste. „Die McKens werden überleben. Ich weiß, daß mein Onkel sich bereits an einem sicheren Ort befindet. Und wenn er wieder zurückkehrt, werde ich bei ihm sein – Sie auch, wenn Sie zu Verstand kommen und sich mir anschließen!"

Sie erwähnte, daß sie vorhatte, Ron Tregarth zu heiraten.

„Er wird niemals zurückkehren", erklärte er. „Sie müssen

sich den Tatsachen stellen, Graciela. Was ist denn bloß mit euch Schwimmhäutlern los? Sie sind genauso schlimm wie meine dumme Mutter, die mich noch nicht einmal sehen will!"

Graciela beschloß, mit der Bürgermeisterin über ihren Sohn zu sprechen. Rasch ging sie auf das Büro der Bürgermeisterin zu – doch dann vernahm sie das leise Geräusch ihres Armbandfunkgeräts.

Ihre Assistentin Doris Castellan meldete sich. „Graciela? Es geht um Triton! Er ist in der Druckschleuse! Ich bin sicher, daß er nach Ihnen sucht, nur ist er – sonderbar."

Graciela blinzelte. „Triton?" Triton war einer der zahmsten Kraken der Schule. Was brachte ihn aus den Tiefen der See herauf?

Ihre Assistentin hatte keine Erklärung dafür. „Er sprach nicht – er sah sehr eigenartig aus, Graciela. Ich mußte ihm mit Zeichensprache erklären, daß Sie sich in der Stadtkuppel aufhalten, und ich glaube, daß er sich gleich dorthin begeben hat."

Als Graciela die Stadtkuppel erreichte, schwebte der Krake vor den Hauptdocks von Atlantica-City. Das große Auge starrte sie an, und seine Körperfärbung zeigte ein düsteres Dunkelblau und blasses Lavendel; aber was das bedeutete, konnte Graciela nicht einmal ahnen.

Sie manövrierte ihr U-Boot einige Meter davon entfernt ins Dock und lief durch die Korridore zu den Hauptdocks. Frank Yaro wartete auf sie. „Wir haben versucht, ihm Signale zu geben, aber er reagiert nicht."

Ein Tentakel des Kraken rollte sich zurück und deutete auf die Metallerhebung, die das Implantat in seinem Kopf bedeckte. Warum? Graciela ergriff das Mikrofon des Außenlautsprechers. „Triton, Junge! Du suchst Graciela, ja?"

Hilflos wanden sich die Tentakel, aber der Krake gab keine Antwort. Ratlos schüttelte Graciela den Kopf. Seit die Krakenschule geschlossen worden war, hatte sie selten einen ihrer Kraken zu Gesicht bekommen. Ganz sicher mußten die Tiere nicht herkommen, um Nahrung entgegenzunehmen.

Warum also war Triton hier? Er war ihr stets ein Rätsel gewesen – verspielt und regelrecht zärtlich; und dennoch war er häufig nicht zum Unterricht erschienen. „Triton braucht Hilfe, ja?" rief sie.

Keine Antwort.

Sie drehte sich zu Frank Yaro herum. „Lassen Sie ihn rein."

Yaro starrte sie an. „Ist das Ihr Ernst?"

„Lassen Sie ihn rein!"

Achselzuckend gab Yaro den Befehl für die Öffnung des Außentores ein. Zur gleichen Zeit schloß sich hinter ihnen rumpelnd das riesige dritte Tor; jetzt befanden sie sich tatsächlich in einem Teil der Schleuse. Graciela beobachtete, wie der Krake langsam in die Schleuse glitt.

Yaro schloß bereits das Außentor. Als die Bereitschaftslichter aufleuchteten, um den Abschluß des Abdichtungsvorganges anzuzeigen, setzte er die Alarmsirene in Gang, die das Innentor öffnete.

Es gab einen zischenden Druckaustausch, als das Wasser mit dem Kraken in das innere Becken floß. Graciela zog ihre Überkleidung aus und tauchte in das Becken. „Triton, Junge!" rief sie. „Du sprichst mit Graciela, ja?"

Tritons Verfärbungen waren jetzt weniger auffällig: ein blasses Rosa, das mit Grau durchsetzt war. Der Krake griff mit der empfindlichen Spitze eines Tentakels nach ihr. Er sprach nicht. Statt dessen umfaßte er nur Gracielas Handgelenk – sehr vorsichtig – und führte sie zu sich, so daß sie die Ummantelung des Implantats berührte. Vorsichtig löste sie die Verschlüsse und sah hinein. Kein Wunder, daß Triton mit niemandem sprach! Er hatte keine Stimme. Das Implantat war intakt, aber die Batterie fehlte.

Graciela glitt ein wenig zurück, strich beruhigend über den Tentakel und versuchte nachzudenken. Warum würde Triton seine Batterie entfernen? Kraken machten so etwas nicht. Sie schienen ja Spaß daran zu haben, hören und Geräusche erzeugen zu können.

Die einzige Möglichkeit, es herauszufinden, bestand darin, ihn zu fragen. „Frank!" rief sie. „Haben wir noch Ersatzbatterien?"

„Natürlich." Er stöberte einen Schrank durch und warf ihr eine Batterie zu.

Sobald sie eingesetzt war, wand der Krake wieder einen

Tentakel um Gracielas Handgelenk und sprach. Die Stimme klang mechanisch, tief, volltönend: „Triton froh, ja. Schallding jetzt gut, ja."

„Das ist gut, ja", sagte Graciela. „Triton öffnet Schallkasten, warum?"

„Warum, nein", knurrte die unmenschliche Stimme aus dem Kasten, während die Tentakel des Kraken sich wanden. „Triton öffnet Schallkasten, nein."

„Was?" Graciela war überrascht. Sie versuchte es noch einmal. „Öffnet Schallkasten, wer?"

„Anderer öffnet Schallkasten, ja", dröhnte die Stimme.

„Anderer?" Graciela wurde von dem Geräusch ihres Armbandgeräts abgelenkt, das bei ihrer Oberbekleidung lag. „Nehmen Sie das bitte für mich an, ja, Frank?" Und wieder zum Kraken gewandt: „Anderer, wer?"

„Krakenort anderer, ja." Tritons Tentakel bewegten sich aufgeregter als zuvor.

„Krakenort, anderer . . .", begann Graciela und sah dann auf.

„Es ist die Bürgermeisterin", sagte Frank Yaro. „Sie will Sie sprechen. Sofort."

„Einen Augenblick", bat Graciela. „Krakenort . . ."

Doch Triton wand sich langsam von ihr fort und auf das Außentor zu. „Öffnet Kasten an Krakenort, ja", dröhnte seine schwächer werdende Stimme. „Triton geht jetzt, ja."

„Noch nicht! Ich meine, Triton bleibt noch, ja. Bitte!"

„Triton geht jetzt, ja", wiederholte die Stimme.

„Triton geht jetzt, wohin?" flehte Graciela.

„Triton geht Krakenort, ja", sagte der Krake bestimmt. „Geht anderen an Krakenort treffen, ja."

„Anderer an Krakenort, wer?"

Aber der Krake schlug nur mit den Tentakeln um sich. Seine Färbung hatte sich erneut verändert; sie war jetzt ein häßlich geflecktes Rot.

„Anderer an Krakenort", wiederholte Graciela, die verzweifelt herauszufinden versuchte, was eigentlich vor sich ging. „Anderer Freund, ja?"

Der Krake wand sich herum, so daß das große Auge wieder Graciela anstarrte. Seine Stimmbox schnarrte: „Anderer an Krakenort, Nessus' Freund, ja. Gracielas Freund, nein."

Als Graciela in das Büro der Bürgermeisterin kam, traf sie dort einen Mann, den sie wiedererkannte – Ector Farzoli, der zu Sandor Tiszas Kommunikationstechnikern gehörte. „Sie haben viel Zeit mit Ihren Kraken verbracht, Graciela", sagte die Bürgermeisterin in anklagendem Ton.

„Irgend etwas stimmt nicht mit Triton", entschuldigte sich Graciela. „Die Batterie seiner Stimmbox wurde herausgenommen – ich kann mir nicht vorstellen, wer das getan haben könnte! In den letzten Wochen hat doch niemand die Kraken zu Gesicht bekommen . . ."

„Falsch", sagte die Bürgermeisterin. „Ector Farzoli hat sie gesehen. Vor noch nicht einmal zwei Stunden wurde er von einem Kraken angegriffen, als er die Verstärker überprüfte!"

Graciela blinzelte die Bürgermeisterin an. „Angegriffen? Von meinen Kraken? Das ist unmöglich!"

Farzoli machte ein finsteres Gesicht. „Es ist so, wie die Bürgermeisterin gesagt hat. Ich machte meine Runden – Reparaturen standen an – und entdeckte etwas auf meinem Sonarschirm. Es sah wie das Arbeits-U-Boot aus, das schon seit Monaten vermißt wird, also fuhr ich hinterher. Plötzlich tauchte wie aus dem Nichts dieser verdammte Riesenkrake auf. Das war ein Monster! Ich machte, daß ich wegkam – ich hatte Glück, daß ich es lebend überstanden habe!"

„Vermutlich war das ein ungezähmter", meinte Graciela.

Der Mann schüttelte den Kopf. „Unmöglich! Sie sehen zwar alle gleich aus, aber ich entdeckte etwas Helles an seinem Körper."

„Ein Stimmenimplantat?"

Farzoli zögerte. „Nun", gab er zu, „ich bin nicht lange genug dortgeblieben, um das genau festzustellen. Allerdings war es hell. Ich würde eher sagen, daß es wie hellrotes Glas aussah."

Die Bürgermeisterin hob ihren müden Kopf. „Das reicht, Farzoli; Graciela weiß jetzt Bescheid. Sie können wieder an Ihre Arbeit gehen." Nachdenklich sah sie ihm nach. „Graciela", sagte sie schließlich, „wissen Sie eigentlich, wie ernst die Sache ist? Wir haben tief in unsere Vorratskisten gelangt. Wie können unsere Farmarbeiter die Ernte einfahren, wenn sie während der Arbeit angegriffen werden?"

„Ich glaube immer noch nicht, daß das einer von meinen

Kraken war", sagte Graciela voller Überzeugung. „Geben Sie mir einen Meeresschlitten, damit ich sie fragen kann."

Die Bürgermeisterin seufzte und rieb sich über die Augen. „Ach, Graciela, ich glaube, ich werde für diesen Job langsam zu alt."

„Nein!" erwiderte Graciela heftig. „Es gibt keinen in Atlantica-City, der Sie nicht für die beste Leiterin unserer Stadt hält. Allerdings . . ."

Sie hielt inne, und die Bürgermeisterin warf ihr einen fragenden Blick zu.

„Warum sprechen Sie nicht mit Ihrem Sohn?" fragte Graciela schließlich.

Die Bürgermeisterin erhob sich und ging zum Tisch, auf dem eine Wasserkanne stand. Sie goß sich etwas ein, zählte zwei Pillen aus einer kleinen Röhre ab und schluckte sie mit dem Wasser hinunter. „Ich war zwei Jahre lang verheiratet", sagte sie gedankenverloren. „Mit dem jüngeren Bruder von General Marcus McKen. Was war das für ein erstes Jahr! Die McKens lebten wie die Könige, und dann wurde Dennis geboren, und . . . Mein Mann hatte jedoch besondere Bedürfnisse." Ihre Stimme klang ruhig und nachdenklich. „Dafür hatte er Personal. Hübsches Personal. Und als ich mich beschwerte, ließ er sich von mir scheiden und mich nach Atlantica-City bringen – mich, die Mutter seines Sohnes! Ich versuchte das Sorgerecht zu bekommen – aber die PanMacks beherrschten die Gerichte . . . Ich machte mir schließlich vor, daß ich niemals ein Kind gehabt hatte. Und als Sie dann Dennis hierhergebracht haben – Graciela, ich weiß nicht, was ich tun soll! Ich habe Angst."

Sanft berührte Graciela die Hand der Bürgermeisterin. „Warum denn? Er ist Ihr Sohn."

„Er ist ein Offizier der Friedensstaffel! Seinetwegen sind einundfünfzig meiner Leute umgekommen, und zwei Kilometer von hier liegt unsere Plattform als Wrack auf dem Meeresgrund!"

„Er ist immer noch Ihr Sohn", beharrte Graciela. „Reden Sie mit ihm. Bitte! Um seinetwillen! Er ist hier allein unter Menschen, die er für seine Feinde hält."

„Niemand hier wird ihm etwas antun!"

„Aber wie kann er das wissen, wenn seine eigene Mutter ihn nicht sehen will?"

Die Bürgermeisterin ging zu ihrem Schreibtisch zurück und ließ sich in ihren Sessel sinken. Mit einem Stirnrunzeln musterte sie Graciela. „Sie könnten recht haben. Ich werde ihn einladen, sich mit mir zu treffen. Wenn er das ertragen kann, werde ich das wohl auch können. Und Sie", schloß sie, „sorgen jetzt besser dafür, daß Ihre Kraken nicht unsere Farmarbeiter fressen."

NACH drei Stunden Fahrt mit dem Meeresschlitten begann Graciela daran zu zweifeln, daß sie jemals einen von ihren Kraken wiedersehen würde. Sie hatte es an allen erdenklichen Orten versucht – am Rand der Steilabbrüche, über den weiten Farmgebieten, an jedem Ort, an dem sie sonst beobachtet worden waren. Hundertmal hielt sie den Schlitten an und rief: „Nessus, komm! Alle Kraken, kommt! Kommt zu Graciela, ja!"

Und nicht einmal erklang eine Antwort. Die Kraken waren verschwunden.

Gelegentlich sah sie ungezähmte Kraken, die nicht herbeikamen, wenn sie sie rief. Zweimal entdeckte sie einen der großen Zahnwale, die die Meerestiefen nach Nahrung absuchten. Ihr kam der schreckliche Gedanke, daß ihre Kraken vielleicht von Walen gefressen worden waren. Ein Wal, der einen Kraken fraß, würde sich auch Menschen vornehmen . . .

Doch als Graciela über den Meeresgrund glitt, war sie beinahe guter Laune. Die Bürgermeisterin hatte zugestimmt, sich mit ihrem Sohn zu treffen! Dennis McKen war kein böser Mensch. Er war einfach in einer Umgebung aufgewachsen, die das Böse ermutigte.

Trotz dieses kleinen Erfolges bei der Bürgermeisterin überwogen die schlechten Nachrichten. Ihre Kraken antworteten immer noch nicht. Auch Vera Doorns *Thetis* hatte sich nicht gemeldet. Die PanNegraner hatten immer noch keinen eigenen Platz zum Leben. Die Landoberfläche der Erde war verbrannt und tot . . ., ihr geliebter Ron Tregarth war verschwunden.

Plötzlich entdeckte sie einen großen Schatten auf ihrem Sonarschirm. Sie wußte sofort, was es war. Es handelte sich um das Wrack der Aussichtsplattform, die von Dennis McKens Kameraden versenkt worden war und nun auf dem Grunde des Meeres ruhte.

Als sie näher kam, sah sie, wie sich Gestalten zwischen den Verstrebungen bewegten. Neugierig schaltete sie die Vergrößerung des Sonars herauf. Arbeiter suchten nach den Leichen der Ertrunkenen.

Traurig wandte sich Graciela ab, doch ihre Gedanken blieben bei den Arbeitern. Ihre Aufgabe war nicht nur bedrückend, sondern auch gefährlich und schwierig. Sie mußten in das verwinkelte Wrack tauchen und jede Kammer durchsuchen.

Als Graciela ihren Meeresschlitten wieder anwarf, entdeckte sie einen weiteren Schatten auf dem Sonar. Es war ein Krake. Reglos hing er im Wasser, als ob er auf sie wartete, und als sie sich ihm näherte, floh er nicht. „Triton, ja? Du folgst Graciela, ja?"

Und eine mechanische Stimme gab dröhnend zur Antwort: „Ich folge Graciela, ja. Graciela wird verletzt, nicht. Ich folge, ja."

Das Gefühl, das über Graciela Navarro hereinbrach, verwirrte sie; Triton versuchte also, sie zu beschützen! Aber wovor? Und warum gab er so seltsame Antworten?

„Nessus, wo?" fragte sie.

„Nessus nicht."

Das war ein Schlag! „Nessus tot, ja?" brachte sie heraus.

„Nessus tot nicht. Nessus nicht!"

Was sollte das bedeuten? Aber wie häufig sie auch die Frage wiederholte, Triton leugnete hartnäckig, daß Nessus tot war, und bestand darauf, daß es keinen Nessus gab.

Ihre Luft wurde allmählich knapp. Sie warf einen Blick auf das Wrack der Plattform, als ihr ein Gedanke kam. Ein Krake konnte leicht an Orte schlüpfen, die die Menschen in ihren Anzügen nur mühsam und unter großen Gefahren aufsuchen konnten. Einen Versuch war es wert. Wieder drückte sie die Kommunikatortaste und sagte: „Triton! Menschen tot in zerbrochenem Stahlort, ja."

„Menschen tot, ja", stimmte ihr der Krake zu.

„Triton holt tote Menschen heraus, ja."

Es gab eine Pause, während der Krake darüber nachdachte. „Triton frißt tote Menschen, ja", stimmte ihr der Krake dann zu.

„Nein!" schrie Graciela. „Nicht fressen! Triton bringt tote Menschen heraus, ja. Triton frißt tote Menschen nicht!"

Der Krake musterte sie mit dem großen, undurchdringlichen Auge. „Triton bringt tote Menschen heraus, ja. Triton ißt tote Menschen jetzt nicht."

Graciela hatte schon die halbe Strecke nach Atlantica-City zurückgelegt, als ihr die volle Bedeutung des Wortes „jetzt" aufging.

Kapitel 14

DAS REFUGIUM des Generals Marcus McKen im Orbit trug den Namen Habitat Walhalla. Es war ein gedrungener Zylinder, der wie eine Suppendose aussah. Von hier glaubte General Marcus McKen die Lage kontrollieren zu können. Denn er hatte für seine Besatzung nicht nur ausreichend Nahrung an Bord, sondern verfügte auch über ein ansehnliches Waffenarsenal. General McKen hatte eine Menge Feinde. Allein im Afroasiatischen Block waren es über zweieinhalb Milliarden. Und dann seine Verwandten, die er auf der Erde zurückgelassen hatte, wo sie seine Angelegenheiten regelten. Auch die Achtzehn Städte waren ihm immer schon ein Ärgernis gewesen. Es wäre Marcus McKen eine Freude gewesen, sie allesamt mit seinen Atombomben fortzublasen.

Besonderen Spaß hätte es ihm bereitet, eine nette kleine Bombe auf Quaggers Bergfestung zu schleudern – aber einer mußte ja unten bleiben, um den Pöbel in Schach zu halten! Selbst wenn Quagger ein Schwachkopf war, befand er sich zumindest vor Ort.

Doch General Marcus McKen hatte Geduld. Der Tag würde kommen, an dem dieser gänzlich unerwartete Ozonsommer vorbei war. Seine Wissenschaftler hatten es ihm versprochen.

Also blieben als vordringlichste Aufgabe die Achtzehn Städte. Energisch sprang Marcus McKen von seiner Couch auf und schritt zu dem großen Globus, der neben seinem Thron in einer magnetischen Verankerung hing. Achtzehn Städte. Wie

Schandflecken auf dem friedlichen Blau der Ozeane leuchteten sie als bernsteinfarbene Lichter – von Laurentian-City im Beaufort-Meer bis zu City Scotia am Rande des Eismeeres.

Für achtzehn Städte achtzehn Geschosse. Marcus McKen hatte keinerlei Skrupel bei dem Gedanken, ein paar hunderttausend Schwimmhäutler umzubringen. Aber die Kuppeln wollte er nicht zerstören. Vielleicht wurden sie noch gebraucht . . .

Weil Marcus McKen nicht gleich losschlagen konnte, hatte er schlechte Laune. „Holt Sicara", brummte er, und einen Augenblick später lag ihm der unglückliche Astronom zu Füßen. „Dominic Sicara!" rief der General. „Sie sind vor dem Militärgericht der Pflichtverletzung angeklagt und für schuldig befunden worden. Es ist lediglich meiner Herzensgüte zu verdanken, daß Sie noch nicht verurteilt worden sind."

„Danke, General", wimmerte der alte Mann. „Wie kann ich dem General zu Diensten sein?"

„Sie können mir die neuesten Fotos von der Erdoberfläche zeigen – aber ein bißchen schnell, wenn ich bitten darf!"

Zitternd beeilte sich der Wissenschaftler, der Anordnung Folge zu leisten. Seine Finger glitten über die Computertastatur, und es dauerte nur einen Augenblick, bis er die jüngsten Überwachungsaufnahmen aufgerufen und sie auf die Wandbildschirme des Generals projiziert hatte.

Wohin McKen schaute, überall war Verwüstung. Zuerst sah man die sengende Front der ultravioletten Strahlung, die nicht mehr von der Ozonschicht abgeschirmt wurde. Dann kam die gnadenlose Sommerhitze, als der Kohlendioxidanteil anstieg. Die amerikanischen Redwoods, die schwedischen Tannen, die russischen Birken, die Bäume des Tropenwaldes – sie waren abgestorben und verbrannt, und sämtlicher Kohlenstoff, den sie in den Jahren und Jahrhunderten ihres Lebens aus der Atmosphäre entnommen hatten, war sofort wieder an die Luft abgegeben worden.

Das Werk, das die Hitze und die Feuersbrünste begonnen hatten, war von den sturzbachartigen Regenfällen beendet worden. Wo früher bewaldete Hügel gestanden hatten, waren jetzt Schlammhänge.

„Wenn wir zur Rückkehr bereit sein werden", sagte General Marcus McKen mit gütiger Stimme, „muß das in Ordnung gebracht werden. Ich nehme an, daß ihr sogenannten Wissenschaftler das veranlassen müßt."

Dr. Dominic Sicara starrte seinen Herrn an. „Aber Herr General! Das ist unmöglich! Ganz abgesehen davon, daß mein Spezialgebiet die Astrophysik ist und nicht die Wiederherstellung zerstörter Flächen . . ."

„Ausflüchte, nichts als Ausflüchte." General McKen lächelte. „Das ist jetzt bedeutungslos. Wenn wir zurückkehren, wird es keine Ausflüchte mehr geben. Sie werden es einfach tun, oder Sie werden sich wünschen, daß Sie es getan hätten." Und er scheuchte den unglücklichen Astronomen mit einer Handbewegung davon.

Kapitel 15

TREGARTH und M'Bora Sam hatten Glück, wenn sie mit dem Kommandofahrzeug am Tag hundert Kilometer zurücklegen konnten. Sie mußten Städte umfahren, um den PanMacks aus dem Wege zu gehen, und sie mußten Flüsse überqueren, obwohl die meisten Brücken von den Fluten weggeschwemmt worden waren.

Wenn sie überhaupt ein Ziel hatten, dann war es der Hafen von Hampton Roads. Denn was sich Tregarth und M'Bora am meisten wünschten, war die Aussicht auf ein Unterseeboot, das sie stehlen konnten, um zu den Achtzehn Städten zurückzukehren – falls irgendeine von den Städten überlebt hatte. Aber als sie die Stelle erreichten, wo Hampton Roads liegen sollte, fanden sie nichts, was Tregarth wiedererkannte.

Die Regenfälle hatten endlich aufgehört. Die Fluten hatten sich ein wenig zurückgezogen und nichts zurückgelassen als zerstörte, schlammige Gebäude. Ein U-Boot war nicht zu sehen.

„Wir sitzen hier fest", murmelte M'Bora heiser.

„Nein", sagte Tregarth. „Weiter südlich gibt es noch andere Häfen."

Doch zunächst mußten sie einen Ort finden, an dem sie sich vor der sengenden Sonne verbergen konnten, die bereits den Himmel erleuchtete. Sie fanden ein Gebäude – zermalmter

Stahl und Beton –, das dem Geruch nach zu urteilen früher einmal ein Öllager gewesen war. Tregarth stellte den Wagen unter einer schrägstehenden Betonwand ab und setzte sich den Schlapphut und die dunkle Brille auf, um die Gegend auszukundschaften. Er wünschte sich, daß M'Bora wieder zu Kräften kam; die Halsverletzung des Schwarzen war nicht verheilt, und er verlor zusehends an Gewicht. Am meisten wünschte sich Tregarth jedoch, daß die Welt wieder zu Verstand käme, damit er wieder mit Graciela Navarro in Atlantica-City zusammensein konnte. Aber keiner seiner Wünsche schien große Aussichten auf Erfüllung zu haben.

Plötzlich hörte er hinter sich ein Geräusch. Eine hohe Stimme rief: „Wer zum Teufel seid ihr?"

Ein zerlumpter Soldat der Friedensstreitmacht tauchte auf. Eine dunkle Brille verbarg das Gesicht, und ein Schnellfeuerkarabiner war direkt auf Tregarths Brust gerichtet.

Hinter dem großen Steuerrad des Wagens stöhnte M'Bora: „Jetzt haben sie uns erwischt, Ron."

Tregarth schwieg. Zwar hatte der PanMack das Gewehr im Anschlag, und Tregarths Waffe lehnte ein Stück weiter an der Wand. Aber wenn er den Mann nur kurze Zeit ablenken konnte . . .

„Ich habe euch etwas gefragt", fuhr die hohe Stimme fort. „Wer seid ihr? Das ist ein Wagen der Friedensflotte, aber ihr seht nicht wie PanMacks aus."

„Wir sind aus Baltimore geflohen", erwiderte M'Bora kläglich. „Wenn Sie uns wieder zurückschicken, werden wir dort sterben."

Einen Augenblick lang stand der Soldat unschlüssig vor ihnen, dann zog er die Brille und den Helm herunter. Die Gestalt grinste . . . Es war eine Frau. „Freut mich, euch kennenzulernen", sagte sie. „Ich bin auch geflohen. Ich heiße Jannie Storm. Hier in der Gegend habe ich früher einmal gelebt."

Jannie Storm legte ihren Karabiner niemals aus der Hand. Tregarth sah ihr zu, als sie M'Boras Stirn befühlte. „Sie sind sehr krank", erklärte sie. „Warten Sie einen Moment." Sie verschwand hinter der schrägen Mauer und kehrte wenig später mit einem Rucksack zurück. „Echte Medikamente habe ich nicht, nur Aspirin. Fangen Sie erst einmal mit zwei an. Anständiges Essen ist das nächste, was Sie benötigen. Habt ihr Wasser?"

„Wir haben letzte Nacht die Feldflaschen an einem Bach aufgefüllt", sagte Tregarth.

„Wasser aus einem Bach! Wollt ihr draufgehen? Wißt ihr, wie viele Leichen in den Bächen herumschwimmen? Hier" – sie zog eine verkorkte Flasche aus ihrem Beutel –, „das ist abgekocht. Und ich hab auch etwas zu essen." Sie wühlte im Beutel herum und holte ein altmodisches Glas hervor. „Aber für jeden nicht mehr als ein Drittel."

„Was ist das?" flüsterte M'Bora.

Jannie Storm zuckte die Achseln. „Vielleicht Pferdefleisch. Ich habe es auf einer Farm gefunden."

Tregarth sah zu, wie M'Bora seinen Anteil hinunterschlang, und nahm dann das Glas. Nach sechs Monaten in einem Arbeitslager der PanMacks war er nicht wählerisch. „Nicht schlecht", sagte er mit vollem Mund.

„Das reicht", erklärte Jannie Storm. „Der Rest gehört mir." Aber als er das Glas auf dem Boden abstellte, machte sie keinerlei Anstalten weiterzuessen. „Jetzt sagen Sie mir genau, wer Sie sind und was Sie vorhaben!" befahl sie.

Es dauerte nicht lange, bis sie ihre Geschichte erzählt hatten. „Wir wollen zu einem Hafen, der noch in Betrieb ist", meinte Tregarth am Ende. „Vielleicht nach Florida."

„Warum nach Florida?"

„Man sagt, daß PanMack alles südlich von Savannah aufgegeben hat. Das Gebiet gehörte früher zu General Marcus McKen, der sich in den Weltraum abgesetzt hat."

„Habitat Walhalla", nickte die Frau. „Brauchen Sie Gesellschaft?"

Tregarth dachte darüber nach. Jannie Storm hatte ein Gewehr, mit dem sie auch umzugehen verstand. „Woher sollen wir wissen, ob Sie nicht zu den PanMacks gehören? Sie tragen ihre Uniform."

„Und Sie fahren einen Panzerwagen der Friedensflotte." Sie grinste. „Deswegen hätte ich Sie vorhin beinahe getötet – aber Ihr Kumpel sah zu krank aus, um einfach nur hier herumzusitzen, obwohl ganz in der Nähe ein Kommandoposten liegt."

Tregarth starrte sie an. „Ein Kommandoposten der PanMacks?"

„Sechs Mann und ein Panzer", bestätigte sie. „Ich hatte gerade darüber nachgedacht, wie ich sie alleine hochnehmen kann, als Sie vorbeikamen. Die PanMacks haben Lebensmittel, Treibstoff, medizinische Versorgungsgüter – sogar einen Lastkahn, mit dem sie auf dem Meer herumfahren."

Sie wandte sich M'Bora zu. „Wie fühlen Sie sich?"

„Das Aspirin hat etwas geholfen", krächzte er. „Allerdings fühle ich mich noch recht schwach."

„Ich rede nicht von Schwäche, ich meine, was Ihren Bauch angeht?"

M'Bora überlegte. „Alles in Ordnung", sagte er, und bevor er sich noch nach dem Grund für die Frage erkundigen konnte, langte die Frau bereits nach dem Glas, wischte den Löffel an ihrem schmutzigen Uniformärmel ab und schaufelte dann das Fleisch in sich hinein. „Bei diesem Zeug besteht immer die Gefahr einer Fleischvergiftung, wissen Sie." Sie zuckte die Achseln.

Tregarth wollte schon wütend werden, dann überlegte er es sich anders. Schließlich war es eine vernünftige Vorsichtsmaßnahme. „Sie sagen, daß der Posten einen Panzer hat?"

„Und sechs kampffähige Leute", bestätigte Jannie Storm. „Wahrscheinlich auch Munition." Sie zögerte, dann grinste sie wieder und reichte ihren Karabiner an Tregarth weiter. „Da wir jetzt zusammen sind", sagte sie, „verrate ich Ihnen gerne, daß ich meinen letzten Schuß vor ein paar Wochen abgegeben habe. Deswegen fiel mir auch nichts ein, wie ich den Posten auf eigene Faust hochnehmen könnte."

Bewundernd schüttelte Tregarth den Kopf. Offensichtlich war Jannie eine ungewöhnliche Frau. „Mit diesem Wagen können wir nichts gegen einen Panzer ausrichten."

„Aber es ist ein Wagen der Friedensflotte", entgegnete sie. „Und ich habe eine PanMack-Uniform. Wir müssen auch nicht kämpfen. Ich . . ." Sie zögerte. „Wir müssen nur warten, bis es dunkel wird, und dann gehen wir auf sie los, wenn der Panzer nicht bemannt ist. Sobald sie unsere Waffen sehen, werden sie nicht kämpfen. Warum sollten sie auch? Sie haben nichts mehr, wofür sie kämpfen müßten!"

Jannie behielt recht. Der wachhabende Posten senkte sein Maschinengewehr lange genug, daß Jannie ihn mit ihrem Karabiner in Schach halten konnte. Der gepanzerte Wagen gab ihr Rückendeckung. Als der Rest der Gruppe verängstigt und im Halbschlaf heraustaumelte, machten sie keinerlei Ärger.

In den Lagern befand sich alles, was Jannie Storm Tregarth und M'Bora versprochen hatte: Lebensmittel und Treibstoff und Munition. Als die Gefangenen vor ihnen auf den Bäuchen lagen und M'Bora sie mit dem Maschinengewehr in Schach hielt, mühten Tregarth und Jannie Storm sich beim Beladen des Wagens ab. Der Lastkahn war zwar klein, aber als sie den Wagen vorsichtig hinaufrollten, hielt er das Gewicht aus. Sie nahmen zwei Männer mit, die ihnen beim Abladen auf dem anderen Ufer halfen. Als sie sich wieder auf festem Boden befanden und vor ihnen die freie Straße lag, überließ Tregarth ihnen den Kahn. Er wartete, bis sie die Mitte des Flusses erreicht hatten, bevor er sich umdrehte.

„Wir sollten uns besser auf den Weg machen", sagte er zu Jannie Storm. „Wahrscheinlich wird sie ein Hubschrauber der Friedensstaffel überprüfen, wenn sie sich nicht melden, und bis dahin sollten wir weit weg sein. Wir lassen M'Bora eine Weile schlafen, Sie und ich können uns beim Fahren abwechseln."

Aber die letzte Anstrengung war für M'Boras geschwächten Körper zuviel gewesen. Zwar saß der PanNegraner aufrecht hinter dem Steuer, aber als sie ihn anstießen, merkten sie, daß er tot war.

Nach zwanzig Kilometern nahmen sie sich die Zeit, M'Bora zu begraben. Jannie Storm half Tregarth beim Ausheben einer Grube, sie stand schweigend neben ihm, während er einige Worte in die Finsternis sprach. Doch als sie sich hinter das Steuer setzte, fuhr sie mit rücksichtsloser Hast über die dunklen Straßen und ließ die Lichter immer nur für wenige Augenblicke aufleuchten.

Es gab keinen Zweifel daran, daß es sich bei Jannie Storm um eine außergewöhnliche Person handelte. Als sie es schließlich wagten, anzuhalten und sich vor der Sonne zu verbergen, erzählte sie von ihrer Vergangenheit. Tregarth war erstaunt, was sie alles zustande gebracht hatte.

Jannie Storm war Wachoffizierin in einem von Lord Simon McKen Quaggers Raketensilos in Texas gewesen. Als der Komet einschlug, gaben sie und ihre Kollegen die Atomsprengköpfe auf und bewachten statt dessen an der Grenze zu Kansas ein Getreidelager.

Eine Zeitlang war alles relativ normal verlaufen, doch dann kamen die ersten Plünderer. Es gab heftige Feuergefechte um die Kornspeicher, und eines Tages bekam Jannie eine Schrotladung in die Schulter. Als die sonnenverbrannten, ausgehungerten Überlebenden ihres Bataillons untereinander zu kämpfen begannen, stahl Jannie einen Laster und machte sich auf den Weg nach Osten.

„Und da bin ich nun", schloß sie. „Ich hoffte, daß es in Virginia vielleicht besser wäre." Sie lachte. „Aber so weit bin ich nie gekommen."

Tregarth seufzte. „Was ist mit dir, Jannie?" fragte er. „Hattest du nie einen Freund?"

„Ich hatte einen Mann, er hieß Peter. In ein oder zwei Jahren wären wir aus dem Dienst ausgeschieden, hätten uns irgendwo niedergelassen, eine Familie gegründet." Sie lachte bitter. „Ich nehme an, daß wir alle das gleiche Problem haben, nicht wahr, Tregarth?"

„Peter – warum war er nicht bei dir?"

Sie sah ihn böse an. „Als uns ein Plünderer mit der Schrotflinte auflauerte, stieß mich Peter zur Seite, um mir das Leben zu retten. Er bekam die volle Ladung ab. Sie hat ihm den Kopf abgerissen."

ZWAR lagen Schiffe im Dock von Port Canaveral in Florida, aber sie waren in einem äußerst schlechten Zustand. Drei große Ozeanfrachter lagen in schwerer Schräglage neben ihren Piers. Sie waren aufgegeben und ausgeplündert worden.

„Mit der Ladung dieser Schiffe hat General Marcus McKen seine Weltraumbasis versorgt", sagte Jannie Storm.

„Wollen wir uns nach Süden nach Port Everglades aufmachen?"

„Wir sehen uns noch ein wenig um", sagte Jannie. „Vielleicht ist noch etwas von der Weltraumbasis des Generals übriggeblieben. Ich glaube, sie liegt da drüben am Ufer."

Zehn Minuten später blickten Tregarth und Jannie Storm auf einen Stacheldrahtzaun, an dem ein schiefes großes Metallschild hing. Darauf stand mit roter Farbe: ZUTRITT VERBOTEN! UNBEFUGTE WERDEN ERSCHOSSEN!

„Hier ist immer noch jemand", sagte Jannie Storm verblüfft. „General McKens Leute haben das Zeichen nicht aufgestellt. Die hätten keine Warnungen ausgesprochen."

„Vielleicht ist ihnen das Sonnenlicht nicht bekommen", meinte Tregarth geistesabwesend. Er spähte durch den Stacheldrahtzaun und konnte Umrisse ausmachen. Ein Gerüst, das sich in den Himmel reckte. Ein weißes Gebäude, das so riesig war, daß es nicht einmal unter die Kuppel von Atlantica-City gepaßt hätte. Eine lange Straße führte darauf zu, die beinahe bis an den Stacheldrahtzaun reichte – dort war sie unterspült worden.

„Was willst du jetzt machen, Tregarth?"

„Einen Weg hinein finden", sagte er knapp.

Einen halben Kilometer zum Strand hin lag der Stacheldraht unter einer Sanddüne begraben. Sie fuhren darüber hinweg. Flach und kahl lag das Land vor ihnen. Als sie wieder auf die alte Straße kamen, befanden sich Bauwerke vor ihnen, die nicht zerstört worden waren. „Vorsicht!" warnte Jannie Storm. „Vor uns befindet sich ein Maschinengewehrnest!" Doch in der Nähe gab es keinerlei Lebenszeichen, und als Tregarth vorsichtig darauf zufuhr, konnten sie erkennen, daß die Schießscharten mit Sand gefüllt waren.

Sie kamen an ausgebleichten Knochen vorbei und näherten sich dem ausgedehnten Startfeld. Tregarth konnte einen Kontrollturm erkennen, der neben einem zerstörten Hangar beinahe winzig aussah. Doch nirgends waren Luft- oder Raumfahrzeuge der Friedensstaffel zu sehen. Nichts rührte sich.

Aber dort, hinter dem Bunker am Flußufer – „Da ist ein Boot!" rief Jannie. „Und es sitzt jemand drin! Sieht aus . . ." Einen Augenblick schwieg sie vor Verblüffung. Dann keuchte sie: „Das ist ein kleines Mädchen!"

Vorsichtig fuhren sie über den aufgeplatzten Asphalt um den Bunker herum auf das Boot zu. Am Flußufer hielt Tregarth an.

Das Mädchen sah wahrlich sonderbar aus. Auf dem Kopf trug sie einen großen Sombrero, und eine dunkle Brille bedeckte ihre Augen. Ihr Gesicht und die Hände waren mit einer schmierigen Farbschicht bedeckt. Sie sah zu dem gepanzerten Fahrzeug auf und sagte höflich: „Guten Morgen, *Señor.* Ich heiße Maria. Ich habe geangelt, aber wie Sie sehen können, habe ich noch nichts gefangen.“ Sie deutete auf den leeren Boden des Bootes. „Haben Sie Alligatoren gesehen?“

„Alligatoren?“ wiederholte Tregarth verblüfft. Er wandte sich Jannie zu. „Wovon redet sie?“

„Das weiß der Himmel.“ Sie kurbelte die Scheibe herunter. „Was machst du denn hier, Maria?“ rief sie.

„Fischen, *Señora*“, sagte das kleine Mädchen. „Und auch Ihnen einen guten Morgen“, fügte sie höflich hinzu.

„Guten Morgen“, gab Jannie grinsend zur Antwort. „Ich will eigentlich nur wissen, wo deine Leute sind?“

„In der Siedlung da drüben, *Señora*", sagte das Mädchen und wies über den Fluß. „Der Sturm hat unseren Sonnenschutz umgeweht, und wir müssen ihn natürlich sofort reparieren. Aber, bitte, haben Sie Alligatoren gesehen?"

„Alligatoren? Nein", sagte Jannie. „Wie viele Leute leben denn in eurer Siedlung?"

„Oh, viele, *Señora*", versicherte ihr das kleine Mädchen. „Da ist Manuel und Sergeant Lucas und meine Mutter Angela, und mein Vater, Unteroffizier Hagland, und Hauptmann Ryan und viele andere."

„Hauptmann Ryan?" Jannie runzelte die Stirn. „Der Astronaut?"

„Genau, *Señora*", sagte das kleine Mädchen und lächelte vergnügt. „Wissen Sie, er ist der *Commandante* von uns allen.

Er hält alles in Ordnung, bis General McKen von seinem Platz am Himmel wiederkommt. Allerdings", ergänzte sie schüchtern, „in den Himmel habe ich schon oft geschaut, aber General McKen habe ich noch nicht gesehen." Sie setzte sich auf den Rand des Bootes und sah sie gelassen an.

„Sie macht keinen sonderlich gefährlichen Eindruck", sagte Tregarth zweifelnd zu Jannie Storm.

„Warum reden wir überhaupt mit ihr? Wahrscheinlich sollten wir umkehren und zusehen, daß wir von hier verschwinden!"

Plötzlich hörten sie ein kratzendes Geräusch, und dann tauchte der Kopf eines Mannes neben dem Wagen auf. Er war mit der gleichen dicken Schmiere wie das Mädchen bedeckt, und in der Hand hielt er eine Waffe, die auf Jannie und Tregarth gerichtet war. „Das hast du gut gemacht, Maria!" rief der Mann, ohne den Blick abzuwenden. „Was euch beide angeht, solltet ihr sehr langsam und mit erhobenen Händen aussteigen. Macht keine Dummheiten. Ihr habt militärisches Sperrgebiet betreten und könnt ohne Vorwarnung erschossen werden."

Obgleich das Mädchen kaum älter als sechs Jahre war, wußte es bereits, wie man einen festen Knoten bindet. Während ihr Vater Tregarth und Jannie in Schach hielt, fesselte sie ihnen die Arme auf den Rücken. Als sie dann in das Boot stiegen, startete sie den Außenbordmotor und setzte sich an die Ruderpinne.

Tregarth und Jannie saßen mittschiffs zum Heck gewandt, während Unteroffizier Max Hagland, der Vater des Mädchens, im Bug hinter ihnen kauerte und sie im Auge behielt.

„Ich hoffe, daß Sie mir das verzeihen", erklärte Maria ernst, „denn natürlich ist es unsere oberste Pflicht, die Basis McKen der Friedensstaffel zu schützen. Ich hoffe, daß Sie nicht erschossen werden."

„Vielen Dank", entgegnete Tregarth.

„Gern geschehen. Und würden Sie bitte auf das Wasser aufpassen? Ich meine, für den Fall, daß Alligatoren kommen." Sie runzelte vor Konzentration die Stirn, als sie das Boot nach Süden durch eine Passage zwischen dem Strand und einer Insel steuerte, die ebenso kahl wie das Festland war. „Das ist Gator Key", sagte sie und zeigte mit dem Finger darauf. „Früher waren da viele Alligatoren. Ein paar sind gestorben, aber die übrigen müssen wir töten, wenn wir sie sehen, denn einer von ihnen war vom Dämon besessen."

„Wovon redest du da?" wollte Jannie Storm wissen.

„Vom Dämon, der im Juwel lebt", erklärte Maria. „Der Anführer der Alligatoren war einer, und er hat viele Menschen getötet, bevor Hauptmann Ryan ihn erschossen hat. Selbst jetzt, da er tot ist, ist er sehr mächtig – Sie werden schon sehen!"

Bei dem kindlichen Geschwätz verzog Tregarth das Gesicht. Er versuchte nachzudenken. Es mußte doch irgendeinen Ausweg geben! Wenn er sich plötzlich nach hinten warf . . ., wenn er den Mann mit der Waffe über Bord stoßen konnte . . ., wenn er und Jannie Storm das kleine Mädchen dazu zwingen konnten, ihnen die Fesseln zu lösen . . .

Aber als er gerade den Kopf wenden wollte, um zu sehen, wo sich Hagland genau befand, spürte er, wie sich der kalte Stahl des Pistolenlaufs gegen seinen Hals preßte. „Drehen Sie sich nicht um!" befahl der Mann. „Hauptmann Ryan wird mir nicht böse sein, wenn ich Sie erschieße."

Den Rest der Fahrt saß Tregarth mit gesenktem Kopf in der glühenden Sonne. Niemand hatte sich die Mühe gemacht, ihm einen Hut zu geben oder ihm Farbe ins Gesicht zu schmieren. Dann schwenkte das Boot in eine kleine Bucht ein, wurde langsamer und setzte knirschend auf Sand auf. „Jetzt können Sie aussteigen", meinte Hagland.

Als sie aus dem Boot kletterten, bemerkte Tregarth, daß ein Mann sie beobachtete. Er trug die Uniform der Friedensstaffel und die Abzeichen eines Leutnants.

„Wen haben Sie denn da gebracht, Max?" wollte der Mann wissen. „Zwei weitere Zaunkletterer?"

„Sie waren nicht vor dem Zaun", erklärte Hagland. „Sie waren schon bei den Startfeldern. Hatten einen Panzerwagen. Wenn Maria nicht gewesen wäre, hätte ich sie vielleicht nicht erwischt."

„Ach ja?" Der Leutnant kam näher heran. „Warten Sie mal, Hagland", sagte er. „Sehen Sie nicht, daß diese Frau eine Uniform der PanMack-Friedenstruppe trägt?"

„Ich nehme an, daß sie sie gestohlen hat", sagte der Unteroffizier angewidert.

„Nun, Hauptmann Ryan ist derjenige, der das am ehesten herausfindet. Kommen Sie, bringen wir unsere Gefangenen gleich zum Büro des Kommandanten!"

ALS TREGARTH einen Kiesweg entlangtrottete, starrte er auf die kleine Siedlung, die in einen Palmenhain eingebettet war. Natürlich waren die Bäume sämtlich abgestorben, aber die kleinen Gebäude sahen aus, als hätte der Ozonsommer ihnen nichts anhaben können. Einige waren sogar mit leuchtender neuer Farbe versehen worden. Über den Palmwipfeln waren Tarnnetze gespannt, die auch vor ultravioletten Strahlen Schutz boten. Der Wind hatte einige Netze fortgeweht, aber Tregarth sah, wie Leute auf die Bäume kletterten und sie wieder festzurrten.

Das Hauptquartier des Kommandanten war ein steinernes Gebäude mit einem Mast, an dem eine PanMack-Flagge wehte. Irgendwo im Inneren tuckerte ein Dieselmotor, und Glühbirnen spendeten ein wenig Licht.

Als Tregarths Augen sich an die Dunkelheit gewöhnt hatten, erblickte er einen schlanken, rothaarigen Mann, der sich über einen Computer beugte. Auf dem Schild auf seinem Schreibtisch stand HAUPTMANN WERNHER RYAN, KOMMANDANT. Fragend sah der Mann auf, als der Leutnant die Gefangenen hereinführte.

„Zwei Eindringlinge, Sir. Sie waren schon auf dem Basisgelände." Der Offizier berichtete seinem Vorgesetzten alles über den Panzerwagen und die listige Vorgehensweise von Haglands Tochter, aber Tregarth hörte kaum zu. Erstaunt sah er sich das Gebilde an, das hinter dem Kommandanten an der Wand hing. Es war die Haut eines riesigen Alligators; und mitten auf der Stirn, unterhalb der winzigen bösen Augen, entdeckte Tregarth etwas, das wie ein riesiger Rubin aussah.

„. . . hören Sie mich nicht?" fragte die scharfe Stimme des Kommandanten.

„Tut mir leid", sagte Tregarth. „Ich hatte mir gerade diesen Alligator angesehen."

„Das Biest ist auch einen Blick wert. Es hat uns viele tüchtige Männer gekostet. Aber ich habe Sie beide gefragt, wer Sie sind und woher Sie kommen."

Tregarth erzählte, was ihnen widerfahren war, und dann sah er den Kommandanten an.

Hauptmann Ryan seufzte und wandte sich an Jannie. „Sergeant Storm, da Sie ein Mitglied der Friedenstruppen sind, stehen Sie jetzt unter meinem Befehl. Der Adjutant wird Ihnen ein Quartier und Ihre Pflichten zuweisen. Willkommen in der Basis McKen der Friedensstaffel."

„Was ist mit Kapitän Tregarth?" fragte Jannie mit rauher Stimme.

Ryan sprach wieder mit Tregarth selbst. „Kapitän Tregarth, für Sie haben wir hier keinen Platz. Basis McKen ist ein gefährdeter Außenposten. Außer militärischem Personal und unmittelbaren Angehörigen kann niemand hierbleiben. Ausnahmen gibt es nicht."

„Ich werde gehen", antwortete Tregarth. „Ich will nur ein Schiff finden, das mich nach Atlantica-City zurückbringt."

„Ich fürchte, das wird kaum möglich sein." Der Kommandant machte eine Pause, als ob er nach Worten ränge. „Wir sind das einzige verbliebene Erdkontingent der Weltraumstreitkräfte von General McKen. Daher ist es unsere Pflicht, diese Basis zu schützen. Wir haben sie gegen Plünderer und Guerillabanden gehalten – und gegen Schlimmeres", sagte er und warf einen Blick auf den Alligatorschädel über ihm.

„Ich sagte, daß ich gehen werde", erwiderte Tregarth ungehalten.

„Ich fürchte, das klappt nicht, Kapitän Tregarth", sagte Ryan bestimmt. „Wir können es nicht riskieren, daß Sie mit einer bewaffneten Truppe zurückkehren . . ."

„Halt, warten Sie!" schrie Jannie Storm. „Sie sagten, daß ich jetzt zu Ihrer Abteilung gehörte! Und sicher dürfen auch Angehörige hier leben!"

„Sind Sie etwa mit diesem Mann verwandt, Sergeant Storm?"

„Verwandt? Er ist mein Mann! Wenigstens", fügte sie hinzu, wobei sie Tregarth nicht ansah, „haben wir nach jemandem gesucht, der uns traut, seit wir Baltimore verlassen haben." Jetzt wandte sie sich Tregarth zu. „Stimmt es nicht, Ron?"

Und so kam es, daß sich eine Stunde später Kapitän Rodney Everett Tregarth und Sergeant Janice Phyllis Storm im Büro des Kommandanten ewige Treue schworen.

Kapitel 16

ALS GRACIELA NAVARRO am Morgen des Tages erwachte, an dem die *Atlantica Countess* auslaufen sollte, sah sie als erstes das Foto von Ron Tregarth auf ihrem Nachttisch. Die neue Kuppel war mittlerweile bewohnbar, die ersten Flüchtlinge aus Pan-Negra-City begannen einzuziehen, und sie hatte ihr Zimmer wieder für sich alleine.

Rasch kleidete sie sich an. Als sie den Raum verließ, drehte sie sich ein letztesmal zu Tregarths Foto um. „Bitte, komm wieder", flüsterte sie leise und eilte zu den Auslaufdocks.

Die *Atlantica Countess* würde sich auf eine längere Erkundungsmission begeben. Zu der Mannschaft gehörten nicht nur fünf PanNegraner und neun Atlanticaner, sondern es war auch ein ehemaliger Offizier der PanMack-Friedensstaffel an Bord, Dennis McKen. Welch ein Streit war über seine Aufnahme entbrannt! Viele behaupteten, daß es Wahnsinn sei, eine Landratte mit einer brisanten Mission zu beauftragen. Bürgermeisterin Mary Maude McKens ganze Autorität war nötig gewesen, um die Frage zu klären. „Er kennt das Land besser als irgendeiner von uns", stellte sie fest. „Wir haben keine andere Wahl, als ihm zu vertrauen." So wurde es dann beschlossen.

Sie hatte allerdings nicht erwähnt, daß es sich bei dem Offizier um ihren Sohn handelte.

Als die *Atlantica Countess* bereit zum Auslaufen war, hielt die Bürgermeisterin eine kleine Ansprache. Nachdem sie geendet hatte, sah sie mit einem eigenartigen Blick zu dem hochgewachsenen jungen Mann auf. „Du wirst zurückkommen, nicht wahr, Dennis?" flüsterte sie.

Er grinste sie an. „Ich werde zurückkommen", sagte er und legte seine Arme um sie. „Ich würde dir gegenüber kein Versprechen brechen." Dann richtete er sich auf und blickte auf Graciela Navarro. „Oder dir gegenüber, Graciela."

ALS GRACIELA eine Stunde später auf ihrem Meeresschlitten hinausfuhr, spürte sie immer noch das sonderbare Kribbeln, das Dennis McKens Worte in ihr ausgelöst hatten. Sie konnte nicht leugnen, daß der ehemalige PanMack ein außerordentlich gut aussehender Mann war. Aber sie liebte Ron Tregarth. Sie hatte gelobt, ihn zu heiraten, und dieses Gelöbnis wollte sie auch einhalten.

Aber wo war Ron? War er überhaupt noch am Leben?

Doch für persönliche Sorgen hatte sie jetzt keine Zeit, es galt, das Überleben von Atlantica-City zu sichern. Sie mußte neue Anbaugebiete erschließen, und dazu hätte sie die Kraken gebrauchen können – wenn sie nicht verschwunden wären.

Doch jetzt war die Zeit gekommen, sie zu suchen, damit sie die Fähigkeiten anwendeten, die Graciela ihnen so mühsam beigebracht hatte. Falls die Kraken noch am Leben waren.

IM LICHT ihres Meeresschlittens leuchtete Triton in ungesundem Lavendelblau; seine Tentakel zuckten nervös, als er sich langsam näherte, aber für Graciela war er ein wunderbarer Anblick. „Graciela froh, ja!" schrie sie. „Gut Graciela sieht Triton, ja!"

Doch die Antwort des Kraken lautete: „Graciela geht fort dieser Platz, ja! Graciela geht jetzt, ja!"

Graciela holte tief Luft. „Graciela geht nicht! Triton spricht Graciela, ja. Kraken wo?"

Das Tier antwortete nicht – jedenfalls nicht in Worten. Doch zwei Tentakel schossen hervor, packten das Mädchen an der Hüfte und zerrten es auf den Meeresschlitten zu. „Graciela geht jetzt, ja!" stellte die unmenschliche Stimme erneut fest.

„Triton, nein!" schrie sie. „Graciela geht nicht!" Sie versuchte sich zu befreien, aber sie hatte nicht die Kraft, um sich mit den zehn Meter langen Tentakeln des Kraken zu messen. Er drückte sie gegen die Gurte des Schlittens, während zwei weitere Tentakel geschickt das Ankerkabel lösten und Triton sie vom Wrack der Plattform fortzuzerren begann.

„Triton hält jetzt, ja!" brüllte sie. „Triton spricht Graciela, ja! Kraken wo? Krake Nessus wo?"

Sie waren schon über zehn Meter vom Wrack entfernt. Triton schien sich etwas beruhigt zu haben. Er wurde langsamer. Für einen Moment wanden sich seine Tentakel unentschlossen. Dann brachte er einen Satz hervor: „Krake Nessus an Krakenort, ja."

„Nessus kommt nicht, warum?"

„Nessus mag Graciela jetzt nicht."

Das versetzte ihr einen Stich. „Nessus mag Menschen, ja?"

Triton hatte offenbar Schwierigkeiten, sich verständlich auszudrücken. „Nessus mag Krakenmenschen, ja. Mag Gracielamenschen nicht."

„Krakenmensch! Krakenmensch ist was?"

Aber der Krake erwiderte nur störrisch: „Krakenmensch ist Krakenmensch, ja." Dann verfielen seine Tentakel in hektische Bewegungen, und er begann Graciela wieder fortzuzerren. „Graciela geht jetzt, ja!" dröhnte er. „Geh jetzt, geh jetzt, ja, ja!"

„Triton, halt!" schrie sie.

Aber der Krake wiederholte lediglich: „Geh, geh, geh jetzt, jetzt, jetzt, ja, ja!" Und dann sagte er: „Krakenmensch hier, ja! Krakenmensch frißt Gracielamenschen, ja! Graciela geht, ja, ja!" Er stieß einen dicken Strahl schwarzer Tintenflüssigkeit aus.

Und als Graciela Navarro sich im Griff des Kraken wand, erhaschte sie einen kurzen Blick auf etwas, das im Eingang der zerstörten Plattform stand, das sie heranzuwinken schien. Sie sah es nur kurz, dann raubte ihr die schwarze Wolke die Sicht . . . Es schien eine menschliche Gestalt gewesen zu sein, nackt und ungeschützt dem tödlichen Druck der Tiefe preisgegeben.

Die Gestalt einer Frau – jener Frau, die das verschollene Forschungsschiff befehligt hatte: Vera Doorn. Und mitten auf ihrer Stirn funkelte etwas Rotes wie ein riesiges Juwel.

Es war das erste Mal, daß Graciela Navarro eine Ahnung vom Ewigen bekam.

Als ich noch ein Wesen aus Fleisch und Blut war, lebte ich an einem Ort unter einem Meer auf einer Welt. Ich liebte, und ich arbeitete, und ich suchte nach Erkenntnis.

Jetzt lebe ich im Ewigen, und ich habe die Erkenntnis gefunden.

Ich liebe immer noch. Ich liebe all jene, die wie ich als Arme und Werkzeuge des Ewigen dienen, die Mollusken und die Fische und die großen Wale. Sie sind geringer als ich (so wie ich geringer als das Ewige bin), aber ich liebe sie dennoch, denn im Ewigen sind alle vereint.

Für immer.

Ich liebe auch immer noch jene, die ich liebte, als ich im Körper von Vera Doorn lebte. Ich werde sie retten, wenn ich kann, und dann werden wir alle im Ewigen leben . . .

Für immer.

Das zweite Jahr

Kapitel 17

Als Newt Bluestones Bus, der von Friedenspolizisten auf Motorrädern flankiert wurde, durch die Wachstationen von Quaggerheim raste, empfand Bluestone eine sonderbare Erleichterung. Die Expedition war kein Erfolg gewesen. Über die Hälfte der Lastwagen, die hinter ihnen herrumpelten, war nicht beladen. In dem zweiten Jahr, seit der Komet Sicara die Erde dem sengenden Sonnentod preisgegeben hatte, waren sämtliche Speisekammern des Planeten leer. Doch innerhalb der Mauern von Quaggerheim befand er sich in einer anderen Welt.

Vor dem Zwischenfall mit dem Kometen hatte Bluestone nicht erwartet, jemals froh darüber zu sein, Quaggerheim zu betreten. Jetzt machen sogar die Stacheldrahtzäune einen anheimelnden Eindruck, dachte er und verzog das Gesicht. Und drinnen . . .

Hinter den gewaltigen Türen war die Luft kühl und frisch. Blumen und Topfpflanzen säumten die Hallen, die er durchschritt. Die Trostlosigkeit, die dem Kometen Sicara gefolgt war, hatte die Menschen in Quaggerheim kaum berührt . . . mit einer Ausnahme.

Das war Lord Quagger selbst. In diesem einen besonderen Jahr hatte Quagger rapide abgebaut. Er war fetter als je zuvor, so abscheulich fett, daß seine Ärzte ihn mit Tränen in den Augen anflehten, weniger zu essen; dabei liebten sie weniger Lord Quagger als ihr eigenes Leben. Sie wußten, was mit ihnen geschehen würde, wenn das überanspruchte Herz versagte. Quaggers Haut war fahl, der Blick stumpf. Selbst seine Prahlerei war gemeinsam mit den wirren Plänen verschwunden, die Imperien seiner abwesenden Vettern zu übernehmen.

Als Newt Bluestone in den Audienzsaal vorgelassen wurde,

sah er Quagger schlaff auf seinem großen Thron sitzen, während Angie eifrig um ihn herumzappelte und die Diener ärgerlich anschnatterte.

Quagger befahl ihr, still zu sein. „Mein guter Amanuensis!" begrüßte er Bluestone. „Berichten Sie mir: Wie steht es um meine Länder?"

„Die Dinge normalisieren sich, Lord Quagger", sagte Bluestone, der nach Worten suchte, die keine schieren Lügen waren. Er sprach nur kurz von den verdörrten Farmen. „Aber hier und da kommt wieder etwas Grün hervor, Lord Quagger! Ich glaube, die Ozonschicht beginnt sich wieder zu regenerieren."

Quagger lauschte geistesabwesend und tat so, als wüßte er nicht, wie schlecht es wirklich stand. „Aber die Steuereinnahmen", beschwerte er sich. „Man sagt, daß sie bei weitem nicht vollständig sind."

„Lord Quagger", fuhr Bluestone düster fort, „es gibt nicht viel einzutreiben." Steuern! Sie hatten keine Steuern eingesammelt – sie hatten mit Waffengewalt das Essen weggenommen, das die Menschen zum Überleben brauchten!

Quagger schüttelte den Kopf. „Das kann doch nicht stimmen. Sehen Sie sich diese Getreidesilos an." Er deutete auf die hohen weißen Gebäude auf einem Bildschirm. „Darin ist doch genug Nahrung, um Quaggerheim ein Jahr lang zu versorgen!"

„Aber sie sind leer! Dort gibt es nichts außer den Skeletten von Menschen, die das Getreide stehlen wollten. Es gibt nichts mehr zu besteuern! Die Menschen verhungern."

Quagger schien ihn nicht zu hören. „Gut", sagte er geistesabwesend. „Sie wissen, wie mein Herz für meine getreuen Untertanen in dieser schweren Zeit blutet, Newt." Bluestone nickte und versuchte, sich von seinen wirklichen Gefühlen nichts anmerken zu lassen. „Tatsächlich", stellte Quagger fest, „teile ich alle Schmerzen, die die ganze Welt erleidet. Die Verbrennungen, den Durst und die Verzweiflung – vor allem den Hunger." Er winkte gereizt einem Diener, ihm ein frisches Tablett mit gekühltem Obst zu reichen. „Dieser Ozonsommer hat uns sicherlich allen großes Ungemach bereitet, aber da Sie jetzt mit der guten Nachricht zurückgekehrt sind . . ."

„Lord Quagger", begann Bluestone, „ich habe doch nur ein

paar Orte gesehen, an denen wieder Unkraut zu wachsen beginnt."

„Unwichtig!" Quagger nahm sich einen Pfirsich. „Das Zeug beginnt wieder zu wachsen. Und dann . . ." Er spuckte wütend aus, nahm die Frucht aus seinem Mund und starrte darauf. „Cele!" schrie er. „Versuchst du mich zu vergiften? Warum kann ich keine frischen Früchte bekommen?" Angie riß die Frucht an sich und drehte sie wütend schnatternd in ihren Händen. Dann schleuderte sie sie zornig von sich.

„Wir haben keine frischen Pfirsiche mehr, Lord Quagger", sagte das Mädchen namens Cele. Sie gehörte zu den dreien, die der Schwimmhäutlerfrau Graciela Navarro so ähnlich gesehen hatten. Quagger hatte sie Grace, Cele und Ella genannt.

Angie kreischte die Frau an, aber Quagger beschloß, großzügig zu sein. „Ah, diese schrecklichen Zeiten", murmelte er und beruhigte die kleine Kreatur mit einer Hand. „Dennoch müssen wir uns darauf besinnen, Newt, daß dieses schreckliche Jahr nicht nur eine Plage und eine Prüfung für uns ist. Die menschliche Rasse befindet sich am Rande der Auslöschung. Doch ich, Simon McKen Quagger, werde sie retten. Newt! Verstehen Sie, wie wichtig Ihre Rolle dabei sein wird?"

„Nun, ich denke schon", sagte Bluestone mutlos.

Quagger erhob die Stimme. „Sie werden es aufzeichnen! Sie werden das Epos meines Lebens vervollständigen, ein Epos, das von tapferen Männern und Frauen tausend Jahre lang im Gedächtnis bewahrt werden wird, die Saga eines Retters der Menschheit! Newt, überlegen Sie doch einmal! Sehen Sie sich die Männer an, die die Welt bewundert hat – Alexander, Cäsar, Napoleon, mein verehrter Großvater Angus McKen. Keiner von ihnen hat sich den Herausforderungen gegenübergesehen, denen ich mich zu stellen wage! Ist es nicht so, Newt?"

„Die Dinge stehen wirklich schlecht, Lord Quagger", gab Bluestone zu.

„Im Vergleich zu mir werden also alle anderen großen Helden der Geschichte wie bloße Zwerge erscheinen!" Er war aufgestanden und schrie Bluestone diese letzten Worte entgegen, während Angie auf seiner Schulter triumphierend und aufgeregt keckerte und krächzte.

Dann sank er zurück. Die Anstrengung war zu groß für ihn

gewesen. Angie brachte sich auf der Thronlehne in Sicherheit, als Quaggers altes Gesicht wieder in seinen Speckfalten verschwand. „Sie haben sich erschöpft, Lord Quagger!" rief das Mädchen Cele.

„Ja." Quagger schnaufte schwach. „Bringt mir Wein und bereitet mein Bett. Es war ein anstrengender Tag." Er reckte die teigigen Arme, damit man ihm aufhalf, dann hielt er inne. Flehend sah er zu Newt Bluestone auf. „Sie sagten, daß wieder etwas zu wachsen beginnt?" fragte er.

Unwillkürlich tat Bluestone das alte Ungeheuer ein wenig leid. „Ja, Lord Quagger. Sogar einen Vogel haben wir entdeckt, der irgendwie überlebt hat."

Quaggers Augen leuchteten auf. „Ein Vogel? Ein echter Vogel? Der um unseren Berg herumfliegt?"

„Das stimmt, Lord Quagger", sagte Bluestone verblüfft. „Daß einige Vögel überlebt haben, ist eine gute Nachricht, obwohl der Himmel allein weiß, wovon sie sich ernährt haben . . ."

„Das sind wundervolle Neuigkeiten! Wissen Sie, was wir jetzt tun werden, Newt? Wir werden ihn jagen." Quagger strahlte. „Ja, in der Tat. Wie in den alten Tagen! Sobald ich mich ein wenig ausgeruht habe, gehe ich auf die Jagd. Was halten Sie davon?"

Bluestone starrte ihn ungläubig an. „Aber – aber, Lord Quagger! Falls irgendein Vogel überlebt hat, sollte man ihn sich doch vermehren lassen, meinen Sie nicht? Von keiner Art können besonders viele Exemplare überlebt haben . . ."

Er hielt inne, denn Quagger sah ihn ärgerlich an. „Was sagen Sie da, Newt? Denken Sie nicht, daß Ihrem Lord zur Abwechslung einmal ein wenig Entspannung zusteht?"

„Nun, natürlich, aber trotzdem . . ."

Quagger schüttelte bedächtig den Kopf. „Sie machen sich keine Vorstellung, welche Lasten ich in jedem Augenblick meines Daseins zu tragen habe. Ein wenig Unterhaltung könnte vieles bewirken – eine Gelegenheit, für ein paar Minuten die Sorgen der Regierungstätigkeit, die beständige Notwendigkeit, euch alle am Leben und gesund zu erhalten, die Planung der Zukunft beiseite zu legen."

Als er sich in die Höhe schob und sich schwer auf Cele auf der einen Seite und Ella auf der anderen stützte, wagte Bluestone einen letzten Protest: „Aber, Lord Quagger, die meisten Vogelarten sind wahrscheinlich schon ausgestorben."

„Vergessen Sie es, Newt!" Quagger hob die Hand und brachte ihn damit zum Schweigen. „Wo es einen gibt, gibt es wahrscheinlich noch mehr. Falls nicht – falls es der letzte seiner Art ist –, welch eine Trophäe!" Pfeifend rang er nach Atem. „Sie dürfen mich jetzt verlassen. Gehen Sie an Ihre Arbeit! Ich werde mich an die meine begeben!"

Während Angie lebhaft vor ihm herumtollte, humpelte er zu seinem Schlafzimmer.

Obgleich der zweite Ozonsommer fast vorüber war, hatte sich das geplagte Land noch keineswegs erholt. Die gnadenlose Hitze hielt an. Aber langsam begann sich in der oberen Atmosphäre der Ozonschild wieder zu bilden. War es für das Leben auf der Erdoberfläche schon zu spät?

Als Newt Bluestone darauf wartete, daß sich sein Herr ihm an den großen kugelsicheren Toren von Quaggerheim anschloß, schien alles, was er sah, eine niederschmetternde Antwort auf diese Frage darzustellen. Aber dann hörte er hinter sich Schritte, und als er dann sah, wer es war, hob sich seine Stimmung. „Grace!" rief er erfreut aus.

Das Mädchen zuckte zusammen. „Bitte nennen Sie mich nicht so. Ich heiße Doris Calvert. Ich kam, um Ihnen zu sagen, daß sich Lord Quagger auf den Weg gemacht hat."

„Doris", sagte er entschuldigend, „es tut mir leid."

Sie warf ihm einen freundlichen Blick zu. „Wie ist es dort draußen, Newt? Ich hörte, daß wieder Pflanzen wachsen. Wird jetzt alles besser?"

Er zögerte. „Ja, ein wenig", gab er widerwillig zu. „Aber ob es rasch genug geschieht, um noch etwas zu nützen – das ist eine andere Frage." Er schüttelte den Kopf. „Ich schätze, daß in dem ganzen Gebiet außerhalb unserer Höhlen weniger als zehntausend Menschen am Leben sind. Früher gab es dort fünfzig Millionen!"

„Aber Sie sagten doch, daß wieder Pflanzen zu wachsen beginnen", meinte das Mädchen.

„Nur Unkraut", erklärte er verbittert.

„Natürlich, Newt, aber wenn es jetzt besser wird – nun, ich

nehme an, daß es in diesem Jahr schon zu spät ist, aber können wir im nächsten Jahr nicht wieder Getreide anpflanzen?"

„Wenn wir so lange leben, bis es reif ist. Vielleicht."

ALS LORD SIMON MCKEN QUAGGER erschien, würgte Bluestone ein Geräusch hinunter, das beinahe ein Lachen war. Quagger sah lächerlich aus. Er trug einen roten schweren Jagdmantel und einen Fischerhut. Eine Dienerin schleppte eine doppelläufige Schrotflinte. „Nun, Newt", sagte er strahlend. „Was ist nun mit der Jagd?"

Aber dann blieb Quagger einen Augenblick lang in der Tür stehen und blickte um sich. Zum erstenmal seit fast zwei Jahren war er wieder außerhalb seines Berges, er zögerte, während seine Leibwachen vorangingen und jeden Winkel nach möglichen Attentätern absuchten.

„Oh, das ist aber heiß", keuchte Quagger. „Sie sagten mir, daß die Sonne nicht mehr so stark sei, Newt!"

„Aber es ist doch Sommer", entgegnete Bluestone. „Wenn es Ihnen lieber ist, können wir auch wieder hineingehen."

„Ganz sicher nicht! Ich beabsichtige, auf diesen Vogel zu schießen. Wo ist das verwünschte Ding denn jetzt bloß?"

Sein Kammerherr sprach in das Funkgerät und berichtete: „Die Überwachung sagt, daß er sich vor ein paar Minuten am Eingang befand und sich jetzt in unsere Richtung bewegt."

„Ah!" schrie Quagger mit leuchtenden Augen. „Gut! Wo ist mein Gewehr? Und denkt daran, keiner schießt, bevor ich nicht das Kommando gegeben habe!"

Der Kammerherr reichte ihm schweigend seine Schrotflinte. Ehrerbietig begann ein Leibwächter seinem Herrscher den Mechanismus zu erklären, doch Quagger schalt ihn: „Denken Sie, daß ich nicht weiß, wie man ein Gewehr bedient? Los jetzt! Wo ist dieses Vieh?"

Der Kammerherr sprach schnell in das Funkgerät; offenbar gefiel ihm nicht, was er zu hören bekam. „Er ist in der Nähe", meldete er. „Sie sagen, daß es ein Kondor sei, aber . . ."

„Ein Kondor?" Quagger legte enttäuscht das Gesicht in Falten. „Was soll ich denn mit einem Kondor? Wer hat denn je einen Kondor verspeist? Ich hoffte auf eine Wachtel oder auf einen wilden Truthahn!"

„Ja, Lord Quagger, aber die Überwachung meldet, daß an dem Vogel etwas seltsam ist. Es ist eine Art . . ., nun, man sagt, er hätte auf der Stirn eine Art Juwel!"

„Ein Juwel? Wer hat denn je von einem Vogel mit einem Juwel gehört? Sind die im Wachraum denn alle betrunken? Holen Sie sofort den Hauptmann der Garde!"

„Lord Quagger", sagte der Kammerherr, „ich habe mit dem Hauptmann gesprochen. Er sagt – oh, da ist der Vogel!"

Über den Hang kam ein riesiger Kondor auf sie zugesegelt, der die Flügel ein wenig eingezogen hatte, als ob er sich auf eine Beute stürzen würde.

Newt Bluestone erkannte, daß die Überwachungsmannschaft nicht gelogen hatte. Ob es nun ein Juwel war oder nicht – etwas befand sich jedenfalls an dem gefiederten Kopf über den schwarzen Augen. Die Wachen schrien, Quagger brüllte, und Angie schien durchzudrehen. Sie klammerte sich an seinem Kopf fest, hatte den Schwanz fest um seinen Hals gewickelt und kreischte in sein Ohr.

Quagger stolperte und feuerte aus beiden Läufen gleichzeitig. Der Schuß ging fehl, aber der große schwarze Vogel kam näher und stieß auf ihn herab. Der Angriff galt jedoch gar nicht Quagger, sondern Angie. Aufkreischend schien sie die Arme um den nackten roten Hals des Vogels zu werfen und ließ Quagger los.

Quagger ruderte in panischer Furcht mit seinen Armen. „Tötet ihn!" blökte er. „Rettet Angie! Verletzt sie nicht!"

Die Wachen rückten mit schußbereiten Waffen vor, dann feuerten alle drei gleichzeitig. Schwarze Schwingen peitschten einen Augenblick lang die Luft, dann sanken sie schlaff auf die Straße. Und Angie taumelte kreischend davon und rannte in Quaggers Arme. Hinter ihr lag der Kondor tot am Boden.

Und der Edelstein, den der Vogel getragen hatte, flammte jetzt auf Angies braunbepelzter Stirn.

Kapitel 18

IM ZWEITEN Jahr der neuen Welt kehrte die *Atlantica Countess* in die Stadt zurück. Das Schiff erschien ohne Vorankündigung, mitten in der Nacht. Das erste, was Graciela Navarro davon mitbekam, war ein Klopfen an ihrer Tür, das sie aus dem Schlaf riß. Als sie die Tür öffnete, stand Dennis McKen mit einem Videochip in der Hand vor ihr.

„Du bist zurück", sagte sie schlaftrunken und starrte ihn an. Er sah ganz anders aus als früher. Müde. Reifer. Sogar freundlicher. Er war nicht mehr der arrogante Dennis McKen, der seine Retter zu kapern versucht hatte, als sie ihn aus der wütenden See gefischt hatten. Was hatte ihn verändert? Graciela war sich nicht sicher. Das Leben hier bei dem Meeresvolk? Oder jenes erste Gespräch mit seiner Mutter, die er seit seinen Kindertagen nicht mehr gesehen hatte?

Dennis redete nicht lange um das Thema herum. „Es gibt keine Spur von ihm, Graciela", sagte er sofort. „Sie sind alle tot. Es tut mir leid."

Graciela zog ihren Morgenmantel fester um sich. Noch im Halbschlaf blinzelte sie zu ihm hinauf und wünschte sich dabei, daß dies nur ein böser Traum wäre.

Aber es war kein Traum. Einen Moment lang schloß sie die Augen. Dann flüsterte sie: „Komm herein. Erzähle mir davon."

„Ich bin sofort hergekommen", sagte McKen und drückte den Chip in Gracielas Abspielgerät, „weil ich wollte, daß du es von mir erfährst. Wir haben alle Häfen am Atlantik abgesucht. Dort lebt keiner mehr. Nur in Baltimore waren ein paar tausend Menschen, aber das sind alles PanMack-Truppen – wir konnten nicht nahe heran."

„Aber Baltimore war doch Rons Zielhafen!"

„Ich weiß. Es sieht so aus, als ob er dort angekommen ist. Wenigstens lag sein Schiff dort; wir haben das von einem Fischer erfahren, den wir aus dem Wasser gezogen haben. Aber die Mannschaft der *Atlantica Queen* wurde von den PanMacks gefangengenommen und zur Sklavenarbeit eingesetzt. Sie starben. Über einzelne Personen gibt es keine Aufzeichnungen."

Schweigend stand Graciela neben dem Bett, und sie berührte unbewußt das Foto von Ron Tregarth.

„Es tut mir leid, meine Liebe", sagte Dennis. „Schau, hier sind einige Aufnahmen." Er schaltete das Abspielgerät ein.

Die ersten Aufnahmen stammten aus Norfolk in Virginia. Zuerst konnte Graciela nicht erkennen, was sie eigentlich wahrnahm: einen sonnigen Strand, der mit sonderbaren Dingen übersät war. Dann sah sie, wie zwei Mannschaftsangehörige der *Atlantica Countess* anfingen zu graben und allmählich den Umriß eines Bootes freilegten. Aber wieso lag ein Boot im Sand vergraben?

„Soweit wir feststellen konnten", erklärte McKen, „gab es einen Hurrikan, der genau hier auf das Ufer getroffen sein muß."

„Aber Ron fuhr doch nach Baltimore."

„Hier, ich zeige dir Baltimore."

Das Abspielgerät klickte und machte bei einer Aufnahme der *Atlantica Countess* halt, wie sie in den Hafen einlief. Auf den ersten Blick sah die Stadt fast normal aus. Doch als die Kamera näher heranfuhr, sahen sie, daß alle Häuser anstatt Fenstern nur noch klaffende Löcher aufwiesen.

„Wir mußten fliehen", entschuldigte sich McKen, „weil man auf uns geschossen hat. Aber du siehst, was von Baltimore noch übrig ist."

„Schalt es aus", bat Graciela. Sie starrte lange auf den toten Bildschirm. Dann schüttelte sie sich und wechselte das Thema. „Ich arbeite wieder auf den Farmen", sagte sie mit nüchterner Stimme. „Mit all den PanNegranern brauchen wir eine Menge Nahrung. Glücklicherweise ist das Getreide in Ordnung gewesen, obwohl wir einigen Ärger hatten – Werkzeugkisten wurden aufgebrochen, Sachen gestohlen."

„Oh? Waren es die Kraken?" fragte McKen.

Sie schüttelte den Kopf. „Ich wünschte, es wären die Kraken. Ich fürchte, es ist dieses Wesen, das wie Vera Doorn aussieht – von Vera Doorn weißt du nichts, oder? Das ist passiert, nachdem du losgefahren bist." Sie berichtete McKen von der nackten Gestalt, die sie in den Tiefen gesehen hatte. „Seither haben sie auch noch andere gesehen. Also war es nicht nur meine Einbildung . . ."

„Mein Gott, Graciela!" bemerkte McKen. „Das ist aber doch unmöglich!"

„Ja, das habe ich auch gedacht", stimmte sie ihm zu. „Aber so ist es. Ich glaube, daß sie die Werkzeugkisten aufbricht. Die

Kraken kommen nicht mehr in meine Nähe. Außerdem hat jemand unsere Farmen ausgeplündert – davon ist nichts Einbildung, Dennis! Etwas ist dort draußen, das tiefer tauchen kann als wir. Es hat die Kraken unter seine Kontrolle gebracht." Sie verfiel in Schweigen. Dann sah sie mit tränenüberströmten Augen zu Dennis McKen auf. „Dennis? Gibt es denn keine Hoffnung, daß Ron noch am Leben ist?"

Sanft schüttelte er den Kopf. „Überhaupt keine", sagte er.

Am Morgen wartete Dennis McKen auf sie an den Schleusen. Er sah aus, als ob er überhaupt nicht geschlafen hätte. Beinahe schüchtern sagte er: „Ich dachte, daß ich dich heute morgen begleiten würde. Ich meine, wenn es dir nichts ausmacht."

Graciela war erstaunt. „Du bist kein Farmer", entgegnete sie.

„Ich kann es lernen. Und für einen Anzug habe ich schon gesorgt."

Als die Assistenten des Schleusenmeisters ihnen in die Anzüge halfen, warf Graciela einen verwirrten Blick auf Dennis McKen. Es gab keinen Zweifel daran, daß er alles haßte, das mit den Achtzehn Städten in Zusammenhang stand . . ., aber es stimmte auch, daß er sie mit aller Kraft unterstützte. Der Mann war ihr ein Rätsel.

Sie fuhren los. McKen hielt sich am Meeresschlitten fest und starrte mit blindem Blick in die leeren Tiefen hinaus.

Graciela zwang ihren Verstand dazu, sich von Dennis McKen und Ron Tregarth und allen anderen persönlichen Angelegenheiten abzuwenden. Sie wollte klaren Kopf behalten – um seiner Sicherheit wie auch ihrer eigenen willen. Jedesmal, wenn sie am Rande ihres Sichtfelds einen Schatten sah, empfand sie stechende Furcht. Es hatte Angriffe auf Taucher gegeben, die tödlich verlaufen waren. Wer der Angreifer war, wußte niemand.

„Noch einen Kilometer", sagte sie in das Interkom, nur um das Schweigen für einen Moment zu durchbrechen. McKen antwortete nicht. Sie drehte sich halb um und sah ihn mit leerem Blick in eine bestimmte Richtung starren . . .

Dann keuchte sie auf, ihre Hand riß den Beschleunigungshebel heftig zurück. Vor ihnen schwebten zwei seltsame, undefinierbare Gestalten.

„Das sind Kraken!" schrie Dennis McKen.

„Ich glaube, es sind Freunde", korrigierte ihn Graciela, nachdem sie sich wieder gefangen hatte. „Siehst du den einen, der noch sein Sprechimplantat hat? Das ist Triton. Und der andere ist Nessus! Aber wo ist sein Implantat? Nessus! Triton!" rief sie und beugte sich über das Steuerpult. „Graciela hier, ja! Graciela Freund, ja!"

Der größere Krake, den sie Nessus genannt hatte, schoß zu ihnen heran. Seine Tentakel wedelten gefährlich. Dann heulte der andere Krake mit seiner unmenschlichen Stimme auf: „Ihr geht zurück jetzt, ja! Dieses Meer Krakenplatz, ja! Dieses Meer Menschenplatz nicht!"

„Aber, Triton, bitte! Ich bin eure Freundin . . ."

„Krakenfreund sagt, Mensch Freund nicht! Sagt, Mensch geht zurück schnell, ja!"

„Aber, Triton . . ."

„Ihr geht zurück jetzt, ja!" heulte die unirdische Stimme, die auf diese kurze Entfernung beinahe ohrenbetäubend war. Und mit zwei schwarzen Tintenstrahlen kamen die beiden Kopffüßler auf Graciela und Dennis McKen zugeschossen.

McKen fluchte unterdrückt. „Ich bin ein Idiot!" stöhnte er. „Ich bin ohne Waffe hierhergekommen!"

„Nein!" schrie Graciela auf. „Selbst wenn du eine Waffe hättest, sind das doch meine Freunde! Ich – ich –, Dennis, wir tun besser, was sie sagen." Schon wendete sie den kleinen Schlitten, um nach Atlantica-City zurückzukehren.

Dennis McKen schwieg, bis schließlich die Kuppel von Atlantica-City vor ihnen aufragte. Dann gab er ein erschrockenes Schnauben von sich. Graciela drehte sich um und spähte zur Kuppel hinüber. Ein Dutzend Kraken bewegten sich langsam davon fort. Sonderbarerweise schienen sie irgendwelche Werkzeuge in ihren Tentakeln zu halten, aber keine Pflüge und Erntegeräte, sondern torpedoförmige Greifer, Seitenschneider, Rammen – jene Werkzeuge, die gestohlen waren. Und noch sonderbarer war, daß sich unter ihnen eine nackte menschliche Gestalt befand.

„Das ist Vera Doorn!" flüsterte Graciela.

„Vera Doorn!" schrie McKen wütend. „Zur Hölle mit Vera Doorn! Siehst du, was sie getan haben?"

Sie konnte es nicht übersehen, sobald sie nahe genug heran waren, um Einzelheiten auszumachen. Die Kommunikationsausrüstung der Kuppel war zerstört worden, und die meisten Meeresschlitten sowie die *Atlantica Countess* und die ältere *Atlantica Boy* waren außer Gefecht gesetzt worden.

„Halt jetzt, ja!" stöhnte Tritons Stimme hinter ihnen auf.

Graciela gehorchte, ohne nachzudenken. Sie konnten das flammende Juwel an der Stirn von Vera Doorn und deren weit aufgerissene Augen sehen, die sie aus der Kälte des Raums anzustarren schienen.

Vera Doorn hob einen bleichen schlanken Arm und winkte. Die Geste galt nicht Graciela und Dennis McKen. Der Krake Triton schoß eilig an ihnen vorbei und hielt neben der nackten Frau an. Er nahm etwas aus ihrer Hand und schwamm wieder zurück, um es Graciela zu übergeben.

Graciela warf einen verblüfften Blick auf den Gegenstand. „Das ist – das ist eine Karte von dem Meeresboden hier", murmelte sie leise zu Dennis McKen. „Ich glaube, sie war in Vera Doorns Schiff, als sie . . . Aber was bedeuten diese Markierungen?"

Große Teile der Karte waren wie mit einem stumpfen Messer unkenntlich gemacht worden. Unversehrt blieben nur einige der nächstgelegenen Farmen und enge Korridore, die von der Stadt zu ihnen führten.

„Das euer Befehl, ja!" heulte Triton in ihre Ohren. „Ihr geht holt Fressen diese Orte, ja! Ihr geht andere Orte nicht!"

Und die nackte Frau, die vor ihnen schwebte, nickte und deutete auf die Kuppel.

Einen Augenblick später waren sie und die Kraken verschwunden, und Graciela und Dennis McKen besahen sich erschrocken die Trümmer der unersetzlichen Gerätschaften. Aus der Kuppel konnten sie die verängstigten Gesichter der Menschen von Atlantica-City zu ihnen hinausspähen sehen.

„Aber dann sind wir Gefangene!" keuchte Graciela Navarro. „Sie haben uns zu Gefangenen gemacht! Wir können nicht mehr heraus, außer um Nahrung zu holen!"

Kapitel 19

ALS SICH das zweite Jahr der neuen Welt dem Ende zuneigte, marschierte Kapitän Ron Tregarth nervös vor seiner Hütte auf und ab. Es war drei Uhr morgens. Über ihnen beleuchtete ein großer weißer Mond die Straßen von Basis McKen. Die einzigen Lichter drangen aus dem Hauptquartiergebäude, wo jemand Tag und Nacht auf Wache stand, und aus Tregarths Hütte.

Endlich, nach fünf Stunden, stieß Rosita Hagland die Tür auf und sah ihn an. „Herzlichen Glückwunsch, Kapitän Tregarth", sagte sie. „Sie können jetzt hereinkommen und Ihre Frau und Ihr Kind sehen. Sie haben einen hübschen Jungen."

Unbeholfen betrat Tregarth die Hütte. Von dem Bett, das sie während des letzten Jahres geteilt hatten, sah Jannie ernst zu ihm auf. Ihr Haar war schweißverklebt, aber ihr Gesichtsausdruck war entspannt. Und neben ihr lag etwas in eine Decke gehüllt. Sie griff hinüber und zog eine Ecke der Decke von dem winzigen Gesicht fort. „Da ist er, Ron", sagte sie. „Habe ich es gut gemacht?"

„Er ist – schön." Ron log wie jeder frischgebackene Vater.

Jannie rückte die Decke zurecht, damit sie nicht die winzige Nase des Babys bedeckte. „Ron? Können wir ihn Peter nennen?"

„Natürlich", sagte Tregarth.

Von der Tür aus bemerkte Rosita Hagland entrüstet: „Peter? Für so einen Winzling ist der Name zu erwachsen! Er heißt Pepito!"

In dieser Nacht fand er keinen Schlaf mehr. Er war an der Reihe, jeden Tag hinauszugehen und den langen Stacheldrahtzaun um die alte Raumbasis zu überprüfen. Sobald es hell wurde, schmierte er sich die dicke Petroleumfarbe auf das Gesicht, nahm ein Kanu, ein Gewehr und einen Wasserkanister mit und paddelte auf die Insel zu. Es gab nur noch wenig Treibstoff für den Außenbordmotor; Hauptmann Ryan hatte angeordnet, daß er wenigstens so lange eingespart wurde, bis ein Erkundungstrupp eine neue Ladung brachte. Falls es irgendwo in Florida noch Treibstoff gab.

Tregarth ging vorsichtig an dem Zaun entlang und suchte nach Fußabdrücken. Im Verlauf des letzten Jahres hatte es nur sehr wenige Zaunkletterer gegeben – seit vielen Monaten gar keine mehr. Der Grund war nicht schwer zu erraten: Es existierten nicht mehr viele Menschen in Florida.

Gereizt schlug Tregarth nach einem stechenden Insekt und fluchte. Moskitos! Es war schön, daß das Leben wieder zurückkehrte, aber warum mußte es dieses verwünschte Ungeziefer sein, während alles andere, das das Leben lebenswert machte, verschwunden blieb? Irgendwo dort draußen lag Atlantica-City – oder die Ruinen der Unterwasserstadt.

Tregarth setzte sich. Wie mochte es dort jetzt aussehen? Glitten Gracielas Kraken in der zerstörten Kuppel umher? Tauchten Wale hinab, um in den Trümmern jener Stadt, die seine Heimat gewesen war, nach Nahrung zu suchen? Und was machten die Kraken?

Er sprang plötzlich mit der Waffe in der Hand auf, als hinter ihm eine Stimme sagte: „Bleiben Sie sitzen!" Es war Hauptmann Wernher Ryan. „Aber wenn ich ein Zaunkletterer gewesen wäre, hätte für Sie wie für Ihre Freunde in Atlantica-City das letzte Stündlein geschlagen."

„Wenn Sie ein Zaunkletterer gewesen wären, hätte ich Ihre Fußabdrücke im Sand gesehen", entgegnete Tregarth grob.

Ryan zuckte die Achseln und setzte sich neben Tregarth auf den Sand. „Ich werfe es Ihnen nicht vor, daß Sie mit offenen Augen träumen." Unruhig nahm er eine Handvoll feuchten Sand auf und warf sie in die sanften Wellen. „Haben Sie jemals einen Schneeball geworfen, Ron? Nein, Sie sind ja ein Schwimmhäutler. Wahrscheinlich haben Sie noch nie Schnee gesehen, oder? Wie war das Leben in den Kuppeln?"

„Es war", begann Tregarth und zögerte dann. „Es war ein Leben in Freiheit."

„Ja", erwiderte Ryan. „Freiheit. Das heißt, die Menschen wurden nicht von den PanMacks und den McKens beherrscht. Und dann kommt der Komet Sicara, und plötzlich sind alle frei. Frei, um zu verhungern!" Dann sagte er freundlicher: „Ich mache es Ihnen nicht zum Vorwurf, daß Sie vom Meer träumen, Ron. Ich habe meine eigenen Träume vom Meer, nur ist mein Meer der Weltraum." Er sah in den kupferfarbenen Himmel auf und blinzelte gegen die Sonne. „Ich war einmal da oben, aber weiter als zu den Habitaten bin ich nie gekommen."

Tregarth sah ihn neugierig an. „Ich dachte, es gäbe nur Walhalla?"

Einen Moment lang starrte Ryan auf das Meer hinaus, bevor er antwortete. „Tatsächlich gab es vier. Habitat Ley, Habitat Ziolkowsky, Habitat Utopia und Habitat Walhalla. Es sollte sogar zwei weitere geben, Paradies und Olymp, doch die McKens nahmen an, daß die Weltraumbesiedelung nicht das wert war, was sie kosten würde. Also schlachteten sie Utopia aus, um Walhalla fertigzustellen. Wissen Sie, es war das Walhalla-Observatorium, das den Kometen Sicara entdeckte."

„Hat ja eine Menge genutzt."

Ryan zuckte die Achseln. „Die Schiffe, die den Kometen sprengten, sind von hier aus gestartet, Ron. Es hätte schlimmer sein können. Der Komet hätte jedes Lebewesen auf der Welt töten können."

„Anstatt nur neunundneunzig Prozent von uns!"

Ryan grinste. „Solange Sie und ich noch leben, können wir uns kaum beklagen, oder? Allerdings . . ., falls Habitat Olymp je fertiggestellt worden wäre, dann wäre es nicht in seiner Umlaufbahn geblieben, Ron. Es sollte einen eigenen Antrieb bekommen und das Sonnensystem verlassen. Um eine tausend Jahre währende Reise zu einem anderen Stern anzutreten – mit viertausend Menschen an Bord. Ich sollte einer davon sein. Aber alles ist anders gekommen, und jetzt müssen wir an andere Dinge denken. Zum Beispiel an eine Patrouille, die Treibstoff und Ersatzteile findet – ich muß mich bei General Marcus McKen melden! Und – ach ja, Ron", schloß er lächelnd und streckte die Hand aus, „Glückwunsch zu dem Neuankömmling!"

ALS PEPITO zwei Wochen alt war, zog Tregarth mit dem Suchtrupp los, der von Hauptmann Ryan selbst angeführt wurde. Sie nahmen zwei Lastwagen und Tregarths alten Panzerwagen mit.

In den letzten zwei Jahren war fast alles gestorben. Beinahe alles lebende Grün auf der Erde war von dem schrecklichen Ultraviolett der Sonne verbrannt worden. Aber nicht alle Samen. Als sich nun die Ozonschicht neu zu bilden begann und das Ultraviolett wieder schwächer wurde, brachen einige Pflanzen wieder hervor, die sogleich vom Trupp sorgfältig untersucht wurden.

Plötzlich, als der Trupp an einem Fluß haltgemacht hatte, wurden sie von einem lauten Brüllen aufgeschreckt. Der Alligator war riesig, und er griff sie schneller an, als ein Mensch rennen konnte. Sie versuchten es trotzdem. Alle fünf drehten sich um, rutschten im Schlamm aus und stolperten davon. Aber sie hätten keine Chance gehabt, wenn nicht Hauptmann Wernher Ryans Gewehr zweimal geschossen hätte. Der erste Schuß rief bei dem Reptil nur einen Wutschrei hervor. Der zweite erwischte es am Schädel.

„Nicht berühren!" schrie Ryan wütend von der Böschung, als Tregarth einen Schritt näher trat. „Bleiben Sie, wo Sie sind!" Ryan kam mit dem Gewehr im Anschlag den Hang heruntergeschlittert, näherte sich vorsichtig dem Tier und starrte auf seinen Kopf.

Er trat zurück. „Jedenfalls hat diese Bestie kein Juwel auf dem Kopf", murmelte er. „Aber haltet die Augen offen! Hier werden noch mehr Alligatoren herumlungern – und der nächste könnte einer von den Teufeln sein!"

Tregarth sah ihn verblüfft an. „Teufel, Hauptmann?"

Ryan erwiderte den Blick gelassen. „Haben Sie das Exemplar in meinem Büro nicht gesehen? Dachten Sie, daß das ein ganz gewöhnlicher Alligator war? Das Ungeheuer hat vier von meinen Männern umgebracht. Es hat sich wie eine Katze an sie herangeschlichen. Der fünfte schrie los, und die Wachen erschossen das Tier. Es hatte das Juwel in seiner Stirn. Seither lautet die Parole: Wenn du irgendwo einen Alligator siehst, bring ihn um!" Er sah sich noch einmal um und befahl dann: „Beeilt euch mit den kleinen Palmen. Ich will Orlando erreichen, solange es noch hell ist, um zu sehen, ob wir dort Ersatzteile für unsere Funkanlagen finden!"

VON DER alten Stadt Orlando war nicht mehr viel übrig, aber früher hatte es dort einmal eine aufstrebende Elektronikindustrie gegeben. Man konnte hier immer noch Ersatzteile finden. Sie verluden alles, was sie noch verladen konnten, und als sie zur Basis zurückkehrten, versuchten Wernher Ryan und seine

Funktechniker, Teile in ihre Anlagen einzubauen, die ursprünglich für ganz andere Zwecke entworfen worden waren. Und als ihr Funkgerät wieder zu funktionieren schien, bestand das nächste Problem darin, die 6-Meter-Schüsselantenne hinter dem Hauptquartiergebäude wieder einzurichten.

Tregarth half bei den Arbeiten, dann wurde er in seine Hütte zurückgeschickt. Er aß etwas und sah dann müde zu, wie Jannie ihr Kind stillte. „Was glaubst du, wird passieren, Ron?" fragte sie unruhig. „Wird Commander Ryan wieder Befehle von den PanMacks entgegennehmen? Wird es wieder von vorne anfangen?"

„Ich wünschte, ich wüßte es, Jannie", erwiderte er. „Falls die Landratten die schlechten McKens wieder an das Ruder lassen . . ." Er stockte, denn sie warf ihm einen eigenartigen Blick zu.

„Ich bin eine Landratte, Ron", sagte sie. „Und Peter ist es auch."

Er errötete. „Ich habe es nicht böse gemeint", entschuldigte er sich. „Aber General Marcus McKen ist einfach weggelaufen! Er hat kein Recht dazu, uns noch Befehle geben zu wollen – das hat er durch seine Feigheit verspielt. Und dennoch glaube ich, daß Ryan seine Befehle ausführen wird."

„Und was dann?" fragte sie.

Tregarth schüttelte den Kopf. „Ich weiß nur", sagte er, „daß wir noch am Leben sind, und es sieht so aus, als ob wir eine gute Chance haben weiterzuleben – lange genug, um Pepito aufzuziehen." Schweigend betrachtete er sie und stellte dann die Frage, die er ihr nie hatte stellen wollen. „Peter? Dein Mann? Liebst du ihn immer noch?"

„Ron, es gibt Dinge, die man nie vergißt." Sie zögerte. „Macht es dir etwas aus?"

„Nein. Er muß ein anständiger Kerl gewesen sein. Ich bin stolz darauf, daß unser Sohn seinen Namen trägt."

NOCH vor Sonnenaufgang, als der Himmel über dem Meer aufhellte, gab die Lagersirene drei schrille Töne von sich. Die Verbindung war wiederhergestellt worden. Im grellen Licht der Scheinwerfer sah Hauptmann Wernher Ryan erschöpft aus. In seinen Augen war ein Blick, den Tregarth noch nie zuvor gesehen hatte. Alle im Lager waren gekommen, um das Wunder mit anzusehen, und als der erste schattenhafte Umriß eines menschlichen Gesichts aus dem Bildschirm blickte, gab es freudigen Applaus. Das Bild kam von Walhalla! Von dem Ort, an dem General Marcus McKen selbst, der Oberste Befehlshaber der Friedensstaffel, darauf wartete, daß sich seine Landbasis dienstbereit meldete.

„Stillgestanden!" brüllte ein Leutnant vom Schirm aus. „Hier ist General Marcus McKen!"

Der Schirm flackerte zu einem anderen Bild; General Marcus McKens gelbliches Gesicht blickte verärgert auf sie herab. „Hauptmann Ryan", schnarrte er, „ich berufe ein Untersuchungsgericht ein, das Ihr Versagen, nicht schon vorher mit dem Befehlshauptquartier Kontakt aufgenommen zu haben, untersucht. Ihr Verhalten ist unentschuldbar, aber Sie haben eine Chance, sich wieder zu bewähren – im Kampf! Möglicherweise wird Ihre Basis bald angegriffen werden! Unsere Überwachung hat festgestellt, daß der abtrünnige Simon McKen Quagger eine große Streitmacht aufgestellt hat, die sich seit einigen Monaten gen Osten bewegt. Die Truppen haben Panzer, Raketenwerfer und Flugzeuge. Hier sind Ihre Befehle: Sie werden Ihre Stellung verstärken. Falls Quaggers Truppen angreifen, werden Sie sich ihnen stellen. Es ist Ihre Pflicht, Ihre Basis so lange zu verteidigen, bis das Hauptquartier wieder zur Erde zurückkehrt."

Ryan nickte dem Funktechniker zu, der die Anlage ausschaltete. Dann blickte er die Mitglieder seiner Truppe an. „Panzer", sagte er nachdenklich, „Raketenwerfer, Flugzeuge. Möglicherweise auch ein Angriff vom Meer aus. Wie ihr seht, steht uns vielleicht ein schwerer Kampf bevor. In der Nähe von Daytona Beach gab es einmal einen Stützpunkt der Friedensstreitmacht; sie hatten Panzer, und vielleicht sind davon noch einige funktionsfähig. Wir werden einen Trupp hinschicken."

Der Trupp verließ vor Einbruch der Dunkelheit das Lager: zwanzig Männer und Frauen mit Tregarths altem Panzerwagen und der einzigen Kanone, über die die Basis verfügte.

Aber sie kamen niemals in Daytona Beach an. Als sie die frühere Stadt DeLand passierten, tauchte über ihnen ein Hubschrauber auf. Neugierig kreiste er ein paar Minuten über ihnen und verschwand dann.

Und als sie zehn Kilometer weiter um eine Kurve fuhren, stand ein Major vor ihnen, der eine PanMack-Uniform trug. Er sah sie wohlwollend an und hob die Hand wie ein Verkehrspolizist. Neben ihm stand ein Zivilist mit einem Megaphon, das er an den Offizier weiterreichte. „Bleibt, wo ihr seid!“ rief der Major. „Wir wollen kein Blutvergießen.“

Der Hinterhalt war gut geplant. Zu beiden Seiten des kleinen Konvois brachen zwei Panzer durch die ausgebrannte Vegetation. Sie trugen keine PanMack-Abzeichen. Auf ihren Flanken waren ein sonderbarer siebenzackiger Stern und die Worte *Die Heere des Ewigen* aufgemalt.

ZWEI Stunden später trotteten die Gefangenen nach DeLand hinein. Sie waren erhitzt, durstig – und ohne Hoffnung. Vor ihnen rollte ihr Panzerwagen, dessen Geschützturm sich langsam hin und her bewegte, um sie alle in Schach zu halten. Hinter ihnen kamen die Panzer, dann die gepanzerten Mannschaftswagen und über zweihundert Infanteristen.

Sie wurden auf den großen Parkplatz eines früheren Einkaufszentrums getrieben, auf dem ein paar verrostete Wracks etwas Schatten spendeten. Tregarth und die anderen wunderten sich über die siebenzackigen Abzeichen auf den Uniformen, die ihnen vollkommen unbekannt waren. Sie versuchten herauszufinden, worum es sich bei den „Heeren des Ewigen“ handeln mochte, aber die Soldaten beantworteten keine Fragen.

Stunden später heulte ein grauer Jet heran, umkreiste in geringer Höhe den Parkplatz und senkte sich sanft die zwanzig Meter bis zum Boden herunter. Als sich die Kabinentür öffnete, sprangen vier Soldaten mit schußbereiten Waffen heraus. Langsamer folgte ihnen eine gewichtige Gestalt, die ins Licht blinzelnd im Eingang stehenblieb.

Müde humpelte Lord Simon McKen Quagger aus dem Flugzeug und blickte sich um. Ungläubig starrte Tregarth ihn an, und als einen Augenblick später eine rotbraune kleine Gestalt aus dem Flugzeug auf Quaggers Schulter sprang, fuhr er zurück. „Das ist eine Ansammlung von menschlichem Abschaum!“ kreischte das Wesen, hopste von Quaggers Schulter, hockte sich auf den Kommandowagen und gestikulierte zu dem Major, der in strammer Habachthaltung dastand.

Lord Quagger schien erleichtert zu sein, daß sich die Aufmerksamkeit des Geschöpfes auf etwas anderes richtete. Er spazierte zu den Gefangenen hinüber und betrachtete sie träge. „Angie hat recht", meinte er müde zu den Wachen. „Diese Leute haben noch nicht einmal anständige Uniformen. Nun, sehen Sie sich den hier an! Der hat gar keine Uniform, nur . . ." Er stockte und musterte Tregarth. „Kenne ich Sie nicht?"

„Wir sind uns vor zwei Jahren in Atlantica-City begegnet", erwiderte Tregarth.

„Ja", sagte Quagger nachdenklich. „Sie waren mit Graciela Navarro zusammen. Ist sie hier bei Ihnen?"

„Nein", sagte Tregarth und verstummte.

„Auch gut", meinte Quagger. „Angie würde mich sie sowieso nicht behalten lassen." Er blickte zu der kleinen Affengestalt hinüber, die aufgeregt den erbeuteten Panzerwagen inspizierte. „Angie ist sehr streng mit mir", erklärte Quagger. „In letzter Zeit ist sie mit jedem sehr streng – sie will, daß wir ein Sternenschiff bauen, wissen Sie."

„Ein Sternenschiff?" rief Tregarth aus.

„Ein Schiff, das geradewegs aus dem Sonnensystem heraus fliegen kann – nicht nur zu dem Habitat meines Vetters Marcus. Sie glauben ja nicht, zu welchen Dingen Angie uns gezwungen hat. Alte Maschinen auffinden und Raumschiffteile – wir mußten Fahrzeuge reparieren, damit wir sie nach Florida bringen konnten. Sie übernimmt allmählich das Kommando", behauptete Quagger mit einer Mischung aus Furcht und Stolz in seiner Stimme.

„Ein Affe übernimmt das Kommando?" schrie Tregarth.

„Bitte", flehte Quagger, „bezeichnen Sie Angie nicht als Affe! Ich vermute, daß es nicht Angie ist, die das tut. Es ist etwas, das sie das Ewige nennt . . ."

Und als die Kreatur wieder auf sie zugehüpft kam, entdeckte Tregarth das flammende, diamantähnliche Juwel auf ihrer winzigen zerfurchten Stirn.

Wir alle leben im Ewigen, obgleich wir so viele sind und obgleich wir so unterschiedlich sind. Zwar haben wir lange blind und hilflos am Grunde eines Wassermeeres gelebt, doch waren wir niemals allein. Wir entzückten uns an den Unter-

schieden zwischen denen, die einige von uns gewesen sind (luftatmende Säugetiere, baumbewohnende Reptilien), und denen, die die ersten Gestalten von anderen gewesen sind (einige von uns waren Weichtiere, einige Sandspinnen auf einem Planeten unter einer grünen Sonne, die meisten von uns sind schwerer vorstellbar).

Jetzt haben wir lebende Wesen gefunden, die sich uns als Arme und Augen für das Ewige anschließen werden, und jetzt können wir unser Selbst mit einem anderen, neuen Selbst teilen.

Jetzt können wir das andere Selbst von Hunger oder Furcht oder Vernichtung oder Gefahr erretten. Indem wir sie erretten, können wir sie in die endlose Freude unseres Daseins führen.

Wir werden sie vor dem Leben erretten.

Die Zwischenjahre

Kapitel 20

Im dritten Jahr nach dem Tod des Landes war Graciela Navarro auf dem Rückweg nach Atlantica-City. Sie konnte die große, trübe Kuppel der Stadt vor sich erkennen, deren meiste Lichter abgeschaltet waren, um nur das wenige an Energie zu verbrauchen, das ihnen gestattet war. Sie warf einen Blick auf ihren Sonarschirm. Wie immer waren die stummen Wächter, die jeden überallhin begleiteten, von ihrem Schirm verschwunden, sobald die Kuppel in Sichtweite kam.

Graciela seufzte und versuchte sich in Geduld zu üben. Ein Treffen war anberaumt worden, an dem sie auch teilnehmen wollte. Ihr Meeresschlitten plagte sich durch die Tiefen, denn er zog ihre Tagesernte an Nahrung im großen Schleppnetz hinter sich her. Außerdem hatte sie einen Umweg einschlagen müssen, den ihr die gnadenlosen Beobachter aufgezwungen hatten, die am Rande des Sichtfeldes langsam neben dem Schlitten schwammen.

Einmal hatten die Bewohner von Atlantica-City gegen ihre Peiniger rebelliert. Sie hatten mit einem U-Boot ihr Gebiet verlassen – und hundert Menschen waren gestorben. Sie waren tot . . . oder schlimmer noch als tot; denn gelegentlich zeigte sich der eine oder die andere dieser Menschen und beobachtete schweigend die Farmer oder eine Kuppel – nackt, und auf ihrer Stirn leuchtete das Juwel, das den Übergang zu einem anderen Leben kennzeichnete.

Graciela wandte den Schlitten zum Dock, dankbar, daß sie endlich hineingehen konnte. Nachdem sie ihren Anzug abgelegt hatte, duschte sie mit Salzwasser, da Süßwasser streng rationiert war. Dann sah sie sich in der Küche um und fand genug, um ihren Hunger zu stillen. Schließlich beeilte sie sich, um rechtzeitig zum Treffen mit der Bürgermeisterin zu gelangen.

DAS BÜRO der Bürgermeisterin war vollbesetzt. Dennis McKen stand am Fenster und starrte mürrisch in die schwarzen Tiefen hinaus. N'Taka Rose, die frühere pan-negranische U-Boot-Kommandantin, hockte mit gefalteten Händen und gesenktem Blick schweigend und ernst da. Vier andere saßen oder standen in dem kleinen Raum.

Bürgermeisterin Mary Maude McKen begrüßte Graciela herzlich. „Haben Sie eine volle Ladung eingebracht? Gut, gut", sagte sie geistesabwesend. „Ich glaube, wir sind mit dieser Sache hier zu Ende . . ."

Wütend fuhr Dennis McKen herum und baute sich vor seiner Mutter auf. „Ich bin noch nicht fertig!" brüllte er. „Ich will eine Entscheidung!"

Die Bürgermeisterin sah mit verschleiertem Blick zu ihm auf. „Aber das stimmt nicht ganz, Dennis", sagte sie. „Die Entscheidung des Rates hast du gehört. Du willst, daß ich mich darüber hinwegsetze?"

„Die Entscheidung des Rates ist töricht!"

Die Bürgermeisterin seufzte. „Der Rat sagt, daß jeder Versuch, ein Unterseeboot zu reparieren, fehlschlagen wird. Es wird uns nur weitere Menschenleben kosten – so haben wir bei unserem letzten Versuch Frank Yaro verloren. Wir können die Kuppel nicht verlassen."

„Wir müssen die Kuppel verlassen! Wenn wir das nicht tun, werden wir hier sterben! Und die *Atlantica Countess* ist unsere einzige Chance."

„Die anderen werden es nicht zulassen", erwiderte seine Mutter ruhig.

N'Taka Rose hob den Kopf. „Damit hat sie recht, Dennis."

„Hat sie nicht!" schrie er. „Für euch mag es ja ganz schön und gut sein, wie eine Muschel in der Schale zu leben, ihr habt ja nie etwas anderes gekannt. Aber ich bin den weiten Himmel und die Sonne und die Sterne gewohnt. Ich werde hier verrückt! Ich muß hier raus!"

Die Bürgermeisterin schüttelte den Kopf. „Wohin willst du denn gehen? Seit fast zwei Jahren haben wir von draußen keine Nachrichten mehr! Soweit wir wissen, ist der Rest der Achtzehn Städte noch schlimmer dran als wir."

„Vielleicht auch nicht! Jedenfalls gibt es mehr in der Welt als nur die Achtzehn Städte."

Graciela sah ihn überrascht an. „Die Landratten?" fragte sie ungläubig. „Schlägst du vor, daß wir zu den Landratten gehen? Aber sie sind alle tot; das hast du selbst gesagt."

„Ich sagte, *fast* alle. Es ist auch gleich. Die Ozonschicht muß sich früher oder später neu bilden. Die gesamte Oberfläche unseres Planeten wartet auf uns, damit wir sie wieder besiedeln!"

Sven Borg mischte sich ein. Er richtete seine Worte an die Bürgermeisterin: „Es wäre möglich, Mary Maude. Wir haben eine vollständige Mannschaft in diesem Raum. N'Taka Rose ist eine qualifizierte Schiffslenkerin. Dennis und ich können navigieren. Graciela kann Steuermann spielen. Und die Ng'Woda-Brüder sind Ingenieure."

„Ach, Sven", sagte die Bürgermeisterin traurig. „Du redest von einer Rumpfmannschaft. Eine Person pro Aufgabe – glaubst du nicht, daß ihr ab und zu schlafen müßt?"

„Es gibt Autopiloten."

„Wenn sie noch funktionieren!"

„Wir glauben, daß sie noch funktionieren, Mary Maude", sagte Borg bedeutungsschwer. „Wir haben alles nur mögliche überprüft."

„Aber im Meer sitzen euch die Kraken im Nacken", wandte die Bürgermeisterin ein. „Sobald ihr eine Mannschaft zum Dockgebiet schickt, um mit den Reparaturarbeiten zu beginnen, wird sie angegriffen werden; das wissen wir doch!"

„Ja, das stimmt", bestätigte Borg. „Falls wir das Schiff im Dock reparieren. Nicht jedoch, wenn wir die Reparaturen an einem anderen Ort erledigen."

GRACIELA setzte sich kerzengrade auf; ihre Müdigkeit war vergessen. Hier ging etwas vor sich, das sie nicht erwartet hatte!

Borg drehte sich zu Dennis McKen um. „Soll ich euch zeigen, wovon wir hier reden?"

„Mach das", sagte McKen grimmig.

Der Bildschirm zeigte die *Atlantica Countess,* ein hundert Meter langes Schiff, das dunkel in seinem Dock hing. Der Heckantrieb war verschwunden. Genau wie die Bugfinnen, die abgerissen waren; Kabel und Verstrebungen waren dagegen noch intakt.

„Wir werden sie reparieren", sagte McKen zufrieden, „aber nicht hier, sondern an der Oberfläche. Wir werden alles aufladen – dann werden wir die Ballasttanks ablassen. Ich schätze, daß wir dazu zwölf Stunden benötigen."

Ein langes Schweigen trat ein. Alle schauten auf die Bürgermeisterin. „Ihr meint es ernst, nicht wahr?" fragte sie endlich.

„Sehr ernst, Mary Maude", sagte Sven Borg. „Es wird funktionieren."

„Könnte sein", gab sie zu. „Ihr werdet Hilfe beim Verladen von dem Zeug benötigen . . . Und wir werden euch nicht viel Proviant mitgeben können. Höchstens für sechs Wochen."

Dennis McKen sah zu N'Taka Rose hinüber, die nickte. „Wenn das nicht ausreicht, sind wir sowieso erledigt", sagte sie.

GRACIELA NAVARRO saß neben N'Taka Rose, während Dennis McKen den Funkersitz hinter ihr eingenommen hatte, und leistete den Anordnungen des Kapitäns Folge. „Die Hecktanks mit zwanzig Prozent entlasten!" befahl Rose, und vorsichtig schob Graciela den Hebel in Position. Die *Atlantica Countess,* die sie notdürftig repariert hatten, gab ein ärgerliches Beben von sich. „Vierzig!" befahl Rose.

Wütend kreischte Metall am Bug auf, als sich das Schiff langsam am Heck hob. Rose sah auf ihre Instrumente und sagte leise: „Jetzt kommt der schwierige Teil. Falls wir am Bug festsitzen . . ." Sie vollendete den Satz nicht, sondern warf einen weiteren Blick auf das Fenster. „Hecktanks sechzig Prozent, Bugtanks zwanzig!"

Und dann ertönte vom Bug des Schiffes ein schreckliches, mahlendes Geräusch; die *Atlantica Countess* bäumte sich auf – und dann schwebten sie frei im Wasser.

Durch das Nexofenster konnte Graciela das Verladedock von ihnen wegstreben sehen. „Bugtanks siebzig Prozent!" schrie Rose. „Wir müssen eine Vorwärtsbewegung bekommen!"

Sie versuchte das Schiff zu drehen, während sie zögernd aufstiegen. Die Tiefenanzeige, die so lange auf zweitausendzweihundert Metern stehengeblieben war, zuckte und rührte sich. Zweitausend Meter. Achtzehnhundert. Fünfzehnhundert.

„Langsamer!" befahl Rose. „Hecktanks dreißig Prozent, Bugtanks fünfunddreißig!"

Die heftigen Bewegungen schüttelten Graciela durch. Vom Korridor konnte sie Ng'Woda Everett würgen und fluchen hören.

Grimmig beobachtete Rose die Tiefenanzeige – tausend Meter, siebenhundertfünfzig, fünfhundert. „Wir sind unterwegs", seufzte sie.

„Unterwegs . . . wohin?" Graciela dachte an Ron Tregarth. Eigenartig, sie konnte sich kaum an sein Gesicht erinnern.

Zweihundert Meter. „Alle Ballasttanks auf normal." Rose schloß die Augen. „Gleich brechen wir durch", murmelte sie.

Graciela spürte, wie die *Atlantica Countess* mit dem Bug zuerst aus dem Wasser stieg, und wappnete sich für den Rückschlag. Er kam härter und schmerzhafter, als sie es erwartet hatte, so als ob sie aus sechs Meter Höhe in ihren Sessel gestürzt wäre. Aus dem ganzen Schiff erklangen ärgerliche Schmerzensschreie. Dann trieben sie auf der Meeresoberfläche.

Rose öffnete die Augen und sah sich um. „Na also", sagte sie mit erstaunter Stimme. „Wir haben es geschafft. Aber der schwierige Teil liegt noch vor uns."

DIE LUFTTEMPERATUR betrug drei Grad Celsius, die Wassertemperatur sechs. Zehn Meter hohe Wellen ragten über ihnen auf, und aus niedrigen Wolken prasselte Regen.

Während Graciela versuchte, sich auf dem glatten Deck zu halten und die Finne mit dem Kabel zu führen, das sie in der Hand hielt, peitschte ihr die Gischt ins Gesicht. Der Wind fegte mit einer Geschwindigkeit von mindestens siebzig Stundenkilometern heran. Mit jedem Schwanken rollte die See über das halbe kleine Deck des U-Boots. Ng'Woda Eustace, der mit einem Seil gesichert und gerüstet über der Seite des Schiffes hing, hatte wenigstens einen Regenanzug. Als er schließlich signalisierte, daß die Finne befestigt war, stand Graciela erleichtert auf.

Das Schiff machte eine abrupte Schlingerbewegung, sie stürzte, und mit dem Kopf prallte sie gegen die Nexowand. Bevor sie das Bewußtsein verlor, spürte sie, wie Dennis McKen sie packte und vor dem sicheren Tod rettete.

Als sie erwachte, beugte er sich über sie. „Danke, lieber Ron", hauchte sie, verbesserte sich aber sofort. „Ich meine, lieber – Dennis."

„Geht es dir gut?" fragte er.

„Ich glaube schon." Dann bemerkte sie etwas. „Die Maschinen! Sie laufen rückwärts! Und – und wir schaukeln nicht mehr!"

Er ließ sich neben ihr nieder und sah sie triumphierend an. „Das stimmt", sagte er. „Die Steuerbordmaschinen laufen wieder. Mit den anderen müssen wir warten, bis wir die *Countess* an Land steuern können, aber wir sind in hundert Meter Tiefe unterwegs." Er stand auf und hielt sich an einer Verstrebung fest, als er auf sie heruntersah. „Unser nächster Halt ist die Insel St. Maarten. Und dann . . ." Er hielt inne und sah sie ernst an. „Und dann werden wir feststellen, ob noch jemand auf der Welt am Leben ist."

Kapitel 21

ALS DIE Heere des Ewigen die alte Raumbasis übernommen hatten, erwachte sie wieder zum Leben. Schiffe! Flugzeuge! Lastwagenkolonnen, die sich vollbeladen über die holprigen Straßen vorwärts kämpften. Sie kamen von überall.

Ron Tregarth hatte nicht daran geglaubt, daß auf der Welt

noch so viele Menschen am Leben geblieben waren. Die kleine Gemeinschaft, die aus nicht mehr als hundert Menschen bestanden hatte, war mittlerweile über tausend Mann stark. Zweitausend lebten in einer Fabrik in der Nähe des alten St. Louis, ein paar tausend in Colorado, beinahe fünftausend in der alten PanMack-Basis in Baltimore – und Tausende in Schiffen auf See. Alles in allem zählten Quaggers Untertanen mehr als achtzehntausend Männer und Frauen! Mehr als die Hälfte aller Menschen, die in Nordamerika noch am Leben waren!

Sie plagten sich allesamt vergeblich in den Diensten Lord Quaggers ab, denn in Wahrheit dienten sie dem Ewigen. Wer oder was das Ewige war, schien niemand sagen zu wollen.

Ron Tregarth wurde mit einer Abteilung ausgesandt, um die Häuser und Hotels in der alten Stadt Cocoa Beach zu säubern. Die Arbeit war schwer und gefährlich – in den alten Häusern gab es Klapperschlangen. Außerdem war sie nichts für schwache Nerven. Skelette mußten abtransportiert und begraben werden. Für fünfzehnhundert Neuankömmlinge mußten Betten beschafft werden. Um den Transport von den neuen Baracken zu den Arbeitsstätten der Bewohner zu gewährleisten, mußten alte Busse, Wagen und Boote überholt werden. Dann mußte man Treibstoff heranschaffen, um die Fahrzeuge zum Laufen zu bringen. Die Lage war fast so schlimm wie zu Beginn des Ozonsommers.

Keiner fand Ruhe. Tregarth schlief kaum. Und dennoch war plötzlich bei allem, was sie taten, das Gefühl dabei, ein Ziel zu haben.

Selbst Wernher Ryan begann sich allmählich von der Niedergeschlagenheit zu befreien, die ihn befallen hatte, nachdem sein Kommando kampflos hatte aufgeben müssen. „Es geht um den Weltraum", erklärte er Tregarth, als sie den Sand vom Eingang einer alten Montagehalle wegschaufelten. „Aus keinem anderen Grund wären sie sonst hierhergekommen. Wir werden wieder in den Weltraum fliegen! Da bin ich mir ganz sicher!"

Tregarth hielt kurz inne, um sich den Schweiß von der Stirn zu wischen. „Und was hält General Marcus McKen von der Sache?"

Ryan zuckte zusammen. Quaggers erster Auftrag nach Erreichen des Lagers hatte darin bestanden, den Sender zum

Habitat Walhalla zu unterbrechen. „Es ist eine neue Lage entstanden“, sagte Ryan störrisch. „Ich muß das akzeptieren. Machen Sie schon weiter, Tregarth! Man sagt, daß vielleicht morgen schon die ersten Frachter eintreffen!“

In dieser Nacht waren Tregarth ein paar kostbare Stunden in seiner Hütte vergönnt. Sie waren eigentlich zum Schlafen gedacht, aber er nahm sich die Zeit, um Jannie bei der Versorgung ihres kleinen Sohnes zu helfen. Pepito war unruhig, und Jannie war fast genauso müde wie Tregarth selbst; sie hatte den ganzen Tag Samen in dem neuen Farmgelände gepflanzt.

Als Pepito schlief, flüsterte Tregarth seiner Frau zu: „Geht es dir gut?“

Sie wusch Sachen des Babys aus. „Mir geht es gut, Ron. Dem Jungen auch. Aber ich weiß nicht, was als nächstes passieren wird.“

„Ich auch nicht. Allerdings sind wir besser dran als vorher.“

Sie nickte. „Weißt du, was mir Sorgen macht? Das sind diese Leute mit den Juwelen in den Köpfen, genau wie dieser kleine Affe . . .“

„Welche Leute?“ fragte Tregarth alarmiert.

„Hast du sie denn nicht gesehen? Sie sind heute morgen in einem Bus gekommen. Ron, es sind keine Menschen! Sie stiegen aus dem Bus, nahmen einen Schluck Wasser und aßen zwei Scheiben Brot – das war alles! Nach wer weiß wie vielen Tagen auf der Straße! Und dann stiegen sie wieder in den Wagen und fuhren zur alten Startrampe!“

„Also hat Ryan vielleicht recht“, überlegte Tregarth laut. „Er sagte, daß es bei der ganzen Sache um den Weltraum geht. Aber ich habe keine Leute mit Juwelen in den Köpfen gesehen.“

„Warte bis morgen“, prophezeite Jannie düster.

Und Tregarth sah sie. Wie alle anderen Arbeitsfähigen wurde er nach Port Canaveral befohlen. Sechs große Schiffe lagen im Hafen.

Die Arbeit war schwer. Die großen müden, alten Kräne und Winden stampften und erzitterten, als sie ihre schweren Frachten trugen – große Metallzylinder und wertvolle Antriebe. Tregarth sah all das nur von weitem; das Schiff, an dem er arbeitete, hatte Lebensmittel an Bord.

Unter den Mannschaften und Passagieren befand sich eine Gruppe von dreißig oder vierzig Menschen, die ein Juwel in der Stirn trugen.

Sie benötigten zwei Tage, um das Lebensmittelschiff zu entladen, und dann hatte Tregarth Gelegenheit, den Banana River zu überqueren, um nachzusehen, was sich in den anderen Schiffen befunden hatte.

Er verharrte vor Schreck. Eine Rakete stand bereits an der alten Rampe in Position. Offensichtlich war sie mit einem Atomsprengkopf bestückt. Während Tregarth sich das Ungetüm noch anschaute, wurde er von einem schlaksigen Mann angesprochen, der das Sternabzeichen des Ewigen trug. „Sind Sie nicht Ron Tregarth?" rief er. „Ich bin Newt Bluestone, wissen Sie noch? Schön, Sie zu sehen!"

Tregarth gab ihm die Hand. „Aber ich dachte, Sie wären . . ."

Bluestone grinste. „Sie dachten, daß ich Quaggers abgerichteter Seehund sei, stimmt's? Nun, vielleicht war ich das. Jedenfalls, als Quagger noch das Sagen hatte."

„Hat er das nicht mehr?" fragte Tregarth überrascht.

Bluestone drehte sich um und blickte über das Wasser, dorthin, wo Quagger mit gesenktem Kopf stand, während Angie kreischte und in alle Richtungen Befehle erteilte. „Sehen Sie nicht, wie die Dinge jetzt liegen?"

„Wollen Sie etwa damit sagen, daß ein Affe die Befehle gibt?"

„Angie ist kein Affe, und Quagger ist nicht mehr der Boß, obwohl er immer noch so genannt wird. Die wirkliche Macht ist das Ewige."

„Und was ist das Ewige?" verlangte Tregarth zu wissen. „Sind das diese Leute, denen diese Juwelen im Kopf stecken?"

„Nicht ganz", erwiderte Bluestone. „Sie sind allerdings ein Ausdruck des Ewigen. Das Heer des Ewigen siegt immer. Sich zu wehren ist sinnlos, und von uns Menschen gibt es nicht mehr genug, daß wir uns gegenseitig umbringen könnten!"

Tregarth machte ein zorniges Gesicht. „Und was ist damit?" fragte er und deutete mit dem Daumen auf den Atomsprengkopf.

„Das werden wir gleich klären." Bluestone grinste. „Quagger hat auf diesen Augenblick gewartet. Kommen Sie, Tregarth. Ich bringe Sie in den Kommandoraum, dann können Sie das Feuerwerk selbst mit ansehen!"

DAS HAUPTQUARTIER war seit der Ankunft der Heere des Ewigen verbotenes Gebiet gewesen, jetzt aber waren die Wachposten abgezogen. Eine Art Thron war vor dem großen Bildschirm errichtet worden, und Wernher Ryan, der seine Paradeuniform trug, die jedoch mit den Blitzen der Heere des Ewigen versehen war, wartete schweigend bei den Kameras.

Schnaufend kletterte Lord Quagger die Stufen zu dem Podest hinauf und ließ sich dankbar auf den Thron sinken. Er hörte aufmerksam zu, als die rotbraune Kreatur namens Angie ihm ins Ohr schnatterte. „Ja, Liebes", sagte er schwach und nickte. Dann wandte er sich Wernher Ryan zu. „Sie sind fertig, nicht wahr? Worauf warten wir dann? Haben Sie Habitat Walhalla noch nicht erreicht?"

„Es ist fast soweit, Lord Quagger!" rief eine körperlose Stimme aus dem Kontrollraum. „Wir geben Ihnen das Bild durch." Und der Schirm auf dem Podest erhellte sich und zeigte Marcus McKen.

Der General starrte ihnen böse vom Schirm entgegen. „Wernher Ryan?" schnarrte er. „Sind Sie das, Ryan? Können Sie mir erklären, warum Sie in den letzten Monaten auf meine Befehle nicht reagiert haben?"

Quagger versetzte Ryan einen leichten Stoß, und der ehemalige Kommandant der Friedensstaffel wandte sich um und baute sich vor dem Bild auf. „General McKen, Ihre Macht über diese Basis besteht nicht mehr. Sie ist jetzt eine Einrichtung der Heere des Ewigen, die von Lord Simon McKen Quagger geführt werden."

„Quagger?" brüllte General McKen auf. „Heere des Ewigen? Ryan, begreifen Sie eigentlich, daß Ihre Aussagen Hochverrat sind? Ich werde Sie dafür hängen lassen!"

Ryan warf einen Blick auf Quagger. „Lord Quagger wird jetzt mit Ihnen sprechen, General McKen", sagte er dann.

Der kleine braunbepelzte Affe schnatterte in Quaggers Ohr. Quagger lauschte in Gedanken versunken und nickte, während das Gesicht auf dem Schirm immer wütender wurde. „Hallo, Vetter Marcus. Ich habe Anordnungen für dich. Erstens wirst du keinerlei Versuch unternehmen, irgendwelche Streitkräfte auf die Erde zu bringen. Zweitens wirst du dein gesamtes Personal von Habitat Walhalla nach Habitat Ziolkowsky verlegen. Ich verlange, daß der Transfer innerhalb von zehn Tagen abgeschlossen ist. Nach Ablauf dieser Frist wird Habitat Walhalla zerstört werden." Er lächelte freundlich in den Bildschirm. „Das wäre im Augenblick alles", sagte er. „Auf Wiedersehen, Vetter Marcus."

IN DIESER Nacht sagte Tregarth zu Jannie: „So sind die Landratten! Alles, woran sie denken, sind Bomben und Kriege."

„Ich bin eine Landratte, Ron", ermahnte ihn seine Frau sanft. „Was können diese Leute außerdem schon tun? Wenn sie General McKen nicht aus seinem Habitat herausbekommen, schweben sie durch seine Lenkraketen in ständiger Gefahr! Nein, sie müssen so handeln."

Tregarth zuckte ärgerlich die Achseln. Doch als die Tage verstrichen, sah er, wie andere Raketen in dem großen Montagegebäude zusammengesetzt und langsam zu den Startrampen geschafft wurden. Einige bargen Überwachungssatelliten für niedrige Erdumlaufbahnen, und eine Rakete war so geheimnisumwittert, daß niemand ihre Mission zu kennen schien. Nicht einmal Wernher Ryan. „Ich weiß es nicht", gab er zu. „Ich glaube aber, sie wird einen bemannten Flug zu einem anderen Planeten unternehmen! Vielleicht zum Mars!"

„Mars?" wiederholte Tregarth ratlos. „Aber noch niemand ist auf dem Mars gewesen. Und die PanMacks haben sich nicht sonderlich intensiv mit dem Weltraum befaßt."

„Wenn nicht der Mars, dann ist es eben ein anderer Planet. Darauf können Sie wetten", sagte Ryan im Brustton der Überzeugung.

AM ZEHNTEN Tag wurde die Rakete mit dem atomaren Sprengkopf abgefeuert. Sie benötigte fast zweiundzwanzig Stunden, bis sie ihr Ziel erreichte, und als sie einschlug, hörte Habitat Walhalla auf zu existieren.

Diese Rakete war noch mit Festtreibstoff betrieben worden.

Die neueren Raketenmodelle benötigten allerdings Flüssigtreibstoff, Wasserstoff und Sauerstoff. Ryan und Tregarth gehörten zu der Gruppe, die die Verflüssigungsanlagen überprüfte, die jahrelang nicht mehr benutzt worden waren. Sie kehrten niedergeschlagen zurück, um Lord Quagger Bericht zu erstatten. Doch Quagger hielt sich weder in seiner Luxussuite im Cocoa Beach Motel auf noch auf seinem Kreuzfahrtschiff.

Sie fanden ihn schließlich bei einem alten Lager unter den toten Palmen, wie er einer Arbeitsmannschaft, die die alte Kommunikationsausrüstung auseinanderbaute, mürrisch Anweisungen gab. Er begrüßte Ryan mit einem bösen Gesicht. „Warum konnten Sie die Sachen nicht besser in Ordnung halten?" wollte er wissen. „Einiges davon brauchen wir für Ersatzteile, doch das meiste davon ist wertlos. Ich bin überrascht, daß Sie es überhaupt zum Funktionieren gebracht haben!"

„Das waren wir auch", sagte Ryan knapp. „Die Teile waren nicht leicht zu finden, Quagger."

Der alte Mann leckte sich besorgt die Lippen. „Nun, was haben Sie zu berichten? Können Sie Raketentreibstoff herstellen?"

„Die Kondenskammern, die elektrischen Systeme, die Kühltechnik – das alles ist nicht mehr zu gebrauchen."

„Verdammt!" seufzte Quagger. „Angie wird sehr ärgerlich sein." Ängstlich sah er sich um, aber die kleine Kreatur war nirgends zu sehen. „Ich fürchte, daß wir dann irgendwo eine neue Fabrik aufbauen müssen. Und Sie wissen, was das bedeutet! Leute, die von der Arbeit hier abgezogen werden müssen. Angie besteht darauf, daß alles so rasch wie möglich vorangeht!"

„Ich sage Ihnen ja nur, was möglich ist und was nicht", erklärte Ryan. „Glauben Sie mir, Quagger . . ." Er bemerkte den entrüsteten Blick des alten Mannes und besann sich. „Lord Quagger, ich bin ebenso darauf aus, wieder in den Weltraum zu gelangen, wie Sie."

„Ja", sagte Quagger unglücklich. „Das nehme ich an. Angie ist nur so beharrlich . . ." Er sah sich wieder um. „Wo ist mein kleiner Liebling? Sie muß sofort davon erfahren."

Plötzlich hörten sie ein Schluchzen, das aus dem alten Hauptquartier drang. Als sie hineinliefen, entdeckten sie

Angie. Sie hatte die alte Alligatorenhaut von der Wand gezogen, kauerte auf dem Boden und wiegte die häßliche Trophäe in ihren spindeldürren Armen. Liebevoll und verzweifelt streichelte sie das Juwel auf deren Stirn.

TREGARTH wurde eingeteilt, die Anlagen des Flugfelds südlich von Cocoa Beach zu überholen. Die Instrumente im Kontrollturm unterschieden sich nicht so sehr von denen eines U-Boots. Als er ein Schaltpult überprüfte, rief Newt Bluestone zu ihm herauf: „Tregarth? Ist bei Ihnen alles klar? Ich will nicht, daß mit dem Flugzeug aus Colorado etwas schiefgeht."

Tregarth warf einen Blick auf den anderen Bildschirm, der den Flug markierte. Es war der einzige auf dem Schirm. „Müßte in ein paar Sekunden dasein!" rief er zurück.

Bluestone grinste. „Meine Frau kommt mit dem Flugzeug", sagte er stolz. „Sie war in St. Louis in den Fabriken, die Raumschiffteile herstellen, und dann mußte sie eine Zeitlang zu Quaggers Basis nach Colorado zurückkehren. Ich habe sie seit Monaten nicht mehr gesehen. Sie werden sie mögen, Tregarth. Sie ist eine Schönheit. Früher war sie . . . Oh, sehen Sie nur, da sind sie!"

Das Flugzeug landete. Es fegte donnernd auf der Landebahn an ihnen vorbei, wurde langsamer, wendete und begann zurückzurollen. Tregarth lächelte, als er sah, wie sich die Türen des Flugzeugs öffneten und die Gangway herangefahren wurde. Die fünfte Gestalt, die aus dem Flugzeug trat, war klein und dunkelhäutig. Tregarth konnte das Gesicht der Frau nicht erkennen, aber als Newt Bluestone, der hinausgegangen war, sie umarmte, wußte er, um wen es sich handeln mußte.

Dann näherte sich die Gruppe den Wagen, die vor dem Tower parkten.

Tregarth stolperte und stürzte beinahe; er konnte den Blick nicht von der Frau an Bluestones Arm wenden. Es war Graciela Navarro!

Aber als sie sich ihm zuwandte und sie einander vorgestellt wurden, sprach sie mit einer völlig anderen Stimme. „Hallo, Kapitän Tregarth", sagte sie mit dem Hauch eines Akzents.

„Hallo, Mrs. Bluestone", antwortete er. „Es freut mich sehr, Sie kennenzulernen."

Kapitel 22

Die Reparaturarbeiten an der *Atlantica Countess* nahmen im ruhigen Wasser der Bucht von St. Maarten fast zwei Monate in Anspruch.

Das Schiff lag in den seichten Gewässern neben einem alten Betonpier. Quer über dem Pier hing der Rumpf einer Fähre, die früher einmal Touristen zu den Schwesterinseln gebracht hatte.

Die Bucht war recht hübsch. Zuerst hatten sie eine Wache auf einem Kirchturm unterhalten, die Tag und Nacht nach Plünderern Ausschau hielt, aber in dieser Gegend gab es nicht einmal mehr Feldmäuse.

Sie fürchteten nicht nur Plünderer. Der Posten im Kirchturm richtete seinen Blick gleichermaßen auch auf den Himmel und die See in der Angst, daß ihnen etwas folgen könnte, seien es nun die Kraken oder die PanMacks.

Die schwierigste Aufgabe stellte der Backbordantrieb dar. Zuerst mußten sie das verzogene Gehäuse entfernen, dann die alte Antriebswelle herausziehen und die neue installieren. Wenn Graciela nicht für eine Arbeitsschicht eingeteilt war, saß sie im Kontrollraum und lauschte den Funkbotschaften. Fast alle kamen von der Ostküste, vor allem aus Florida. Leider waren die Nachrichten durchweg kodiert.

Dann bauten sie eines Tages das Holzgerüst zwischen Pier und Boot ab und gingen an Bord. Es herrschte Flut, und als N'Taka Rose die Energie zuschaltete, zogen die Maschinen die *Atlantica Countess* leicht in tieferes Gewässer. Als das Echolot anzeigte, daß sie fünfhundert Meter Wassertiefe erreicht hatten, ließ Rose das Schiff für Geschwindigkeitstests absinken und behielt die Instrumentenpulte im Auge. Sogar bei voller Geschwindigkeit drehte sich die neue Antriebswelle gleichmäßig.

Schließlich verlangsamte sie die Fahrt und rief die Mannschaft zusammen. „Die *Atlantica Countess* ist wieder fahrtüchtig“, sagte sie ohne lange Vorrede, „aber noch weit davon entfernt, seetüchtig zu sein. Der Backbordantrieb hat kein Gehäuse. Die Bugfinnen haben viel mehr Spiel, als mir lieb ist. Im Steuerbordantrieb ist auch noch eine leichte Vibration; vielleicht mußt der Propeller besser ausbalanciert werden."

Ng'Woda Everett warf einen Blick auf seinen älteren Bruder Eustace und fragte zaghaft: „Woher sollen wir auf dieser Insel Nexo für das Gehäuse herbekommen?"

„Gar nicht, Everett", erwiderte Rose. „Wir werden es selbst bauen müssen, wenn wir das notwendige Metall haben. Das Ganze ist eine Sache von Wochen und nicht von Tagen. Aber wenn wir jetzt losfahren, werden wir Ärger bekommen. Müssen wir das Risiko eingehen?"

„Was meinst du damit?" wollte Dennis McKen wissen.

Sie blickte ihn gelassen an. „Wie lautet unser Auftrag, Dennis?"

Er blinzelte. „Erkundigungen einholen! Kontakt aufnehmen mit allen, die vielleicht noch am Leben sind!"

„Aber einige Leute, die noch am Leben sind, sind uns vielleicht nicht freundlich gesonnen", sagte die Kapitänin. „Und wohin fahren wir überhaupt, wenn wir fahren? Meiner Ansicht nach haben wir drei Möglichkeiten. Wir können versuchen, mit diesen ‚Heeren des Ewigen' Kontakt aufzunehmen. Wir können eine andere der Achtzehn Städte anlaufen. Oder wir können nach Atlantica-City zurückkehren."

„Willst du eine Abstimmung?"

„Ich glaube, ja. Wenn wir auf See sind, bestimme ich, Dennis. Aber jetzt ist die Sicherheit von uns allen betroffen, daher will ich, daß alle sich an der Entscheidung beteiligen." Sie warf einen Blick in die Runde.

Sven Borg, das älteste Mannschaftsmitglied, sagte nachdenklich: „Wir sollten nach Atlantica-City zurückkehren."

„Nein!" schrie Dennis McKen verzweifelt auf. „Noch nicht! Es gibt doch die Funknachrichten aus Florida – vielleicht sind sie uns dort freundlich gesonnen!"

Ng'Woda Eustace brummte: „Sie sind vielleicht so freundlich, daß sie darauf bestehen, daß wir nie gehen. Ich denke, wir sollten eine der Achtzehn Städte auskundschaften."

Sein Bruder nickte. Graciela sagte rasch: „Ich finde, daß Dennis recht hat. Laßt uns diesen Ort in Florida wenigstens anschauen. Wie heißt der denn noch – Cape Canaveral?"

„Dort wird es von Schiffen und Flugzeugen nur so wimmeln", prophezeite Ng'Woda düster.

„Weglaufen können wir immer noch", sagte Rose. „Ich stimme ebenfalls für Florida. Nur – zuerst machen wir dieses Schiff so perfekt, wie es nur geht!"

Die Sonne stellte keine tödliche Gefahr mehr dar, und zum erstenmal in ihrem Leben begann Graciela Navarro zu begreifen, warum Landratten wie Dennis McKen sich nach dem Anblick des weiten Himmels sehnten. Die strahlende Wärme war entspannend und erholsam, stellte sie eines Morgens fest, als sie mit Dennis McKen zu einem Ausflug aufbrach.

Sie hatten einen verlassenen Wagen gefunden, ein großes offenes, benzinbetriebenes Modell, das zunächst nicht gestartet werden konnte. Aber dann fand Dennis einen Kanister Benzin, und sie konnten die Batterie über die Generatoren des Unterseeboots aufladen. Die Fahrt über die Straßen von St. Maarten war ein Vergnügen.

Doch Gracielas gute Laune verging, als sie sich auf der Insel umsahen. So viele Tote! In der tropischen Hitze war die Verwesung fast so rasch eingetreten wie der Tod selbst.

Sie hielten auf der anderen Seite der Insel an, um dort ihr karges Mittagessen einzunehmen. Ein umgestürztes Hinweisschild benutzten sie als Tisch.

Graciela sah ihren Gefährten an, der schwerfällig kaute und stirnrunzelnd nach Westen aufs Meer hinausstarrte. „Dennis? Bist du sicher, daß wir nach Florida fahren sollten?"

„Natürlich. Wir müssen doch erfahren, was dort geschehen ist. Willst du nicht endlich herausfinden, was mit deinem Liebsten passiert ist?"

Graciela spürte, wie sie errötete. „Ich kenne meine Gründe, Dennis. Aber ich will wissen, wie deine lauten."

Seine Stimme nahm einen unfreundlichen Tonfall an. „Du denkst, daß ich euch alle an die PanMacks ausliefere, nicht wahr?" Dann lenkte er ein. „Nein, ich will nicht zu den PanMacks zurück. Du hast deinen Verlobten verloren. Ich habe eine Familie verloren, Freunde, Kameraden – mein ganzes Leben, Graciela! Ich will wissen, was geschehen ist."

„Und wie machen wir das? Uns fehlt das Antriebsgehäuse!

Dafür finden wir doch nie die Materialien und die Werkzeuge! Auf dieser kleinen Insel gibt es kein –"

„Was ist los?" fragte er, als sie leise aufkeuchte.

Sie starrte auf die Worte, die sie auf dem umgestürzten Hinweisschild freigelegt hatte. „Ich glaube, wir schaffen es doch", sagte sie und zeigte auf die Aufschrift: DU LANGUE ET FILS – AUTOFABRIQUE.

So löste sich ein Problem, denn die alte Reparaturwerkstatt hatte sowohl dicke Stahlplatten auf Lager als auch die Werkzeuge, um sie zu bearbeiten.

WAS ES nirgendwo auf der Insel zu geben schien, waren Lebensmittel. Jeder Laden war ausgeplündert, jedes Restaurant vollständig ausgeräumt worden, so daß nichts Eßbares aufzutreiben war.

Graciela mußte sich darum kümmern, Nahrung zu beschaffen. Als sie mit einem Speer zu fischen begann, entdeckte sie ein neues, wunderbares Vergnügen. Sie schwamm in ihrem geliebten Ozean! Es war so herrlich und natürlich wie damals im Krakenbecken. Korallen, Muscheln und Algen begannen wieder zu wachsen. In den Riffen gab es tatsächlich Fische. Die größten, die auch am leichtesten zu fangen waren, waren die Muränen, große, häßliche Biester, die in Felsspalten lauerten. Aber es gab noch andere Fische, hübsche Exemplare, die nicht größer als Gracielas Hand waren und in allen Farben schimmerten.

Graciela brachte der Mannschaft der *Atlantica Countess* in ihren Netzen Muränen mit und Hummer, Krebse und Muscheln, die Aasfresser, die von dem Tod anderer profitiert hatten. Das Land mochte tot und feindselig sein, aber das Meer, die schützende See, erwachte wieder zum Leben.

Als das Gehäuse für den Backbordantrieb beinahe fertig war, holte Graciela Dennis McKen für einen Fischfangausflug ab. Sie fand ihn am Funkgerät, wie er mit versteinerter Miene dem sonderbaren Gejaule und Gequäke lauschte. „Das klingt wie militärische Sendungen. Sie lassen es über Zerhacker laufen."

„Warum sollte man dann noch zuhören?" fragte sie.

Er schüttelte gereizt den Kopf und antwortete nicht.

Aber als sie ihm sagte, was sie vorhatte, begleitete er sie, und die beiden nahmen das kleine Boot, das sie angebunden hinter einem der kleinen Strandhotels gefunden hatten, tankten den Außenbordmotor voll und fuhren die Küste entlang.

Als sie die kleine Bucht erreichten, die Graciela ausgesucht hatte, schaltete McKen den Motor ab und warf den Anker aus. Dann sah er Graciela an. Er brachte ein Lächeln zustande. „Komm, wir gehen tauchen", sagte er.

In dem wunderbaren Wasser, das ihr zärtlich und warm über die Haut glitt, spürte Graciela, wie all ihre Reizbarkeit von ihr abfiel. Dennis war doch ein anständiger Mann, sagte sie zu sich selbst, obgleich er von den schlechten McKens abstammte. Und es gab keinen Zweifel, daß er auch attraktiv war . . .

Sie ließ ihre Gedanken schweifen und dachte an Ron Tregarth. Wie lange war es jetzt her, daß sie sich geküßt und voneinander verabschiedet hatten, als die *Atlantica Queen* zu ihrer Reise ohne Wiederkehr aufgebrochen war? Nur zwei Jahre? Es schien eine Ewigkeit vergangen zu sein.

Sie holte tief Luft aus dem Atemgerät auf ihrem Rücken und tauchte auf McKen zu, der einen großen Meeraal gespeert hatte. Graciela erkannte, wie sich McKen in kriegerischer Freude am Kampf mit dem Fisch ergötzte. Sie bewegte langsam die Schwimmflossen, um auf gleicher Höhe zu bleiben, während sie zusah.

Über ihnen bewegte sich plötzlich ein großer, sonderbarer Schatten. Es war ein Hammerhai. Kein großer, aber groß genug, um einen Menschen zu töten.

Graciela hielt sich nicht mit langen Überlegungen auf. Als der Hammerhai zu ihnen herunterschoß, kam sie ihm mit vorgerecktem Speer entgegen.

Der Aufprall war so stark, als wäre sie gegen eine Mauer gerannt. Sie ließ beinahe den Speerschaft los, als er sich in das Auge des Hais bohrte. Graciela hielt sich mit aller Kraft am Speerschaft fest, war den furchtbaren Kiefern so nahe, daß sie beinahe die messerscharfen Zähne zu zählen vermochte. Er schüttelte sie von sich . . .

Und sie spürte einen Stoß im Rücken und drehte sich in plötzlichem Schrecken um, aber es war nur Dennis McKen, der von seinem Meeraal abgelassen hatte und sie nun vor sich her zum Boot schob. Graciela warf sich über den Bootsrand und lag auf dem Rücken, während sie keuchend in den Himmel starrte.

Dennis kletterte ebenfalls ins Boot, kniete nieder und umarmte sie. Sie spürte, wie sie in seinen Armen zitterte.

Er lächelte. „Ich glaube, du hast mir das Leben gerettet, Graciela", sagte er. „Weißt du, was das heißt? Es heißt, daß du von heute an für mich verantwortlich bist."

„Ach, Dennis", seufzte sie.

„Ich will, daß du mich heiratest, Graciela. Wir haben ein Leben vor uns. Verbringe es nicht in Trauer!"

Einen Augenblick lang schwieg sie. Dann sah sie mit ernstem Gesicht zu ihm auf. „Ich werde dir eine Antwort geben, wenn ich mit eigenen Augen das Festland gesehen habe."

UND PLÖTZLICH war die Arbeit getan. Sie versammelten sich müde, aber zufrieden am Dock und sahen die *Atlantica Countess* an.

Es war beinahe schon Abend. Das Backbordgehäuse war grellrot – Sven Borg hatte alte Rostschutzfarbe gefunden –, was im Kontrast zu der milchigen Nexohülle stand.

„Ich denke, es wird gehen", sagte Rose. „Fahren wir jetzt nach Florida?"

„Darauf hatten wir uns doch geeinigt, oder?" fragte Ng'Woda Eustace.

N'Taka Rose sah ihn nachdenklich an. „Sind alle da? Gut! Dann laufen wir sofort aus. Bereitet alles vor!"

Langsam glitt die *Atlantica Countess* aus dem Hafen heraus und strebte den dunklen, schützenden Tiefen zu.

Sechs Kilometer vor der Küste Floridas tauchten sie wieder auf. Der Morgen brach an. Die See war spiegelglatt. Graciela Navarro stand an der ausfahrbaren Steuerkonsole und blickte zu der flachen, weiten Küste hinüber.

„Sieht ja recht ruhig aus", murmelte Rose. „Wie sieht es beim Funk aus?"

Und als Graciela bei Sven Borg nachfragte, lautete die Antwort: „Eine Menge Funkverkehr. Einige Sendeorte bewegen sich – ich glaube, es sind Flugzeuge."

Ng'Woda Eustace suchte bereits mit einem Fernglas den Himmel ab. „Tatsächlich, da sind welche."

Als sie zwei Kilometer von der Küste entfernt waren, entdeckten sie Schiffe, die vor Anker lagen. Durch die Ferngläser konnte man sogar Menschen auf Deck und kleine Boote zwischen den Schiffen erkennen. Während sie langsam nach Süden fuhren und jede Einzelheit am Ufer registrierten, blickte Graciela sehnsüchtig zum Ufer hinüber. Falls Ron Tregarth überhaupt noch am Leben sein sollte, redete sie sich ein, so war er vielleicht an einem solchen Ort . . .

Dann kamen sie zu einem Strand, an dem hohe Metallgebilde zum Himmel ragten. Dennis McKen stockte der Atem. „Raumschiffe!" schrie er und zeigte auf die hohen Gerüste. „Seht euch das an! Sie fliegen wieder in den Weltraum!"

Rose starrte in grimmiger Besorgnis auf die Küstenlinie. „Wenn sie schon wieder Erkundungssatelliten aufsteigen lassen, ist es nur noch eine Frage der Zeit, bis sie Schiffe und Flugzeuge aussenden. Davon müssen die Städte erfahren."

Ng'Woda Eustace sah seine Kapitänin ratlos an. „Meinst du Atlantica-City?"

„Nein, die anderen Städte. Sie müssen erfahren, daß jegliche Oberflächentätigkeit ihrerseits beobachtet werden kann."

Graciela hatte den Blick auf die ferne Küste gerichtet und hörte dem Gespräch kaum zu. Ehrfürchtig schüttelte sie den Kopf. Wie konnte es nur sein, daß diese gepeinigten Landratten schon wieder vom Weltraum träumten?

Plötzlich stöhnte sie laut auf. An einer der Rampen tat sich etwas. Eine Wolke aus weißem Dunst stieg auf. Dann war das Aufglühen heller Flammen zu sehen.

„Sie haben eine Rakete gestartet!" schrie Dennis McKen. „Sie haben es wirklich getan!"

Hinter der Rakete breitete sich eine unregelmäßige Dunstwolke über dem Himmel aus. Sie starrten der Rakete gebannt hinterher, bis Rose aufschrie: „Achtung, da kommt was! Alle runter! Tauchvorgang vorbereiten!" Von Norden brauste ein Schiff auf sie zu, wahrscheinlich ein Zerstörer.

Als die *Atlantica Countess* hundert Meter tief getaucht war, rief Rose die Seekarte mit der Lage der Achtzehn Städte ab. „Wohin? Nach Norden oder nach Süden?"

„Nach Süden", sagte Sven Borg entschlossen. „Romanche City, in der Nähe des Äquators."

Rose sah sich im Raum um. „Alle einverstanden? Dann also Romanche City. Setzt den Kurs Südwest bei West."

Kapitel 23

RON TREGARTH hob Pepito in die Höhe, damit er den Start des ersten Raumschiffs seit der Nacht des Kometen Sicara beobachten konnte. Doch als der Donner der Raketen den Strand erzittern ließ, weinte der Junge.

„Ruhig, mein Lieber", flüsterte seine Mutter. „Davor brauchst du keine Angst zu haben. Weißt du denn nicht, daß dein Paps bald in einer dieser Raketen sitzen wird?"

„Das ist noch nicht entschieden", wiegelte Tregarth ab. „Nur wenn der kleine Affe Ryans Vorschlag annimmt."

ALS PEPITO zwei Jahre alt gewesen war, hatte sein Vater die Ausbildung zum Astronauten absolviert. Im Vergleich zur Navigation eines Unterseeboots war es ein Kinderspiel; es war nicht nötig, sich Karten von Kanälen, Riffen und Strömungen zu merken – im Weltraum gab es nichts dergleichen. Um den Start kümmerte sich das Bodenkontrollpersonal. Lediglich die Landung erforderte eine gewisse Geschicklichkeit.

Tregarth befand sich mindestens einmal wöchentlich in der Luft, er flog zu den Fabriken in St. Louis, nach Baltimore, nach Quaggerheim in Colorado, zu den Außenposten in Neuengland und Vancouver und Mexico City und Kalifornien. Bei einem Zwischenstopp nahm er in Kansas City im Stützpunkt der Heere des Ewigen eine Eilladung an Bord. Die Offizierin war eine schlanke dunkelhaarige Frau, die seinen Blick wahrscheinlich auch ohne das flammende Juwel in ihrer Stirn eingefangen hätte. Sie gab ihm knappe Anweisungen, sich mit der Fracht zu beeilen. „Kapitän . . ." Ihre scharfe Stimme stockte. Er sah, wie ihre blassen Lippen zitterten, sah ein aufflackerndes Gefühl hinter ihrer eisigen Haltung. „Kapitän . . ."

„Ja?"

„Nichts." Ihre Stimme und ihr Gesicht waren wieder völlig

ausdruckslos. „Sie können . . ." Aber dann beugte sie sich vor. Schmerz stand in ihren Augen. „Kapitän, kennen Sie Newton Bluestone?"

„Ich habe ihn getroffen. Warum?"

„Ich war Judy Roscoe." Ihr hastiges Flüstern war für ihn kaum vernehmbar. „Wir haben uns geliebt. Wir haben uns gestritten. Ich sagte Dinge, die mir leid tun. Jetzt – jetzt befürchte ich, daß er denkt, daß es zu spät ist. Ich will, daß er weiß, daß ich noch lebe, und ich muß wissen, daß er lebt, weil wir im Ewigen noch eine Chance haben. Werden Sie ihm sagen . . ."

Abrupt versteifte sie sich und hielt inne.

„Beeilen Sie sich mit der Fracht, Kapitän." Eine knappe, unpersönliche Anordnung. Ihre Miene war wieder kühl geworden, und er sah im Edelstein in ihrer Stirn grünes Feuer leuchten. „Sie können gehen."

Während des langen Flugs beschloß Tregarth, den Zwischenfall Newton Bluestone gegenüber nicht zu erwähnen, denn Bluestone schien vollkommen glücklich mit der Frau zu sein, die so herzzerreißend wie Graciela Navarro ausgesehen hatte.

Das Getreide wuchs heran. Im vierten Jahr nach dem Kometen Sicara mußten die Menschen nicht länger befürchten zu verhungern. Sogar einige wenige kostbare Tiere wie Kühe und Schafe waren entdeckt worden. Sie wurden gepflegt, getränkt und gefüttert, und als das erste Kalb geboren wurde, nahm es die ganze Siedlung wie ein neues Baby auf. In mancher Hinsicht blieb die Ernte eine Enttäuschung – winzige Tomaten, magere Erbsenschoten –, aber die Pflanzen wuchsen. Und auch Pepito wuchs zu einem kräftigen Jungen heran, der zu sprechen begann und seinem Vater eine Freude war . . .

Nur manchmal fragte sich Tregarth, wie sein Sohn wohl geworden wäre, wenn seine Mutter Graciela geheißen hätte.

Kapitel 24

Eine halbe Million Kilometer entfernt bedachte General Marcus McKen seinen Wissenschaftsleiter, den Astronomen Dominic Sicara, mit allen Schimpfworten, die ihm einfielen. „Wir sind blind!" brüllte der General. „Wie soll ich feststellen, was dort draußen passiert? Sie haben versprochen, daß die Sensorensysteme funktionieren würden!"

„Das sollten sie ja auch", erklärte Sicara mit leiser Stimme. „Alle Daten zeigten an, daß Habitat Ziolkowsky sämtliche Ausrüstung eingelagert hatte; ich konnte doch nicht wissen, daß die Außenoptiken niemals installiert worden sind. Und falls Sie sich daran erinnern, hatte ich, als wir umzogen, vorgeschlagen, daß wir Ersatzteile mitbringen . . ."

„Schweigen Sie, Sie Narr!" schrie der General. „Wir benötigten unseren gesamten Frachtraum für wichtigere Dinge!"

„Selbstverständlich, General", wimmerte Sicara. „Dennoch sollte es auf den anderen Habitaten noch Ausrüstungsteile geben. Falls unser Kundschafter die Instrumente vom Habitat Ley herschaffen kann . . ."

„Und wie sollen wir wissen, ob er zurückkehrt?" höhnte McKen. „Wir können noch nicht einmal sein Schiff sehen!"

„Wir müssen nur Geduld haben, General", sagte der Wissenschaftler flehend. „Er wird bald zurück sein. Er muß warten, bis die Habitate von Florida aus nicht mehr gesehen werden können, aber er wird es schaffen."

„Das sollte er auch", sagte der General, „denn wenn er es nicht schafft, werden Sie derjenige sein, der dafür büßen wird."

HABITAT ZIOLKOWSKY war größer als das aufgegebene Walhalla. Ansonsten konnte nichts zu seinen Gunsten vorgebracht werden. Die Luft stank nach Fäulnis. Seine Umdrehung war zu gering, um ihm eine anständige Schwerkraft zu verleihen, aber für die Temperaturregulatoren zu schnell. Die Kühlklappen, die auf der dunklen Seite ausfahren sollten, um überschüssige Hitze abzustrahlen, waren nur zum Teil funktionstüchtig. Also staute sich die Hitze im Innern des Habitats.

Das war alles, was vom großen Reich des Generals Marcus McKen übriggeblieben war! Diese große, leere Hülle, in der ihm weniger als dreihundert Personen zu Diensten standen – und das alles wegen seines arroganten, frechen Vetters Simon McKen Quagger.

„Bringt mir etwas zu essen!" schnarrte der General, aber er bezweifelte, ob er etwas hinunterbringen würde. Zwar brachten die Klärschlammtanks und die Algenteiche ausreichend Nahrung hervor, aber was für einen Fraß! Jeden Tag ließ General McKen die erbarmungswürdigen Köche und Lebensmittelchemiker antreten, aber nichts half. Ganz gleich, welche Drohungen er ausstieß, das Beste, was sie fertigbrachten, waren kleine Laibe aus Algenbrot.

General McKen seufzte resigniert auf, schob das Essen von sich und stand auf, um ein weiteres Mal seinen Frachtraum zu inspizieren.

Zum Glück verfügten sie noch über Handfeuerwaffen, Granatwerfer, Mörser, sogar über Raketen. Falls sich je die Gelegenheit bot, zur Erde zurückzukehren, hatte er die kleinen Raumflugzeuge und zwei große Transporter, die die Reise antreten konnten. Aber wie konnte er erfahren, wann diese Gelegenheit eintreten würde, wenn Habitat Ziolkowsky blind war?

Dann spürte er plötzlich den leisen, fernen Hall, der ein Andocken ankündigte. Und zehn Minuten später sah die Dockmannschaft des Habitats Ziolkowsky ihren kommandierenden General zum erstenmal seit Wochen lächeln.

Bei den EVA-Mannschaften, die Außenarbeiten im Weltraum durchführten, hatten sie drei Opfer zu beklagen, zwei durch aufgerissene Anzüge und einen dritten Todesfall, als ein weiblicher Hauptmann die Leine verlor und in den Weltraum hinaustrieb.

Doch jetzt besaß Habitat Ziolkowsky wieder ein Teleskop, und die EVAs hatten es auch geschafft, die Strahlungsklappen in ihren Gehäusen zu verklemmen, so daß das Habitat wieder eine angenehme Temperatur aufwies.

Das waren die guten Nachrichten gewesen.

Als General McKen sich in den Überwachungsraum hangelte, begrüßte ihn Schroeder, sein Adjutant, mit besorgten Entschuldigungen. „Tut mir leid, Sir", sagte der Oberst. „Wir haben alle Städte und Stützpunkte in Ihrem Protektorat überprüft. In Baltimore sind Aktivitäten festzustellen und bei Cape Canaveral. Alles andere ist verlassen. Keinerlei Lebenszeichen."

Der Gesichtsausdruck des Generals blieb unverändert. „Was ist mit Quaggerheim?"

„Ja, Sir", sagte der Oberst rasch, „dort herrscht Aktivität, aber wir können nur erkennen, daß sich Verkehr hinein- und hinausbewegt. Der Stützpunkt befindet sich nämlich in einem Berg, und . . ."

„Ich weiß, daß er sich in einem Berg befindet!"

„Ja, Sir", sagte Schroeder unterwürfig. „Und es gibt Leben in St. Louis und in einigen anderen Häfen – das ist alles. Bis auf das Cape natürlich."

„Zeigen Sie mir Cape Canaveral!" befahl McKen. „Und schaffen Sie Sicara hierher."

Als der alte Wissenschaftler heranwankte, blickte der General ärgerlich auf das Bild auf dem Sichtschirm. „Was ist das?" wollte er wissen.

Sicara warf einen verängstigten Blick auf den Schirm. „Ihr Stützpunkt in Florida, Sir", meldete er. „In der Mitte liegt die Startrampe."

„Ist sie besetzt?"

Der Wissenschaftler betrachtete das verschwommene Bild eingehend. „Es scheint sich um ein großes Raumfahrzeug zu handeln. Ich glaube allerdings . . ." Sicara zwinkerte. „Ja, ich bin mir ziemlich sicher, daß die oberste Stufe fehlt. Es gibt keine Nutzlast."

„Welche Art Nutzlast könnte die Rakete tragen?" fragte McKen.

„Nach der Größe der Startstufen zu urteilen, etwas sehr Großes. Falls wir ein besseres Bild bekommen könnten . . ."

„Deshalb habe ich Sie hierherbefohlen. Warum können wir kein besseres Bild bekommen? Was stimmt mit unserem Teleskop nicht?"

„Nichts, es ist alles in Ordnung, Sir. Es ist das beste, was wir haben. Hinter dem letzten Spiegel ist ein ladungsgekoppeltes Gerät angeschlossen, ein Photonenverstärker –"

„Ich habe genug von Ihren Ausreden", sagte McKen grimmig. „Schroeder! Schaffen Sie diesen Mann nach draußen, und bringen Sie ihm Disziplin bei!"

Aber trotz solcher Maßnahmen konnte der General nicht sehen, was auf der Basis vor sich ging, die einmal ihm gehört hatte . . .

Kapitel 25

ALS PEPITO vier Jahre alt war, nahm ihn seine Mutter zu einem Angelausflug in die Bucht mit. Sie machten eine richtige Reise zum Riff hinaus, an dem sich die Wellen brachen. Der Wind war mild und warm. Um das Riff war das helle Wasser lieblich blau und grün, und dort gab es Fische.

Fische! Als Pepito seiner Mutter dabei half, das Netz einzuholen, fragte er seine Mutter: „Können Menschen im Meer leben?"

„Ja, manche schon. Vor langer Zeit lebte dein Vater in einer Stadt tief im Meer."

„Konnte er dort atmen?" fragte Pepito ängstlich.

„Besser als hier an Land. O Pepito! Sieh nur!"

Und dann sah er seinen ersten Meeresvogel, eine große Möwe oder einen Sturmvogel, der mit weit ausgebreiteten Schwingen über die Wellen dahinstrich und ab und zu hinunterstieß, um etwas zu fangen.

„Weißt du, Pepito", erklärte sie, „früher gab es Millionen von Vögeln. Viele, viele verschiedene Arten! Hübsche mit farbiger Brust und welche, die sangen – als ich klein war, sangen sie jeden Morgen und weckten mich auf."

„Hat das Ewige sie auch Lord Quagger aufwecken lassen?" fragte Pepito.

Seine Mutter runzelte die Stirn. „Das weiß ich nicht", sagte sie. „Zu der Zeit hatte ich vom Ewigen noch nie gehört – und Quagger war nur jemand, der weit weg Anweisungen gab."

Pepito war klar, daß seine Mutter Lord Quagger nicht mochte. Er wußte nicht, warum, aber Pepito mochte ihn auch nicht. Quagger hatte eine schrille, quiekende Stimme, und er tat böse Dinge. Außerdem hatte Quagger immer dieses häßliche, stinkende Pelztier bei sich.

Als sie wieder zu Hause waren, fragte Pepito seinen Vater nach Angie aus. „Was sie für ein Tier ist?" sagte Tregarth, als er seinen Sohn auf dem Schoß hielt. „Wer weiß? Einige sagen, daß sie ein seltsamer Affe sei, den Quagger in Indien aufgelesen habe. Es gibt noch eine Geschichte, die besagt, daß sie ein fehlgeschlagener Menschenklon aus einem Genlabor sei. Am seltsamsten ist die Art, wie sie an das Juwel gekommen ist. Newt Bluestone sagt, daß sie es von einem Vogel habe!"

„Einem Vogel?" wiederholte Pepito. „Aber Mutter sagt, daß Vögel etwas Gutes sind."

Tregarth schüttelte den Kopf. „Dieser Vogel nicht", bemerkte er grimmig. „Und man sagt, daß sie Quagger zu beherrschen begann, nachdem sie das Juwel bekommen hatte. Vielleicht beherrscht das Juwel sie."

Dann betrat Jannie das Zimmer. „Für dich ist Schlafenszeit, Pepito", sagte sie zu ihrem Sohn. „Und für deinen Vater auch, denn morgen ist ein wichtiger Tag für ihn. Morgen fliegt dein Vater in den Weltraum!"

Am nächsten Tag sah Pepito zu, wie sich das Raumfahrzeug seines Vaters von der Rampe erhob. Obwohl Quagger ebenfalls zusah, waren seine Gedanken nicht bei dem Raumschiff. „Wo ist Angie?" wollte er ängstlich wissen. „Hat jemand Angie gesehen?"

Als die Kommandokapsel verschlossen wurde, stiegen Jannie und Pepito in einen kleinen Wagen und fuhren an der Küste entlang zwei Kilometer weiter. Jannie schlug das Herz bis zum Hals, als sie den großen Feuerball sah und den rollenden Donner spürte.

„Da fliegt er, Pepito!" schrie sie und drückte das Kind fest an sich. Sie sah zu, wie die blasse Flamme über den Himmel strich und schwächer wurde.

„Was ist denn mit Angie los?" fragte Pepito und zeigte auf das seichte Wasser.

Reglos trieb dort Angie und bewegte sich sanft auf den Wellen. Aber es war nicht mehr Angie, sondern nur ihre Leiche. Und das große Juwel auf ihrer Stirn war verschwunden.

TREGARTH schnallte seinen Anzug auf und ließ sich in der winzigen Steuerkabine dahintreiben. „Ich fliege!" Er lachte laut auf.

Wernher Ryan war ebenso aufgeregt und erfreut wie er. „Ich wußte, daß ich es eines Tages schaffen würde, Ron!" sagte der Hauptmann.

Vom Kontrollturm kam ein Funkspruch, und sie mußten sich

wieder ihren Aufgaben widmen. Tregarth warf einen Blick auf die blaue Weite mit ihren anmutigen Wolkenfeldern unter ihnen und schnallte sich für die bevorstehende Kurskorrektur wieder an. Als sie ihren vorgesehenen Orbit erreicht und alle Checks abgeschlossen hatten, wurden die Funksignale schwächer. Unter ihnen lag Afrika. „Die Sahara!" rief Ryan, und Tregarth nickte. Irgendwo über der Südküste des Mittelmeeres verloren sie den Kontakt mit der Basis, und einen Augenblick später stießen sie zur Nachtseite vor.

Es geschah alles so schnell! Nach weniger als einer Stunde nach dem Start waren sie schon eine halbe Welt entfernt! Und es war alles so wunderbar! Als die Sonne hinter ihnen verschwand, erblühten vor ihnen die Sterne am Himmel – heller und zahlreicher, als Tregarth es sich je hätte träumen lassen. Wenig später kletterte aschfahl der Mond vor ihnen in den Himmel.

Plötzlich bemerkte Tregarth, daß er zuvor bei einem raschen Blick auf den breiten Atlantik genau die Position von Atlantica-City entdeckt hatte.

„JEMAND muß es Quagger sagen", sprach Jannie, als sie sicher war, daß Angie tot war. „Ich wünsche mir wirklich, daß ich nicht diejenige sein müßte."

Pepito starrte auf das leblose Wesen. „Was ist mit ihrem Juwel passiert?" wollte er wissen.

Jannie hob unglücklich die Schultern. „Das ist etwas anderes. Ich hoffe, daß Quagger nicht glaubt, daß ich es genommen habe. Als ob ich das schmutzige Ding anfassen würde . . ." Sie brach ab und spähte über die Brandung. „Pepito! Schau! Das ist ein Delphin!"

„Was ist ein Delphin?" Gebannt watete Pepito in die sanften Wellen. „Er will spielen!"

„Pepito!" erklang wieder die Stimme seiner Mutter hinter ihm. „Paß auf!" Aber er schwamm zu dem Tier hinaus, und sie folgte ihm.

Der Delphin strich ganz nah um sie herum. Die großen Augen schienen weise und freundlich zu sein. Seine Nase stieß ihn unter Wasser an, dann seine Mutter. Pepito hörte Jannie aufschreien, als ob die Berührung ihr weh getan hätte, aber dann lachte sie mit dem Delphin. Sie tauchten alle drei gemeinsam unter . . .

Als sie wieder hochkamen, ritt Jannie auf dem Rücken des Delphins. Er brachte sie an Pepitos Seite, und sie half ihm dabei, vor ihr auf ihn zu klettern. Der schlanke Körper fühlte sich warm und stark an. Pepito spürte, wie die schnellen Muskeln sich unter ihm bewegten.

„Halt dich fest, Pepito!" rief seine Mutter. „Er will uns mitnehmen!"

Ihre Arme schlossen sich um ihn, und der Delphin schwamm nun mit ihnen davon. Ihr Ritt war so seltsam wie ein Traum, aber er machte Pepito keine Angst, weil seine Mutter keine Angst hatte.

Als der Delphin plötzlich durch die Luft sprang, sah Pepito ein Juwel auf der Spitze seiner gebogenen Nase. Aus den Facetten des Edelsteins stachen rote und grüne Blitze hervor.

„Mutter!" schrie Pepito in plötzlicher Panik auf. Der Junge war sicher, daß es das Juwel der toten Angie war.

Seine Mutter beruhigte ihn. Pepitos Furcht verschwand, er schrie vor Freude laut auf, als der Delphin wieder in die Höhe sprang und sie sich an seinen Rücken klammerten.

Sie befanden sich mittlerweile auf dem offenen Meer. Und dann hörten sie, wie der Delphin sprach.

Es war keine Sprache, sondern nur ein Quieken und Pfeifen. Neugierig hörte Pepito zu. Seine Mutter drückte ihn gegen den Rücken des Delphins und begann zu antworten. „Ja", sagte sie. Und „Ich verstehe", als ob sie es tatsächlich verstände.

„Mutter?" fragte er, den Tränen nahe. Ihm war kalt.

„Leise, Liebes", sagte sie geistesabwesend und hörte weiter zu.

Pepito weinte lange Zeit stumm, bis er einschlief.

Als Pepito wieder erwachte, war die Sonne untergegangen. Sie befanden sich in der Nähe der Küste. Ihm war kalt, und er hatte furchtbare Angst. „Mutter?" flüsterte er.

Sie antwortete nicht, sondern legte die Arme um ihn und stieg in das seichte Wasser, das ihr bis zur Hüfte reichte. Der Delphin spielte in der Brandung. Er öffnete das Maul, als ob er lächelte, und Pepito erschrak, denn etwas funkelte blau auf. Es war nur ein Lichtblitz, der verschwand, sobald der Delphin den Kopf drehte.

Jannie ging auf den Delphin zu. Sie stand vor ihm und sah ihn an. Sie berührten sich fast. Es ist beinahe so, als ob sie sich küßten, dachte Pepito.

Dann drehte sich der Delphin um und verschwand.

„Mutter", schluchzte Pepito in plötzlichem Schrecken auf, denn er sah, daß in ihrer Stirn ein blaues Juwel aufflammte.

Jannie blickte ihn aufmerksam an. „Ich erinnere mich an dich", sagte sie. Die vertraute Stimme klang sanft und nachdenklich. „Du bist Peter Tregarth. Ich habe dich geboren."

„Mutter!" schrie er wieder auf.

„Hast du Angst?" fragte sie mit kalter, leidenschaftsloser Stimme. „Das ist nicht nötig. Du brauchst nie wieder Angst zu haben. Ich verspreche dir, daß du glücklich sein wirst, denn wir alle werden in der unendlichen Liebe und Anmut des Ewigen glücklich sein. Doch komm jetzt, wir haben viel zu tun."

ALS TREGARTH seinen Platz für die Landung einnahm, runzelte er die Stirn. Seit vier Umlaufbahnen waren die Funkbotschaften von der Bodenkontrolle rätselhaft gewesen. Auf die Nachricht, daß der zweite geostationäre Satellit ebenso erfolgreich wie der erste ausgesetzt worden war, bekamen sie nicht mehr als eine Bestätigung und ein paar meteorologische Daten.

Tregarths Begeisterung war verflogen. Selbst Wernher Ryan zuckte nur die Achseln und machte ein unbeteiligtes Gesicht, als sie sich anschnallten. Trotzdem war es ein erfolgreicher Flug gewesen! Beide Satelliten befanden sich in den berechneten Umlaufbahnen. Sie hatten darüber hinaus eine Menge wichtiger Beobachtungen gemacht – in China beispielsweise hatten sie Lichter entdeckt. Also mußte eine weitere Menschenkolonie auf der Erde überlebt haben. Tregarth wartete ungeduldig auf eine Bestätigung vom Tower am Cape.

Nichts kam.

Sie hätten uns wenigstens eine gute Landung wünschen können, dachte er gereizt, als sie die Rückstoßdüsen zündeten. Dann hatte er eine Weile keine Zeit mehr, an irgend etwas zu denken. Er hatte nicht ganz die Heftigkeit des Wiedereintritts in die Erdatmosphäre erwartet. Ein Beben und Rucken erfaßte ihr Raumschiff, doch dann hatten sie es geschafft. Sie flogen über den Golf von Mexiko, zogen eine Kurve und kamen zu einem perfekten Anflug auf der langen, breiten Landebahn herunter.

Als das Raumflugzeug schließlich stand, mußten sie warten, bis die Wartungsfahrzeuge herbeirollten, um sie herauszulassen.

„Wie war der Flug?" fragte Newt Bluestone, der sie als erster begrüßte.

„Optimal", antwortete Ryan und grinste über das ganze Gesicht. „Sie sollten es eines Tages auch einmal versuchen!"

In der Menge am Kontrollturm erkannte Tregarth Pepito. Tregarth runzelte die Stirn. Obwohl ihm der Junge zuwinkte, stand etwas in seinem Gesicht, das ihn beunruhigte – und wo war Jannie? Denn die Frau neben Pepito war Bluestones Frau Doris, die falsche Graciela.

Als er aus dem Wagen stieg, fragte er: „Wo ist Jannie?"

Newt Bluestone räusperte sich. „Sie ist, äh, mit Quagger im Turm. Sie werden gleich herauskommen."

„Mit Quagger?" Tregarth starrte seinen Freund an. „Was macht sie denn bei Quagger? Newt! Stimmt mit Jannie etwas nicht?"

Bluestone machte ein todunglückliches Gesicht. „Ich, äh – Nein, sieh es dir besser selbst an. Sie kommen jetzt heraus."

Und Tregarth drehte sich um und sah Lord Quagger, der älter und müder als je zuvor aussah, und neben Quagger kam ohne ein Lächeln auf ihrem Gesicht seine Frau Jannie auf ihn zu.

Jannie war nackt. Und auf der Mitte ihrer Stirn leuchtete ihm ein großes blaues Juwel entgegen.

„Ron, lieber Ron", flüsterte Doris Bluestone. Ihre Stimme zitterte vor mitfühlendem Schmerz. „Wir hätten dich warnen sollen. Aber wir wußten nicht, was wir dir sagen sollten!"

Tregarth war niedergekniet, um seinen schluchzenden Sohn zu umarmen, und blinzelte zu ihr auf. „Was . . . Was macht Jannie jetzt?"

„Sie nimmt Wernher Ryans Bericht im Tower entgegen. Ich glaube, für ihn ist das fast ein ebensolcher Schock wie für dich." Hilflos stockte sie. „So kam sie aus dem Meer, Ron. Ich glaube, sie hat Angies Platz eingenommen. Angie ist tot. Und Pepito sagt, daß da ein Delphin war, der ein Juwel hatte, nur daß es schwarz war . . ."

Tregarth antwortete nicht, aber er gab seinem Sohn einen Kuß, bevor er ihn der Obhut von Doris Bluestone überließ. Und dann betrat er den Turm.

„Hallo, Ron", sagte der alte Quagger. Er klang verlegen und sah ihn nicht an.

Tregarth sah Quagger ebenfalls nicht an. Seine gesamte Aufmerksamkeit war auf seine Frau gerichtet – oder auf das Wesen, das einmal seine Frau gewesen war.

„Du bist Astronaut Ron Tregarth", sagte sie. „Du bist der Vater des Jungen Peter Tregarth, der auch als Pepito bekannt ist. Außerdem bist du mein Ehemann gewesen."

„Jannie!" schrie er. „Was ist mit dir los?"

„Nichts!" Ihre Stimme war vollkommen ruhig. „Ich bin ein Element des Ewigen. Mein körperlicher Zustand ist der Aufgabe angemessen, er wird es so lange bleiben, wie die Dienste dieses Elements für die Arbeit des Ewigen benötigt werden." Sie drehte sich um und warf einen Blick auf Lord Quagger, der hastig wegsah. „Diese Arbeit muß vollendet werden. Hauptmann Ryans Bericht über eine Anzahl menschlicher Wesen in China erfordert besondere Aufmerksamkeit, damit sie mit allen anderen errettet werden können."

„Errettet?" Tregarth blinzelte sie verständnislos an. „Aber, Jannie! Was hat man dir angetan?"

Die Frau, die seine Ehefrau gewesen war, sagte geduldig: „Was mit mir geschehen ist, wird auch mit allen anderen geschehen. Jeder von uns wird Freude und Erfüllung in der Umarmung des Ewigen finden. Und die Zeit des Ewigen ist sehr nahe."

Kapitel 26

Die Mannschaft der *Atlantica Countess* fand in Scotia City, was sie in Romanche City gefunden hatte: eine zerstörte Nexokuppel . . . und eine ertrunkene Stadt. Also flohen Graciela und die restliche Mannschaft der *Countess* nach Süden und hofften, einen Hafen zu finden, denn das Essen wurde knapp. Ständig hörten sie das ferne Gemurmel des Funkverkehrs, das sie von den Kontinenten fernhielt, bis sie den öden Außenposten erreichten, den die Karten als Falklandinseln bezeichneten. Hier fanden sie einen alten Militärbunker mit strahlungsgeschützten Lebensmitteln.

Eine Woche später fuhren sie nach Westen und dann wieder nach Süden um das stürmische Kap Hoorn herum und tauchten mehr als fünftausend Kilometer weit nicht auf, während sie sich an das Schelf des antarktischen Erdteils heranschlichen. „Wenn es irgendwo eine sichere Stadt gibt", stellte N'Taka Rose fest, „dann ist es City Gaussberg am Kerguelen-Kamm."

„Und wenn die auch nicht mehr existiert?" wollte Dennis McKen wissen. „Was machen wir dann?"

„Dann sterben wir", sagte Sven Borg ernst. „Oder wir ergeben uns den Landratten. Was nur eine andere Art des Sterbens wäre . . ."

WIE SICH herausstellte, war City Gaussberg so überfüllt wie Atlantica-City damals, als die PanNegraner Zuflucht gesucht hatten. Doch die Gaussberger waren bereit, die Flüchtlinge aufzunehmen. „Kein Problem", sagte Aino Direksen, der Bürgermeister von Gaussberg. „Wir haben einen Platz für Sie! Geschickte U-Boot-Fahrer sind schwer zu finden – wir haben so viele verloren."

Er war ein großer Mann, größer noch als Sven Borg, aber er sah ihm sehr ähnlich, wie Graciela dachte, mit seinen blauen Augen und den blonden Haaren und der hellen Haut . . . wie Borg oder wie Ron Tregarth, der, obwohl er ganz sicher tot war, jede Nacht in Gracielas Träumen weiterlebte.

Es gab mittlerweile wieder einen recht regen Unterwasserhandel, wie Direksen erklärte. Nach Art der frühen amerikanischen Kolonien hatten auch die Unterseeleute ihre Gesandten ausgeschickt, um zu sehen, wer noch lebte und welche Städte zerstört worden waren. Und auch jene anderen Städte hatten ihre Kundschafter ausgesandt.

Doch die Besatzung der *Countess* hatte Schreckensgeschichten zu berichten. Direksen hörte sich alles an: Atlantica-City unter Belagerung, PanNegra, Scotia und Romanche zerstört. „Das haben wir befürchtet", sagte er; seine Stirn runzelte sich besorgt. „Im Atlantik haben wir acht Schiffe verloren."

Direksens Frau war so klein, wie ihr Mann groß war, hatte jedoch die gleiche helle Hautfarbe. „Diese Juwelen", sagte sie. „Was sind sie eigentlich? Wie können sie Menschen ohne Schutzanzüge im Meer leben lassen? Warum tun sie das?"

Aber von der Mannschaft der *Countess* wußte niemand die Antwort darauf. „Wir werden nach Atlantica-City zurückkehren müssen, um das herauszufinden", sagte Graciela.

Ich, die Jannie Storm und Jannie Tregarth war – ich, die Pepito geboren hat –, auch ich lebe jetzt im Ewigen, und ich bin nicht allein.

Jetzt bin ich auch Angie, die endlich von ihrem traurigen, bösen, zänkischen Leben erlöst worden ist. Und ich bin ein großer stumpfsinniger Raubvogel; und ich bin ein kleiner geistloser Fisch aus der Tiefe, und ich bin noch viel mehr. Ich bin auch drei Geschöpfe, die auf einem Planeten mit einem großen roten Stern lebten, und eins von einer Wasserwelt, die zufror, und weiteren Dutzenden von Welten jenseits der Vorstellungskraft, an Orten, die unsagbar weit entfernt liegen.

Wie sie alle bin ich vom Leben zur Ewigkeit errettet worden. Bald werde ich mich ihnen anschließen und bei den Millionen anderen erretteten Elementen sein, und wir werden weiterziehen, um andere zu erretten. Unsere Reise wird nicht enden, ehe die Sterne nicht Staub und Finsternis sein werden, denn wir werden für immer im Ewigen leben.

DAS JAHR DES EWIGEN

Kapitel 27

MONATELANG tat Ron Tregarth das gleiche: Wie Jannie angeordnet hatte, flog er Aufträge jetzt in Flugzeugen, denn alle Raumflüge waren abgesagt worden. Die Arbeiter, die ständig an dem geheimnisvollen Raumschiff arbeiteten, das auf Rampe eins stand, waren Fremde mit Juwelen in den Stirnen. Was sie genau in dem Raumschiff anstellten, wußte niemand.

Dann änderte sich eines Tages alles. Tregarth und Wernher Ryan kehrten von den toten Städten der Pazifikküste in ihrem kleinen Erkundungsflugzeug zurück, in dessen Frachtraum vier schweigende Männer mit Juwelen in den Stirnen saßen.

Tregarth und Ryan sprachen kaum. Als sie über Florida in den Landeanflug gingen, weckte Tregarth Ryan, der auf dem Nebensitz in einen unruhigen leichten Schlaf gefallen war. „Wir gehen runter", sagte er.

Ryan schlug die Augen auf und sah durch sein Fenster auf den Stützpunkt unter ihnen. „Was ist da los? Sieht aus, als würden sie etwas bauen."

„Ich fragte mich schon, was es ist", bestätigte Tregarth. Auf dem alten Raketenbahnhof waren in der Zeit ihrer Abwesenheit rechteckige Gebilde entstanden. „Die sehen wie Baracken aus."

„Vielleicht ziehen wir alle zur Basis um", sagte Ryan. „Landeklappen ein Viertel!"

Tregarth gehorchte der Anweisung. „Kommst du zu einer Feier heute abend?" fragte er. „Sie ist für Pepito. Newt und Doris Bluestone versprachen, einen Kuchen für ihn aufzutreiben, und ich habe ihm ein paar Süßigkeiten mitgebracht, die ich gefunden habe – das wird ihm gefallen."

„Na klar komme ich", sagte Ryan. „Jetzt die Räder raus. Landeklappen auf halb." Er warf Tregarth einen nachdenklichen Blick zu. „Sie lieben ihn, Ron. Sie passen gut auf ihn auf, wenn du weg bist."

„Das weiß ich", sagte Tregarth und spähte zum Land hinüber. „Pepito hat Glück, daß es sie gibt."

Keiner von ihnen erwähnte die Mutter des Jungen. Aber als ihr Flugzeug gelandet war und sie sich im Kontrollbüro meldeten, erwartete sie Jannie Storm am Ende der Landebahn. Ihr Juwel leuchtete an ihrer Stirn, während sie die Entladung eines Transportflugzeugs der Friedensstaffel überwachte. Große Reissäcke wurden abtransportiert.

Pepito kam herbeigerannt und warf sich in die Arme seines Vaters. „Hallo, Pepito", sagte Tregarth und vergrub sein Gesicht im Haar des Jungen. „Warte", sagte er und machte sich los.

„Du hast zwar keinen Geburtstag, aber ich habe dir etwas mitgebracht." Er holte die Bonbondose hervor, die er unter einigen verschimmelten alten Zeitungen in einer verlassenen Fabrikkantine gefunden hatte.

„Ist das Essen? Gib es sofort her!" Hinter ihnen stand ein großer Mann in der verwaschenen Khakiuniform der Friedensflotte. Er riß dem Jungen die Dose aus der Hand und verkündete: „Alle Lebensmittel müssen bei den Rationierungsbüros abgegeben werden!"

Pepito biß sich auf die Lippe. Zum Weinen war er zu groß geworden.

Jannie erteilte den juwelentragenden Männern Anweisungen. Sie sieht schrecklich aus, dachte Tregarth, ungepflegt, beinahe verwahrlost. Zuerst schickte sie die Männer los und wandte sich dann ihrem Mann und seinem Kopiloten zu. „Wernher Ryan", sagte sie mit heiserer Stimme. „Deine Flüge sind storniert. Von jetzt ab werden nur noch Elemente des Ewigen fliegen. Du wirst dich den Elementen anschließen, die im Computercenter arbeiten. Hilf den Elementen bei der Bereitstellung des Startcomputers. Dann wirst du ihnen bei der Ausarbeitung von Umlaufbahnen helfen."

Ryan blinzelte überrascht. „Umlaufbahnen für Raumfahrzeuge? Aber . . ."

Jannie Storm gab ihm keine Antwort. Sie machte eine leichte Handbewegung, und ein Mann mit den Abzeichen eines Leutnants packte Ryan am Arm und führte ihn fort, während sie sich Tregarth zuwandte.

„Hallo, Jannie", sagte er. „Du siehst furchtbar aus."

Sie blinzelte ihn an, als ob sie überrascht sei. „Dieser Korpus nähert sich seinem Ende", erklärte sie mit ausdrucksloser Stimme. „Vielleicht wird er ein weiteres Mal ausgewechselt werden müssen, bevor unser Auftrag vollendet ist, aber es ist sehr bald soweit. Der Sternenstein des Ewigen ist auf dem Weg hierher. Deine Flüge sind gestrichen, und deshalb wirst du der Unterkunftserrichtung für die Neuankömmlinge zugeteilt werden."

„In Ordnung, Jannie", sagte Tregarth resigniert. „Kann unser Sohn mit mir arbeiten?"

Die leeren Augen wandten ihren Blick Pepito zu. „Nein", sagte sie. „Er ist nicht stark genug. Er wird lernen, wie man in der Küche aushilft." Und sie drehte sich um und ging fort.

Tregarth starrte dem Geschöpf hinterher, das einmal seine Frau gewesen war, bis er spürte, wie sein Sohn ihn am Ärmel zupfte. „Komm, Vater", sagte der Junge nervös. „Es ist schon in Ordnung. Jedenfalls werde ich genug zu essen bekommen . . ., und vielleicht kann ich dir manchmal auch etwas beschaffen."

IN DEN nächsten Tagen mußte Tregarth so hart arbeiten wie noch nie in seinem Leben. Bei Sonnenaufgang wurde aufgestanden. Ausgedörrt und halb verhungert durfte man bei Anbruch der Nacht nach Hause gehen . . . und sich dann für die dünne Haferschleimsuppe anstellen.

Als sie eine Baracke mit einem Dach versahen, entdeckte Tregarth, daß der Mann neben ihm Max Hagland war, der früher einmal Wernher Ryans Stellvertreter gewesen war. Hagland grinste Tregarth an. „Manchmal denke ich, daß ich mich bei dir dafür entschuldigen sollte, daß ich dich in diesen Schlamassel hineingezogen habe", sagte er.

Tregarth hatte beinahe vergessen, daß es Hagland gewesen war, der ihn mit Hilfe seiner kleinen Tochter Maria gefangengenommen hatte. „Du wußtest nicht, was uns erwarten würde", sagte er nur.

Über dem Ozean stieg ein großes Transportflugzeug auf. „Siehst du das Flugzeug da? Das ist das dritte, das seit heute morgen gestartet ist. Man sagt, daß sie nach China fliegen!"

Tregarth starrte ihn überrascht an. „China?"

„Ja", behauptete Hagland, „jemand hat gehört, daß Jannie Storm davon gesprochen hat, die Überlebenden zu retten, die du und Hauptmann Ryan dort entdeckt habt."

„Aber das ist unmöglich", sagte Tregarth. „Wir haben eine Menge Lichter gesehen – es hätten gut tausend Menschen sein können. Vielleicht auch mehr. Mit drei Flugzeugen werden sie sie nicht transportieren können. Wer fliegt die Maschinen denn?"

Hagland zuckte die Achseln. „Kenne ich nicht. Allerdings tragen sie alle die Steinsamen in ihren Köpfen . . ."

„Die was?"

„Die Steinsamen. Die Dinger, die wie Rubine und Diamanten aussehen." Hagland sah sich verstohlen um. „Und weißt du was? Wenn die Flugzeuge wiederkommen, haben alle Mannschaften die Steinsamen. Aber es sind nicht dieselben Leute."

Tregarth starrte ihn verwirrt an. „Das verstehe ich nicht."

„Ich auch nicht", schloß Hagland grimmig. Dann mußten sie sich wieder an die Arbeit machen.

ES DAUERTE eine Woche, bis die ersten Baracken für die Umsiedler fertiggestellt worden waren. Tregarth stellte überrascht fest, daß er an der nächsten Baracke mit seinem Mitpiloten Wernher Ryan arbeitete. „Ich dachte, daß du Umlaufbahnen für Jannie berechnest", sagte er, als sie gemeinsam eine Bretterwand emporstemmten.

„Das hat sich erledigt", erklärte Ryan. „Ron, du weißt ja nicht, was Jannie vorhat! Nicht nur in die niedrige Erdumlaufbahn – auch nicht zum Mond oder zum Mars! Nein, dieses Raumschiff soll das Sonnensystem verlassen."

Tregarth blickte ihn fassungslos an. „Wohin wollen die denn, um Gottes willen?"

„Ich weiß es nicht", antwortete Ryan grimmig, „und wenn du mich fragst, dann weiß sie es auch nicht. Sie will bloß jede erdenkliche Geschwindigkeit ausnutzen, um in das All hinauszuschießen."

„Hast du ihr gesagt, daß es nicht klappt?"

„Ich habe ihr gesagt, daß ich es nicht berechnen kann", korrigierte ihn Ryan. „Dann sagte sie, daß es schon in Ordnung sei und daß das Ewige die Berechnungen vornehmen werde, sobald es angekommen sei. Dafür sind auch die ganzen Computerteile, die wir herangeschafft haben, Ron."

NACHEINANDER wurden die Bautrupps zum Essen entlassen. Sein Trupp sollte als letzter essen, was bedeutete, daß Tregarth ein wenig Zeit hatte, um mit Pepito zusammenzusein.

Aufatmend setzten sie sich. Schatten gab es nicht. Die gnadenlose Sonne stand senkrecht über ihnen, während sie aßen. Nachdem sie ihr karges Mahl verzehrt hatten, starrten sie schweigend auf das Meer; Tregarth döste ein wenig, doch er erwachte, als Pepito ihn am Ärmel zupfte. „Papi?" schrie der Junge. „Ist das ein Schiff wie deins?"

Tregarth blinzelte und sprang auf. Vom offenen Meer glitt der helle Rumpf eines Unterseeboots auf sie zu. Er konnte drei Gestalten erkennen, die sich auf dem Wetterdeck bewegten.

Natürlich war es nicht die *Atlantica Queen*. Das wäre auch unmöglich gewesen. „Nein, Pepito, das ist nicht ganz wie meines. Ich glaube, es kommt aus einer anderen Unterwasserstadt. Ich frage mich, was es hier macht."

„Es läuft ein, Papi, siehst du?" rief der Junge aufgeregt. Tatsächlich drehte das U-Boot bei, um in den engen Kanal einzufahren. Die Steuerleute verstanden ihr Handwerk, stellte Tregarth fest; und dann konnte er die Gestalten auf dem Wetterdeck besser erkennen. Zwei Frauen. Ein Mann.

Alle kleingewachsen, und jeder trug auf der Stirn ein leuchtendes Juwel, zwei safrangelb, das dritte in Scharlachrot.

IN DIESER Nacht bezogen die ersten Bewohner die neuen Baracken. Im Unterseeboot aus den aufgegebenen atlantischen Städten waren mehr als hundert Menschen eingepfercht, und achtzig weitere trafen auf einem Frachter aus Galveston am nächsten Tag ein. Im Laufe der Woche kamen weitere sechs Fahrzeuge an, ein Lastwagenkonvoi aus Quaggerheim und fünf riesige Transportmaschinen der Friedensstaffel, die die verstreuten Siedlungen in Europa und Lateinamerika durchkämmt hatten. Die Bevölkerungszahl des Lagers verdreifachte sich.

Und die meisten Neuankömmlinge trugen die hellen Steinsamen des Ewigen.

Bald wurden die Lebensmittel knapp. „Bei dieser Menschenmenge", sagte Tregarth zu Wernher Ryan, als sie sich zur Essensausgabe anstellten, „werden wir selbst bei Rationierung innerhalb eines Monats mit den Lebensmitteln am Ende sein."

„Jannie Storm weiß das", antwortete Ryan düster. „Sie sagt, wir müssen in drei Wochen zum Start bereit sein."

„Aber es können unmöglich alle Leute an Bord gehen. Was soll denn aus dem Rest werden?"

Ryan zuckte die Achseln. „Das hat sie nicht gesagt. Ron, weißt du nicht, daß sie alles bis auf die Lebensmitteltransporte und die Menschenverfrachtungen eingestellt haben? Alles! Sie haben die Kommunikationssysteme zerstört. Sie überwachen nicht einmal mehr die eingehenden Sendungen. Und heute morgen sind wieder zwei Flugzeuge angekommen. Alle Menschen an Bord waren Chinesen."

Tregarth blinzelte. „Du meinst, alle bis auf das Flugpersonal."

„Alle ohne Ausnahme!" beharrte Ryan. „Piloten und Passagiere, alle trugen Steinsamenjuwelen. Und wie sollen wir sie alle ernähren? Sie haben ihre Farmen im Stich gelassen, Ron! Keiner kümmert sich um die Ernte."

Kapitel 28

ALS SICH die *Gaussberg drei* hundert Kilometer vor Atlantica-City befand, gingen sie auf zweitausend Meter hinunter. Die *Gaussberg* war das erste U-Boot aus den noch unbesetzten Städten, das sich so weit in den Atlantik wagte. Sie hatte zwei Aufträge zu erfüllen. Zunächst sollte festgestellt werden, was aus den verlorenen Städten noch geborgen werden konnte. Zum anderen sollte überprüft werden, was sich auf dem Land tat. Über die Prioritäten brach in der Besatzung ein offener Streit aus, der selbst Graciela und Dennis erfaßte.

„Wir sollten keine Zeit auf diese abgesoffenen Städte verschwenden", bemerkte Dennis gereizt. „In Florida tut sich am meisten."

Graciela sah ihn nachdenklich an. „Dennis, nehmen wir einmal an, daß in Florida wieder alles wie gewohnt läuft. Würdest du zurückgehen?"

Er sah sie erstaunt an. „Aber sicher. Dort auf dem Land sollten die Menschen leben."

„Wir wollten unsere Freiheit", meinte Graciela.

Er runzelte die Stirn. „Nein", sagte er entschlossen. „Das Land ist für die Menschen gemacht, nicht die See. PanMack ist jetzt aus dem Rennen, wir müssen uns lediglich mit den mysteriösen Heeren des Ewigen auseinandersetzen. Warum sollte man überhaupt nach Atlantica-City zurückkehren?"

Sie seufzte. „Es ist meine Heimat."

„Das ist dumm", belehrte er sie. „Und gefährlich!"

„Dennis", sagte sie geduldig, „deine Mutter lebt in Atlantica-City."

Plötzlich wurde sein Gesicht weiß vor Zorn. „Glaubst du, ich weiß das nicht?" zischte er. „Wir müssen unsere Entscheidungen treffen, ohne auf Gefühle zu achten."

CITY GAUSSBERG war zu den Flüchtlingen mehr als gastfreundlich gewesen, und die Flüchtlinge hatten für die Stadt getan, was in ihren Kräften stand. Auch Dennis McKen und seine Frau Graciela hatten mitgearbeitet, hatten Schichten in den Unterwasserfarmen übernommen. Sie unterschieden sich in nichts von den anderen Bürgern von Gaussberg . . ., bis schließlich der Stadtrat einer Expedition in den Atlantischen Ozean zustimmte.

Die Entscheidung hatte nicht von vornherein festgestanden. Der gesamte Rat zögerte, derart gefährliche Gewässer zu befahren. Als Dennis McKen sich für einen Spähtrupp nach Cape Canaveral aussprach, wurde ihm das Wort entzogen. Als Graciela darauf drängte, Atlantica-City aufzusuchen, schüttelte der Bürgermeister den Kopf. „Wir wissen, was mit Atlantica-City passiert ist", meinte er. „Sie sind fort, Graciela. Wir betrauern ihren Verlust ebensosehr wie Sie, aber wir können nichts mehr tun."

„Aber Bürgermeister! Wir wissen doch gar nicht, ob Atlantica tatsächlich verloren ist!

„Das Unglück mit Sicara hat sich vor Jahren ereignet. Sämtliche übernommenen Städte gingen während des ersten Jahres verloren, nicht wahr?"

„Ja, aber das heißt doch nicht . . ."

„Es heißt", sagte der Bürgermeister, „daß wir nicht unmittelbar bedroht sind. Warum sollten wir uns jetzt aggressiv verhalten und uns Ärger einhandeln?"

Als jedoch über die Expedition abgestimmt wurde, unterlag der Bürgermeister. „Nun gut", sagte er finster, „ich werde mich dem Willen der Mehrheit beugen . . ., aber ich kann nicht so tun, als ob ich denken würde, daß es eine weise Entscheidung ist!"

Als schließlich ein Unterseeboot bereitgestellt und eine Mannschaft gefunden worden war, baten sämtliche Flüchtlinge von der *Atlantica Countess* darum, sich anschließen zu dürfen. Doch nur Graciela und Dennis wurde es gestattet. „Sie sind lediglich Berater", informierte der Bürgermeister sie, als sie sich anschickten, an Bord zu gehen. „Sie werden sämtlichen Anordnungen folgen und sie nicht geben." Dann wandte er sich an Dominic Paglieri, den Kapitän des Schiffes. „Gehen Sie keine vermeidbaren Risiken ein! Führen Sie Ihren Auftrag durch! Stellen Sie fest, was Sie herausfinden können – und kehren Sie zurück! Ganz gleich, was geschieht, verlieren Sie das Schiff nicht!"

ALS ATLANTICA-CITY auf den Sonarschirmen auftauchte, zog die *Gaussberg drei* vorsichtig Kreise, während die Mannschaft auf Radar beobachtete, ob Bewegungen festzustellen waren . . .

Doch niemand entdeckte etwas. Atlantica-City war nur noch eine geisterhafte Nexokuppel auf dem Meeresgrund; und von den Menschen, die hier einmal gelebt hatten, gab es keine Spur.

Kapitel 29

DREI Wochen, hatte Jannie Storm gesagt, drei Wochen, bis es Zeit wäre, das geheimnisvolle Raumschiff zu starten. Sie trieb die Techniker an der Rakete an und drängte die Mannschaften, die die Flüssigtreibstoffanlagen fertigstellten, zur Eile. Tregarth und ihr Sohn bekamen sie kaum zu sehen, aber irgendwie brachte sie stets Zeit für Simon McKen Quagger auf.

Denn der einstige Herr von Quaggerheim lag im Sterben. Ein paarmal am Tag sah Jannie bei ihm vorbei, denn der Teil Angies, der in Jannie Storm überlebt hatte, brachte dem alten Ungeheuer immer noch eine gewisse Liebe entgegen. Das Ende rückte jeden Tag näher.

Quagger wurde von Pflegern mit dem Sternenstein bestens versorgt. Doch Lord Simon McKen Quagger hatte Angst. Im Schlaf warf er sich umher und murmelte Worte vor sich hin. Wenn er erwachte, schnappte er nach Luft und erzitterte unter der behutsamen Berührung seiner Pfleger.

Als Ron Tregarth einen Tag keine Arbeiten erledigen mußte,

sah er aus reiner Neugier bei Quagger vorbei. Max Hagland stand an der Tür Wache. „Du kannst nicht hinein", sagte er leise. „Befehl von Jannie Storm."

„Ich kann ihn von hier aus sehen", erwiderte Tregarth. „Er sieht aus, als ob er sich zu Tode ängstigt."

„Ich glaube, er schläft", flüsterte Hagland. „Aber du hast recht. Es liegt an Jannie Storm. Jedesmal, wenn sie in seine Nähe kommt, fängt er zu zittern an – ich weiß nicht, wieso. Sie sagt ihm immer wieder, daß sie ihn erretten werde. Was auch immer das heißen mag . . ."

„Was auch immer das alles heißen mag", murmelte Tregarth und ging wieder in seine Hütte zurück.

In der zweiten Woche kamen vier riesige Schwimmkräne an. Sie trafen in der Morgendämmerung ein, große Boote, aus denen das Stahlgeflecht der Kräne wie Giraffenhälse aus einem Eisenbahnwaggon aufragte. Pepito entdeckte sie als erster und schrie aufgeregt nach seinem Vater. Doch Tregarth sollte sie bald aus nächster Nähe sehen. Er und ein Dutzend anderer mußten die Kräne auf Rost und Materialermüdung untersuchen. „Es ist unbedingt notwendig", beharrte die Frau, die einmal Jannie Storm gewesen war, „daß diese Maschinen perfekt funktionieren. Die Sicherheit des Ewigen hängt davon ab!"

„Wie wär's mit etwas mehr Essen?" rief Wernher Ryan.

Die Frau mit den dunklen Augen starrte ihn einen Augenblick an. „Ist weiteres Essen wichtig für dich?" fragte die Frau, als ob sie daran zweifelte. „Requiriere, was du für nötig hältst, falls es nötig ist, damit die Arbeit gut getan wird."

„Aber was ist mit dem Rest von uns?" warf Tregarth ein. „Sie haben Hunger! Auch dein Sohn, Jannie!"

Ihr Gesichtsausdruck veränderte sich nicht. „Das ist nicht wichtig", sagte sie gelassen zu ihm. „Der Sternenstein des Ewigen ist auf dem Weg hierher! Wir werden pünktlich starten. Doch keine weiteren Diskussionen! Begebt euch sofort an eure Arbeit!"

Mehr sagte sie nicht. Die meisten anderen, die mit einem Juwel in der Stirn ausgestattet waren, sprachen überhaupt nicht. Falls die „Elemente" des Ewigen körperliche Bedürfnisse hatten, taten sie es jedenfalls nicht kund. Nachts marschierten sie in die unerträglich heißen Baracken. Kein Licht drang heraus, keine Musik erklang, kein Gelächter, und am anderen Morgen marschierten sie schweigend wieder zur Arbeit.

Die Flüchtlinge, die per Schiff und Lastwagen und Flugzeug zu ihnen stießen, verhielten sich völlig anders. Sie wollten sprechen – wortreich und leidenschaftlich; aber einige drückten sich in Sprachen aus, die Tregarth noch nie gehört hatte, und selbst diejenigen, mit denen er sich verständigen konnte, wußten nicht mehr als er. Die Achtzehn Städte? O ja, einige stammten aus den Achtzehn Städten – aber es waren keine achtzehn mehr. Viele der stolzen Unterwasserkuppeln waren von den „Elementen" des Ewigen übernommen worden.

Traurig hörte Ron Tregarth schließlich auf, den Neuankömmlingen Fragen zu stellen. Nach sechzehn Stunden harter Arbeit an den Kränen hatte er kaum noch die Kraft, in seine Hütte zurückzukehren und in sein Bett zu kriechen, ohne seinen schlafenden Sohn zu wecken. Eines Nachts hielt er jedoch an der Tür inne, als er ein gedämpftes Schluchzen hörte. Es war die Stimme einer Frau. Jannie? War es möglich, daß Jannie sich einer menschlichen Regung hingab?

Aber es war nicht Jannie, sondern Maria Hagland, das Mädchen, das sie damals in die Falle gelockt hatte. „Oh, es tut mir leid, *Señor*", sagte sie und versuchte die Tränen zurückzuhalten. „Ich – ich kam hierher, um bei Pepito zu sein, denn . . ." Sie hielt inne und biß sich auf die Lippe.

Tregarth spürte eine plötzliche Aufwallung von Panik. Er schrie: „Sprich! Was ist los? Ist Pepito etwas geschehen?"

„O nein, *Señor!* Ganz und gar nicht. Ich wollte einfach nur nicht allein sein, denn mein Vater – mein Vater –, mein Vater ist weg, *Señor!* Die Hexe, Ihre Frau, hat seine Seele gestohlen!"

„Jannie hat was?" sagte Tregarth wie betäubt, und dann kam schließlich die ganze Geschichte zutage. Der alte Lord Quagger war schließlich gestorben, und Maria Hagland hatte ihrem Vater, der vor dem Sterbezimmer Wache gestanden hatte, das Essen gebracht.

„Und dann nahm sie Quagger in die Arme", flüsterte Maria gebrochen, „und ein Mann mit einem Juwel kam und beugte sich herunter, als ob er Quagger küssen wollte! Und dann war das Juwel des Bösen fort, und der Alte fiel tot um, und das Juwel war in Lord Quaggers Kopf. Und dann – ließ die Hexe meinen Vater hereinkommen und ihn berühren! Da war Lord Quagger tot, und das Juwel steckte in meinem Vater, und als er mit mir sprach, war er nicht mehr mein Vater!"

EINE Woche schwerer Arbeit war nötig, bis die Kräne funktionstüchtig waren. Wieder weckte Pepito seinen Vater. Langsam und unter Schmerzen erwachte Tregarth und fragte sich, warum sein Sohn so aufgeregt war. Als er zum Meer hinausspähte, wußte er die Antwort. Über dem mondlosen Himmel erstreckte sich das Band der Milchstraße. Doch weitaus hellere Lichter rissen den Himmel auf, als Leuchtkugeln explodierten. Ein blasser Rauchschweif folgte ihnen, während sie in der Finsternis erstarben.

Als Tregarth eine rote Leuchtkugel vom Lager aufsteigen sah, begriff er, daß Zeichen ausgetauscht wurden. Es dauerte dann nur noch einen Augenblick, bevor das heisere Plärren der Alarmsirene alle aufweckte und Jannies Stimme über die Lautsprecher erschallte: „Der Sternenstein des Ewigen ist da! Alle Kranmannschaften haben sich sofort einzufinden!"

Glücklicherweise war das Wasser ruhig, als sie mit den schwankenden Kränen auf die See hinausfuhren. Sie benötigten eine Stunde, um an die Stelle zu gelangen, wo vier Unterseeboote im Wasser lagen. Auf Kommando setzten alle vier Kräne ihre Winden in Gang, um einen großen, schweren Gegenstand an die Oberfläche zu ziehen. Als der Gegenstand auftauchte, seufzte Tregarth überrascht auf. Gleichzeitig durchstießen vier oder fünf Riesenkraken die Oberfläche und wimmelten um ein Nest aus Stahltrossen herum, in dem ein großes facettenreiches, leuchtendes Juwel lag.

„Der Sternenstein", flüsterte der juweltragende Kranführer neben ihm ehrfürchtig.

Langsam und vorsichtig senkten die Kranführer das funkelnde Juwel auf einen wartenden Lastkahn. Dann rief jemand: „Kommt an Deck und löst die Kabel! Und beeilt euch, da draußen ist ein U-Boot, von dem wir nicht wissen, wem es gehört!"

Tregarth hatte keine Zeit, sich über das unerwartete U-Boot Gedanken zu machen. Er wurde benötigt. Wie sich öffnende

Blütenblätter war das Nest aus Stahlkabeln auseinandergefallen. Die Kraken, die bei den Stahlseilen geholfen hatten, waren alle bis auf einen davongeschwommen. Zermalmt lag er neben dem Sternenstein, aber er lebte noch. Tregarth sah, daß ein Tentakel noch spastisch zuckte, und das große Auge schien ihn direkt anzustarren.

Bevor Tregarth die Haken gelöst hatte, bluteten seine Hände schon; aber er machte weiter. Langsam setzte sich der Lastkahn in Bewegung. Erst als der Sternenstein gesichert war, nahm Ron Tregarth sich die Zeit, sich den sterbenden Kraken anzusehen.

Er bemerkte den Tentakel nicht, der sich von hinten um ihn wickelte, bis er spürte, wie er gnadenlos zu dem Auge des Kraken hingezogen wurde. In wütender Angst schrie er auf und wehrte sich; aber der Krake war stärker als er.

Armer Pepito, dachte er . . .

Doch dann löste sich plötzlich der Tentakel. Als Tregarth davontaumelte, sah er, wie der Tentakel erneut vorpeitschte, Wernher Ryan umfaßte und ihn unerbittlich an sich zog. Dieses Mal löste sich der Griff nicht. Ryans Stirn berührte das Juwel.

Sofort erstarb sein Widerstand. Der Tentakel des Kraken entspannte sich, und Wernher Ryan stand auf, sah sich einen Moment lang um und ging dann rasch davon, während das Juwel in seiner Stirn schimmerte.

Der Krake hat mich verschont, dachte Tregarth in einer Mischung aus Übelkeit und Furcht. Aber warum?

Und als der Krake ein letztesmal zuckte, bevor er starb, sah Tregarth die zackige Narbe an der Stelle, an der früher Graciela Navarros Sprechbox befestigt gewesen war. Plötzlich wußte er, warum der Krake ihn wieder losgelassen hatte. Danke, Nessus, sagte er stumm und wandte den Blick der Küste zu, die langsam näher kam.

Kapitel 30

ZWEI Kilometer von der Küste entfernt, beobachtete Graciela Navarro McKen besorgt, wie Leuchtkugeln in den Himmel geschossen wurden. Die *Gaussberg drei* bewegte sich sehr langsam durch die unruhige See, irgendwo vor Florida. Hinter ihnen nahm der Himmel allmählich eine rosige Färbung an. Kapitän Dominic Paglieri blickte durch das Nachtfernglas, und Dennis McKen wartete nervös darauf, daß der Kapitän etwas sagte. „Was ist los?" wollte McKen wissen. „Was machen sie da?"

Der Kapitän zuckte die Achseln. „Sehen Sie selbst", sagte er.

„Sie müssen näher heran!" schrie McKen, als er das Fernglas wieder absetzte. „Wir müssen wissen, was sie da machen!"

Betont ruhig entgegnete der Kapitän: „Sie haben meine Anordnungen gehört. Ich setze mein Schiff nicht aufs Spiel."

Graciela nahm das Glas. Was sie erkennen konnte, waren wohl Kräne, die irgendeinen funkelnden Gegenstand aus der See bargen.

Der Kapitän deutete plötzlich auf den Sonarschirm. „Vier U-Boote sind in der Nähe!" rief er. „Wir verschwinden am besten von hier."

„Das können Sie nicht machen!" brüllte McKen. „Wenn Sie schon nicht näher heranwollen, lassen Sie mich dann wenigstens mit einem Boot hinüberfahren!"

„Ja, Kapitän Paglieri", warf Graciela ein. „Dennis hat recht. Wir sind schon so weit gekommen, wir sollten wenigstens jemanden losschicken."

„Ich werde ein Schlauchboot nehmen und Kontakt aufnehmen", meinte McKen. „Schließlich sind die Landbewohner zivilisierte Menschen. In vierundzwanzig Stunden bin ich wieder zurück."

„Aber Sie gehen nicht allein", sagte der Kapitän bestimmt, und natürlich kam als Begleiterin nur Graciela in Frage. Unverzüglich ließen sie ein Boot zu Wasser, doch als sie den Strand erreichten, wurden sie sofort von schweigenden, furchteinflößenden Männern und Frauen umstellt, die auf ihrer Stirn Juwelen trugen.

Bis zum Nachmittag waren beide mehrmals verhört worden. Die Fragen, die eine sonderbare Frau mit einem Juwel in der Stirn stellte, hatten sie völlig verblüfft. Natürlich hatte die Frau sich nach Gaussberg-City und den anderen freien Städten des Pazifiks erkundigt – aber sie fragte nicht nach Waffen oder Verteidigungsanlagen, sondern vor allem nach den Menschen, die dort lebten. Gab es in Gaussberg-City Dichter? Gab es Mathematiker, Historiker, Gelehrte? Wie viele?

Plötzlich brach Dennis mitten im Verhör ab und blickte erstaunt an der sonderbaren Frau vorbei. „Sehr erfreut, Sie zu sehen, Hauptmann Ryan! Ich erinnere mich an Sie – Sie gehörten zu denen, die zum Astronauten ausgebildet wurden."

Der Mann trug ebenfalls ein Juwel in der Stirn, und als er antwortete, klang seine Stimme genauso leidenschaftslos und hohl wie die der Frau. Die Frau machte eine Handbewegung, und der Astronaut führte Dennis McKen fort. Während er weggebracht wurde, konnte er Graciela noch etwas zurufen: „Mach dir keine Sorgen – das ist Hauptmann Wernher Ryan! Solange Leute wie er hier das Sagen haben, braucht man sich keine Sorgen zu machen!"

Graciela aber machte sich große Sorgen. Erstaunt hörte sie, wie die Frau sich an sie wandte. „Du mußt dein Unterseeboot herbeirufen, damit seine Mannschaft errettet werden kann."

„Aber das ist unmöglich", erwiderte Graciela.

„Dir wird eine Möglichkeit einfallen. Es ist der Wille des Ewigen, daß alle errettet werden."

GRACIELA konnte allerdings nicht zu ihrem Boot zurück und fliehen, denn dort waren Wachen aufgestellt. Mutlos schlenderte sie zu ein paar Leuten hinüber, die an der großen Rakete arbeiteten, die sich geheimnisvoll auf ihrer Startrampe erhob. Einige Arbeiter hoben das große Glitzerding, das sie schon auf See entdeckt hatte, zur Spitze der Rakete empor.

Graciela erschauerte und wandte sich ab. In ihrer Nähe

mühten sich Männer in weißen Anzügen und Helmen mit großen Schläuchen ab. Diese Schläuche führten von Tanklastwagen zur Rakete.

„Graciela!" rief plötzlich eine Stimme, die ihr den Atem stocken ließ.

Sie drehte sich um und erstarrte. Eine weißgekleidete Gestalt taumelte auf sie zu. Mit den dicken Handschuhfingern zerrte sie an ihrem Helm, und als sie ihn absetzte, glaubte sie für Momente zu träumen.

„O Ron", flüsterte sie ungläubig. „Du – lebst!"

„Und du", sagte er mit aufrichtiger Freude. „Wo bist du gewesen, Graciela? Erzähle mir! Wie hast du überlebt?"

„Ich bin in Gaussberg gewesen. Heute morgen bin ich mit einem U-Boot angekommen. Und du? Du arbeitest hier? Seit wann bist du Raketentechniker?"

„Ich tue das, was sie mir befehlen. Du wärest überrascht, wenn du wüßtest, was ich alles schon gewesen bin", sagte er und hielt inne. Dann breitete er schweigend seine Arme aus und küßte sie.

ALS GRACIELA sich in dieser Nacht in ihrer Baracke neben Dennis McKen schlafen legte, hatte sich ihre Welt völlig verändert. Ron Tregarth war am Leben! Er hatte sogar einen Sohn namens Pepito! Natürlich war ihr der plötzliche Schmerz in Tregarths Augen nicht entgangen, als sie ihm von Dennis berichtet hatte. Aber was erwartete der Mann? Schließlich hatte Pepito doch sicherlich eine Mutter!

Am nächsten Morgen stand sie früh auf und ließ Dennis McKen weiterschlafen. Als er schließlich aus dem Bett taumelte und sich an der Essensausgabe anstellte, bemerkte er kaum, daß sie mit Ron Tregarth sprach. „Sie bauen ein Sternenschiff", sagte er zu Graciela und Tregarth voller Aufregung. „Sie werden eine besondere Art von Computertechnik verwenden, sobald sie den Countdown einleiten. Es stimmt allerdings", wandte er ein, als er bemerkte, wie Tregarths Miene sich verdüsterte, „daß Hauptmann Ryan sich ein wenig verändert hat . . ."

„Ich weiß, was Sie meinen", erwiderte Ron Tregarth. „Aber was sagten Sie gerade über das Computersystem? Ich habe beim Einfliegen der Teile geholfen, aber ich kann nicht glauben, daß es vollautomatisiert sein wird. Wäre es nicht besser, wenn sich ein Pilot darum kümmert?"

„Nein", sagte McKen rechthaberisch. „Sie sehen die Sache immer noch wie ein Schwimmhäutler, nicht wahr? Aber diese Basis gehörte früher zur alten Friedensstaffel, Tregarth. Wir machten alles richtig!"

Graciela wandte sich ab. „Nicht immer", seufzte sie.

Irgendwie überstand Graciela den langen Tag. Als sie Dennis daran erinnerte, daß sie es versäumt hatten, das Unterseeboot zur abgesprochenen Zeit zu treffen, zuckte er nur die Achseln. „Der alte Paglieri wird schon warten", sagte er. „Ich muß erst herausfinden, worum es bei diesem Sternenschiff geht. Und diese komische Sache mit den Juwelen in den Köpfen dieser Leute . . . Ich muß wissen, wie die Sache funktioniert. Vielleicht können wir auch so einen Stein verwenden!"

„Ich bin sicher, daß sie froh wären, dir auch so ein Ding verpassen zu können", erwiderte Graciela.

In der Nacht wurde sie von Hauptmann Ryan aus dem Bett gezerrt und zur Hauptquartiershütte gebracht. Ryan bemerkte lediglich mit seiner distanzierten Stimme, daß Jannie Storm ihre Anwesenheit verlangte. Als sie in dem Hauptquartier ankam, sah sie überrascht, daß Ron Tregarth besorgt und zornig neben der Frau stand, die einmal seine Ehefrau gewesen war.

„Kapitän Ron Tregarth, der mein Mann war", sagte Jannie sogleich, „sagt mir, daß er keinen Weg weiß, den wilden Menschen in den Unterwasserstädten eine Nachricht zu senden. Ich kann nicht glauben, daß es sich so verhält."

„Ich habe dir gesagt, Jannie", erwiderte Tregarth mit rauher Stimme, „daß sämtliche Kommunikationseinrichtungen zerstört wurden, als der Komet einschlug."

„Ja, aber seither ist viel Zeit verstrichen. Ich halte es für wenig wahrscheinlich, daß die Unterwasserleute es bisher versäumt haben, unsere Funksendungen zu überwachen."

„Nun", erklärte Graciela zögernd, „ich nehme an, daß sie die Funksignale überwachen."

„Also können sie eine Nachricht empfangen, wenn Tregarth sie ruft."

„Aber das werde ich nicht tun", sagte Tregarth gepreßt.

Seine Frau sah ihn nachdenklich an, wandte sich dann jedoch Graciela zu. „Wirst du es tun?“ fragte sie. „Wirst du den Menschen in den Unterwasserstädten sagen, daß sie gerettet werden können? Es ist nicht mehr viel Zeit – weniger als sechsunddreißig Stunden, bevor der Sternenstein des Ewigen gestartet werden muß – aber wir haben Transportflugzeuge, die jeden Ort der Welt innerhalb von sechs Stunden erreichen können. Falls deine Leute an die Oberfläche des Ozeans kämen . . .“

„Dort gibt es keinen Ort, wo man landen könnte!“ brüllte Tregarth.

„Eine Landung wäre nicht notwendig“, sagte Jannie Storm gelassen. „Wir verfügen über andere Methoden. Vögel könnten mit Steinsamen hinunterfliegen. Hauptmann Ryan hat alle Einzelheiten ausgearbeitet.“

„Nein!“ schrie Tregarth. „Wir dürfen es nicht tun, Graciela! Sie werden alle sterben!“

„Sie werden vor dem Leben errettet werden“, korrigierte ihn Jannie Storm sanft.

„Ich werde es nicht tun“, sagte Graciela mit bewußt ruhiger Stimme.

„Ich verstehe“, sagte Jannie Storm. Sie sah Graciela mit dem gleichen nachdenklichen Blick an, mit dem sie zuvor Ron Tregarth gemustert hatte. „Es gibt eine Möglichkeit“, sagte sie gedankenvoll. „Dieser Körper nähert sich dem Ende seiner Nützlichkeit. Ich könnte in deinen Körper hinübergehen.“

„Um Gottes willen, Jannie!“ schrie Tregarth verzweifelt auf. „Bitte! Laß uns in Ruhe! Wenn du in diese verdammte Rakete steigen und verschwinden willst, dann tu es – aber ich flehe dich an, mach uns nicht zu einem solchen Wesen!“

„Aber, Ron Tregarth“, entgegnete Jannie, „wie könnt ihr euren Mitmenschen eine so große Belohnung versagen?“

„Das kann ich“, fauchte er. Er sprang vor und packte sie am Hals. „Und wenn es sein muß, werde ich dich töten, um es zu verhindern!“

Jannie Storm wehrte sich nicht. Sie sah nur ohne Angst zu ihm auf. Sie öffnete ihren Mund, um etwas zu sagen . . .

Ein unheimlicher, dröhnender Ton drang plötzlich zu ihnen herüber. „Der Suchradaralarm!“ schrie Tregarth. Er ließ Jannie

Storm los, rannte zur Tür ihrer Hütte, und Jannie und Graciela folgten ihm.

Draußen war es dunkle Nacht, tausend Sterne leuchteten am Himmel, und überall stolperten Leute aus ihren Hütten. „Du hast recht, Ron Tregarth", sagte Jannie Storm gefühllos. „Es ist der Suchradaralarm. Wir scheinen angegriffen zu werden."

„Aber niemand hat seit Jahren darauf geachtet." Tregarth starrte in den Himmel. „Es wundert mich, daß er noch funktioniert."

„Was hat den Alarm ausgelöst?" fragte Graciela.

„Das werden wir herausfinden!" schrie Tregarth.

Über dem Meer glitten plötzlich sechs helle Feuerstrahlen auf die Siedlung zu.

„Das sind Raketen!" schrie Tregarth. „Es müssen Raumflugzeuge sein – aber woher könnten sie kommen?"

Helle Funken blitzten auf und schossen auf die Kolonie zu. Sie rasten weit schneller als die Schiffe selbst heran, und wo sie einschlugen, erblühten Feuerbälle.

„Beschützt den Sternenstein!" rief Jannie Storm voller Panik.

„Pepito!" Ron Tregarth lief zu seiner Hütte, Graciela dicht hinter ihm. Der Junge stand schon in der Tür und starrte benommen zu den Lichtern empor, als Tregarth ihn in die Arme nahm. „Runter!" schrie er und zerrte Pepito und Graciela zu Boden. Explosionen erschütterten den Boden, und einige Baracken flogen in die Luft.

Dann hatten die Weltraumflugzeuge ihre Arbeit getan. Sie gingen am Strand nieder, wo sie außer Sicht auf dem Sand landeten.

Hinter ihnen kam ein größerer Raumtransporter heran, der genau auf das Landefeld der Kolonie zuhielt. Er landete, und bevor er noch ganz zum Stehen kam, flogen auch schon die Luken auf. Bewaffnete Männer sprangen heraus.

„Wir werden angegriffen!" schrie Tregarth, als die Invasoren das Feuer eröffneten. Und sogar durch das ohrenbetäubende Getümmel konnten sie den fernen Aufschrei von Jannie Storm hören: „Der Sternenstein des Ewigen! Bewahrt um jeden Preis den Sternenstein!"

Kapitel 31

DAS KOMMANDOFAHRZEUG von Marcus McKen kam gut dreißig Minuten nach den Truppentransportern an. Der General saß beim Landeanflug angeschnallt zwischen den beiden Piloten. Alle drei spähten in die Ferne und versuchten das große startbereite Raumschiff auszumachen, das ihnen die Position des Stützpunkts verraten würde.

Ein Aufschrei des Kopiloten dröhnte in McKens Ohr: „Da ist es!"

Der General brüllte auf, als sie Brände und Rauch entdeckten. „Wir haben sie überrascht!" Seine Soldaten hatten offenbar ihre Stellungen eingenommen und rückten langsam vor. Seine Ausgelassenheit wurde abrupt unterbrochen, als das Kommandoschiff am Lager vorbeiglitt und das Meer in Sicht kam. „Ich kann nichts sehen!" schrie er und trommelte auf dem Helm des Piloten herum. „Beeilen Sie sich, verdammt noch mal!"

Der Pilot fluchte und fuhr in allerletzter Minute die Landeklappen aus. Es war wie eine Vollbremsung; alle drei wurden gegen ihre Gurte geschleudert. Aber sie landeten unversehrt.

Sobald das Kommandoschiff anhielt, schwärmte die Leibgarde aus und bildete um den ihr folgenden General Marcus McKen einen schützenden Kordon. Sein erster Schritt auf den Boden seines Stützpunktes konnte kaum als anmutig bezeichnet werden. Er stolperte, denn er hatte vergessen, wie die Erdschwerkraft wirkte.

Vor ihnen waren die Schüsse zu vernehmen, die die Invasoren abgaben. Niemand erwiderte sie. Die meisten Lagerbewohner lagen flach am Boden und versuchten sich aus der Schußlinie zu halten.

Doch plötzlich erhob sich eine hochgewachsene Frau und hob die Arme über den Kopf – weniger eine Geste der Unterwerfung als vielmehr die rituelle Segnung einer Priesterin. „Beschädigt den Sternenstein des Ewigen nicht!" rief sie. „Ihr könnt das Feuer einstellen. Wir werden keinen Widerstand leisten."

Und als McKen genauer hinsah, erkannte er, daß in ihrer Stirn ein leuchtendes Juwel stak.

Eine Stunde später war der Sieg errungen. – Für General Marcus McKen war das Erstaunliche der Umstand, daß hier Dinge vor sich gingen, die er nicht verstand. Alle Bewohner des Lagers waren zusammengetrieben worden; sie standen jetzt unter der Bewachung seiner besten Kämpfer. Aber es waren so viele! Und warum hatten sie sich so fügsam ergeben? Worum handelte es sich bei den leuchtenden Juwelen, die viele in den Stirnen trugen? Wer war Jannie Storm, die Frau, die diesen Ort zu befehligen schien? Und wo war sein verabscheuenswerter Vetter Simon McKen Quagger?

Oberst Schroeder humpelte auf den General zu und berichtete triumphierend: „Die Angriffszone ist gesichert, Sir. Möchten Sie die Gefangenen inspizieren?"

„Sind sie entwaffnet worden?" wollte General McKen wissen.

Der Oberst machte ein ratloses Gesicht. „Sie hatten keine Waffen, Sir", berichtete er. „Schlechte Disziplin!" Er zuckte in verachtungsvoller Mißbilligung die Achseln und brüllte dann einen Befehl. Zwei Gefangene schoben einen Elektrowagen heran. „Den haben wir gefunden. Vielleicht möchte der General darin fahren. Fürs erste wenigstens."

„Fürs erste", sagte General McKen grimmig, „bringen Sie mich zu meinem abscheulichen Vetter Simon Quagger. Ich habe mit ihm noch ein Hühnchen zu rupfen!"

Aber das erwies sich als unmöglich; der elende Kerl hatte sich entschlossen zu sterben, bevor er sich dem gerechten Zorn des Generals McKen stellen konnte.

Der General bebte vor Wut. Das Schicksal hatte ihn um seine wohlverdiente Rache betrogen! Doch während er vor den Reihen der Gefangenen dahinschritt, wurde seine Stimmung milder. Niemand konnte leugnen, daß er einen großen Sieg errungen hatte! So viele Gefangene! Er blieb stehen und starrte böse zwei muskulöse, hochgewachsene Männer an, denen flammende Juwelen über den sanften und reuelosen Augen saßen. „Was sind das für Dinge, die sie tragen?" wollte er von Schroeder wissen.

„Ich halte es für eine Art Rangabzeichen", meinte der Oberst unsicher. „Sehen Sie den Mann dort, Sir? Das ist Hauptmann Ryan, und er trägt ebenfalls ein Juwel."

„Ah!" rief der General aus und lächelte endlich. „Hauptmann Ryan, nicht wahr? Der Verräter, der meine Basis an Vetter Quagger übergeben hat? Ja, ihm habe ich einiges zu sagen!"

Aber auch diese Unterredung stellte sich als enttäuschend heraus, denn Wernher Ryan machte keinerlei Anstalten, sich zu verteidigen. Ruhig und abwesend stand er da, während der General tobte. „Sie haben durchaus recht, General", bestätigte Ryan schließlich. „Ich bin in die Dienste des Ewigen getreten."

„Ich werde Sie erschießen lassen!" brüllte General McKen.

„Wie Sie wünschen", sagte Ryan gleichmütig. „Aber wir wollen Ihnen nicht schaden. Wir streben lediglich nach Ihrer Errettung."

Für Graciela Navarro, die zwischen Pepito und seinem Vater bäuchlings auf dem Boden lag, war das Feuergefecht ein Schauspiel des Entsetzens. Menschen, die mit tödlichen Waffen aufeinander feuerten! Und als die Schüsse schließlich erstarben, wurde es nicht besser. Traurig drückten die Juwelenträger den sechs oder sieben Toten die Augen zu und trugen die Verwundeten zu einem improvisierten Lazarett im Schatten der Palmen.

Graciela wollte sich schon aufrappeln. „Wir sollten ihnen helfen", meinte sie, aber Ron Tregarth hielt sie am Arm fest.

„Nein!" murmelte er gepreßt. „Warte! Da ist irgend etwas faul . . ."

Hinter ihnen ertönte laut und deutlich die Stimme von Dennis McKen. „Faul? Doch nur für einen Schwimmhäutler", höhnte er. „Wissen Sie nicht, wer das ist? Das ist General Marcus McKen – mein Onkel! Komm, Graciela! Ich bringe dich hin und stelle dich ihm vor."

Graciela zögerte. „Ich glaube, ich würde lieber hier bei Ron und dem Jungen bleiben", sagte sie unsicher.

„Wirklich?" Dennis McKen schüttelte in gespielter Heiterkeit den Kopf. „Nun, dann bleib eben hier. Ich werde mit meinem Onkel sprechen. Ich bin sicher, daß er in zehn Minuten alles geregelt haben wird – und dann werden wir ja sehen, wie eine echte Friedensstaffel funktioniert!"

„Warten Sie!" rief Tregarth, aber McKen war schon verschwunden.

Graciela sah ihm besorgt hinterher. „Was geht dort vor, Ron?"

„Ich weiß nicht", sagte Tregarth, „aber wir sollten von hier verschwinden, bis sich die Dinge wieder beruhigt haben. Komm!" Und er half Pepito auf und führte den Jungen und Graciela fort. „Keiner achtet auf uns", sagte er leise. „Am Banana River sind einige Boote – jetzt ist ein guter Zeitpunkt, um sich zu verdrücken."

Und dann verdrehte Pepito den Hals, um auf General McKen zu starren, und schrie erschrocken auf.

Der General schlug auf Wernher Ryan ein, doch Ryan leistete keinen Widerstand. Er schien die Schläge nicht zu spüren, sondern trat behutsam vor und nahm General Marcus McKen vorsichtig in die Arme. Selbst auf diese Entfernung konnte Graciela den Schreck und den Abscheu auf dem Gesicht des Generals sehen, als er sich zappelnd in Wernher Ryans Griff wand. Es half ihm nichts. Ryan war viel stärker . . .

Dann preßte Ryan sein Gesicht gegen das des Generals. Es sah fast so aus, als ob sie sich küßten.

Es war ein Todeskuß. Tregarth gab einen Laut von sich, Pepito schluchzte. Die Akteure hatten die Rollen vertauscht. Jetzt hatte der General seine Arme um Wernher Ryan gelegt, während Ryans Arme schlaff herunterfielen.

Ryans Körper sackte langsam nach hinten. Vorsichtig und zärtlich ließ General Marcus McKen den toten Körper seines früheren Kommandanten auf den geborstenen alten Beton sinken.

Und als sich Marcus McKen wieder aufrichtete, flammte das Juwel auf seiner Stirn.

Schreiend rannten seine Wachen auf ihn zu. Schroeder hatte schon eine Pistole in der Hand. Auch Dennis war auf die Gruppe zugesprungen.

General Marcus McKen hob eine Hand. Er schien größer und stärker zu sein, während das Juwel aufflammte. „Nicht schießen!" rief er mit klarer Stimme. „Bleibt, wo ihr seid! Laßt die Elemente des Ewigen näher kommen!"

Und wie die Schaumkrone einer Welle unaufhaltsam den Strand hinaufspült, bewegten sich auch schon die Elemente des Ewigen auf die Soldaten zu. Und sie trafen aufeinander.

Und sie berührten sich. Und als sie sich berührten, wurden die Eroberer erobert. Die, die zuvor die Juwelen getragen hatten, stürzten tot zu Boden; und ihre Wärter standen nun stumm und abwesend da, und von den Juwelen, die sie trugen, sprühte Licht.

Kapitel 32

IN DER Nacht wachte Graciela ständig auf und spähte unruhig durch das Unterholz. Die Szenerie auf der anderen Flußseite änderte sich nicht, die große Rakete mit ihrer funkelnden, bedrohlichen Fracht auf der Spitze ragte schroff und schimmernd im Licht der Scheinwerfer auf.

Pepito stand behutsam auf, um seinen schlafenden Vater nicht zu wecken. „Was tun die da? Bedeutet das, daß sie fortgehen?" fragte der Junge Graciela.

„Das hoffe ich, Pepito", flüsterte sie. Zärtlich umarmte sie den Jungen. Plötzlich vernahm sie ein Geräusch in der Nähe, das sie zusammenfahren ließ.

„Graciela?" flüsterte er. „Ist das nicht ein Hubschrauber?"

Sie hörten nicht nur die Rotoren, sondern sahen auch die hellen Strahlen der Suchscheinwerfer, die hinabstachen, als der Hubschrauber sich vom Landefeld erhob und über den Dschungel auf sie zuflog.

Eine gewaltige Stimme ertönte: „Bitte kehrt alle zum Stützpunkt zurück! Die Errettung muß in zwei Stunden vollendet sein!"

Graciela weckte Tregarth. Er stand auf und starrte benommen auf die Maschine. Im Widerschein seiner eigenen Lichter konnte er am Rumpf des Helikopters eine spinnennetzähnliche Antenne erkennen. Ein Wärmesuchgerät! Ein Infrarotdetektor, der nach Lebenszeichen forschte.

„Wir müssen von hier verschwinden", flüsterte er.

„Wohin?" fragte Graciela.

„Zurück zum Fluß. Das Unterholz ist dort dichter."

Tregarth nahm Pepito und Graciela bei der Hand und führte sie in geduckter Haltung zu den Büschen. Wenn ein Suchscheinwerferstrahl ihnen zu nahe kam, warfen sie sich bäuchlings auf die Erde und blieben reglos liegen. Ein dutzendmal sahen sie Suchtrupps die Gegend durchkämmen. Dann hörte Graciela Schreie, flehende Stimmen . . . und plötzliches Schweigen.

Am Fluß sah Tregarth sich besorgt um. „Das ist vielleicht ein Fehler", murmelte er. „Der Hubschrauber ist jetzt fort, also brauchen wir uns wegen der Wärmesensoren keine Sorgen zu machen – aber hier sitzen wir in der Falle."

„Das Boot, in dem wir übersetzten, liegt dort unten am Ufer", meinte Graciela.

Er schüttelte den Kopf. „Ja, aber – warte! Da kommt jemand", flüsterte er angespannt. „Bleibt ruhig liegen!"

Eine Gestalt bewegte sich zielstrebig auf die kleine Erhebung zu, hinter der sich Tregarth und die anderen verbargen. Dann war die durch ein Megaphon verstärkte Stimme Jannie Storms zu hören: „Pepito, der mein Sohn war! Ron Tregarth, der mein Ehemann war! Es ist keine Zeit mehr, bitte kommt! Dann werdet ihr errettet."

Pepito warf einen besorgten Blick auf seinen Vater. Stirnrunzelnd legte Tregarth den Finger auf die Lippen des Jungen.

Die Frau, die Jannie Storm gewesen war, kam direkt auf sie zu. Sie war schon fast bei ihnen, als ihr Sohn aufsprang und mit ausgestreckten Armen vor ihr stand, um sie am Weitergehen zu hindern. „Mutter, bitte nicht!" schluchzte er. „Wir wollen nicht so sein wie ihr."

Jannie blieb ruckartig stehen und sah den Jungen mit nüchternem Blick an. „Aber, Pepito", sagte sie in vernünftigem Tonfall, „wie wir zu sein, bedeutet, vollkommen zu sein. Weißt du nicht, was es heißt, dem tierischen Fleisch verhaftet zu bleiben? Es bedeutet Schmerzen und Krankheit . . ., und am Ende bedeutet es den Tod und die Fäulnis, die dem Tod folgt. Mit uns wirst du in Vollkommenheit für immer im Ewigen leben. Pepito, du mußt errettet werden. Gib mir deine Hand."

Jannie griff nach ihrem Sohn, aber Tregarth stieß ihn beiseite. „Nein!" schrie er und nahm ein Stück Holz vom Boden auf. „Hör nicht auf sie, Pepito! Steig in das Boot! Du auch, Graciela! Jannie, ich warne dich!"

Die Gestalt hielt inne und blickte ihn gütig an. „Aber was ich sage, trifft auch auf dich zu, Ron Tregarth", sagte sie.

„Zurück!" schrie er verzweifelt und wußte dabei, daß man ihn gehört hatte, daß es nur noch wenige Sekunden dauern konnte, bevor Leute aus den Lagern kamen und sie überwältigten.

Aber Jannie Storm wich nicht zurück.

Schluchzend schlug Tregarth blindlings mit dem brüchigen Stück Holz zu. Der alterstrockene Stumpf zerbrach, als er Jannies Gesicht traf, aber die Wucht des Schlages ließ sie zurücktaumeln.

Und Ron Tregarth hatte Zeit, in das Boot zu springen. Zum Glück sprang der Motor sofort an. Als sie davonfuhren, sah Tregarth, wie Jannie sich aufrappelte und mit blutigem Gesicht die Arme nach ihnen ausstreckte. „Aber ich wollte euch doch die Ewigkeit geben!" schrie sie.

„Wir ziehen das Leben vor!" schrie er zurück und wandte sich ab, um seinen weinenden Sohn zu trösten.

WÄHREND sie auf den Fluß hinausfuhren, befürchteten sie ständig, daß ihnen ein schnelleres Boot folgen könnte und sie an der Flucht hindern würde. Aber niemand folgte ihnen.

Als Graciela bei Tagesanbruch zur Startrampe hinüberblickte, hielt sie den Atem an. Hunderte von Menschen strebten auf die Rakete zu. Tregarth verzog ratlos das Gesicht und holte ein Fernglas heraus. Langsam, in einer unendlich langen Schlange stiegen die Menschen die Rampe empor. „Mein Gott", seufzte Tregarth und setzte das Glas ab. „Ich kann nicht glauben, daß sie das tun!"

Sobald die sternensamentragenden Menschen die Spitze der Rakete erreicht hatten, neigten sie sich vor und drückten die Stirn gegen den großen, funkelnden Sternenstein.

Das Juwel in der Stirn berührte den Stein und wurde in ihn absorbiert. Dann stand der Mensch mit leeren Augen da und stürzte sich in die Tiefe.

Tregarth warf einen Blick auf Graciela und den Jungen und stellte dann ohne ein Wort den Motor ab. Das kleine Boot schaukelte sanft in den Wellen. „Niemand wird uns jetzt noch folgen", sagte er. „Sie werden bald starten."

„Aber . . .", begann Graciela.

Er sah sie mitfühlend an. „In diesen Stein geht das über, was auch immer von Dennis McKen und meiner Frau geblieben ist. Ich bedauere nicht, daß sie abfliegen."

Es DAUERTE über eine Stunde, bis der letzte Mensch am Rand der Rampe innehielt. Dieser Mensch war Jannie Storm.

Sie drehte sich um und starrte einen Augenblick zur Bucht hinüber, bevor sie sich umdrehte und ihre Stirn gegen den Sternenstein preßte. Leblos fiel ihr Körper in die Tiefe.

Der Rest geschah wie von selbst. Die letzte Abdeckplatte für den Sternenstein senkte sich an ihren Platz und klinkte sich ein. Und dann erzitterte die Luft, und ein Flammenstrahl schoß aus der Rakete. Langsam erhob sich der Sternenstein des Ewigen, hoch und immer höher . . ., bis er und das Raumschiff nur noch eine Rauchschwade waren, die sich über den Himmel erstreckte.

„Sie sind fort", sagte Ron Tregarth.

„Sie kommt nie mehr wieder", schluchzte Pepito.

„So hat sie es gewollt", flüsterte Graciela dem Jungen zu. „Sie wollte uns die Ewigkeit schenken. Wir haben das Leben gewählt – selbst wenn wir eines Tages dafür mit dem Tod bezahlen müssen."

Tregarth warf den Motor an und steuerte auf das Meer hinaus, wo die *Gaussberg drei* sie früher oder später auflesen würde. „Ich habe genug von diesem Land", meinte er. „Nur in der See liegt die Freiheit."

„Ich werde auch nie mehr hierher zurückkommen", erklärte Graciela.

Aber Pepito hatte den Kopf in den Nacken geworfen und starrte auf die Spur, die sich über den Morgenhimmel zog. „Aber ich vielleicht, wenn ich eines Tages älter bin."

Ich bin ein Element des Ewigen, und ich lebe weiter. Aber ich lebe nicht länger im Ewigen. Ich bleibe zurück.

Ich bleibe zurück, auf daß das Werk des Ewigen verrichtet werde, denn ich bin mit der Aufgabe betraut, die kalte Metallmaschine zu überwachen, die die Beschleunigungen berechnet und den Countdown überwacht, der den Sternenstein des Ewigen zur nächsten Etappe seiner endlosen Odyssee davonträgt.

Ich bleibe zurück, aber ich trauere.

Ich betrauere den Verlust all jener Elemente des Ewigen, die mir vorangegangen sind und mich allein und teilnahmslos in einer Welt denkenden tierischen Fleisches zurückgelassen haben.

Ich betrauere die Einsamkeit, die mir bevorsteht; aber ich verrichte das Werk des Ewigen. Noch lange nachdem der Sternenstein die Umlaufbahn des letzten toten Planeten dieses aufgegebenen Sterns verlassen hat, werde ich weitermachen. Denn ich bleibe in der Gewißheit zurück, daß sich eines Tages einige sterbliche Teile des tierischen Fleisches mit mir vereinigen werden . . .

Und dann werden wir uns mit den anderen vereinigen und sie ebenfalls erretten und emporsteigen, um den Rest des Ewigen an einem unendlich fernen Ort in einer unbegreiflich weit in der Zukunft liegenden Zeit zu treffen . . .

Dann werden wir alle wahrlich im Ewigen leben. Für immer. Denn das Leben der Erde hat sein Ziel erreicht.

Jack Williamson und Frederik Pohl

Jack Williamson und Frederik Pohl gehören unbestritten zu den Großmeistern der modernen Science-fiction. Schon in den fünfziger Jahren hatten die beiden gemeinsam eine Romantrilogie verfaßt, die in der Tiefsee spielt. In „Land's End" griffen sie dieses Thema später noch einmal auf und verknüpften es mit der Zerstörung der Ozonschicht, die den Menschen gefährlich wird.

Jack Williamson wurde 1908 in Bisbee im US-Bundesstaat Arizona geboren. Seine Jugend verbrachte er in einsamen, ländlichen Gegenden von Texas und New Mexico, und so fand er rasch Gefallen an den Phantasiewelten der Science-fiction. Seine erste Kurzgeschichte veröffentlichte Williamson bereits als Zwanzigjähriger, und da seine Werke beim Publikum Anklang fanden, brach er sein Collegestudium ab und wurde freier Schriftsteller. Erst in den fünfziger Jahren, als er als Autor längst berühmt geworden war, kehrte er auf die Universität zurück, wo er 1957 seinen Abschluß machte. Nach seiner Promotion 1964 (über H. G. Wells) hielt er Vorlesungen über Literatur.

Frederik Pohl, Jahrgang 1919, ist der Enkel deutscher Einwanderer. Er lebt und arbeitet in seiner Geburtsstadt New York. Mit seinem Koautor Williamson verbindet ihn manches: Seine Romane wurden mit ähnlich vielen Science-fiction-Preisen ausgezeichnet, und er hielt ebenfalls jahrelang Literaturvorlesungen, beispielsweise im Auftrag des US-Außenministeriums in Jugoslawien, Rumänien und der Sowjetunion. „Wir SF-Autoren sind sozusagen eine große Familie", meint Pohl. „Zwar kommt es auch in unserer Zunft gelegentlich zu Streitereien, und sicher gibt es einzelne Familienmitglieder, die mit den anderen nicht mehr reden, aber im großen und ganzen verbindet uns doch eine Art Blutsverwandtschaft. Und das nicht nur in Amerika, sondern weltweit."

Die

grünen Inseln
BOB SHAW
Ins Deutsche übertragen
von Tony Westermayr

1

STIRLINGS erste Story an diesem Tag war Routinearbeit. Die Leichen eines jungen Paares, mit Handschellen zusammengefesselt, waren während der Nacht aus dem Merrimack gefischt worden. Bei diesem Stand war die Geschichte zwei oder drei Absätze wert, mehr, wenn er herausgefunden hatte, wer und warum – aber an diesem Vormittag klappte nichts.

Seine besten Verbindungsleute bei Polizeileitung und Leichenschauhaus hatten an diesem Tag frei, und seine zweitbesten Verbindungen waren wirklich zweitklassig – wahrscheinlich deshalb, weil sie von den anderen Blättern mehr zugesteckt bekamen. Stirling hatte dreißig Minuten mit nutzlosen Telefongesprächen vergeudet, als eines der Mädchen eine Notiz vom Nachrichtenredakteur Sam McLeod auf seinen Schreibtisch legte. McLeod war ein schwermütiger kleiner Mann, der es nach einem ganzen Journalistenleben immer noch fertigbrachte, für jede neue Seite, die man ihm in die Hand drückte, einen neuen Blick abgrundtiefen Hasses aufzubringen, obwohl inzwischen Millionen Seiten Text durch seine Hände gegangen waren. Er saß fünf Meter von Stirling und den anderen Stadtreportern entfernt, verkehrte mit ihnen aber nur über handgeschriebene Zettel. Auf diesem stand: *Warum geht es mit dem Mr.-und-Miß-X-Artikel nicht vorwärts?*

Stirling fluchte verzweifelt und stopfte Papier in seine Schreibmaschine.

„Sag Sam, daß ich festsitze. Ich schreibe einen Füller für die Mittagsausgabe." Er sah zu dem Mädchen auf und schnupperte. „Hübsches Parfüm, Jean. Riecht teuer. Was ist das?"

Jean lächelte, während Glanzlichter über ihre modisch perlisierende Haut huschten.

„Nennt sich ‚Roast Beef'."

Stirling schnupperte wieder, noch anerkennender, weil er einmal als Junge echtes Roastbeef gerochen hatte.

„Ist mir ein Rätsel, wie du dir bei deinem Gehalt so etwas leisten kannst." Stirling zog fragend eine Braue hoch. „Arbeitest du nachts?"

Jean preßte die Lippen zusammen und stöckelte hochnäsig auf unsichtbaren, paramagnetischen Absätzen davon. Stirling rief ihr nach, sie solle auf seinen Text warten, aber sie beachtete ihn nicht und verschwand zwischen den versetzt aufgestellten Schreibtischen und Zwischenwänden des großen Raumes. Lange, rechteckige Sonnenstrahlprismen fielen schräg durch die Seitenfenster ein, hoben Säulen von Zigarettenrauch heraus und explodierten gelegentlich lautlos über den weißbehemdeten Gestalten.

Stirling genoß die Geräumigkeit der *Record*-Redaktion. Der Saal war etwa dreißig mal zwölf Meter groß und beherbergte etwa zweihundert Personen – was bedeutete, daß jedem Redaktionsmitglied eine Fläche von 1,50 m mal 1,20 m zur Verfügung stand. Er vermutete, daß man das vor hundert Jahren, im 20. Jahrhundert, als unerträglich eng angesehen hätte, aber wenn er es mit der erstickenden Enge seines Apartments verglich, wandelte ihn die Lust an, bis zur Schlafenszeit im Büro zu bleiben. Er hatte das sogar ein paarmal wirklich versucht, aber wenn sich der Saal am Abend leerte, wirkte er auf einmal *zu* groß. Bei diesen Gelegenheiten war er froh, nach der Kompression geboren zu sein und nicht vorher.

Stirling tippte zwei Sätze mit den Fakten, die ihm zur Verfügung standen, und trug die Textstreifen selbst zum Redaktionstisch. McLeod griff danach und sah sie angewidert an.

„Ist das alles? Ist das eine Stunde Leistung für einen angeblich erfahrenen Reporter des *Record?"* Er stützte das Kinn auf seine Hände und wartete auf eine Antwort.

„Ich kann das Zeug nicht erfinden, Sam. Das ist alles, was ich bisher habe erfahren können."

„Haben Sie im Archiv nachgeschaut?" fragte McLeod dumpf.

„Wir haben die Namen nicht", erwiderte Stirling geduldig. „Wir archivieren die Leute unter ihren Namen, und wenn wir keine Namen haben, können wir nicht nachsehen. Das ist der Nachteil des Systems, Sam."

„Kommen Sie mir nicht damit, Victor." McLeod starrte auf

einen Punkt an Stirlings Kragen. „Haben Sie die neuesten Vermißtenkarten geprüft?"

Stirling fühlte, wie er langsam die Beherrschung verlor.

„Tja, wissen Sie, Sam, da landen wir wieder bei den Namen. Ich fange nicht gerne davon an, weil Sie das zu stören scheint, aber auch die Vermißtenkarten werden namentlich registriert. Namen werden wirklich Mode, wissen Sie. Jetzt hat fast schon jeder einen."

Ein unerwartet strahlendes Lächeln breitete sich nun über McLeods Gesicht, und Stirling wußte, daß der kleine Mann einen Punkt für sich verbuchen würde.

„Das weiß ich, Victor. Und sie sind auch mit Querverweisen versehen. Wenn zwei Leute, die in einer Verbindung miteinander stehen, verschwinden, ergibt sich das auf unseren Karten. Nicht wahr? Auf diese Art könnten Sie vielleicht eine Spur finden, Victor. Deshalb macht sich der *Record* nämlich die Mühe, jeden Tag Kopien vom Polizeipräsidium zu besorgen. Haben Sie die Karten danach untersucht?"

„Natürlich", log Stirling. „Ich schaue sie aber noch einmal durch, wenn Sie das glücklich macht."

McLeods Lächeln wurde noch engelhafter, womit er zeigte, daß er sich nicht hatte täuschen lassen.

„Brav, brav", murmelte er. „Wir machen noch einen Reporter aus Ihnen." Er hob einen weißen Becher Synthesaft an die Lippen und blickte mit mürrischen Augen über den Rand, als der massige Stirling sich zum Archivspeicher durchzwängte.

Stirling unterdrückte sein Fluchbedürfnis, während er sich durch die überfüllten Gänge zwängte. Fluchen war wie ein Antibiotikum: bei wahlloser Verwendung wurden die Bakterien resistent, und das Mittel nützte nicht mehr, wenn sich ein echter Notfall ergab. Und er hatte das Gefühl, daß er noch Reserven brauchen würde, bis der Tag vorbei war.

Technisch gesehen hatte McLeod hinsichtlich der Karten recht. Es gab Querverweise, um die Verbindungen zwischen einer oder mehreren vermißten Personen aufzuzeigen, aber normalerweise nur dann, wenn er sie miteinander verwandt waren, für dasselbe Unternehmen arbeiteten oder derselben Organisation angehörten. Stirling hatte sich nicht die Mühe gemacht, die Karten zu prüfen, weil ihm sein Instinkt sagte, daß der einzige Zusammenhang zwischen den beiden armseligen menschlichen Überresten, die man aus dem Fluß geholt hatte, der war, daß sie einander liebevoll angeblickt hatten. Trotz der Indoktrinierung wollten manche Leute noch immer zusammenleben und ihre Kinder gemeinsam aufziehen – so, wie es vor der Kompression gewesen war –, und mit weniger gaben sie sich nicht zufrieden. Gefühle dieser Art waren in den Faksimile-Computern nicht registriert, und deshalb hatte Stirling sich nicht mit den Karten befaßt. Er mußte zugeben, daß Mr. und Miss X sich kennengelernt haben konnten, als sie in derselben Fabrik arbeiteten, und in diesem Fall bestand Aussicht, etwas zu finden.

Während sich die Sortiermaschine mit der großen Quote von Vermißten in dieser Woche befaßte, fragte sich Stirling, wie die Gefühle eines Menschen so außer Kontrolle geraten konnten, daß er in einen Fluß sprang. Die Wahl der Methode war natürlich von Bedeutung. So, wie die römischen Aristokraten es als ihr Vorrecht betrachtet hatten, sich bei unerträglich gewordenen Umständen in ihre Schwerter zu stürzen, konnte ein Bürger des 21. Jahrhunderts friedlich, beinahe auf angenehme Weise, mit Hilfe einer Handvoll Pillen still aus dem Leben verschwinden. Und kaum jemand bemerkte seinen Abgang. Dieses Paar mußte jedoch die Absicht gehabt haben, Protest zu erheben – und so hatten die beiden es auf die altmodische, die qualvolle Weise getan –, sie hatten sich in dem schwarzen, stinkenden Wasser ertränkt.

Die Narren, dachte Stirling, wütend über sich selbst, weil er sich auch nur bis zu diesem Grad engagierte. Alles, was ihnen ihr großer, dramatischer Protest einbringen würde, waren ein paar Zeilen in einer Innenseite des *Record.* Weniger, wenn es ihm nicht gelang, einen Hinweis auf ihre Identität zu finden, bevor McLeod ihm einen anderen, größeren Auftrag gab.

Während er darauf wartete, daß die Sortiermaschine in Frage kommende Paare benannte, griff Stirling zerstreut nach einem Stapel der aussortierten Karten und ließ sie durch die Finger schwirren. Die unbedeutenden Namen schnurrten vorbei, und jeder stand für ein unbedeutendes Leben oder Sterben. Stirling spürte, wie sich seine Bedrückung verstärkte, stieß die Karten zusammen und warf sie wieder in den Kasten. Dabei meldete sich verspätet einer der Namen in dem Winkel seines Gehirns, der stets auf solche Dinge achtete.

John Considine.

Meine Mutter heißt jetzt Considine, dachte er mechanisch. Und mein Halbbruder heißt John – aber das kann nicht sein. Considine ist ein gebräuchlicher Name; außerdem hätte sich jemand mit mir in Verbindung gesetzt. Er zögerte einen Augenblick, dann griff er nach den Karten und blätterte sie erneut durch.

Die Karte war vier Tage alt und enthielt wenig Informationen. John Considine, Alter 31, stellungsloser Mathematiker, als vermißt gemeldet von Angehörigen, keine Vorstrafen, kein Anlaß, eine Straftat zu vermuten. Stirling überging die dürftige Beschreibung und las die Adresse: Fam.-Apt. 126-46, Wohnblock 353, Wohngeb. 93 N-54 W.

Als Johnny und er kleine Jungen gewesen waren, hatten sie über die lange Reihe von Ziffern und abgehackten Wörtern Witze gemacht. Jetzt bestätigte sie, daß der Vermißte eine Realität aus Fleisch und Blut war, nicht nur ein paar Magnettintenzeichen auf einer Comp.-Karte, sondern der einzige Mensch, den Stirling wirklich jemals genau gekannt hatte.

Er ging zurück zu seinem Schreibtisch, griff nach einem Telefon und wählte die Nummer seiner Mutter. Das Rufzeichen ertönte zwei Minuten lang wie durch Watte, bevor er sich damit abfand, daß er keine Antwort bekommen würde. Stirling stellte das Telefon hin und zwängte sich durch das Gewimmel in der Redaktion zur Tür.

„Victor?" sagte McLeod überrascht.

„Keine Zeit, muß weg."

„Ich muß mit Ihnen reden, Victor." McLeods Stimme klang metallisch scharf.

„Schicken Sie mir eine Notiz. Ich lese sie, wenn ich zurück bin."

Stirling ging hinaus und drückte auf den Liftknopf, während er sich fragte, ob er zu weit gegangen war. Seit über einem Jahr hatte der *Record* keinen Reporter mehr entlassen, aber McLeod achtete darauf, daß die große Axt nie zu rostig wurde.

Als der Lift ihn zur sechsten Etage hinaufgetragen hatte, trat Stirling auf die Straße hinaus und winkte einem Taxi. Es war ein klarer, glitzernder Vormittag im Mai, und da über der sechsten nur noch eine Straßenetage lag, flutete Sonnenlicht unbehindert über den strömenden Verkehr. Es verlieh ihm ein Gefühl luftiger Wärme.

Ein Taxi bremste, aber in diesem Augenblick traten drei Männer in den makellos weißen Uniformen der Ernährungs-Technologen aus einem anderen Ausgang. Das Taxi beschleunigte wieder, fuhr an Stirling vorbei und nahm die drei Techs auf.

„Halt!" schrie Stirling zornig. „Das ist mein Taxi."

Er lief ein paar Schritte auf das wartende Auto zu, aber die Männer stiegen ein, und das Fahrzeug fuhr davon. Einer der Techs grinste zum Heckfenster hinaus. Stirling blieb stehen und vergeudete einen Großteil der Fluchserumsration dieses Tages, obwohl er wußte, daß der Taxifahrer nur seine eigenen Interessen gewahrt hatte. Die Ernährungs-Techs hatten viel Geld und gaben oft große Trinkgelder; sie waren außerdem mächtig, und die Beschwerde eines solchen Mannes, so grundlos sie sein mochte, konnte einen Taxifahrer seine Lizenz kosten. Stirling opferte etwa einmal im Monat etwas von seiner Freizeit, um Artikel über solche Vorkommnisse zu schreiben, aber der *Record* brachte sie nie, was nicht überraschte. Die Ostküsten-Regierung kontrollierte ziemlich genau, was in den Zeitungen erschien – und die Ernährungstechnologen kontrollierten die Regierung.

Ein paar Minuten später tauchte ein anderes Taxi auf, und Stirling stieg ein. Als er dem Fahrer die Adresse seiner Mutter genannt hatte, lehnte er sich auf dem Rücksitz zurück und starrte verdrossen durch die Glaskuppel auf die vielschichtigen Baumassen der Stadt. Das Taxi brauste sechshundert Meter über der ehemaligen kleinen Industriestadt Newburyport an der Mündung des Merrimack River dahin. Heute war die ursprüngliche Stadt unter der ungeheuren Ostküsten-Konurbation begraben, die praktisch ein einziges Bauwerk war, von oberhalb Boston reichend bis hinunter nach Miami, und die in ihrer Kellerschicht New York, Philadelphia und Baltimore mit umfaßte.

Seit der Kompression wohnte dort rund ein Drittel der Bevölkerung der Vereinigten Staaten.

Stirling versuchte sich das Gebiet in der hellen, mutigen Vergangenheit vorzustellen, als das ganze Land Lebensraum geboten hatte, aber sein Verstand scheute vor der Aufgabe zurück. Vor nahezu hundert Jahren war der Dritte Weltkrieg ausgebrochen, und keiner der Theoretiker hatte vorhersagen können, welche Form er annehmen würde. Man hatte stets geglaubt, der Große Krieg werde fast die ganze Bevölkerung vernichten und die großen Länder in riesige, unbewohnte Gebiete verwandeln, ähnlich ihrem Zustand in der Vorgeschichte. Das war der erste Irrtum gewesen. Die Menschheit war praktisch ungeschoren davongekommen – das einzige echte Opfer war das Land selbst gewesen.

Der zweite Irrtum ergab sich aus der Annahme, im Falle eines Krieges würden Amerika, Rußland und China es in der einen oder anderen von wenigen möglichen Abwandlungen untereinander ausfechten. Tatsächlich fanden Amerika, Rußland und China sich auf derselben Seite; und mit absoluter Gewißheit konnte der Gegner nie ausgemacht werden. Der Feind hatte seine Streitkräfte gesammelt, zugeschlagen und sich in Sicherheit gebracht, bevor einer von den großen Drei entdeckte, daß der Krieg begonnen hatte.

Die ersten Hinweise ergaben sich, als der Erdboden zu sterben begann.

Die Unfruchtbarkeit des Bodens erstreckte sich in riesigen Gebieten von Küste zu Küste und entfernte die traditionelle Landwirtschaft binnen weniger Monate von der Liste bedeutungsvoller menschlicher Betätigungen. Zu Beginn war China als möglicher Schuldiger erschienen, weil es etwas weniger stark betroffen war als Rußland und die Vereinigten Staaten; man stellte aber schnell fest, daß das ein glücklicher Zufall war, beruhend allein auf der Tatsache, daß der Flugverkehr in China im Vergleich zu dem in den beiden anderen Mächten unterentwickelt war – denn der unbekannte Gegner hatte die Zivilflugzeuge der drei Länder als Waffenträger benutzt.

Die Vernichtung des bebaubaren Bodens war erreicht worden durch weitverbreitete Ausstreuung eines der Bipyridylium-Unkrautvertilgungsmittel, Paraquatdichlorid, modifiziert, um seine charakteristischen Flachmoleküle vor der Inaktivierung durch die Verbindung mit Bodenmineralen zu schützen. Die

Großartigkeit oder – je nach dem Standpunkt – Scheußlichkeit der Technik bestand darin, daß die Modifizierung der Chemikalien erlaubte, sich selbst in der überaus schädlichen Umwelt von Düsentreibstoff wirksam zu erhalten. Irgendwann zu Beginn des Jahres 1992 war das Vertilgungsmittel in die großen Treibstofflager geschüttet worden, und die großen Düsenmaschinen hatten zuvorkommend ganze Kontinente damit bestäubt, als ihre Abgase sich in gigantischen, unsichtbar dahinrollenden Todeswolken hinabsenkten.

Nur massive technologische Ressourcen hatten den Tod der Massen verhindert, die von diesem Boden abhängig waren. Als sich ergab, daß es Jahrhunderte dauern würde, bis man das Land wieder kulturfähig machen konnte, wandten sich die Großmächte zur Ernährung ihrer Menschen den Meeren zu. Ganze Bevölkerungen waren in die Küstengebiete geschafft worden, zum Teil deshalb, damit sie besser von der Mutter allen Lebens ernährt werden konnten, hauptsächlich aber, weil es zu schwerfiel, unter den brodelnden Ockerwolken kontinentweiter Staubwüsten die menschliche Existenz zu gewährleisten.

Dies war die Welt, in der Victor Stirling aufgewachsen war. Er hatte nie eine andere gekannt. Das hinderte ihn jedoch nicht daran, ab und zu Heimweh nach einer Lebensweise zu empfinden, die er nie kennengelernt hatte.

„ACH, DU bist es. Was willst du?"

Mrs. Mary Considine hob kurz den Kopf, sah zum erstenmal nach zwei Jahren ihren älteren Sohn wieder und richtete dann unbeeindruckt den Blick auf ein Bukett künstlicher Farne, das sie aus einem Materialkasten zusammensetzte. Sie war eine große, grobknochige Frau mit roten Unterarmen und schütterem braunem Haar. Ihre fünfundfünfzig Jahre, von denen sie die letzten fünfundreißig im Fam.-Apt. 126-46 verbracht hatte, hatten sie äußerlich beinahe unverändert gelassen. Aber manchmal, wenn sie zum einzigen Fenster der Wohnung hinaus und durch die in den Straßenschluchten treibenden Wolken hinunterblickte, glichen ihre Augen denen eines Heckenschützen, traurig und doch entschlossen.

„Was ich will?" Stirling zwängte sich in das Wohnzimmer

und schloß die Tür hinter sich. „Was soll das heißen, was ich will?"

„Wir sehen dich in letzter Zeit selten. Oder soll ich sagen, in den letzten Jahren?"

„Ich hatte zu tun", sagte Stirling lahm und schuldbewußt. „Weshalb hast du mir über Johnny nicht Bescheid gesagt?"

„Wußte nicht, daß es dich interessiert."

„Nein, Mutter, sprich nicht so. Ich will wissen, was los ist. Hast du eine Ahnung, wo er ist?"

Mrs. Considine lachte auf.

„Das wäre mal was Neues."

Stirling wußte, daß sie das auf die Tatsache bezog, daß sein Vater nach zweijähriger Ehe verschwunden war, ihr zweiter Mann nach vier Jahren, und nun war auch Johnny fort. Es war nicht ungewöhnlich, daß manche Männer die psychologische Erosion des Familienlebens in den hautengen Kästen eines Fam.-Apt. nicht ertrugen. Man konnte aber nicht feststellen, ob es ihnen gelungen war, die von den anderen – natürlich übervölkerten – Ländern der Erde gegen die großen Drei errichteten Einwanderungsschranken zu überwinden, oder ob sie es vorgezogen hatten, gleich ganz aus dem Leben zu scheiden.

Er klappte einen Stuhl aus der Wand und saß dort verlegen herum, als seine Mutter Kaffee kochte. Während sie in der winzigen Küche, die sie mit ihrer breiten, massigen Gestalt beinahe ganz ausfüllte, herumhantierte, berichtete sie ihm, daß Johnny die Wohnung vor genau einer Woche verlassen hatte. Er hatte sich weder verabschiedet noch einen Brief hinterlassen, aber später hatte sie entdeckt, daß er sein ganzes Geld und ein paar persönliche Habseligkeiten mitgenommen hatte. Die Polizei war, als sie Meldung erstattete, nicht übermäßig interessiert gewesen.

Obwohl er sich nicht vorstellen konnte, daß Johnny jemals Selbstmord begehen würde, war Stirling erleichtert, vom Geld und den Sachen zu hören.

„Wenigstens weißt du, daß er irgendwo noch lebt", sagte er, als er sich eine Tasse von dem brühheißen Kaffee-Ersatz geben ließ.

„Natürlich lebt er. Das einzige, was Johnny hat, ist – Platzangst."

Stirling bemerkte die kurze Pause, bevor sie das beinahe tabuisierte Wort aussprach. Eine Menge Psychologen hatten viele Jahre gebraucht, um die Menschen davon zu überzeugen, daß die Kompression, wenn schon nicht erfreulich, so doch akzeptabel war – aber es war ihnen nur beinahe gelungen. Die Fähigkeit, den ganzen Tag hindurch buchstäblich Schulter an Schulter mit seinen Mitmenschen zu leben und dann in einem sarggroßen Schlafzimmer fest zu schlafen, war zur kostbarsten aller sozialen Tugenden geworden. Logischerweise war die Klaustrophobie zu einem Leiden geworden, das Mütter bei ihren Kindern nur höchst ungern zur Kenntnis nahmen.

„Hat die Polizei den Eindruck gemacht, daß sie ihn finden kann?"

„Sie hat mir den Eindruck gemacht, daß sie gar nicht suchen wird."

„Dann muß ich es eben versuchen." Stirling schlürfte das schwarze, bittere Getränk. „Hast du keine Ahnung, wo er sein könnte? Überhaupt keinen Hinweis?"

„Ich weiß nur, daß er fort ist."

Stirling leerte die Tasse und zündete sich eine Zigarette an. Der Altersunterschied zwischen ihm und seinem Halbbruder betrug nur vier Jahre, aber es fiel ihm schwer, davon auszugehen, daß Johnny sich zu einem Erwachsenen entwickelt hatte, der denken und handeln konnte wie ein reifer Mann. Er sah ihn noch immer als den blonden Jungen mit Zahnlücken, mit dem er während der zeitlosen Traumjahre der Kindheit nicht nur das Bett, sondern sogar das Kissen geteilt hatte. Nachts hatten sie in dem winzigen Raum gelegen und sich vorgestellt, daß sie fühlen konnten, wie der dreihundert Meter hohe Wohnturm im Nachtwind schwankte, hatten sich Geschichten darüber erzählt, wie sie eines Tages groß sein und nach ihren Vätern suchen würden. Manchmal stellten sie sich vor, daß sie sie am Nordpol oder in Afrika finden würden, aber der Gipfelpunkt der jungenhaften Phantasien war, daß sie ihre Väter im Himmel entdeckten.

Stirling ging plötzlich zur Tür seines früheren Schlafzimmers und schob sie auf. Der Raum war zwei Schritte lang und einen Schritt breit. Der Boden war vom Bett völlig ausgefüllt – aber in ihrer Kindheit hatte er größer gewirkt. Damals war ihnen alles größer vorgekommen. Er lehnte sich an den Türpfosten und rauchte nachdenklich, wobei er bemerkte, daß seine Mutter an den Farnen zu arbeiten aufgehört hatte und ihn beobachtete.

„Bekommst du genug Geld?“ Er stellte die Frage, um die Gefühlswallung zu unterdrücken, die in ihm hochstieg.

„Ja. Ich habe einen Liefervertrag für diese Farne und Blumen. Dann das Geld, das du mir schickst, und mit dem, was Johnny zusteuerte, konnte ich sogar sparen.“

„Das ist gut.“

Stirlings Blick glitt über die Wände des Schlafzimmers, erfaßte die alten Wimpel und Fotos. In der Mitte der Rückwand steckte ein leerer Haken über einer helleren Stelle, wie von einem abgenommenen Bild, aber mit unregelmäßigem Umriß. Er versuchte einen Augenblick lang, sich zu erinnern, was dort gehangen hatte; dann spürte er die ersten Regungen der Unruhe.

„Mutter, was ist aus Vater Considines Stiefeln geworden?“

„Sind sie nicht mehr da? Ich weiß es nicht. Bis vor ein paar Tagen sind sie noch dagewesen. Johnny muß sie mitgenommen haben.“

„Aber das waren pelzgefütterte Fliegerstiefel. So etwas trägt er doch nicht, Menschenskind!“

„Was ist los, Victor? Wolltest du die Stiefel selber haben?“

Stirling schüttelte langsam den Kopf und sank auf die Bettkante. Er starrte das Fenster an. Die alten, runzligen Lederstiefel waren das faßbarste Souvenir gewesen, das Johnnys Vater ihm hinterlassen hatte; aber in ihrer Kindheit hatten sie noch eine andere, sehr wichtige Rolle gespielt. Da sie in der Kompression aufgewachsen waren, hatten sie sich nie richtig vorstellen können, wie es oben im Himmel war, aber sie waren überzeugt gewesen, daß es kalt war, und für sie stand fest, daß sie große Stiefel tragen würden, wenn sie hingingen, um ihre Väter zu suchen. Und jetzt war Johnny verschwunden und hatte die Stiefel mitgenommen.

Stirling verengte die Augen vor dem grellen Sonnenlicht und richtete sie auf den östlichen Himmel. Er befand sich beinahe dreihundert Meter über Meereshöhe; aber vier Kilometer höher konnte er eben die blasse Silhouette des „Himmels“ erkennen, der in der dünnen Luft hoch über dem Atlantik dahinschwebte – kalt, ruhig und fern.

2

Stirling genoß die sanfte Wärme des Steuersessels im Raumkreuzer. Er stellte die Sichtschirmfilter so ein, daß der Weltraum die Farbe des Sommerhimmels auf der Erde annahm; und weit voraus schwebte die sich langsam vergrößernde Scheibe des Saturns, ein Punkt kremigen Lichts in der milden Bläue. Er bewegte den Finger, und auf dieses Signal hin schwoll die flüsternde Musik um ihn zu traumhaften, unfaßbaren Wolken. Silbern-melancholische Stimmen vermischten sich mit den fließenden Akkorden, schufen Gewebe der Erinnerung, riefen alte und beinahe vergessene Gedanken an andere Zeiten und andere Orte hervor – vom funkelnden und wirbelnden Flug der Falter in Obstbaumschatten, von Regentropfen auf der Oberfläche verschwommener Seen. Jeder Aufprall erzeugte eine vergehende Kristallkrone.

Als der Saturn auf dem Sichtschirm erblühte und seine nebelhaften Ringe ausbreitete, lenkte Stirling den Kreuzer in eine nahezu vollkommen kreisrunde Umlaufbahn über den Polen. Er lehnte sich wieder zurück, gab sich der Musik hin und ließ die Zeit selbst in bildliche Abstraktionen wie dreieckige grüne Blitze an einer sternbesetzten Wendel, von der jede sechzigste Windung rubinrot war, zurückweichen. Es war gut. Es war ein Leben, wie noch niemand zuvor es gelebt hatte – außer daß weit hinten in seinem Bewußtsein ein Splitter von Sorge steckte, der sich immer tiefer hineinzubohren schien. Er ignorierte ihn und bedeckte die winzige Wunde mit beruhigenden Salben der Schoßwärme, erzeugt durch die Wärme des Kontrollraums im Kreuzer, von den rotierenden Sternenwiesen auf dem Sichtschirm und der pulsierenden Nostalgie der Musik.

Bei Stirlings achter Umkreisung des Planeten entdeckte er unterhalb seiner eigenen Bahn eine Bewegung. Ein anderes Raumschiff. Er hatte das Lichtfünkchen einige Minuten lang beobachtet, bis er begriff, daß der andere Pilot seine Beschleunigung anglich und näher kam. Stirling seufzte; er wollte keine Gesellschaft. Sein Kreuzer hob den Bug, als er den Sensorknüppel betätigte, und schwang sich hinauf und fort von der Ekliptikebene. Er zog ihn aus der trägen Kurve, richtete das Ziel-Fadenkreuz auf den fernen Glanz der Sonne und beschleunigte. Er entspannte sich wieder, während der Kreuzer die lange Schwerkraftneigung zur Sonne hinunterglitt, und versuchte wieder in die Musik zurückzukehren, aber es hatte sich etwas verändert. Ein Lichtpunkt änderte seine Position vor den Sternenfeldern auf dem Heckschirm geringfügig, und er wußte, daß ihm das andere Raumschiff folgte. Es mußte ein Schwarzflieger sein! Stirling gab vollen Schub und sah, angespannt vor Ärger, die Sonnenscheibe auf seinem Bildschirm erblühen, während das andere Schiff sich anhängte. Er wartete bis zur letztmöglichen Sekunde, dann schaltete er auf maximale Seitenbeschleunigung. Die flammende Scheibe wich zur Seite ab, beinahe zu spät; und drei alptraumhafte Sekunden lang fegte er über kochende Höllenlandschaften hinweg, während vor ihm die grellen Palmen von Sonnenfackeln hochschossen. Als die Sonne widerwillig zurückblieb, schaute Stirling sich um und sah von dem anderen Schiff keine Spur mehr. Es hatte ihn wohl erwischt. Er begann zu lachen, aber das Geräusch klang völlig unwirklich in seinen Ohren.

Was mache ich? Ich will doch Johnny suchen.

Voller Ekel ließ Stirling den Sensorknüppel los und fand sich sofort im Polsterstuhl eines Kosmodroms wieder. Er schwitzte unter der Gesichtsmaske und dem Kopfhörer, riß sich die Maske herunter und befreite sich von dem Halluzinogengas. Das Halbdunkel des Rundtheaters war erfüllt vom Stöhnen und Seufzen der Besucher in den Sesselreihen. Über ihnen im Auditorium schwebte ein riesiges Modell des Sonnensystems in seinem Antischwerkraftfeld, während knopfgroße Raumschiffe – für jeden Besucher des Kosmodroms eines – unsichtbar zwischen den flammenden Himmelskörpern dahinfegten.

Stirling schaute auf die Uhr. Er hatte fast eine ganze Stunde in dem Traumkontinuum verbracht, Drogen eingeatmet und ein Kunststoffkörnchen zwischen den schimmernden Globen gelenkt. Zornig über den Zeitverlust stand er auf und ging durch die Reihen zu einem Ausgang; er spürte voller Unbehagen, daß er sich überschätzt hatte, als er beschloß, die Methoden des Kosmodroms ein paar Minuten lang mit klinischem Interesse zu beobachten. Er war aufgesaugt worden, und es war so wirklich gewesen, daß ihm noch immer die Knie zitterten. Ein Hinweis darauf, wieviel Muskelspannung er während des Fluges verloren hatte.

Am Ausgang blieb er vor einem gelangweilt blickenden Aufseher stehen, der den Sensorknüppelbetrieb an einer niedrigen Konsole überwachte.

„Sie haben noch zehn Minuten", sagte der Mann und hob den Kopf.

„Ich weiß. Ich verzichte darauf." Angesichts der Überraschung in der Stimme des Mannes fühlte Stirling sich wohler. Es war wohl ungewöhnlich, daß jemand ausstieg, bevor das Monitorsystem ihn abschaltete.

„War mit dem Ausflug etwas nicht in Ordnung? Ihre Signale sind auf beiden –"

„Alles in Ordnung", unterbrach ihn Stirling. „Ich suche jemand. Ist Lou Grossmann schon da?"

„Ja. Ich glaube, er ist vorhin gekommen. Er arbeitet in der Betriebsetage – ganz oben."

„Danke." Stirling stieg mit wackligen Beinen die Treppen hinauf und trat durch eine Doppeltür auf eine breite Galerie, die das Auditorium umspannte. Die Kugeln des Planetariums rotierten langsam unterhalb des Geländers, und hier und dort arbeiteten Gruppen von Technikern an Schaltschränken, während andere mit Teleskopen über den Rand blickten. In dieser Höhe war die Zentralsonne beinahe unerträglich grell, und Stirling erkannte, daß ein Großteil des Lichts von den unteren Bereichen des Theaters abgeschirmt wurde, wo die Besucher sich an Dämmerlichtillusionen berauschten. Mehrere Techniker warfen Stirling forschende Blicke zu, als er die Galerie entlangging, aber jahrelange Erfahrung als Reporter hatte ihn gelehrt, desinteressierte Selbstsicherheit zu zeigen, wenn er private Bereiche betrat, und so sprach ihn niemand an. Er sah Lou Grossmann am Geländer lehnen und Kaffee schlürfen.

„Hallo, Lou!"

Grossmann drehte sich um, schob die Sonnenbrille auf die

sommersprossige Stirn und sah Stirling ein paar Sekunden an, ohne ihn zu erkennen.

„Victor Stirling", sagte er schließlich. „Was machen Sie hier? Ich dachte, Sie sind an der Westküste."

„Nein. Ich hatte in letzter Zeit viel zu tun und kaum Gelegenheit, meine Familie zu besuchen." Stirling zögerte und fragte sich, ob Grossmann von Johnnys Verschwinden wußte. „Das ist das erste Mal, daß ich so etwas sehe." Er wies auf die gähnende Schwärze jenseits des Geländers.

„Beim ersten Mal muß das recht eindrucksvoll sein", meinte Grossmann müde, „aber es ist ein Job wie jeder andere. Vor ein paar Minuten ist ein Schwarzflieger mitten durch die Sonne geflogen. Das ist der dritte in dieser Woche. Das zerreißt für einen Augenblick das Oberflächenfeld und zerstreut das Gas; dann müssen wir einen Servo-Sauger hineinschicken, um es zu sammeln – und das heißt, wir müssen alles eine Stunde abschalten, für den Fall, daß die Maschine ein paar Schiffe verschluckt und die Kunden erschreckt." Grossmann glättete sein rotes Haar und sah Stirling prüfend an.

„Ich versuche Johnny zu finden", sagte Stirling. „Haben Sie eine Ahnung, wo er ist?"

„Leider nein. Ich habe ihn seit drei Monaten nicht mehr gesehen."

„Oh! Meine Mutter sagte, Sie und Johnny hätten samstags immer ein paar Glas Bier miteinander getrunken, und ich dachte –"

„So war es, aber er kam dann nicht mehr. Wie gesagt, das ist drei Monate her."

Stirling nickte und wandte sich ab. Überall hörte er dasselbe. Johnny Considine war nie einer regelmäßigen Beschäftigung nachgegangen, aber seit seiner Jugend hatte er in schöner Regelmäßigkeit immer wieder die Orte aufgesucht, wo er sich am wohlsten fühlte – Bars, Multihäuser und Erregungspaläste in der First Avenue. Doch vor drei Monaten hatte sich in seinem Leben offensichtlich etwas verändert. Hing das mit seinem Verschwinden zusammen? Stirling machte sich auf den Rückweg, als Grossmann seinen Namen rief. Er drehte sich um.

„Johnny ist verschwunden, nicht?" fragte der kleine Rotschopf mitfühlend.

„Ich nehme an. Ja."

„Macht Mrs. Considine sich Sorgen?"

„Was glauben Sie?"

Grossmann wirkte ein wenig schuldbewußt. „Man hat ihn in den Versammlungssaal der Rückzügler beim Büro der Hafenarbeiter gehen sehen."

„Bei den Rückzüglern?" Stirlings Stimme klang ungläubig. „Aber Johnny ist sein ganzes Leben nie in der Kirche gewesen."

Lou Grossmann zuckte die Achseln und blickte wieder in die Tiefe, wo Schattenwellen langsam ihre Bahn zogen und die Vorstellungen der Menschen zwischen ihnen dahinzuckten wie Mücken auf einem Teich. Es war klar, daß er schon bereute, so viel gesagt zu haben, und plötzlich begriff Stirling, daß er eben in seiner zweiwöchigen Suche den ersten konkreten Hinweis erhalten hatte. Er murmelte Dankesworte, ging hinunter zur Straße und stellte ein wenig betroffen fest, daß noch immer Tag war. Der Besuch im Kosmodrom hatte nur eine Stunde gedauert, war ihm aber viel länger vorgekommen.

An der nächsten Ecke wartete er ein paar Minuten auf ein Taxi, sah aber nur zwei, und in beiden saßen Ernährungs-Techs in ihren weißen Uniformen als Passagiere. Er zündete sich eine Zigarette an und marschierte Richtung Osten zum Hafengebiet, wobei er sich einzureden versuchte, daß ihm die Bewegung guttat. Der abendliche Verkehr war verhältnismäßig gering, und die untergehende Sonne überzog die Gebäude mit einem warmen rötlichen Schimmer, den Stirling als unerwartet angenehm empfand, obwohl er wußte, was ihn hervorrief. Seit dem Tod des Erdbodens fegten unaufhörlich Staubstürme über das Land westlich der Statikabschirmung, die dem Küstenwohngebiet teilweisen Schutz bot. Die großartigen, wagnerhaften Sonnenuntergänge, die sich daraus ergaben, waren ein schwacher Trost dafür, daß man von Planktonsteaks, Meeresporridge und den anderen Formen von Nahrung leben mußte, die die Ernährungs-Technologie-Behörde dem Ozean entriß. Vom Himmel wurde stets frische Gemüsenahrung geschickt, aber es gab nicht viel davon, und Stirling hatte den Eindruck, daß die Lieferungen seit mehreren Jahren immer mehr zurückgingen. Unterwegs suchte er die

Bereiche des östlichen Himmels ab, die er über den aufeinandergetürmten Wohnbauten sehen konnte. Und schließlich fand er die rosigblasse Silhouette vom „Himmel", der friedlich und fern hoch über dem Atlantik dahinzog. Er glaubte an einer Stelle des oberen Randes den Schimmer einer Bewegung zu erkennen, aber bei dieser Entfernung war es unmöglich, Gewißheit zu erhalten.

Ob Johnny dort hinaufgelangt war?

Wenn es eine Straße gab, war es möglich, daß Johnny sie entdeckt hatte. Er war stets von einer unbekümmerten, brennenden Unzufriedenheit mit dem Leben in der Kompression erfüllt gewesen – er konnte überall sein. Stirling erinnerte sich, wie Johnny Considine als Junge nicht hatte akzeptieren können, daß die Menschheit zwar mit Raumschiffen ausgerüstet war, es aber kein Ziel für sie gab. Im Hinblick auf die Milliarden hungriger Menschen, die transportiert, angesiedelt und ernährt werden mußten, hatten die anderen Planeten des Sonnensystems etwa ebensoviel Wert wie ihre gasartigen Gegenstücke in den Kosmodromen. Später hatte Johnny es bei allen Gattungen des Raumfahrtamtes versucht, aber die akademischen Anforderungen hatten ihn ausgesperrt. Inzwischen war Stirling weggezogen und hatte sich in die Welt der Presse geflüchtet, hatte nichts unternommen, um zu verhindern, daß das Leben seines Bruders zuklappte wie eine Falle. War das der Grund, warum er nun dieses Bedürfnis verspürte, Johnny zu finden? Versuchte er verspätet, sein Versagen wiedergutzumachen?

Bedrückt von diesem Ausflug in die Selbstanalyse hörte Stirling auf, sich durch die Menschenmenge auf den Gehsteigen zu zwängen, und hielt wieder Ausschau nach einem Taxi. Beim dritten Versuch bekam er einen Wagen und wies den Fahrer an, ihn zu den Docks zu bringen. Er stieg in der Nähe der Zentrale der Dockarbeitergewerkschaft aus und mußte sich genau umsehen, um den Versammlungssaal der Rückzügler zu finden. Er befand sich im ersten Stock eines alten Sandsteingebäudes über einem heruntergekommenen Büroeinrichtungshaus. Ein fotokopierter Zettel am Fuß der schmalen Treppe verkündete: *Rückzügler-Kapelle Newburyport. Jeden Abend Vorträge – freier Eintritt.*

Stirling stieg die Stufen hinauf und betrat einen langen Raum voller Menschen, die einem Sprecher auf einem niedrigen Podium lauschten. In der stickigen Luft hingen wabernde Schwaden von Zigarettenrauch, knapp unter den sichtbaren Dachbalken. Stirling fand hinten einen Platz und betrachtete verstohlen die Leute in seiner Nähe.

Alles, was er über die Rückzügler wußte, war, was er aus verstreuten Hinweisen in den Zeitungen erfahren hatte: daß sie eine religiöse, linksgerichtete Gruppe waren, die gegen so ungefähr alles im modernen Leben eintrat. Die Rückzügler wurden von einer schattenhaften Figur namens Mason Third geführt, der, Gerüchten zufolge, angeblich politische Ambitionen hatte, wenngleich sein Programm nie definiert worden war. Stirling hatte die seltsamen Tatsachen in seinem Reportergehirn registriert und Third instinktiv als einen aus der Armee religiöser Sonderlinge eingestuft, die in der Sauregurkenzeit die Zeitungsspalten füllen halfen.

Demzufolge hatte er erwartet, in einer Ansammlung menschlicher Wracks, Außenseiter und Mondkälber zu sitzen, aus denen das Publikum in den Hafenmissionen gewöhnlich bestand. Statt dessen schienen die Leute in seiner unmittelbaren Nähe solide, normale Bürger zu sein – dazwischen vereinzelt Studenten und Hausfrauen. Mehrere Personen machten sich Notizen.

Stirling wandte seine Aufmerksamkeit dem Podium zu. Der Sprecher, ein konservativ gekleideter Mann mit weißen Haaren und einem väterlichen Gesicht, sprach sich gegen erzwungene Geburtenkontrolle aus, indem er den Fehlschlag des chinesischen Experiments im einzelnen schilderte. Stirling, der geglaubt hatte, das Experiment sei erfolgreich verlaufen, hörte aufmerksam zu, als der Sprecher die Schwierigkeiten schilderte, auf die die Kuomintang bei ihrem riesigen Programm gestoßen war, Östrogene einzusetzen, um die Menstruationszyklen aller chinesischen Frauen in Übereinstimmung zu bringen und dann an den fruchtbaren Tagen auf nationaler Ebene den Geschlechtsverkehr zu verbieten. Das Experiment, so schloß der Sprecher, sei ein furchterregender Versuch, nicht nur das Denken, sondern auch die Gefühle unter staatliche Kontrolle zu bringen, und als solcher müsse er zurückgewiesen werden.

Als der weißhaarige Mann herunterstieg und ein zweiter folgte, der die von den verarbeiteten Nahrungsmitteln, wie die Ernährungs-Technologie-Behörde sie lieferte, zu erwartenden Mangelkrankheiten besprach, begann Stirling zu begreifen, daß er die Rückzügler ganz falsch eingeschätzt hatte. Er war im Irrtum gewesen, wenn er sie für religiös orientiert gehalten hatte – aber woraus ergab sich der Irrtum? Wurde er von der Organisation selbst bewußt gefördert? Man nannte die Versammlungsorte „Kapellen", ein Ausdruck, der gewöhnlich dem religiösen Bereich entsprang; und der Name Rückzügler beinhaltete die harmlose Verweigerung an sich. Er erinnerte an Lärmbekämpfer, Anhänger der Theorie, daß die Erde flach sei, und an Abstinenzler. Hatte ein Fachmann auf dem Gebiet der Semantik diese Ausdrücke ausgewählt?

Stirling beschloß, bei der ersten Gelegenheit die Unterlagen über die Organisation in der Redaktion durchzusehen und festzustellen, was sich dabei ergab. Vermutlich nichts, aber in diesem Stadium mochte jede Information von Nutzen sein – immer vorausgesetzt, daß er sich nicht auf einer falschen Fährte befand. Er schaute sich in dem schäbigen Saal um, sah den nachgedunkelten Anstrich, die vollgeklebten Schwarzen Bretter, die abgewetzten Fliesen. Was sollte er jetzt tun? Sich die Leute einzeln vornehmen und sie fragen, ob sie wüßten, wo er seinen Bruder finden könne?

Stirling, der plötzlich einsah, daß es besser gewesen wäre, einen Privatdetektiv einzuschalten, betrachtete methodisch so viele Gesichter wie möglich, in der schwachen Hoffnung, jemand zu erkennen und vielleicht einen Schritt weiterzukommen. Er achtete kaum auf das Erscheinen eines dritten Redners, vorgestellt als Duke Bennett, eines grauuniformierten Mannes um die Fünfzig, mit breiten Schultern und ein wenig krummen Beinen, die eine Art übermenschliche Kraft verrieten. Stirling tastete nach seinen Zigaretten und sehnte sich gleichzeitig nach einem kalten Bier, als ihm aufging, daß der Redner vom „Himmel" sprach.

„Die ganze Konzeption des Internationalen Standard-Ergänzungs-Lands war ein Produkt der Hysterie nach den Ereignissen von 1992. Wir dürfen aber nicht zu verachtungsvoll sein. Der Widersinn dieser Idee ist ein Maßstab nicht für die unpraktische

Denkweise der Leute, die die INSELN gebaut haben, sondern für ihre Verzweiflung. Ein gesetzgebendes Organ muß ja in miserabler Verfassung sein, wenn es die Kosten für den Bau riesiger Flöße genehmigt, sie fünf Kilometer hoch in den Himmel befördert und tonnenweise Erdboden importiert, um sie damit zu bedecken – und das nur, um ein paar Senfpflanzen zu züchten!"

Der Redner machte eine Pause, damit einige Zuhörer zustimmend kichern konnten, dann fuhr er mit seiner überlauten Stimme fort: „Wir können den Erbauern der INSELN verzeihen, aber wir können sie nicht von Schuld freisprechen. Die Wartung der Anti-Schwerkraft-Anlagen allein erfordert jedes Jahr so viel bares Geld, daß man damit die Wiedergewinnung von hundert Quadratkilometer Prärie finanzieren könnte. Mit Rücksicht auf das langfristige Programm unseres Landes heißt das . . ."

Stirling kannte diese Argumente und ließ seine Aufmerksamkeit abschweifen. Er wußte, daß die INSELN keine vernünftige Investition waren, aber um seine gefühlsmäßige Reaktion war es völlig anders bestellt. Es war für zwei vaterlose Jungen, in eine Welt hineingeboren, wo das Wunderbare weniger als eine Erinnerung war, herrlich gewesen, zum Himmel hinaufblicken und dort den „Himmel" wirklich sehen zu können; in einem schrankartigen Raum das enge Bett zu teilen und zufrieden zu sein, weil da oben, hoch im Osten, wo sie es betrachten konnten, dieses ätherische und doch greifbare Gefilde der Seligen schwebte, wo sie beide hingelangen und eines Tages den halbvergessenen Riesen, die ihre Väter gewesen waren, die Hände reichen würden. Und in den langen Nächten hatten sie manchmal winzige vorbeihuschende Lichter flackern sehen, die vielleicht Signale waren.

Stirling, der Erwachsene, konnte mit einiger Belustigung auf Stirling, das Kind, zurückblicken, und trotzdem hatte der „Himmel" seine Aura nie ganz verloren, obwohl die Rätsel seines Namens, seiner Natur und seines Zwecks längst aufgelöst waren. Die offizielle Bezeichnung lautete: **In**ternationales **S**tandard-**E**rgänzungs-**L**and, kurz INSEL US 23; aber in den Fam.-Apts. und Schlafsälen unter seinem Schatten hieß er einfach „Himmel". Der Name war von den frühen Tagen der Kompression her geblieben, als die weiten grünen Flächen dieser INSEL peinigende Erinnerungen an die Vergangenheit darstellten. Niemand lebte im „Himmel" oder auf einer der anderen INSELN, weil die Regierungspsychologen klargemacht hatten, daß sie das Leben in der Kompression nur dann als erträglich hinzustellen vermochten, wenn ausnahmslos alle davon betroffen waren. Die dünne, reine Luft des „Himmels", hoch über den Winden mit dem Giftstaub, war deshalb für die Feldbau-Roboter reserviert, die das Land bestellten.

Die flackernden Lichter, die man manchmal am oberen Rand sehen konnte, waren Spiegelungen von polierten Maschinengehäusen oder Blitze von den Schweißgeräten der Wartungsroboter. Es sei denn, man war ein kleiner Junge. Dann waren es Signale.

Vereinzelter Beifall zeigte Stirling an, daß der Redner seinen Vortrag beendet hatte. Das Publikum schien ohne Ankündigung zu wissen, daß niemand mehr folgte. Viele Leute standen auf und drängten sofort zum Ausgang, während andere in den vorderen Reihen demonstrativ weiterklatschten. Der uniformierte Mann, der die Rede gehalten hatte, verbeugte sich knapp und linkisch, so daß Stirling den Eindruck bekam, daß er kein Berufsredner war. Er schien eigens eingesetzt worden zu sein, um einen bestimmten Punkt hervorzuheben, so, wie ein Polizeisergeant dazu genötigt wurde, vor einem Nähklub über Sicherheit auf den Straßen zu sprechen.

Stirling runzelte die Stirn und versuchte sich zu erinnern, wo er eine solche Uniform schon einmal gesehen hatte. Er stand auf, fragte sich, wieviel er mit seinem Besuch in der Kapelle erreicht hatte, und folgte unentschlossen den Hinausströmenden, als der Redner sich umdrehte, um das Podium zu verlassen. Ein dreieckiges gelbes Abzeichen an seiner Schulter geriet ins Licht – und plötzlich brachte Stirling die strenge graue Uniform unter. Der Redner arbeitete in der Frachttransferorganisation, der die Verantwortung für den Betrieb der Jakobsleiter übertragen war – dem Lift, der „Himmel" und Erde miteinander verband.

Stirling setzte sich wieder. Er versuchte klein und unauffällig zu wirken und nagte geduldig an einem Daumennagel, bis der letzte Zuhörer an ihm vorbeigeschlurft war. Theoretisch wurde mit dem Lift nichts befördert als Düngemittel und Ersatzteile. Aber ein Mensch konnte auch nicht so spurlos verschwinden wie Johnny Considine – theoretisch.

Als er sicher war, daß niemand ihn beobachtete, zog Stirling ein kleines, quadratisches Etui von der Art heraus, wie Juweliere sie für Brillantringe verwendeten. Darin befand sich ein silbernes Ansteckabzeichen, auf das eine einfache Wendel eingraviert war. Er steckte das Abzeichen ins Knopfloch des Rockaufschlags und befestigte an der Rückseite einen haardünnen Draht, der durch das Futter seines Anzugs zu einem winzigen Apparat in seiner linken Rocktasche lief.

Die wochenlange Suche hatte seine begrenzte Geduld für ruhige, vorsichtige Nachforschungen erschöpft. Er hatte sich für einen Frontalangriff entschieden.

3

Duke Bennett pfiff fröhlich vor sich hin, hängte seine graue Uniform auf einen Bügel und sperrte sie in einen Spind. Bevor er den Umkleideraum verließ, betrachtete er sich in dem ein wenig vergilbten Spiegel und lächelte zufrieden. Mit fünfzig Jahren war er immer noch sehr muskulös, und wenn er das schäbige graue Kordzeug ablegte und einen anständigen Anzug trug, sah er sogar noch besser aus als in jungen Jahren. Die Mädchen schienen jedenfalls so zu empfinden, und heute abend sollten noch ein paar mehr Gelegenheit bekommen, das zu beweisen. Während er sich die grauen, gekräuselten Haare kämmte, staunte Bennett, wie schon so oft, über die seltsame Mathematik der Triole. Eine Frau zu haben war gut, also sollten zwei auf einmal doppelt so gut sein, aber in Wirklichkeit wurde die Lust dadurch auf eine ganz andere Ebene gehoben.

In gewisser Weise war es so, daß man etwas umsonst bekam – nur hatte er hohe Spesen. Immerhin, die Sache lief gut, vor allem seitdem er sich den Rückzüglern angeschlossen hatte. Die Anzahl neuer Kontakte war zwar nicht so hoch wie erwartet, aber die Qualität konnte sich sehen lassen, und seine jährlichen Einnahmen überstiegen im Durchschnitt das Doppelte seines Gehalts. Nicht schlecht. Es zeigte, daß jemand mit

Grips nach wie vor gut leben konnte, selbst wenn man seinen Fuß nie in eines dieser vornehmen Colleges gesetzt hatte. Bennett rückte die Glimmgoldspange an seinem Hals zurecht und trat hinaus in den kurzen Flur, der vom Umkleideraum zur Kapelle führte. Er erreichte den Mittelgang und näherte sich dem Ausgang. Die Beleuchtung war abgedunkelt worden, und er war schon halb an der Tür, bevor ihm auffiel, daß noch jemand im Saal saß. Der Mann hatte offenkundig auf ihn gewartet, weil er aufstand, als Bennett herankam. Bennett sah die Größe des Fremden und verlagerte instinktiv das Gewicht, um auf alles gefaßt zu sein, aber als er auf ihn zukam, entspannte er sich wieder. Der breitschultrige Mann wirkte lässig, woraus Bennett, siegreicher Veteran von mehr kurzen, brutalen Schlägereien, als er zählen konnte, sofort schloß, daß er schneller reden als sich bewegen konnte.

„Warten Sie auf mich?" Bennett wollte möglichst schnell von hier weg, hatte aber nicht die Absicht, einen möglichen Kunden zu entmutigen.

„Auf Anhieb erraten." Der Fremde sprach mit tiefer, akzentloser Stimme und lächelte, als er Bennett in die Augen sah. Wieso ist er so selbstsicher? dachte Bennett gereizt. Ich gebe ihm zwanzig Sekunden, mehr nicht.

„Nun, sind Sie zufrieden? Oder wollten Sie auch mit mir sprechen?"

Das Lächeln des Fremden wurde breiter. „Wieder getroffen. Ich wollte wirklich mit Ihnen reden."

„Dann reden Sie", sagte Bennett ungeduldig. „Heraus damit!"

„Ich bin Johnny Considines Bruder."

Die Worte schockierten Bennett, aber er begriff sofort, daß das die Absicht gewesen war, daß das ganze Gespräch nur zu diesem Zweck stattfand. Er starrte leer vor sich hin, erfüllt von dem tröstlichen Bewußtsein, daß er sich völlig in der Gewalt hatte. So leicht übertölpelte man Duke Bennett nicht.

„Ich habe auch Verwandte", sagte er. „Ist das Ihr einziger Anspruch auf Ruhm? Daß Sie Bruder sind?"

„Sie haben also nie von Johnny Considine gehört?" Der Fremde berührte ein silbernes Abzeichen an seinem Rockaufschlag und lächelte unbeirrt.

„Nicht, soweit ich mich erinnern kann."

„Sehr bedauerlich. Ich versuche ihn zu finden."

„Jeder sucht irgend etwas", sagte Bennett brüsk. Er hatte sich an dem anderen vorbeigeschoben, aber plötzlich bemerkte er, daß er zurückgehalten wurde. Bennett blickte ungläubig auf die Hand hinunter. Der Kerl fleht direkt darum, demoliert zu werden, dachte er. Aber das bedeutet, daß er nichts weiß und mich unter Druck setzt, um zu sehen, was passiert. Und das bedeutet wiederum, daß nichts passieren darf. Sehr schade, weil mir noch keiner begegnet ist, der es so nötig gehabt hätte, seine eigenen Zähne zu schlucken.

„Ich habe gehört, daß mein Bruder regelmäßig an den Versammlungen hier teilgenommen hat."

„Das heißt nicht, daß ich ihn kennen muß", sagte Bennett so ruhig, wie er konnte. „Hören Sie. Ich interessiere mich für die Bewegung der Rückzügler. Der Ortsausschuß bittet mich deshalb, über die INSELN zu sprechen, und das mache ich, weil ich gerne öffentlich rede. Aber ich komme nur einmal in der Woche her und kenne außer den Ausschußmitgliedern niemand. In Ordnung? Macht es Ihnen etwas aus, wenn ich jetzt gehe?" Bennett starrte in die grauen Augen des anderen und fragte sich, ob er zu vernünftig gewesen war.

„Natürlich nicht", erwiderte der Unbekannte mit befriedigtem Unterton, den Bennett als beunruhigend empfand. „Entschuldigen Sie die Störung."

Bennett stieg die schmale Treppe hinunter und trat auf die Straße, wo er ein paarmal tief einatmete, bevor er sich auf den Weg zu den Jagdgründen der First Avenue begab. Der Zwischenfall war ein nebensächliches Ärgernis gewesen, aber es bestand kein Grund zur Beunruhigung. Der junge Considine war ein idealer Kandidat für den „Himmel" gewesen, und kein Mensch konnte erraten, wo er hingekommen war. Trotzdem war es vielleicht besser, wenn er sich eine Weile zurückhielt. Er hatte genug Barreserven, um sich für den Rest des Jahres das Lebensnotwendige – das wirklich Lebensnotwendige – leisten zu können.

Nach dieser Entscheidung atmete Bennett auf, und sofort spürte er in der Magengegend die eisigen, aber angenehmen Regungen der Vorfreude. Sein Denken verlor sich in Visionen der schlichten und doch raffinierten Triolen-Abwandlungen nach der Hautfarbe: weiß, schwarz und das ganze warme Sexualspektrum dazwischen.

Der Telepolygraph war schon an sich ein teures Gerät, und die Tatsache, daß sein Gebrauch ungesetzlich war, hatte den Marktpreis um ein Mehrfaches über den wahren Wert hinausgetrieben. Etwa die Hälfte der Herstellungskosten fiel für den abzeichenartigen Empfänger an, der auf eine Entfernung von über einem Meter enzephalographische Aktivitäten auffing und den Pulsschlag maß, wenn sein unglaublich zielgenauer Senso auf Bereiche der Hautpulsation gerichtet war. Der Rest ging auf für das Komparatornetz und die Logikschaltungen, die einen Daumenvibrator auslösten, sobald bestimmte Kriterien erfüllt waren.

Allgemein stellte der Telepolygraph eine unerträglich teure und komplizierte Methode dafür dar, herauszufinden, ob jemand log, aber in manchen Berufen war er durchaus von Nutzen. Stirling hatte den seinen bei einem besonders harten Pokerspiel von einem Reporterkollegen gewonnen, ihn aber bei seiner Arbeit selten verwendet. Diesmal jedoch hatte er sich wirklich bezahlt gemacht. Der Vibrator hatte jedesmal, wenn Bennett nach Johnny befragt worden war, seinem Daumen Stiche wie von einer Wespe versetzt. Aber zu wissen, daß jemand log, war nicht ganz dasselbe, wie die Wahrheit zu kennen.

Stirling stand unschlüssig am Eingang zur Rückzüglerkapelle und sah Bennetts elegante Athletenfigur mit den scheinbar ziellosen Strömen von Menschen verschmelzen, die sich auf den Gehsteigen drängten und auf die Straße überquollen. Stirling erkannte, daß der andere kein Taxi heranzuwinken gedachte, stöhnte verärgert und stemmte sich den Menschenfluten entgegen. Binnen Sekunden war sein Hemd schweißnaß, und seine Hosenbeine klebten an der Haut, so daß ihm das Gehen schwerfiel. Er hielt gehörigen Abstand zu Bennett und bemerkte mit Erleichterung, daß er nicht aufzuholen brauchte. Bennett schien ein wahres Kind der Kompression zu sein: Mühelos glitt er durch die Barrieren aus Fleisch, während Stirling sich hinter ihm grimmig abmühte wie ein

Schleppboot hinter einer Rennjacht. Die unregelmäßigen Streifen Himmel, die man zwischen den Hochstraßen sehen konnte, waren zu einem hektischen Indigoblau gedunkelt, mit staubigem Safrangelb im Westen.

Als sie sich der First Avenue näherten, machten die Bürogebäude einer Mixtur von Eßlokalen, Bars, Drugstores und Vergnügungshäusern Platz. Kosmodrome mit ihren Illusionen von Raum, Flug und Freiheit waren populär, aber es gab viele Variationen. In den sogenannten Aktionshäusern konnte jeder den Eintritt bezahlen, in eine Wiege klettern, die Halluzinogene einatmen und sein Gehirn in das Cockpit eines zentimeterlangen Kampfflugzeugs verpflanzen. Während die Mikro-Miniaturkameras ihm durch eine Funkverbindung Sinnesempfindungen übermittelten, konnte er einsame Dschungelmissionen fliegen, sich an Luftkämpfen beteiligen oder Luftakrobatik betreiben. Die meisten Gäste schienen jedoch mit Vorliebe die wunderbar nachgebauten Städte bombardieren und beschießen zu wollen.

Stirlings einmaliger Besuch im Kosmodrom hatte seine Neugier befriedigt, aber während er Bennett nachstapfte, begann er sich nach einer Gelegenheit zu sehnen, irgendwo haltmachen zu können, nur um zu Atem zu kommen. Die rötlich glühenden Leuchtschriften funkelten ihn an. HIER SAUERSTOFF. SAUERSTOFF-ANLAGE. KOMMEN SIE HEREIN, UND ATMEN SIE FREI. Stirling versuchte, nicht auf die Einladungen zu achten. Die Regierung versicherte regelmäßig, daß trotz des leichten Rückgangs des Sauerstoffgehalts der Luft durch die Vernichtung der Vegetation alle empfundenen Auswirkungen rein psychischer Natur seien. Stirlings Meinung war, daß sie für alle die mittelgroßen, schmalen, trockenen Leute psychischer Natur sein mochten, die er jeden Tag um ihren Körperbau beneidete, aber für ihn waren die Wirkungen tatsächlich vorhanden.

Zwei Straßen von den grellsten Lichtern entfernt, redete er sich ein, daß es wenig Sinn hatte, Bennett durch die ganze Stadt zu verfolgen. Die nächste Rolltreppe trug ihn zwei Straßenetagen hinauf, wo er ein Taxi fand, das nach Süden fuhr.

Nach den Belastungen und der Hitze in den untersten Straßen waren die leeren Räume der Redaktion beinahe willkommen. Stirling wußte aus Erfahrung, daß er die Leere nur ein paar Minuten lang würde schätzen können, bevor die Unruhe einsetzte. Macht nichts, sagte er sich. In einer Gesellschaft, in der Klaustrophobie eine Sünde ist, muß Agoraphobie eine Tugend sein. Er warf sein Jackett auf einen Schreibtisch und ging zum Nachrichtenbüro, wo die beiden Leute vom Dienst für diese Woche gelangweilt herumsaßen. Hinter ihnen war der lange Saal kühl und höhlenartig, mit Schatten verstellt.

„Hallo, Vic", sagte Dolan munter. „Ich wußte gar nicht, daß Sie heute abend dran sind."

„Bin ich nicht – schlagen Sie sich gleich aus dem Kopf, daß Sie mich zum Telefondienst einsetzen können." Stirling hob Dolans Beine vom Schreibtisch und setzte sich auf die Kante. „Sagen Sie, Chris, was wissen Sie über die Rückzügler?"

„Was gibt es da schon zu wissen? Einfach eine von diesen kleinen Sekten. Zurück zur Natur und so weiter."

Der andere Mann vom Nachtdienst, Waldo Fitz, nahm eine 3-D-Fernsehbrille ab und schaute neugierig herüber. Fitz war ein mürrischer, stämmiger junger Mann ohne jede Phantasie, aber mit einem Gehirn wie ein Computer. Er war außerdem ein erstklassiger Journalist.

„Sind Sie hinter einer Story her? Uns fehlt noch allerhand für morgen. Sie könnten mit einem Fall von Geschwindigkeitsüberschreitung auf die erste Seite kommen."

„Nein", sagte Stirling vorsichtig. „Ich frage nur. Bieten die Rückzügler Material für einen Artikel?"

Fitz zuckte die Achseln. „Möglich. Der Bursche, der die Sekte führt, heißt Mason Third. Sein Name taucht immer wieder auf."

„In welchem Zusammenhang?"

„In keinem besonderen. Er taucht einfach auf, das ist alles." Fitz wählte an seiner Brille einen anderen Kanal. Während die kleinen Links-und-Rechts-Bilder wie gefangene Kerzenflammen flackerten, sank er wieder in seine Betäubung zurück. Aus den Ohrbügeln drang schrille Musik.

Stirling, der Fitz als einen Mann kannte, von dem keine Geschenke zu erwarten waren, war unzufrieden. Er ging zu seinem eigenen Schreibtisch, setzte sich und zog ein Computer-Sichtgerät zu sich heran. Auf die eingetippte Anforderung hin erschienen auf dem Bildschirm alle Ausschnitte des *Record* über die Rückzügler und Mason Third. Stirling konnte sie in weniger als fünf Minuten überfliegen und erfuhr praktisch gar nichts. Die Mehrheit der Hinweise auf die Sekte waren in Artikeln enthalten, die allgemeine Überblicke über religiöse Bewegungen beschrieben und sich damit begnügten, die Rückzügler als obskure und ganz nebensächliche Sekte zu schildern. Die Unterlagen über Third enthielten etwa ein Dutzend Ausschnitte aus den vergangenen fünfzehn Jahren. Sie vermittelten den Eindruck, daß er Rechtsanwalt oder Prediger war – oder beides –, der sich am Rand der politischen Szene aufgehalten hatte, ohne sich je festzulegen oder irgendwo anzuschließen. Sein Name war ganz vereinzelt im Zusammenhang mit dem Transport-Tribunal/Bürgeraktionsgruppenbereich aufgetaucht. Einmal war er als Mitbeklagter in einer gewöhnlichen Scheidungssache genannt worden, und ein andermal hatte er wegen versuchter Steuerhinterziehung eine Geldstrafe erhalten. Stirling gewann aus allem nur den Eindruck einer schattenhaften, leicht abstoßenden Gestalt, die von nirgendwo kam und kein erkennbares Ziel zu haben schien.

Er schob sein neuentdecktes Interesse an den Rückzüglern beiseite und tippte Duke Bennetts Namen und die wenigen verfügbaren Tatsachen über seine Person ein. Es gab eine kurze Verzögerung, als der Zentralcomputer Stadtadreßbücher, Wahllisten und diejenigen Polizeiunterlagen befragte, die dem *Record* zur Verfügung standen. Endlich brachte der Bildschirm die Bestätigung, daß Bennett in dem an das Internationale Standard-Ergänzungs-Land, US 23, angeschlossenen Frachttransferdienst arbeitete. Die einzige neue Information war seine Adresse, ein Einzelapartment im Norden der Stadt, nicht weit von Stirlings Wohnung entfernt.

Stirling prägte sich die Reihe von Schriftzeichen ein. Hier war wieder ein Hinweis, wieder ein Wegweiser. Er verdiente als Seniorreporter recht gut, und es kostete ihn nur die Hälfte seines Gehalts, um das Vorrecht zu erkaufen, allein zu leben und zu wohnen. Wie finanzierte Bennett also seine Wohnung mit dem Gehalt eines Luftmannes?

ES WAR fast zwei Uhr morgens, bevor Stirling Schritte im Zugangskorridor hörte.

Er drückte sich in den Schatten des Eingangs und hatte seinen Presseausweis schon in der Hand. Die Schritte kamen näher, und Stirling wagte einen Blick in den Korridor. Eine Leuchtröhre an der niedrigen Decke zeigte Bennett im Zickzackkurs unterwegs zu seinem Apartment, zwischen zwei Japanerinnen, die sich offenbar anstrengen mußten, ihn zu stützen. Das kalte Röhrenlicht hob die Silberstreifen in Bennetts Haar hervor. Sein Gesicht war gerötet und ekstatisch, und die Mädchen kicherten jedesmal, wenn ein neuer Verlust des Gleichgewichts die eine oder andere an die nahen Wände preßte. Sie waren umgeben von Visi-Parfümwolken in Pastell, und ihre Absätze erzeugten bei jedem Schritt farbige Lichtblitze. Ein feines Paar professioneller Glühwürmchen, dachte Stirling nebenbei.

Er wartete, bis die Gruppe ihn beinahe erreicht hatte, dann trat er heraus und wedelte kurz mit dem Ausweis.

„So, meine Damen“, knurrte er. „Ich brauche gleich Ihre Namen. Und jetzt weg von dem Mann.“

Wie erwartet, flüchteten die beiden Mädchen augenblicklich, und ihre schnellen Schritte schleuderten Schauer von leuchtenden Blitzen aus ihren Schuhen, so, als bezögen sie Strom aus dem Fußboden. Bennett sah ihnen betrunken blinzelnd einen Augenblick nach, dann richtete er seinen Blick auf Stirlings Gesicht und wurde trüb vor Zorn und Fassungslosigkeit.

„Sie“, keuchte er. „Sie!“

„Stimmt – Johnny Considines Bruder. Ich habe einen Vorschlag für Sie, Bennett.“

Stirling sprach ganz schnell, um die Gewalttätigkeit zu unterbinden, die er in den massigen Schultern des anderen entstehen sah, aber es war nutzlos. Bennett stürzte sich mit fliegenden Fäusten auf ihn, und alle Spuren der Trunkenheit schienen plötzlich verflogen zu sein. Stirling blieb nur ein Sekundenbruchteil, um mit Erleichterung festzustellen, daß Bennett den Fehler machte anzunehmen, unter seiner Fettschicht könnten keine Muskeln verborgen sein. Er riskierte etwas und ließ zu, daß sein 105-Kilogramm-Körper ein paar brutale Schläge Bennetts hinnahm, während er auf die Gelegenheit wartete, seine Rechte zu gebrauchen. Das Manöver endete beinahe mit einer Katastrophe, weil die Schläge mit professioneller Brutalität ausgeteilt wurden und wirklich schmerzten, aber Bennett machte sich nicht die Mühe einer Abwehr. Stirling sah die Lücke und landete eine einzige, massive Rechte, deren Abstammung bis zu den Todesschlägen der Bleihandschuhe in römischen Arenen zurückzuverfolgen gewesen wäre. Bennetts Kraft und Erfahrung konnten nicht verhindern, daß er von den Beinen gerissen wurde, sich um die Faust krümmte und dann ein paar Meter weiter auf den Rücken stürzte. Er rutschte ein kurzes Stück auf dem glatten Plastikboden entlang und blieb keuchend liegen.

Stirling staunte über seine eigenen Fähigkeiten, zündete sich eine Zigarette an und starrte durch eine Maske aus Rauch auf Bennett hinunter.

„Nächstes Mal . . ." Bennetts Augen wurden vor Schmerz zu Schlitzen. „Nächstes Mal . . . haben Sie nicht . . . soviel Glück."

Stirling gab sich unbeeindruckt. „Ein nächstes Mal gibt es nicht, Bennett. Ich bin Reporter beim *Record*, und Sie riechen nach Schlagzeilenmaterial. Kann Ihr Geschäft das Aufsehen vertragen?"

„Was für ein Geschäft?"

„Ihr Exportgeschäft, versteht sich." Stirling blickte bedeutsam nach oben. „Vielleicht sollte ich nicht von Export reden. Sie liften Sachen, nicht wahr? Sachen und . . . Menschen."

„Sie sind verrückt."

„Gut, Bennett. Sie können in Ihr sündteures Apartment kriechen und auf den morgigen *Record* warten. Sie werden etwas über sich lesen." Stirling ging davon und fragte sich, ob Bennett genug über die Presseethik wußte, um zu erkennen, daß kein Redakteur mit derart dürftigen Informationen an die Öffentlichkeit gehen würde.

„Warten Sie doch!" rief Bennett verzweifelt. „Sie haben von einem Vorschlag gesprochen."

Stirling wandte sich um, ging zurück und half ihm auf die Beine. Trotz seines Triumphs spürte er in der Lunge eine beunruhigende Enge – so, als mühte sie sich bereits mit der kalten, dünnen Luft vom „Himmel" ab.

4

Die Bodenstation für das Internationale Standard-Ergänzungs-Land, US 23, war eine künstliche Insel auf Stelzen, fünfzehn Kilometer von der Küste entfernt. Fünf Kilometer über ihren Lagerschuppen, Aufnahmebehältern und dem Verwaltungsbau befand sich der Westrand der Insel, ein rechteckiges Floß von zweihundertfünfzig Quadratkilometern. In der Mitte der Stelzeninsel gab es eine Anordnung von sechs Frachtliften, die Vorräte zur Insel hinaufbeförderten und die Produkte von dort zur Verbringung an die Küste zurückbrachten. Jeder Lift war eine einfache Plattform mit Nega-Gravitationsanlagen, automatischer Andockeinrichtung und Fernsteuerungsgeräten, die seine Bedienung von einem Kontrollblock mit Glasdach aus ermöglichten.

Stirling war schon einmal auf der Stelzeninsel gewesen, zusammen mit anderen Journalisten bei einem der seltenen, von der Ostküstenregierung organisierten Pressebesuche, aber jetzt sah er sie mit neuen Augen.

Zu Beginn der zehn Minuten dauernden Gleiterfahrt von Newburyport aus war die Stelzeninsel ein schieferblauer Buckel am Horizont. Sie unterschied sich nicht von den anderen Merkmalen der Kette von Ernährungs-Tech-Verarbeitungs-Stationen, die sich fast an der ganzen Küste entlangzogen. Es war ein sonniger Nachmittag mit frischem Westwind, der das schwärzlich aussehende Wasser in regelmäßigen Wellen vor sich hertrieb. Die Verarbeitungsstationen, die man im Norden und Süden sehen konnte, waren umrandet von weißen Schaumlinien, so scharf gezeichnet wie die feinsten Pinselstriche auf einer orientalischen Vase. Stirling sah eine Anzahl der Frachtgleiter, die geschäftig Ladungen mit Fischprotein, Meeresprotozoen und Tang beförderten, mit denen beinahe die ganze Bevölkerung ernährt wurde. Hinter der Reihe der Stationen sah er einen der riesigen Trawler herantreiben, der leidenschaftslos Schwärme, Armeen, ganze Tiefseefischkönigreiche mit seinen unsichtbaren Magnetnetzen zusammentrieb.

Wenn man an Land lebte, dachte Stirling, war es leicht, das

ungeheure Ausmaß der Arbeit der Ernährungs-Technologie-Behörde ebenso zu vergessen wie die schlichte Tatsache, daß sie zwischen der Bevölkerung der Vereinigten Staaten und der Dezimierung durch Hungersnöte stand. In diesem Licht betrachtet, konnte man Gordon Hodder und den anderen Mitgliedern der ETB-Hierarchie beinahe verzeihen, daß sie eine politische Maschinerie geschaffen hatten und systematisch Schlüsselpositionen in der Regierung mit ihren eigenen Leuten besetzten. Vom Verfassungsprinzip her gab es sogar Argumente, die dafür sprachen. Viele politische Theoretiker hatten betont, daß die ETB, da die Vereinigten Staaten durch den Staub praktisch in zwei verschiedene Länder getrennt worden waren, jedes mit eigener Verwaltung, die einzige große einigende Kraft war, die es noch gab. Die nominell demokratische Ostküstenregierung und der republikanische Westen schienen sich immer weiter voneinander zu entfernen, wodurch ein politisches Klima entstand, in dem Hodder der erste echte Präsident werden konnte, den das Land in beinahe hundert Jahren erlebt hatte.

Stirling war kein politisch denkender Mensch, aber der Gedanke an einen führenden Kopf des Landes, der absolute Kontrolle über die Nahrungsvorräte hatte, war ihm zuwider. Sein Einwand war so tief verwurzelt, daß er es nie für nötig gehalten hatte, ihn genauer zu erläutern.

Als die Verarbeitungsstationen zurückblieben, wurde die Stelzeninsel vor ihnen am Horizont größer. Ein schwarzer Punkt löste sich von der Oberfläche und begann mit dem langen Aufstieg zum „Himmel". Das führte Stirling die Ungeheuerlichkeit dessen vor Augen, was er vorhatte. Die INSEL war ein riesiges, dunstiges Trapez, das fast den ganzen östlichen Himmel ausfüllte. Wolkenfetzen strömten unter ihm dahin und verbargen vieles von den Einzelheiten der Unterseite, aber auf diese Entfernung konnte er den Höcker des zentral gelegenen Kraftwerks erkennen. Kleinere Hilfsantriebe überzogen das Gefüge in einem regelmäßigen Muster – das Feld erzeugend, das es vor den tödlichen Neigungen der Schwerkraft schützte –, und zwischen ihnen verliefen komplizierte Geflechte von Gitterträgern und Stützbalken.

Warum, dachte Stirling betäubt, warum sollte irgend jemand

den Boden verlassen und dort oben leben wollen? Grüne Felder und frische Nahrung mochte es da geben – aber man wäre entblößt, den nackten Himmel über sich, fünftausend Meter winddurchwehter Dunkelheit gähnend unter seinem Bett, während man schlief. Der Gedanke war . . . unfaßbar. Plötzlich wollte Stirling nicht mehr hinauf und konnte keinen Grund mehr dafür angeben, warum er hinaufgewollt hatte. Johnnys Verschwinden war nicht länger rätselhaft: Bennett hatte ihm bestätigt, daß er eine Fahrt ohne Rückfahrkarte zur INSEL gebucht hatte. Seine Mutter war von seinem Verschwinden tiefer getroffen worden, als sie zugab, aber was war erreicht, wenn er Johnny wieder herunterholte? Und wenn er, Stirling, von einem verspäteten Bedürfnis getrieben wurde, die Rolle eines beschützenden großen Bruders zu spielen, gab es dann nicht eine weniger dramatische Geste, die er machen konnte?

Diese Fragen untergruben Stirlings Entschlossenheit immer mehr, als die Stelzeninsel vor ihm hochragte und ihre Masten und Kräne in den Himmel reckte. Er bewegte die Schultern unruhig in der fremden grauen Uniform und ging durch den Frachtraum zu Bennett, der düster in einen leeren Phosphatbehälter starrte.

„Steigen Sie lieber hinein", sagte Bennett. „In ein paar Minuten legen wir an."

Stirling zögerte. Dann stellte er sich einen ununterbrochenen Bogen pulsierenden blauen Himmels über sich und fünf gnadenlose Kilometer dünner Luft unter seinen Füßen vor. Ein eisiges Gefühl entstand in seiner Leistengegend und kroch langsam durch Bauch und Magen. Er umklammerte den Rand des Containers, zerquetschte den dicken, buttrigen Kunststoff und bemerkte, daß Bennett ihn mit unverhüllter Gehässigkeit ansah.

„Was ist los, großer Mann? Haben Sie es sich anders überlegt?"

„Ich überlege es mir nicht anders."

„Könnte ich Ihnen nicht mal übelnehmen. Da muß einer ja krank sein, wenn er da hinaufwill. Sie können noch zurück."

„Lassen Sie nur." Stirling stieg in den Behälter und kauerte sich nieder, damit Bennett den Deckel schließen konnte.

Bennett meinte achselzuckend: „Meinetwegen, aber machen

Sie bloß keinen Fehler. Vergessen Sie nicht, auf die Uhr zu schauen, sobald Sie merken, daß der Lift in Bewegung ist. Die Fahrt dauert zwölf Minuten, ein paar Sekunden hin oder her. Dann werden Sie auf ein Transferband geschoben. Ich habe diesen Behälter ans Ende gestellt, damit Sie gute fünf Minuten Zeit haben, bis er zu den Öffnern gelangt. Die Klingen schneiden das Unterteil einfach ab . . . Bleiben Sie also nicht zu lange drinnen."

Stirling nickte verbissen.

„Wir geben Ihnen zwei Minuten vom Augenblick der Ankunft an – das heißt genau vierzehn Minuten nach der Sekunde, in der es abgeht –, dann brechen Sie auf der Stelle aus.Vierzehn Minuten, merken Sie sich das. Ich bin hier unten im Monitorraum und lenke den diensthabenden Offizier genau in diesem Moment ab. Ich kann aber nicht erreichen, daß er länger als eine halbe Minute nicht auf den Bildschirm schaut. Sie müssen sehr schnell handeln, verstanden?"

„Vierzehn Minuten warten, dann hinausspringen", sagte Stirling ungeduldig. „Das ist ja nicht so schwierig."

Bennett grinste. „Theorie am Boden und Praxis da oben sind zwei verschiedene Dinge. Sie werden ja sehen."

Stirling starrte ihn ausdruckslos an, als Bennett den gelben Plastikdeckel aufdrückte, der das ganze Licht bis auf einen trüben senfgelben Schimmer von oben abschnitt. Er kam auf den Gedanken, daß Bennett ihm über den Ablauf der Dinge auf der INSEL und die zeitliche Folge die Unwahrheit gesagt haben mochte. Wenn die Phosphatbehälter nun vom Lift aus direkt in einen Maschinenöffner geschoben wurden? Oder sogar in eine Quetschmaschine? Und wenn Stirling tot war, gab es kaum noch belastendes Material gegen Bennett, selbst wenn die Monitormannschaft seine Leiche bemerkte. Die Wachen an den Küstenkontrollpunkten würden sich kaum daran erinnern, daß sie die beiden Männer gemeinsam hatten passieren sehen.

Negatives Denken, sagte sich Stirling. Er konnte die Belastungen, die ihn in den Fußstapfen seines Bruders auf die INSEL trieben, nicht ganz begreifen, aber er wußte, daß er in diesem Stadium nicht umkehren würde. Stirling brachte ein paar Minuten damit zu, den kleinen Rucksack durchzugehen, den er auf Bennetts Rat vorbereitet hatte, und den Inhalt zu prüfen. Er hatte einen schaumstoffgefütterten Schlafsack mitgebracht, eine Anzahl einzeln verpackter Proteinstangen und eine starke Stablampe. Er wußte nicht, wie lange er brauchen würde, um Johnny zu finden und ihn zur Rückkehr zu bewegen, und er hatte sich mit dem Gedanken vertraut gemacht, daß er mehrere Tage würde oben verbringen müssen.

Zurückzukehren war ein vergleichsweise einfach zu lösendes Problem, weil zu dieser Jahreszeit jeden Tag Ladungen mit Kopfsalat und anderem Blattgemüse heruntergeschickt wurden. Die Behälter wurden außerhalb der Reichweite der Monitorkameras beladen, und Bennett hatte einen Plan seiner Schichtdienstzeiten für die kommende Woche geliefert und dazu Anweisungen, wie die Kiste zu bezeichnen sei, in der sie sich verstecken wollten.

Stirling spürte den Gleiter schwanken, als er die Stelzeninsel erreichte und eine Rampe hinauffuhr. Es gab eine kurze Verzögerung, gefolgt von einer Periode mit Stößen und rutschenden Bewegungen. Unverständliche Rufe übertönten das klagende Wimmern von Servomotoren, und er fragte sich, an wie vielen Drähten Bennett eigentlich ziehen mußte, um die normalen Gewichts- und Strahlungsprüfungen zu umgehen, die seine Anwesenheit verraten konnten.

Zusammengekauert im safrangelben Zwielicht des Behälters, hielt Stirling die Uhr vor seine Augen und wartete auf den Aufstieg. Er fragte sich, ob er den genauen Augenblick wahrnehmen würde.

Er nahm ihn wahr.

Alle Anti-Schwerkraft-Fahrzeuge für Passagierbeförderung streuen einen Teil der unverbrauchten Gravitationskraft durch ein Feldumkehrstadium; dadurch wird auf der Oberseite des Fahrzeugs künstlich Schwerkraft erzeugt. Bei einem nur für Frachtzwecke vorgesehenen Fahrzeug war das eine unnötige Feinheit. Es war billiger und einfacher, dafür zu sorgen, daß die Fracht entweder in verankerten Behältern verstaut oder mit Netzen festgezurrt wurde, um Verschiebungen zu verhindern. Stirlings erste Wahrnehmung, daß der Lift aufstieg, brachte das plötzliche Gefühl, daß er stürzte, hinabraste, so schnell die Erde ihn ansaugen konnte. Er schwebte vom Boden des Behälters hoch, griff vergeblich nach einem festen Halt und berührte leicht den Deckel. Alle archaischen Instinkte in seinem Körper befahlen ihm zu schreien, denn seit der Entstehung des Lebens war jedem Wesen, das dieses Gefühl erlebte, binnen Sekunden der Tod bestimmt.

Eine unbestimmte Zeitspanne verging, bevor kühlfingrige Logik ihm sagte, daß er nicht fallen konnte und daß er lediglich von der Kraft der Gravitation abgeschirmt wurde. Stirling zwang sich zur Ruhe, dann fiel ihm ein, daß er nicht auf die Uhr geachtet hatte. Er blickte auf den ruckenden Zeiger – die blinde Gegenwart, in die Ewigkeit tappend – und fragte sich, zehn, zwanzig, dreißig Sekunden? Er legte sich auf zwanzig fest, schob den Rücken an eine Wand aus wächsernem Kunststoff, stemmte die Beine an die gegenüberliegende und wartete den langen Aufstieg zum „Himmel" ab.

Wenn er es sich recht überlegte, hätte er die Gewichtslosigkeit voraussehen müssen. Es war genau jene Erscheinung, die wesentlich dazu beigetragen hatte, daß die Ausbreitung der Internationalen Standard-Ergänzungs-Länder aufhörte. In den Panikjahren nach der Kompression war Geld kein Hindernis gewesen, und die Großen Drei hatten zunächst auf die Schaffung einer fliegenden Agrikultur abgezielt – sie wollten notfalls Meere und Ozeane mit Anti-Grav-Flößen überbrücken. Ein solches Programm war sogar in Angriff genommen worden, aber die neue Wissenschaft der Anti-Gravitation geriet mit der ältesten der Menschheit in Konflikt – mit der Astronomie. Es stellte sich klar heraus, daß die Floßkonstruktion in einem solchen Maßstab einen beträchtlichen Teil der wechselseitigen Anziehung zwischen Erde und Sonne unterbrochen und den Planeten in einer immer größer werdenden Spirale vom zentralen Himmelsfeuer fortgelenkt hätte. Man unternahm einen neuen Anfang mit INSELN, bei denen nur das tragende Gitterwerk abgeschirmt war – ein weitaus schwierigeres technisches Problem –, aber inzwischen erzielte die ETB bereits Resultate mit der Nahrungsgewinnung aus den Meeren, und das INSEL-Programm stockte.

Stirlings nächster Hinweis, daß der Lift an Höhe gewann, ergab sich, als er die Kälte zu spüren begann, aber das Absinken der Temperatur gehörte zu den Dingen, die er erwartet hatte; schon als Kinder hatten er und Johnny das Bedürfnis nach dicken Stiefeln auf den Hochländern des „Himmels“ begriffen. Er schob die Gurte des Rucksacks über seine Schultern, kniete nieder und bereitete sich darauf vor, durch den Deckel des Behälters zu stoßen. Seine Uhr zeigte, daß knapp über zwölf Minuten vergangen waren, als schlagartig das Gewicht zurückkehrte und eine schiebende, seitliche Bewegung bemerkbar wurde. Ein Gemisch von einander überlappenden mechanischen Geräuschen drang gedämpft zu ihm: hydraulisches Fauchen, das dumpfe Dröhnen von Pumpen und Getrieben, dazwischen ab und zu schrilles Quietschen.

Stirlings Mund war trocken. Ich bin fünf Kilometer hoch im Blau, dachte er, und nichts ist unter oder über mir. Werde ich meine Arme und Beine unter Kontrolle haben? Und meine Blase?

Nach genau vierzehn Minuten stieß Stirling sich ab. Der biegsame Kunststoff des Deckels wölbte sich einen Augenblick, dann schnellte er zurück und warf ihn auf die Knie. Er fluchte wild. Das war es also! Bennett hatte den Deckel festgeklemmt, damit Stirling im Behälter bleiben mußte, bis er die Klingen erreichte. Oder würden es Zerkleinerungsmaschinen sein?

Stirling stemmte seine Hände auf die breiten Knie, preßte den Rücken an den Deckel und setzte die ganze Kraft ein, deren sein großer Körper fähig war. Der Deckel wölbte sich immer stärker, brach aber nicht auseinander. Warte auf mich, Johnny. Um Himmels willen, warte auf mich! Ächzend vor Anstrengung, rammte er den Deckel noch einmal, die Schultern hochgezogen. Der Kunststoff zerriß in scharfrandige Zungen, die seine Haut zerfetzten, als er hinausschnellte.

Während er sich abmühte, die Beine aus dem sich störrisch zusammenziehenden Loch im Deckel zu ziehen, sah Stirling kurz sterilen blauen Himmel, überzogen von Gitterträgern, links einen grünen Horizont und seine unmittelbaren Vorgänger in der Reihe gelber Behälter. Sie bewegten sich auf einer Rollenbahn über eine Reihe fauchender Kreisklingen, die sie von unten her aufrissen, so daß das weiße Pulver in einen Fülltrichter darunter fallen konnte. Es blieben keine fünf Sekunden, bis er die Reißmaschinen erreichte, und Füße und Knöchel steckten noch immer in den zähen Triangeln aus Kunststoff.

Stirling stieß wild zu, fühlte Stoff und Haut an den scharfen Rändern reißen, dann kippte er seitwärts, weg vom Zug der Container. Er sprang von der Rollenbahn in die Streben eines Gitterträgers, der parallel zu ihr verlief, ließ sich auf eine mit Metallschienen übersäte Fläche fallen und rannte in Richtung des grünen Horizonts. Seine Füße rutschten auf einer dicken Frostschicht, und die eisige Luft brannte in Kehle und Lunge. Auf seiner rechten Seite wurde ein winkliges grellrotes Objekt lebendig und raste auf Rädern mit purpurnem Feuerrand heran.

Als Stirling die Kante des flachen Bereichs erreichte, entdeckte er zu spät, daß er sich fünf Meter über der Vegetation befand, die er vorhin gesehen hatte. Das rote Ding schnatterte ihn an und peitschte mit Chromarmen durch die Luft. Er sprang blindlings von der Kante und krachte in eine Welt von nassem grünem Laub und schwarzer Erde. Seine für den Aufprall nicht vorbereiteten Beine knickten ein, er kippte nach vorn und landete auf einem glatten, im Humus halb vergrabenen Stein.

Unfaßbarerweise gab es einen Augenblick völliger Stille und Friedlichkeit: Die rote Maschine schien ihr Interesse an ihm verloren zu haben, nachdem er aus ihrem Bereich verschwunden war. Stirling setzte sich vorsichtig auf, versuchte wieder zu Atem zu kommen, und entdeckte an dem Stein, auf den er gestürzt war, etwas Unangenehmes. Er war von weißlicher Farbe und besaß gähnende Augenhöhlen.

In zwei von den Zähnen schimmerten Goldfüllungen.

5

Es gab keine weiten Wiesen im „Himmel".

In Stirlings Kindheitsträumen war die Insel ein Ort sanft gewölbter großer Wiesen, sanfter Hügel und klarer Bäche gewesen – eine Montage aller idealen Eigenschaften einer Welt, die er nie gekannt hatte. Erst viel später war ihm klargeworden, daß, wenn die Insel irgendeiner Erscheinung des Vorkriegsamerika entsprach, dies vermutlich eine Großgärtnerei sein würde; aber die jungenhaften Visionen hatten sich gehalten und die Tatsachen mit ererbten Hirngespinsten überdeckt.

Die Insel war in Felder von je dreißig Meter aufgeteilt, und jedes Feld erstreckte sich über die gesamte Länge von fünfundzwanzig Kilometern. Um jedes kümmerte sich ein Agrar-Roboter, wenn man den Ausdruck auf eine Maschine anwenden konnte, die einem Auslegerkran glich, die Beine über dem Feld gespreizt, der auf Schienen mit bis zu achtzig Kilometer in der Stunde daran entlangfahren konnte. Von der Unterseite des Auslegers hing ein zimmergroßes Gehäuse herab, das sich seitwärts bewegte und jede Stelle des Feldes erreichen konnte. Unter dem Gehäuse befand sich ein Gewirr von vielgelenkigen Spinnenbeinen, ausgestattet mit den erforderlichen Werkzeugen: Spaten, Düsen, Messern, Metallklauen. Verschiedene Geräte besaßen Augen.

Stirling war fast zehn Minuten lang marschiert, bevor er eine dieser Maschinen genauer sehen konnte. Der Sektor, durch den er ging, war auf beiden Seiten mit Pferdebohnen bepflanzt – das dichte Laub war hier und dort von weißen Blumen mit großen Blüten durchsetzt, die aussahen wie Schmetterlingsflügel. Es roch erstickend nach üppigstem Grün, und Stirling, der auf den tieferliegenden Schienen ging, kam durch eine schmale Vegetationsgasse, deren Wände seinen Kopf überragten. Er hatte nie auch nur etwas Vergleichbares gesehen, nicht einmal in unterirdischen Wasserkulturanlagen. Ein Teil von ihm versuchte mit Dankbarkeit auf die private Welt grünen Schweigens zu reagieren, aber wer vermochte Einsamkeit zu genießen?

Ich bin allein. Der Gedanke ließ ihn nicht los. Ich bin allein, allein, allein.

Er, der in seinem ganzen Leben von anderen Menschen nie mehr als fünf, sechs Meter entfernt, nie vom spürbaren Druck der Wände und Decken frei gewesen war, entdeckte völlig neue Bereiche der Qual, indem er einfach nur aufrecht stand und ging, während seine Instinkte danach drängten, ein dunkles Loch zu finden und hineinzukriechen. Jeder Sinneskanal schien seine eigene Abart von Agonie zu erzeugen. Er hielt den Blick auf seine Füße gerichtet und ging ganz langsam, unterwegs zur fernen Begrenzung der INSEL, wo sich ein Rebell, wie ihm die Logik sagte, verbergen würde.

Die Schienen unter seinen Füßen vibrierten schon einige Sekunden, bevor Stirling begriff, daß er wieder in Gefahr schwebte. Er hob die Augen und sah den leuchtendgelben, krabbenbeinigen Aufbau eines Agrar-Roboters mit der Geschwindigkeit eines Automobils auf sich zurasen. Er warf sich zur Seite, und die riesige Maschine fegte mit bösartigem Singen der Stahlräder auf den Schienen nur knapp an ihm vorbei. Sie verschwand in Richtung des Transitbereichs, die Spinnenbeine unter dem suchend rotierenden Turm angezogen.

Stirling beschleunigte seine Schritte. Der wilde Ansturm des Roboters hatte etwas seltsam Zielbewußtes an sich gehabt. Er mochte auf dem Rückweg zum Stützpunkt sein, um Nachschub zu holen, aber – man konnte nicht beurteilen, wie empfindlich er war, wenn es um das Wohlergehen seiner Ernte ging – er mochte auch herbeigeeilt sein, um den Schaden zu besichtigen, den Stirling angerichtet hatte, als er in die Pflanzung hinuntergesprungen war. Er vermutete, daß der Roboter durch in Abständen von einigen Metern angebrachte Sensoranlagen den Kontakt aufrechterhalten konnte und daß er darauf programmiert war, Schäden etwa dadurch festzustellen, daß er den Geruch von frisch ausgelaufenem Pflanzensaft witterte.

Und da war dieser blutrote Metalldämon, der mit solch erschreckender, irrsinniger Entschlossenheit herangestürmt war, ihn mit seinen Armen zu zerschmettern. Welche Funktion hatte er? Stirling sah einen Augenblick lang das rote Ding vor sich, wie es einen der riesigen Agrar-Roboter herbeirief, ihn bestieg und den Eindringling zu jagen begann.

Die Vorstellung wäre lächerlich gewesen, in der heimeligen Redaktion des *Record* betrachtet, aber der „Himmel" war so ganz anders, als er erwartet hatte, und hier oben kam sie ihm beinahe wahrscheinlich vor. In dieser Welt sattesten Grüns und schmerzhaften Blaus, die die Schlichtheit einer Märchenlandschaft besaß – und ihre versteckte Bedrohlichkeit dazu –, in dieser Welt war alles möglich.

STIRLING überlegte sich, wie wenig er von den INSELN wirklich gewußt hatte. Sie mochten ein wenig anachronistisch sein, aber die fliegenden Farmen spielten immer noch eine wichtige Rolle für die Versorgung des Landes, und die Menschen interessierten sich naturgemäß dafür. Der Mangel an ausführlichen

Berichten in allen Medien konnte nur bedeuten, daß Hodder und seine Schar gesichtsloser Männer in der ETB aus bestimmten Gründen ihren Einfluß geltend machten. Angesichts der vielen bösen Artikel gegen die ETB, die er geschrieben hatte, kam Stirling zu dem Schluß, daß es eigentlich ein wenig erstaunlich war, daß man ihm überhaupt gestattet hatte, Journalist zu bleiben. Für eine der Marionetten der ETB in der Ostküstenregierung wäre es ein Kinderspiel gewesen, ihn ein für allemal zu entfernen. Der sogenannte Presserat, nach 1992 als wichtigstes Propagandainstrument der Regierung eingerichtet, besaß absolute Kontrolle über alle Medien, und seine sämtlichen Mitglieder waren direkt oder indirekt von der ETB bestimmt worden. Vielleicht war also das, was er geschrieben hatte, gar nicht so gut gewesen, wie er damals gedacht hatte.

Stirling zog die Brauen zusammen, während er sich bemühte, auf den Schwellen ein gleichmäßiges Tempo beizubehalten. Unterdrückt zu werden war eine Sache, von den Unterdrückern nicht einmal bemerkt zu werden eine andere.

Es gab keine Möglichkeit für ihn, zu beurteilen, wie schnell er vorankam, und nach zweistündigem Marschieren kam er sich vor wie von der Zivilisation völlig abgeschnitten und von einer fremden Dimension grünen Lebens verschluckt – wie eine Ameise auf einer riesigen Rasenfläche. Bis jetzt hatte er nichts wachsen sehen außer Bohnen, aber eine kurze Kalkulation zeigte ihm, daß er sich zwischen nur zwei der dreißig Meter breiten Streifen von etwa fünfhundert gleichartigen Feldern bewegte, die sich über die ganze INSEL erstreckten. Er nahm seine ganze Entschlußkraft zusammen, schwang sich auf das Humusbeet hinauf und schaute über die breiten Flächen hinweg. Die Szene war unerwartet schön.

Stirling hatte nicht geahnt, daß Vegetation so viele verschiedene Schattierungen einer Grundfarbe annehmen konnte. Die Abendsonne stand hinter ihm. Ihr Licht flutete über schnurgerade Streifen Grün, die in der Ferne zusammenliefen und in der Farbe von Flaschengrün bis zu Limonengrün reichten, wie die Längsfäden eines riesigen Gobelins oder die Streifen in einem seltenen Edelstein. Auf vielen Feldern waren Agrar-Roboter zu sehen, sie flammten mit ockerfarbenem Glanz im

Sonnenlicht und sahen weniger feindselig aus, wenn sie ruhig ihrer eigentlichen Arbeit nachgingen.

Einen halben Kilometer voraus, ein wenig rechts von Stirling, wurde die Flachheit der INSEL von einem großen, fensterlosen Bauwerk unterbrochen. Er erkannte es als die Oberseite der zentralen Energieanlage, die er auf dem Weg von Newburyport hierher im Gleiter gesehen hatte. Der Anblick der Station war eine beunruhigende Erinnerung daran, daß in diesem Augenblick Wolken unter seinen Füßen dahinzogen, daß alles, was er sehen konnte, durch einen mathematischen Trick von dünner Luft getragen wurde – ein Judogriff, den der Mensch der Schwerkraft angelegt hatte, um einen Teil ihrer Stärke in sich selbst zurückzuführen.

Stirling stieg wieder in die beruhigende Enge des Gleisbetts hinunter und marschierte weiter. Bei diesem Tempo, behindert durch die knöchelstrapazierenden Schwellen, würde es Nacht werden, bis er das andere Ende der INSEL erreichte. Die Wunden an den Schultern und Unterschenkeln begannen zu schmerzen – wieder ein Hinweis mehr, daß er nicht einfach eine magische Tür in eine andere Dimension geöffnet hatte. Sobald Stirling wieder festen Boden unter den Füßen hatte, würde er sich mit Duke Bennett befassen müssen.

Er lief noch eine Stunde weiter, dann setzte er sich hin, um sich auszuruhen und eine der Proteintafeln aus seinem Rucksack zu essen. Durch die Macht der Gewohnheit hatte er die trockene, unappetitliche Preßnahrung aus Meeresmikroorganismen fast schon aufgegessen, als ihm einfiel, daß er dazu frisches Gemüse haben konnte. Stirling hatte in seinem ganzen Leben vielleicht dreimal Bohnen gegessen, stets zu Weihnachten. Erfüllt von dem seltsam erhebenden Gefühl, gegen sämtliche Regeln zu verstoßen, brach er eine der samtigen, noch unreifen Schoten ab und schlitzte sie mit dem Daumen auf. Die blaßgrünen Bohnen waren kühl, wenn sie aus dem feuchten weißen Innern genommen wurden, und sie schmeckten gut. Er sammelte sie handvollweise.

Während er aß, bemerkte er, daß ihm ganz warm war – erstaunlich, wenn man bedachte, daß die INSEL fünf Kilometer über dem Atlantik schwebte. In dieser Höhe müßte die Tagestemperatur im Sommer eigentlich unter dem Gefrierpunkt liegen.

Es fiel ihm ein, daß der Transitbereich mit einer dicken Eisschicht überzogen gewesen war und daß die Luft beim Einatmen Schmerzen verursacht hatte. Die Erbauer der INSELN mußten zum Schutz ihrer Ernten Heizanlagen eingebaut haben, was bedeutete, daß wieder ein Detail der Jugendpläne nicht stimmte. Johnny hatte Vater Considines Stiefel nun doch nicht gebraucht.

Stirling begann sich zu fragen, wie es Johnny seit seiner Ankunft im „Himmel" ergangen war. Er befand sich nun schon einen Monat hier oben und hatte Zeit gehabt, sich zu etablieren, vielleicht mit einem Zelt, wenn zwischen den Feldern und dem Außenrand der INSEL ein Zwischenraum vorhanden war. Die Vorstellung entsetzte Stirling. Während er und Milliarden andere in heimeliger Herdwärme Zuflucht gefunden hatten, hatte da sein kleiner Bruder vor der Asche eines Lagerfeuers gekauert und mit freudlosen, wachsamen Augen in die Dunkelheit der INSEL gestarrt? Was hatte Bennett gesagt? Da muß einer krank sein.

Stirling nahm den Rucksack auf den Rücken und ging weiter, plötzlich bestrebt, so bald wie möglich Verbindung mit seinem Bruder aufzunehmen. Er hatte an die Möglichkeit gedacht, daß Johnny hier oben gestorben sein könnte. Hier konnte ein vergleichsweise harmloser Unfall oder eine leichtere Krankheit schon verhängnisvoll sein.

Einige Zeit später näherte er sich den gelben Ecken und Kanten eines zweiten Roboters. Aus der Entfernung schien er stillzustehen, aber als er näher herankam, sah Stirling, daß er in langsamem Schrittempo dahinrollte. Aus dem Turm waren mehrere Fortsätze in die Bohnenreihen auf der linken Seite ausgefahren. Er kletterte in das Feld auf der rechten Seite und versteckte sich, bis die riesige Maschine vorbeigerollt war. Wenn es, wie er annahm, für jedes Feld eine Maschine gab, konnte er damit rechnen, das östliche Ende der INSEL ohne weitere Begegnungen und ohne von Roboteraugen gesehen zu werden, zu erreichen.

Es dämmerte, als er entdeckte, daß er sich dem Außenrand näherte. Aus der sich sammelnden Dunkelheit stieg die Andeutung einer hohen Mauer empor, und zwischen ihr und dem Ende der Felder schien viel Platz zu sein. Stirlings Beine schmerzten von dem langen und schweren Marsch, und er war müde. Er begann so etwas wie kindische Freude zu empfinden. Was für einen Schock würde Johnny erleben! Wenn er irgendwo am Seitenstreifen kampierte, mußte Stirling ihn in Kürze finden, und er freute sich darauf – sogar hier oben –, sich mit seinem Bruder zusammenzusetzen und alles mögliche mit ihm zu bereden, so wie sie es nachts im Bett getan hatten, als der „Himmel" nur ein Schatten am Himmel gewesen war. Stirling vermutete, daß Erschöpfung, Angespanntheit und vielleicht ein Mangel an Sauerstoff sein emotionales Gleichgewicht in Unordnung brachten, aber er freute sich trotzdem, Johnny wiederzusehen, ohne Rücksicht auf die Umstände.

Er erreichte endlich das Ende des langen Vegetationsstreifens und trat hinaus in einen offenen Bereich, der auf beiden Seiten in der dunkelnden Dämmerung verschwand. Die Breite betrug gut hundert Meter und war auf der östlichen Seite von einer hohen Metallwand begrenzt, hinter der das Undenkbare lauerte. Beinahe sofort nahm er einen fremdartigen, schweren Geruch wahr, der vom abendlichen Wind getragen wurde – ein Fäulnisgeruch. Er schaute sich um, in der Hoffnung, in der Ferne den orangeroten Schein eines Lagerfeuers zu sehen.

Er sah Licht, aber nicht von einem Feuer.

Geisterhafte Umrisse schwebten in der Luft vor der Wand, flackernd mit kaltem purpurrotem Glanz. Instinktiv trat Stirling einen Schritt zurück, aber es war zu spät.

In seinem Kopf explodierte eine Schmerzbombe, und er stürzte nach vorn, unfähig, einen Schrei zu unterdrücken, als der fünf Kilometer tiefe Schacht der Dunkelheit sich öffnete, um ihn aufzunehmen.

6

EINER der bewaffneten Posten legte Speer und Schild auf den Boden und näherte sich einem Vorsprung an der Begrenzungswand der INSEL. Er packte ihn und drehte ihn mit beiden Händen herum. Die beiden Wachen hinter Stirling stießen ihn vorwärts, und er begriff die entsetzliche Wahrheit: in der Wand gab es eine Tür! Hinter der Schwelle gab es nichts als Wolken und schwarze, gierige Luft.

Er wehrte sich verbissen, aber die Männer hinter ihm waren aus Stahl. Sie schleuderten ihn gegen die aufgesperrte Tür; sie gab nach, und er taumelte hindurch.

Grelles Licht explodierte.

Stirling sah sich auf einer endlosen grünen Wiese stehen. Das reine Sonnenlicht eines neuen Morgens glitzerte auf den Bächen, taunassen Bäumen und den smaragdfarbenen Grassicheln. Ein Teil von ihm, der lange, lange geschlafen hatte, reagierte auf die Szene mit dankbarem Erkennen – dies war der Himmel, der wahre Himmel. Er hörte in der Nähe Schritte und drehte sich um. Ein hochgewachsener Mann mit ergrauendem Haar und jugendlichem, seltsam vertrautem Gesicht näherte sich. Stirling zögerte ungläubig, dann lief er auf den Mann zu, um seine ausgestreckte Hand zu ergreifen.

„Vater!"

Der Mann lächelte.

„Ich wußte, du würdest mich finden, mein Sohn. Willkommen."

Stirling nickte, unfähig, bei dem Tumult in seiner Brust etwas auszudrücken; dann legte sich ein kalter Schatten der Furcht über ihn. Er mußte etwas sagen. Etwas Schreckliches.

„Vater", sagte er dumpf. „Ich habe jetzt einen Bruder."

Die Züge seines Vaters schienen sich aufzulösen, zu zerfließen und zu einer Maske der Traurigkeit zu erstarren. Stirling las in seinen Augen Zorn, Anklage – Zurückweisung. Stirling wich zurück, aber sein Vater packte ihn mit tödlicher Entschlossenheit bei den Armen.

„Reg dich ab", sagte die Stimme. „Reg dich ab, dann passiert dir nichts."

Stirling öffnete die Augen. Er lag am Boden und blickte in einen Nachthimmel, an dem mehrere gestochen scharfe Sterne in Formation durch dünne Wolken flogen. Zwei dunkle Gestalten ragten vor ihm empor, und er konnte spüren, wie sie ihn abtasteten und seine Taschen leerten. Er fluchte und versuchte sie wegzustoßen, aber seine Arme waren mit Stricken gefesselt, die tief in die Muskeln einschnitten und jede Bewegung verhinderten.

„Ich habe gesagt, du sollst dich abregen", sagte dieselbe Stimme. „Sei nicht blöd."

„Scheint sauber zu sein." Die zweite Stimme klang heiser, aber freundlicher. „Ich glaube, es ist ein neues Mitglied."

„Und die Uniform?"

„Was ist damit? Er wäre nicht der erste."

„Hm . . . Wir lassen ihn gefesselt, bis Jaycee ihn gesehen hat."

„Du und dieser Jaycee", erwiderte der Heisere verächtlich. „Du mußt doch nicht tun, was er sagt, Dix. Weißt du, wir haben ihm zu leicht nachgegeben –"

„So? Ich habe nicht gesehen, daß du versucht hättest, ihm was in den Weg zu legen, Paddy. Wo warst du, als er Luciano den Schädel einschlug?"

„Ja, ja, schon gut."

„Wenn du fertig damit bist, stell den Kerl auf die Beine, und dann zurück ins Lager."

Die beiden Männer zerrten Stirling hoch und trieben ihn weiter. Er machte sich gehorsam auf den Weg und fragte sich, was der „Himmel" an Höllischem noch würde bieten können. Ein, zwei Sekunden lang war er erleichtert gewesen, aus dem seltsamen Traum von seinem Vater zu erwachen, aber das hier war viel schlimmer. Seine Arme waren an den Körper gefesselt, er verspürte Übelkeit, und sein Schädel dröhnte unter regelmäßigen Schmerzschlägen, so, als schlage noch immer jemand darauf herum. Er beschloß, sich zu vergewissern, daß er noch reden konnte.

„Wer von euch beiden hat mich da hinten niedergeschlagen?"

„Ich", sagte der Mann namens Dix. „Was willst du dagegen tun?"

„Jetzt noch nichts. Ich habe aber ein gutes Namensgedächtnis."

„Wirklich?"

„Ja", sagte Stirling ruhig. „Vor allem wenn der Name einem sadistischen kleinen Halunken gehört wie Ihnen."

Dix fuhr sofort herum, aber Stirling ging weiter und streifte den kleineren Mann. Er spannte die Muskeln an, weil er einen

Schlag von hinten erwartete, aber Paddy blieb zurück, und die beiden Männer diskutierten flüsternd. Stirling hatte Zeit, sich seine Umgebung anzusehen. Sie gingen auf einem breiten Streifen zwischen der Begrenzungswand der INSEL auf der linken Seite und den schwärzlich wirkenden Vegetationsfeldern auf der rechten nach Süden. Das Sternenlicht zeigte die Schienen für die Agrar-Roboter, die aus den Feldern hervorkamen und noch ein ganzes Stück in den freien Rand reichten. Zwischen den Schienen gab es Tanks und Gruben von verschiedener Größe, und einige von den ungedeckten Tanks waren mit Wasser gefüllt. Aus den Gruben drang dieser Fäulnisgeruch, den Stirling schon vorher bemerkt hatte. Als er die Reihe hinunterblickte, sah er wieder das körperlose Leuchten über ihnen schweben. Dunkle Erinnerungen an Schulbücher regten sich in ihm. Verfaulende organische Stoffe wurden zur Düngung benützt, und unter den besonderen Umständen auf der INSEL leuchteten die dort entstehenden Gase wahrscheinlich.

Damit war eines erklärt, aber wer waren die beiden Männer, die ihn überfallen hatten? Wohin brachten sie ihn? War es möglich – der Gedanke entsetzte Stirling –, daß es auf der INSEL eine Gruppe von Rebellen gab? Männer, die aus der Gesellschaft ausgetreten waren, weil sie die Kompression so haßten, daß sie es vorzogen, verstohlen wie Ratten in einem Getreidespeicher ihr Leben auf dem riesigen Floß zu verbringen? Stirling mußte sich dazu zwingen, einen Mann zu akzeptieren, den das normale Leben so anwiderte, daß er freiwillig als ein Wilder auf der fremden, unmenschlichen Welt der INSEL lebte. Schließlich hatte sein eigener Bruder es getan – es sei denn, Duke Bennett hatte ihn durch einen Trick in den Tod gelockt. Der halb vergrabene Schädel war der Beweis dafür, daß der Tod hier oben nicht unbekannt war.

Seine verworrenen Gedanken wurden unterbrochen, als er weit voraus einen Schimmer rötlichen Lichts sah. Er hielt den Blick darauf gerichtet, während sie noch etwa einen Kilometer auf dem Randstreifen weitergingen, und als Stirling näher herankam, sah er in der Dunkelheit noch andere orangerote Lichtflecken schimmern.

„Was ist das?" fragte er beiläufig. „Wie viele von euch sind hier oben?"

„Für mich hört er sich nicht wie ein neues Mitglied an", sagte Dix zu seinem Begleiter, ohne Stirlings Frage zu beachten.

„Wir werden sehen. Dafür trägt jetzt nur Jaycee die Verantwortung, nicht?" Paddys Stimme klang immer noch beleidigt, und Stirling begriff, daß die Bewohner der INSEL zwar alle Verbindungen mit der Gesellschaft abgebrochen hatten, dafür aber in ihrer kleinen Gemeinschaft ihre eigenen Probleme hatten. Sie erreichten die ersten der kleinen Lagerfeuer, um die dunkle Gestalten kauerten. Ihre Gesichter wandten sich ihm neugierig zu, als er mit seiner Eskorte vorbeikam. Das trübe Licht zeigte niedrige, zeltähnliche Gebilde, bedeckt mit Laub. Es roch nach gekochter Nahrung – verlockender als das teuerste Parfüm –, und irgendwo in der Dunkelheit hörte er das Lachen einer Frau. Es schockierte ihn durch seine Ungereimtheit. Ein Dorf, dachte er, ein richtiges Steinzeitdorf, auf Anti-Schwerkraft-Anlagen in einer Welt metallener Dinosaurier. Der Gedanke war unfaßbar, und doch hatte es den Anschein, als müsse es auf der INSEL Dutzende von Rebellen geben.

In der Mitte des Dorfes gab es ein größeres Bauwerk – zum Teil aus Maschinengehäusen errichtet –, das beinahe so hoch war, daß ein Mann im Eingang aufrecht stehen konnte.

„Warte hier", sagte Dix. Er ging zum Eingang und klopfte respektvoll an eine harte Oberfläche. „Jaycee!" rief er in die Dunkelheit hinein. „Ich habe da jemand für dich. Er trägt eine Uniform."

In der Hütte regte sich etwas, und Stirling spürte eine Vorahnung, eine Art psychischen Druck. Der Mann, der heraustrat, war so groß wie Stirling, aber mit dem harten Körper eines Athleten. Er war gutaussehend, bis auf die geringe Schlaffheit der Muskeln um den Mund, wie man sie oft bei Stummen sieht. Das rötliche Licht des Feuers spiegelte sich auf der runden Sprechbox an seiner Kehle.

Stirling lächelte ungezwungen. Er war sich bewußt, daß er in einer Art reflexhafter Abwehr gegen eine Situation, die ihn erschreckte, die vertraute Attitüde des großen Bruders annahm.

„Hallo, Johnny", sagte er und bewegte hilflos die gefesselten Arme. „Leider kann ich dir die Hand nicht geben."

7

„SIE IST also auf dich losgegangen? Mit Armen wie Windmühlenflügel?"

Johnny lachte in jungenhaftem Vergnügen, und die anderen in der Hütte fielen ein. Stirling nahm verschwommen Unreinheiten im Lachen seines Bruders wahr – eine Art Dissonanz, die andeutete, daß die Sprechbox überholt werden mußte –, aber er war zu sehr mit dem Essen beschäftigt, um sich näher damit zu befassen. Die Suppe schmeckte unglaublich gut, und nicht nur deshalb, weil er Hunger hatte. Sie war aus mindestens sechs verschiedenen Gemüsesorten gekocht, von denen Stirling einige noch nie gesehen hatte, und war langsam, vielleicht tagelang, zu einem dicken, nahezu homogenen Brei verdickt, den hinunterzuschlingen er nicht aufhören konnte. Die ETB hatte unten Wunder gewirkt, dachte er, aber das hier ist richtiges Essen.

Stirling lächelte zwischen zwei Löffeln voll Suppe. „Stimmt. Grellrot, das Ding. Arme wie Windmühlenflügel. Was war das?"

„Ich wundere mich über dich, Vic. Ich dachte, ihr Journalisten habt alles gelesen und wißt noch mehr." Johnny genoß die Situation. „Vogelscheuchen hat es bei den Bauern immer schon gegeben, nicht?"

„Eine Vogelscheuche! Aber –" Ein ganzes Universum zorniger Dunkelheit gähnte für Augenblicke unter seinen Füßen. „Aber wir sind fünftausend Meter über dem Meer. So hoch fliegt doch kein Vogel, oder?"

„Manche schon – vor allem Wildgänse. An einem klaren Tag kann man sie hier oben fliegen sehen, so hoch, daß sie aussehen wie Stäubchen, und man fühlt sich innerlich ganz leer, wenn man sie beobachtet. Es heißt, daß die INSELN die Gänse anziehen. Früher kamen sie zu Tausenden hierher und versauten den Transitbereich, deshalb setzte man die Vogelscheuchen ein. An diesem Floßende gibt es auch ein paar Maschinen, aber wir legen sie die meiste Zeit still, sonst ginge uns nichts in die Fallen."

Stirling bemerkte den häufigen Gebrauch des persönlichen Plurals. Die anscheinend totale Identifikation seines Bruder mit der Gruppe auf der INSEL konnte bedeuten, daß es schwerfallen würde, ihn zur Rückkehr zu bewegen, aber darüber konnte er sich später den Kopf zerbrechen. Für den Augenblick begnügte er sich damit, zu rasten, zu essen und das archaische Vergnügen zu genießen, mit einem nahen Verwandten zusammenzusein und mit ihm zu sprechen. Unten hatte Stirling zwar das Fam.-Apt. bei der ersten Gelegenheit verlassen und von einem Jahr zum nächsten nicht an Johnny gedacht, aber hier oben auf der INSEL, über Wolkenbergen schwebend, war die Familienbindung wichtig, und sie wirkte stark, obwohl Johnny sich verändert hatte.

Und Johnny war wirklich anders geworden. Er hatte das seltsame Gemisch von Schüchternheit und Roheit verloren, das ihn so manche Stellung gekostet hatte. Er war entspannt, selbstsicher und strahlte eine geradezu überschwengliche Lebensfreude aus. Das einzige, was sich nicht verändert zu haben schien, war Johnnys Stolz auf seinen Körper. In der Hütte war es weder warm noch kalt, und alle anderen waren mit alten Sachen vollständig bekleidet, aber Johnny war bis zu den Hüften nackt. Die Muskelpakete auf Schultern und Brust waren von übermenschlicher Härte und sahen aus wie ein Panzer.

Hinter ihm standen Stirlings Bewacher, Dix und Paddy, und außerdem kauerten in aufmerksamer Haltung noch vier Männer in der Hütte, von denen noch keiner ein Wort gesprochen hatte. Stirling fiel ein, daß sein Bruder bei ihnen als „Jaycee" bekannt war – ein Mann, der den aufgefangenen Bemerkungen bei dem langen Marsch zum Dorf zufolge zu ihnen gestoßen war und sofort das Kommando an sich gerissen hatte, anscheinend durch pure Gewalt. Das zu verdauen fiel Stirling schwer. Johnny war stets größer und kräftiger als die meisten gewesen, aber der Wille, andere zu beherrschen, war etwas Neues in seinem Charakter.

„Mein Bruder wird hier schlafen", sagte Johnny abrupt. „Sagt Melissa, sie soll ihm Bettzeug aus dem Lager bringen und das Bett herrichten."

„Klar, Jaycee." Dix stieß sich von der Wand ab und ging zur

Tür. Er war ein schlaksiger, braunhäutiger Mann mit vorzeitig ergrauten Haaren und vorspringendem Unterkiefer.

„Es ist sehr spät“, sagte Paddy leise. „Sie wird schon schlafen, und dem alten Latham wird es nicht behagen, wenn um diese Zeit jemand zu ihnen hereinkommt.“ Eine Leuchtkugel ließ erkennen, daß er eine platte Nase und vorwurfsvolle braune Augen hatte – das Gesicht eines Mannes, der alles gesehen und nichts daraus gelernt hat.

Dix hob ungeduldig die Schultern. „Der alte Bock Latham! Hoffentlich hat er etwas dagegen. Hoffentlich!“ Er grinste und zeigte nur seine untere Gebißhälfte. „Würde mir auch nichts ausmachen, wenn Melissa versuchen würde, mich hinauszuwerfen.“

Stirling spürte, wie seine Abneigung gegen den Mann zurückkehrte.

„Latham ist wohl schon sehr alt, Johnny?“

„Ja, Melissas Vater ist ziemlich alt.“

„Das dachte ich mir. Ich bemerkte, daß Dix sich bereitmacht, ihm was zu tun, also muß der Mann sehr alt sein.“ Das ist kindisch, dachte Stirling, aber die Techniken der Herausforderung, die man in der Schule lernt, sind immer die besten, einfach weil sie kindisch sind. „Entweder das, oder Dix will sich anschleichen und ihn von hinten niederschlagen, wie er es heute abend mit mir gemacht hat.“

Dix starrte Stirling haßerfüllt an, sagte aber nichts. Stirling vermutete, daß es ein schwerer Schlag für ihn gewesen sein mußte, als sich sein Fang als Jaycees Bruder entpuppt hatte.

„Hat er dir weh getan, Vic?“ fragte Johnny besorgt.

„Ich habe ihm nichts getan, Jaycee“, protestierte Dix. „Er konnte schließlich auf seinen eigenen Beinen hierhergehen, nicht? Er war nur ein paar Sekunden bewußtlos.“

„Das könnte stimmen“, sagte Stirling. „Als ich zu mir kam, war er noch dabei, mir die Taschen zu leeren.“

Dix trat unwillkürlich einen Schritt auf Stirling zu, blieb aber stehen, als Johnny aufstand.

„Mit dir rede ich später, Dix.“ Durch die leichten Verzerrungen der Sprechbox klangen Johnnys Worte tonlos und bedrohlich.

Dix spreizte die knochigen Hände.

„Woher sollte ich wissen –?"

„Gib meinem Bruder zurück, was du ihm abgenommen hast, dann hol Melissa, und mach keine Schwierigkeiten mehr."

„Klare Sache, Jaycee." Dix nahm Stirlings Rucksack aus einer Ecke, ließ ihn auf dessen Schoß fallen und ging mit einem gehässigen Blick über die Schulter hinaus. Stirling stellte den Rucksack neben sich. Als er den Kopf hob, bemerkte er, daß Johnny ihn ansah.

„Wie hast du mich gefunden, Vic?"

„Das meiste war wohl Glück. Ich habe bemerkt, daß du Vater Considines Stiefel mitgenommen hast."

„Na, das ist doch die Höhe", sagte Johnny staunend. „Du meinst, du kannst dich noch an das ganze Zeug erinnern, das wir uns als Kinder erzählt haben?"

„Sicher. Warum denn nicht?"

„Das hätte ich nicht gedacht. Es kam mir so vor, als wärst du so schnell erwachsen geworden und verschwunden. Ich wundere mich, daß du dich daran erinnern kannst."

Stirling fühlte sich einen Augenblick lang schuldbewußt. „Hör zu, Johnny. Ich weiß, ich war damals, als du mich gebraucht hast, nicht der ideale Bruder –"

„Wer hat dich gebraucht?"

„Ich drücke es anders aus –"

„Spar dir das, Victor. Mir geht es gut, und ich brauche keinen Amateuranalytiker."

„Ich versuche, zwischen uns alles ins Lot zu bringen."

Johnny lächelte. „Vic, wie viele Leute hast du da unten gekannt, die wie du ein Einzelapartment hatten?" Er gebrauchte einen alten Trick, den Stirling beinahe schon vergessen hatte: er sprach durch die Sprechbox, während seine Lippen lächelten und sich nicht bewegten. Nach ihrer privaten Konvention bedeutete das Triumph, das Gesprächsgegenstück zu „schachmatt".

„Was meinst du damit?"

„Drücken wir es anders aus – wie fühlst du dich jetzt?"

„Ziemlich müde. Sehr müde."

„Aber sonst ist alles in Ordnung?"

„Ich glaube schon. Warum?"

„Manche Leute verbringen die erste Woche hier oben auf

dem Bauch, krallen sich in die Erde, wagen nicht, sich zu bewegen. Einige von ihnen sterben. Der Schädel, den du gefunden hast, war vermutlich der Rest von einem, der die Leiter heraufkam und dann von der Platzangst so gelähmt war, daß er der Vogelscheuche nicht entkommen konnte. Der ‚Himmel' lastet schwer auf manchen Menschen, Vic."

Stirling erforschte seine eigenen Gefühle. Johnny irrte sich in ihm. Er konnte die Kilometer dünner, kalter Luft unter sich fühlen, und seine Nerven schrien dagegen auf. Trotzdem war er dreißig Kilometer weit am ersten Tag durch den „Himmel" marschiert. Und nur wenige Meter vom Transitbereich entfernt war im Boden ein Schädel vergraben gewesen.

Am Eingang gab es ein Geräusch, und ein Mädchen kam mit einem Armvoll Kunststoffkissen herein. Schnell, so daß Stirling kaum Zeit hatte, sie im trüben Licht richtig zu betrachten, warf sie die Kissen auf den Boden und stakste hinaus. Sein erster Eindruck war, daß sie schmal und hart war und unglaublich dichtes Haar hatte. Ihr Blick war zornig. Einer der Männer, die an der Tür saßen, griff spielerisch nach ihr, als sie vorbeikam; man hörte ein Klatschen; er lehnte sich an die Wand und rieb betroffen sein Gesicht, während die anderen schallend lachten. Stirling blinzelte. Er hatte den Schlag gar nicht mitbekommen.

„Das war Melissa", sagte Johnny mit einer Art Besitzerstolz. „Was hältst du von ihr, Vic?"

„Nett", sagte Stirling vorsichtig.

„Nett, sagt er. Das ist die zukünftige Mrs. Considine."

„Weiß sie es schon?"

Johnny lachte. „Das ist eine von den Bemerkungen, die du immer auf Lager hattest, Vic. Der große, weiche Mann mit einem Stilett! Melissa weiß davon, ja – es macht ihr nur Spaß, sich so wütend zu geben. Bei Mädchen ihrer Art ist das sozusagen ein Ritual. Ein voreheliches Ritual."

„Was macht sie überhaupt hier oben?"

„Sie lebt hier."

„Wie ist sie hierhergekommen?"

„Das ist eine lange Geschichte." Johnny schaute sich wohlwollend nach den an den Wänden lehnenden Männern um – wie ein Barbarenkönig, der seinen Hofstaat überblickt. „Ihr

Vater hat sie vor etwa fünfzehn Jahren heraufgebracht, als sie noch klein war. Du errätst nie, was der alte Latham war, bevor er hier heraufkam."

„Sag es mir", meinte Stirling. Fünfzehn Jahre, dachte er.

„Richter", sagte Johnny. „Stell dir vor, daß ein Richter am hohen Gerichtshof aus der Kompression ausbricht. Begreiflich, nehme ich an, aber er hat sich auch hier oben als Richter eingesetzt. Ein richtiger kleiner Philosophenkönig war er. Als ich ankam, beobachtete er mich zwei Tage lang mit seinen wäßrigen alten Augen und sagte dann, er hätte mich abgeschätzt. Mich *abgeschätzt!* Er sagte, am besten sei ich für Streifzüge zur Nahrungsbeschaffung geeignet. Ich sollte allein ein ganzes Feld übernehmen und etwa alle hundert Schritte eine Ähre abreißen oder sonstwas, damit keine örtliche Verminderung der Ernte eintritt – die man unten in der Station bemerken würde." Johnny schnaubte – einer der wenigen Laute, die er auf natürlichem Weg hervorbringen konnte, ohne die Hilfe der Stimmprothese.

„Das hat dir nicht gepaßt", sagte Stirling mechanisch.

„Darauf kannst du dich verlassen. Die Leute schätzten mich unten schon dauernd ab und kamen mit den falschen Antworten daher. Ich erklärte ihm, ich würde den ganzen Tag im Dorf sitzen und er werde auf Streifzüge gehen. Ich erklärte ihm, daß von jetzt an alle Abschätzungen durch mich erfolgen würden." Johnny hing dem Gedanken noch eine Weile nach, bevor er weitersprach. „Der alte Latham regte sich auf. Er rief seinen eigenen Gesetzeshüter, einen großen dummen Kerl namens –"

„Luciano!" rief einer der Zuhörer.

„Richtig. Luciano. Der Haken dabei war nur, durchgesetzt habe ich mich." Johnny blickte zufrieden auf seine breiten Unterarme.

„Du hast ihn doch nicht umgebracht?"

„Natürlich nicht. Er beschafft auch Nahrung. Zusammen mit Richter Latham. Ich habe ihn vor ein paar Tagen gesehen, und" – Johnny zwinkerte den anderen Männern zu –, „er kann schon beinahe wieder normal gehen."

Es verbreitete sich Heiterkeit, die alle erfaßte, bis auf den Mann namens Paddy, wie Stirling bemerkte. Er starrte seinen Bruder ungläubig an. Zwei Monate in der Steinzeitgesellschaft der Insel hatten Johnny Considine in einen Fremden verwandelt. Konnte das wirklich sein kleiner Bruder sein, den er in der Grundschule ständig beschützt hatte, weil er von den anderen Kindern wegen seiner Sprechbox gehänselt worden war? Stirling blickte auf die L-förmige Narbe an Johnnys Kehle. Kurz nach Johnnys viertem Geburtstag war er mit einem Trinkglas in der Hand hingefallen, und ein Glassplitter hatte seine Stimmbänder durchtrennt. Stirling begriff, daß es falsch war zu glauben, Johnny hätte sich verändert; die neue Umgebung entwickelte vorhandene Aspekte seines Charakters, die besser im Hintergrund geblieben wären. Du spielst wieder den großen Bruder, dachte Stirling, aber die Verantwortlichkeit in der Familie muß doch etwas zu bedeuten haben. Er erinnerte sich schuldbewußt daran, daß sie beide noch nicht von ihrer Mutter gesprochen hatten. Von einem plötzlichen Drängen erfüllt, versuchte Stirling etwas Bedeutungsvolles zu sagen, wurde sich dann aber des Widersinns bewußt, der darin lag, daß sie beide ihre Familienprobleme vor Fremden klären wollten.

„Johnny", sagte er, „ich habe mit dir einiges privat zu besprechen."

„Wir sind hier privat."

„Ja, ungefähr so privat wie auf dem Grand-Central-Bahnhof."

„Hier oben ist alles anders. Ich habe keine Geheimnisse vor den anderen Mitgliedern des Rates."

„Schick sie weg, Johnny."

Johnnys Augen trübten sich wie im Schmerz. „Es gibt Dinge, die du lernen mußt, Vic, und ich glaube, es wird für uns beide schwer werden. Komm – ich führe dich herum."

Er stand auf und verließ die Hütte mit einer entlassenden Handbewegung zu den anderen. Als Stirling ihm folgte, mußte er sich bücken, um durch den Eingang mit seinem Vorhang aus demselben schwarzen Kunststoff zu treten, der auf der INSEL auch für die Bekleidung verwendet wurde. Die Nachtwinde waren kühl, aber bei weitem nicht so kalt, wie Stirling in dieser Höhe erwartet hatte.

„Treibhauseffekt", sagte Johnny unterwegs. „Das ganze Produktionsgelände der INSEL ist von einem Hüllenfeld umgeben.

Die Dichte ist sehr niedrig – eine Gans kann hindurchfliegen, ohne auch nur zu blinzeln –, aber sie reicht aus, um die Solarstrahlung zu steigern, und die Hitze wird nicht wieder abgegeben. Fast der ganze Sauerstoff, den das grüne Zeug hervorbringt, wird festgehalten, was für uns auch eine gute Sache ist."

„Die großen Stiefel hast du also doch nicht gebraucht."

„Nein, die großen Stiefel habe ich nicht gebraucht."

Stirling atmete tief ein. „Johnny, das Ganze ist doch ein Witz. Du kannst dich hier nicht ewig verstecken, als Häuptling einer Bande von Außenseitern."

„Warum nicht?"

„Weil es einfach zu verrückt ist. Normale Menschen leben nicht so. Und denk an deine Mutter."

„Ach, Bruder! Du kommst aber schon mit dem Letzten daher!"

„Du hast recht", sagte Stirling. „Aber was ist mit ihr?"

„Mutter weiß, daß ich mich um mich selbst kümmern kann und daß ich keine Anlage zum Selbstmord habe. Weißt du, Vic, das ist wirklich gut, daß das von dir kommt. Du gehst weg, sobald du kannst, und hast nicht einmal Zeit, sie zu besuchen, obwohl du nur ein paar Kilometer entfernt bist."

„Darauf bin ich nicht gerade stolz, aber Mutter braucht eigentlich niemand."

„Genau das, was ich sage, großer Bruder. Warum ziehst du sie also mit hinein? Das ist eine Sache allein zwischen uns beiden. Wie wär's, wenn du von dem wahren Grund dafür reden würdest, daß du mir gefolgt bist?"

„Der wäre –?"

„Der wäre, daß es dir unten genauso zuwider war wie mir. Du hast dir einen Job als Reporter gesucht und dein Gehalt für ein Einzelapartment ausgegeben, weil das für dich der einzige Ausweg war. Und als ich aus der ganzen Sache ausstieg, als ich wirklich entkam aus dem Dreck da unten, hat dich das krank gemacht. Du willst mich zurückholen, weil du nicht mit dem Wissen in der Kompression leben kannst, daß ich hier oben bin. Als die Regierung damit anfing, allen durch Gehirnwäsche einzureden, es gefalle ihnen, wie Sardinen in der Büchse zu leben, verfügte man, daß niemand auf den

INSELN leben dürfte, weil die Kompression nur zu ertragen sei, wenn alle davon betroffen seien. Keine Bevorzugten. Keine Gesetzesbeugung für die Reichen und Mächtigen, war es nicht so, großer Bruder? Deshalb bist du mir nachgegangen. Gib es zu."

Stirling konnte spüren, wie sich Tiefen unter seinen Füßen auftaten, gegen die der Sturz vom „Himmel" eine Kleinigkeit war. „Du könntest nicht weiter von der Wahrheit entfernt sein, Johnny. Du bist mein Bruder –"

„Halbbruder", unterbrach ihn Johnny wütend. „Mein Vater war nicht dein Vater."

„Das ändert für mich nichts."

„Victor! Bohren wir noch tiefer, wenn wir schon dabei sind. Sprechen wir das eine aus, das bisher immer zurückgehalten worden ist."

Stirling fühlte sich plötzlich müde und niedergeschlagen.

„Laß uns lieber schlafen und morgen darüber sprechen."

„Du und ich", sagte Johnny langsam und deutlich, „wir haben uns nie leiden können."

Stirling spürte keinen Schmerz, keine Qual, nur ein Gefühl der Befreiung, als die Spannungen verebbten. Der psychische Ausbruch brachte ihm ein paar Augenblicke kühler, segensreicher Vernunft.

Er starrte an Johnny vorbei auf die nachtschwarzen Felder und den archaischen Schimmer der Kochfeuer. Er sah sie mit neuen Augen. Dies war . . . Freiheit.

„Mein kleiner Bruder ist erwachsen geworden und hat mich überholt", sagte er schließlich. „Ich gehe morgen."

„Tut mir leid", erwiderte Johnny leise. „Niemand geht wieder hinunter."

„Was?"

„Das ist das einzige echte Gesetz, das wir im „Himmel" haben. Glaubst du, daß noch keiner es mit diesem Leben versucht und es sich dann wieder anders überlegt hat? Diese Gemeinschaft hängt ab von der Geheimhaltung, und der einzige Weg, sie zu erhalten, besteht darin, nie jemandem zu erlauben, daß er zurückgeht. Von jetzt an, großer Bruder, bist du für immer auf der Seite der Engel."

8

DAS DORF nahm die Südostecke der INSEL ein und umfaßte etwa zweihundert Personen. Die Frauen stellten etwa ein Viertel der Bewohner, aber obwohl die Mehrheit von ihnen sich mit Männern zusammengetan hatte, war Stirling bei seiner kurzen Besichtigung kein Kind begegnet. Er vermutete, daß sogar Rebellenfrauen zu praktisch dachten, um ins Blaue zu entschwinden, ohne einen für das ganze Leben reichenden Vorrat an empfängnisverhütenden Mitteln mitzunehmen. Bei einer Pille pro Monat genügte eine kleine Handvoll, um die Türen des Lebens auf Dauer zu verschließen. Trotzdem, die starre Kontrolle der Geburtenrate war einer der unangenehmsten Züge des Lebens in der Kompression – Stirling dachte kurz an das anonyme Paar, dessen Leichen im Fluß der Grund dafür waren, daß er sich hier oben befand – und er hätte erwartet, daß diese Beschränkung als erste fallen würde.

Sein vierter Morgen auf dem Floß war genau wie die anderen drei: peinigend klarer blauer Himmel, pastellfarbener Nebel, die nüchterne Geometrie der Felder, Sonnenlicht, in Edelsteinen aus Tau zersplitternd. Stirling füllte seine Lunge dankbar mit der frischen Luft, als er aus seinem privaten Bau kroch und sich auf die Tagesarbeit vorzubereiten begann.

Die Leute auf der INSEL bauten keine richtigen Häuser, zum Teil aus Mangel an geeignetem Material, zum Teil wegen des Risikos, die Aufmerksamkeit der Besatzungen von Transatlantik-Düsenflugzeugen zu erregen. Da die Luft vergleichsweise warm und feucht war, lag über der Unterseite des Hüllenfeldes meist ein milchiger Wasserdampfvorhang, aber es bestand immer die Möglichkeit, daß ein scharfsichtiger Pilot die Abschirmung durchdrang. Der transatlantische Luftverkehr hatte nie mehr die Höhen wie vor dem Krieg erreicht, aber die INSEL US 23 lag in der Nähe der Haupthandelsarterien. Der Pilot der täglichen Frachtmaschine mit den geringen Nahrungsmittelgeschenken aus Indien schien sich ein Vergnügen daraus zu machen, niedrig über dem Floß anzufliegen und die Leute im Dorf zu Salzsäulen erstarren zu lassen. Stirling hatte erwogen, einer der Maschinen Signale zu schicken, aber er hätte wohl eher die Aufmerksamkeit der Leute um ihn herum erweckt, und das war das letzte, was seine Pläne vorsahen.

Er hatte seine Selbstbeherrschung bis zum Äußersten anspannen müssen, um nicht in blinder Panik zu flüchten, als Johnny ihm erklärte, eine Rückkehr gebe es nicht. Er hatte die Achseln gezuckt, die Gültigkeit der Analyse eingeräumt, der Johnny seine Motive unterzogen hatte, und um Beschäftigung gebeten. Er hatte sich darauf verlassen, daß jemand, der so aus dem Gleichgewicht geraten war, daß er auf der INSEL zu leben wünschte, dergleichen akzeptieren würde.

„Hallo, Vic. Fertig für die Arbeit?"

Stirling nickte und lächelte, als Pete Biquard herankam. Alle Männer auf der INSEL waren mager und braun gebrannt, wie Stirling festgestellt hatte, aber Biquard war dürrer als die meisten, mit einer beinahe kastanienbraunen Haut. Seine zerlumpte, aber praktische Kleidung, die geschlitzten Augen und der lässige, lockere Gang ließen ihn wie eine Neuausgabe des klassischen Grenzsiedlers erscheinen. Stirling war überzeugt davon, daß man Biquard eigens dazu bestimmt hatte, mit ihm zu arbeiten, weil er Johnny und dem Rat unbedingte Treue hielt, aber trotzdem mochte er den anderen.

„Wie weit gehen wir heute, Pete?"

Biquard kniff nachdenklich die Augen zusammen. „Wir sollten bis zur Nordostecke gehen – ich bin schon eine ganze Woche nicht mehr dort gewesen. Glaubst du, daß du deinen schweren Kadaver so weit schleppen kannst?"

„Das kann ich sogar mit deinem dürren Kadaver auf dem Buckel", erwiderte Stirling mit gespielter Barschheit. „Wie lange brauchen wir?"

„Kommt darauf an, wieviel wir finden. Sagen wir, zwei Stunden bis zur Ecke, vielleicht drei Stunden für den Rückweg. Wenn wir Baukunststoff finden, dauert es sogar noch länger."

„Was für Kunststoff?"

„Wir sagen Baukunststoff dazu, weil man ihn für Hütten und Dächer verwenden kann. Eigentlich sind es Überzüge von den Hüllenfeld-Hilfsanlagen rund um den Außenrand. Sie befinden sich an der Außenseite der Wand, deshalb sieht man sie von hier aus nicht. Manche werden von Blitzeinschlägen angesengt, und die Wartungsroboter werfen sie in ein Abfalldepot bei der Nordostecke."

„Werden die Mengen, die dann zur Wiederverwertung abgeholt werden, nicht nachgeprüft?"

„Wir nehmen nicht die ganzen Überzüge – nur ein paar Spanten und Teile von der Außenhaut. Du bist fast so neugierig, wie dein Bruder war, als er herkam." Biquard blickte Stirling mit forschenden blauen Augen an.

„Holen wir uns etwas zu essen", sagte Stirling.

Eine geschützte Stelle unter einem erhöhten Wassertank barg die Gemeinschaftssuppenküche, wo die Beschaffungstrupps aßen, bevor sie sich auf den Weg machten. Während sie darauf zugingen, berechnete Stirling seine Chancen, erfolgreich auszubrechen. Er und Biquard unternahmen einen fünfstündigen Ausflug. Wenn sie eine Stunde nach Norden gingen, mußten sie sich ziemlich genau an der Längsachse der INSEL befinden, von welcher Stelle aus Stirling, falls er von dort aus flüchtete, einen schnurgeraden 25-Kilometer-Marsch zum Transitbereich vor sich haben würde. Bei dem Vorsprung, den er dann besaß, hatte er sehr gute Aussichten, den Lift zu erreichen. Es fiel schwer, sich vorzustellen, daß sogar Johnnys unermüdliche, wettergegerbte Leute ihn einholen konnten, wenn er auch nur eine Stunde Vorsprung hatte.

Der Geruch der nun schon vertrauten Suppe lenkte Stirling ab, als er und Biquard den Wasserturm erreichten. Ein Dutzend Männer saß oder stand herum und aß aus grobgeformten Plastiktellern. Die Männer begrüßten Biquard begeistert; die meisten schlossen Stirling in die Begrüßung mit ein. Er konnte nicht beurteilen, inwieweit sein Empfang durch die Verwandtschaft mit Johnny beeinflußt war. Keiner der Männer sprach in Stirlings Beisein über „Jaycee", und er hatte, außer aus einiger Entfernung, seinen Bruder seit seiner nächtlichen Ankunft nicht mehr gesehen. Jedesmal hatte ihm Johnny mit ironischer Höflichkeit zugewinkt und war weitergegangen, begleitet von Dix und anderen Ratsmitgliedern. Der Bruch zwischen den Brüdern schien so eindeutig wie schlagartig erfolgt zu sein. Johnny verbrachte offenbar viel Zeit mit Besprechungen, die er mit dem Ernst eines Staatsmannes führte, der das Schicksal von Milliarden zu bestimmen hatte. Es gab Augenblicke, in denen es Stirling schwerfiel zu begreifen, daß dieser phantastische Urlaub von der Wirklichkeit in Sichtweite der Ostküsten-Konurbation stattfand. Hatten alle entlang der Küste verstreuten INSELN ihre eigenen kleinen Kolonien? Ihre eigenen kleinen Diktatoren, die in winzigen Reichen Miniaturarmeen befehligten?

Stirling trat mit Biquard unter den Turm und bekam von einer älteren Frau eine große Portion der dicken, aromatischen Suppe. Während er sie löffelte, sah er Melissa Latham hinter den Kochfeuern im Schatten vorbeigehen. Ihr kohlschwarzes Haar war locker zurückgekämmt, und ihr schlanker Körper wirkte in dem glänzenden schwarzen Kunststoff schlangenhaft. Sie blickte in seine Richtung, und er hob instinktiv die Hand zu einem Gruß. Sie wandte sich sofort ab, und er spürte eine seltsame Freude, weil er erkannt worden war. Paß auf, Stirling, dachte er.

„Die kannst du nicht haben, Vic", sagte Biquard in Stirlings Ohr, daß er zusammenzuckte.

„Soviel ich weiß, hat Jaycee sich um sie beworben."

„Ja. Das ist aber nicht der Grund. Ihr alter Herr läßt sie mit keinem Mann zusammengehen."

„Nicht einmal mit Jaycee?"

„Nicht einmal mit Jaycee. Richter Lathams Tochter ist eine Stufe höher als all die Männer hier." Biquard schnaubte in seine Suppe. „Du brauchst dir aber keine Gedanken zu machen, Vic. Nicht alle Frauen sind so abweisend. Ein gutaussehender großer Kerl wie du hat bestimmt keine Schwierigkeiten. Ich stelle dich heute abend zwei wirklich netten Mädchen vor – du hättest mich früher fragen sollen."

„Warum läßt sich Melissa von Johnny so herumkommandieren, wenn sie eine so hohe Meinung von sich hat?" fragte Stirling, ohne auf das Angebot einzugehen.

„Der Richter ist ein kranker Mann", sagte Biquard. „Melissa will das Schlimmste vermeiden, damit Jaycee nicht ganz böse wird und den alten Mann zu Tode erschreckt. Und vielleicht will sie Jaycee nicht ganz abweisen. Wenn der Richter stirbt, wird es einen Ansturm auf die Kleine geben. Bei Jaycee wäre sie besser aufgehoben als bei manchem von den Hunnen, die wir hier haben, selbst wenn er manchmal grob wird."

Nach dem Essen marschierten Stirling und Biquard auf dem Randstreifen nach Norden, umgingen aber die Düngegruben und Wassertürme. Zweimal mußten sie ausweichen, als die großen Roboter von den bepflanzten Feldern rollten, um mit Armen und Schläuchen Vorräte aufzunehmen. Ein Gewirr von Schienen zog sich auf dem Randstreifen im rechten Winkel zu den Hauptgleisen entlang. Auf diese Weise konnten die Roboter zu anderen Feldern umgelenkt werden. Hier und dort standen grellrote Vogelscheuchen, alle identisch mit der einen, die bei Stirlings Ankunft auf ihn losgegangen war. Da ihre wärmeempfindlichen Sensoren abgeschaltet waren, standen die unheimlichen Maschinen regungslos in der Morgensonne, mit herabhängenden Vielfacharmen. Stirling sagte sich, daß einige von den Rebellen allerhand von Elektronik verstehen mußten.

Auf dem Weg nach Norden kam er auf das Thema Melissa Latham und Johnny zurück, da Biquard Neigung zeigte, sich zu unterhalten. Die Situation auf der INSEL schien die zu sein, daß die meisten Bewohner sich mit Johnnys abrupter Machtübernahme abgefunden hatten. Für sie spielte es keine große Rolle, ob die vereinzelten Anweisungen von Richter Latham oder von Jaycee kamen, solange sie zwischen den Aufträgen genügend Zeit hatten, herumzusitzen und den selbstgemachten Schnaps zu trinken. Es gab jedoch eine nicht kleine Gruppe, die sich gegen Jaycee und die Mitglieder des Rates ausgesprochen hatte. Stirling gewann den Eindruck, daß Johnny die Heirat mit Melissa als wertvollen Faktor betrachten würde, seitdem er ein begeisterter Anhänger der Machtpolitik in seinem Mikrokosmos geworden war.

Vielleicht zum tausendstenmal seit seiner Ankunft auf der INSEL bestaunte er die unabhängige, klinische Demonstration der Unfähigkeit des Menschen, in irgendeiner Art von Gemeinschaft zu leben, ohne daß jemand das Recht in Anspruch nahm, das Kommando zu führen. Oder vielleicht hatte Johnny nicht das positive Bedürfnis, Befehle zu erteilen, sondern einfach das andere, keine entgegennehmen zu müssen. Wenn Richter Latham ihn nicht „abgeschätzt" hätte, wäre vielleicht manches anders gekommen. Stirling entschloß sich plötzlich dazu, von der Rebellenkolonie zu schweigen, sobald er wieder unten war. Er konnte behaupten, den Ausflug als Bravourstück unternommen zu haben, was gutes Material für Artikel bieten würde – falls die ETB mit ihrem Druck je einverstanden war.

Unterwegs benutzte Stirling jede Gelegenheit, auf Tankverstrebungen zu steigen und auf die in der Ferne zusammenschießenden verschiedenfarbigen Felder zu blicken. Mit der Zeit schob sich das schimmernde weiße Rechteck der zentralen Energieanlage der INSEL über sein Gesichtsfeld, bis er abschätzte, daß er sich genau auf der Längsachse befand.

Biquard hatte ein anstrengendes Tempo von acht Kilometern in der Stunde angeschlagen und war schon daran gewöhnt, daß sein Begleiter immer wieder zurückblieb. Stirling griff nach der Rolle starker Plastikschnur, mit der alles, was sie unterwegs fanden, zusammengeschnürt werden sollte. Er holte Biquard ein und machte sich bereit, die Schlinge über Biquards Kopf und Schultern zu werfen, verwarf das dann aber bedauernd als zu riskant. Der flinke ältere Mann schien von Stahlfedern angetrieben zu werden, und wenn er Gelegenheit bekam davonzulaufen, würde Stirling ihn nie einholen. Es stand zuviel auf dem Spiel.

Stirling schob sich nah heran, traf Biquard mit einem Hieb hinter dem Ohr, und der Mann fiel auf ein Knie. Stirling warf das Seil um Biquards Arme und rang eine Sekunde später mit einem sehnigen Wutknäuel – wie ein Forellenangler, der einen Hai am Haken hat.

„Tut mir leid, Pete", ächzte Stirling. „Ich wollte das vermeiden." Er hieb Biquard unter die Rippen, diesmal mit voller Wucht. Zwei ganze Minuten vergingen, bevor Biquard die Augen wieder öffnete, und inzwischen hatte Stirling ihn fest verschnürt. Er zerrte den älteren Mann in den Schatten eines Wasserturms und machte es ihm so bequem, wie das unter diesen Umständen möglich war.

„Du bist ein Narr", keuchte Biquard. „Noch keiner hat es geschafft. Du auch nicht."

„Es gibt nur eine Möglichkeit, das festzustellen, Pete. Tut mir leid, daß ich zuschlagen mußte. Sag Jaycee, daß ich unten nichts verrate."

„Bestimmt nicht. Es gibt –"

Stirling lief auf den Seitengleisen und hetzte in eine grüne

Gasse von Bohnenstauden, die augenblicklich einen Großteil der Morgensonne verhüllte. Er lief ein paar hundert Meter in diesem Tempo, dann wurde ihm klar, daß er Gefahr lief, sich den Knöchel zu verrenken. Er fand sich damit ab, daß er für Langstreckenlauf ohnehin nicht geeignet war, und ging mit schnellen Schritten weiter, gelegentlich stolpernd, wenn er die Entfernung zwischen den Schwellen falsch abschätzte.

Zunächst trieb ihn wildes Drängen vorwärts, aber die Minuten dehnten sich. Als er eine halbe Stunde lang durch die grünen Wände der Sommerstille gegangen war, begann er aufzuatmen. Nach weiteren dreißig Minuten stieg er auf das Feld hinauf und orientierte sich. Die Energiestation in der Mitte der INSEL lag nur knapp über einen Kilometer rechts von ihm. Hinter ihm schlummerten die weiten Flächen des „Himmels" in vollkommenem Frieden. Selbst die vereinzelten gelben Flecke der Roboter schienen stillzustehen.

Stirling hielt seine Hochstimmung in Schach, bis er an der Energiestation vorüber war, dann begann er breit zu grinsen. Er wußte nicht, wie viele Dorfbewohner auf dem östlichen Randstreifen unterwegs waren, aber selbst wenn sie Biquard gleich gefunden hatten, würde es einige Zeit dauern, bis sie die Verfolgung aufnehmen konnten. Es bedurfte einer ganzen Gruppe, weil sich Stirling von einem, zwei oder auch drei Männern jetzt nicht mehr aufhalten lassen würde.

Stirling bemerkte, daß die Schiene unter seinem linken Fuß leicht zu vibrieren begann; das hieß, daß sich vom Transitbereich her ein Roboter näherte. Stirling hielt wachsam Ausschau und sah das riesige gelbe Ding rechtzeitig. Erfreut über seine neuerworbene Erfahrung in Sachen „Himmel", stieg er auf das rechte Feld hinauf und duckte sich zwischen die kühlen grünen Pflanzen. Der Roboter fegte vorbei, mit regungslos hängendem Arm am dreißig Meter langen Ausleger, und verschwand Richtung Osten, mit einer Geschwindigkeit von achtzig Kilometern in der Stunde. Er erinnerte sich betroffen daran, daß er einen Roboter in höchster Geschwindigkeit nur am allerersten Tag gesehen hatte, konnte aber keinen Grund dafür finden, weshalb ihn das beunruhigen sollte. Er hatte die Hälfte des Weges weit hinter sich und war noch immer so schnell wie am Anfang.

Zehn Minuten später kam er an dem Roboter vorbei, der das rechte Feld bestellte. Die Spinnenbeine bewegten sich träge unter dem Turm und beförderten zischend Chemikalien in den Boden, während die Servomotoren leise summten. Bis der Roboter hinter ihm verschwunden war, begann Stirling müde zu werden. Er hatte seit dem Verlassen des Dorfes über zwanzig Kilometer zurückgelegt – die meisten unter schwierigen Bedingungen, und seine Oberschenkel protestierten bei jedem Schritt. Immerhin war das aber die letzte Runde, und bald würden die Aufbauten des Transitbereichs vor ihm auftauchen. Sobald er in Sichtweite der Monitorkameras war, würden Johnny und die anderen ihn hinuntergehen lassen und sich darauf verlassen müssen, daß er den Mund hielt. Er begann in der Vergangenheitsform an die INSEL zu denken. „Himmel"! Es war ihm nahezu unmöglich, die Kluft zwischen der Vision seiner Kindheit und der harten Wirklichkeit zu überbrücken. Nimm es hin. Du bekommst keinen Vater, verlierst aber einen Bruder. Trotzdem hatte sich der Ausflug in mancher Beziehung gelohnt. Die Entdeckung, daß er nicht seines Bruders Hüter war, bedeutete viel. Sein ganzes Leben lang war er einen langen, steilen Berg hinaufgestiegen, dann hatte ihm jemand gesagt, es sei nicht nötig, er solle umkehren, und jetzt lief er bergab, frei und schnell.

Die Schiene unter seinem linken Fuß begann zu vibrieren. Stirling zog die Brauen zusammen, während er versuchte, schneller zu laufen. Der Roboter, der an ihm vorbeigerollt war, kam zurück, noch immer mit Höchstgeschwindigkeit. Es war nicht zu bestreiten, daß das eine ungewöhnliche Aktivität für eine der großen Maschinen darstellte, aber vielleicht störte sein Hiersein irgendein Sensorennetzwerk. Er schaute immer wieder über die Schulter, bis die Maschine auftauchte, im hellen Licht funkelnd; dann rollte er sich in das Feld auf der rechten Seite und blieb ruhig liegen. Ein grünes, privates Universum. Es wäre so schön gewesen, sich hier unter den kühlen Pflanzen auszuruhen und zu schlafen. Die durch die Erde dringenden Vibrationen schwollen an, und seine grüne Höhle verdunkelte sich kurz, als der Aufbau des Roboters das Licht verdeckte.

„Da ist er!" Die Stimme schien aus dem Himmel zu kommen.

Stirling hatte kaum Zeit, die schwarzen, zerlumpten, fliegenden Silhouetten vor dem blauen Dach des Himmels zu erkennen. Etwas Hartes, Schweres sauste mit unwiderstehlicher Kraft auf ihn nieder. Sein Gesicht wurde in die schwarze Erde getrieben, in der er einmal einen Menschenschädel gefunden hatte.

9

„Beim nächstenmal müssen wir dich natürlich umbringen."

Johnny Considine ging hin und her, während er das sagte. Im rötlichen Abendlicht erinnerten seine scharf hervortretenden Muskeln Stirling mehr denn je an die Panzerung eines Krebses. Die Sprechbox glänzte an seiner Kehle wie ein Medaillon.

„Du meinst, du gibst mir eine Chance. Ich bin dir sehr dankbar." Stirling bemühte sich, ruhig und gelassen zu sprechen, aber in seinem Innern brodelten Enttäuschung und Schock. Die Dorfbewohner hatten den großen Roboter geritten wie ein Pferd oder ein Kamel. Aber wie?

„Ich habe dich nicht aufgefordert, herzukommen, Victor, vergiß das nicht. Du lebst jetzt nur noch, weil du mit mir verwandt bist."

Stirling lachte bitter. „Mir fällt auf, daß alle deine treuen Untertanen dich ‚Jaycee' nennen, Johnny. Entdecke ich da religiöse Anklänge? Schließlich sind wir ja im ‚Himmel'."

„Du mußt mich für ganz schön dumm gehalten haben", sagte Johnny gleichmütig. „Hast du es nicht als merkwürdig empfunden, daß ein neues Mitglied noch in der Probezeit auf Beschaffungsgänge geschickt wird?"

„Wir sind immer im Glühofen oder auf dem Amboß", zitierte Stirling. „Gott formt uns durch Prüfungen für –"

„Laß das!"

„Gut, Johnny. Ich nehme an, ich habe dir nicht genug Verstand zugetraut, aber kannst du mir zutrauen, daß ich nicht gehässig bin? Ich habe Pete Biquard erklärt, daß ich nie von dem sprechen würde, was ich hier gesehen habe, und das war mein Ernst. Ich möchte dir deine kleine Welt nicht unter den Füßen wegziehen."

„Es hat keinen Zweck, Victor. Du scheinst nicht zu begreifen, daß du unter Leute geraten bist, die unten nicht einmal atmen können. Das ist mein Ernst. Es gab Nächte, in denen mein Herz wie ein Kissen die ganze Brusthöhle auszufüllen schien. Ich lag in dem winzigen Schlafzimmer und tat nichts anderes, als Luft in mich hineinzupumpen, und ich bekam nie genug. Den meisten hier erging es schlimmer als mir. Für sie würde eine Rückkehr genau das Gegenstück zum Leben bedeuten, deshalb lassen sie dich nie weg. Zweihundert Menschenleben gegen eines, Victor."

„Aber du bist hier der Boß", sagte Stirling vernünftig. „Sicherlich –"

„Es geht auch um mein Leben." Johnnys Stimme war ein mißtönendes Kreischen aus der Prothese. „Von jetzt an sind wir keine Brüder mehr, Victor. Paß selbst auf dich auf!"

Johnny ging hinaus, und irgend jemand schnürte die Tür von außen fest zu. Stirling starrte ihm einen Augenblick nach, dann ging er in seinem neuen Heim herum. Die Palisade, wie das hier genannt wurde, war ein Platz von zehn Quadratmetern unter einem der kleineren Lagertanks. Die metallene Unterseite bildete eine zwei Meter hohe Decke, und die Wände waren aus erbeutetem Plastik, mit Draht an den Trägern des Turms befestigt. Durchaus kein ausbruchsicheres Gefängnis, aber man würde ihn ständig bewachen, und wenn er hinausgelangte, hatte er wieder den langen Marsch zum Transitbereich vor sich. Mit zerlumpten Kriegern auf den Fersen, auf dem Rücken ihrer metallenen Dinosaurier.

In einer Ecke hatte jemand Stirlings schaumgefütterten Schlafsack hingeworfen. Er schob sich hinein und starrte die gestreiften Metallplatten über seinem Kopf an.

Zuerst, dachte er, zuerst fang dir deinen Dinosaurier . . .

ER ERWACHTE am Morgen, als die Tür geöffnet wurde. Stirling setzte sich auf, rieb sich die Augen und sah Melissa Latham mit einem Tablett hereinkommen. Sonnenlichtstreifen von den Spalten in den Wänden schlängelten sich um ihren Körper, als sie sich bückte und das Tablett auf den Boden stellte.

„Danke. Das kann ich brauchen – gestern habe ich ja nicht viel zu essen bekommen." Stirling sprach höflich und neutral;

er wartete auf Hinweise, wie die Situation einzuschätzen war. Hier stand jemand, der sogar noch mehr über die Dorfbewohner wußte als Johnny, einschließlich der Technik, wie die Roboter gesteuert werden konnten.

Melissa nickte wachsam, ohne zu sprechen, wandte sich aber auch nicht zum Gehen. Stirling versuchte den Reißverschluß seines Schlafsacks zu öffnen, aber unerträgliche Schmerzen fluteten an seinem Rücken hoch. Rippen und Schultern waren während der Nacht völlig steif geworden – jemand hatte ihn nach seiner Gefangennahme brutal mißhandelt. Er glaubte zu wissen, wer.

„Ich weiß nicht, welchen Stand Staatsfeinde hier oben haben, Miß Latham", sagte er, während er ein zweites Mal vorsichtig versuchte, den Schlafsack zu öffnen, „aber darf ich Ihnen eine Frage stellen?"

„Nämlich?"

„Gehört der leicht affenähnliche Herr namens Dix zu der Gruppe, die mich gestern zurückgebracht hat?"

„Erinnern Sie sich nicht?"

„Nein. Ich habe – gerade gedöst."

„Ja, Dix war dabei. Warum fragen Sie?"

„Ich bin ein sehr gewissenhafter Mensch", sagte Stirling und entschied, daß er Dix als Mittel verwenden konnte, Melissas Einstellung zu verschiedenen Aspekten des Lebens hier auf der INSEL zu prüfen. „Wenn mir jemand etwas gibt, möchte ich dafür sorgen, daß er es wiederbekommt – und Dix sammelt ein ordentliches Konto an."

Melissa lächelte beinahe.

Reaktion befriedigend, dachte Stirling, aber warum treibt sie sich hier herum und hört mir zu? Jeglicher animalische Magnetismus, den ich besessen haben mag, kann die auslaugenden letzten Tage nicht überstanden haben. Er zwängte sich endlich aus dem Schlafsack, griff nach dem Tablett und begann zu essen.

„Sind Sie wirklich sein Bruder?"

„Halbbruder." Stirling sah zu Melissa auf. Das war es also. Sie interessierte sich nur wegen seiner Beziehung zu Johnny für ihn. Er fühlte eine unsinnige Enttäuschung.

„Er hat Sie nie erwähnt."

„Ich habe auch nicht viel von ihm gesprochen. Es ist alles ein bißchen pathetisch. Sind Sie wirklich seine Freundin?" Zuviel und zu schnell, dachte er sofort, aber sie lehnte sich achselzuckend an die Wand. Stirling sah zum erstenmal ihr Gesicht genau und billigte, was er sah. Makellose braune Haut, dunkle Augen mit beinahe leuchtendem Weiß, Lippen, die empfindsam oder sinnlich sein konnten, je nachdem, wie ein Mann sie ansah oder wie sie ihn ansah.

„Mein Vater möchte Sie sprechen", sagte sie.

„Warum?"

„Er spricht mit jedem neuen Mitglied."

„Ah, ja. Das traditionelle Gespräch mit dem Dorfältesten. Ich dachte, Johnny hätte das alles beseitigt."

„Das möchte er, aber viele Leute erinnern sich daran, daß mein Vater dieses Dorf aus der Steinzeit geholt hat, als er heraufkam. Er ist nicht so leicht wegzuschieben, egal, was Sie oder Ihr Bruder glauben."

„Augenblick mal! Ich will ihn doch nicht wegschieben! Alles, was ich möchte, ist, von der INSEL herunterzukommen – deshalb bin ich jetzt hier gefangen, vergessen Sie das nicht."

„Das ist ein noch sinnloserer Ehrgeiz als der Ihres Bruders. Niemand geht zurück."

Stirling nickte ungläubig.

„Wann soll ich mit Ihrem Vater sprechen?"

„Er möchte, daß Sie heute während der Mittagspause in unsere Hütte kommen."

„Sie meinen, ich darf hinaus?"

„Natürlich. Wenn Gefangene nicht arbeiten würden, stünde eine Schlange vor der Palisade. Keine Arbeit, nichts zu essen."

„Ist das eure *Lex non scripta?*"

„Mein Vater wird Ihnen das Gesetz aufschreiben, wenn nötig", sagte Melissa knapp und zeigte damit, daß sie die lateinische Bezeichnung verstanden hatte. Sie nahm das Tablett von Stirlings Schoß, noch bevor er fertig war, und ging damit hinaus. Stirling stand auf, faltete seinen Schlafsack zusammen und war sich voller Unruhe bewußt, daß das Bild Melissas ungewöhnlich lange vor seinen Augen schwebte.

Er verbrachte den Vormittag damit, Vogelfallen aus Plastiksäcken zu leeren, die Mechanismen zu prüfen und zu reparieren und sie mit Gänsefett einzuschmieren. Die Fallen waren gefährliche Gebilde aus Metallteilen, über viele Jahre hinweg von Männern mit verschiedenen Vorstellungen und unterschiedlichem Können gebaut. In der vergleichsweise feuchten, sauerstoffreichen Atmosphäre der INSEL rosteten ungeschützte eisenhaltige Metalle rasch. Stirling mußte sich ganz auf die Arbeit konzentrieren, um sich nicht zu verletzen, und die Zeit verging schnell.

Ein unaufhörlicher Strom von Dorfbewohnern, magere braune Gestalten, die freundliche Neugier für Stirlings persönliches Schicksal zeigten, kam an der Lagerhütte vorbei, neben der er arbeitete. Obwohl im „Himmel" keine Ehen geschlossen wurden, lebte ein großer Teil der Leute in Monogamie, und er sah – endlich – mehrere Kinder. Sie schienen keinen anderen Ehrgeiz im Leben zu haben, als zu essen, zu schlafen und Nahrung zu beschaffen. Das unsündige, schuldlose Leben eines primitiven Stammes schien ihnen vollauf zu behagen; sie waren Superlandstreicher in einem Himmelsgüterwagen auf der Reise nach Nirgendwo. Stirling versuchte erfolglos, die Dinge von ihrem Standpunkt aus zu betrachten. Die Kompression war schlimm – aber nicht so schlimm.

Am späten Vormittag kam Pete Biquard vorbei, mit einer Ladung des dünnen schwarzen Kunststoffs, der von den Leuten für alles mögliche verwendet wurde. Stirling hatte erfahren, daß er als Wetterschutz für Roboterersatzteile diente. Biquard sprach kurz und ganz ohne Groll mit ihm, aber Stirling hatte den Eindruck, daß Biquard seine Rolle als Versuchskaninchen für Johnnys Plan begriff, die Vertrauenswürdigkeit seines Bruders zu erproben, und nicht glücklich darüber war. Stirling merkte sich das für die Zukunft.

Mittags brachte die ältere Frau, die ihn am vergangenen Morgen bedient hatte, ein Tablett mit Nahrung, zum größten Teil Salat und rohen Kohl mit grünfleckigem Gemüseöl. Stirling vermutete, daß seiner neuen Kost das Eiweiß fehlte, aber er fühlte sich besser als je zuvor in seinem Leben, und seine Hose saß schon viel lockerer. Seine graue Uniform war schmutzig, zerrissen und mit Blut und Gänsefett befleckt, aber Stirling zog sie dem schwarzen Kunststoff vor. Er leerte sein Tablett und ging in die Richtung, in der er die Hütte der Lathams vermutete.

Abgesehen von dem Mann, an den er sich vom ersten Abend her dunkel erinnerte – eines der Ratsmitglieder –, hatte Stirling keine Anzeichen dafür entdecken können, daß er bewacht wurde. Wenn er die Umgebung der Lagerhütte verließ, würde sich zeigen, wie sehr sich das Gefängnisleben auf der INSEL von demjenigen fünf Kilometer darunter unterschied. Stirling hatte einmal Newburyports Hauptgefängnis besucht, die Erinnerung daran aber sofort verdrängt.

Gleich nach dem Beginn seines Spaziergangs erhob sich ein kleiner braungebrannter Mann, der an einer Tonne geschlafen hatte, und folgte ihm. Stirling winkte ihm befriedigt zu – dieses Maß an Überwachung konnte er ertragen – und konzentrierte sich darauf, die Hütte der Lathams zu finden. Die Dorfbewohner hatten es verstanden, ihre Unterkünfte vor neugierigen Augen oder Satellitenkameras geschickt zu verbergen. Die Oberfläche der INSEL außerhalb der Felder war von einem leichten braunen Stoff bedeckt, aber darüber lag der Staub von vielen Sommern, und überall wuchs Gras. In dem sich über einen Kilometer erstreckenden Dorf waren die meisten der Tanktürme als Unterkünfte eingerichtet worden, und die einzelnen Unterschlupfe im Freien waren mit Strohmatten und Laub bedeckt. Selbst aus der Nähe konnte ein Beobachter nichts erkennen als komplizierte Schienensysteme und gelegentlich einen Agrar-Roboter, der seinen Appetit an den grasbewachsenen Tanks stillte.

Stirling fand Lathams Behausung mit Hilfe einiger Erkundigungen nach zehn Minuten. Sie war in der gleichen Art gebaut wie das Gefängnis und viel größer als die meisten Privatwohnungen der Dorfbewohner. Er klopfte am niedrigen Eingang, und eine dünne, heisere Stimme bat ihn herein. Im Innern stellte er fest, daß die Hütte durch gewebte Grasmatten in mehrere Räume aufgeteilt war. Im Raum rechts vom Eingang lag ein alter Mann auf einem niedrigen Bett, das mit echtem Stoff bezogen war. Der Mann stützte sich auf einen Ellbogen.

„Sind Sie Victor Stirling?"

„Stimmt."

„Was stimmt? Ich habe keine Feststellung getroffen, sondern nur eine Frage gestellt, was kann also stimmen?" Richter Lathams trübe graue Augen richteten sich ein paar Sekunden lang scharf auf Stirlings Gesicht, dann lächelte er triumphierend. „Ihr Journalisten! Die schlimmsten Sprachverhunzer, die mir je begegnet sind. Ihr bekommt euer Geld für nichts. Das wissen Sie doch, oder?"

„Mein Chefredakteur hat das auch oft gesagt, Richter", erwiderte Stirling grinsend. „Ich habe seine Einstellung nie verstanden."

„Wahrscheinlich haben Sie ihm Magengeschwüre verschafft. Na, stehen Sie nicht herum und blockieren das Licht. Nehmen Sie sich einen Staubhaufen, und setzen Sie sich."

Stirling fand einen Hocker und setzte sich vorsichtig darauf. Richter Latham schien ein Mann zu sein, den er sympathisch finden konnte. Er schaute sich in der Hütte um. An den Wänden hingen farbige Skizzen und ein grauer Kasten, der danach aussah, als könne er eine Mikrobibliothek enthalten.

„Melissa ist nicht da", sagte Latham abrupt. „Jaycee hat sie rufen lassen."

Stirling spürte einen Stich des Bedauerns, dann sah er, daß der alte Mann ihn abschätzend ansah. Die Pupillen seiner Augen schienen sich im Weiß beinahe aufgelöst zu haben, aber sein Blick ging tief, und Stirling bewegte sich unbehaglich. Es war zu früh, das zu denken, was der Richter zu denken schien.

„Sie sagten, Sie wollten mich sprechen, Richter."

„Lassen Sie den Titel weg, Victor. Nennen Sie mich Ford. Eigentlich heiße ich Clifford, aber das hört sich nicht wie ein richtiger Name an. Nun, was halten Sie von meinem kleinen Heim?" Latham starrte ihn begierig an.

„Es ist das erste Heim, das ich auf der INSEL gesehen habe", sagte Stirling.

Latham entspannte sich ein wenig.

„Was hat Sie heraufgeführt, mein Sohn?"

„Ich dachte, ich könnte etwas für meinen Bruder tun. Und jetzt . . . Was machen Sie hier?"

„Hauptsächlich liege ich im Sterben. Unter dem vierten Zeichen der Tierkreiszeichen."

„Krebs?" Stirling fiel es schwer, das Wort hier auszusprechen, aber Latham schien für seinen eigenen Zustand ein unpersönliches Interesse aufzubringen.

„Sie kennen sich aus in der Astrologie, mein Junge. Vor über zehn Jahren hat es angefangen, also hatte ich wohl mehr Glück als die meisten."

„Und da sind Sie heraufgekommen?"

„Da bin ich heraufgekommen. Es hat mich ein Vermögen an Bestechungsgeldern gekostet."

„Und Sie haben Melissa mitgenommen?"

„Sie wollte mit. Damals dachte ich, es wäre nur für ein paar Monate – Ferien im ‚Himmel' –, aber es kam anders. Wir hatten beide Glück."

„Melissa auch?"

„Ich sagte, wir hatten beide Glück." Latham beugte sich auf dem Bett vor, und die Schmerzen verzerrten seinen Mund. „Meine Tochter ist eine wirkliche Person. Sind Ihnen da unten sonst noch welche begegnet?"

Stirling schüttelte den Kopf und wartete, bis der Richter wieder atmen konnte. „Ich stelle zu viele Fragen – das ist eine Berufskrankheit."

„Schon gut, mein Junge. Ich führe keines meiner offiziellen Gespräche. Ich bin zu alt und zu krank, um im Dorfleben noch eine Rolle zu spielen, aber ich tue so als ob, nur um den sogenannten Rat zu ärgern."

„Grund genug, Ford." Stirling zögerte einen Augenblick. „Wissen Sie, es würde sie besonders ärgern, wenn ich von hier weg könnte."

Latham ließ die Worte eine Weile in der Luft hängen, bevor er den Kopf schüttelte. „Das können Sie sich gleich aus dem Kopf schlagen. In vieler Beziehung ist das eine verwahrloste, sinnlose kleine Gemeinschaft, aber ich würde sie nicht verraten. Niemand geht zurück."

„Dieser Satz bleibt mir langsam im Hals stecken", sagte Stirling müde. Dann wurde sein Interesse wieder wach. „Sie wußten, was ich Sie fragen wollte?"

Latham bog vorsichtig an seiner Nase herum, so als modelliere er Ton, und seine Augen verengten sich. „Ich hatte so ein Gefühl, daß Sie sich für die automatischen Kultivatoren interessieren könnten."

„Es sind ja auch faszinierende Maschinen."

„Haben sie etwas an sich, das Ihnen besonders interessant erscheint?"

Stirling rieb sich die Bartstoppeln; er begriff, daß er alles auf eine Karte setzen mußte. „Mich beschäftigt die Tatsache, daß Maschinen, die für einen völlig automatischen Betrieb auf den INSELN eingerichtet sind, eine Art Handschaltung zu besitzen scheinen, die es einem Menschen gestattet, sie nach Wunsch zu steuern. Sogar aus der Ferne."

„Das ist mal ein Gedanke." Latham spielte mit der Uhr an seinem schmalen Handgelenk. „Wenn das der Fall wäre, stünden da draußen fünfhundert Fluchtautos für Sie bereit. Alle in einer Reihe. Glauben Sie mir, die Roboter besitzen keine Handschaltung, und wenn es sie gäbe, würde ich es Ihnen nicht sagen. Niemand . . ."

„. . . geht zurück", sagte Stirling und stand auf. „Weil wir eben vom Zurückgehen sprechen, ich glaube, ich sollte wieder an die Arbeit. Am ersten Tag muß ich einen guten Eindruck machen, wissen Sie."

Latham nickte erschöpft, hob aber die Hand. „Ich mag Sie, Victor. Vielleicht ist es bezeichnend für unsere Gemeinschaft, daß das einzige Mitglied, zu dem ich in zehn Jahren eine Zuneigung faßte, dasjenige ist, das aus Versehen heraufkam, aber das ist Nebensache . . . Das ist das einzige Gespräch, das wir miteinander führen werden, und trotzdem gibt es so viele Dinge, die ich nicht aussprechen kann. Melissa kann sich nicht entscheiden, was Ihren Bruder angeht. Ich habe versucht, ihr zu einem Entschluß zu verhelfen, aber es gibt auf beiden Seiten zu viele Widersprüche. Es wird Zeit in Anspruch nehmen . . ., und die läuft mir davon . . . Sie müssen mein unzusammenhängendes Gerede verzeihen, aber die Umstände . . . Ich würde Melissa noch vor den ‚Himmel' setzen . . ."

„Sie müssen sich ausruhen, Richter."

„Ich heiße Ford."

„Ja, aber ‚Richter' paßt besser zu Ihnen. Sie müssen sich ausruhen."

„Wie recht . . . Sie haben."

„Ich komme morgen und besuche Sie, Richter." Stirling war sich bewußt, daß der alte Mann etwas zu sagen versucht hatte, ohne es in Worte kleiden zu können.

„Nein!" Lathams Stimme wurde kräftiger. „Ich empfange keine Besucher mehr. Ihr Journalisten . . . Geld für nichts. Victor, nehmen Sie das Ding da mit. Ich bin mit dem Lesen fertig." Latham deutete auf den grauen Kasten in der Ecke, dann drehte er das Gesicht zur Wand.

„Ja, Sir." Stirling griff nach dem Kasten und trug ihn hinaus in die Sonne. Es war eine Mikrobibliothek, und dem Gewicht nach zu schließen, eine umfangreiche. Er ging zurück zur Lagerhütte, wo die Vogelfallen lagen, und augenblicklich trat der kleine Mann aus dem Schatten, um ihm zu folgen.

Der Gedanke kam ihm so plötzlich, daß er Stirling beinahe dazu veranlaßte, vor seinem Beschatter auf die Registertafel der Bibliothek zu starren. Er wartete statt dessen, bis er wieder bei den Fallen war und im Staub kauerte – vorgeblich ganz auf die uralten Geräte konzentriert. Während er sich vorbeugte, um wieder eine Handvoll von dem übelriechenden Gänsefett zu nehmen, ließ Stirling den Blick über die bedruckten Plastikstreifen des Registers gleiten.

Auf einem stand das Wort *Amerikanische Enzyklopädie*. Stirling nickte befriedigt. In der Redaktion hatte er bei normalen Recherchen ebendieses Buch gewählt, um sich über die Internationalen Standard-Ergänzungs-Länder und die Konstruktion ihrer Roboter zu informieren.

Die heißen Nachmittagsstunden schleppten sich dahin wie geologische Zeitalter, und er trug einige Schrammen davon, bevor jemand erschien, um ihm mitzuteilen, daß er sich für diesen Tag sein Essen verdient hatte. Es war Paddy.

„Sie sind beim Richter gewesen", sagte er, als Stirling aufstand.

„Ja. Ist das verboten?"

„Nein, verboten nicht, aber Jaycee wird das nicht gerade passen."

„Kommt es darauf an?"

Paddy zuckte die Achseln.

„Was haben Sie da?"

„Der Richter hat mir seine Bibliothek gegeben. Ich nehme an, ich darf lesen?"

„Ich habe früher selber viel gelesen", sagte Paddy nachdenklich. „Sehr viel sogar."

„Freut mich für Sie. Es ist immer eine Freude, einen Bücherliebhaber kennenzulernen."

Paddy packte Stirling am Arm. „Behalten Sie die Bibliothek, Stirling“, flüsterte er, „aber behandeln Sie mich nicht von oben herab. Sie und Ihr Bruder – ihr habt ein Talent dafür, andere Leute als Werkzeuge zu gebrauchen.“

Stirling sah der dunkelbraunen Gestalt nach, als sie im Dorf verschwand, würdevoll trotz der zerfetzten Kleidung, und dann begriff er, daß er vergessen hatte, daß die Dorfbewohner immer noch Menschen waren. Er rief ihm seinen Dank nach und trug die Mikrobibliothek in die Palisade. Dieses Modell war ihm nicht vertraut, und er brauchte einige Minuten, um die Lesebrille aufzusetzen, die biegsamen Lichtleitaugen anzuschließen und das Bandwahlsystem zu meistern. Als das Gerät richtig arbeitete, wählte er die Enzyklopädie. Aus dem geschlossenen Projektionssystem wurden die Mikrofilmseiten über die Lichtleitaugen übertragen. Stirling drehte an der Scharfeinstellung und ging das Register durch, bis er die Zugangskoordinaten für einen Eintrag mit dem Titel: „Internationale Standard-Ergänzungs-Länder, automatische Kultivierung, technische Probleme“ fand.

Er tippte die Koordinaten ein und wartete auf die bezeichneten Seiten. Statt der erwarteten Druckseiten tauchte ein grelles Lichtdreieck auf. In die Mitte des Lichtfeldes – wegen der Vergrößerung verformt und primitiv wirkend – hatte jemand mit der Hand drei Buchstaben hingemalt: „N. G. Z.“

Nach kurzer Überlegung entschied Stirling, daß das nur eines heißen konnte.

Niemand geht zurück.

10

„Wo ist der Himmel? Ich weiß es nicht. Selbst dem glaubenden Auge erscheint der Himmel so wie ein Stern dem fleischlichen. Auf der Stirn der Nacht leuchtete er strahlend hell, voll Herrlichkeit, aber er ist von uns so weit entfernt, daß er sich über unsere Untersuchungen erhebt wie über die Stürme und Wolken der Erde.“

Stirling nahm die Lesebrille ab und starrte in die nachtschwarze Dunkelheit. Richter Latham hatte viele solche Abschnitte in der merkwürdigen Sammlung von Büchern angestrichen, aus denen seine Bibliothek bestand. In den fünf Monaten, die vergangen waren, seitdem er seinen Fluchtversuch unternommen hatte, verbrachte Stirling fast seine ganze Freizeit mit der Mikrobücherei, in der Hoffnung, der Richter könne die fehlenden Seiten aus der Enzyklopädie in einen anderen Band geschoben haben. Entdeckt hatte er dabei nur, daß Latham einen Zug ins Mystische hatte und bei der Wahl der INSEL als Stätte des Sterbens einer Vision nachgejagt war, vielleicht einer lebendigeren als Johnny und er selbst. Der Richter hatte sogar auf die Innenseite des Gerätedeckels das Zitat geschrieben: „Großer Geist, gib mir einen Himmel, nicht so groß wie deinen, aber groß genug für mich."

Die Bedeutung entzog sich Stirling, aber er fühlte sich nicht qualifiziert, einen Menschen dafür zu kritisieren, daß er die harte Realität der INSEL mit den Farben seiner Träume überpinselte. Er zog den Schlafsack bis zum Kinn herauf und wartete auf den Schlaf. Obwohl der Winter in diesem Jahr früh über den „Himmel" gekommen war, hatten das Hüllenfeld und ein geringes Maß an Unterbodenheizung die Temperaturen in erträglichen Bereichen gehalten. Die Schneewolken drängten sich tief unterm Floß in großen grauen Strömen, während die Dorfbewohner im dünnen, reinen Sonnenlicht von verwaschener Wasserfarbe lebten.

Stirling kannte inzwischen fast alle Bewohner und gab vor sich selbst zu, daß er auszusehen begann wie die anderen. Er hatte mindestens fünfundzwanzig Pfund an Gewicht verloren und fühlte sich so, als könnte er die gesamte Länge der INSEL durchrennen. Seine Haut hatte die Färbung von dunklem Teakholz angenommen, seine Stoppeln waren zu einem verwegenen, herrschaftlich aussehenden Bart geworden. Aber unter seinem neuen, piratenhaften Aussehen hatte sich sein früheres instinktives Bestreben, von der INSEL herunterzukommen, zu einer diamantharten Entschlossenheit verdichtet, die ihn immer begleitete. In seinen Träumen lief er durch Großstadtstraßen, trank gierig die Bilder und die Geräusche einer Kultur in sich hinein, die ihn hervorgebracht hatte – aber der Schlaf ließ sich nicht immer leicht herbeirufen.

Stirling hatte unbestimmte Zeit im Dunkeln gelegen, als er in der Ferne Stimmen an- und abschwellen hörte wie das Geräusch einer Brandung. Mehrere Leute liefen am Gefängnis vorbei, aufgeregt miteinander flüsternd. Stirling stand wieder auf und ging zur Tür. Er wartete, bis er draußen ruhigere Schritte hörte, dann rüttelte er an der Tür.

„Was ist los da draußen?"

„Leg dich hin, Vic!" rief jemand. „Mit dir hat das nichts zu tun."

„Sagt mir, was los ist, oder soll ich die Tür aufbrechen?"

„Ach, gar nichts. Den alten Latham hat es endlich erwischt. Seine Tochter hat da hinten einen Anfall."

Stirling ging zu seinem Rucksack und nahm die letzte Zigarette heraus, die er sich für eine unbestimmte Gelegenheit aufgehoben hatte. Er zündete sie mit einem starken Zug an und sog den Rauch tief in die Lunge, aber der trockene Tabak rief einen Hustenanfall hervor. Als er den kleinen orangeroten Leuchtpunkt gelöscht hatte, schien die Nacht viel dunkler zu sein als vorher.

STIRLING durfte am Begräbnis nicht teilnehmen, sah die Kolonne aber auf dem Weg zu der grasbewachsenen Böschung von Treibstaub, die den Dorfbewohnern als Friedhof diente. Die Böschung war nicht lang und nur eineinviertel Meter tief. Stirling wußte nicht, wie viele Leute auf der INSEL gestorben waren, aber er vermutete, daß ihre Leichen sehr eng beieinander beerdigt worden waren. Der Große Geist sorgte dafür, daß Richter Lathams Zuteilung an „Himmel" nicht übergroß war.

Während die Prozession langsam zurückkehrte, brummte ein nach Westen fliegendes Düsenflugzeug durch den Himmel heran, und die Dorfbewohner verschmolzen mit ihrer Umgebung. Stirling machte sich daran, die Netze der Essensbeschaffungstrupps zu flicken.

Eine Stunde später, in der Mittagspause, kam Melissa Latham zum Gefängnis, wo Stirling bei kaltem Wetter arbeitete. Er hatte sie, außer aus einiger Entfernung, seit mehreren Monaten nicht gesehen und war überrascht, wie stark sie abgemagert war. Sie hatte tiefe Ringe unter den Augen. Stirling stand auf. „Es tut mir leid –"

„Er hat mich gebeten, Ihnen das zu geben.“ Sie hielt ihm Lathams goldene Armbanduhr hin.

„Das kann ich nicht annehmen.“

„Doch. Sie geht nicht, und das Gold bedeutet hier nichts.“

„Das meine ich nicht – ich meine, sie gehörte Ihrem Vater.“

„Ich brauche sie nicht.“ Melissa sah ihn prüfend an. „Er hat mir das Versprechen abgenommen, daß Sie sie bekommen.“

„Gut – danke.“ Stirling nahm die Uhr und wärmte das kühle Metall mit der Hand. „Ich weiß nicht, wieviel Ihnen das im Augenblick bedeutet. Als Ihr Vater wußte, daß er starb, suchte er sich den Ort aus, wo er hinwollte . . . Und ich glaube, daß er für seine Person gut gewählt hat.“

„Er hat Ihnen erzählt, daß er krank war, bevor er hierherkam?“

„Ja, Sie –“

„Es geschah nachher. Er hätte geheilt werden können, wenn er zurückgedurft hätte.“

„Hat er es nicht versucht?“

„Nein“, sagte Melissa beinahe trotzig.

„Aber das ist –“ Stirling suchte nach dem richtigen Ausdruck, aber sein Wortschatz ließ ihn im Stich. „Was werden Sie jetzt tun?“

„Zu früh . . ., zu früh . . .“ Ihr Blick huschte an ihm vorbei.

Stirling drehte sich um und sah Johnny Considine herankommen, zur Abwechslung ohne seine Begleitung. Es war das erste Mal in fünf Monaten, daß er auf Hörweite heranging. Sein Blick war auf Lathams Uhr geheftet.

„Hier, Johnny.“ Stirling hielt ihm die Uhr hin. „Ich muß wohl dem Kaiser geben, was des Kaisers ist.“

Johnny streckte die Hand aus, legte Stirlings Finger sorgfältig um die Uhr und quetschte sie zusammen. Er starrte Stirling haßerfüllt an, sagte aber nichts. Stirling begriff plötzlich, daß die Uhr ein Symbol war, nicht in ihrer physischen Realität, sondern in der Gabe durch den Richter.

Johnny legte wortlos den Arm um Melissas Schulter, und sie ließ sich fortführen. Als sie beinahe außer Hörweite waren, sagte Melissa mit leiser, zorniger Stimme etwas. Johnny schaute über die Schulter und antwortete, und Stirling wußte, warum er so stumm geblieben war. Seine Stimme war ein dünnes, klagendes Krächzen, das verriet, daß die Stimmprothese langsam ihren Geist aufgab. Johnny würde ein König sein müssen, der mit den Fingern Befehle gab.

Stirling steckte die Uhr in die Tasche und beugte sich wieder über die Netze. Er plagte sich mit den zähen Plastikschnüren ab, während er über die kurze Begegnung mit seinem Bruder nachdachte. Johnny hatte sich erneut verändert, diesmal zum Schlechteren. Seine Persönlichkeit schien nach innen zu explodieren und einen Druck zu erzeugen, der sich nicht zurückhalten ließ. Einem anderen wären die Symptome nicht aufgefallen, aber Stirling hatte sie durch Johnnys Augen erkennen können. Was nagte an ihm? Enttäuschung mit der INSEL und der Bedeutungslosigkeit seiner Häuptlingswürde? Eingebildete oder wahre Zurückweisung durch Richter Latham und Melissa? Das konnte seine Reaktion darauf erklären, daß er beobachtet hatte, wie Melissa Stirling eine wertlose Uhr übergab.

Die Haut an Stirlings Gesicht begann kalt zu prickeln, so, als würde sie mit Eiskörnchen beschossen.

Eine wertlose Uhr!

Er stand auf, reckte sich unauffällig und ging ins Gefängnis zurück. Am Eingang, wo er noch etwas sehen konnte, blieb er stehen, zog die Uhr heraus und öffnete das Gehäuse. Nichts, außer dem Magnetmotor und der Hemmung. Er untersuchte das Plastikarmband nach Nähten, die auffällig sein mochten, fand aber nichts. Schwer atmend betrachtete er das Uhrgehäuse zum zweitenmal. Das Goldplättchen des Zifferblatts konnte man abheben. Stirling hob es mit dem Daumennagel hoch und sah die eingeklemmte Ecke des Mikrofilmblättchens. Er begann zu zittern.

STIRLING wartete vier Tage, bis sich die richtige Gelegenheit ergab. Die großen Roboter waren bei dem kälteren Wetter weniger aktiv, aber zweimal kam einer bis zum Rand eines Streifens in der Nähe des Dorfes. Jedesmal war eine zweite Maschine dabei, und er beschloß, auf die Gelegenheit zu verzichten. Er wollte nicht auf einer der gelben Maschinen davonreiten, wenn die Dorfbewohner auf eine zweite springen konnten, denn am Westrand der INSEL mußte er sieben Kilometer bis zum Lift laufen. Trotz seiner jetzigen Schlankheit hatte Stirling keine Lust, diese Entfernung ohne einen beträchtlichen Vorsprung im Rennen gegen eine Horde zerlumpter Affen zurückzulegen. Die beste Lösung wäre die gewesen, am westlichen Randstreifen bis zur Mittellinie zu gehen, bevor er die Flucht begann, aber dieser Weg war ihm durch seinen ersten Fluchtversuch versperrt.

Am Nachmittag des vierten Tages betrieb er die primitive Presse, mit der man aus getrocknetem Gras und Wurzeln Heizbriketts herstellte, als ein Roboter bis zum Ende seines Feldes glitt und zum Stillstand kam. Steriles Sonnenlicht glänzte auf den Spinnenbeinen, als sie sich sorgsam unter dem Turm bewegten; offenbar wurde die aufgepflügte Erde für die Aussaat im nächsten Frühling vorbereitet.

Stirling schaute sich vorsichtig um und sah, daß in der Südostecke der INSEL sonst kein Roboter zu bemerken war. Das Dorf selbst döste vor sich hin. Irgendwo hämmerte jemand, und eine Frau sang vor sich hin. Selbst der namenlose Zwerg, der Stirling zu beobachten hatte, war nicht zur Stelle.

Stirling unterdrückte den Argwohn, daß dies eine noch raffiniertere und endgültige Erprobung seiner Vertrauenswürdigkeit war, und ging auf den stillen Roboter zu. Während der vier Tage hatte er versucht, Lathams Motive dafür zu analysieren, daß er den selbstgewählten Pakt mit den Dorfbewohnern gebrochen hatte, den Pakt, dem er sein eigenes Leben geopfert hatte. Er war zu dem Schluß gekommen, daß der Richter dafür hatte sorgen wollen, daß er Melissa mitnahm, wenn Johnny sie mit Gewalt nehmen und sie sich wehren sollte. Stirling hatte aber seit dem Morgen nach Lathams Tod die beiden nicht mehr gesehen und auch nichts von Raub gehört. Er hatte beschlossen zu gehen, solange es noch ging – ohne Rücksicht auf Schuldgefühle. Außerdem bestand immer das Risiko, daß etwas schiefging.

Aus der Nähe erinnerte der Roboter mit seinen großen Stahlrädern, Zylindern und Stangen an eine Lokomotive. Der gelbgestrichene Aufbau war bedeckt von kondensiertem Wasser, darunter sah Stirling alte Ölstreifen, Flecken von Hydraulikflüssigkeit und anderen Flüssigkeiten, die in den Plastikarterien des Roboters flossen. Er widerstand der Versuchung, sich noch einmal umzusehen – die vertraute, verstohlene Bewegung, die so oft Aufmerksamkeit erregt, wenn das auffälligste Verhalten nicht dazu geführt hat –, und stieg an diesem schwitzenden Metall hinauf, bis er den Ausleger erreichte, der zum Mast auf der anderen Seite des Feldes hinüberreichte. Er ging oben entlang, bis er den Drehturm unter sich hatte. Die Unterseite des Auslegers trug die Schienen, an denen der Turm hin- und herfahren konnte. Stirling betete darum, daß es nichts gab, was ihn durch einen Stromstoß töten konnte, sprang durch ein Gewirr biegsamer Wendelrohre hinunter und kroch in den Drehturm hinein. Er fand die Tafel mit dem Zugang zu dem Alarmsystemrelais des Roboters und löste die starren Federspangen. Aus dem Augenwinkel sah er eine kleine schwarze Gestalt durch das Dorf huschen.

Die Lösung seines Problems war einfach gewesen. Er hatte sogar schon in den ersten Minuten auf der INSEL einen guten Hinweis bekommen, als ein großer Roboter mit voller Geschwindigkeit an ihm vorbeigesaust war. Er war unterwegs gewesen zu der Stelle, wo er zwischen die Bohnenstauden gesprungen war, um der Vogelscheuche zu entkommen.

Entlang der fünfundzwanzig Kilometer jedes Feldes befand sich eine Sensorenanlage, die den Roboter auf Schäden an den Pflanzen aufmerksam machte, indem sie Zelluloseteilchen ortete, die aus zerquetschten und abgebrochenen Stengeln quollen. Die Anlage überwachte auch die Bodenfeuchtigkeit, für den Fall, daß ein Defekt der Bewässerungsanlagen an irgendeiner Stelle Dürre oder Überschwemmung hervorrief, aber es war die erste Funktion, die den Dorfbewohnern die Möglichkeit verlieh, die Roboter zu steuern. Im Rückblick konnte Stirling erkennen, was bei seinem ersten Fluchtversuch schiefgegangen war. Während er zu Fuß durch die INSEL gestapft war, hatte jemand Biquard gefunden und Alarm geschlagen. Die Verfolger hatten einen Roboter herbeigeholt, indem sie Pflanzen zertraten, dann waren sie aufgestiegen und hatten die Alarmrelais manipuliert, um die große Maschine glauben zu lassen, am entgegengesetzten Ende des Feldes gebe es ein Problem. Das besorgte Monstrum war mit achtzig Stundenkilometern losgebraust, um nachzusehen, wobei es Stirling unterwegs eingeholt hatte.

Theoretisch war es einfach, aber die Verschlüsse des Blechs

schienen seit Jahren nicht berührt worden zu sein, und außerdem waren sie für Roboterzangen konstruiert. Stirling hatte eine kostbare Minute vergeudet und sich die Haut von den Fingern gerissen, bis die letzte Halterung herausfiel. Er blickte zum Dorf und sah Männer laufen und über den Randstreifen springen wie schwarze Wölfe. Einige trugen etwas, das aussah wie Speere. Er riß an der Blechtafel und entdeckte, daß sie klemmte.

Unter ihm war eine Gestalt allen anderen voraus, und Stirling erkannte sie sofort. Dix hetzte mit unfaßbarer Geschwindigkeit über das Gras, eher wie der Schatten eines Flugzeugs denn wie ein Mensch, und sein Fischmaul war weit aufgerissen, um Luft in den Körper zu pumpen. Er hatte eine Pistole.

Stirling fluchte in plötzlicher Panik, krallte die Finger in die Blechkante und spürte, wie sie sich ein wenig hob. Er riß das Rechteck heraus und sah geordnete Reihen von Miniaturrelais vor sich, alle unter durchsichtigem Kunststoff. Die Federklammern widerstanden seinen blutigen Fingerspitzen einen Augenblick, dann schnellte das glatte Gehäuse herunter. Stirling sah Dix auf das Fahrgestell des Roboters springen und blitzschnell heraufklettern. Er stieß den Finger auf das Relais, so daß sich die Kontakte berührten – und nichts geschah.

Er hatte die falsche Seite der Relaisserie gewählt und den Roboter angewiesen, sich in den Sektor zu begeben, in dem er sich bereits befand.

Stirling riß das kleine Gehäuse von dem Relais am anderen Ende herunter, als Dix über ihm auf dem Ausleger auftauchte. Dix richtete sich auf, die untere Gebißhälfte entblößt, und zielte. Stirling warf das Blech, so daß Dix sich ducken mußte, und zertrat gleichzeitig mit dem Absatz ein halbes Dutzend Relais, deren Kontakte sich gleichzeitig schlossen. Die gigantische Maschine setzte sich in Bewegung. Dix geriet aus dem Gleichgewicht und begann mit den Armen zu rudern. Stirling zog das rechte Knie hoch, traf den Stürzenden im Kreuz und schleuderte ihn vom Drehturm, so daß er sieben Meter tief auf das Feld hinabstürzte. Zwei Speere mit Metallspitzen prallten hinter Stirling vom Stahlblech ab, aber der Roboter beschleunigte schnell, und die rennenden Gestalten blieben zurück.

Stirling lehnte sich an den Mast und sah zu, wie sie in der

Ferne zusammenschrumpften. Er hatte berechnet, daß der Roboter bei Höchstgeschwindigkeit die ganze INSEL in achtzehn Minuten durchfahren würde. Das war viel besser, als zu Fuß unterwegs zu sein, aber auch ein so spektakulärer Start, daß man seinen Vorsprung nach Minuten bemessen mußte. Genau so viele Minuten, wie die Dorfbewohner brauchten, um einen anderen Roboter herbeizubeordern und auf Handsteuerung umzustellen. Unter diesen Bedingungen waren zehn Minuten ein guter Vorsprung, und angesichts der sieben Kilometer langen Laufstrecke am Westende der INSEL war das nicht viel – vor allem dann nicht, wenn seine Verfolger Schußwaffen hatten.

Von seinem Aussichtspunkt hoch auf der dahinfegenden Maschine konnte Stirling die ganze Fläche der INSEL und die anderen Roboter sehen. Er beobachtete den Norden über die nackten braunen Felder hinweg und war erstaunt, daß gute fünf Minuten vergangen waren, bis eine der gelben Maschinen in der Nähe der Längsachse der INSEL sich plötzlich in Richtung des Dorfes in Bewegung setzte. Wenn er zwei Minuten für die Wende unterstellte, besaß er einen Vorsprung von etwa vierzehn Minuten. Er dachte kurz über den unerwarteten Vorteil nach, bevor ihm einfiel, daß die Dorfbewohner, da es keine Pflanzen gab, die man beschädigen konnte, das Bewässerungsalarmsystem auslösen mußten. Sie hatten einige Zeit gebraucht, um Wasser zu einem der Felder zu schleppen.

Nachdem er mit der Hand das Relais ausgelöst hatte, das die Maschine bis zum Ende des Feldes lenken würde, kletterte Stirling nach vorn und verfolgte, wie der Transitbereich vor ihm an Größe zunahm. Hinter dem Westrand der INSEL öffneten sich blaue Fernen, und Stirling erkannte die vertikalen Bauten der Küsten-Konurbation; im Dunst sahen sie aus wie ein Bühnenmodell. Die Sonne versank in den schattigen Weiten hinter den Türmen, und schon hatten die Autos in den unteren Straßenetagen ihre Scheinwerfer eingeschaltet. Stirling betrachtete die funkelnden Lichter und spürte plötzlich ein verstärktes Sehnen, wieder dort zu sein, gemütlich und fest in seiner Nische der Zivilisation. Ich kann es schaffen, dachte er staunend, heute abend kann ich zu Hause sein. Er spürte, wie ein eisiger Klumpen Angst sich in seiner Magengegend ausbreitete: Nach fast einem halben Jahr im „Himmel“ schien alles zu schön, um wahr zu sein.

Am Ende des Feldes wurde die summende, vibrierende Maschine langsamer und legte die letzten hundert Meter im Schrittempo zurück, während ihre verwirrten Logikschaltungen mit Lichtgeschwindigkeit Argumente austauschten. Stirling nutzte die Gelegenheit und sprang auf den erhöhten Transitbereich hinunter. Sofort spürte er die niedrigeren Temperaturen, aber er senkte den Kopf und begann zu laufen. Der Lift war beinahe sieben Kilometer in nördlicher Richtung entfernt, und es blieb keine Zeit, seine schmerzende Lunge zu schonen.

Unterwegs entdeckte Stirling, daß es im Hüllenfeld der INSEL Abweichungen gab, die dem außerhalb herrschenden Frost erlaubten, an manchen Stellen einzudringen. Das war der erste Hinweis auf Wartungsprobleme, dem er begegnete, und er fragte sich, ob die ETB dabei war, ihren Kampf gegen die INSELN zu gewinnen. Die Hüllenfeldgeneratoren würden schwer zu ersetzen sein, und vielleicht war die Ostküstenregierung gezwungen worden, die Ausgaben einzuschränken.

Wenngleich das Hüllenfeld selbst unter normalen Umständen unsichtbar war, konnte man die Stellen, wo es am schwächsten war, deutlich an der dicken Eisschicht erkennen, die alles überzog, und an den sengenden Schmerzen, die Lunge und Kehle zu zerfetzen drohten, sobald man hindurchkam. Stirling lief gleichmäßig weiter, erstaunt über die Leistungsstärke seines Körpers, seit er nicht mehr von einer Fettschicht behindert war. In jedem neuen Sektor, den er erreichte, wurde eine grellrote Vogelscheuche lebendig und verfolgte ihn mit rudernden Armen und lautem Geknalle, aber er wußte jetzt, daß sie auf einem eigenen Gleissystem liefen und man ihnen daher leicht aus dem Weg gehen konnte.

Er schaute immer wieder über die rechte Schulter und wartete darauf, daß ein Roboter mit hoher Geschwindigkeit nach Westen fuhr. Die Minuten vergingen, und als die beleuchteten Gestänge der Liftstation weit voraus sichtbar wurden, atmete Stirling auf. Die zurückgelegte Entfernung, verbunden mit der dünneren Luft an den Hüllenfelddefekten, begann sich auszuwirken, und er spürte, wie seine Beine langsamer wurden. Er versuchte, das Tempo zu beschleunigen, aber sein innerer

Schweinehund erklärte ihm immer wieder, daß er einen größeren Vorsprung besaß, als er hätte erwarten dürfen.

Als er endlich aus der sich im Osten sammelnden Dunkelheit einen Roboter heranrasen sah, wurde Stirling klar, daß er die Dorfbewohner wieder einmal unterschätzt hatte. Der Roboter war an der falschen Stelle! Er hatte nach hinten geblickt, um die Verfolger zu orten, aber diese Maschine, vom Transitbereich etwa sieben Kilometer entfernt, donnerte ein Feld entlang, das einen Kilometer vor ihm aufhörte.

Während Schrecken und Zorn durch seinen Körper fluteten, hatte Stirling plötzlich neue Energie und entdeckte, was es hieß, richtig schnell zu laufen. Er sah, daß der Roboter an einem Feld für Winterweizen entlangfuhr. Im Dorf hatte jemand beschlossen, nicht den langsamen Bewässerungsalarm zu verwenden, sondern am Ostrand der INSEL entlangzufahren, wo noch etwas wuchs. So hatten sie viel Zeit gespart und würden nur wenige Meter hinter ihrer Jagdbeute sein, sobald sie den Transitbereich erreichten.

Er versuchte noch schneller zu laufen, aber sein Körper hatte einen solchen Grad von Erschöpfung erreicht, daß das Adrenalin auch nichts mehr half. Nur sein Wille sorgte noch dafür, daß seine Arme und Beine weiterwirbelten. Er hörte seinen Atem in heiseren Schreien kommen und gehen, sein Mund füllte sich mit salzigem Schaum, und der Horizont um ihn schwankte wie wild. Die Entfernung zwischen ihm und dem Roboter schrumpfte schnell; er sah dunkle Gestalten auf dem Ausleger; dann war er mit einem Vorsprung von nur wenigen Sekunden an der Schnittstelle vorbei. Schreie gellten hinter ihm, als die zerlumpten Gestalten von ihrem phantastischen Fahrzeug sprangen.

Noch einen halben Kilometer, bis du die Monitorkameras am Lift erreichst. Du schaffst es nie – gib auf, bevor dein Herz versagt.

Die Stimme in seinem Kopf schien die eines Freundes zu sein, der ihn zutiefst liebte, aber Stirling achtete nicht darauf. Er versuchte eine wundersame Lücke in den Gesetzen der Körperchemie zu finden, die ihm erlaubte, noch schneller zu laufen, aber eigentlich wußte er schon, daß er gescheitert war. Ein Kurzspeer flog wie ein wütendes Reptil an ihm vorbei, dann prallte etwas gegen seine Fußknöchel. Er stürzte nach vorn, überschlug sich und rutschte dahin.

Stirling spürte die Dorfbewohner eher, als daß er sie sah. Grobe Hände drehten ihn um . . . Dunkle Gestalten ragten vor dem Himmel auf . . . Ein Messer zuckte hoch und sauste herunter.

„Laßt den Mann ihn Ruhe!"

Stirling hörte die Stimme über dem Brausen der Blutströme in seinem Körper kaum, aber er sah die Dorfbewohner zu schwarzen Statuen erstarren. Er drehte den Kopf der Stimme zu und sah vom Lift her Männer heranlaufen.

Männer in den weißen Uniformen der Ernährungs-Technologie-Behörde.

11

JEPSON LOMAX war ein blasser Mann mit rundem Gesicht, braunroten Lippen und klammen Händen, die er ständig mit einem hellgrünen Taschentuch abrieb. Jedesmal wenn er seinen Schreibtisch berührte, hinterließ die Feuchtigkeit einen geisterhaften Handabdruck, der langsam schrumpfte. Er warf Stirlings Presseausweis in den Drahtkorb und ging zum Fenster.

„Phantastische Aussicht, nicht? Soviel freier Raum. Ich bin fast mein ganzes Berufsleben in Meeresverarbeitungsstationen der ETB gewesen und dadurch an ferne Horizonte gewöhnt. Das ist einer der Gründe, weshalb ich diesen Posten bekommen habe. Aber es ist nicht dasselbe wie auf dem Meer, nicht dasselbe, wie wenn man auf weites, offenes Land blickt." Lomax deutete hinaus. „Nichts ist so wie das."

Stirling nickte langsam. Er versuchte noch immer, seelisch auf die Beine zu kommen, und nichts mehr erschien real oder fest. Vor allem nicht dieses Bürogebäude aus Fertigteilen, das am Lift errichtet worden war und in dem glattrasierte ETB-Beamte in weißen Uniformen komfortabel untergebracht waren.

„Ich will ganz offen zu Ihnen sein, Mr. Stirling." Lomax wischte sich mechanisch die Handflächen ab. „In den vergangenen vierundzwanzig Stunden habe ich zwei sehr unangenehme Schläge verdauen müssen. Es war schlimm genug, einen Haufen von . . . Landstreichern auf dieser INSEL zu entdecken. Aber die Tatsache, daß Sie, ein Journalist, sie zuerst entdeckt haben, erschwert mir alles nur noch mehr."

„Ich verstehe nicht."

„Nun, das bedeutet, daß wir Sie vielleicht nicht weglassen können." Lomax lächelte bedauernd, aber so unecht, daß es wie eine Drohung wirkte. „Wissen Sie, wir wollen die Aufmerksamkeit nicht auf unser Hiersein lenken . . . Es wäre für mich also kaum ratsam, einen Reporter mit einer der sensationellsten Geschichten des Jahrhunderts freizulassen. Sie verstehen meinen Standpunkt doch, oder?"

Stirling stand zornig auf. „Hören Sie, ich bin Ihnen dankbar, daß Sie mir das Leben gerettet haben, aber ich verstehe nicht, welches Recht Sie haben, mich gegen meinen Willen hierzubehalten. Die ETB hat keine Macht –"

„Irrtum, Mr. Stirling." Lomax lächelte wieder förmlich. „Sie vergessen, wie lange Sie schon – sagen wir, nicht mehr in Kontakt gewesen sind? Vergangenen Monat haben beide Küstenregierungen ein Rationalisierungsprogramm gebilligt, das die INSELN der Behörde direkt unterstellt."

„Na gut, Hodder hat die INSELN also endlich in der Tasche. Und was bedeutet das für mich?"

„Sie befinden sich mitten in einer stillen Revolution, Mr. Stirling. Waren Sie nicht überrascht, uns hier zu finden?"

„Darauf wollte ich eben kommen."

„Ich erspare Ihnen die Mühe. Wissen Sie, welcher Prozentsatz an der Lebensmittelversorgung von den INSELN kommt?"

„Das weiß ich nicht. Fünf? Nein, das wird zu hoch sein. Ein oder zwei Prozent?"

„Nullkommanullnullzwei Prozent."

Stirling blickte ungläubig auf den dunstigen Horizont der INSEL hinaus. „Aber das sind nur –"

„Nicht wert, daß man es in Betracht zieht, nicht wahr? Und wissen Sie, wieviel es kostet, auf den INSELN ein Pfund unvollständiges Protein zu produzieren, verglichen mit der Gewinnung von einem Pfund Fertigprotein aus dem Meer?"

„Ich möchte nur wissen, wie Sie auf die Idee kommen, daß Sie mich hierbehalten können?"

Lomax runzelte die Stirn. „Die INSELN sind erledigt, Mr. Stirling. Ihre einzige nutzbringende Funktion ist jetzt noch, Lebensraum zu bieten. Den brauchen wir dringender als ein paar Kilo Gemüse."

„Macht es Ihnen etwas aus, wenn ich zu erraten versuche, was Sie als nächstes sagen werden?" sagte Stirling, dem plötzlich ein Licht aufging. „Da die ETB diese ausgesucht schönen Stücke Land beherrscht, hat sie auch die Menschen ausgewählt, die hier leben dürfen, stimmt's?"

Lomax nickte belustigt.

„Und das sind natürlich ihre eigenen Leute! Wenn Hodders Pläne klappen, wird es an beiden Küsten eine Art Technokratie geben, an der Spitze die ETB . . . Und die INSELN werden vornehme Penthäuser für Hodder und seine Marionetten."

„Ich wußte, daß Sie verstehen würden, warum wir Sie nicht gehen lassen können, Mr. Stirling. Nach den neuen Gesetzen ist das, was wir hier tun, eigentlich nicht ungesetzlich, aber die große amerikanische Öffentlichkeit wird einige Zeit brauchen, um sich an den Gedanken zu gewöhnen. Unsere Abteilung für Öffentlichkeitsarbeit hat kaum angefangen, und wegen der bevorstehenden Kongreßwahlen wäre es der Behörde unlieb, wenn Sie mit den falschen Leuten reden würden."

„Ich begreife nicht, worüber Sie sich Sorgen machen", sagte Stirling bitter. „Ihr sogenannter Presserat würde alles blockieren, was ich schreiben würde. Ich bin einer der besten Kunden."

„Ihr Journalisten beschäftigt euch zu sehr mit der Presse." Lomax zog das hellgrüne Taschentuch der Reihe nach durch alle Finger. „Sie vergessen Dinge wie Flüsterkampagnen, Mr. Stirling. Die öffentliche Meinung war lange vor dem Entstehen der Presse eine mächtige Waffe bei Wahlen. Die Behörde besteht darauf, daß Sie zunächst als ihr Gast hierbleiben. Aber beruhigen Sie sich – es wird nicht für sehr lange sein."

Wie recht du hast, dachte Stirling. Er trat ans Fenster und schaute hinaus auf die Stelle, wo aus den Liftwagen Erdbewegungsmaschinen ausgeladen wurden. Wie recht du hast.

STIRLING konnte sich in dem Gebäude völlig frei bewegen. Lomax und zwei Sicherheitsbeamte der ETB hatten ihn gründlich ausgefragt, nachdem er in Sicherheit gebracht worden war, aber Stirling war bei seiner Behauptung geblieben, er sei als Reporter auf der Suche nach einem Knüller auf die INSEL gekommen. Seine instinktive Abneigung gegen alles, was mit der ETB zusammenhing, hatte ihn dazu veranlaßt, nichts von Johnny zu erzählen und sich undeutlich über die Zahl der Dorfbewohner zu äußern.

Lomax glaubte ihm schließlich, daß die mit ihm gefangengenommenen vier Männer die inoffizielle INSEL-Kolonie darstellten. Er beließ es dabei. Wenn die neuen Herren allerdings unerwartet auf eine Armee von zweihundert abgerissenen Guerillas stießen, würde ihr Mantel der Verschwiegenheit an den Nähten auseinanderreißen.

Stirling besichtigte das einstöckige Gebäude gründlich. In manchen Räumen waren Zeichenbretter aufgestellt, und überall sah man Männer in den weißen ETB-Uniformen. Im Gegensatz zu den meisten Bürgern der Kompression waren sie braun gebrannt, und er vermutete, daß sie in Verarbeitungsstationen an den Küsten gearbeitet hatten. Gutes Material für die INSEL. Er schlenderte herum und achtete nicht auf die neugierigen Blicke der Büroangestellten, bis er den Flügel fand, der vorübergehend als Gefängnis benutzt wurde. Die vier gefangenen Dorfbewohner saßen bedrückt hinter einer Superglastrennwand. Stirling betrachtete sie und vergewisserte sich, daß Johnny nicht dabei war, bis ihm auffiel, daß die Bewegungen der Männer durch Geflechte silberner Fäden um ihre Glieder gehemmt wurden.

„Was ist das?"

Der Sicherheitsbeamte, der Wache hielt, sah Stirling kalt an, gab aber Antwort. „Wir haben Spinnwebwaffen angewendet. Glück für Sie, daß wir sie dabeihatten."

„Ich bin Ihnen sehr dankbar. Ist das eine Spinnwebwaffe?" Er deutete auf eine klobige Schußwaffe aus grauem Metall am Gürtel des Bewachers.

„Ja. Für den Sicherheitsdienst ideal . . . Größere Reichweite als die alten Bolapistolen, und der Kitt schnürt sie ordentlich ein."

„Auf den Fortschritt."

Stirling starrte die Dorfbewohner durch das Superglas an. Gestern hatten sie versucht, ihn umzubringen, aber er nahm es ihnen nicht übel. Einer der Männer hob den Kopf, sah Stirling und machte die anderen aufmerksam. Die vier sahen einander auf seltsame Art ähnlich: dunkelhäutig, bärtig, gehetzt. Stirling kannte keinen mit Namen und vermutete, daß sie vier unwichtige Leute waren, die zur falschen Zeit am falschen Ort erwischt worden waren.

Er ging weiter und beobachtete von einem Fenster aus die Umbautrupps. Sie arbeiteten auf zwei Feldern, schoben die Erde zu großen braunen Haufen zusammen, gossen Plastikböden und errichteten Wandbauteile. Hinter den neuen Gebäuden ragte schief der Aufbau eines gelben Agrar-Roboters empor, und von Schweißbrennern regneten Funkenschwärme herab. Der tote Roboter hatte etwas Würdevolles, und Stirling spürte ein leises Bedauern.

DIE ERSTE Schlacht auf dem Internationalen Standard-Ergänzungs-Land US 23 fand drei Tage später statt.

Ein inoffizieller Vermessungstrupp von drei Männern war am frühen Nachmittag losgezogen, zum Teil, um sich das Gelände anzusehen, zum Teil, um die Fahrt zu genießen. Ihr Nega-Grav-Schlitten sollte sich etwa einen Meter über der Ebene der Felder bewegen, aber er vollführte wegen der Wechselwirkung zwischen seinem Feld und den Kraftfeldern der INSEL wellenförmige Bewegungen. Von seinem Platz aus sah Stirling die Männer lachen, als sie die Berg- und Tal-Bahn-Fahrt bemerkten. Er sah den Trupp im Osten verschwinden und fragte sich beunruhigt, wie lange es dauern würde, bis man das Dorf entdeckte.

Der Schlitten tauchte eine Stunde später mit hoher Geschwindigkeit wieder auf, hob und senkte sich wie eine Schwalbe im Flug. Zwei von den Männern waren auf ihren Sitzen zusammengesunken, und ihre weißen Overalls hatten sich rot verfärbt. Stirling erfuhr nach einer Weile, daß sie am östlichen Randstreifen eine einzelne Gestalt bemerkt, sie zu fangen versucht hatten und mitten ins Dorf geraten waren. Nur die starke Beschleunigung des Schlittens hatte sie gerettet – und zwei von den Männern hatten schwere Stichverletzungen davongetragen.

Eine Stunde nach der Rückkehr des Schlittens erschien

Lomax in dem Raum, den er Stirling zugewiesen hatte. Seine braunen Lippen zuckten vor Zorn.

„Ich habe mir keine Hilfe von diesen vier – Tieren erwartet, die wir zusammen mit Ihnen erwischt haben, aber ich dachte, Sie wären ein neutraler Beobachter, Stirling."

„Ich verstehe Sie nicht."

„Sie müssen gewußt haben, wie viele es von diesen Leuten auf der INSEL gibt, aber Sie haben es mir nicht gesagt. Warum nicht?"

Stirling schüttelte den Kopf. Die Frage war schwierig, sogar für ihn. Er war ein Gegner Hodders und fand es nicht richtig, daß der einzige Versorger des Landes alle Macht an sich riß, gehörte aber nicht zu den Leuten, die einem politischen Ideal ihre eigenen Interessen opfern. Hatte er ein persönlicheres, tief verborgenes Motiv, sich zu wünschen, daß das ganze Problem der INSEL allen mitten ins Gesicht explodierte?

„Gut, antworten Sie nicht", zischte Lomax. „Aber vergessen Sie nicht, daß ich Sie für den Tod dieser beiden Männer verantwortlich mache. Außerdem dürfen Sie diesen Raum nicht verlassen, bis die Behörde entschieden hat, wie gegen Sie vorgegangen werden soll. Versuchen Sie nicht, wegzulaufen."

Stirling grüßte spöttisch, als Lomax hinausging. Er setzte sich auf sein Klappbett und bedauerte, daß das halbe Jahr im „Himmel" ihm den Geschmack an Zigaretten geraubt hatte.

Binnen Stunden trafen mit dem Lift Verstärkungen der ETB ein. Acht Nega-Grav-Schlitten mit gepanzerten Superglaskuppeln schwebten von den Wagen. Zu jedem Schlitten gehörte ein Trupp von ETB-Sicherheitsbeamten mit Spinnwebwaffen und gebräuchlicheren Pistolen.

Stirling sah im bleiernen Licht der Dämmerung die Kolonne losfahren. Der erste Vorstoß dauerte drei Stunden und war, wie er später erfuhr, ein totaler Mißerfolg, weil die Sicherheitsbeamten das Dorf nicht finden konnten. Beim zweiten Ausflug kam der unverletzte Mann aus dem ersten Trupp mit, und man fand das Dorf, aber keine Bewohner.

Lomax begann das Interesse zu verlieren; er begriff, daß sein Bauprogramm ungestört weitergehen konnte, bis er das Ostende der INSEL erreichte, und bis dahin würde sich das Problem der Dorfbewohner von selbst gelöst haben. Die Expeditionen fanden nur noch sporadisch statt. Als die Aussicht auf eine unmittelbar bevorstehende Explosion abnahm, begriff Stirling, daß er für die nächsten Jahre ein Gefangener war. Er erfuhr von Lomax, daß die beiden Verwundeten überlebt hatten und daß die ETB darauf bestand, Stirling in seinem Zimmer festzuhalten. Zwei Sicherheitsbeamte führten ihn in sein Quartier zurück.

Ein paar Stunden später brachte eine der Streifen zwei Gefangene zurück. Einer starb auf dem Schlitten bei der Rückfahrt.

Der andere Gefangene war Melissa Latham.

„So, Stirling, raus." Der Sicherheitsbeamte winkte Stirling in den Korridor heraus.

„Was ist los?"

„Mr. Lomax hat mit dem Mädchen gesprochen, das wir mitbrachten, und es bekommt Ihr Zimmer, bis wir euch alle hinunterschaffen."

„Und wo komme ich hin?"

„Zu Ihren Freunden, versteht sich. Wenn sie wieder versuchen sollten, Sie zu erstechen, rufen Sie nach mir. Ich habe einen leichten Schlaf."

„Sie sind mir ein großer Trost, Milburn." Stirling griff nach seiner Jacke und ging hinaus. Melissa! Wie war sie gefaßt worden? Warum mußte sie es sein? Wie viele Kräfte waren am Werk, um ihn an der Rückkehr zu hindern?

Im Korridor öffnete sich eine Tür, und Melissa wurde von Lomax hinausgeführt. Er lächelte hinter ihr, und seine Finger zeichneten die Kontur ihrer Schultern nach, als er sie zu Stirlings Zimmer geleitete. Melissas Gesicht war blaß und staubverkrustet. Es spielt keine Rolle, dachte Stirling. Ihre Augen weiteten sich, als sie Stirling sah, und sie versuchte zu lächeln.

Es spielt keine Rolle, sagte er sich, aber heraus kam etwas anderes: „Was bilden Sie sich ein, Lomax? Sie können das Mädchen hier nicht festhalten."

„Das habe ich auch nicht vor", erwiderte Lomax. „Die Behörde hat unten für Sie und alle anderen, die wir erwischen, neue Quartiere vorgesehen. Ich schicke Sie morgen hinunter."

Stirling sah an Melissas Kehle eine Ader zucken, und er versuchte, sich ihre Reaktion darauf vorzustellen, wenn sie in einem Gefängnis der Kompression begraben werden sollte. Er war fest davon überzeugt, daß sie sterben würde.

„Weiter, Gigant", sagte Milburn. Stirling schaute sich um und sah, daß der Bewacher die Grundtheorie bei Schußwaffen nicht vergessen hatte: Wenn du eine Waffe hast, die auf Entfernung wirkt, dann verzichte nicht auf deinen Vorteil, indem du zu nah herangehst. Wenn Stirling etwas unternahm, würde Milburn mindestens einen Schuß abfeuern können. Verzeih, Melissa, dachte er. Hoffentlich tut es nicht zu weh.

Er legte die Hand auf Melissas Arm, wie um sein Mitgefühl zu bekunden, dann griff er fest zu und gab ihr einen Stoß. Melissa wurde von den Beinen gerissen und flog auf Milburn zu. Es gab ein bösartiges Klatschen, als der Bewacher instinktiv abdrückte, und Stirling sah einen Oktopus aus silbernem Metall, der Melissa sofort zu einer regungslosen Puppe zusammenschnürte. Dann war er an ihr vorbei, stieß die Waffe mit der Hand beiseite und trieb mit der anderen Milburn auf die Knie. Stirling riß die Waffe an sich, fuhr herum und sah Lomax auf sein Büro zustürmen. Er drückte zweimal ab, und Lomax kippte, eingewickelt wie ein Weihnachtspaket, auf die Seite. Melissa war ebenfalls hingestürzt; Stirling nahm sie unter den linken Arm und lief zum Ausgang. Niemand stellte sich ihm in den Weg, und nach weniger als zehn Sekunden war er draußen in der kühlen Dunkelheit. Die acht großen Nega-Grav-Schlitten und zwei kleinere standen nebeneinander. Stirling kippte Melissa in einen kleineren, dann lief er an den Schlitten entlang und feuerte mit der Spinnwebwaffe auf die Steuerungen. Die Waffe fühlte sich danach merklich leichter an, aber in dieser Nacht würde ihn niemand verfolgen – außer zu Fuß.

Er lief zu dem Schlitten zurück, in dem Melissa lag, sprang hinein und lenkte das kleine Fahrzeug mit enormer Beschleunigung nach Osten. Die hellen Fenster und die wild herausstürmenden Gestalten der ETB-Zentrale schrumpften abrupt, wie das Bild auf einem Ballon, aus dem die Luft entwich.

Stirling war in Hochstimmung, aber dann fiel ihm ein, daß es in der Dunkelheit vor ihm kein Ziel gab. Keines außer dem Dorf.

12

IM ERSTEN Tageslicht untersuchte Stirling die Wirkung der Spinnwebladung auf Melissa. An ihrer Hüfte zeigte sich ein handgroßer Klumpen des merkwürdigen Metalls, und von dort aus erstreckten sich starre Fäden über Rumpf und Glieder. Er entdeckte, daß man sie einzeln abspulen konnte, wenn man sie festhielt und nicht zurückschnappen ließ.

„Vielleicht sollte ich Ihre Arme bis zum Schluß aufheben", sagte Stirling, während er sich abmühte. „Wenn ich so etwas mache, bekomme ich als Quittung immer eine Ohrfeige."

Melissa sah mit unvermuteter Verruchtheit zu ihm auf. „Sie meinen, Sie kommen immer auf diese Weise zu Ihren Frauen?"

„Ich muß keine Gewalt anwenden", sagte er hochmütig. „Manchmal schleiche ich mich einfach von hinten an und verwende Chloroform."

Melissa lachte, offenbar zufrieden mit ihrer Welt, weil sie ins Dorf zurückkehren konnte. Stirling staunte über ihre Unfähigkeit zu begreifen, daß die INSEL so, wie sie und die Dorfbewohner sie kannten, der Vergangenheit angehörte. Der Urlaub im „Himmel" näherte sich dem Ende. Er stand auf und blickte vorsichtig aus dem Nest hohen Winterweizens, wo der Schlitten lag. Keine Anzeichen einer Verfolgung; aber er glaubte, Gestalten auf dem Dach der zentralen Energiestation der INSEL zu erkennen, die sich in ein paar Kilometer Entfernung aus dem Dunst erhob.

„Lomax scheint die Station besetzt zu haben", sagte er. „Sie meinen es wirklich ernst, Melissa. Wie viele Monate oder Wochen glaubt Johnny, daß ihr noch bestehen könnt?"

„Victor", sagte sie, zum erstenmal seinen Namen gebrauchend, „Johnny hat das Kommando nicht allein mit Muskelkraft übernommen. Ich weiß, daß Vater ihn nicht mochte, aber er hat Qualitäten, die Vater vielleicht erkannt hätte, wenn er am Ende nicht scheu und ängstlich geworden wäre."

„Aber was kann er tun, wenn ihm so etwas präsentiert wird?"

„Das ist es ja. Es ist ihm nicht überraschend präsentiert worden. Johnny wußte von den Leuten seit dem ersten Tag, als sie vor vier Wochen heraufkamen, um sich einzurichten. Er hat Pläne gemacht – und ich glaube, Sie haben sie ruiniert, als Sie genau in diesem Augenblick geflüchtet sind."

Stirling fand sich nicht mehr zurecht. „Pläne! Seid ihr schon so lange hier oben, daß ihr vergessen habt, wem ihr gegenübersteht? Der ETB, der Regierung und dem Volk der Vereinigten Staaten – das sind eure Gegner. Was für ein Plan kann die Chancen von einer Million zu eins gegen euch ausgleichen?"

„Johnny sagt, was zählt, ist nicht die Kraft, sondern die Hebelwirkung."

„Kommen Sie", sagte Stirling dumpf. „Wir lassen das Ding da besser hier und gehen zu Fuß zum Dorf."

Es war mitten am Vormittag, als sie sich dem Dorf näherten, aber von den dünnen Rauchsäulen der Kochfeuer war nichts zu sehen. Stirling ließ den Blick über die grasbewachsenen Tanktürme wandern. Selbst sein geübtes Auge vermochte keine Lebenszeichen zu entdecken, und er sagte sich, daß die Bewohner weggezogen sein mußten oder sich besser tarnen konnten, als er vermutet hatte.

„Ich dachte, Sie hätten wir zum letztenmal gesehen", sagte eine Stimme hinter ihm.

Stirling fuhr herum und sah Paddy hinter sich. Er hatte eine verrostete, aber offenbar noch brauchbare Pistole in der Hand.

„Steck das Ding weg", sagte Melissa hastig. „Du kannst Johnny sagen, daß er mich zum letztenmal gesehen hätte, wenn Vic nicht dagewesen wäre."

„Sag es ihm selber", meinte Paddy achselzuckend. „Auf mich hört er nicht."

Als Stirling in die Hütte des Rates geführt wurde, sah es dort aus wie bei seinem ersten Besuch. Johnny war, wie üblich, bis zur Hüfte nackt, und seine rotgeränderten Augen funkelten Stirling an. Er wirkte wie eine menschliche Zeitbombe.

„Ich höre, daß du Melissa zurückgebracht hast. Alles in Ordnung mit ihr?"

Stirling zuckte zusammen, als er die schrille Karikatur einer Stimme aus der Prothese an Johnnys Kehle dringen hörte. Er nickte.

„Für soviel, danke."

„Ich mag Melissa. Ich habe dir keinen Gefallen tun wollen, Johnny."

„Du hast mir keinen Gefallen tun wollen." Johnny lachte. „Oh, Bruder!"

Stirling schwieg eine Weile. „Hör zu, Johnny. Mir tut das alles furchtbar leid, aber wird es nicht Zeit, daß du aufwachst? Ich verabscheue die ETB genauso wie du – wenn auch aus anderen Gründen –, aber du bekämpfst sie auf die falsche Weise."

„Wie würdest du es machen?"

„Mit Publizität. Die Behörde ist ein Risiko eingegangen, als sie die INSELN übernahm, obwohl dieses Jahr Wahlen sind, und niemand dort hat erwartet, daß schon jemand zur Stelle ist. Das ist dein Hebel gegen Lomax und die anderen. Mach Lärm genug, und du reißt die Mauern von Jericho ein."

Johnny zeichnete Spuren in den Staub. „Wie wäre es mit einer Rundfunksendung von der INSEL aus an alle in den Staaten?"

„Ideal – aber wie willst du das machen?"

„Von der Energiestation aus."

„An die kommst du nie heran. Lomax hat sie besetzt, und es gibt meilenweit keine Deckung."

„Ja, jetzt. Bevor du alles preisgegeben hast, gab es eine ... Jedenfalls gibt es noch eine Möglichkeit hineinzukommen. Hilfst du uns? Ich brauche mindestens zehn Mann."

„Zehn?" Stirling wurde unruhig. „Aber ihr seid hier über hundert Mann. Wozu brauchst du noch einen Freiwilligen?"

Johnny sah mit schiefem Lächeln auf, und Stirling spürte etwas, das ihn seit Monaten nicht mehr belästigt hatte – ein eisiges Bewußtsein grauer Wolken, die unter seinen Füßen dahinzogen.

„Johnny, du willst doch nicht –"

Draußen kreischte eine Frau, dann ratterten Maschinengewehre. Stirling und Johnny hechteten zur Tür. Paddy kniete im Gras, die Hände auf den Bauch gepreßt, während das Blut durch seine Finger rann. Westlich des Dorfes fegten vier der großen Schlitten heran, und die Schützen beschossen alles, was zu sehen war.

Stirling lag ausgestreckt im hohen Gras und sah, wie die

großen Schlitten am Himmel hin und her tanzten, während die Querschläger durch das Dorf pfiffen. Die Magazine waren nach drei Minuten leer geschossen, aber die Zeit selbst schien zum Stillstand gekommen zu sein. Als die Schlitten davonrasten, blieb es ein paar Sekunden lang totenstill, dann begann irgendwo ein Kind zu weinen. Johnny sprang auf und ging zu Paddy, der auf die Seite gefallen war.

„Er ist tot", sagte Johnny, als Stirling herankam. Seine Stimme klang noch verzerrter als vorher. „Er hat mich nicht einmal gemocht."

„Die Halunken", flüsterte Stirling ungläubig. „Die dreckigen Halunken."

„Also, was ist, großer Bruder? Gehen wir auf die Station los?"

Stirling starrte auf die fünf Meter hohe Ostwand der INSEL, hinter der die unsichtbaren Windströme frei dahinfegten, und sein Mund wurde trocken.

„Ist das der einzige Weg?"

„Das ist der einzige Weg, großer Bruder. Hinüber und hinunter."

SIE WARTETEN bis zum nächsten Morgen und machten sich bei der ersten Helligkeit auf den Weg, um vor dem Dunkelwerden möglichst weit zu kommen.

Stirling stieg die primitive Leiter hinauf, die sie hinter einem Wassertank aufgestellt hatten, wo sie von ETB-Beobachtern mit Ferngläsern nicht zu sehen war. Oben schaute er einmal hinunter. Weit unter ihm lagen arktische Reiche aufgetürmter Wolken, und noch einmal darunter – durch gezackte Risse in dem Wasserdampf zu sehen – wartete der graue Atlantik. Mikroskopisch kleine Schiffe zogen ihre Miniaturschaumwinkel durch die enge Riffelung der Ozeanwellen.

Stirling riß den Blick von den endlosen Tiefen und konzentrierte sich auf das Knotenseil an der Außenwand. Als das Seil noch lose herabgehangen hatte, war Johnny als erster hinuntergestiegen, um es an der Unterseite der INSEL zu befestigen. Stirling schob sich vorsichtig über die Metallbrüstung und kletterte hinunter. Die Kälte erfaßte ihn sofort, obwohl er dick angezogen war. Unten starrte er in eine unfaßbare, verkehrte Landschaft aus massiven, eisverkrusteten Gitterträgern. Ihre

Vielzahl von Triangeln überspannte die Lücken zwischen den Trägern des INSEL-Hauptgitters, an denen sich die Anti-Schwerkraft-Anlagen befanden. Johnny saß auf der breiten Oberfläche des großen Trägers, den Körper verhüllt durch dicke Kleidung, Gurte und Seilschlingen. Und fünf Kilometer unter seinen Füßen wartete der graue Atlantik.

Stirling verlagerte sein Gewicht vom Seil auf den Zugträger, was ihm einen üblen Augenblick verschaffte, dann saß er hinter Johnny und lauschte dem Brüllen des Windes. Er entdeckte bald, daß unter den gräßlich fremdartigen Bedingungen normales Bewußtsein nicht möglich war. Als die anderen acht Männer herunterstiegen, konzentrierte Stirling sich darauf, sein Wahrnehmungsfeld zu verkleinern, bis die einzigen wirklichen Dinge im Universum sein eigener Körper und die schmale Straße aus eisüberkrustetem Metall darunter waren.

Johnny gab ein Signal und zog sich auf dem Träger bis zur Schnittstelle mit dem nächsten Querträger entlang. Die anderen folgten ihm wie Kinder bei einem gefährlichen Spiel. Am Gelenk mußten sie aufstehen und sich um einen massiven senkrechten Träger herumwinden, um den nächsten zu erreichen. Stirling vertraute sein Leben dem Griff tauber Finger an glasigem Metall an und schwor, vierundzwanzig Stunden am Tag überschwenglich glücklich zu sein, sobald er wieder in die Kompression zurückgekehrt war. Johnny zog sich unermüdlich weiter. Hinter sich hörte Stirling Dix monoton vor sich hin fluchen. Dix hatte den Absturz vom Drehturm des Roboters unverletzt überstanden, verfolgte Stirling aber mit wachsamer Schweigsamkeit. Der Trupp kam noch langsamer voran, als sie zu riesigen Knoten gelangten, wo in drei Ebenen Träger einander schnitten. Sie hatten für fünfhundert Meter über eine Stunde gebraucht, als Johnny die anderen heranwinkte. Er starrte sie an.

„Es wird wärmer. Weiter innen ist das Eis nicht mehr so dick." Die Windgeräusche erschwerten das Verstehen des Bauchrednerfalsetts, zu dem Johnnys Stimme geworden war. „So brauchen wir zwei Tage bis zur Energiestation, und wir sind völlig erschöpft, wenn wir ankommen."

„Was sollen wir tun?"

„Wir gehen. Genau, wie wir es oben tun würden. So können wir die Anlage erreichen, bevor es dunkel wird."

Bevor jemand protestieren konnte, stand Johnny auf, trat zuversichtlich auf den Längsträger und ging auf ihm entlang, sich ein wenig in den Nordwind lehnend. Stirling, der sich alt und grau fühlte, folgte ihm, während er sich sagte, daß die sich langsam verschiebenden Massen weit unten wie Wolken aussehen mochten. Das war aber unmöglich, weil jedermann wußte, daß man den Himmel stets über sich hatte und nie unter den Füßen. Es gelang ihm, Fuß vor Fuß zu setzen, bis das Sich-Hineinlehnen in den Wind zu einem automatischen Vorgang wurde. Und selbst bei diesem schnelleren Vorankommen wurde es dunkel, als sie sich dem abwärts hängenden Ungetüm der Zentralstation der INSEL näherten.

Sie aßen Weizenpfannkuchen und tranken Wasser, dann seilten sie sich im Sitzen an, um die lange Nacht abzuwarten. Stirling schlief endlich ein, den Blick auf die sanft funkelnden Lichter von Newburyport gerichtet, die durch den indigoblauen Dunst im Westen schimmerten.

DIE ENERGIESTATION verfügte über eine Tür, die von unten her erreichbar war. Sie diente als Zugang für die Wartungstechniker, die einmal alle zehn Jahre zur INSEL hinauffuhren, um die Brennstoffkapseln im geschlossenen Reaktorsystem auszutauschen. Der Haken dabei war, daß der Wartungstrupp stets mit einem sieben Quadratmeter großen Floß ankam, das genau in eine Dockbucht neben der Tür paßte. Dafür war im Aufbau der INSEL Platz gelassen worden – und die Dorfbewohner starrten deshalb über eine erschreckende Lücke, gefüllt mit vom Meer widergespiegeltem Licht, hinweg zu der rechteckigen Tür. Sie besaß eine normale Klinke mit Schloß, ein gespenstischer Widersinn, wenn an der Schwelle fünf Kilometer Nichts warteten.

Johnny arbeitete sich um die Dockbucht herum zur triefenden Wand der Station, befestigte ein Seil an einem Vertikalträger und hangelte sich um die Öffnung herum zur anderen Seite. Als er das Seil auch dort verknotet hatte, überspannte es den Abgrund etwa dreißig Zentimeter von der Wand entfernt und ungefähr einen Meter über der oberen Türkante. Er wiederholte das Ganze weiter unten und stellte her, was man als Brücke eines völlig Verzweifelten bezeichnen konnte.

„Flott!" schrie Stirling. „Aber das Schloß?"

„Meine Sache", sagte ein kleiner Mann namens Borges neben Stirling. „Kein Problem – sieht man schon von hier aus. Ich weiß nicht, warum sie sich die Mühe überhaupt gemacht haben, schließlich bricht hier doch keiner ein – ich meine, nicht viel los mit dem Schloß."

„Na, dann viel Glück", sagte Stirling.

„Hab ich schon. Ich wiege nicht viel, also wird das Seil unter mir nicht reißen." Borges schob sich an Stirling vorbei zur Dockbucht, wo Johnny stand, der ihm ein Seil um die Hüften legte. Borges grinste schwach, dann schob er sich mit den Füßen auf dem unteren Seil vorwärts, mit den Händen an das obere geklammert. An der Tür zog er Werkzeug aus dem Beutel und machte sich an die Arbeit. Zwei Minuten danach probierte er vorsichtig die Klinke, nickte und kam zurück.

Vier Männer waren mit Pistolen bewaffnet – Johnny, Dix und zwei Ratsmitglieder namens Forsythe und Theodore, letzterer ein muskelstarker Chinese. Sie sollten vorangehen, gefolgt von den anderen, die mit Messern und Kurzspeeren bewaffnet waren. Nur Stirling, der als letzter gehen sollte, hatte keine Waffe.

Johnny schob sich an den Seilen entlang, öffnete die Tür und verschwand in der Dunkelheit. Dix, Forsythe und Theodore folgten. Stirling lauschte angestrengt und fragte sich, ob Lomax auch in der Station selbst Leute hatte, nicht nur auf dem Dach. Nach einer Weile ging die Tür auf, und Theodore winkte. Vier Männer hangelten sich hinüber. Nur Borges und Stirling blieben noch zurück. Wenn ich Lomax wäre, würde ich meine Leute im Innern unterbringen, dachte Stirling unruhig.

„Dann mal los!" Borges zog sich vorsichtig hinüber und war beinahe an der Tür, als über dem Wind dumpfe Schüsse zu hören waren, zuerst einzelne, dann das Rattern einer automatischen Waffe. Borges erstarrte und drehte Stirling das verzerrte Gesicht zu.

„Nicht haltmachen!" rief Stirling. „Weiter, hinein!"

Borges schüttelte den Kopf und kehrte um. Die automatische Waffe ratterte wieder, in der Türfüllung erschienen Löcher mit

Metallzungen, dann sprang die Tür auf, als ein Körper dagegenprallte. Die herausschwingende Kante riß die Seile von der Wand und schnellte das untere von Borges' Füßen. Er fiel lautlos, mit strampelnden Beinen, als renne er um sein Leben, schrumpfte zu einer fuchtelnden Puppe, die von den unberührten Wolken verschluckt wurde. Stirling riß seine eigene Seele vor dem Sturz in die Ewigkeit zurück und klammerte sich an die vibrierenden Seile. Der rationale Teil seines Denkens schloß sich sofort ab, und er bewegte sich wie eine Maschine. Er riß die Tür wieder auf, warf sich hinein und lag auf einer Leiche am Boden. Sie war mit einer weißen ETB-Uniform bekleidet.

Stirling hob den Kopf und sah Dix mit einer Maschinenpistole unter dem Arm. Er grinste bösartig und richtete die Waffe auf Stirlings Gesicht, als plötzlich Schritte zu hören waren. Johnny und Theodore kamen hinter einer Wand dicker Kabel hervor.

„Bis oben ist der Weg frei", sagte Johnny. „Ich sehe, du hast einen erwischt."

„Ja." Dix nickte. „Ich habe einen."

„Zwei", verbesserte Stirling. „Borges war gerade vor der Tür, als Sie sich Ihren Spaß geleistet haben. Sie haben zwei erwischt." Er hielt den Blick auf Johnny gerichtet und sah, wie sich seine Augen vor Schmerz und Zweifel trübten.

„Ich mußte es tun, Jaycee", sagte Dix dumpf. „Der Kerl ist wie ein Verrückter auf mich losgegangen."

„Er muß wirklich verrückt gewesen sein." Stirling stand auf. „Wenn man bedenkt, daß Sie seine Waffe hatten."

Johnny zögerte, dann zuckte er die Achseln und wandte sich ab.

„Warum steht ihr herum?" Johnnys Stimme erfüllte Stirling mit entsetzter Traurigkeit. „Die Welt wartet darauf, von uns zu hören."

13

IN DEN vier Etagen der Station gab es nirgends viel freien Platz, und die ETB-Leute hatten im obersten Stockwerk ihr Lager eingerichtet. Vor dem selten benutzten Eingang standen drei Feldbetten, Stühle, ein kleiner Tisch mit einem Funkgerät. Eine Luke im Dach führte zu zwei schweren Maschinengewehren und einem modernen Strahlengewehr.

Der Überfall war erfolgreicher verlaufen, als sie erwartet hatten. Außer Borges war nur Forsythe getroffen, der einen Tritt ins Auge bekommen hatte. Von den vier ETB-Beamten war einer tot – erschossen von Dix –, und ein zweiter hatte einen Schuß ins Knie bekommen. Johnny erlaubte den beiden anderen, ihren Verwundeten auf einen Nega-Grav-Schlitten zu legen und mit ihm zum Lift zurückzufliegen. Sie waren dankbar abgezogen, mit neugierigen Blicken auf den bärtigen Wikinger, dessen Stimme ein dünnes Krächzen aus einem Medaillon an der Kehle war.

Theodore hatte inzwischen das Funkgerät untersucht. Johnny setzte sich auf ein Bett und zog die wärmenden Sachen aus. „Welche Reichweite?"

„Ich bin nicht auf dem laufenden, Jaycee. Kann es nicht sagen."

„Erreicht man die Küste damit?"

„Welche?"

„Was heißt welche? Die Ostküste natürlich. Hört man mich in Newburyport, wenn ich das Ding da benutze?"

„Klar, Jaycee. Man sieht dich auch."

„Gut, dann mach alles bereit. Ich spreche gleich."

„Johnny", sagte Stirling. „Willst du die Kanäle jetzt blockieren? Lomax könnte sich jeden Augenblick melden, und es wäre besser, ihm zuerst alles zu erklären."

Johnny zog die Brauen hoch. „Das halte ich nicht für klug. Wenn Lomax ahnt, was wir vorhaben, wird er alles tun, um uns aufzuhalten. Er hat vielleicht Störanlagen. Stimmt's, Theo?"

Theodore nickte, und Stirling begriff, daß er die kleine irrationale Hoffnung gehegt hatte, er werde aus dem Alptraum entrinnen und mit unversehrter Anonymität von der INSEL entkommen können. Sobald die Geschichte aber publik wurde, mußte eine Explosion stattfinden, die nicht nur der ETB schaden, sondern das Leben aller Beteiligten von Grund auf verändern würde. Nie mehr konnte er Vic Stirling, der wandernde Reporter, werden, der Mann, dem es im ganzen Leben nur darum gegangen war, alles von sich fernzuhalten. Die vielen Zeilen, die er gegen die ETB geschrieben hatte, sein ganzer Zorn hatten nie einen anderen Menschen berührt, und endlich begriff er, woran es lag. Er hatte nur gespielt und war nun durch Zufall in die große Liga geraten, wo es keine zweite Chance gab und die Entscheidung des Schiedsrichters endgültig war.

Johnny ging auf das Gerät zu. „Was ist mit der Frequenz? Zu wem werde ich sprechen?"

„Wie wär's mit dem Polizeifunk? Das gibt gleich Aufsehen – und viele Neugierige hören außerdem zu."

„Gut. Dann los."

Johnny stellte sich vor die Konsole und begann zu sprechen, ohne Zögern oder Verlegenheit angesichts seiner Stimme und der ungewöhnlichen Botschaft. Er nannte seinen Namen und seine frühere Adresse, und als er die Reihe von Buchstaben und Ziffern herunterrasselte, begegnete Stirlings Blick dem seinen, und sie verstanden sich einen Augenblick lang ohne Worte. Eine gute Adresse ist ja so wichtig, nicht? Aber Stirling hatte das bedrückende Gefühl, daß das der letzte echte Kontakt mit seinem Bruder sein würde.

Johnny erklärte mit ruhigen Worten, von wo aus er sprach, und lud die Zuhörer ein, sich mit Ortungsgeräten zu vergewissern. Er teilte mit, daß er Augenzeuge der Vernichtung der Erntefelder durch die ETB-Leute gewesen sei und daß ein Reporter des *Newburyport Record,* der anwesend sei, das bestätigen könne. Stirling trat vor das Gerät und bestätigte alles, was Johnny gesagt hatte. Er fügte hinzu, daß die ETB Maschinengewehre eingesetzt hatte, um sie daran zu hindern, sich an die amerikanische Öffentlichkeit zu wenden.

Er war kaum fertig, als Theodore einen Ruf auffing und das Bild auf den Schirm legte. Stirling erkannte das blasse runde Gesicht und die braunen Lippen Jepson Lomax'.

„Stirling!" Lomax beugte sich vor. „Sie haben sich diesmal eine schöne Suppe eingebrockt. Es interessiert Sie vielleicht, daß Ihr Name bis zu Mr. Hodder gedrungen ist und daß –"

„Es interessiert *Sie* vielleicht, daß wir diese Sendeanlage dazu verwendet haben, direkt zur Ostküste zu sprechen", sagte Stirling.

„Sie haben – was?"

„Sie werden gleich eine Menge Anrufe bekommen, Lomax. Und ich stelle mir vor, daß zusammen mit meinem auch Ihr Name zu Mr. Hodder gedrungen ist."

Lomax bewahrte nur mühsam die Fassung. „Ich habe veranlaßt, daß Sie und diese Banditen sofort hierhergebracht werden, Stirling. Wir werden ja sehen, wie unverschämt Sie im Gefängnis sein können – falls Sie da noch heil ankommen."

„Ihre Leute sollten sich beeilen", meinte Stirling achselzuckend. „Von unserem Standpunkt aus wäre es das beste, wenn sie bei der Ankunft der ersten Zuschauer angriffen. Selbst ein Hubschrauber kann in fünf Minuten hiersein, also muß sich gleich etwas tun." Er nickte Theodore zu, der die Verbindung unterbrach.

„Gut gemacht", sagte Johnny. „Ich glaube, ich ernenne dich zu meinem ständigen Pressesprecher."

„Es war wirklich gut." Stirling spürte, wie seine Hochstimmung verebbte. „Hoffentlich hat Theodore auch alles unter die Leute gebracht."

An der Dachluke rührte sich etwas, und Dix rief sie aufs Dach. Stirling kletterte hinter Johnny in den Sonnenschein und schaute nach Westen, wohin Dix deutete. Eine Flottille von ETB-Schlitten flog auf die Station zu, aber Stirlings Blick ging höher.

Über dem Rand der INSEL glitzerten die Kuppeln von drei Flugwagen vor dem blaßblauen Himmel.

Johnnys nächster Schritt erregte noch mehr Unruhe in Stirling. Er nahm das Strahlengewehr und sengte die Verschlüsse an den Hauptbetriebsschaltern der Station durch. Danach hatte er es in der Hand, die INSEL US 23, wenn er wollte, in den Nordatlantik hinabstürzen zu lassen.

Stirling setzte sich ans Sendegerät und vergewisserte sich auf den verschiedenen Frequenzen, wie die Nachrichtenagenturen die Sache behandelten. Die ETB-Schlitten waren, als sie die Flugwagen erblickt hatten, sofort umgekehrt, um abzuwarten, während Lomax die neue Lage abschätzte. Trotz der Tatsache, daß das Überfliegen einer INSEL nicht gestattet war, hatte sich der Himmel den ganzen Vormittag mit allen möglichen Flugzeugen gefüllt, bis ein Geschwader von Driftschiffen der

Armee Ordnung geschaffen hatte. Selbst dann war noch gelegentlich ein Flugwagen mit Journalisten und Fotografen über den Rand der INSEL gerast. Die Dorfbewohner winkten auf dem Dach wie aufgeregte Kinder.

Zuerst hatte es bei den Nachrichten Verwirrung gegeben. Viele Stationen hatten den Eindruck erweckt, die ETB habe nur deshalb Leute auf die INSEL geschickt, um neuentdeckte Siedler fortzuschaffen. Johnnys Erklärung hatte aber deutlich gewirkt, und auf den Bildschirmen erschienen nun immer wieder Aufnahmen der Arbeiten auf der INSEL. Binnen zwei Stunden waren die politischen Spezialisten der Stationen auf Sendung, und es hieß, daß Gordon Hodder, Präsident der ETB, und Lester Raddall, Ostküsten-Administrator, zu einer Stellungnahme nicht bereit seien.

Stirling nickte befriedigt, nur wußte er nicht, wie es weitergehen sollte. Am späten Nachmittag fing die Anlage plötzlich außer atmosphärischen Störungen nichts mehr auf, und Stirling vermutete, daß Lomax oder jemand ganz oben dafür gesorgt hatte, daß die Energiestation abgeschirmt wurde. Johnny war unbeeindruckt.

„Wenn jemand Wichtiges durchkommen will, kann er das. Meine Bedingungen habe ich ja noch nicht genannt." Er biß ein Stück Brot ab, trank einen Schluck Wasser und lehnte sich an die MG-Stellung. Dix lachte und hielt den Blick auf die Driftschiffe außerhalb der INSEL gerichtet.

„Gut, Johnny", sagte Stirling geduldig. „Ich unterschätze dich immer wieder, also will ich nicht darauf herumreiten, daß Hodder und Raddall nicht zu besiegen sind. Das weißt du sicher schon. Welche Bedingungen erhoffst du dir?"

„Erhoffen? Ich erhoffe mir gar nichts, großer Bruder. Ich sagte schon, die Bedingungen stelle ich." Johnny blickte zum östlichen Horizont, und Stirling sah den gelben Umriß eines Roboters heranfegen.

„Aber denk doch voraus, Johnny. Du kannst keinesfalls –"

„Herrgott noch mal!" Johnny drehte ihm den Rücken zu. „Wirst du nie müde, dich reden zu hören, Vic? Denk voraus, sagst du. Willst du darüber reden? Das kannst du ja gut, nicht wahr? Mal sehen, wie tüchtig du bist. Von den Leuten, die auf die INSEL gekommen sind, haben einige Waffen mitgebracht, für alle Fälle. Der alte Latham nahm seine Bibliothek mit. Und du, Vic? Was hättest du mitgenommen, wenn du dauernd auf der INSEL geblieben wärst? Was ist das einzige auf der Welt, das alle anderen daran hindern würde, dich wieder herunterzuholen?"

Stirling zögerte.

„Ich gebe dir ein paar Hinweise, Vic. Das, was ich mitgebracht habe, wiegt ungefähr zehn Pfund, ist aus Metall und gefüllt mit einem Mikropulver, das den Namen –" Er wartete lächelnd.

„Entlaubungsmittel!" stieß Stirling hervor. „Paraquatdichlorid-D!"

„Brav", sagte Johnny. „Ist er nicht brav, Dix?"

Stirling war mit seinen Gedanken zu sehr beschäftigt, um auf Dix' Reaktion zu achten. Johnny war natürlich nicht im Gleichgewicht, aber es gab auch ein zu starkes Gleichgewicht, ein Gehirn, das so stabil war, daß es statisch blieb.

Der ganze Sinn des „Himmels" war ja, daß der Erdboden in den Augen des Durchschnittsamerikaners heilig war. Das war die primitive Psychologie dahinter, daß die Nation die ungeheuren Kosten der fliegenden INSELN trotz ihrer relativ geringen Produktion akzeptiert hatte. Sie repräsentierten die über allem stehende Fruchtbarkeit, ohne die kein Organismus eine Zukunft hat, und auch nur eine davon mit Sterilität zu bedrohen hieß, eine dunkle Macht zu gebrauchen, gegen die sich wenig halten konnte. Eine Entlaubungsbombe, im Hüllenfeld der INSEL zur Explosion gebracht, würde sie zu etwas Sinnlosem, Wertlosem, Unfruchtbarem machen.

An der Luke gab es ein Geräusch, und Theodore tauchte auf. „Die Anlage arbeitet wieder, Jaycee, und jemand möchte mit dir und deinem Bruder sprechen."

„Wer?"

„Ich weiß nicht genau, aber er sieht aus wie Administrator Raddall."

Johnny wippte mit geschlossenen Augen und friedlichem Lächeln vor und zurück. „Sag Administrator Raddall, daß ich meine Bedingungen gern mit ihm bespreche – sobald ich gegessen habe."

14

ERST nach dem fast vollständigen Rückzug der ETB von der Insel konnte Stirling die Vorstellung ganz akzeptieren, daß er die Freiheit besaß, jederzeit hinunterzugehen.

Unter anderem hatten die Dorfbewohner in der Station ein starkes Fernglas mit schwimmenden Linsen gefunden, das die unwillkürlichen Bewegungen des Beobachters unterdrückte. Stirling beobachtete vom Dach der Station aus mehrere Stunden lang die Evakuierung des ETB-Hauptquartiers. Der Himmel war von den Driftschiffen der Armee fast verdunkelt, dazwischen schwebten die Flugwagen der Fernsehteams. Als es ruhig zu werden begann, versuchte Stirling die Hochstimmung zu erzeugen, die er eigentlich hätte empfinden müssen, aber irgend etwas hielt sie zurück.

Administrator Raddall war ein nachgiebiger Verhandlungspartner gewesen, aber Stirling argwöhnte, daß sich ein Politiker seines Kalibers nicht so schnell geschlagen geben würde. Die Anwendung des Sondergesetzes von 1992, mit dem Raddall den Rückzug der ETB von der INSEL angeordnet hatte, und seine vagen Andeutungen, den östlichen Teil in eine Art Reservat für die Dorfbewohner umzuwandeln, hatten Stirling in diesem Gefühl noch bestärkt. Das Gespräch hatte auf einem abhörsicheren Kanal stattgefunden. Raddall hatte lediglich verlangt, daß die Dorfbewohner sich möglichst unauffällig verhalten und die Existenz der Entlaubungsbombe geheimhalten sollten.

Stirling ließ das Fernglas sinken und stieg durch die Luke hinunter. Johnny stand an der Tür und schaute hinaus, während Dix und die anderen alles zusammenrafften, was die ETB-Leute zurückgelassen hatten.

„Kommst du mit ins Dorf, oder bleibst du hier?" fragte Johnny, ohne sich umzudrehen.

„Ihr werdet heute nacht wohl feiern."

„Wir feiern heute nacht – die Lagerfeuer brauchen nicht abgeschirmt zu werden."

„Eine Nacht mehr hier oben wird mir nicht schaden", meinte Stirling. „Ich habe euren Schnaps noch nicht probiert."

„Du könntest vor dem Dunkelwerden den Lift erreichen." Johnny starrte immer noch hinaus.

Melissa, dachte Stirling, das ist die Nacht. Es wird eine Feier geben.

„Es eilt nicht", sagte er vorsichtig. „Ich habe mich noch nicht verabschiedet."

„Victor." Johnny drehte sich um, und Stirling sah, daß er durch die Prothese sprach, ohne die Lippen zu bewegen. „Dein Vater war nicht mein Vater. Wir sind keine Brüder."

AUF EINEM Roboter fuhr der Trupp im Dunkeln nach Osten und machte sich dann auf den sieben Kilometer langen Marsch von der Längsachse der INSEL zum Dorf. Johnny ging ein paar Schritte voraus, mit der Kugelbombe in den Armen. Als sie sich dem Dorf näherten, sahen sie die Feuer flackern.

Schon am Nachmittag war ein Mann mit der Nachricht vorausgeschickt worden, daß Jaycee Raddall zum Nachgeben gezwungen und die Erlaubnis für die Dorfbewohner erwirkt hatte, frei auf der INSEL zu leben. Die Feuer loderten hoch, und die Bewohner saßen in großen, lärmenden Gruppen beieinander und tranken farbloses Bier und Weizenschnaps. Johnny wurde jubelnd empfangen, Hände schlugen ihm und den anderen auf die Schultern, Frauen drängten sich an ihn.

Zum erstenmal seit seiner Ankunft wurde Stirling voll akzeptiert. Er aß hungrig und spülte das Essen mit scharfem Schnaps hinunter.

„Da bist du ja", sagte Biquard aus dem Dunkel, zwei lächelnde Gesichter hinter sich. „Ich habe dir zwei Damen mitgebracht. Carla und Jo. Ich habe es nicht vergessen, aber gestern bist du über die Wand gestiegen – und ich konnte es nicht. Okay?"

„Mensch, ist der groß." Eine der Frauen lehnte sich an Stirling. Ihr Haar stank.

„Entschuldigt mich", sagte Stirling. „Ich glaube, ich habe die Brieftasche draußen liegenlassen."

Während er sich schnell durch die Hieronymus-Bosch-Szenerie entfernte, versuchte er ein Gefühl der Unwirklichkeit zu unterdrücken. Er brauchte eine Weile, bis er Lathams Hütte fand.

Auf den letzten Metern leitete ihn eine Kerzenflamme, bis er unter der Tür stand. Melissas schwarzgewandeter Körper war auf dem niedrigen Bett zusammengerollt.

„Ach, Sie sind es." Sie setzte sich auf. „Sie haben mich erschreckt."

„Keine Angst, ich habe das Chloroform nicht dabei."

„Ich dachte, Sie wären –"

„Johnny. Er zieht heute nacht hier ein, nicht?"

„Das erwartet man. Es ist Johnnys Tag."

„Was sind Sie eigentlich?" sagte Stirling zornig. „Eine lebensgroße Gliederpuppe? Wann werden Sie überreicht?"

„Weshalb sind Sie hergekommen, Victor?"

Stirling trat in den Raum. „Melissa, Sie scheinen nicht zu begreifen, daß dies alles nicht wirklich ist. Sie könnten es jederzeit abschütteln."

„Ich könnte da unten nicht leben. Ich erinnere mich noch zu gut."

Stirling setzte sich auf das Bett. „Ganz so schlimm ist es gar nicht. Manche Leute bekommen Arbeit bei der Landwiedergewinnung. Da leben sie wirklich im Freien."

„Atmen Staub und essen Petroleumhefe!"

„Na gut. Wir könnten nach Süden gehen, und vielleicht bekomme ich Arbeit bei –" Stirling verstummte, als ihm klar wurde, was er da sagte.

„Sind Sie hergekommen, um mir einen Heiratsantrag zu machen?" Melissa lächelte, aber er nahm das Zittern ihrer Unterlippe wahr, und sein Herz begann zu hämmern.

„Ich glaube schon. Es sieht langsam so aus." Er beugte sich vor, um sie zu küssen, aber sie drehte das Gesicht weg. Ihr Haar roch wie der Nachtwind.

„Geh, Victor", sagte sie drängend. „Es hat keinen Sinn."

„Du hast es nicht versucht." Er nahm sie in die Arme und wartete mit dem ersten Kuß, bis er sie an sich preßte, Körper an Körper, Schenkel an Schenkel. Einen jubelnden Augenblick lang gab sie ihm nach, dann erstarrte sie.

„Na, das ist ja sehr hübsch", sagte die krächzende Karikatur einer Stimme an der Tür. „Du wärmst sie wohl für mich an, Victor?" Johnny stand unter der Tür, noch immer die Entlaubungsbombe im Arm, das runde Symbol und die Wirklichkeit seiner Macht. Er war bis zu den Hüften nackt.

Stirling schob sich von Melissa weg und stand auf. „Ich kann das nicht zulassen, Johnny. Mit Menschen kann man nicht spielen."

„Sprich für dich selber." Johnnys Blick zuckte zum Bett. „Mir fallen allerhand Spiele ein, die man mit Menschen treiben kann."

„Du scheinst nicht zu begreifen –"

„Ich begreife dich nur zu gut, großer Bruder. Du möchtest mir Moralpredigten halten und mir gleichzeitig die Frau wegnehmen. Verschwinde, bevor ich dich durch die Wand der INSEL stoße."

Stirling erinnerte sich plötzlich an seinen Traum, durch eine Tür in der Wand gestoßen worden zu sein, seinen Vater getroffen und ihm von Johnny erzählt zu haben. Die Augen seines Vaters hatten ihn anklagend angestarrt. *Warum?*

„Es ist besser, wenn wir das besprechen, Johnny. Der Rat scheint nicht auf deiner Seite zu sein."

„Diese Leute brauche ich nicht." Johnny stellte die Bombe ab und spannte die Muskeln an. Er kam langsam heran, und Stirling beobachtete ihn dumpf. Er hob halbherzig die Arme und dachte an den Blick seines Vaters.

„Johnny", sagte er. „Damit wird gar nichts bewiesen."

„Nein?"

Johnny erreichte ihn und schlug zu. Stirling fing den Hieb mit dem Unterarm ab. Er war über die Leichtigkeit erstaunt, mit der er den Schlag hatte abfangen können – bis die Schmerzen in seine Schultern ausstrahlten. Johnny hätte ebensogut metallene Handschuhe tragen können, und er hatte gewollt, daß der Schlag abgeblockt wurde. Er schlug rhythmisch immer wieder zu und lächelte, als Stirling abblockte. Stirling ging auf, daß Johnny auf seinen Armen herumhämmern wollte, bis sie kraftlos heruntersanken, um dann erst anzugreifen. Stirling wich zurück, weil er es immer noch nicht fertigbrachte zurückzuschlagen, bis er in der Ecke stand.

„Aufhören!" Melissa warf sich zwischen sie.

„Bleib weg!" Johnny stieß sie zurück. „Das geht dich nichts an."

„Nein?" Melissa wurde ruhiger. „Ich glaube doch. Mir paßt nicht, was dahintersteckt, Johnny."

„Soll heißen?"

„Soll heißen, daß man mit Menschen nicht spielen kann", sagte Stirling. „Ich glaube, Melissa möchte über ihre Zukunft selbst entscheiden."

„Richtig, Johnny." Melissa entfernte sich, und Stirling fühlte plötzlich, daß ihn das bedrückte.

„Melissa, so trifft man keine Entscheidungen. Nicht so."

„Welche Entscheidung, Victor? Du schmeichelst dir, weißt du das?"

Johnny blickte von einem zum anderen, dann lächelte er.

„Du hast dich wirklich angestrengt, wie, Victor? Was habt ihr zwei miteinander gesprochen?"

„Nichts. Nichts außer Lebewohl", sagte Melissa. Sie löste den Gurt an ihren Hüften.

„Das ist nicht notwendig."

„Leb wohl, Victor."

Stirling hatte erst ein paar Meter von der Hütte aus zurückgelegt, als er entschied, daß er es noch einmal versuchen sollte. Er drehte sich um und sah, wie die Kerze gelöscht wurde. Hinter dem schwarzen Umriß der Hütte im Westen stand der Mond, und Stirling sah die Silhouette eines Driftschiffes daran vorbeigleiten, ein Hexenschatten in einer Welt, wo die Magie längst gestorben war.

Er zog die Jacke enger um sich und ging auf den Lift zu.

15

STIRLING fuhr vom „Himmel" in einsamer Pracht hinunter, mitten in einem Frachtwagen sitzend, der eigens für ihn heraufgeschickt worden war, als ihn die Monitorbeobachter an der Liftstation auftauchen sahen. Als der Wagen an Höhe verlor, mußte er sich erst wieder daran gewöhnen, die Morgendämmerung von unten zu sehen – die metallgrauen Nebel des Atlantiks erhoben sich auf allen Seiten wie einengende Wände, und der austernfarbene Himmel zog sich in die Ferne zurück. Er ignorierte das vage Gefühl des Verlustes und konzentrierte sich auf die echten Schmerzen in den Ohren durch den zunehmenden Luftdruck, bis der Wagen auf der Stelzeninsel angekommen war. Er preßte die Hände an die Schläfen, schnitt wilde Grimassen, um die Schmerzen in den Ohren loszuwerden, stieg aus und ging auf eine Gruppe von Männern im Weiß der ETB zu.

Er wurde hinuntergebracht in ein fensterloses Büro, fort von den neugierigen Kameras der Flugwagen. In den folgenden drei Stunden verhörten ihn ETB-Beamte, zwei Generäle und ein Admiral, eine Kommission aus grauen Männern, in denen er Mitglieder des Presserates erkannte, und eine Anzahl schmallippiger Männer, deren Herkunft dunkel blieb. Er blieb bei der Formel, auf die er sich mit Raddall geeinigt hatte und von der er immer ausgegangen war. Nur über Duke Bennetts Hilfestellung ließ er sich gründlich aus.

Am Mittag desselben Tages wurde er auf einem ETB-Gleiter an Land geschmuggelt. Er hatte duschen und frische Sachen anziehen können, und vor allem war er seinen Konquistadorenbart losgeworden. Ein geschlossener Lastwagen brachte ihn nach Newburyport.

„Wo wollen Sie aussteigen?" fragte der Sicherheitsbeamte.

„Beim *Record* . . . Ich sollte mal nachsehen, ob ich noch eine Stellung habe."

„Bestimmt – machen Sie sich keine Sorgen."

„Wenn ich mir nur so sicher wäre wie Sie", setzte Stirling nach, dem manches klar wurde.

Vor dem Gebäude des *Record* hielt das Fahrzeug, und Stirling sprang hinunter. Der Lastwagen fuhr sofort davon.

An der Tür zur Redaktion blieb er stehen und ging dann unauffällig hinein. Er prallte gegen eine beinahe greifbare Wand aus Wärme, Rauch und verbrauchter Luft. Der Saal schien um die Hälfte geschrumpft zu sein, wenn er ihn mit seiner Erinnerung verglich.

„Mensch! Da ist Vic!"

Eine Gruppe von Reportern umringte ihn, manche stiegen sogar über die Schreibtische. Er schüttelte viele Hände und begrüßte vertraute Gesichter, zu denen ihm oft die Namen nicht einfielen.

„Wie war es da oben?"

„Wieso sind Sie so mager geworden? Haben Sie nichts zu essen bekommen?"

„Erzählen Sie von den Schießereien, Vic."

„Gibt es Frauen da oben?"

„Wieviel kostet eine solche Bräune?"

„Haben Sie was mitgebracht –?"

Inmitten des Gewühls drückte ihm ein Mädchen einen Zettel in die Hand.

Vic, kommen Sie zu mir, wenn Sie fertig sind – S. McL.

Guter Gott, dachte Stirling betroffen. McLeod sitzt immer noch an seinem Schreibtisch und schickt Nachrichten an Leute, die fünf Meter von ihm entfernt sind. Die Mauern schienen einen Augenblick lang noch enger zu werden. Er befreite sich aus dem Getümmel und ging zu McLeod, der einen Becher Synthesaft wegstellte und aufstand, um ihm die Hand zu drükken.

„Willkommen, Victor." Er lächelte mühsam. „Schön, Sie wiederzusehen, Victor. Keine Sorge wegen Ihres Vertrags – die Firma übergeht die Unregelmäßigkeiten. Sie sind also noch immer hier angestellt und können das Gehalt für ein halbes Jahr abholen."

„Damit habe ich nicht gerechnet, Sam", sagte Stirling verblüfft.

„Klare Sache."

„Aber so, wie ich weggelaufen bin –"

„Das Blatt berücksichtigt die besonderen Umstände, zumal Ihr Bruder vermißt war und dergleichen mehr. Es muß recht schwer für Sie gewesen sein. Und außerdem können wir es uns nicht leisten, gute Reporter zu verlieren." McLeod spielte mit seinem Becher.

Stirling fing beinahe an zu lachen. McLeod hatte ihm nicht in die Augen sehen können. „Na, vielen Dank, Sam. Ich hatte keine Ahnung, daß die Zeitung soviel von mir hält." Stirling sagte das mit einem leicht verschlagenen Unterton, und McLeod, der sich in solchen Dingen auskannte, starrte ihn aus seinen gelblichen Augen an.

„Nur eines noch, Victor. Sie werden ja nicht gleich wieder anfangen können, aber Mr. Selig möchte Sie so bald wie möglich ein paar Minuten sprechen. Könnten Sie gleich zu ihm gehen?"

Stirling nickte. McLeod als Nachrichtenredakteur war dem

Chefredakteur verantwortlich, dieser dem Herausgeber der Zeitungsgruppe. Über diesem stand der Generaldirektor des Mutterkonzerns, und erst dann gelangte man zu Mr. Selig, einem Mann, den nur wenige Reporter überhaupt je zu Gesicht bekommen hatten.

„Na, Vic. Sie haben allerhand Aufsehen erregt."

„Ja. Ich gebe mir aber alle Mühe, damit Schluß zu machen." Stirling lehnte sich im Sessel zurück und beobachtete Leon Selig hinter seinem Schreibtisch. Selig war ein massiger Mann mit einer winzigen Hakennase, die Stirling an den Schnabel eines Wellensittichs erinnerte.

„Ja, aber der springende Punkt ist, daß Sie das von sich aus erreicht haben. Das gefällt mir, Vic. Es beweist Initiative und Phantasie, zwei Eigenschaften, die beim *Record* heutzutage sehr rar sind. Ich möchte oben einiges umorganisieren und habe Sie dabei im Auge, mein Junge. Das bleibt natürlich unter uns – jedenfalls vorläufig."

„Danke, Mr. Selig." Stirling fragte sich im stillen, wozu man ihn verwenden wollte, während Selig mit den Papieren auf seinem Schreibtisch herumhantierte.

„Also, Vic", sagte er nach einer Weile. „Wie Sie wissen, mische ich mich nicht in die Linie des Blattes, aber hier haben wir es mit außergewöhnlichen Umständen zu tun. Wenn es Ihnen nichts ausmacht, möchte ich, daß Sie kurz umreißen, was Sie über Ihr Erlebnis schreiben wollen."

„Ich gedenke gar nichts zu schreiben", sagte Stirling rundheraus. „Ich war nicht im Auftrag der Zeitung unterwegs. Ich bin aus persönlichen Gründen hinaufgegangen."

„So wird eine gute Artikelserie geschrieben, Vic. Wenn der Reporter nicht nur ein neutraler Beobachter ist, sondern persönlich beteiligt, bekommen wir gutes Material, etwas, das zu lesen sich lohnt. Passen Sie auf. Das Gehalt für die ganzen sechs Monate, die Sie weg waren, wird heute auf Ihr Konto eingezahlt, und ich biete Ihnen ein Sonderhonorar für eine Artikelserie über die Leute da oben. Pro Wort einen Dollar. Schreiben Sie, soviel Sie wollen, bei einem Dollar für das Wort. Wie hört sich das an?"

„Sehr gut, Mr. Selig, aber ich kann die Story nicht schreiben."

Selig brachte seinen Schreibtisch zum zweitenmal in Ordnung. „Soviel ich weiß, hat Lester Raddall da oben mit Ihnen gesprochen."

„Ja, aber darüber schreibe ich auch nicht."

„Er kann Ihnen nichts tun, Vic. Wir verstehen seinen Standpunkt natürlich alle. Er hat das Ganze verpfuscht, als er den Kerlen nachgab, und jetzt soll alles begraben sein. Verständlich, daß er wünscht, alles soll vergessen sein, und ich bewundere Ihre Haltung, Vic, aber ich warne Sie vor falscher Loyalität. Ihre Pflicht gilt unserem Volk, nicht einer Einzelperson oder Gruppe."

„Das finde ich auch", sagte Stirling. „Und deshalb schreibe ich nichts. Ich räume wohl besser meinen Schreibtisch aus und suche mir eine andere Stellung."

Selig lachte dröhnend. „Wie wenig Sie mich kennen, Vic. Wenn nach Ihrem Urteil etwas nicht gebracht werden sollte, kann Sie dann kein Betrag zu einer anderen Meinung bewegen?"

„Nein." Klingt gar nicht nach mir, dachte Stirling. Bekomme ich plötzlich idealistische Anfälle? Dann sollte ich mir wirklich eine andere Arbeit suchen.

„Nun gut. Integrität bei Angestellten kommt zu selten vor, als daß ich versuchen würde, sie auszuhöhlen. Ich möchte Ihnen sagen, daß der Eindruck, den ich bei dieser privaten Unterhaltung gewonnen habe, Ihre Beförderungsaussichten verbessert, Vic. Nein, ich möchte nicht, daß Sie Ihren Schreibtisch ausräumen." Selig lachte wieder.

Stirling rutschte unruhig auf dem Stuhl hin und her, weil ihm die Kleidung am Körper klebte.

„Wenn sonst nichts ist –"

„Nur keine Hast . . ., ich habe Kaffee bestellt." Selig drückte auf eine Tasse. „Ich möchte Ihnen etwas gestehen, Vic. Sie werden sich fragen, warum ich Sie persönlich hergeholt habe, statt das auf dem üblichen Weg zu erledigen."

„Na ja, ich –"

„Natürlich tun Sie das. Sie sind nicht dumm. Die Wahrheit ist, daß ich mit jemandem sprechen wollte, der selbst oben gewesen ist. Ich kenne keine Klaustrophobie, glauben Sie das nicht, aber die INSELN da oben am Himmel haben mich schon immer fasziniert, Vic. Sagen Sie, wie ist es wirklich da oben?"

Stirling zögerte, dann schilderte er kurz, wie es auf der INSEL US 23 aussah. Eine grauhaarige Frau brachte Kaffee, und während sie ihn tranken, stellte Selig eine Reihe von Fragen über das Leben der Dorfbewohner. Er schien von naiver Enttäuschung darüber befallen zu sein, daß sie keine getrennte Stammeskultur komplett mit Einführungszeremonien und Fruchtbarkeitsriten entwickelt hatten.

„Ich fürchte, es war ein ziemlich uninteressanter Haufen", sagte Stirling, als er aufstand und seine Tasse leerte.

„Hört sich so an", meinte Selig augenzwinkernd. „Ich bin eben ein unverbesserlicher Romantiker."

ALS STIRLING die Redaktion endlich verlassen konnte, ging er etwas Kühles trinken, aber in der dunklen, engen Bar kam er sich vor wie in schwarzen Samt eingenäht. Das Bier schmeckte nach Chemikalien, und er dachte unablässig an ineinander verschlungene gebräunte Gliedmaßen – Melissa und Johnny. Er entschied, daß es Zeit war, seine Mutter zu besuchen.

Unterwegs im Taxi las er eine Zeitung aus dem Automaten. Da Vollmond war, fehlte nicht ein hämischer Seitenhieb auf die Milliarden enttäuschter chinesischer Männer, denen vier Tage lang normale Beziehungen mit ihren Frauen verboten waren. Dann ein Bericht über das verzweifelte Projekt eines Multimillionärs, der sein ganzes Vermögen in den Bau eines Raumschiffs gesteckt hatte, das nur aus Antrieb bestand und keine Nutzlast befördern konnte, einfach, um ein für allemal herauszufinden, ob Einstein recht gehabt hatte und die Sterne unerreichbar waren. Fast den ganzen Rest des Blattes nahmen Artikel über Verbrechen und Sport ein, und Stirling wollte es schon weglegen, als sein Blick auf einen bekannten Namen fiel – Mason Third.

Von den Rückzüglern war in dem Bericht keine Rede. Es hieß nur, Senator Mason Third habe mitgeteilt, er werde das Verbot des Administrators, öffentliche Versammlungen abzuhalten, nicht beachten und an diesem Abend in Boston über den INSEL-Skandal sprechen. Stirling staunte sowohl über den Titel Senator wie über den achtungsvollen Ton des Artikels.

In den sechs Monaten war offensichtlich viel geschehen. Er lehnte sich nachdenklich zurück und wartete, bis das Taxi ihn zu seinem Ziel brachte.

Mary Considine war dabei, ein Bukett künstlicher Farne zusammenzustellen, als er die Tür öffnete und das enge Apartment betrat. Sie hob den Kopf und betrachtete ihn verwirrt.

„Schlachte das gemästete Planktonsteak", sagte Stirling schließlich. „Ich bin heimgekehrt."

„Bleibst du hier?"

„Ja, wenn du mich unterbringen kannst."

Seine Mutter nickte beiläufig, aber er sah ein befriedigtes Glitzern in ihren Augen, und er fragte sich, vielleicht zum tausendsten Mal, welche Verfeinerung des Lebens im 21. Jahrhundert sie gezwungen hatte, sich in sich selbst zurückzuziehen. Konnte es einfach die Monotonie gewesen sein, fünfunddreißig Jahre in einem Fam.-Apt. gelebt zu haben? Es gab keine Möglichkeit, es herauszufinden, weil man nicht an sie herankam. Mrs. Considine gab Worte von sich, wenn sie unbedingt notwendig waren, aber sie redete nie. Mit schwerfälliger Geduld schob sie sich zwischen den Möbeln hindurch, an denen sie bei jedem Schritt streifte, zog die Ärmel über ihre fleckigen roten Unterarme und begann sein Bett zu beziehen. Das ist es, was ich Melissa angeboten habe, dachte Stirling.

Er verbrachte den Rest des Tages vor dem Fernsehapparat, schaltete von Kanal zu Kanal und versuchte sich in der Welt wieder zurechtzufinden. Als erstes konnte er Bestätigung dafür erlangen, daß Mason Third wirklich Senator war, Bev.-Geb. 162, ein Bereich, der früher das Küstengebiet des alten Bundesstaates Georgia umfaßt hatte. Selbst unter dem vereinfachten Wahlsystem war Third schnell vorangekommen – ein Hinweis darauf, daß er den Boden gründlich vorbereitet hatte. Sein Programm schien eine herausgeputzte Version der Anti-Haltung der Rückzügler zu sein. Die Tatsache, daß jemand in der Politik reüssieren konnte, wenn er gegen die ETB war, gegen das INSEL-Programm, die zwangsweise Geburtenkontrolle – und anscheinend für gar nichts – führte für jeden, der darüber nachdenken wollte, zu alarmierenden soziologischen Konsequenzen.

Außerdem stellte sich heraus, daß die politische Maschinerie der ETB gegen die Regierung zu arbeiten begonnen hatte, weil sie von der INSEL vertrieben worden war. Aus allen möglichen Hinweisen war erkennbar, daß man die Ansicht vertrat, Administrator Raddall sei gegen die ETB eingestellt und habe andererseits einem Haufen von Unbefugten unbegrenzte Freiheit gegeben, mit ungewaschenen Füßen die Nahrung des Landes zu zertrampeln. Die Propaganda war gut und wirkte.

Am späten Abend hatte Stirling genug davon, die ETB-Marionetten an ihren allzu deutlich sichtbaren Schnüren tanzen zu sehen. Er versuchte zu lesen und dann seine Mutter zum Reden zu bewegen, aber schließlich beschloß er, frische Luft zu schnappen. Auf der untersten Straße blieb er ein paar Sekunden stehen und atmete mühsam, bevor er ziellos zum Stadtzentrum ging. Einige Zeit später fiel ihm auf, daß die Leute gafften.

Stirling war ein paar Straßen weitergegangen, bis er sein eigenes Gesicht vom Bildschirm eines *Record*-Verkaufsautomaten blicken sah. Daneben blinkte das rote Licht für *Sonderausgabe.* Stirling mußte sich anstellen, bevor er eine Münze für sein Exemplar einwerfen konnte. Die Schlagzeile lautete: LANDSTREICHER IM „HIMMEL" – DIE VOLLE WAHRHEIT.

Darunter las er: Auf der INSEL 23 lebt eine Gruppe von Menschen, die keine Rücksicht auf die Gesellschaft nimmt, herrlich und in Freuden von den Vorräten der Nation und dreht dem amerikanischen Volk eine lange Nase. Victor Stirling, ein Reporter des *Record,* war an Ort und Stelle! Hier endlich ist die volle Wahrheit über die Gesellschaft der Außenseiter – über die Menschen, die Sie zum Narren halten!

Zu dem Artikel gehörten eine dreispaltige Porträtaufnahme Stirlings und ein zweites Bild, das ihn bei der Ankunft auf der Stelzeninsel zeigte. Darunter stand: „Nach seiner sechsmonatigen Gefangenschaft auf der INSEL 23 wird Victor Stirling, Reporter des *Record,* von ETB-Beamten beim Verlassen des Lifts gestützt." Auf dem Bild taumelte Stirling und hielt sich den Kopf. Er dachte an die Ohrenschmerzen. Er war auf der INSEL wirklich gefangen gewesen, aber jeder, der das Blatt las, mußte den Eindruck gewinnen, daß die ETB ihn befreit hatte.

Stirling zwängte sich durch die Menschenmassen zu einer ruhigeren Stelle in einem Ladeneingang und überflog den Text.

Nirgends hieß es ausdrücklich, daß Stirling den Artikel selbst geschrieben hatte, aber für den Mann auf der Straße war das ein Augenzeugenbericht des Lebens auf der INSEL. Stirling las ihn durch und stieß immer wieder auf Echos der Dinge, die er Selig erzählt hatte. Als er zu einem Absatz kam, wo es hieß, die Dorfbewohner hätten sich warm gehalten, indem sie tonnenweise Korn verbrannt hätten, knüllte er das Blatt zusammen und machte sich auf die Suche nach einem Telefon. In der Zelle wählte er die Nummer des *Record* und erreichte den Chef vom Dienst.

„Ist McLeod da?" fauchte Stirling.

„Heute nacht nicht. Wer ist am Apparat?"

„Wann kommt er zurück?"

„Halb acht Uhr früh. Wer sind Sie?"

Stirling hängte ein und ging den Weg zurück, den er gekommen war. Die Abrechnung mit McLeod – und mit Selig, wenn er zu erreichen war – mußte bis morgen warten. Er zwang sich zu dem Eingeständnis, daß es gut war, wenn er die Sache überschlief, weil er in seiner jetzigen Verfassung fähig gewesen wäre, den einen Mann mit dem anderen zu erschlagen. Als er sich endlich in dem sargartigen Schlafzimmer hinlegte, mußte er lange warten, bis sich der Schlaf wie schwarzer Schnee herabsenkte.

Am Morgen, während er frühstückte, kam die Nachricht, daß Administrator Raddall die völlige Evakuierung der INSEL 23 angeordnet hatte.

16

BIS ZUM zweiten Tag fielen keine Schüsse.

Angesichts der Tatsache, daß die Gruppe auf der Insel die Sendeanlage entweder zerstört hatte oder einfach nicht mehr benutzte, wurden Raddalls Anweisungen durch zwei Maschinen der United Air Force überbracht, die die INSEL überflogen und Flugblätter abwarfen. Die Bewohner sollten sich geordnet versammeln und am Südrandstreifen der INSEL um die Energiestation herummarschieren, bis sie die Liftstation erreichten, wo man sie zur Stelzeninsel hinunterbringen würde. Man hatte ein zeitliches Limit von vierundzwanzig Stunden gesetzt, und als es nicht beachtet wurde, zischten zwei andere Flugzeuge – diesmal Jagdaufklärer – über die INSEL und verstreuten Flugblätter.

Beim zweiten Anflug zuckte die Amethystnadel eines Strahlengewehrs vom Dorf hoch und trennte die Steuerbord-Tragflächenspitze der ersten Maschine ab. Das Flugzeug, dem die Höhe zum Manövrieren fehlte, stürzte steil ab und prallte einen Kilometer westlich vom Randstreifen auf die INSEL. Tragflächen und Leitwerk wurden abgerissen, während der schwere Rumpf den Aufbau der INSEL durchschlug und, sich überschlagend, in den Atlantik stürzte. Der Pilot starb irgendwo zwischen „Himmel" und Erde.

In der zweiten Maschine saß ein impulsiver junger Mann, der noch eine Stunde vorher mit seinen Kameraden Karten gespielt hatte. Er stellte sein Flugzeug auf das Heck, zog es in einem riesigen Bogen durch den harten blauen Himmel und schoß beim vertikalen Sturzflug auf die Stelle, wo er das Dorf vermutete. Sein Zielsinn war gut ausgebildet, und die Dorfbewohner wurden vor der totalen Vernichtung nur dadurch bewahrt, daß die Bomben mit Aufschlagzündern versehen waren, die vorsahen, daß sie mindestens drei Meter in Beton eindrangen, bevor sie explodierten. Die Bomben fetzten in enger Formation mitten durch die INSEL hindurch und füllten den Himmel zweihundert Meter tiefer mit schwarzen Explosionsblüten. Inzwischen hatte sich der zweite Pilot so weit beruhigt, daß er die befehlenden Schreie in seinem Funkgerät hörte, und er flog zu seinem Flugzeugträger.

Die langen Streifen Winterweizen wogten noch sanft, als der Aufbau der INSEL die Druckwelle durch den Aufprall der ersten Maschine verdaute.

STIRLING hörte die Nachricht mit dumpfem Entsetzen. Er vermutete, daß der Schütze mit dem Strahlengewehr Dix gewesen war, aber er wußte es nicht mit Sicherheit. Johnny war auf seinem einsamen Weg weit genug fortgeschritten, um zu einer solchen Handlung selbst fähig zu sein. Jedenfalls lief nun alles in eine neue, tödliche Richtung, in der die Unschuldigen mit den Schuldigen leiden mußten. Die Unschuldigen stellten sich vor seinem inneren Auge in Gestalt eines schwarzhaarigen, schlanken Mädchens dar, dessen Haar wie der Nachtwind roch.

Stirling ging nicht in die Redaktion, um mit McLeod und Selig abzurechnen. Dazu war es viel zu spät – das hatte er erkannt. Er verbrachte den Tag vor dem Fernsehapparat seiner Mutter und verließ ihn nur, um starken Kaffee zu kochen. Jede Teleaufnahme der INSEL verstärkte seine bedrückten Gefühle. Stirling war sich dabei bewußt, daß auch sein eigenes Leben auf eine seltsame neue Bahn gedrängt worden war. Sechs Monate auf der INSEL hatten ihn für das Leben in der Kompression verdorben, aber er sah keine Alternative. Die Menschheit hatte den Lebensraum auf ihrem Heimatplaneten zerstört, und das Sonnensystem war nicht bewohnbar.

Am Nachmittag kam die Meldung, daß ein Zug Anti-Grav-Soldaten versucht hatte, die Energiestation der INSEL zu erstürmen. Die Garnison der Dorfbewohner dort hatte sechs Mann mit Maschinengewehren niedergemäht, bevor sie noch richtig gelandet waren, und die anderen waren fast den ganzen Weg bis zum Lift zurückgerobbt. Militärsprecher betonten sofort, man könne gegen die Dorfbewohner nicht mit gewohnter Taktik vorgehen, weil das Risiko bestehe, daß die Energiestation beschädigt werde und die INSEL ins Meer stürze. Die öffentliche Meinung wurde dadurch so angeheizt, daß sich vor dem Sitz der Regierung in Boston Menschenmassen ansammelten. Ein anderer Bericht teilte mit, Senator Mason Third sei, angeblich privat, nach Norden geflogen, aber man rechne damit, daß er Demonstrationen organisieren wolle.

Die Stimmung eskalierte schließlich, als ein von einer englischen Zeitung gemieteter Flugwagen sich zwischen den Driftschiffen hindurchzwängte und die Ostmauer der INSEL überflog. Ein paar Sekunden danach stürzte er vermutlich durch einen Pilotenfehler ab, aber für den Mann auf der Straße hatten die Bewohner der INSEL begonnen, Zivilisten umzubringen. Raddall blieb nichts anderes übrig, als den Befehlshabern der Streitkräfte freie Hand zu geben.

Als verkündet wurde, daß Jagdflugzeuge entlang der Insel patrouillierten und alles beschossen, was sich zeigte, ging Stirling zum Telefon. Er versuchte eine Stunde lang, Raddall zu erreichen, bis er von höchster Ebene erfuhr, daß der Administrator nicht mit ihm zu sprechen gedachte.

„Herrgott noch mal!" schrie Stirling. „Da oben sind Frauen und Kinder. Raddall muß sich etwas anderes einfallen lassen."

„Mr. Stirling", sagte die unpersönliche Stimme. „Gerade Sie müßten doch wissen, daß diese Lage dem Administrator aufgezwungen wurde."

„Ich habe den Artikel nicht geschrieben", protestierte Stirling.

„Kommt es darauf an? Es liegt doch nicht am Autor, sondern an der Leserschaft. Das Aufsehen in der Presse war im übrigen nur ein geringfügiger Faktor für die Entscheidung des Administrators. Ich rate Ihnen ernsthaft, Ihre Verantwortung nicht zu überschätzen."

Stirling atmete tief ein. „Nehmen Sie Ihren ernsten Rat und –" Die Verbindung wurde unterbrochen.

Er legte auf und versuchte sich zu beruhigen, aber zum erstenmal in seinem Leben war er innerlich beteiligt. Und er hatte den Nachtwind in schwarzem Haar gerochen . . .

„Mutter", sagte Stirling nach einer Weile, „ich muß mir von dir Geld borgen. Ich fliege nach Boston."

Mason Third war etwa fünfzig Jahre alt und sah gut aus, hatte graue Haare und die aufrechte Haltung eines Mannes, der nicht sehr groß ist. Er stand in seinem Hotelzimmer und las zum zweitenmal Stirlings Zettel.

„Wie kommen Sie darauf, daß ich Ihnen helfen kann, Victor?" sagte er knapp, mit beinahe britischem Akzent, und Stirling sah ihn plötzlich vor sich in der Offiziersuniform des Ersten Weltkriegs, mit Schnurrbart und Patronengurt. Mason Third entsprach Stirlings vorgefaßter Meinung in keiner Weise, außer im Hinblick auf den Scheidungsskandal. Der gepflegte Mann, der kaum bis zu Stirlings Schultern reichte, war der typische Herzensbrecher.

„Ich weiß, daß Sie mir helfen können", sagte Stirling rundheraus. „Aber von Ihrem Standpunkt aus ist noch wichtiger, daß ich Ihnen noch mehr helfen kann."

Third schaute auf die Uhr. „Das begreife ich nicht ganz."

„Senator, reden wir nicht um den Brei herum. Auf der Insel sterben Menschen, und wir haben beide allen Anlaß, sie am

Leben zu erhalten. Meine Gründe sind persönlicher Natur, die Ihrigen politischer. Raddall hat im Augenblick die Wähler noch hinter sich, aber die Aufregung wird sich bald legen, und dann wird jemand nachzählen, was das Ganze an Menschenleben und staatlichem Besitz gekostet hat. Wußten Sie, daß mein Bruder da oben eine Entlaubungsbombe hat?"

„Nein." Third wurde aufmerksam.

„Er hat sie . . ., und er wird sie gebrauchen. Raddall wird der erste Administrator sein, der so viel bebaubares Land kurz vor einer Wahl wegwirft. Das ist die negative Seite. Die positive Seite ist, daß Sie der Senator werden könnten, der dieses bebaubare Land kurz vor einer Wahl gerettet hat . . ."

„Versuchen Sie nie, Politiker zu werden, Victor", unterbrach ihn Third. „Breitschwert und Wurfmesser sind keine vergleichbaren Waffen."

„Wenn Sie mich auf die INSEL hinaufschaffen können, bringe ich es fertig, die Bombe in die Hand zu bekommen", sagte Stirling störrisch, „und ich kann die Leute da oben dazu bringen, friedlich herunterzukommen."

„Sind Sie Ihrer Sache sicher?"

„Ja."

Zwei Stunden später, als der Liftwagen ihn in die windige Dunkelheit hinauftrug, blickte Stirling auf die funkelnden Lichter der Zivilisation zurück und dachte über die Bedeutung seines letzten Ja nach. Im Rückblick hieß das nicht, daß er die Gewißheit hatte, Johnny überwinden, die Bombe an sich bringen und die Dorfbewohner auf seine Seite ziehen zu können. Es hieß nur, daß er bereit war, sein Leben dafür einzusetzen, aber – Stirling schaute beinahe versöhnt zum schwarzen Trapez des „Himmels" hinauf – er hatte eben entdeckt, daß eine Art der Gewißheit so gut war wie eine andere.

17

STIRLING war dankbar dafür, daß jemand so rücksichtsvoll war, die Vogelscheuchenroboter abzuschalten, als er durch den vereisten Transitbereich ging.

Er zögerte am Rand der erhöhten Plattform und dachte an

die Dunkelheit unter ihm, die auch ein Loch im Boden der INSEL sein mochte, so wenig konnte er erkennen. Borges war lautlos in einen gräßlichen Tod gestürzt, dachte er. Der Luftwiderstand verhindert, daß der Körper eines Menschen schneller hinabstürzt als mit zweihundert Kilometern in der Stunde, und das bedeutete, daß Borges eineinhalb Minuten Zeit gehabt hatte, über alles nachzudenken.

Die Silhouette eines halbfertigen Gebäudes erinnerte Stirling daran, daß das ETB-Team eine Methode gefunden haben mußte, zu den Feldern hinunterzugelangen. Er ging die Schienen entlang, fand eine Rampe und marschierte auf ihr hinunter. Die Dunkelheit wurde noch verstärkt durch Lichtstrahlen am fernen Horizont, wo Flugzeuge die Energiestation mit Permafackeln abgesteckt hatten. Stirling war überzeugt davon, daß Johnny nicht zur dortigen Garnison gehörte, und außerdem wollte er ohnedies nicht an die Station heran, um nicht beschossen zu werden. Er ging fast eine Stunde lang nach Süden und sprang über die tiefer liegenden Gleise zwischen den Feldern, bevor er sich nach Osten wandte, dem Dorf zu. Nachdem seine Augen sich an das Sternenlicht gewöhnt hatten, kam er gut voran. Nach einiger Zeit merkte er, daß seine Brust nicht mehr eng war, daß er genug Luft bekam. Johnny hat recht gehabt, was mich betrifft, dachte er. Eher als ich bei ihm.

Nach etwa zehn Kilometern piepste das Funkgerät in seiner Tasche. Er nahm es heraus und sagte seinen Namen ins Mikrofon.

„Victor", sagte eine entschiedene Stimme, „hier Mason Third. Ich habe eben von Raddall freie Hand bekommen. Er ist nicht gerade glücklich, aber die Luftwaffe hält sich bis morgen mittag zurück – das heißt, heute mittag. Bis dahin muß alles nach Ihren Wünschen geregelt sein."

„Keine Sorge." Stirling steckte das Funkgerät ein und ging schneller. Eine Stunde später fand er eine der großen gelben Maschinen geduldig bei der Arbeit an der schwarzen Erde. Stirling kletterte hinauf und setzte sich auf den vibrierenden Drehturm. Als das erste Dämmerlicht zu erkennen war, öffnete er das Relaisgehäuse und schloß den Kontakt. Der Drehturm zog die Spinnenbeine aus der Erde zurück, und das stählerne

Ungetüm setzte sich in Bewegung. Stirling hielt das Gesicht in den Wind und sog die frische Luft in sich hinein.

Der Roboter brauchte zehn Minuten, um den Rand des Dorfes zu erreichen. Als er zum Stillstand gekommen war, sprang Stirling auf das Erdreich hinunter und von dort auf den Randstreifen. Da er wußte, daß er beobachtet wurde, ging er ruhig durch das Dorf und wartete darauf, daß sich jemand zeigte. Es dauerte nicht lange. Ein Mann und eine Frau liefen aus dem Schatten eines grasbewachsenen Tanks auf ihn zu, die Frau mit einem Bündel im Arm, das ein Säugling sein mußte. Ihr Gesicht war von Tränenspuren gezeichnet.

„Können Sie uns helfen?" Ihre Stimme klang spröde vor Angst. „Können Sie uns hier herausholen? Mein Baby –"

Der Mann entgegnete nichts, aber er sah Stirling aufmerksam an, und er berührte immer wieder unsicher die Schulter der Frau.

„Alle können gehen", sagte Stirling. „Die Angriffe sind bis Mittag unterbrochen, damit Sie das Dorf verlassen können. Geben Sie das weiter. Alle können gehen."

Der Mann zögerte.

„Worauf warten Sie noch? Ich sage Ihnen doch, daß alles vorbei ist."

„Jaycee sagt, daß keiner weg darf." Der Mann blickte schuldbewußt auf die Frau neben sich. „Er sitzt auf einem Tank unten am Südende. Er hat die Strahlenwaffe dabei – und er sagt, daß keiner weg darf."

Stirling spürte ein kaltes Gefühl im Magen. „Ich erledige das mit Jaycee. Geben Sie es nur weiter."

Er ging weiter nach Süden und sah die Spuren der Luftangriffe. Das Gras war verfilzt und feucht, wo Lagertanks von Bordkanonen zerschossen worden waren. Hier und dort entdeckte er metergroße Löcher, durch die man das Meer sehen konnte. Ein paarmal bemerkte er, daß ihn braune Gesichter zwischen Gittertürmen anstarrten. Jedesmal winkte er zuversichtlich und rief ihnen zu, sich fertigzumachen, aber sie schienen Angst zu haben – und er hatte das Gefühl, daß sie sich weniger vor Flugzeugen fürchteten. Er fragte sich, ob Johnny jemanden mit dem schweren Gewehr niedergesengt hatte, nur um ihnen zu zeigen, daß der König nicht bereit war, seine

Untertanen weglaufen zu lassen. Stirling hoffte, daß es nicht dazu gekommen war. Eines Tages würde sich alles klären und bereinigen lassen – vorausgesetzt, Johnny hatte keine Menschenleben auf dem Gewissen.

An der undeutlichen Linie, an der nur ein Bewohner erkennen konnte, daß die südliche Begrenzung des Dorfes markiert war, blieb Stirling stehen und schaute sich um. Hier und dort ragten Schienen verbogen in die Höhe, und aus den Bombenlöchern war ein Stöhnen zu hören, weil die Luft aus dem Bereich höheren Drucks innerhalb des Hüllenfeldes hinausdrang. Stirling fühlte sich an Fotos aus europäischen Städten am Ende des Zweiten Weltkriegs erinnert. Er legte die Hände an den Mund, um Johnny zu rufen, als er Melissa sah. Sie hockte erschöpft an der geflickten Wand einer großen Hütte. Ihr Gesicht war blasser als je zuvor, und ihre Hände waren rot verfärbt. Es dämmerte ihm, daß sie ihm schon eine Weile zugesehen hatte, ohne sich bemerkbar zu machen.

„Melissa!" Er rannte auf sie zu. „Was ist mit dir?"

„Ich lebe", sagte sie dumpf. „Warum haben sie aufgehört? Wo sind die Flugzeuge?" Ihre Augen starrten ins Leere.

„Es kommen keine Flugzeuge mehr. Wir brauchen hier nur noch schnell wegzugehen."

„Weggehen?" Melissa hob die Hand an die Stirn, und er sah, daß sie blutverschmiert war. „Weggehen? Ich kann nicht weg." In der Hütte hinter ihr bewegte sich etwas, und plötzlich sah er liegende Gestalten, Männer oder Frauen, im Halbdunkel. Jemand begann zu stöhnen. Er ging zur Tür, schaute hinein und wandte sich schnell ab.

„Geh nicht wieder hinein, Melissa", sagte er leise. Er griff nach ihrem Arm und führte sie von der Hütte fort. „Du hast nicht einmal das Recht, eine solche Verantwortung auf dich zu nehmen. Ich sorge dafür, daß so schnell wie möglich Militärärzte geschickt werden."

Sie sah zu ihm auf, lächelte unsicher und wurde ohnmächtig. Stirling hob sie hoch und trug sie dorthin, wo er zuletzt Dorfbewohner gesehen hatte.

„Verschwindet!" schrie er, als er Melissa ins Gras legte. „Worauf wartet ihr noch?" Er bekam keine Antwort, und plötzlich befürchtete er, daß der Mittag kommen würde und daß alle noch so dastehen würden wie jetzt. „Ich sage euch, die Angriffe sind bis Mittag eingestellt. Ihr könnt alle gehen."

„Gib es auf, Victor", sagte eine dünne, schnarrende Stimme von oben. „Dir fehlt das Talent."

Stirling hob den Kopf und sah Johnny auf einem Lagertank stehen. Er hatte gesprochen, ohne die Lippen zu bewegen – die Kindheitsgeste für eine Drohung. Er hatte das schwere Strahlengewehr mit seinem Stativ unter dem Arm. An der nackten Brust trug er an einem Gurt einen Behälter von runder Form, und – Stirling spürte plötzlich lähmende Angst – an den Füßen trug er die uralten, verrunzelten ledernen Fliegerstiefel seines Vaters. Stirling sah plötzlich seinen eigenen Vater vor dem Hintergrund der Traumszene: das vertraut-fremde, vom Zorn verzerrte Gesicht, die anklagenden Augen.

„Geh fort, Victor", krächzte Johnny. „Du gehörst nicht hierher."

Ich bin älter als du, dachte Stirling in einem unerklärlichen Wutanfall. Ich war der erste! Ich gehöre dazu! Er fühlte, wie er zu laufen begann, hörte seine Füße auf dem dünn bedeckten Boden stampfen, sah, wie seine Hände ihn an den Rohren des Tanks hochhangelten. Auf halbem Weg über den Tank sah er die prüfende Berechnung in Johnnys Augen, und sein Sensor zwang ihn zu langsamen Schritten. Das Begreifen, das ein paar Sekunden lang ganz nah gewesen war, wich zurück, und zurück blieb ein Gefühl des Verlustes, vermischt mit ungeheurer Erleichterung.

„Es ist vereinbart worden, daß die Angriffe bis Mittag eingestellt bleiben, Johnny. Die Leute haben damit genug Zeit fortzugehen."

Johnny schüttelte den Kopf.

„Du wirst es nie begreifen. Es gibt Leute, die da unten nicht leben können. Sie wollen nicht weg."

„Viele schon, und die anderen würden vermutlich gehen, wenn du es ihnen sagen würdest."

„Das ist es, was Raddall möchte – uns teilen. Wenn er die Schwächlinge dazu bringt, daß sie freiwillig gehen, greift er zu Gas, und dann ist alles vorbei."

„Aber es ist doch schon vorbei. In Gottes Namen, Johnny, sei vernünftig. Raddall hat keine andere Wahl, als euch so oder so herunterzuholen. Wie lange, glaubst du, könnte irgendein Land etwas zulassen, was auf eine kleine Diktatur innerhalb seiner eigenen Grenzen hinausläuft?"

Johnny lächelte nachsichtig. „Innerhalb seiner eigenen Grenzen? Weißt du, Victor, durch Zufall bist du dem Sinn des ganzen Unternehmens ziemlich nahe gekommen. Ich glaube wirklich, wenn du ein, zwei Wochen nachdenken könntest, kämst du von selbst dahinter."

„Das ist –", begann Stirling ungeduldig, ohne zu überlegen, dann kam ihm ein Gedanke. „Du verfügst nicht über das technische Wissen, Johnny", sagte er eindringlich.

„Nicht persönlich", erwiderte Johnny. „Aber der Rat – und wir sind alle eins."

„Aber –", Stirlings Denken wurde von der neuen Erkenntnis überflutet. „Selbst wenn du die Nega-Grav-Anlagen meisterst und eine horizontale Komponente einführen kannst, wie schnell wird sich die INSEL bewegen? Mit fünf Knoten? Mit zehn? Egal, wohin du gehst, sie bleiben bei dir. Das wird nicht –"

Er verstummte. Johnny zeigte senkrecht in den Himmel hinauf. Bedeutsam.

18

IN GEWISSER Weise war Stirling beinahe dankbar.

Die Idee war natürlich verrückt, aber es war die Art zielstrebiger Verrücktheit, mit der er Mitgefühl empfinden konnte, die er beinahe zu begreifen vermochte – und sie erklärte so vieles. Johnnys endlose Beratungen mit den Ratsmitgliedern, die unsichere Ehrfurcht, die er bei so vielen Dorfbewohnern zu erwecken schien, seine mangelnde Rücksicht auf Konsequenzen – all das wurde im Licht von Johnnys Vision der Zukunft begreiflich. Stirling hegte keinen Zweifel, daß die Idee von seinem Bruder selbst stammte. Er konnte darin das Echo von Johnnys eigener Stimme hören, der Stimme, die er als Kind gehabt hatte, bevor ein Glasdolch seine Kehle zerfetzte. Das blonde Kind mit Zahnlücken, das zum selben Fenster hinausgeschaut hatte wie Stirling, auf ein Signal vom „Himmel" wartend, war der Urheber dieses Planes gewesen, die INSEL in ein fünfundzwanzig Kilometer langes Raumschiff zu verwandeln und damit fortzufliegen zu . . .?

„Zum Mond“, sagte Johnny. „Wir brauchen die INSEL an sich nirgends zu landen, aber der Mond liefert Schwerkraft, und außerdem hilft es, wenn man ein Ziel hat. Der Mond. Ich bin schon immer der Meinung gewesen, daß eine gute Adresse sehr wichtig ist, nicht?“

„Die meisten guten Adressen verfügen über Luft und Wasser.“

„Wir haben alles, was wir brauchen – alles, was nötig ist, um dafür zu sorgen, daß wir es nicht verlieren. Das ist möglich, wenn man das Hüllenfeld der INSEL bis zur maximalen Undurchdringlichkeit steigert. Perfekt wird es natürlich nicht sein, aber es müßte die Luft und die Feuchtigkeit für zwanzig oder dreißig Jahre festhalten . . ., und das genügt vorerst.“

„Bei den Löchern im Boden hält die Luft im Weltraum keine halbe Stunde.“

Johnny zog die Brauen zusammen.

„Das ist ein wunder Punkt, aber die Wartungsroboter werden mit solchen Problemen fertig. Sie unternehmen noch nichts, weil die Arbeit, die wir in der Energiestation tun, gewisse Dinge unterbrochen hat. Das Loch von dem Flugzeug wird uns zwei Tage aufhalten, aber . . . Bei Dix hast du recht gehabt, das muß ich dir lassen. Er hat das Flugzeug abgeschossen. Ich hätte ihn schon lange abservieren sollen.“

„Wo ist er jetzt?“

„Ich sagte doch – ich habe ihn abserviert.“

„Buchstäblich?“

„Ja. Durch eines der Bombenlöcher.“

Stirling öffnete den Mund, schloß ihn aber wieder, ohne etwas zu sagen. Johnny hätte für seinen ersten Ausflug ins Reich des Tötens keine bessere Wahl treffen können als Dix. Bei Raddall mochte ihm das sogar etwas nützen, aber Stirling fand es furchtbar, sich vorstellen zu müssen, daß jemand auf diese Weise umkam.

„Was sagt du, großer Bruder?“

„Was erwartest du, daß ich sage?“

„Nun, früher hattest du immer eine Menge zu sagen.“

„Also gut." Stirling blickte an Johnny vorbei und sah, daß irgendein Instinkt die Dorfbewohner aus ihren Löchern trieb, um die Konfrontation zu verfolgen. „Wie viele von diesen Leuten da unten wissen von deinem Plan? Und wie viele von denen, die ihn kennen, sind damit einverstanden?"

„Wie viele von den Menschen dort unten wollen das ganze Jahr Brei fressen und in Särgen leben?" sagte Johnny achselzuckend.

„Das ist etwas anderes. Niemand spielt mit seinem Leben."

„Niemand spielt um ihr Leben, meinst du. Sie haben keine Chance. Aber so, wie ich es mir ausgedacht habe –"

„Johnny!" Stirling hatte das Gefühl, daß es gefährlich war, länger zu warten. „Raddall hält seine Flugzeuge bis mittags zurück, und vorher gehe ich hier weg und nehme alle mit, die mitwollen."

„Das kann ich nicht zulassen. Theo und die anderen in der Energiestation brauchen noch fünf oder sechs Tage. Niemand geht zurück."

„Ich sage etwas anderes." Stirling sah Johnny offen in die Augen. Ein paar Sekunden lang blieb es völlig still. Dann sah er, daß Johnny sich ein wenig zur Seite drehte, so daß sich die Mündung des Strahlengewehrs auf Stirling richtete. Er streckte beiläufig die Hand aus und umklammerte den Lauf an der Mündung. Johnny lächelte schief und begann Druck auszuüben, mit der ganzen Länge der Waffe als Hebel. Um aus der Schußrichtung zu bleiben, mußte Stirling sich seitwärts bewegen, und sie begannen sich langsam und schlurfend zu drehen. Ein Ring von Dorfbewohnern verfolgte die tödliche Sarabande auf dem hohen Tank.

„Johnny", sagte Stirling verzweifelt. „Was tun wir?"

„Wer nicht für mich ist, ist gegen mich."

„Spricht da wieder ‚Jaycee', Johnny?"

„Ich habe es schon einmal gesagt – ich mag das nicht."

„Aber was kannst du tun? Mich brennst du nicht nieder."

Als Antwort drückte Johnny ab, und eine grelle Amethyst-Flammenzunge fauchte an Stirlings Rippen vorbei. Er ließ das heiße Metall unwillkürlich los, versuchte es wieder zu fassen, verfehlte es und stürzte sich vorwärts gegen Johnnys Brustkorb. Johnny ächzte vor Überraschung, als der Anprall ihn nach hinten schleuderte. Sie wankten über den Tank, schienen abzustürzen, dann hakten sich Johnnys Fersen an dem erhöhten Rand der Iris fest, wo die Roboter ihre Trinkrohre hineinschoben, sie stürzten beide, und die Waffe schlitterte auf dem feuchten Metall davon. Als sie hochsprangen, schlug Stirling mit der Rechten zu und spürte, wie der Schmerz in seinem Arm hochzuckte. Er hatte die Bombe an Johnnys Hals getroffen. Johnny nützte den Vorteil und begann auf ihn einzuschlagen. Stirling, der nie trainiert und sich stets auf die vernichtende Kraft seines von der Natur verliehenen Rammbocks verlassen hatte, wehrte sich erfolglos mit der Linken.

Als er spürte, wie die harten Schläge ihn bewegungsunfähig zu machen drohten, versuchte er mit der Rechten zurückzuschlagen, aber die Hiebe taten ihm mehr weh als Johnny. Seine Hand schien gebrochen zu sein. Er wich zu dem Gewehr zurück und verzichtete für Augenblicke auf jeden Versuch, sich zu verteidigen, als er sich nach der Waffe bückte. Zwei lähmende Schläge trafen ihn im Kreuz, und er spürte, wie seine Knie einknickten. Johnny stieß ihn mit der Schulter verächtlich von der Waffe weg. Stirling wankte und ruderte mit den Armen, um sein Gleichgewicht wiederzugewinnen. Seine Hände erfaßten die schwere Kugelbombe mit ihrem Beutel. Er packte sie, spreizte die Beine und riß Johnny von der Waffe weg. Johnny wurde hochgehoben, bevor der Gurt riß. Er landete auf einem Fuß an der Kante des Wassertanks und rutschte hinaus ins Leere.

Stirling legte die Bombe auf den Boden und schaute über den Rand. Sieben Meter unter ihm lag Johnny regungslos im Gras, und die Knie waren angezogen bis zum Kinn, wie bei einem kleinen Jungen in übertriebener Schlafhaltung.

Stirling stieg mit dem Gewehr hinunter, wobei er zum erstenmal bemerkte, daß an den Zuleitungsrohren Plastikstücke befestigt waren, die als primitive Leiter dienten. Die Dorfbewohner wichen stumm zurück, als er um die schrägen Füße des Wasserturms zu Johnny lief. Er drehte ihn vorsichtig um. An Johnnys Stirn zeigte sich eine riesige Schwellung, und vom Mundwinkel rann ein Blutfaden über die Wange.

„Wie geht es ihm?“

Stirling hob den Kopf und sah Melissa.

„Er wird es überleben."

„Oh!"

Stirling hatte keine Zeit, sich zu überlegen, ob der Ausruf Erleichterung oder Enttäuschung bedeutete. Ein paar von den Dorfbewohnern starrten ihn mit einer Art grinsender Verlegenheit an; sie schwankten offenbar, ob sie den Kampf da fortsetzen sollten, wo Johnny ihn hatte abbrechen müssen.

„Machen wir uns eines klar", sagte Stirling ruhig. „Ich bin wieder unten gewesen und ihr nicht. Ich weiß also besser als Jaycee oder einer von euch, was sich abgespielt hat. Und ich kann euch versichern, daß die Administration den Druck aufrechterhalten wird, bis die INSEL geräumt ist. Jeder, der hier raus möchte, bevor die Angriffe wiederaufgenommen werden, sollte sich gleich auf den Weg zur Südostecke machen. Die anderen können ebensogut gleich durch eines der Bombenlöcher springen. So geht es schneller." Er verstummte und starrte in die Runde. Die Gesichter blieben skeptisch. Du hast kein Talent dafür, hatte Johnny gesagt, und Stirling begann zu begreifen, was er gemeint hatte.

„Also, worauf warten wir?" Es war der Ehemann der Frau, der er auf dem Weg ins Dorf begegnet war. „Bleiben wir hier und lassen uns zusammenschießen? Joanna und ich verschwinden, solange wir noch die Chance haben."

Seine schrille Stimme klang angstvoll, und die geistige Lähmung der Dorfbewohner wurde durch sie gebrochen. Ein paar gingen nach Süden, während andere zu ihren Hütten und Löchern eilten, um ihre Habseligkeiten zu holen. Das Ganze beschleunigte sich, bis die Bewohner beinahe in Panik das Weite suchten.

„Was machen wir mit den Verwundeten?" Melissa hatte ihre Haltung wiedergefunden, aber ihre Augen waren eng vor Furcht; sie erinnerten ihn an die seiner Mutter.

„Laßt sie hier, bis die Ärzte kommen", sagte er. „Wir gehen so schnell wie möglich weg. Kannst du dich auf den Beinen halten?"

„Ich denke schon."

„Dann soll jemand zwei Roboter herholen. Die müßten für uns alle reichen. Wie machen sie es eigentlich, wenn sie keine Pflanzen beschädigen können?"

„Irgendwas mit Wasser", sagte Melissa achselzuckend. „Ich sorge dafür." Ihre Stimme klang schwach und tonlos, als sie davonging. Stirling zog ein Stück Plastikseil vom Wasserturm und fesselte Johnnys Handgelenke und Knöchel.

LAUTLOS fuhren die Dorfbewohner nach Westen.

Stirling hatte versucht, Mason Third über Funk durchzugeben, daß alles nach Plan verlaufen war, aber das Gerät war gesprungen und plattgedrückt, und es hatte sich nichts gerührt.

Ein- oder zweimal begann irgendein Dorfbewohner auf dem ersten Agrar-Roboter zu singen, aber niemand fiel ein, und die Töne verklangen rasch. Melissa saß auf dem zweiten Roboter, aber er konnte sie in der langen Reihe zerlumpter Gestalten auf dem Ausleger nicht erkennen. Bettler, Flüchtlinge zu Pferd.

Soviel Stirling sehen konnte, waren alle dabei, die noch atmen und laufen konnten. Beinahe direkt unter ihm lag Johnny auf dem Fahrwerk. Er war bei Bewußtsein, aber noch immer gefesselt, und zusätzliche Plastikschlingen verhinderten, daß er herunterfallen konnte. Seine Augen waren unergründbare schwarze Schlitze unter der starken Schwellung seiner Stirn. Stirling ertappte sich dabei, daß er es vermied hinunterzublicken. Natürlich bin ich meines Bruders Hüter. Möchten Sie seinen Käfig sehen?

Er schaute nach Norden zum Umriß der Energiestation. Theo und die anderen Techniker, die Johnny rekrutiert hatte, befanden sich noch dort, aber man konnte nicht beurteilen, ob sie die Evakuierung des Dorfes wahrgenommen hatten. Stirling beschloß, sie selbst dahinterkommen zu lassen. Er wandte sich wieder ab, als ein eisiger, beunruhigender Gedanke in ihm auftauchte. Mit dem Äußeren der Station stimmte etwas nicht.

Er beschattete die Augen und starrte den langen Block an. Mehrere Sekunden vergingen, bis er sich eingestand, daß sich die Proportionen verändert hatten. Das Gebäude war länger und niedriger geworden, so, als fange es an, im Boden zu versinken – nur gab es keinen Boden, der es aufnehmen konnte! Während er hinüberschaute, beschleunigte sich der Sinkvorgang, und die Energiestation verschwand völlig.

Stirling erstarrte vor Schreck und wartete auf das Gefühl der

Gewichtslosigkeit, das ankündigen würde, daß die INSEL – ihrer Energiequelle beraubt – in den Atlantik stürzte. Nichts geschah, außer daß der Roboter weiterraste. Er kämpfte das Gefühl der Unwirklichkeit nieder, dann tauchte die Oberseite der Station am Horizont auf. Der nackte Block erhob sich gleichmäßig, bis er höher war, als er ihn je zuvor gesehen hatte, verharrte einen Augenblick so und sank wieder hinab.

Plötzlich wußte Stirling, was vorging. Die INSEL hatte begonnen, sich wie eine riesige, im Wind flatternde Decke wellenförmig zu bewegen.

Heisere Schreie vorne auf dem Ausleger zeigten, daß noch jemand wahrgenommen hatte, was sich abspielte. Eine Frau stieß einen schrillen Schrei aus, als die Bewegung der riesigen Konstruktion sich zum erstenmal bemerkbar machte. Die sanft sinkende Bewegung machte aus Stirlings Magen einen Eisklumpen.

„Da drüben!" Der Mann neben Stirling packte seinen Arm und deutete schräg voraus über die INSEL hinweg.

Eine deutlich abgezeichnete Welle fegte über die Felder. Fontänen schwarzer Erde, vom Aufbäumen der Tröge darunter hochgeworfen, zerstoben über der herannahenden Welle in der Luft, wie bei einem Artilleriesperrfeuer. Es wurde klar, daß sie binnen Sekunden der Welle begegnen würden – und die Roboter hatten eine Geschwindigkeit von achtzig Kilometern in der Stunde.

„Halt!" schrie Stirling, bemüht, den Lärm zu übertönen, aber der auf dem Drehturm liegende Dorfbewohner tastete bereits an den Alarmrelais herum. Der Roboter wurde abrupt langsamer und kam polternd zum Stehen, als der Boden darunter sich wild aufbäumte, Erde brach, hob sich und fiel schwindelnd wieder hinab. Ein Humusregen peitschte die Menschen, die sich verzweifelt am Ausleger festhielten. Stirling wurde von den ohrenzerreißenden Geräuschen der Umwälzung betäubt, dem ungeheuren, bebenden Ächzen von Metallstrukturen, die auseinandergerissen wurden: Reißen, Zermalmen, Zerquetschen, Klirren, Platzen.

Er sah, wie sich die Schienen weit unter ihm teilten – so daß Tageslicht heraufdrang, widergespiegelt vom Meer, fünf unfaßbare Kilometer unter ihm – dann war das Beben vorbei. Als der

Roboter wieder ins Gleichgewicht kam und sich Stille ausbreitete, hob Stirling dumpf den Kopf, als wolle er das Leben daraufhin ausprobieren, ob es noch paßte. Der Unterbau der INSEL war schwer strapaziert worden, aber er hatte gehalten – diesmal. Er kam zu der Erkenntnis, daß Johnnys Experten in der Station entweder einen Fehler gemacht oder sich auf ein kalkuliertes Risiko eingelassen hatten. So oder so wollte er nicht auf der INSEL sein, wenn die nächste große Umstellung der Energieanlage versucht wurde.

„Los!" schrie er. „Weg von hier."

Der Roboter setzte sich wieder in Bewegung, auf den mit Erde überschütteten Gleisen knirschend, und die zweite Maschine folgte. Sie hatten beinahe Höchstgeschwindigkeit erreicht, als Stirling bemerkte, daß Johnny verschwunden war. Er stand kurz auf und blickte nach hinten, aber auf der ganzen Weite des „Himmels" war kein Anzeichen von Leben zu sehen.

„Also gut, Johnny", flüsterte er. „Du und ich, wir sind keine Brüder."

19

WÄHREND der alptraumhaften Fahrt zum Westrand der INSEL und dem Marsch von sieben Kilometern zum Lift hatte es noch drei kleinere Beben gegeben. Jedesmal hatte Stirling die Augen geschlossen und abgewartet, und jedesmal hatte er ein vertrautes Gesicht gesehen, streng und anklagend. Wenn wir den Lift erreichen, sagte er sich, gehe ich mit den anderen hinunter. Niemand kann von mir erwarten, daß ich etwas anderes tue, nicht einmal mein – nicht einmal mein Vater. Die Vollendung des Gedankens brachte ein Gefühl der Katharsis, der Befreiung, und gleichzeitig das sichere Wissen, daß er in einer Falle saß, die ihm vor tausend Jahren gestellt worden war.

Nun sah er Melissa über zwei eisverkrustete Barrieren hinweg an: eine auf dem Liftwagen, die andere am Rand der Dockbucht. Der Wind stöhnte in der lichterfüllten Lücke zwischen den beiden Konstruktionen. An den Ecken des Frachtwagens leuchteten plötzlich rote Lichter auf, so daß die Dorfbewohner darin sich unruhig umschauten.

„Melissa!“ rief er. „Macht euch keine Sorgen! Alles geht gut!“

Sie lächelte matt und nickte, was ihm klarmachte, wie unsinnig seine Worte klingen mußten. Wie konnte es gutgehen? Melissas Persönlichkeit war schon im Zusammenbruch begriffen, und die Kiefer der Kompression hatten kaum begonnen, sich zu schließen. Als der Wagen hinabsank, hielt er den Blick auf ihr Gesicht gerichtet, bis ihr Bild in der kalten, glitzernden Luft verschwamm, dann machte er sich auf den Weg zur Energiestation.

STIRLING wäre schneller vorangekommen, wenn er auf einem der Felder gelaufen wäre, aber das Risiko, von der Station aus gesehen zu werden, war zu groß, und er blieb in einer Gleismulde. Mit jedem Kilometer schien das Gewehr schwerer zu werden, aber er trabte weiter. Die Luft kam ihm dünner und kälter vor. An der Station sah er keine Flugzeuge, aber weit im Südosten störten dunkle Punkte das milchige Dach der INSEL. Die Luftwaffe brachte wahrscheinlich die verwundeten Bewohner in Sicherheit, und die Last seiner selbstauferlegten Verantwortung wurde ein wenig leichter.

Warum mache ich das? fragte er sich. Wo ist Melissa jetzt? Was treibe ich da eigentlich? Wo ist Melissa jetzt? Kann mein Bruder das überleben? Wo ist Melissa?

Das zweite große Beben überraschte ihn beinahe.

Er war keine drei Kilometer mehr von der Energiestation entfernt und versank tiefer im Mahlstrom seiner Gedanken, als vor ihm in der Mulde plötzlich Tageslicht aufstrahlte, wie Luftspiegelungen auf einer Straße im Sonnenglanz. Der Glanz raste auf ihn zu wie Quecksilber über ein Gefälle, dann begriff er, daß er von einer enormen Wellenfront getragen wurde. Zwischen den Feldern strahlte Tageslicht herauf, als die Gefügeverzerrungen durch die Welle sie auseinanderbogen. Stirling starrte dumpf auf seine Füße. Er hatte auf jeder Schiene einen stehen, und in wenigen Sekunden würde dort, wo er stand, nichts sein als dünne Luft.

Er schleuderte das Gewehr auf das Feld rechts von ihm und versuchte hinterherzuspringen, aber sein Fuß rutschte auf dem feuchten Metall ab. Statt mühelos in die grüngoldene Wand aus

Winterweizen zu rollen, kratzte er erfolglos an der Kante des riesigen Trogs und glitt auf die Schienen zurück. Das ungeheuerliche Ächzen, das er schon einmal gehört hatte, holte ihn ein, und die Schienen unter seinem Körper begannen sich zu regen wie lebendige Wesen. Er sprang genau in dem Augenblick hoch, als sich die Fläche zwischen den Schienen zu einer breiten Straße aus Licht und leerem Raum öffnete. Seine Hände erfaßten zwei schlanke Garben, die sich sofort aus der Erde lösten und zuließen, daß er in die tödliche Quelle grellen Glanzes zurückglitt. Die Kante des Trogs scharrte an seinen Handgelenken entlang; er umklammerte sie und hielt sich fest, während die Legionen der Hölle um ihn herum kämpften. Er wurde so heftig hochgehoben, daß er beinahe seinen lebensrettenden Halt verlor, und gleichzeitig fegte ein Luftsturm an ihm vorbei hinab in die Niederdruckzone außerhalb des Hüllenfelds.

Stirling klammerte sich fest, im Zentrum des übermenschlichen Machtkampfs, während die Stahlwälder des Unterbaus in Agonie aufkreischten. So abrupt, wie sie aufgetaucht war, verschwand die Welle auf ihrem Weg zum Rand, und die Felder fügten sich wieder zusammen, mit einem Krachen, als seien zwei Monde zusammengeprallt. Stirling wurde mit einem Schlag, der seinen Atem lähmte, auf die Schienen hinuntergeworfen. Er lag auf dem Rücken zwischen den Geleisen. Er war sich bewußt, daß ein zweites Beben sie sofort wieder auseinanderreißen konnte, vermochte aber nichts zu unternehmen. Kein Atem, keine Bewegung, dachte er mit einem Gefühl der Befreiung von einer mühsamen Pflicht. Erst als er wieder Luft in sich hineinpumpen konnte, fühlte er sich veranlaßt, aufzustehen und das Gewehr an sich zu nehmen.

Ein leises, pfeifendes Geräusch begleitete ihn auf seinem Weg. Er entdeckte, daß die vorher unsichtbare Fuge zwischen den Feldern jetzt als Haarriß in der Oberfläche zu sehen war, durch den die Luft der INSEL entwich. Der Aufbau hatte die Belastung erstaunlich gut verkraftet, aber er näherte sich der Grenze der Belastbarkeit. Stirling senkte den Kopf und versuchte schneller zu gehen.

Die Eingangstür der Station an der Oberfläche der INSEL befand sich auf der Nordseite. Stirling ging quer über die Felder, um sie zu erreichen. Er prüfte unterwegs den Mechanismus des Strahlengewehrs. Die Luft war merklich kühler und dünner geworden, und der Rauch von den flackernden Permafackeln trieb in dünnen schwarzen Fetzen über die Felder dahin. Er erreichte den Schatten der Station, schaltete das Gewehr ein und ging langsam auf den Eingang zu. Es kam ihm zum Bewußtsein, daß er verhältnismäßig unbehindert hierhergelangt war – ein wenig erstaunlich, wenn man bedachte, wie Johnny vorher zur Aufstellung von Posten gestanden hatte. Er bog um die Ecke und sah aus dem Eingang die Mündung eines Maschinengewehrs ragen. Stirling preßte sich an die Wand und schob sich zur Tür, bis er im Gebäude Stimmen hören konnte.

„. . . letztenmal, Jaycee, die Kontrolle reicht nicht aus. Wenn wir uns nicht einen Monat Zeit lassen und auf ein System mit unendlicher Auflösung hinarbeiten – und ich meine richtig unendlich –, dann reißen wir die Anlage hier geradewegs aus dem Floß."

„Wir haben keinen Monat, und wir brauchen keinen Monat." Johnnys Stimme klang schrill und beschleunigt, wie auf einer zu schnell abgespielten Bandaufnahme.

„Tja, dann weiß ich nicht, wie das gehen soll." Stirling erkannte Theos Stimme. Sie klang mürrisch.

„Ich verlange nicht, daß du etwas weißt. Du machst, was wir vereinbart haben."

„Ursprünglich waren zwei Monate und mehr vorgesehen. Weißt du, Jaycee, du fällst genauso hinunter wie wir alle."

„Soll heißen, Theo? Soll heißen?" Johnnys Stimme klang wie zerspringendes Glas.

„Soll heißen, Mr. Jesus Christus, daß du nicht einfach auf dem Wasser oder der Luft gehen kannst."

Sag so etwas nicht, dachte Stirling, niemals . . . Ein Mann schluchzte vor Schmerzen, und dann hörte Stirling klatschende Hiebe. Er schob die Mündung des Gewehrs durch den Eingang und schaute hinein. Theo lag auf dem mit Kabeln übersäten Boden; Johnny stand vor ihm und starrte mißbilligend seine Fäuste an. Vier Dorfbewohner schauten mit ausdruckslosen Mienen zu.

„Was hat mich denn dazu gebracht?" Johnny lächelte traurig und bückte sich, um Theo aufzuheben, als er Stirling sah. Er schüttelte ungläubig den Kopf. „Weißt du, was mich dazu veranlaßt hat?"

„Du mußtest es tun, Johnny." Stirling trat ein. „Einen Fall von Majestätsbeleidigung konntest du nicht übersehen. Oder war es Blasphemie?"

„Du hättest nicht zurückkommen sollen, Victor."

„Fangen wir nicht wieder damit an." Stirling betrachtete die anderen Männer. „Ihr geht alle hinunter und habt die Wahl zwischen zwei Möglichkeiten. Lauft zum Lift, oder bleibt hier und reißt die INSEL auseinander. Was soll es sein?"

Einer der Dorfbewohner, ein rothaariger Mann namens Hewitt, trat sofort vor. „Wir brauchen nur Zeit. Es hätte geklappt, wissen Sie. Wir hätten mit dem Ding überallhin fliegen können."

„Vielleicht", sagte Stirling. „Nehmt Theo mit."

Hewitt zuckte die Achseln, dann nickte er den anderen zu, und sie hoben den Bewußtlosen auf.

„Ihr Narren", krächzte Johnny. „Er ist derjenige, der euch diese Zeit gestohlen hat. Unsere eigene Stadt auf dem Mond. Nichts kann uns aufhalten."

Stirling beachtete ihn nicht. „Die INSEL ist evakuiert", sagte er zu Hewitt, „also habt ihr keine Geiseln mehr. Wenn ihr euch wegbewegt – vor allem wenn jemand auf den Gedanken kommen könnte, ihr wolltet mit der INSEL über eine Stadt –, wird Raddall nicht zögern, alles in die Luft zu jagen. Außerdem verliert die INSEL überall Luft –"

„Los, Jungs!" unterbrach ihn Hewitt. „Worauf warten wir noch?" Sie trugen Theo hinaus.

Der letzte Mann zögerte an der Tür. „Jaycee, ich –"

Johnny brachte ihn mit einer schrillen Obszönität zum Schweigen, wandte sich ab und stakste tiefer in den Raum.

„Du auch, Johnny", sagte Stirling knapp. „Wir gehen alle gemeinsam hinunter. Deinetwegen bin ich zurückgekommen."

„Na klar." Johnny ging weiter, und Stirling, der ihm folgte, sah ihn auf die Hauptschalter zugehen, von denen er die Sperren am ersten Tag in der Station weggesengt hatte.

„Johnny", sagte Stirling heiser. „Geh nicht dahin."

„Wenn du mich niederschießen willst, dann tu es gleich, denn ich bin schon – da!"

Johnny sprang vor und legte die Hände auf die rötlich leuchtenden Hebel. Stirling drückte ab, aber nichts rührte sich. Er glaubte, daß die Waffe versagt hatte, aber dann begriff er, daß es an seinem Finger lag. Er hatte sich nicht bewegt. Johnny schaute über die Schulter, las in Stirlings Augen und lächelte triumphierend.

„Wie gesagt, Victor – wir gehen alle miteinander hinunter." Er sprach wieder mit geschlossenen Lippen, und Stirling begriff plötzlich die Bedeutung. Sie waren wieder Jungen, und schreckliche Dinge würden zwischen ihnen ausgesprochen werden.

„Ich bin sicher, daß ich der eigentliche Grund für deine Rückkehr war, großer Bruder."

Das ist alles schon einmal passiert, dachte Stirling und wich angstvoll zurück. Wirst du es tun? Die Stimme seines Vaters war anklagend. Oder läßt du mich wieder im Stich? Du mußt begreifen . . .

„Ich will es nicht hören!" schrie Stirling.

„Aber du mußt", sagte Johnny sachlich. „Ich kann sehen, daß du alles wieder abgeblockt hast, Victor, und das ist nicht gut. Es ist wichtig für dich zu wissen, warum du bei der ersten Gelegenheit aus dem Fam.-Apt. weggelaufen bist, warum du mir folgen mußtest, warum du mir alles hast nehmen müssen, was ich hatte, und warum du selbst jetzt nicht fähig bist, mich niederzubrennen, um dein Leben zu retten."

„Ich warne dich, Johnny."

„Aber du hast keinen Anlaß für Schuldgefühle, Victor. Du warst noch ein Kind, als dein Vater verschwand. Man konnte nicht von dir verlangen, daß du das Bett deiner Mutter verteidigtest, du brauchst also gar nichts zu empfinden, wenn du mich ansiehst. Die einzige Verbindung zwischen uns ist, daß mein Vater deine Mutter mit ins Bett genommen hat und –"

Stirling warf das Gewehr weg und stürzte sich mit krallenden Fingern auf Johnnys Kehle; er packte die Metallscheibe der Stimmprothese und riß sie von der Haut. Versuch jetzt, es zu sagen! Johnny gab einen erstickten Laut von sich, an der Kehle erschienen blutrote Bläschen. Er stieß Stirling mit einer Hand weg und riß mit der anderen die Hebel herunter. Stirling und sein Bruder starrten einander in die Augen.

Dann stürzte der „Himmel" unter ihnen davon.

Der Sturz begann langsam; die riesige Konstruktion trug sich noch ein paar Sekunden, bis die letzten Reste gespeicherter Energie im Kraftfeldgitter verbraucht waren. Stirling fuhr herum und rannte blindlings hinaus; er hetzte in gigantischen Traumsprüngen über die Landschaft, unternahm eine Alptraumflucht, wo keine Flucht möglich war. Seine Schritte wurden länger und länger, als die Schwerkraft zu verschwinden schien, und der Instinkt sagte ihm, daß er den Kontakt mit den Feldern ganz verlieren würde, wenn er nicht aufhörte zu laufen. Er hechtete kopfüber in den gleichgültigen Weizen und krallte sich fest, so, als wolle er etwas von dessen fröhlicher Unsterblichkeit rauben.

Einen Augenblick danach trat völlige Gewichtslosigkeit ein, und mit ihr kamen die schon vertrauten Geräusche des Untergangs: so tiefes Ächzen, daß jede einzelne Vibration ein Donnerschlag war; beinahe menschliche Schreie; ohrenzerreißendes Knallen, als Tragmasten auseinanderrissen, brachen oder zerfetzt wurden. Einige der Nega-Grav-Anlagen in dem Gitterwerk nutzten ihre Energiereste besser als andere, so daß der Unterbau noch stärker strapaziert wurde, und die INSEL brach in riesige, flache Teile auseinander. Stirling, der in fasziniertem Entsetzen aufblickte, sah die schnurgeraden Horizonte tanzen und zersplittern. Der Himmel über ihm verdunkelte sich, als der Teil, auf dem er sich festklammerte, an einer Seite abkippte und unter andere glitt. Verschwommene Kulissen aus Gitterträgern zogen in Zeitlupe vorbei – schwankend, rotierend, zurückweichend –, während der hochfauchende Wind in seinen Ohren dröhnte und kreischte.

Stirling schrie gellend auf, hörte nichts und sah vor sich die Energiestation, dahinter einen wolkenbetupften Abgrund. Sie befand sich zwar auf einem anderen Segment, schien aber einen Augenblick lang auf gleicher Höhe zu bleiben. Johnny erschien mit blutverschmiertem Oberkörper in der Tür. Er packte mit einer Hand den Türrahmen und hielt mit der anderen triumphierend etwas hoch, winkte damit wie mit einer Trophäe. Dann kippte die Energiestation und begann langsam zu rotieren, bis sie verschwunden war.

Stirling schloß die Augen. Johnny hatte die alten Fliegerstiefel seines Vaters geschwungen.

Äonen später fühlte er, wie die Schwerkraft langsam zurückkehrte und sich zu einem heftigen Druck steigerte, der ihn in die Wurzeln preßte. Stirling öffnete die Augen vor einem Bild luftiger Majestät. Das flache Segment, an dem er sich festkrallte, war seitlich weggeglitten, bis es sich von dem Gewühl beinahe befreit hatte, und nun stieg es hoch. Unter der Unterkante schwebten kilometerlange Bruchstücke der INSEL in einem trägen, tanzenden, kollidierenden Schwarm zum Meer hinunter. Viele zogen schwarze Erdfontänen hinter sich her und gelbe Pünktchen, Agrar-Roboter, die senkrecht hinabstürzten, während die Driftschiffe vor dem grellen Hintergrund sonnenbeschienenen Meers, monolithischer Wolken und der Terrassentürme an der Küste verharrten.

Stirlings Segment stellte sich immer steiler und kurvte wieder in das Chaos hinein, wie ein Jagdflugzeug, das in den Luftkampf zurückkehrt. Die flatternde Bewegung führte es tief in den Schwarm zurück und wie durch ein Wunder wieder hinaus – einmal, zweimal, dreimal –, bevor es den Ozean erreichte.

Als der Aufprall kam, mähte Stirling eine unregelmäßige Furche von über hundert Metern durch den Weizenstreifen – wobei er ein Vermögen in kinetischer Energie verbrauchte –, und dann schwamm er im klaren Sonnenlicht im eisigen Wasser des Nordatlantiks.

Der Schatten des „Himmels" hatte sich verzogen.

20

WÄHREND der langen Nacht erwachte Stirling manchmal, mit dem Wissen, daß Melissa nicht schlief. Er berührte immer wieder ihre Stirn, die so kalt war wie Marmor.

Er stand bei jeder Gelegenheit auf und kochte starken Kaffee, dann saßen sie in der Dunkelheit beisammen, tranken das bittere Getränk und unterhielten sich über Belangloses. Am Morgen vermieden sie es stillschweigend, darüber zu reden, was in den Stunden der Dunkelheit geschehen war. Es hätte keinen Sinn gehabt.

Wer oben ist, ist oben, dachte Stirling. Wer unten ist, ist unten.

Der Brief hatte drei Tage in Stirlings Tasche gesteckt. Er zog ihn vielleicht zum hundertstenmal heraus und las ihn, während Melissa in der Kochnische seines Apartments das Frühstück herrichtete. Es war eine offizielle Einladung für Mr. und Mrs. Stirling, Administrator Mason Third in seinem Arbeitszimmer im Regierungsgebäude in Boston aufzusuchen, um drei Uhr nachmittags.

Melissa kam mit den Tellern ins Zimmer. „Victor!"

Stirling steckte den Brief schuldbewußt ein. Er klappte das Bett in die Wand, zog einen Tisch heraus und klappte die gefederten Hocker herunter.

„Entschuldige, Liebling. Ich habe wieder geträumt", sagte er. „Aber weshalb will er mich sprechen? Was steckt dahinter?"

„Vielleicht möchte er sich bedanken."

„Third wäre auch ohne meine Hilfe Administrator geworden. Außerdem ist es so lange her, er muß etwas vorhaben."

Melissa stellte die Teller auf den Tisch und schlang die Arme um ihn. „Du verkrampfst dich schon wieder, Victor. Wir haben doch zugesagt. Heute nachmittag erfährst du es ja."

Stirling nickte und vergrub sein Gesicht dankbar in ihrem schwarzen Haarschopf. In den vier Monaten, seitdem sie in seinem drei mal drei Meter großen Apartment wohnte, hatte sie unerwartet Stärke bewiesen – selbst als die Gefahr einer Gefängnisstrafe bestanden hatte. Zum Glück hatten die Gerichte entschieden, daß nur die Ratsmitglieder mit Waffen schuldig waren, und von denen hatte den Absturz keiner überlebt.

„Richtig", sagte er. „Wir erfahren es heute nachmittag."

Der Vak-Röhren-Expreß trug sie in fünfzehn Minuten nach Boston, den Rest des Weges gingen sie zu Fuß. Stirling zeigte die Einladung vor, und man führte sie über Lifte und durch Korridore zu einem Empfangsraum. Eine Tür öffnete sich automatisch.

„Hoffentlich sehe ich ordentlich aus", sagte Melissa nervös. Sie trug eine Kreation, die aus Licht, Dunst, Farbe und wenig anderem zu bestehen schien.

„Du siehst mehr als ordentlich aus", erwiderte Stirling, „aber ich behalte dich trotzdem für mich. Denk daran, wenn du unseren Gastgeber kennenlernst."

„Oh? Das hört sich an, als würde er das *droit de seigneur* beanspruchen wollen."

„Dafür ist es ein bißchen zu spät, nicht? Komm!"

Mason Third trat ihnen an der Tür entgegen. Er sah mehr denn je wie ein jugendlicher britischer Oberst aus, aber ein wenig grauer als früher. Er gab ihnen die Hand, führte sie in das große Zimmer und bot Getränke an. Melissa ließ sich ein Glas Synthesaft geben und nippte daran.

„Also, Vic. Soviel ich mich entsinne, trinken Sie gern Whisky. Versuchen Sie das."

Stirling schmeckte malzige Samtheit aus einer Karaffe. „Das schmeckt wie –"

„Echter Scotch", sagte Mason erfreut. „Eines der Vorrechte des Amtes."

Die Geschwindigkeit, mit der Third die Leiter der Macht erklommen hatte, paßte zu der rücksichtslosen Energie, mit der er sein Amt übernommen hatte, dachte Stirling. Dank dem Debakel mit der INSEL US 23 war Third Wahlsieger gegen Raddall geworden, und er hatte die Gelegenheit benutzt, die politische Maschinerie der ETB zu demolieren. Man munkelte bereits von zwei Attentaten auf ihn, aber er setzte seinen Weg unbeirrt fort.

Beim zweiten Glas sagte Mason Third: „Wir sind wohl an dem Punkt angelangt, wo ich eigentlich sagen müßte: Sie werden sich fragen, weshalb ich Sie hergebeten habe."

Stirling nickte. „Ja, so wäre es im Film."

„Gut, Victor." Third setzte sich auf die Schreibtischkante. „Der Repräsentantenkammer ist es noch nicht vorgelegt worden, aber ich stelle das ganze INSEL-Programm ein. Die Ostküste hat achtzehn INSELN, die soviel Geld verschlingen wie das ganze Verteidigungsbudget – und das Geld läßt sich anderswo besser anlegen."

„Etwas Ähnliches habe ich erwartet", sagte Stirling. „Was habe ich damit zu tun?"

„Das ist etwas, das man richtig machen muß, Vic. Meine Vorschläge sind ziemlich radikal, und ich suche einen tüchtigen Pressesprecher, der dafür zu sorgen hat, daß die Öffentlichkeit die richtigen Informationen bekommt." Third zwinkerte Stirling zu.

„Scheint nicht meine Art von Job zu sein." Stirling wußte, daß ihm eine Stellung mit dem zehnfachen Gehalt angeboten wurde, aber er konnte keine Dankbarkeit empfinden.

„Da bin ich anderer Meinung. Ein erfahrener Journalist mit Kenntnissen aus erster Hand!"

„Ich habe nie Öffentlichkeitsarbeit gemacht. Tut mir leid, wenn das mürrisch klingt, aber so ist es nun mal." Stirling sah zu Melissa hinüber. Zu seiner Überraschung hatte sie sich hoch aufgerichtet.

„Administrator Third", sagte sie. „Was meinen Sie mit ‚radikal'? Der Gedanke, die INSELN aufzugeben, ist doch nicht so erstaunlich."

„Richtig", antwortete Third. „Ich könnte Ihnen auch eine Stellung anbieten."

„Sie hat schon eine", bemerkte Stirling.

„Ich erinnere mich anläßlich unserer ersten Begegnung an etwas anderes, Vic. Ich habe Ihnen gesagt, Sie sollten nie in die Politik gehen – und das war ein guter Rat."

„Ich bin Ihnen dankbar, aber Politik interessiert mich nicht. Öffentlichkeitsarbeit auch nicht."

Third stand auf und griff nach Fotoabzügen. „Ich habe ein bißchen Katz und Maus mit Ihnen gespielt. Wissen Sie, was das ist?" Er gab Stirling eine Vergrößerung, auf der man Hunderte von unregelmäßigen Flecken sah.

„Viren? Bakterien?"

„Sie sind auf der richtigen Spur. Dieser Mikroorganismus ist ein eigens entwickelter Stamm der blaugrünen Gallertalge. Sieht nach nichts aus, aber der kleine Kerl ist Weltmeister."

„Worin?"

„Nun – um es kurz zu machen –, er ist ein photosynthetischer, stickstoffbindender, sauerstofferzeugender, temperaturresistenter, in der Luft lebender Mikroorganismus. Der einzige, den wir kennen, übrigens. Und er muß mit einer ganzen Welt fertig werden – weil das die Aufgabe ist, die wir ihm auf der Venus stellen."

„Auf der Venus!"

„Ja, davon haben Sie doch schon gehört, oder?"

„Verzeihung. Weiter bitte."

„Das Problem bei der Venus ist der Treibhauseffekt: zuviel

Kohlendioxyd in der Atmosphäre. Die Infrarotstrahlen der Sonne dringen ein, werden vom Kohlendioxyd modifiziert und können nicht wieder hinaus, die Hitze steigert sich, und dadurch ist der Planet für menschliches Leben nicht geeignet. Das ist schlecht, aber wir haben eine Lösung gefunden, nämlich das Kohlendioxyd durch Photosynthese abzubauen. Erreichen können wir das nur, wenn wir die Atmosphäre mit einer ziemlich dauerhaften Bevölkerung versehen. Wir – das heißt, meine Wissenschaftler – glauben, daß die Gallertalge hier der erste ideale Kolonist wäre. Er ist klein genug, um sich in der Venus-Atmosphäre in der Luft halten zu können, und zwar nahezu unbegrenzt; er hält hundert Grad Celsius aus, er kann sich am Leben erhalten, indem er freien Stickstoff bindet, und er erzeugt Sauerstoff wie ein Verrückter. Wenn wir die Venus erfolgreich mit großen Mengen der Alge bestäuben können, wird daraus ein Rückgang des Kohlendioxydgehalts entstehen, eine Verminderung des Treibhauseffekts und eine Senkung der Oberflächentemperaturen. Vorausgesetzt, daß wir das in großem Maßstab tun, wird es nicht allzu lange dauern, bis die Oberflächentemperatur unter den Siedepunkt des Wassers sinkt. Danach käme Regen, die Ansammlung von Wasser auf der Oberfläche, ein weiteres Absinken der Temperatur, und – muß ich noch mehr sagen?"

„Ja." Stirlings Herz schlug stark und langsam. „Sie wollten mir sagen, was Sie mit den INSELN vorhaben, und haben es nicht getan. Oder doch?"

„Sie wissen es, Vic." Third reichte Stirling eine zweite Aufnahme. „Ihr Bruder war auf dem richtigen Weg, als er vorschlug, die INSEL US 23 zum Mond zu fliegen. Diese fliegenden Anachronismen haben eine Zukunft als Fabriken für die Erzeugung von Gallertalgen vor sich. Ich befördere sie auf irgendeine Weise zur Venus – dieser Teil ist vergleichsweise einfach –, aber ich brauche Leute, die sie betreiben, sobald sie in ihren Umlaufbahnen sind. Ganz besondere Leute. Männer und Frauen, die am Rand des Weltraums leben können, Vic, da oben am Rand des Weltraums . . ."

Stirling sah Melissa an – ihre Augen leuchteten vor Tränen, schimmerten wie Doppelplaneten –, und die ganze Last der Kompression fiel von ihm ab.

„Zu diesem Job als Pressesprecher", sagte er langsam. „Wo wäre mein Büro?"

„Suchen Sie es sich aus", erwiderte Third. „Ich habe achtzehn INSELN, und Sie können sich auch die Umlaufbahn aussuchen. Ich möchte Sie aber darauf hinweisen, daß das ein langfristig angelegtes Projekt ist. Solange wir leben, wird der Planet nicht kolonisiert werden. Sie müßten sich die Post für den Rest Ihres Lebens zur Venus nachschicken lassen."

„Was meinst du, Melissa?" Stirling berührte ihre Finger mit den seinen. „Venus."

Sie sah ihn wortlos an, und er wußte, was sie dachte.

Ich finde, eine gute Adresse ist ja so wichtig, nicht?

Bob Shaw

Der bekannte Science-fiction-Autor Bob Shaw wurde 1931 in Belfast geboren und ist dort aufgewachsen. So erfolgreich er später als Schriftsteller auch war – Shaw gehört nicht zu den Autoren, die immer schon wußten, daß sie schreiben wollten. Er wandte sich zunächst einem ganz anderen Metier zu und studierte in Belfast Maschinenbau. Zum Glück, werden viele Leser sagen, denn das Wissen aus seinem Studium ermöglicht es ihm, seine Science-fiction-Romane mit einer technischen Raffinesse zu gestalten, die ihresgleichen sucht.

Auch seine erste Arbeitsstelle nach dem Studium hatte sicher Einfluß auf sein Schreiben: Er war als Ingenieur in der Flugzeugindustrie tätig. Sein Interesse für alles „Himmlische" ist geblieben, wie man auch in „Die grünen Inseln" feststellen kann. Das Spannende an diesem Roman ist, daß der „Himmel", der für alle Menschen eigentlich ein Synonym fürs Paradies ist, sich hier als Vorhof zur Hölle entpuppt. Nicht Gott, sondern der Mensch hat diesen Himmel geschaffen, und er ist kalt, ohne die Wärme menschlicher Gesellschaft, die wir alle zum Überleben brauchen.

Neben seinem Beruf als Ingenieur war Shaw seit den 50er Jahren als freier Journalist tätig, schrieb später Kurzgeschichten und veröffentlichte 1967 seinen ersten Roman. Als Schriftsteller wurde er so erfolgreich, daß er schließlich seine Familie davon ernähren konnte. Seine Romane haben ihm sogar Preise eingebracht: 1975 einen Preis als bester Science-fiction-Autor und 1978 und 1979 den begehrten „Hugo Award". Bob Shaw lebt heute mit seiner Frau und seinen drei Kindern in der englischen Grafschaft Cheshire.

Die Psychowelt der Tiere

Ein Auszug aus dem Buch
Transwelt – Erfahrungen jenseits von Raum und Zeit von Ernst Meckelburg
erschienen im Verlag Langen Müller

Jeder von uns wird sich schon einmal gefragt haben, ob es Tiere gibt, die, ähnlich wie sensitiv veranlagte Menschen, auf außersinnliche Phänomene ansprechen oder solche gar auszulösen vermögen. Die Feststellung, daß Tiere ebenfalls mit außersinnlichen Wahrnehmungsfähigkeiten oder gar mit Intelligenz ausgestattet sind, könnte für die parapsychologische Forschung das letzte Glied in der Kette unumstößlicher Beweise für die Echtheit paranormaler Phänomene sein, denen man vielfach noch mit Skepsis begegnet.

Außersinnliche Wahrnehmung (ASW) äußert sich bei Tieren auf unterschiedliche Weise, so z. B. durch telepathische Kontakte zwischen Tier und Artgenossen oder Tierhalter, durch nur präkognitiv erklärbare Schutzhandlungen (Vorausahnen von Katastrophen), im Heimfindevermögen (Psi-Training) von Haustieren sowie in gewissen, scheinbar „instinktiv" ablaufenden Verhaltensformen.*

Innige Kontakte zwischen Mensch und Tier zwingen uns zum Nachdenken . . . und Umdenken. Sie lassen erahnen, daß diese „stummen Dialoge" nicht ausschließlich verhaltensbedingt und schon gar nicht steril mathematisch-kybernetisch erklärt werden können.

Noch vor nicht allzu langer Zeit glaubte man, alles tierische Verhalten mit dem etwas abwertend gebrauchten, arg strapazierten Begriff „Instinkt" abtun zu können, dem „Naturtrieb zu bestimmten Verhaltensweisen". Gemeint ist hiermit eine angeborene, keiner Übung bedürfende Verhaltensweise und Reaktionsbereitschaft der Triebsphäre, meist im Interesse der Selbst- und Arterhaltung. Mensch und Tier handeln, vornehmlich in Gefahrenmomenten, überwiegend instinktiv. Beim Menschen ist in diesen Augenblicken das Denkvermögen nie völlig ausgeschaltet, es wird lediglich für eine bestimmte Dauer von Instinktreaktionen überlagert, die allmählich abklingen, sobald unsere Sinne die Entschärfung der Gefahrensituation signalisieren. Wäre es – in umgekehrter Folge – nicht denkbar, daß bei Tieren die „Instinkt"-Programmierung ge-

* Psi-Effekte (auch: Para-Effekte): alle paranormalen und paraphysikalischen, naturwissenschaftlich noch nicht (zufriedenstellend) erklärbaren oder erfaßbaren Phänomene

legentlich durch ausgesprochen „intelligente" Handlungen überlagert bzw. überspielt wird? Was ist dann eigentlich „Instinkt", wenn Tiere, offenbar einer inneren Stimme folgend, in bestimmten Situationen genau das Richtige tun? Handelt es sich hier gar um bestimmte Spielarten der außersinnlichen Wahrnehmung?

Vielleicht sind für einzelne außergewöhnliche Aktivitäten im Tierreich unterschiedliche Funktionsmechanismen verantwortlich, sowohl biologisch-genetische als auch biophysikalisch-parapsychologische. Die Grenzen der Zuordnung sind wohl eher fließend. So müssen wir die oft ans Wunderbare grenzenden Fähigkeiten unserer anspruchslosen Freunde zu Lande, im Wasser und in der Luft hinnehmen, wie sie sich uns darbieten . . ., als vorläufig unerforschte Phänomene, deren Trend zum Paranormalen jedoch unverkennbar ist.

Ein außergewöhnlicher Vorfall, bei dem sich ein Hund durch eine bemerkenswerte „Vernunftsreaktion" selbst das Leben rettete und für die es, schließt man einmal Zufall aus, wohl kaum eine natürliche Erklärung gibt, ereignete sich vor vielen Jahren in den USA. Ein etwa sieben Jahre alter Beagle, der herrenlos eine stark befahrene Landstraße überquerte, wurde von einem unachtsamen Autofahrer angefahren. Trotz seiner schweren Verletzungen schleppte sich das kluge Tier über eine Entfernung von mehr als drei Kilometern bis vor das Haus eines Veterinärs, wo es schließlich gefunden, sofort behandelt und gerettet wurde. Nach Angaben des Tierarztes hatte man den Hund, dessen Herkunft später ermittelt werden konnte, nie zuvor in dieser Gegend gesehen. Welches Wahrnehmungsprinzip kann hier geltend gemacht werden: Geruchssinn, irgendein anderer, bislang unentdeckt gebliebener „natürlicher" Orientierungssinn oder doch etwa telepathisch-hellseherische Fähigkeiten, ein unbewußter Rapport zwischen dem schwerverletzten Vierbeiner und einer hilfreichen Menschenseele?

Eldon Roark berichtet in einem Buch von Gyp, einem deutschen Schäferhund, den die Familie Neff aus Knoxville, Tennessee (USA), schon im Babyalter gekauft hatte. Nachdem ihr zweites Kind zur Welt gekommen war, verschwand Gyp ganz plötzlich und blieb monatelang verschollen. Am Weihnachtsabend des gleichen Jahres vernahmen die Neffs vor ihrer Haustür ein klägliches Wimmern:

Gyp war zurückgekehrt, um an den Festtagsfreuden seiner Besitzer teilzuhaben.

Die Freude der Neffs war nicht von langer Dauer. Nach den Feiertagen verschwand Gyp wieder, ohne eine Spur zu hinterlassen. Dieser Vorgang wiederholte sich insgesamt zehnmal. Gyp ließ kein Weihnachtsfest aus, ohne den Neffs einen Besuch abzustatten und sich mit einer ansehnlichen Portion Truthahn belohnen zu lassen.

Ein Lokalblatt, das über diesen aufsehenerregenden Treuebeweis ausführlich berichtet hatte, löste eine Suchaktion aus, an der sich Hunderte von Bürgern beteiligten. Nach jahrelangen Nachforschungen gelang es schließlich einem Reporter, den „Weihnachtshund" bei einem älteren Mann ausfindig zu machen. Dieser hatte von der seinem zugelaufenen Hund zuteil gewordenen Publicity bis dahin nichts gewußt. Aus Mitleid ließen die Neffs Gyp fortan bei seinem neuen Herrn.

Bleibt die Frage, was Gyp dazu bewogen haben mag, die Neffs gerade am Weihnachtstag zu besuchen. Könnte es sein, daß die „innere Uhr" der Tiere noch besser als die der Menschen funktioniert?

Telepathiekontakt „Mensch – Tier"

Solche sonderbaren, tierpsychologisch kaum erklärbaren Vorkommnisse lassen die Vermutung aufkommen, daß Tiere – vor allem die höherentwickelten Gattungen – mit paranormalen Fähigkeiten wie Telepathie, Hellsehen, Präkognition und selbstverständlich einem stark entwickelten Heimfindevermögen ausgestattet sind. Vielleicht ermöglichen ihnen diese Gaben überhaupt erst das Überleben in einer ihnen häufig feindlich gesonnenen Umwelt.

Telepathische Kontakte auf einer niederen, den meist anspruchslosen Lebenserfordernissen der Tiere angepaßten Ebene erscheinen durchaus denkbar, nach neuesten Untersuchungen sogar sehr wahrscheinlich. Schließlich gibt es zahlreiche gut dokumentierte Fälle von Tiertelepathie. Aufschlußreich erscheint in diesem Zusammenhang das Verhalten einer Siamkatze, die während eines längeren Urlaubs ihrer Besitzer bei deren Freunden untergebracht war. Nach einigen Wochen friedlichen Eingewöhnens schien sie an

Ist eine mentale Kommunikation zwischen Menschen und Meeresbewohnern wie dem Delphin oder dem ihm verwandten Tümmler (Foto) möglich?

einem Vormittag plötzlich wie umgewandelt. Sie jammerte, fauchte und verschwand schließlich aus der Wohnung ihrer „Pflegeeltern". Kurze Zeit darauf wurde sie vor ihrem eigentlichen Zuhause aufgegriffen. Gerade an diesem Vormittag hatten, wie sich später feststellen ließ, die Urlauber einen schweren Autounfall erlitten. Sollte das seltsame Verhalten der Katze bloß Zufall gewesen sein?

Am Rockland State Hospital in Orangeburg, New Jersey, führte man mit einem Boxer ein Experiment durch, das durch elektrokardiographische Aufzeichnungen abgesichert wurde. Seine Besitzerin, die in einem anderen, für diesen Zweck abgedunkelten Raum untergebracht war, wurde plötzlich, ohne zuvor über den Verlauf des Experimentes unterrichtet worden zu sein, von einem Fremden, der eine zweite Tür benutzte, angefallen und körperlich bedroht. Der im schalldichten Versuchsraum gehaltene Boxer muß die Bedrohung seiner Herrin im gleichen Augenblick gespürt haben: Sein Herzrhythmus war eine Zeitlang ganz erheblich beschleunigt.

Dr. Aristide Esser, die Organisatorin dieses Projektes, äußerte in einem Interview, daß sie von den telepathischen Fähigkeiten zumindest einiger Hunderassen überzeugt sei. Diese Gabe sei in Fällen, in denen ein enges emotionales Verhältnis zwischen Mensch und Tier bestünde, besonders stark entwickelt. Ihrer Ansicht nach könnte das Studium tierischer ASW für die Aufklärung paranormaler Phänomene von größtem Nutzen sein.

Patricia Hayes und Ann Phillips untersuchten die Wirksamkeit mentaler Kommunikation (Telepathie) zwischen Mensch und Delphin, um möglicherweise eine Art „Verkehrssprache" für den bequemeren Umgang mit diesen intelligenten, lernbegierigen Säugetieren zu entwickeln. Nach drei Wochen des Experimentierens an der Flipper Sea School in Grassy Key, Florida, stellte Patricia Hayes erfreut fest: „Heute gelang es mir erstmals, zu Nat – einem der beiden Versuchstiere – ‚seelischen Kontakt' herzustellen. Er entsprach der Wirkung einer ‚magnetischen Kraft'. Wenn er [Nat] sich von mir entfernte, fühlte ich förmlich, wie er etwas aus mir ‚herauszog'. Auch Nat muß es gefühlt haben, denn kaum hatte er auch nur einige Meter Abstand gewonnen, zog es ihn wieder zu mir zurück."

Miß Hayes stellte fest, daß Delphine für die unseren Handflächen entströmenden Energien – hiermit dürften wohl bioplasmatische Energien gemeint sein – höchst empfänglich seien. Sie „fühlten" diese Energie offenbar extrasensorisch und würden die wohlwollenden Impulse ihrer Experimentatoren dadurch belohnen, daß sie ihr Kinn in deren Handflächen legten. Die beiden Psi-Verhaltensforscherinnen versuchten im Verlauf ihrer Telepathie-Experimente komplexe Gedankenbilder aus dem Lebensbereich der Delphine aufzufangen, was aber nur zum Teil gelungen sein soll, da entsprechende „Bilder" mit dem „Tempo eines Zeitrafferfilmes" übertragen wurden – also viel zu schnell, um von Menschen entschlüsselt zu werden.*

Dr. J. Lilly, der als Neurophysiologe am Communications Research Institute der US-Marine auf den Jungferninseln im Nordwesten der Kleinen Antillen tätig ist, benutzt vorsichtshalber einen Computer, um mit der geistigen Aktivität seiner Gesprächspartner

* Bioplasma: ein dem physischen Körper mit seinen Kernteilchen (Atomen, Molekülen und Zellen) entsprechendes, durch ionisierte Teilchen charakterisiertes Energiefeld (Energiekörper)

unter Wasser „Schritt halten" zu können. Er pflanzte in das Lustzentrum eines Delphins eine Erregerelektrode ein, um das Reaktions- und Lernvermögen dieses Tieres zu testen. Dr. Lilly behauptet, daß der Delphin gleich beim ersten Versuch den richtigen Schalter zur Auslösung des Reizstromes betätigt habe. Affen benötigen nach Darstellung des Wissenschaftlers für die Aktivierung der gleichen Vorrichtung meist mehrere hundert Anläufe. Colin Taylor, Kurator des südafrikanischen Port-Elizabeth-Ozeanums, vermutet, daß das Gehirn eines Delphins sechzehnmal schneller als das eines erwachsenen Menschen funktioniert.

Interessant ist die Tatsache, daß Delphine mit ihrer Umgebung bildhaft kommunizieren. Patricia Hayes und ihre Kollegin schildern das Zustandekommen telepathischer Kontakte wie folgt: „Zunächst stellen wir uns rein psychologisch auf den Delphin ein; wir übermitteln ihm in der Folge ein Bild (Vorstellung) von der durch ihn zu verrichtenden Tätigkeit. Unser mentales Bildsignal trifft auf sein Sonarsystem – eine Art biologisches Radar – und ermöglicht ihm dessen ‚verstandesmäßige' Erfassung."

Die Richtigkeit dieser Hypothese wird dadurch weiter erhärtet, daß der Delphin Misty motiviert werden konnte, die ihn zuvor gelehrten Kunststücke seinen beiden Artgenossen Nat und Terce beizubringen. Hier scheint es Parallelen zum Empfangsprinzip hellseherisch begabter Medien zu geben. Auch sie empfangen bildhafte Eindrücke – ähnlich der Zeilenabtastung beim Fernsehapparat – erst nach und nach. Wenn alle „natürlichen" Übertragungsmöglichkeiten (biologische, elektrische usw.) zwischen Lebewesen ausscheiden, bietet sich der psychische Kontakt, die telepathische Kommunikation als einzige alternative Erklärung an. Daß es sich dabei offenbar um eine ganz natürliche Gabe handelt, zeigt die Häufigkeit ihres Vorkommens im Tierreich.

Katastrophenalarm

Tiere scheinen auch Erdbeben, Überschwemmungen und andere Naturkatastrophen vorauszuahnen. Wenige Tage vor dem Ausbruch des auf der Insel Martinique gelegenen Vulkans Mont Pelé *im Jahre 1902, bei dem wegen fahrlässigen Verhaltens der damaligen Kolonialbehörden etwa 28 000 Menschen den Tod fanden, zeigten Tiere unterschiedlicher Gattung ein höchst merkwürdiges Verhalten. Sie liefen ihren Besitzern davon, suchten seichte Küstenstellen auf oder wechselten anderweitig ihren Standort. Hatten sie etwa mit bislang unentdeckt gebliebenen Sinnesorganen die nahende Katastrophe schon Tage zuvor gespürt? Auch hier handelt es sich allem Anschein nach um eine besondere Variante tierischer ASW, vielleicht um eine Art Hyperästhesie, eine Überempfindlichkeit der Sinnes- und Gefühlsnerven.*

Während der schweren Luftangriffe auf Berlin im November 1944 rettete ein Hund seinem Herrn dadurch das Leben, daß er ihn aus dem eigenen Luftschutzkeller über die Straße in einen anderen Schutzraum zerrte, gerade noch rechtzeitig, bevor ein Volltreffer das gegenüberliegende Haus völlig vernichtete und die Zurückgebliebenen allesamt tötete. Niemals zuvor hatte der Hund auf die Bedrohung aus der Luft in ähnlicher Weise reagiert.

Denkmal für eine Gans: Freiburger Bürger konnten sich am 27. November 1944 vor einem Bombenangriff retten, weil sie das Geschrei einer Gans gewarnt hatte.

ASW manifestiert sich offenbar im kleinen auch in der Organisation von Insektengemeinschaften. Sie dürfte hier das koordinierende Prinzip sein. Aus den Urwaldgebieten des brasilianischen Staates Acre berichtete Pfarrer Maria Lima, der sich dort längere Zeit unter anderem mit dem präkognitiven Verhalten einheimischer Termiten befaßte: „Lange vor dem Einsetzen der Regenzeit beginnen die Ameisen eine merkwürdige Tätigkeit zu entfalten. Sie unterbrechen ihre gewohn-

Psi-Trailing: Zugvögel fliegen oft Strecken von mehreren tausend Kilometern und finden auf direktem Weg zu ihrem vorherigen Lebensraum zurück.

ten Arbeiten und klettern vieltausendmal an Bäumen auf und ab. Sodann verharren sie an bestimmten Punkten, meist auf kleinen Anhöhen, und bewegen ihre Fühler kreisförmig, erst den linken, dann den rechten. Diese Beschäftigung dauert einige Wochen, wiederholt sich in mehreren zehntausend Positionen und dehnt sich über das gesamte von ihnen bewohnte Gebiet aus. Sobald dieses ‚Datensammeln' abgeschlossen ist, treffen sich einige Ameisen – nennen wir sie ‚Chef-Meteorologen' – zu einer Konferenz. Am Versammlungsort tauschen die Tiere offenbar ihre Erfahrungen aus, indem sie sich stundenlang gegenseitig mit den Fühlern Informationen übermitteln. Dann ist die Besprechung plötzlich beendet, und die gefaßten Beschlüsse werden dem Ameisenvolk mitgeteilt. Sofort formiert sich die große Auswanderung . . . Und das Entscheidende ist: Immer wird das verlassene alte Wohngebiet überschwemmt, niemals der neue Platz."

Das „antizipative", das vorwegnehmende Verhalten der Tiere, wie es vor allem vor schweren Naturkatastrophen zu beobachten ist, wird – wie schon angedeutet – häufig mit „Hyperästhesie" begründet. Ivan Sanderson vertrat ebenfalls die Meinung, daß es sich bei dieser tierischen Vorahnung mehr um „übersinnliche" (erhöhte) und nicht so sehr um „außersinnliche" Wahrnehmungsfähigkeiten handle.

Das amerikanische Forscherehepaar Vincent und Margaret Gaddis stellte hierzu fest: „Ein derart fein entwickeltes sensorisches Organ könnte möglicherweise schon durch Schwankungen des Wasserspiegels oder durch Luftdruckabfall herannahende Orkane frühzeitig wahrnehmen. Ungewöhnliche Geräusche oder plötzlicher Temperaturanstieg wären unter Umständen Vorboten für eine im Entstehen begriffene Lawine. Vulkanischen Eruptionen und Erdbeben könnten vielleicht größere Anomalien im Magnetfeld der Erde vorausgehen, die in Form kleiner Erschütterungen und Vorbeben von den Tieren lange vor dem Ausbruch der Katastrophe wahrgenommen werden." Erstaunlich genug. Die Grenzen zwischen Psi und von Medizinern nachgewiesener Hyperästhesie scheinen fließend zu sein.

Unsichtbare Spuren

Auch das Heimfindevermögen der Tiere – Psi-Trailing genannt – stellt Verhaltensforscher in aller Welt vor immer neue Rätsel. An sich versteht man hierunter die Fähigkeit, die angestammten Reservate, die heimatlichen Nist-, Brut- und Laichplätze ohne erkennbare Hilfsmittel mühelos wiederzufinden. Das bei Tieren, aber auch bei Naturvölkern häufig zu beobachtende stark ausgeprägte Orientierungsvermögen im offenen Gelände wird verschiedentlich auf akustische, optische, magnetische, gravitative und andere Einflüsse – z. B. auf elektrische Felder – zurückgeführt. Mit der Verfeinerung physikalischer und anderer Meßverfahren wird man uns bestimmt noch zahlreiche weitere interessante Theorien über Wirkmechanismen des tierischen Orientierungssinns bescheren, die – auf einige Tiergattungen bezogen – durchaus zutreffen könnten. Dennoch werden einschlägige Kenntnisse der Zoologen und Verhaltensforscher so lange lückenhaft bleiben, bis man auch unbequeme Faktoren paranor-

maler Art in die ohnehin hypothetischen Erwägungen mit einbezieht. Selbst noch so raffinierte Theorien versagen, wenn sich Tiere gelegentlich auf ausgesprochen „nichtsensorischem" Wege orientieren.

Die Zeitschrift Das Tier *berichtet von einem erst fünf Monate alten Kater, der, nachdem man ihn zu Freunden an einen weit entfernten Ort gebracht hatte, eine Strecke von mehr als 150 Kilometern zurücklegte, um zu seinen früheren Besitzern zu gelangen.*

Vögel zeigen bisweilen eine ähnliche Anhänglichkeit, die sie ebenfalls große Entfernungen überwinden läßt. Ein zwölfjähriger Junge aus Summersville County, Virginia, bekam im Sommer 1940 eine verletzte Taube geschenkt, die er liebevoll pflegte. Im folgenden Winter brachte man den Jungen in das Krankenhaus der etwa 100 Kilometer entfernten Stadt Philippi, wo er operiert werden sollte. Seine Taube, von der er sich nur ungern trennte, blieb zurück. Eine Woche nach seiner Einlieferung vernahm der Junge nachts, als draußen ein heftiger Schneesturm tobte, am Fenster seines Zimmers ein Picken, das nicht aufhören wollte. Seine Taube war gekommen, um ihm einen Besuch abzustatten. Daß das Tier dem Krankenwagen gefolgt sein könnte und sich tagelang in der Gegend aufhielt, erscheint höchst unwahrscheinlich.

Das Aufspürvermögen der Tiere auch über größere Entfernungen gleicht einem Mysterium, das sich verhaltenswissenschaftlich kaum erklären läßt. Es wäre jedoch denkbar, daß Tiere beim Transport zu ihrem neuen Bestimmungsort entlang der Wegstrecke eine für uns allerdings sensorisch nicht erfaßbare feinstoffliche Fährte legen, daß sie die gestreiften Gegenden mit Hilfe ihrer bioplasmatischen Komponente „imprägnieren" und auf diese Weise später, auch noch nach Jahren, mühelos zurückfinden.

Für die Orientierung könnte auch ein zwischen Tier und früherem Besitzer weiterbestehender telepathischer Kontakt (Rapport) verantwortlich sein. Durch ständiges unbewußtes „Anpeilen" – der ehemalige Besitzer braucht vielleicht nur gelegentlich an das Tier zu denken – wären ausreichende Orientierungshilfen gegeben, um es auf direktem Wege „zurückzulotsen".

Andererseits wollen Ornithologen festgestellt haben, daß sich bestimmte Vogelgattungen am Stand der Sonne orientieren, was auf unterschiedliche Weise geschehen soll. Dr. Jean Dorst vom Pariser Nationalmuseum meint zu diesem Phänomen: „Es ist sicher, daß Vögel hierfür nicht nur einen bestimmten Sinn in Anspruch nehmen; die Orientierung umfaßt vielmehr zahlreiche unterschiedliche Phänomene, die nur schwer voneinander zu unterscheiden sind." Das Forscherehepaar Vincent und Margaret Gaddis hat festgestellt, daß die Mehrzahl der amerikanischen Rotkehlchen bei Rückkehr in ihre nördliche Heimat einen Zielgenauigkeitsradius von nur etwa acht Kilometern einhalten. Andere Vögel kehren Jahr für Jahr – nachdem sie Entfernungen von mehr als 3000 Kilometern zurückgelegt haben – sogar zum gleichen Baum zurück. Der Alaska-Brachvogel und der westkanadische Goldregenpfeifer fliegen alljährlich mit hoher Genauigkeit ihr Zielgebiet auf Hawaii an. Ihr Weg führt sie über eine mehrere tausend Kilometer umspannende Wasserwüste, die absolut keine normalen navigatorischen Anhaltspunkte bietet.

Dr. Lester Tarkington vom IBM-Systems Research Institute glaubt, daß sich Vögel mittels magnetischer Felder orientieren. Während einer Tagung der amerikanischen Gesellschaft zur Förderung der Wissenschaften in Montreal im Jahre 1964 äußerte er die Auffassung, daß die im Auge der Vögel enthaltenen Pektine es ermöglichen, Unterschiede im irdischen Magnetfeld aufzuspüren. In den Augen der meisten Vögel und Reptilien sowie einiger Fischarten sind Pektine enthalten, was diese Theorie zunächst ganz vernünftig erscheinen läßt. Sie versagt aber, wenn man wissen möchte, auf welche Weise bestimmte Schmetterlingsarten (z. B. der Monarch) Ziele genau ausfindig machen können, die mehr als 2000 Kilometer vom Aus-

Auf ihrer Wanderung legt die „Grüne Schildkröte" zielgenau 2500 Kilometer zurück.

Der Monarch zieht jährlich von Kanada nach Mexiko.

gangspunkt entfernt sind, oder wie die „Grüne Schildkröte" auf einer Strecke von nahezu 2500 Kilometern den offenen Ozean überquert, um von Brasilien zur vulkanischen Ascension-Insel zu gelangen, ohne von der einmal eingeschlagenen Richtung abzuirren. Können die normalen Sinnesorgane einer kleinen Schildkröte – ähnlich einem Laser-Richtstrahler – so präzise entwickelt sein, daß sie, ohne auch nur um wenige Bogensekunden vom „Kurs" abzuweichen, eine winzige Insel mitten im Atlantik aufzuspüren vermögen?

Sollte dieser Superpeileffekt wirklich nur durch das raffinierte Zusammenspiel zwischen den „natürlichen" Sinnen der Tiere und ihrer Umgebung zustande kommen? Was ist dann überhaupt noch „natürlich" – auch wenn man derartige Phänomene genetisch erklären möchte –, und wo beginnt das „Außersinnliche"?

Ein Hauch von Intelligenz

Außersinnliche Wahrnehmungsvorgänge scheinen auch bei Tieren eher die Regel als die Ausnahme zu sein. Das zeigen Fälle, in denen Tiere dem Menschen in höchster Not beistehen, ihn auf wunderbare Weise aus Gefahrensituationen retten.

Der Zeitung Oklahoman and Times *entnehmen wir folgende wahre Begebenheit, die davon zeugt, daß Tiere ein Empfinden für Gefahren haben, denen ihre zweibeinigen Freunde ausgesetzt sind. Die Frau eines Marinesoldaten berichtet: „Während ich vor 15 Jahren vorübergehend in Baltimore weilte, weil mein Mann mit Leukämie im dortigen Marinehospital lag, hatte ich ein seltsames Erlebnis mit einem großen schwarzen Hund. Zu dieser Zeit ereigneten sich dort Tag und Nacht zahlreiche Raubüberfälle. Ich* sorgte mich sehr, weil ich von meiner Mietwohnung zum Krankenhaus durch drei finstere Straßen mußte. Am zweiten Abend, als ich zum Krankenhaus ging, erschreckte mich ein großer schwarzer Hund, der plötzlich hinter einer Hecke hervorpreschte, fast zu Tode. Er begleitete mich wie selbstverständlich zum Krankenhaus und wartete dort vor dem Portal, bis ich wieder den Rückweg antrat. Immer lief er neben mir auf dem Bürgersteig, ohne seinen Blick von mir abzuwenden, bis ich die Tür zum Apartmenthaus geöffnet hatte. Ich blieb zwei Wochen in Baltimore, und jeden Abend begleitete mich jener wunderbare Hund zum Krankenhaus und von da zurück. Er wich nicht eher von meiner Seite, bis er mich in Sicherheit wußte. Das letzte Mal, daß ich ihn sah, war, als ich anderntags nach Hause fahren mußte. Er brachte mich noch einmal zum Krankenhaus, dann aber nicht mehr zu meiner Wohnung zurück."

Daß Tiere gelegentlich auch quasi-intelligenter Handlungen fähig sind, wurde zuvor schon angedeutet. Auslöser solcher intelligent anmutender Aktionen dürften Ausnahmesituationen sein, die das Tier zum Probieren, Kombinieren und schließlich zum Reagieren veranlassen. Diese Aktivität als Arbeitsintelligenz zu bezeichnen erscheint angemessen. In manchen Fällen könnte man hinter tierischen „Glanzleistungen" allerdings noch etwas mehr vermuten.

Experimente mit Schimpansen haben gezeigt, daß manche dieser Tiere zwischen 32 und mehr unterschiedlichen Lauten zu unterscheiden vermögen. Die Affenlaute drücken Emotionen wie Furcht, Ärger, Hunger usw. aus, beinhalten aber auch unbedeutendes Geschwätz zwischen Artgenossen. Judy, bekannt aus der vor vielen Jahren vom deutschen Fernsehen ausgestrahlten Serie Daktari, beherrschte sogar 125 derartige Laute und Kommandos. In seinem Buch „Animal IQ" zitiert Vance Packard den deutschen Verhaltensforscher G. Schidetsky, der festgestellt haben will, daß bestimmte, von Menschenaffen gebrauchte Laute mit Stammwörtern identisch seien, die man im alten China benutzte und deren sich in Südafrika manche Buschmänner heute noch bedienen.

Dialoge

Schon seit jeher soll es Menschen gegeben haben – vorwiegend medial Veranlagte –, die auf psychischem Wege intelligente Kontakte zu Tieren herzustellen vermochten. Einer von ihnen, der Amerikaner Fred Kimball, ist weit über die Grenzen seines Heimatlandes hinaus als „der Mann, der mit den Tieren spricht" bekannt geworden. Kimball, dessen weltoffene Persönlichkeit so gar nichts von einem Medium erahnen läßt, ist trotz seines hohen Alters jung geblieben. Seit seinem 40. Lebensjahr begegnet er den ihm anvertrauten Tieren so, als wären sie, genau wie menschliche Gesprächspartner, Bewußtseinspersönlichkeiten, zu respektierende Wesen mit einer echten Geisteskomponente. Und diese offene Haltung bescherte ihm schließlich lebhafte, auf geistiger Ebene geführte „Gespräche" mit seinen meist stummen und stupide erscheinenden Freunden aus dem Tierreich. Er erfährt viel über ihr Leben, ihre Wünsche und Sorgen sowie über die Menschen, mit denen sie tagtäglich zusammen sind.

Ein wertvolles Pferd wurde wochenlang ohne sichtbaren Erfolg wegen einer Lahmheit am Hinterbein behandelt. Obwohl man gleich mehrere ausgezeichnete Tierärzte konsultiert hatte, verschlimmerte sich der Zustand des Pferdes zusehends. In der Not konsultierte sein Besitzer Fred Kimball, der mit dem Tier „Kontakt aufnahm" und dadurch folgendes erfuhr: „Als ich mich rückwärts bewegte, stieß ich mit dem Rücken gegen ein Brett, wobei ein Holzsplitter in meine Wirbelsäule eindrang." Aufgrund dieser Information konnte der Splitter lokalisiert und entfernt werden.

Man könnte nun einwenden, daß Kimball nichts anderes als ein besserer Tierpfleger sei und Menschen mit großem Einfühlungsvermögen ähnliches zustande bringen. Trotzdem gibt es da einen feinen, aber entscheidenden Unterschied: Kimball „spricht" nicht nur mit den Tieren, er hört ihnen auch zu, wenn sie auf seine Fragen „antworten", eine Geisteshaltung, die selbst aufgeschlossenen Tierliebhabern unsinnig erscheinen muß. Dennoch: Seine Erfolge bekräftigen die Richtigkeit der Hypothese, daß es unter bestimmten medialen Voraussetzungen durchaus möglich ist, auf psychischem

Wege mit Tieren zu kommunizieren. Diesem interessanten Phänomen sollten Verhaltensforscher mehr Beachtung schenken, bietet es doch die einmalige Gelegenheit, Psi-Manifestationen in ihrer reinsten, ursprünglichsten Form näher kennenzulernen.

Unbestechliche Zeugen

Die Tatsache, daß Tiere beim Auftauchen „unbekannter Flugobjekte" (Ufos) – lange bevor sie der Mensch wahrnimmt – von Unruhe und Panik ergriffen werden, läßt unter Umständen Rückschlüsse auf deren Herkunft und Operationsweise zu. Gracia Unger, Herausgeberin der Calvert Times *(Texas) weiß über solche Fälle zu berichten: „Zunächst setzt wütendes Gebell [der Hunde] ein, dann heulen die Tiere drauflos, und kurz vor dem eigentlichen Erscheinen der Ufos flüchten sie wie von Furien gehetzt über Weiden und Felder, um in nahe gelegenen Wäldern Schutz zu suchen. Dabei überqueren Wildtiere häufig, ganz gegen ihre Gewohnheit, sogar belebte Landstraßen."*

Was aber könnte die Alarmreaktionen dieser Tiere ausgelöst haben? Halluzinationen und Wunschprojektionen, wie sie hin und wieder bei Menschen zu beobachten sind, dürften es wohl kaum gewesen sein.

Beim plötzlichen Auftauchen eines Ufos über Keeneyville, Illinois, am 7. März 1967 wurde ein Hund derart geschockt, daß sich seine Nackenhaare sträubten. Dies geschah im Inneren eines Autos in Anwesenheit von drei weiblichen Zeugen. Noch Tage danach soll der Hund völlig verstört gewesen sein. Katzen, Schweine, Kühe und Vögel reagieren auf ähnliche Weise. Ob diese Phänomene rein physikalischer Natur sind – ausgelöst durch die vermutlich gravitativen Antriebe der Ufos –, ob psychische Einflüsse mitspielen, d. h. Ausläufer höherdimensionaler Energiefelder, die sich beim Materialisieren von Dingen aus anderen Seinsbereichen in unserer Welt plötzlich aus dem Nichts herausschälen, weiß heute noch niemand mit letzter Sicherheit zu sagen. Weitere Nachforschungen scheinen dringend geboten, zumal Tiere solchen Ereignissen mit viel größerer „Objektivität" als Menschen begegnen.

Dr. Robert L. Morris, Forschungskoordinator an der Psychical Research Foundation in Durham, Nordkarolina (USA), berichtete in einer informellen Studie von einem Freund, der verschiedene Tiere – einen Hund, eine Katze, eine Ratte und eine Klapperschlange – in ein angeblich von Spukvorfällen heimgesuchtes Haus mitgenommen hatte. Der Spuk beschränkte sich auf nur zwei Räume des Hauses, wo früher einmal Morde geschehen waren. Dr. Morris schildert die Reaktion der Tiere im Detail: „Als man die Tiere in einen der Spukräume brachte, reagierten der Hund, die Katze und die Schlange so, als ob sie einer Bedrohung ausgesetzt wären; nur die Ratte blieb ruhig. In den übrigen, vom Spuk verschonten Räumen verhielten sich alle Tiere normal. Interessant ist auch die Reaktion der Personen, die besagte Spukräume betraten. Sie berichteten einhellig über eine Temperaturabnahme, die in einem Fall auf mehr als 10 °C geschätzt wurde. Indes zeigte ein mitgeführtes Thermometer überhaupt keine Temperaturveränderung an."

Dr. Morris versucht den Einfluß von Gedanken auf das Verhalten einer Katze festzustellen.

Dieses Phänomen als pure Einbildung zu bezeichnen wäre nur allzu bequem, kann man doch davon ausgehen, daß die in diesem Fall getesteten Tiere mit einer solchen „Hypothek" nicht belastet sind.

Wer sich ohne Voreingenommenheit fragt, wie die oft unerklärlichen Verhaltensweisen unserer Tiere zustande kommen, wird zumindest in manchen Fällen die Antwort zwangsläufig im Paranormalen, Erweitert-Biologischen suchen müssen. Die Paranormalität dürfte schon seit den Tagen der ersten Höhlenbewohner das stärkste Bindeglied zwischen Mensch und Tier gewesen sein.

LAND'S END
(Land's End)

DIE GRÜNEN INSELN
(Shadow of Heaven)

Illustrierter Anhang:
„Die Psychowelt der Tiere"
Ein Auszug aus dem Buch „Transwelt – Erfahrungen jenseits von Raum und Zeit"
von Ernst Meckelburg,
erschienen im Albert Langen/Georg Müller Verlag
in der F. A. Herbig Verlagsbuchhandlung GmbH, München 1992